U0693285

·中国现代文学的经典之作·

XUZHIMO JINGDIAN

徐志摩经典

①

徐志摩　著

艾平　主编

团结出版社

图书在版编目（CIP）数据

徐志摩经典 / 徐志摩著 ; 艾平主编. -- 北京 : 团结出版社, 2017.4（2020.11 重印）

ISBN 978-7-5126-5134-0

Ⅰ. ①徐… Ⅱ. ①徐… ②艾… Ⅲ. ①中国文学－现代文学－作品综合集 Ⅳ. ①I216.2

中国版本图书馆CIP数据核字（2017）第091256号

出　版： 团结出版社
（北京市东城区东皇城根南街 84 号　邮编：100006）
电　话：（010）65228880　65244790（传真）
网　址： www.tjpress.com
E - mail： zb65244790@vip. 163. com
经　销： 全国新华书店
印　刷： 三河市南阳印刷有限公司

开　本： 155mm × 220mm　16 开
印　张： 56 印张
字　数： 500 千字
版　次： 2017 年 5 月　第 1 版
印　次： 2020 年 11 月　第 2 次印刷

书　号： 978-7-5126-5134-0
定　价： 298.00 元（全四册）

徐志摩像

徐志摩的儿子与母亲

徐志摩出生地——浙江海宁硖石镇

徐志摩和发妻张幼仪合影

海宁市徐志摩故居

剑桥大学

徐志摩与陆小曼

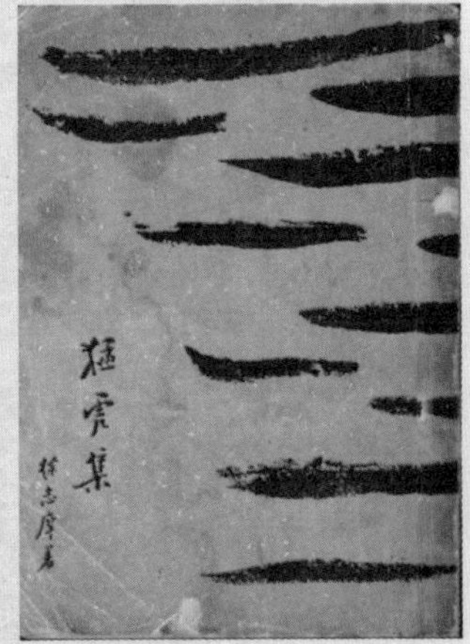

《猛虎集》书影

徐志摩与陆小曼婚后居所

陆小曼像

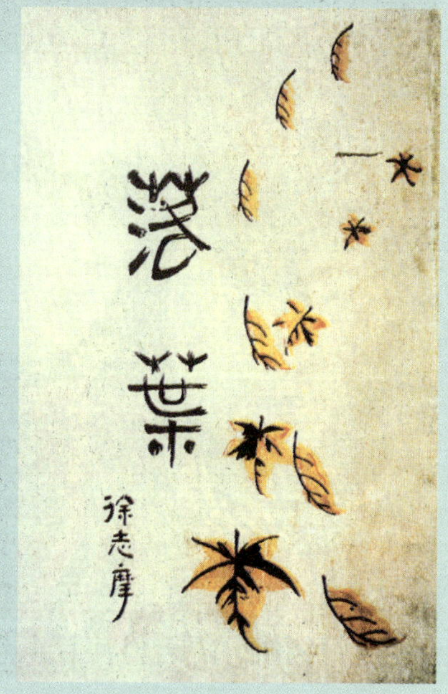

徐志摩《落叶》书影

泰戈尔访华期间，与徐志摩、林徽因合影

徐志摩故居

徐志摩位于海宁的故居

林徽因像

《晨报副镌》

徐志摩笔下的康桥

徐志摩像

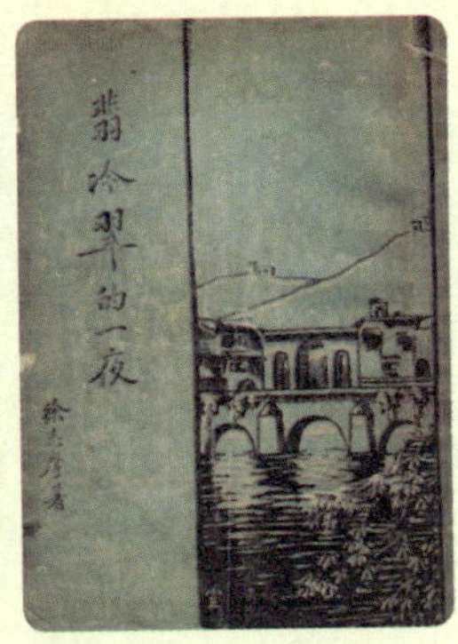

《翡冷翠的一夜》书影

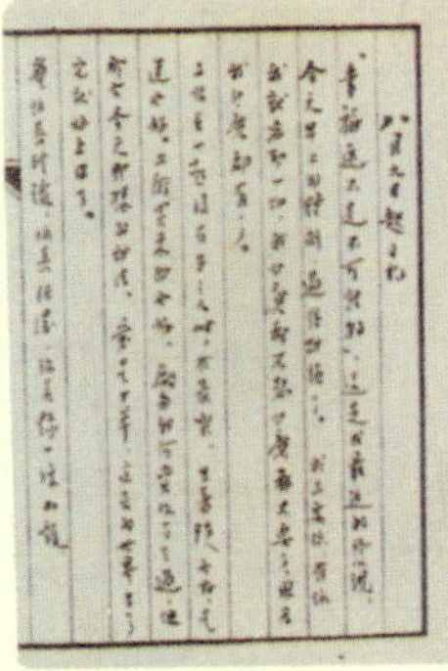

爱眉小札

徐志摩墓

前言

徐志摩是中国现代文坛最具特色、最有才华的作家之一，他是开一代诗风的“新月派”的主将，被誉为“中国的雪莱”，对我国新诗的发展做出了不可磨灭的贡献。

他谈话是诗，举动是诗，毕生行径都是诗，没有他的诗坛是寂寞的。他的诗风格欧化，在艺术形式上富于变化，但又不失整饬；语言清新洗炼，以口语入诗，但又不失文雅；音乐性强，但又不囿于韵脚，而追求的是内在的节奏感和旋律美。他的大量诗作在情感的宣泄、意境的营造、节奏的追求和形式的探求诸方面，都为后世留下了珍贵的启迪，体现其特殊的美学价值。

徐志摩不仅写诗，同时也写散文，在其全部创作中，成就和影响更为显著的，除诗歌外，恐怕就要数散文了。他一共出版过《落叶》《自剖》《巴黎的鳞爪》三个散文集和一个单篇散文《秋》，除《秋》写于 1929 年，三个集子中的大部分作品均完成于 1925 年到 1926 年间。他的散文内容涉及广泛，有对人生理想的漫评，有触及时政的论说；有对往事的怀想和追忆，也有对艺术发表见解和评说；有一事一议的小品，也有说长道短的书评。他写散文也像写诗，诗与散文相映成辉。其散文实际上是一种诗化散文，他巧妙地将哲理诗情化，又将诗意蕴含在哲理之中，在散文的躯壳中紧裹着诗魂。

本书收录徐志摩的经典力作，分为诗歌、散文和小说三部分，“诗歌篇”精选《志摩的诗》《翡冷翠的一夜》《猛虎集》《云游》等集子中最唯美的作品，“散文篇”精选《落叶》《巴黎的鳞爪》《自剖》等集子中最具代表性的作品。在作品的选择上，既注意其思想艺术成就，也注意其体式、题材、内容、风格的多样性。每一部分的作品疑难处还略加注释，既便于读者全部统览，也便于单篇品读。

徐志摩是一位传奇性的人物，想做诗便做一手好诗，并为新诗创立新格；想写散文便把散文写得淋漓尽致、出类拔萃；想恋爱便爱得昏天黑地、无所顾忌……他的一生没有惊天动地的丰功伟业，那短暂得如同飘向天空的一缕轻烟的生命，甚至没来得及领略中年的成熟便消失了。然而，他的一生唯情、唯爱、唯真，他洋洋洒洒、酣畅人间，带给了人们无数惊叹。相信每一位读者都能从这本书中看到一个充满文采、充满激情、充满睿智的徐志摩。

目录

诗歌

散文

小说

附录

诗歌

再别康桥①

轻轻的我走了，
　正如我轻轻的来；
我轻轻的招手，
　作别西天的云彩。

那河畔的金柳，
　是夕阳中的新娘；
波光里的艳影，
　在我的心头荡漾。

软泥上的青荇，
　油油的在水底招摇；
在康河的柔波里，
　我甘心做一条水草！

---

①写于 1928 年 11 月 6 日。

那榆荫下的一潭，
　　不是清泉，是天上虹，
揉碎在浮藻间，
　　沉淀着彩虹似的梦。

寻梦？撑一支长篙，
　　向青草更青处漫溯，
满载一船星辉，
　　在星辉斑斓里放歌。

但我不能放歌，
　　悄悄是别离的笙箫；
夏虫也为我沉默，
　　沉默是今晚的康桥！

悄悄的我走了，
　　正如我悄悄的来；
我挥一挥衣袖，
　　不带走一片云彩。

十一月六日中国海上

1928 年 12 月 10 日《新月》第 1 卷第 10 号

偶然①

我是天空里的一片云，
偶尔投影在你的波心——
　　　　你不必讶异，
　　　　更无须欢喜——
在转瞬间消灭了踪影。

你我相逢在黑夜的海上，
你有你的，我有我的，方向；
　　　　你记得也好，
　　　　最好你忘掉，
在这交会时互放的光亮！

1926 年 5 月 27 日《晨报副镌·诗镌》第 9 号

①写于 1926 年 5 月中旬。

我不知道风是在哪一个方向吹

我不知道风
是在哪一个方向吹——
我是在梦中，
在梦的轻波里依洄。

我不知道风
是在哪一个方向吹——
我是在梦中，
她的温存，我的迷醉。

我不知道风
是在哪一个方向吹——
我是在梦中，
甜美是梦里的光辉。

我不知道风
是在哪一个方向吹——
我是在梦中，
她的负心，我的伤悲。

我不知道风
是在哪一个方向吹——
我是在梦中，
在梦的悲哀里心碎！

我不知道风
是在哪一个方向吹——
我是在梦中，
黯淡是梦里的光辉。

1928 年 3 月 10 日《新月》第 1 卷第 1 号

沙扬娜拉十八首①

一

我记得扶桑海上的朝阳，
　　黄金似的散布在扶桑的海上；
我记得扶桑海上的群岛，
　　翡翠似的浮沤在扶桑的海上——
　　　　沙扬娜拉！

二

趁航在轻涛间，悠悠的，
　　我见有一星星古式的渔舟，
像一群无忧的海鸟，
　　在黄昏的波光里息羽优游，
　　　　沙扬娜拉！

三

这是一座墓园；谁家的墓园
　　占尽这山中的清风，松馨与流云？

①写于 1924 年 5—6 月随泰戈尔访日期间。

我最不忘那美丽的墓碑与碑铭，
　　墓中人生前亦有山风与松馨似的清明——
　　　　沙扬娜拉！（神户山中墓园）

四

听几折风前的流莺，
　　看阔翅的鹰鹞穿度浮云，
我倚着一本古松瞑睟：
　　问墓中人何似墓上人的清闲？——
　　　　沙扬娜拉！（神户山中墓园）

五

健康、欢欣、疯魔、我羡慕
　　你们同声的欢呼“阿罗呀喈！”
我欣幸我参与这满城的花雨，
　　连翩的蛱蝶飞舞，“阿罗呀喈！”
　　　　沙扬娜拉（大阪典祝）

六

增添我梦里的乐音——便如今——
　　一声声的木屐、清脆、新鲜、殷勤，
又况是满街艳丽的灯影，
　　灯影里欢声腾跃，“阿罗呀喈！”
　　　　沙扬娜拉！（大阪典祝）

七

仿佛三峡间的风流，

　　保津川有青嶂连绵的锦绣；

仿佛三峡间的险巇，

　　飞沫里趁急矢似的扁舟——

　　　　沙扬娜拉！（保津川急湍）

八

度一关湍险，驶一段清涟，

　　清涟里有青山的倩影；

撑定了长篙，小驻在波心，

　　波心里看闲适的鱼群——

　　　　沙扬娜拉！（同前）

九

静！且停那桨声胶爱，

　　听青林里嘹亮的欢欣，

是画眉，是知更？像是滴滴的香液，

　　滴入我的苦渴的心灵——

　　　　沙扬娜拉！（同前）

十

“乌塔”：莫讪笑游客的疯狂，
　　舟人，你们享尽山水的清幽，
喝一杯“沙鸡”，朋友，共醉风光，
　　“乌塔，乌塔！”山灵不嫌粗鲁的歌喉——
　　　　沙扬娜拉！（同前）

十一

我不辨——辨亦无须——这异样的歌词，
　　像不逞的波澜在岩窟间吽嘶，
像衰老的武士诉说壮年时的身世，
　　“乌塔乌塔！”我满怀滟滟的遐思——
　　　　沙扬娜拉！（同前）

十二

那是杜鹃！她绣一条锦带，
　　迤逦着那青山的青麓；
啊，那碧波里亦有她的芳躅，
　　碧波里掩映着她桃蕊似的娇怯——
　　　　沙扬娜拉！（同前）

十三

但供给我沉酣的陶醉，
　　不仅是杜鹃花的幽芳；

倍胜于娇柔的杜鹃，
　　最难忘更娇柔的女郎！
　　　　沙扬拉娜！

十四

我爱慕她们体态的轻盈，
　　妩媚是天生，妩媚是天生！
我爱慕她们颜色的调匀，
　　蝴蝶似的光艳，蛱蝶似的轻盈——
　　　　沙扬娜拉！

十五

不辜负造化主的匠心，
　　她们流眄中有无限的殷勤；
比如薰风与花香似的自由，
　　我餐不尽她们的笑靥与柔情——
　　　　沙扬娜拉！

十六

我是一只幽谷里的夜蝶：
　　在草丛间成形，在黑暗里飞行，
我献致我翅羽上美丽的金粉，
　　我爱恋万万里外闪亮的明星——
　　　　沙扬娜拉！

十七

我是一只酣醉了的花蜂：
　　我饱啜了芬芳，我不讳我的猖狂。
如今，在归途上嘤嗡着我的小嗓，
　　想赞美那别样的花酿，我曾经恣尝——
　　　　沙扬娜拉！

十八

最是那一低头的温柔，
　　像一朵水莲花不胜凉风的娇羞，
道一声珍重，道一声珍重，
　　那一声珍重里有蜜甜的忧愁——
　　　　沙扬娜拉！

1925 年 8 月中华书局《志摩的诗》

翡冷翠的一夜①

你真的走了，明天？那我，那我，……
你也不用管，迟早有那一天；
你愿意记着我，就记着我，
要不然趁早忘了这世界上
有我，省得想起时空着恼，
只当是一个梦，一个幻想；
只当是前天我们见的残红，
怯怜怜的在风前抖擞，一瓣，
两瓣，落地，叫人踩，变泥……
唉，叫人踩，变泥——变了泥倒干净，
这半死不活的才叫是受罪，
看着寒伧，累赘，叫人白眼——
天呀！你何苦来，你何苦来……
我可忘不了你，那一天你来，

①写于 1925 年 6 月 11 日。

就比如黑暗的前途见了光彩，
你是我的先生，我爱，我的恩人，
你教给我什么是生命，什么是爱，
你惊醒我的昏迷，偿还我的天真，
没有你我哪知道天是高，草是青？
你摸摸我的心，它这下跳得多快；
再摸我的脸，烧得多焦，亏这夜黑
看不见；爱，我气都喘不过来了，
别亲我了；我受不住这烈火似的活，
这阵子我的灵魂就像是火砖上的
熟铁，在爱的锤子下，砸，砸，火花
四散的飞洒……我晕了，抱着我，
爱，就让我在这儿清静的园内，
闭着眼，死在你的胸前，多美！
头顶白杨树上的风声，沙沙的，
算是我的丧歌，这一阵清风，
橄揽林里吹来的，带着石榴花香，
就带了我的灵魂走，还有那萤火，
多情的殷勤的萤火，有他们照路，
我到了那三环洞的桥上再停步，
听你在这儿抱着我半暖的身体，
悲声的叫我、亲我、摇我，咂我，……
我就微笑的再跟着清风走，

随他领着我，天堂、地狱，哪儿都成，
反正丢了这可厌的人生，实现这死
在爱里，这爱中心的死，不强如
五百次的投生？……自私，我知道，
可我也管不着……你伴着我死？
什么，不成双就不是完全的“爱死”，
要飞升也得两对翅膀儿打伙，
进了天堂还不一样的得照顾，
我少不了你，你也不能没有我；
要是地狱，我单身去你更不放心，
你说地狱不定比这世界文明
（虽则我不信，）像我这娇嫩的花朵，
难保不再遭风暴，不叫雨打，

那时候我喊你，你也听不分明，——
那不是求解脱反投进了泥坑，
倒叫冷眼的鬼串通了冷心的人，
笑我的命运，笑你懦怯的粗心？
这话也有理，那叫我怎么办呢？
活着难，太难，就死也不得自由，
我又不愿你为我牺牲你的前程……
唉！你说还是活着等，等那一天！
有那一天吗？——你在，就是我的信心；
可是天亮你就得走，你真的忍心
丢了我走？我又不能留你，这是命；
但这花，没阳光晒，没甘露浸，
不死也不免瓣尖儿焦萎，多可怜！

你不能忘我，爱，除了在你的心里，
我再没有命，是，我听你的话，我等，
等铁树儿开花我也得耐心等；
爱，你永远是我头顶的一颗明星：
要是不幸死了，我就变一个萤火，
在这园里，挨着草根，暗沉沉的飞，
黄昏飞到半夜，半夜飞到天明，
只愿天空不生云，我望得见天，
天上那颗不变的大星，那是你，
但愿你为我多放光明，隔着夜，
隔着天，通着恋爱的灵犀一点……

六月十一日，一九二五年翡冷翠山中

1926 年 1 月 2 日《现代评论》第 3 卷第 56 期

我等候你

我等候你。
我望着户外的昏黄
如同望着将来，
我的心震盲了我的听。
你怎还不来？希望
在每一秒钟上允许开花。
我守候着你的步履，
你的笑语，你的脸，
你的柔软的发丝，
守候着你的一切；
希望在每一秒钟上
枯死——你在哪里？
我要你，要得我心里生痛，
我要你的火焰似的笑，
要你的灵活的腰身，
你的发上眼角的飞星；
我陷落在迷醉的氛围中，
像一座岛，

在蟒绿的海涛间，不自主的在浮沉……
喔，我迫切的想望
你的来临，想望
那一朵神奇的优昙
开上时间的顶尖！
你为什么不来，忍心的？
你明知道，我知道你知道，
你这不来于我是致命的一击，
打死我生命中乍放的阳春，
教坚实如矿里的铁的黑暗，
压迫我的思想与呼吸；
打死可怜的希冀的嫩芽，
把我，囚犯似的，交付给
妒与愁苦，生的羞惭
与绝望的惨酷。
这也许是痴。竟许是痴。
我信我确然是痴；

但我不能转拨一支已然定向的舵，
万方的风息都不容许我犹豫——
我不能回头，运命驱策着我！
我也知道这多半是走向
毁灭的路；但
为了你，为了你
我什么也都甘愿；
这不仅我的热情，
我的仅有的理性亦如此说。
痴！想磔碎一个生命的纤微
为要感动一个女人的心！
想博得的，能博得的，至多是
她的一滴泪，
她的一阵心酸，
竟许一半声漠然的冷笑；
但我也甘愿，即使
我粉身的消息传到
她的心里如同传给
一块顽石，她把我看作
一只地穴里的鼠，一条虫，
我还是甘愿！
痴到了真，是无条件的，
上帝他也无法调回一个

痴定了的心，如同一个将军
有时调回已上死线的士兵。
枉然，一切都是枉然，
你的不来是不容否认的实在，
虽则我心里烧着泼旺的火，
饥渴着你的一切，
你的发，你的笑，你的手脚；
任何的痴想与祈祷
不能缩短一小寸
你我间的距离！
户外的昏黄已然
凝聚成夜的乌黑，
树枝上挂着冰雪，
鸟雀们典去了它们的啁啾，
沉默是这一致穿孝的宇宙。
钟上的针不断的比着
玄妙的手势，像是指点，
像是同情，像是嘲讽，
每一次到点的打动，我听来是
我自己的心的
活埋的丧钟。

1929年10月10日《新月》第3卷第8号

恋爱到底是什么一回事

恋爱他到底是什么一回事？——
他来的时候我还不曾出世；
太阳为我照上了二十几个年头，
我只是个孩子，认不识半点愁；
忽然有一天——我又爱又恨那一天——
我心坎里痒齐齐的有些不连牵，
那是我这辈子第一次的上当，
有人说是受伤——你摸摸我的胸膛——
他来的时候我还不曾出世，
恋爱他到底是什么一回事？

这来我变了，一只没笼头的马，
跑遍了荒凉的人生的旷野；
又像那古时间献璞玉的楚人，
手指着心窝，说这里面有真有真，

你不信时一刀拉破我的心头肉，
看那血淋淋的一掬是玉不是玉；
血！那无情的宰割，我的灵魂！
是谁逼迫我发最后的疑问？
疑问！这回我自己幸喜我的梦醒，
上帝，我没有病，再不来对你呻吟！
我再不想成仙，蓬莱不是我的分；
我只要这地面，情愿安分的做人，——
从此再不问恋爱是什么一回事，
反正他来的时候我还不曾出世！

1925年8月中华书局《志摩的诗》初版时无，再版时加入

白须的海老儿[①]

那船平空在海中心抛锚，
也不顾我心头野火似的烧！
那白须的海老倒像有同情，
他声声问的是为甚不进行？

我伸手向黑暗的空间抱，
谁说这缥缈不是她的腰？
我又飞吻给银河边的星，
那是我爱最灵动的明睛。

但这来白须的海老又生恼，
（他忌妒少年情，别看他年老！

①写于 1926 年 3 月 12 日。

他说你情急我偏给你不行，
你怎生跳度这碧波的无垠？）

果然那老顽皮有他的蹊跷，
这心头火差一点变海水里泡！
但此时我忙着亲我爱的香唇，
谁耐烦再和白须的海老儿争？

（1926年3月27日《晨报副镌》）

盖上几张油纸①

一片，一片，半空里
　　掉下雪片；
有一个妇人，有一个妇人，
　　独坐在阶沿。

虎虎的，虎虎的，风响
　　在树林间；
有一个妇人，有一个妇人，
　　独自在哽咽。

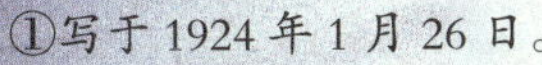

①写于 1924 年 1 月 26 日。

为什么伤心，妇人，
　这大冷的雪天？
为什么啼哭，莫非是
　失掉了钗钿？

不是的，先生，不是的，
　不是为钗钿；
也是的，也是的，我不见了
　我的心恋。

那边松林里，山脚下，先生，
　有一只小木篋，
装着我的宝贝，我的心，
　三岁儿的嫩骨！

昨夜我梦见我的儿
　叫一声"娘呀——
天冷了，天冷了，天冷了，
　儿的亲娘呀！"

今天果然下大雪，屋檐前
　望得见冰条，
我在冷冰冰的被窝里摸——

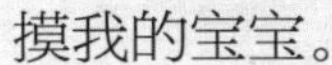
摸我的宝宝。

方才我买来几张油纸，
盖在儿的床上；
我唤不醒我熟睡的儿——
我因此心伤。

一片，一片，半空里
掉下雪片；
有一个妇人，有一个妇人，
独坐在阶沿。
虎虎的，虎虎的，风响
在树林间；
有一个妇人，有一个妇人，
独自在哽咽。

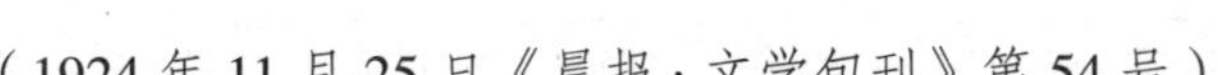
（1924 年 11 月 25 日《晨报·文学旬刊》第 54 号）

干着急①

朋友，这干着急有什么用，
喝酒玩吧，这槐树下凉快；
看槐花直掉在你的杯中——
别嫌它：这也是一种的爱。

胡知了到天黑还在直叫
（她为我的心跳还不一样？）
那紫金山头有夕阳返照
（我心头，不是夕阳，是惆怅！）

这天黑得草木全变了形
（天黑可盖不了我的心焦；）
又是一天，天上点满了银
（又是一天，真是，这怎么好！）

秀山公园八月二十七日

（1927 年 9 月 10 日《现代评论》第 6 卷第 144 期）

①写于 1927 年 8 月 27 日。

海韵

一

“女郎，单身的女郎，
　　你为什么留恋
　　这黄昏的海边？——
女郎，回家吧，女郎！”
“啊不；回家我不回，
　　我爱这晚风吹。”——
　　在沙滩上，在暮霭里，
有一个散发的女郎——
　　　　　　　　　　徘徊，徘徊。

二

“女郎，散发的女郎，
　　你为什么彷徨
　　在这冷清的海上？
女郎，回家吧，女郎！”
　　“啊不；你听我唱歌，
　大海，我唱，你来和。”——
　　在星光下，在凉风里，

轻荡着少女的清音——

高吟，低哦。

三

“女郎，胆大的女郎！

那天边扯起了黑幕，

这顷刻间有恶风波，——

女郎，回家吧，女郎！”

“啊不；你看我凌空舞，

学一个海鸥没海波。”——

在夜色里，在沙滩上，

急旋着一个苗条的身影，——

婆娑，婆娑。

四

“听呀，那大海的震怒，

女郎，回家吧，女郎！

看呀，那猛兽似的海波，

女郎，回家吧，女郎！”
“啊不；海波他不来吞我，
　　我爱这大海的颠簸！”——
在潮声里，在波光里，
啊，一个慌张的少女在海沫里，
　　　　　　　　　　蹉跎，蹉跎。

五

“女郎，在哪里，女郎？
　　在哪里，你嘹亮的歌声？
在哪里，你窈窕的身影？
　　在哪里，啊，勇敢的女郎？”
黑夜吞没了星辉，
　　这海边再没有光芒；
海潮吞没了沙滩，
沙滩上再不见女郎，——
　　　　　　　　　　再不见女郎！

1925年8月17日《晨报·文学旬刊》

海边的梦

我独自在海边徘徊，
遥望着天边的霞彩，
我想起了我的爱，
不知她这时候何在？
我在这儿等待——
她为什么不来？
我独自在海边发痴——
沙滩里平添了无数的相思字。

假使她在这儿伴着我，
在这寂寥的海边散步？
海鸥声里，
听私语喁喁，
浅沙滩里，
印交错的脚踪，
我唱一曲海边的恋歌，
爱，你幽幽的低着嗓儿和！

这海边还不是你我的家，

你看那边鲜血似的晚霞；
我们要寻死，
我们交抱着往波心里跳，
绝灭了这皮囊，
好叫你我的恋魂悠久的逍遥。
这时候的新来的双星挂上天堂，
放射着不磨灭的爱的光芒。

夕阳已在沉沉的淡化，
这黄昏的美，
有谁能描画？
莽莽的天涯，
哪里是我的家，
哪里是我的家？
爱人呀，我这般的想着你，
你那里可也有丝毫的牵挂？

去 罢[①]

去罢，人间，去罢！
　　我独立在高山的峰上；
去罢，人间，去罢！
　　我面对着无极的穹苍。

去罢，青年，去罢！
　　与幽谷的香草同埋；
去罢，青年，去罢！
　　悲哀付与暮天的群鸦。
去罢，梦乡，去罢！
　　我把幻景的玉杯摔破；
去罢，梦乡，去罢！
　　我笑受山风与海涛之贺。

去罢，种种，去罢！
　　当前有插天的高峰；

①写于1924年2月22日。

去罢，一切，去罢！

当前有无穷的无穷！

1924 年《小说月报》第 15 卷第 4 号

花牛歌[①]

花牛在草地里坐，
压扁了一穗剪秋萝。

花牛在草地里眠，
白云霸占了半个天。

花牛在草地里走，
小尾巴甩得滴溜溜。

花牛在草地里做梦，
太阳偷渡了西山的青峰。

（1937 年 1 月《文学》第 8 卷第 1 号）

①约写于 1923 年。

叫化活该[①]

“行善的大姑，修好的爷，”
　西北风尖刀似的猛刺着他的脸，
“赏给我一点你们吃剩的油水吧！”
　一团模糊的黑影，捱紧在大门边。

“可怜我快饿死了，发财的爷，”
　大门内有欢笑，有红炉，有玉杯；
“可怜我快冻死了，有福的爷，”
　大门外西北风笑说，“叫化活该！”

我也是战栗的黑影一堆，
　蠕伏在人道的前街；
我也只要一些同情的温暖，
　遮掩我的剮残的余骸——

　但这沉沉的紧闭的大门：谁来理睬；
　街道上只冷风的嘲讽，“叫化活该”！

（1924 年 12 月 1 日《晨报六周年纪念增刊》）

① 写于 1923 年冬。

为要寻一个明星①

我骑着一匹拐腿的瞎马，
　　向着黑夜里加鞭；——
　　向着黑夜里加鞭，
我跨着一匹拐腿的瞎马。

我冲入这黑绵绵的昏夜，
　　为要寻一颗明星；——
　　为要寻一颗明星，
我冲入这黑茫茫的荒野。

累坏了，累坏了我胯下的牲口，
　　那明星还不出现；——
　　那明星还不出现，
累坏了，累坏了马鞍上的身手。

①写于1924年11月23日。

这回天上透出了水晶似的光明，

　　荒野里倒着一只牲口，

　　黑夜里躺着一具尸首。——

这回天上透出了水晶似的光明！

1924年12月1日《晨报六周年纪念增刊》

雪花的快乐

假如我是一朵雪花，
翩翩的在半空里潇洒，
　　我一定认清我的方向——
　　飞飏，飞飏，飞飏，——
这地面上有我的方向。

不去那冷寞的幽谷，
不去那凄清的山麓，
　　也不上荒街去惆怅——
　　飞飏，飞飏，飞飏，——
你看，我有我的方向！

在半空里娟娟的飞舞，
认明了那清幽的住处，
　　等着她来花园里探望——
　　飞飏，飞飏，飞飏，——
啊，她身上有朱砂梅的清香！

那时我凭借我的身轻，
盈盈的，沾住了她的衣襟，
　　贴近她柔波似的心胸——
　　消溶，消溶，消溶——
溶入了她柔波似的心胸！

1925 年 1 月 17 日《现代评论》第 1 卷第 6 期

这是一个懦怯的世界

这是一个懦怯的世界，
　　容不得恋爱，容不得恋爱！
披散你的满头发，
赤露你的一双脚；
　　跟着我来，我的恋爱，
抛弃这个世界
殉我们的恋爱！

我拉着你的手，
爱，你跟着我走；
　　听凭荆棘把我们的脚心刺透，
　　听凭冰雹劈破我们的头，

你跟着我走，
我拉着你的手，
　　逃出了牢笼，恢复我们的自由！

　　跟着我来，
　　我的恋爱！
人间已经掉落在我们的后背，——
看呀，这不是白茫茫的大海？
白茫茫的大海，
白茫茫的大海，
　　无边的自由，我与你与恋爱！

顺着我的指头看，
那天边一小星的蓝——
　　那是一座岛，岛上有青草，
　　鲜花，美丽的走兽与飞鸟；
快上这轻快的小艇，
去到那理想的天庭——
　　恋爱，欢欣，自由——辞别了人间，永远！

1925年8月中华书局《志摩的诗》

苏　苏[1]

苏苏是一个痴心的女子：
　　　　像一朵野蔷薇，她的丰姿；
　　　　像一朵野蔷薇，她的丰姿——
来一阵暴风雨，摧残了她的身世。

这荒草地里有她的墓碑：
　　　　淹没在蔓草里，她的伤悲；
　　　　淹没在蔓草里，她的伤悲——
啊，这荒土里化生了血染的蔷薇！

那蔷薇是痴心女的灵魂，
　　　　在清早上受清露的滋润，
　　　　到黄昏时有晚风来温存，
更有那长夜的慰安，看星斗纵横。

---

①写于1925年5月5日。

你说这应分是她的平安？

　　但运命又叫无情的手来攀，

　　攀，攀尽了青条上的灿烂，——

可怜呵，苏苏她又遭一度的摧残！

1925 年 12 月 1 日《晨报七周年纪念增刊》

她是睡着了①

她是睡着了——
星光下一朵斜欹的白莲；
　　她入梦境了——
香炉里袅起一缕碧螺烟。
　　她是眠熟了——
涧泉幽抑了喧响的琴弦；
　　她在梦乡了——
粉蝶儿，翠蝶儿，翻飞的欢恋。

　　停匀的呼吸：
清芬，渗透了她的周遭的清氛；
　　有福的清氛，
怀抱着，抚摩着，她纤纤的身形！

①约写于1925年初夏。

　　奢侈的光阴！
静，沙沙的尽是闪亮的黄金，
　　平铺着无垠，
波鳞间轻漾着光艳的小艇。

　　醉心的光景：
给我披一件彩衣，啜一坛芳醴，
　　折一枝藤花，
舞，在葡萄丛中颠倒，昏迷。

　　看呀，美丽！
三春的颜色移上了她的香肌，
　　是玫瑰，是月季，
是朝阳里的水仙，鲜妍，芳菲！

　　梦底的幽秘，
挑逗着她的心——纯洁的灵魂，
　　像一只蜂儿，
在花心恣意的唐突——温存。

童真的梦境！
静默，休教惊断了梦神的殷勤；
抽一丝金络，
抽一丝银络，抽一丝晚霞的紫曛；

玉腕与金梭，
织缣似的精审，更番的穿度——
化生了彩霞，
神阙，安琪儿的歌，安琪儿的舞。

可爱的梨涡，
解释了处女的梦境的欢喜，
像一颗露珠，
颤动的，在荷盘中闪耀着晨曦！

1925年8月中华书局《志摩的诗》

她怕他说出口

（朋友，我懂得那一条骨鲠，
　　难受不是？——难为你的咽喉；）
“看，那草瓣上蹲着一只蚱蜢，
　　那松林里的风声像是箜篌。”

（朋友，我明白，你的眼水里
　　闪动着你的真情的泪晶；）
“看，那一双蝴蝶连翩的飞；
　　你试闻闻这紫兰花馨！”

（朋友，你的心在怦怦的动，
　　我的也不一定是安宁；）
“看，那一对雌雄的双虹！
　　在云天里卖弄着娉婷；”

（这不是玩，还是不出口的好，
　　我顶明白你灵魂里的秘密；）
“那是句致命的话，你得想到，
　　回头你再来追悔那又何必！”

（我不愿你进火焰里去遭罪，
　　就我——就我也不情愿受苦！）
“你看那双虹已经完全破碎；
　　花草里不见了蝴蝶儿飞舞。”

（耐着！美不过这半绽的花蕾；
　　何必再添深这颊上的薄晕？）
“回走吧，天色已是怕人的昏黑，——
　　明儿再来看鱼肚色的朝云！”

1925年4月25日《晨报·文学旬刊》

我有一个恋爱[1]

我有一个恋爱，
我爱天上的明星，
我爱它们的晶莹：——
　　人间没有这异样的神明！

在冷峭的暮冬的黄昏，
在寂寞的灰色的清晨，
在海上，在风雨后的山顶：——
　　永远有一颗，万颗的明星！

山涧边小草花的知心，
高楼上小孩童的欢欣，
旅行人的灯亮与南针：——
　　万万里外闪烁的精灵！

①写于1925年8月之前。

我有一个破碎的魂灵，
像一堆破碎的水晶，
散布在荒野的枯草里：——
　　饱啜你一瞬瞬的殷勤。

人生的冰激与柔情，
我也曾尝味，我也曾容忍；
有时阶砌下蟋蟀的秋吟：——
　　引起我心伤，逼迫我泪零。

我袒露我的坦白的胸襟，
　　献爱与一天的明星；
任凭人生是幻是真，
地球存在或是消泯：——
　　大空中永远有不昧的明星！

1925年8月中华书局《志摩的诗》

起造一座墙[1]

你我千万不可亵渎那一个字，
别忘了在上帝跟前起的誓。
我不仅要你最柔软的柔情，
蕉衣似的永远裹着我的心；
我要你的爱有纯钢似的强，
在这流动的生里起造一座墙；
任凭秋风吹尽满园的黄叶，
任凭白蚁蛀烂千年的画壁；
就使有一天霹雳震翻了宇宙，——
也震不翻你我“爱墙”内的自由！

1925 年 9 月 5 日《现代评论》第 2 卷第 39 期

①写于 1925 年 8 月。

客　中①

今晚天上有半轮的下弦月；
　　　　我想携着她的手，
　　　　往明月多处走——
一样是清光，我说，圆满或残缺。

园里有一树开剩的玉兰花；
　　　　她有的是爱花癖，
　　　　我爱看她的怜惜——
一样是芬芳，她说，满花与残花。

浓荫里有一只过时的夜莺；
　　　　她受了秋凉，
　　　　不如从前浏亮——
快死了，她说，但我不悔我的痴情！

①写于1925年9月。

但这莺，这一树花，这半轮月——

　　我独自沉吟，

　　对着我的身影——

她在那里，啊，为什么伤悲，凋谢，残缺？

1925 年 12 月 10 日《晨报副镌》

多谢天！我的心又一度的跳荡[①]

多谢天！我的心又一度的跳荡，
这天蓝与海青与明洁的阳光，
驱净了梅雨时期无欢的踪迹，
也散放了我心头的网罗与纽结，
像一朵曼陀罗花英英的露爽，
在空灵与自由中忘却了迷惘：——
迷惘，迷惘！也不知来自何处，
囚禁着我心灵的自然的流露，
可怖的梦魇，黑夜无边的惨酷，
苏醒的盼切，只增剧灵魂的麻木！
曾经有多少的白昼，黄昏，清晨，
嘲讽我这蚕茧似不生产的生存？
也不知有几遭的明月，星群，晴霞，
山岭的高亢与流水的光华……
辜负！辜负自然界叫唤的殷勤，
惊不醒这沉醉的昏迷与顽冥！

①写于 1925 年 8 月之前。

如今，多谢这无名的博大的光辉，
在艳色的青波与绿岛间萦洄，
更有那渔船与帆影，亭亭的黏附
在天边，唤起辽远的梦景与梦趣：
我不由的惊悚，我不由的感愧；
（有时微笑的妩媚是启悟的棒槌！）
是何来倏忽的神明，为我解脱
忧愁，新竹似的豁裂了外箨，
透露内裹的青篁，又为我洗净
障眼的盲翳，重见宇宙间的欢欣。

这或许是我生命重新的机兆；
大自然的精神！容纳我的祈祷，
容许我的不踌躇的注视，容许
我的热情的献致，容许我保持

这显示的神奇，这现在与此地，
这不可比拟的一切间隔的毁灭！
我更不问我的希望，我的惆怅，
未来与过去只是渺茫的幻想，
更不向人间访问幸福的进门，
只求每时分给我不死的印痕，——
变一颗埃尘，一颗无形的埃尘，
追随着造化的车轮，进行，进行……

1925 年 8 月中华书局《志摩的诗》

我来扬子江边买一把莲蓬[1]

我来扬子江边买一把莲蓬；
　手剥一层层莲衣，
　看江鸥在眼前飞，
　忍含着一眼悲泪——
我想着你，我想着你，啊小龙！

我尝一尝莲瓤，回味曾经的温存：——
　那阶前不卷的重帘，
　掩护着同心的欢恋，
　我又听着你的盟言，
“永远是你的，我的身体，我的灵魂。”

①写于 1925 年 9 月 9 日。

我尝一尝莲心，我的心比莲心苦；
　　我长夜里怔忡，
　　挣不开的恶梦，
　　谁知我的苦痛？
你害了我，爱，这日子叫我如何过？

但我不能责你负，我不忍猜你变，
　　我心肠只是一片柔：
　　你是我的！我依旧将你紧紧的抱搂——
除非是天翻——但谁能想象那一天？

1925 年 10 月 29 日《晨报副镌》

再休怪我的脸沉[①]

不要着恼，乖乖，不要怪嫌
　　　　我的脸绷得直长，
　　　　我的脸绷得是长，
可不是对你，对恋爱生厌。

不要凭空往大坑里盲跳：
　　　　胡猜是一个大坑，
　　　　这里面坑得死人；
你听我讲，乖，用不着烦恼。

你，我的恋爱，早就不是你：
　　　　你我早变成一身，
　　　　呼吸，命运，灵魂——
再没有力量把你我分离。

你我比是桃花接上竹叶，
　　　　露水合着嘴唇吃，

①写于1926年4月22日。

经脉胶成同命丝，
单等春风到开一个满艳。

谁能怀疑他自创的恋爱？
天空有星光耿耿，
冰雪压不倒青春，
任凭海有时枯，石有时烂！

不是的，乖，不是对爱生厌！
你胡猜我也不怪，
我的样儿是太难，
反正我得对你深深道歉。

不错，我恼，恼的是我自己：
（山怨土堆不够高；
河对水私下唠叨。）
恨我自己为甚这不争气。

我的心（我信）比似个浅洼：
跳动着几条泥鳅，
积不住三尺清流，
盼不到天光，映不着彩霞；

又比是个力乏的朝山客；
　　　他望见白云缭绕，
　　　拥护着山远山高，
但他只能在倦疲中沉默。

也不是不认识上天威力；
　　　他何尝甘愿绝望，
　　　空对着光阴怅惘——
你到深夜里来听他悲泣！

就说爱，我虽则有了你，爱，
　　　不愁在生命道上，
　　　感受孤立的恐慌，
但天知道我还想往上攀！

恋爱，我要更光明的实现：
　　　草堆里一个萤火，
　　　企慕着天顶星罗：
我要你我的爱高比得天！

我要那洗度灵魂的圣泉，
　　　洗掉这皮囊腌臜，
　　　解放内裹的囚犯，

化一缕轻烟，化一朵青莲。

这，你看，才叫是烦恼自找；
　　　从清晨直到黄昏，
　　　从天昏又到天明，
活动着我自剖的一把钢刀！

不是自杀，你得认个分明。
　　　劈去生活的余渣，
　　　为要生命的精华；
给我勇气，啊，唯一的亲亲！

给我勇气，我要的是力量，
　　　快来救我这围城，
　　　再休怪我的脸沉，
快来，乖乖，抱住我的思想！

四月二十二日

1926 年 4 月 29 日《晨报副镌·诗镌》第 5 号

决 断①

我的爱：
再不可迟疑；
误不得
这唯一的时机，

天平秤——
在你自己心里，
哪头重——
法码都不用比！

你我的——
哪还用着我提？
下了种，
就得完功到底。

①写于1925年秋。

生，爱，死——
三连环的迷谜；
拉动一个，
两个就跟着挤。

老实说，
我不希罕这活，
这皮囊，——
哪处不是拘束。

要恋爱，
要自由，要解脱——
这小刀子，
许是你我的天国！

可是不死
就得跑，远远的跑；
谁耐烦
在这猪圈里捞骚？

险——
不用说，总得冒，
不拼命，

哪件事拿得着？

看那星，
多勇猛的光明！
看这夜，
多庄严，多澄清！

走吧，甜，
前途不是暗昧；
多谢天，
从此跳出了轮回！

1925 年 11 月 25 日《晨报副镌》

两地相思

一 他——

今晚的月亮像她的眉毛，

这弯弯的够多俏！

今晚的天空像她的爱情，

这蓝蓝的够多深！

那样多是你的，我听她说，

你再也不用疑惑；

给你这一团火，她的香唇，

还有她更热的腰身！

谁说做人不该多吃点苦？——

吃到了底才有数。

这来可苦了她，盼死了我，

半年不是容易过！

她这时候，我想，正靠着窗，

手托着俊俏脸庞，

在想，一滴泪正挂在腮边，

像露珠沾上草尖：

在半忧愁半欢喜的预计，

计算着我的归期：
啊，一颗纯洁的爱我的心，
那样的专！那样的真！
还不催快你胯下的牲口，
趁月光清水似流，
趁月光清水似流，赶回家
去亲你唯一的她！

二　她——

今晚的月色又使我想起，
我半年前的昏迷，
那晚我不该喝那三杯酒，
添了我一世的愁；
我不该把自由随手给扔，——
活该我今儿的闷！
他待我倒真是一片至诚，
像竹园里的新笋，
不怕风吹，不怕雨打，一样
他还是往上滋长；
他为我吃尽了苦，就为我
他今天还在奔波；——
我又没有勇气对他明讲

　　我改变了的心肠！
今晚月儿弓样，到月圆时
　　我，我如何能躲避！
我怕，我爱，这来我真是难，
　　恨不能往地底钻；
可是你，爱，永远有我的心，
　　听凭我是浮是沉；
他来时要抱，我就让他抱，
　　（这葫芦不破的好，）
但每回我让他亲——我的唇，
　　爱，亲的是你的吻！

1926年6月10日《晨报副镌·诗镌》第11号

新催妆曲

一

新娘，你为什么紧锁你的眉尖，
　　（听掌声如春雨吼，
　　鼓乐暴雨似的流！）
在缤纷的花雨中步慵慵的向前：
　　（向前，向前，到礼台边，
　　见新郎面！）
莫非这嘉礼惊醒了你的忧愁：
　　一针针的忧愁，
　　你的芳心刺透，
　　逼迫你热泪流，——
新娘，为什么你紧锁你的眉尖？

二

新娘，这礼堂不是杀人的屠场，
　　（听掌声如震天雷，
　　闹乐暴雨似的催！）
那台上站着的不是吃人的魔王：
　　他是新郎，

他是新郎，
你的新郎；
新娘，美满的幸福等在你的前面，
你快向前，
到礼台边，
见新郎面——
新娘，这礼堂不是杀人的屠场！

三

新娘，有谁猜得你的心头怨？——
（听掌声如劈山雷，
鼓乐暴雨似的催，
催花巍巍的新人快步的向前，
向前，向前，到礼台边，
见新郎面。）
莫非你到今朝，这定运的一天，
又想起那时候，
他热烈的抱搂，
那颤栗，那绸缪——
新娘，有谁猜得你的心头怨？

四

新娘，把钩消的墓门压在你的心上：
（这礼堂是你的坟场，

你的生命从此埋葬！）
让伤心的热血添浓你颊上的红光；
（你快向前，到礼台边，
见新郎面！）
忘却了，永远忘却了人间有一个他：
让时间的灰烬，
掩埋了他的心，
他的爱，他的影，——
新娘，谁不艳羡你的幸福，你的荣华！

1926年5月13日《晨报副镌·诗镌》第7号

两个月亮

我望见有两个月亮：
一般的样，不同的相。

一个这时正在天上，
披敞着雀毛的衣裳；
她不吝惜她的恩情，
满地全是她的金银。
她不忘故宫的琉璃，
三海间有她的清丽。
她跳出云头，跳上树，
又躲进新绿的藤萝。
她那样玲珑，那样美，
水底的鱼儿也得醉！
但她有一点子不好，
她老爱向瘦小里耗；
有时满天只见星点，
没了那迷人的圆脸，
虽则到时候照样回来，

但这份相思有些难挨！

还有那个你看不见，
虽则不提有多么艳！
她也有她醉涡的笑，
还有转动时的灵妙；
说慷慨她也从不让人，
可惜你望不到我的园林！
可贵是她无边的法力，
常把我灵波向高里提：
我最爱那银涛的汹涌，
浪花里有音乐的银钟；
就那些马尾似的白沫，
也比得珠宝经过雕琢。
一轮完美的明月，
又况是永不残缺！
只要我闭上这一双眼，
她就婷婷的升上了天！

四月二日月圆深夜

1931 年 4 月 20 日《诗刊》第 2 期

鲤 跳①

那天你走近一道小溪，
我说："我抱你过去，"你说："不；"
"那我总得搀你，"你又说："不。"
"你先过去，"你说，"这水多丽！"

"我愿意做一尾鱼，一支草，
在风光里长，在风光里睡，
收拾起烦恼，再不用流泪：
现在看！我这锦鲤似的跳！"

一闪光艳，你已纵过了水；
脚点地时那轻，一身的笑，
像柳丝，腰哪在俏丽的摇；
水波里满是鲤鳞的霞绮！

七月九日

1931 年 1 月 10 日《新月》第 3 卷第 10 号

①写于 1930 年 7 月 9 日。

你　去

你去，我也走，我们在此分手；
你上那一条大路，你放心走，
你看那街灯一直亮到天边，
你只消跟从这光明的直线！
你先走，我站在此地望着你，
放轻些脚步，别教灰土扬起，
我要认清你的远去的身影，
直到距离使我认你不分明。
再不然我就叫响你的名字，
不断的提醒你有我在这里，
为消解荒街与深晚的荒凉，
目送你归去……
　　　　　　不，我自有主张，
你不必为我忧虑；你走大路，
我进这条小巷，你看那棵树，
高抵着天，我走到那边转弯，
再过去是一片荒野的凌乱：
有深潭，有浅洼，半亮着止水，

在夜芒中像是纷披的眼泪；
有石块，有钩刺胫踝的蔓草，
在期待过路人疏神时绊倒！
但你不必焦心，我有的是胆，
凶险的途程不能使我心寒。
等你走远了，我就大步向前，
这荒野有的是夜露的清鲜；
也不愁愁云深裹，但须风动，
云海里便波涌星斗的流汞；
更何况永远照彻我的心底，
有那颗不夜的明珠，我爱你！

1931 年 10 月 5 日《诗刊》第 3 期

为的是

女人：

我对你祈祷，

我对你礼拜，

我对你乞讨，——

为的是……

女人：

我为你发痴，

我为你颓废，

我为你做诗，——

为的是……

女人：

我拿你咒骂，

我拿你凌迟，

我拿你践踏，——

为的是……

1930年6月上海《金屋月刊》第9、10期合刊

难 忘

这日子——从天亮到昏黄，
虽则有时花般的阳光，
从郊外的麦田，
半空中的飞燕，
照亮到我劳倦的眼前，
给我刹那间的舒爽，
我还是不能忘——
不忘旧时的积累，
也不分是恼是愁是悔，
在心头，在思潮的起伏间，
像是迷雾，像是诅咒的凶险：
它们包围，它们缠绕，
它们狞露着牙，它们咬，
它们烈火般的煎熬，
它们伸拓着巨灵的掌，
把所有的忻快拦挡……

1932 年 7 月 30 日《诗刊》第 4 期

难得[1]

难得，夜这般的清静，
难得，炉火这般的温，
更是难得，无言的相对，
一双寂寞的灵魂！
也不必筹营，也不必详论，
更没有虚骄，猜忌与嫌憎，
只静静的坐对着一炉火，
只静静的默数远巷的更。
喝一口白水，朋友，
滋润你的干裂的口唇；
你添上几块煤，朋友，
一炉的红焰感念你的殷勤。
在冰冷的冬夜，朋友，
人们方始珍重难得的炉薪；
在这冰冷的世界，
方始凝结了少数同情的心！

（1925 年 8 月中华书局《志摩的诗》）

①约写于 1925 年 8 月前。

破 庙

慌张的急雨将我
赶入了黑丛丛的山坳，
迫近我头顶在腾拿，
恶狠狠的乌龙巨爪；
枣树兀兀地隐蔽着
一座静悄悄的破庙，
我满身的雨点雨块，
躲进了昏沉沉的破庙；

雷雨越发来得大了；
霍隆隆半天里霹雳，
豁喇喇林叶树根苗，
山谷山石，一齐怒号，
千万条的金剪金蛇，
飞入阴森森的破庙，

我浑身战抖，趁电光
估量这冷冰冰的破庙；

我禁不住大声喊叫；
电光火把似的照耀，
照出我身旁神龛里
一个青面狞笑的神道，
电光去了，霹雳又到，
不见了狞笑的神道，
硬雨石块似的倒泻——
我独身藏躲在破庙；

千年万年应该过了！
只觉得浑身的毛窍，
只听得骇人声怪叫，
只记得那凶恶的神道，
忘记了我现在的破庙；
好容易雨收了，雷休了，
血红的太阳，满天照耀，
照出一个我，一座破庙！

石虎胡同七号

我们的小园庭，有时荡漾着无限温柔；
善笑的藤娘，袒酥怀任团团的柿掌绸缪，
百尺的槐翁，在微风中俯身将棠姑抱搂，
黄狗在篱边，守候睡熟的珀儿，它的小友，
小雀儿新制求婚的艳曲，在媚唱无休——
我们的小园庭，有时荡漾着无限温柔。

我们的小园庭，有时淡描着依稀的梦景；
雨过的苍茫与满庭荫绿，织成无声幽冥，
小蛙独坐在残兰的胸前，听隔院蚓鸣，
一片化不尽的雨云，倦展在老槐树顶，
掠檐前作圆形的舞旋，是蝙蝠，还是蜻蜓？——
我们的小园庭，有时淡描着依稀的梦景。

我们的小园庭，有时轻喟着一声奈何；
奈何在暴雨时，雨槌下捣烂鲜红无数，
奈何在新秋时，未凋的青叶惆怅地辞树，
奈何在深夜里，月儿乘云艇归去，西墙已度，
远巷薤露的乐音，一阵阵被冷风吹过——
我们的小园庭，有时轻喟着一声奈何。

我们的小园庭，有时沉浸在快乐之中；
雨后的黄昏，满院只美荫，清香与凉风，
大量的蹇翁，巨樽在手，蹇足直指天空，
一斤，两斤，杯底喝尽，满怀酒欢，满面酒红，
连珠的笑响中，浮沉着神仙似的酒翁——
我们的小园庭，有时沉浸在快乐之中。

（1923 年 8 月 6 日《文学周报》第 82 期）

月下雷峰影片[①]

我送你一个雷峰塔影，
　　满天稠密的黑云与白云；
我送你一个雷峰塔顶，
　　明月泻影在眠熟的波心。

深深的黑夜，依依的塔影，
　　团团的月彩，纤纤的波鳞——
假如你我荡一支无遮的小艇，
　　假如你我创一个完全的梦境！

（1925 年 8 月中华书局《志摩的诗》）

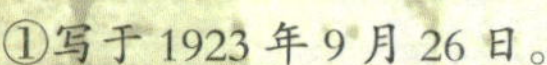

①写于 1923 年 9 月 26 日。

雷峰塔

那首是白娘娘的古墓
（划船的手指着野草深处）；
客人，你知道西湖上的佳话，
白娘娘是个多情的妖魔。

她为了多情，反而受苦，
爱了个没出息的许仙，她的情夫；
他听信了一个和尚，一时的糊涂，
拿一个钵盂，把他妻子的原形罩住。

到如今已有千百年的光景，
可怜她被镇压在雷峰塔底，——
一座残败的古塔，凄凉地，
庄严地，独自在南屏的晚钟声里！

（1923 年 10 月 12 日《晨报·文学旬刊》）

再不见雷峰[1]

再不见雷峰，雷峰坍成了一座大荒冢，
　　顶上有不少交抱的青葱；
　　顶上有不少交抱的青葱，
再不见雷峰，雷峰坍成了一座大荒冢。

为什么感慨，对着这光阴应分的摧残？
　　世上多的是不应分的变态；
　　世上多的是不应分的变态，
发什么感慨，对着这光阴应分的摧残？

为什么感慨，这塔是镇压，这坟是掩埋——
　　镇压还不如掩埋来得痛快！
　　镇压还不如掩埋来得痛快，
发什么感慨，这塔是镇压，这坟是掩埋！

①写于1925年9月17日。

再没有雷峰，雷峰从此掩埋在人的记忆中，

像曾经的幻梦，曾经的爱宠；

像曾经的幻梦，曾经的爱宠，

再没有雷峰，雷峰从此掩埋在人的记忆中。

九月西湖

1925 年 10 月 5 日《晨报副镌》

一个祈祷[1]

请听我悲哽的声音，祈求于我爱的神：
人间哪一个的身上，不带些儿创与伤！
哪有高洁的灵魂，不经地狱，便登天堂：
我是肉薄过刀山，炮烙，闯度了奈何桥，
方有今日这颗赤裸裸的心，自由高傲！

这颗赤裸裸的心，请收了罢，我的爱神！
因为除了你更无人，给他温慰与生命，
否则，你就将他磨成齑粉，散入西天云，
但他精诚的颜色，却永远点染你春朝的
新思，秋夜的梦境；怜悯罢，我的爱神！

1923年7月1日《晨报·文学旬刊》

①写于1923年6月。

悲　思①

悲思在庭前——
　　不；但看
新萝憨舞，
紫藤吐艳，
蜂恣蝶恋——
悲思不在庭前。

悲思在天上——
　　不；但看——
青白长空，
气宇晴朗，
云雀回舞——
悲思不在天上。

悲思在我笔里——
　　不；但看
白净长毫，

①写于1923年5月13日

正待抒写，
浩坦心怀——
悲思不在我的笔里。

悲思在我纸上——
不；但看
质净色清，
似在腼盻，
诗意春情——
悲思不在我的纸上。

悲思莫非在我……

心里——

心如古墟，

野草不株，

心如冻泉，

冰结活源，

心如冬虫，

久蛰久噤——

不，悲思不在我的心里！

五月十三日

1923 年 5 月 20 日《努力周报》第 53 期

我是个无依无伴的小孩[①]

我是个无依无伴的小孩，
无意地来到生疏的人间：
我忘了我的生年与生地，
只记从来处的草青日丽；

青草里满泛我活泼的童心，
好鸟常伴我在艳阳中游戏；

我爱啜野花上的白露清鲜，
爱去流涧边照弄我的童颜；

我爱与初生的小鹿儿竞赛，
爱聚砂砾仿造梦里的亭园；

我梦里常游安琪儿的仙府，
白羽的安琪儿，教导我歌舞；

①写于1923年5月6日。

我只晓天公的喜悦与震怒，
从不感人生的痛苦与欢娱；

所以我是个自然的婴孩，
误入了人间峻险的城围：

我骇诧于市街车马之喧扰，
行路人尽戴着忧惨的面罩；

铅般的烟雾迷障我的心府，
在人丛中反感恐惧与寂寥；

啊！此地不见了清涧与青草，
更有谁伴我笑语，疗我饥惆；

我只觉刺痛的冷眼与冷笑，
我足上沾污了沟渠的泞潦；

我忍住两眼热泪，漫步无聊，
漫步着南街北巷，小径长桥；

我走近一家富丽的门前，
门上有金色题标，两字“慈悲”；

金字的慈悲，令我欢慰，
我便放胆跨进了门槛；

慈悲的门庭寂无声响，
堂上隐隐有阴惨的偶像；

偶像在伸臂，似庄似戏，
真骇我狂奔出慈悲之第；

我神魂惊悸慌张地前行，
转瞬间又面对“快乐之园”；

快乐园的门前，鼓角声喧，
红衣汉在守卫，神色威严；

游服竞鲜艳，如春蝶舞翩跹，
园林里阵阵香风，花枝隐现；

吹来乐音断片，招诱向前，
赤穷孩蹑近了快乐之园！

守门汉霹雳似的一声呼叱，
震出了我骇愧的两行急泪；

我掩面向僻隐处飞驰，
遭罹了快乐边沿的尖刺；

黄昏。荒街上尘埃舞旋，
凉风里有落叶在呜咽；

天地看似墨色螺形的长卷，
有孤身儿在踟蹰，似退似前；

我仿佛陷落在冰寒的阱锢，
我哭一声我要阳光的暖和！

我想望温柔手掌，偎我心窝，
我想望搂我入怀，纯爱的母；

我悲思正在喷泉似的溢涌，
一闪闪神奇的光，忽耀前路；

光似草际的游萤，乍显乍隐，
又似暑夜的飞星，窜流无定；

神异的精灵！生动了黑夜，
平易了途径，这闪闪的光明；

闪闪的光明！消解了恐惧，
启发了欢欣，这神异的精灵；

昏沉的道上，引导我前进，
一步步离远人间进向天庭；

天庭！在白云深处，白云深处，
有美安琪敛翅羽，安眠未醒；

我亦爱在白云里安眠不醒，
任清风搂抱，明星亲吻殷勤；

光明！我不爱人间，人间难觅
安乐与真情，慈悲与欢欣；

光明，我求祷你引致我上登
天庭，引挈我永住仙神之境；

我即不能上攀天庭，光明，
你也照导我出城围之困，

我是个自然的婴儿，光明知否，
但求回复自然的生活优游；

茂林中有餐不罄的鲜柑野栗，
青草里有享不尽的意趣香柔……

五月六日

1923 年 5 月 13 日《努力周报》第 52 期

希望的埋葬①

希望，只如今……
如今只剩些遗骸——
可怜，我的心……
却教我如何埋掩？

希望，我抚摩着
你惨变的创伤；
在这冷默的冬夜——
谁与我商量埋葬？

埋你在秋林之中，
幽涧之边，你愿否？
朝餐泉乐的琤琮，
暮偎着松茵香柔。

我收拾一筐的红叶，
露凋秋伤的枫叶，

①写于 1923 年 1 月 24 日。

铺盖在你新坟之上——
长眠着美丽的希望！

我唱一支惨淡的歌，
与秋林的秋声相和；
滴滴凉露似的清泪，
洒遍了清冷的新墓！

我手抱你冷残的衣裳，
凄怀你生前的经过——
一个遭不幸的爱母，
回想一场抚养的辛苦！

我又舍不得将你埋葬，
希望，我的生命与光明——
像那个情疯了的公主，
紧搂住她爱人的冷尸。

梦境似的惝恍，
毕竟是谁存谁亡？
是谁在悲唱，希望！
你，我，是谁替谁埋葬？

“美是人间不死的光芒”，
不论是生命，或是希望！
便冷骸也发生命的神光，
何必问秋林红叶去埋葬？

1923 年 1 月 28 日《努力周报》第 39 期

你是谁呀？[1]

你是谁呀？
面熟得很，你我曾经会过的，
但在哪里呢，竟是无从记起；
是谁引你到我密室里来的？
你满面忧怆的精神，你何以
默不出声，我觉得有些怕惧；
你的肤色好比干蜡，两眼里
泄露无限的饥渴；呀！他们在
迸泪、鲜红、枯干、凶狠的眼泪，
胶在睚帘边，多可怕，多凄惨！

①写于1922年7月21日。

——我明白了：我知晓你的伤感，
憔悴的根源；可怜！我也记起，
依稀，你我的关系像在这里，
那里，云里雾里，哦，是的是的！
但是再休提起：你我的交谊，
从今起，另辟一番天地，是呀，
另辟一番天地；再不用问你
——我希冀——“你是谁呀”？

1923 年 5 月 4 日《时事新报·学灯》

月夜听琴①

是谁家的歌声，
和悲缓的琴音，
星茫下，松影间，
有我独步静听。

音波，颤震的音波，
穿破昏夜的凄清，
幽冥，草尖的鲜露，
动荡了我的灵府。

我听，我听，我听出了
琴情，歌者的深心。
枝头的宿鸟休惊，
我们已心心相印。
休道她的芳心忍，
她为你也曾吞声，

① 1922年写于英国。

休道她淡漠，冰心里
满蕴着热恋的火星。

记否她临别的神情，
满眼的温柔和酸辛，
你握着她颤动的手——
一把恋爱的神经！

记否你临别的心境，
冰流沦彻你全身，
满腔的抑郁，一海的泪，
可怜不自由的魂灵？

松林中的风声哟！
休扰我同情的倾诉；
人海中能有几次
恋潮淹没我的心滨？

那边光明的秋月，
已经脱卸了云衣，
仿佛喜声地笑道：
“恋爱是人类的生机！”

我多情的伴侣哟！
我羡你蜜甜的爱唇，
却不道黄昏和琴音
联就了你我的神交！

1923 年 4 月 1 日《时事新报·学灯》

夜[1]

一

夜，无所不包的夜，我颂美你！

夜，现在万象都像乳饱了的婴孩，在你大母温柔的怀抱中眠熟。

一天只是紧叠的乌云，像野外一座帐篷，静悄悄的，静悄悄的；

河面只闪着些纤微，软弱的辉芒，桥边的长梗水草，黑沉沉的像几条烂醉的鲜鱼横浮在水上，任凭惫懒的柳条，在他们的肩尾边撩拂；

对岸的牧场，屏围着墨青色的榆荫，阴森森的，像一座镵空的古墓；那边树背光芒，又是什么呢？

我在这沉静的境界中徘徊，在凝神地倾听……听不出青林的夜乐，听不出康河的梦呓，听不出鸟翅的飞声；

我却在这静谧中，听出宇宙进行的声息，黑夜的脉搏与呼吸，听出无数的梦魂的匆忙踪迹；

也听出我自己的幻想，感受了神秘的冲动，在豁动他久敛的羽翮，准备飞出他沉闷的巢居，飞出这沉寂的环境，去寻访

①写于 1922 年 7 月。

黑夜的奇观，去寻访更玄奥的秘密——

听呀，他已经沙沙的飞出云外去了！

二

一座大海的边沿，黑夜将慈母似的胸怀，紧贴住安息的万象；

波澜也只是睡意，只是懒懒向空疏的沙滩上洗淹，像一个小沙弥在瞌睡地撞他的夜钟，只是一片模糊的声响。

那边岩石的面前，直竖着一个伟大的黑影——是人吗？

一头的长发，散披在肩上，在微风中颤动；

他的两臂，瘦的，长的，向着无限的天空举着，——

他似在祷告，又似在悲泣——

是呀，悲泣——

海浪还只在慢沉沉的推送——

看呀，那不是他的一滴眼泪？

一颗明星似的眼泪，掉落在空疏的海砂上，落在倦懒的浪头上，落在睡海的心窝上，落在黑夜的脚边——一颗明星似的眼泪！

一颗神灵，有力的眼泪，仿佛是发酵的酒娘，作炸的引火，霹雳的电子；

他唤醒了海，唤醒了天，唤醒了黑夜，唤醒了浪涛——真伟大的革命——

霎时地扯开了满天的云幕，化散了迟重的雾气。

纯碧的天中，复现出一轮团圆的明月，

一阵威武的西风，猛扫着大海的琴弦，开始，神伟的音乐。

海见了月光的笑容，听了大风的呼啸，也像初醒的狮虎，

摇摆咆哮起来——

霎时地浩大的声响，霎时地普遍的猖狂！

夜呀！你曾经见过几滴那明星似的眼泪？

三

到了二十世纪的不夜城。

夜呀，这是你的叛逆，这是恶俗文明的广告，无耻、淫猥、残暴、肮脏——表面却是一致的辉耀，看，这边是跳舞会的尾声，

那边是夜宴的收梢，那厢高楼上一个肥狠的犹大，正在奸污他钱掳的新娘；

那边街道的转角上，有两个强人，擒住一个过客，一手用刀割断他的喉管，一手掏他的钱包；

那边酒店的门外，麇聚着一群醉鬼，蹒跚地在秽语，狂歌，

音似钝刀刮锅底——

幻想更不忍观望，赶快的掉转翅膀，向清净境界飞去。

飞过了海，飞过了山，也飞回了一百多年的光阴——

他到了“湖滨诗侣”的故乡。

多明净的夜色！只淡淡的星辉在湖胸上舞旋，三四个草虫

叫夜；

四围的山峰都把宽广的身影，寄宿在葛濑士迷亚柔软的湖心，

沉酣的睡熟；

那边“乳鸽山庄”放射出几缕油灯的稀光，斜偻在庄前的荆篱上；

听呀，那不是，罪翁吟诗的清音——

The poets who on earth have made us heirs of truth and pure

delightby heavenly lays!

Oh! might my name be numberd among theirs,

Then glady would end my mortal days!

诗人解释大自然的精神，

美妙与诗歌的欢乐，苏解人间爱困！

无羡富贵，但求为此高尚的诗歌者之一人，

便撒手长瞑，我已不负吾生。

我便无憾地辞尘埃，返归无垠。

他音虽不亮，然韵节流畅，证见旷达的情怀，一个个的音符，都变成了活动的火星，从窗棂里点飞出来！飞入天空，仿佛一串鸢灯，凭彻青云，下照流波，余音洒洒的惊起了林里的栖禽，放歌称叹。

接着清脆的嗓音，又不是他妹妹桃绿水（Dorothy）的?

呀，原来新染烟癖的高柳列奇（Coleridge）也在他家作客，三人围坐在那间湫隘的客室里，壁炉前烤火炉里烧着他们早上在园里亲劈的栗柴，在必拍的作响，铁架上的水壶也已经滚沸，嗤嗤有声：

To sit without emotion，hope or aim in the loved presence of

my cottage fire，

And Listen to the flapping of the flame Or kettle whispering its

faint undersong.

坐处在可爱的将息炉火之前，

无情绪的兴奋、无冀、无筹营，

听，但听火焰，飐摇的微喧，

听水壶的沸响，自然的乐音。

夜呀，像这样人间难得的纪念，你保存了多少……

四

他又离了诗侣的山庄，飞出了湖滨，重复逆溯着汹涌的时潮，到了几百年前海岱儿堡（Heidelberg）的一个跳舞盛会。

雄伟的赭色宫堡，一体沉浸在满目的银涛中，山下的尼波河（Nubes）

在悄悄的进行。

堡内只是舞过闹酒的欢声，那位海量的侏儒今晚已喝到第六十三瓶啤酒，嚷着要吃那大厨里烧烤的全牛，引得满庭假发粉面的男客、长裙如云的女宾，哄堂的大笑。

在笑声里幻想又溜回了不知几十世纪的一个昏夜——

眼前只见烽烟四起，巴南苏斯的群山，点成一座照彻云天大火屏，

远远听得呼声，古朴壮硕的呼声——

“阿加孟龙打破了屈次奄，夺回了海伦，现在凯旋回雅典了，希腊的人民呀，大家快来欢呼呀！——

——阿加孟龙，王中的王！”

这呼声又将我幻想的双翼，吹回更不知无量数的世纪，到了一个更古的黑夜，一座大山洞的跟前；

一群男女，老的、少的、腰围兽皮或树叶的原民，蹲踞在一堆柴火的跟前，在煨烤大块的兽肉。猛烈地腾窜的火花，照出他们强固的躯体，黝黑多毛的肌肤——

这是人类文明的摇荡时期。

夜呀，你是我们的老乳娘！

五

最后飞出了气围，飞出了时空的关塞。

当前是宇宙的大观！

几百万个太阳，大的小的，红的黄的，放花竹似的在无极中激震，

　旋转——

但人类的地球呢？

一海的星砂，却向哪里找去，

不好，他的归路迷了！

夜呀，你在哪里？

光明，你又在哪里？

六

“不要怕，前面有我。”一个声音说。

“你是谁呀？”

“不必问，跟着我来不会错的。我是宇宙的枢纽，我是光明

的泉源，我是神

圣的冲动，我是生命的生命，我是诗魂的向导；不要多心，跟我来不会错的。”

“我不认识你。”

“你已经认识我！在我的眼前，太阳、草木、星、月、介壳、鸟兽、各类的人、虫豸，都是同胞，他们都是从我取得生命，都受我的爱护，我是太阳的太阳，永生的火焰；

你只要听我指导，不必猜疑，我教你上山，你不要怕险；我教你入水，你不要怕淹；我教你蹈火，你不要怕烧；我教你跟我走，你不要问我是谁；

我不在这里，也不在那里，但只随便哪里都有我。若然万象都是空的幻的，我是终古不变的真理与实在；

你方才遨游黑夜的胜迹，你已经得见他许多珍藏的秘密，——你方才经过大海的边沿，不是看见一颗明星似的眼泪吗？——那就是我。

你要真静定，须向狂风暴雨的底里求去；

你要真和谐，须向混沌的底里求去；

你要真平安，须向大变乱，大革命的底里求去；

你要真幸福，须向真痛苦里尝去；

你要真实在，须向真空虚里悟去；

你要真生命，须向最危险的方向访去；

你要真天堂，须向地狱里守去；

这方向就是我。

这是我的话，我的教训，我的启方；

我现在已经领你回到你好奇的出发处，引起你游兴的夜里；

你看这不是湛露的绿草，这不是温驯的康河？愿你再不要多疑，听我的话，

不会错的，——我永远在你的周围。”

一九二二年七月康桥

1923 年 12 月 1 日《晨报·文学旬刊》

草上的露珠儿

草上的露珠儿
　　颗颗是透明的水晶球，
新归来的燕儿
　　在旧巢里呢喃个不休；

诗人哟！可不是春至人间
　　　还不放开你
　　　创造的喷泉，
嗤嗤！吐不尽南山北山的璠瑜，
　　　洒不完东海西海的琼珠，
　　　融和琴瑟箫笙的音韵，

　　饮餐星辰日月的光明！
诗人哟！可不是春在人间，
　　还不开放你
　　创造的喷泉！

这一声霹雳
　　震破了漫天的云雾，
显焕的旭日
　　又升临在黄金的宝座；

柔软的南风
　　吹皱了大海慷慨的面容，
洁白的海鸥
　　上穿云下没波自在优游；

诗人哟！可不是趁航时候，
　　还不准备你
　　歌吟的渔舟！
看哟！那白浪里
　　金翅的海鲤
　　白嫩的长鲵，
　　虾须和蠔脐！
快哟！一头撒网一头放钩，

收！收！
你父母妻儿亲戚朋友
享定了希世的珍馐。
诗人哟！可不是趁航时候，
还不准备你
歌吟的渔舟！

诗人哟！
你是时代精神的先觉者哟！
你是思想艺术的集成者哟！
你是人天之际的创造者哟！
你资材是河海风云，
鸟兽花草神鬼蝇蚊，

一言以蔽之：天文地文人文；

你的洪炉是“印曼桀乃欣”，
永生的火焰“烟士披里纯”，
炼制着诗化美化灿烂的鸿钧；

你是高高在上的云雀天鹨，
纵横四海不问今古春秋，
散布着希世的音乐锦绣；

你是精神困穷的慈善翁，
你展览真善美的万丈虹，
你居住在真生命的最高峰。

1969 年台湾传记文学出版社《徐志摩全集》第 1 集

春①

康河右岸皆学院，左岸牧场之背，榆荫密覆，大道纡回，一望葱翠，春尤浓郁，但闻虫鸟语，校舍寺塔掩映林巅，真胜处也。迩来草长日丽，时有情耦隐卧草中，密话风流。我常往复其间，辄成左作。

河水在夕阳里缓流，
暮霞胶抹树干树头；
蚱蜢飞，蚱蜢戏吻草光光，
我在春草里看看走走。

蚱蜢匐伏在铁花胸前，
铁花羞得不住的摇头，
草里忽伸出只藕嫩的手，
将孟浪的跳虫拦腰紧拶。

金花菜，银花菜，星星澜澜，
点缀着天然温暖的青毡，

① 1922 年写于英国。

青毡上青年的情耦，
情意胶胶，情话啾啾。

我点头微笑，南向前走，
观赏这青透春透的园囿，
树尽交柯，草也骄偶，
到处是缱绻，是绸缪。

雀儿在人前猥盼亵语，
人在草处心欢面赧，
我羡他们的双双对对，
有谁羡我孤独的徘徊？

孤独的徘徊！
我心须何尝不热奋震颤，
答应这青春的呼唤，
燃点着希望灿灿，
春呀！你在我怀抱中也！

1923 年 5 月 30 日《时事新报·学灯》

康桥西野暮色①

我常以为文字无论韵散的圈点并非绝对的必要。我们口里说笔上写得清利晓畅的时候，段落语气自然分明，何必多添枝叶去加点画。近来我们崇拜西洋了，非但现代做的文字都要循规蹈矩，应用“新圈钟”，就是无辜的圣经贤传红楼水浒，也教一班无事忙的先生，支离宰割，这里添了几只钩，那边画上几枝怕人的黑杠！！！真好文字其实没有圈点的必要，就怕那些“科学的”先生们倒有省事的必要。

你们不要骂我守旧，我至少比你们新些。现在大家喜欢讲新，潮流新的，色彩新的，文艺新的，所以我也只好随波逐流跟着维新。唯其为要新鲜，所以我胆敢主张一部分的诗文废弃圈点。这并不是我的创见，自今以后我们多少免不了仰西洋的鼻息。我想你们应该知道英国的小说家 George Choow，你们要

① 1922 年写于英国。

看过他的名著《Krook Kerith》，就知道散文的新定义新趣味新音节。

还有一位爱尔兰人叫做James Joyce，他在国际文学界的名气恐怕和蓝宁在国际政治界上差不多，一样受人崇拜，受人攻击。他五六年前出了一部《The Portrait of an Artist as Young Men》，独创体裁，在散文里开了一个新纪元，恐怕这就是一部不朽的贡献。他又做了一部书叫《Ulysses》，英国美国谁都不肯不敢替他印，后来他自己在巴黎印行。这部书恐怕非但是今年，也许是这个时期里的一部独一著作。他书后最后一百页（全书共七百几十页）那真是纯粹的"Prose"，像牛酪一样润滑，像教堂里石坛一样光澄，非但大写字母没有，连，……？——；——！（幂）"幂"等可厌的符号一齐灭迹，也不分章句篇节，只有一大股清丽浩瀚的文章排幂而前，像一大匹白罗披泻，一大卷瀑布倒挂，丝毫不露痕迹，真大手笔！

至于新体诗的废句须大写，废句法点画，更属寻常，用不着引证。但这都是乘便的饶舌。下面一首乱词，并非故意不用句读，实在因为没有句读的必要，所以画好了蛇没有添足上去。

一个大红日挂在西天
紫云绯云褐云
簇簇斑斑田田
青草黄田白水
郁郁密密鬌鬌
红瓣黑蕊长梗
罂粟花三三两两

一大块透明的琥珀
千百折云凹云凸
南天北天暗暗默默
东天中天舒舒阖阖
宇宙在寂静中构合
太阳在头赫里告别
一阵临风
几声"可可"

一颗大胆的明星
仿佛骄矜的小艇
抵牾着云涛云潮
兀兀漂漂潇潇
侧眼看暮焰沉销
回头见伙伴来！

晚霞在林间田里
晚霞在原上溪底
晚霞在风头风尾
晚霞在村姑眉际
晚霞在燕喉鸦背
晚霞在鸡啼犬吠

晚霞在田陇陌上
陌上田垅行人种种
白发的老妇老翁
屈躬咳嗽龙钟
农夫工罢回家
肩锄手篮口衔菰巴
白衣裳的红腮女郎
攀折几茎白葩红英
笑盈盈翳入绿荫森森

跟着肥满蓬松的“北京”
罂粟在凉园里摇曳
白杨树上一阵鸦啼
夕照只剩了几痕紫气
满天镶嵌着星巨星细
田里路上寂无声响
榆荫里的村屋微泄灯芒
冉冉有风打树叶的抑扬
前面远远的树影塔光
罂粟老鸦宇宙婴孩
一齐沉沉奄奄眠熟了也

1923 年 7 月 6 日《时事新报·学灯》

康桥再会罢[1]

康桥，再会罢；
我心头盛满了别离的情绪，
你是我难得的知己，我当年
辞别家乡父母，登太平洋去，
（算来一秋二秋，已过了四度春秋，浪迹在
海外，美土欧洲）
扶桑风色，檀香山芭蕉况味，
平波大海，开拓我心胸神意，
如今都变了梦里的山河，
渺茫明灭，在我灵府的底里；
我母亲临别的泪痕，她弱手
向波轮远去送爱儿的巾色，

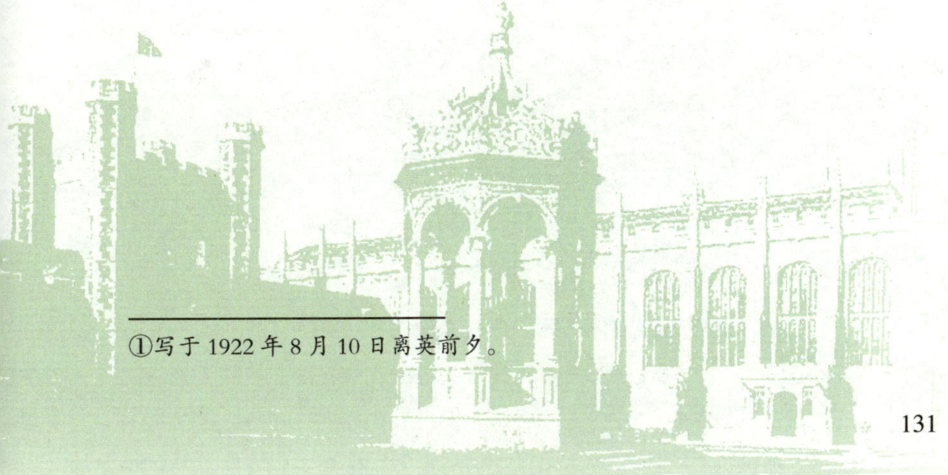

①写于1922年8月10日离英前夕。

海风咸味，海鸟依恋的雅意，
尽是我记忆的珍藏，我每次
摩按，总不免心酸泪落，便想
理箧归家，重向母怀中匐伏，
回复我天伦挚爱的幸福；
我每想人生多少跋涉劳苦，
多少牺牲，都只是枉费无补，
我四载奔波，称名求学，毕竟
在知识道上，采得几茎花草，
在真理山中，爬上几个峰腰，
钧天妙乐，曾否闻得，彩红色，
可仍记得？——但我如何能回答？
我但自喜楼高车快的文明，
不曾将我的心灵污抹，今日

我对此古风古色，桥影藻密，
依然能坦胸相见，惺惺惜别。

康桥，再会罢！
你我相知虽迟，然这一年中
我心灵革命的怒潮，尽冲泻
在你妩媚河身的两岸，此后
清风明月夜，当照见我情热
狂溢的旧痕，尚留草底桥边，
明年燕子归来，当记我幽叹
音节，歌吟声息，缦烂的云纹
霞彩，应反映我的思想情感，
此日撒向天空的恋意诗心，
赞颂穆静腾辉的晚景，清晨
富丽的温柔；听！那和缓的钟声
解释了新秋凉绪，旅人别意，
我精魂腾跃，满想化入音波，
震天彻地，弥盖我爱的康桥，
如慈母之于睡儿，缓抱软吻；
康桥！汝永为我精神依恋之乡！
此去身虽万里，梦魂必常绕
汝左右，任地中海疾风东指，
我亦必纡道西回，瞻望颜色；

归家后我母若问海外交好，
我必首数康桥；在温清冬夜
腊梅前，再细辨此日相与况味；
设如我星明有福，素愿竟酬，
则来春花香时节，当复西航，
重来此地，再捡起诗针诗线，
绣我理想生命的鲜花，实现
年来梦境缠绵的销魂踪迹，
散香柔韵节，增媚河上风流；
故我别意虽深，我愿望亦密，
昨宵明月照林，我已向倾吐
心胸的蕴积，今晨雨色凄清，
小鸟无欢，难道也为是怅别
情深，累藤长草茂，涕泪交零！

康桥！山中有黄金，天上有明星，
人生至宝是情爱交感，即使
山中金尽，天上星散，同情还
永远是宇宙间不尽的黄金，
不昧的明星；赖你和悦宁静
的环境，和圣洁欢乐的光阴，
我心我智，方始经爬梳洗涤，
灵苗随春草怒生，沐日月光辉，

听自然音乐，哺啜古今不朽
——强半汝亲栽育——的文艺精英：
恍登万丈高峰，猛回头惊见
真善美浩瀚的光华，覆翼在
人道蠕动的下界，朗然照出
生命的经纬脉络，血赤金黄，
尽是爱主恋神的辛勤手绩；
康桥！你岂非是我生命的泉源？
你惠我珍品，数不胜数；最难忘
骞士德顿桥下的星磷坝乐，
弹舞殷勤，我常夜半凭阑干，
倾听牧地黑野中倦牛夜嚼，
水草间鱼跃虫嗤，轻挑静寞；

难忘春阳晚照，泼翻一海纯金，
淹没了寺塔钟楼，长垣短堞，
千百家屋顶烟突，白水青田，
难忘茂林中老树纵横；巨干上
黛薄荼青，却教斜刺的朝霞，
抹上些微胭脂春意，忸怩神色；
难忘七月的黄昏，远树凝寂，
像墨泼的山形，衬出轻柔暝色，
密稠稠，七分鹅黄，三分桔绿，
那妙意只可去秋梦边缘捕捉；
难忘榆荫中深宵清啭的诗禽，
一腔情热，教玫瑰噙泪点首，
满天星环舞幽吟，款住远近
浪漫的梦魂，深深迷恋香境；
难忘村里姑娘的腮红颈白；
难忘屏绣康河的垂柳婆娑，
婀娜的克莱亚，硕美的校友居；
——但我如何能尽数，总之此地
人天妙合，虽微如寸芥残垣，
亦不乏纯美精神；流贯其间，
而此精神，正如宛次宛士所谓
“通我血液，浃我心脏”，有“镇驯
矫饬之功”；我此去虽归乡土，

而临行怫怫，转若离家赴远；
康桥！我故里闻此，能弗怨汝
僭爱，然我自有谠言代汝答付；
我今去了，记好明春新杨梅
上市时节，盼我含笑归来，
再见罢，我爱的康桥！

1923 年 3 月 12 日《时事新报·学灯》

康河晚照即景

这心灵深处的欢畅，
这情绪境界的壮旷；
任天堂沉沦，地狱开放，
毁不了我内府宝藏！

（1923年5月10日《小说月报》第14卷第5号）

渺 小

我仰望群山的苍老，
　他们不说一句话。
阳光描出我的渺小，
　小草在我的脚下。

我一人停步在路隅，
　倾听空谷的松籁；
青天里有白云盘踞——
　转眼间忽又不在。

（1931 年 1 月 10 日《新月》第 3 卷第 10 号）

夏日田间即景（近沙士顿）

柳林青青，
南风熏熏，
幻成奇峰瑶岛，
一天的黄云白云，
那边麦浪中间，
有农妇笑语殷殷。

笑语殷殷——
问后园豌豆肥否，
问杨梅可有鸟来偷；
好几天不下雨了，
玫瑰花还未曾红透；
梅夫人今天进城去，
且看她有新闻无有。

笑语殷殷——
“我们家的如今好了，
已经照常上工去，
不再整天无聊，
不再逞酒使气，
回家来有说有笑，
疼他儿女——爱他妻；
呀！真巧！你看那边，
蓬着头，走来的，笑嘻嘻，
可不是他，（哈哈！）满身是泥！”

南风熏熏，
草木青青，
满地和暖的阳光，
满天的白云黄云，
那边麦浪中间，
有农夫农妇，笑语殷殷。

1923 年 3 月 14 日《时事新报·学灯》

沙士顿重游随笔[1]

一

许久不见了，满田的青草黄花！
你们在风前点头微笑，仿佛说彼此无恙。
今春雨少，你们的面容着实清癯；
我一年来也无非是烦恼踉跄；
见否我白发骈添，眉峰的愁痕未隐？
你们是需要雨露，人间只缺少同情。——
青年不受恋爱的滋润，比如春阳霖雨，照洒沙碛永远
　不得收成。
但你们还有众多的伴侣；
在“大母”慈爱的胸前，和晨风软语，听晨星骈唱，
每天农夫赶他牛车经过，谈论村前村后的新闻，

① 1922 年春写于英国。

有时还有美发罗裙的女郎，来对你们声诉她遭逢的
　薄幸。
至于我的灵魂，只是常在他囚羁中忧伤岑寂；
他仿佛是“衣司业尔”彷徨的圣羊。

二

许久不见了，最仁善公允的阳光！
你们现正斜倚在这残破的墙上，
牵动了我不尽的回忆，无限的凄怆。
我从前每晚散步的欢怀，
总少不了你殷勤的照顾。
你吸起人间畅快和悦的心潮，
有似明月钩引湖海的夜汐；
就此荏苒临逝的回光，不但完成一天的功绩，
并且预告晴好的清晨，吩咐勤作的农人，安度良宵。
这满地零乱的栗花，都像在你仁荫里欢舞。
对面楼窗口无告的老翁，
也在饱啜你和煦的同情：
他皱缩昏花的老眼，似告诉人说：
都亏这养老棚朝西，容我每晚享用莫景的温存：
这是天父给我不用求讨的慰藉。

三

许久不见了，和悦的旧邻居！
那位白须白发的先生，正在趁晚凉将水浇菜，
老夫人穿着蓝布的长裙，站在园篱边微笑。
一年过得容易，
那篱畔的苹花，已经落地成泥！
这些色香两绝的玫瑰的种畤在八十老人跟前，
好比艳眼的少艾，独倚在虬松古柏的中间，
他们笑着对我说结婚已经五十三年，
今年十月里预备金婚；
来到此村三十九年，老夫人从不曾半日离家，
每天五时起工作，眠食时刻，四十年如一日；
莫有儿女，彼此如形影相随，
但管门前花草后园蔬果，
从不问村中事情，更不晓世上有春秋，
老夫人拿出他新制的杨梅酱来请我尝味，
因为去年我们在时吃过，曾经赞好。

四

那灰色墙边的自来井前，上面盖着栗树的浓荫，
　　残花还不时地堕落，
站着位十八的郎，
他发上络住一支藤黄色的梳子，衬托着一大股蓬松的

褐色细麻，
转过头来见了我，微微一笑，
脂江的唇缝里，漏出了一声有意无意的“你好！”

五

那边半尺多厚干草，铺顶的低屋前，
依旧站着一年前整天在此的一位褴褛老翁，
他曲着背将身子承住在一根黑色杖上，
后脑仅存几茎白发，和着他有音节的咳嗽，上下颤动。
我走过他跟前，照例说了晚安，
他抬起头向我端详，
一时口角的皱纹，齐向下颔紧叠，
吐露些不易辨认的声响，接着几声干涸的咳嗽。
我瞥见他右眼红腐，像烂桃颜色（并不可怕），
一张绝扁的口，挂着一线口涎。
我心里想阿弥陀佛，这才是老贫病的三角同盟。

六

两条牛并肩在街心里走来，
卖弄他们最庄严的步法。
沉着迟重的蹄声，轻撼了晚村的静默。

一个赤腿的小孩，一手扳着门枢，
一手的指甲腌在口里，
瞪着眼看牛尾的撩拂。

七

一个穿制服的人，向我行礼，
原来是从前替我们送信的邮差，
他依旧穿黑呢红边的制衣，背着皮袋，手里握着一叠信。
只见他这家进，那家出，有几家人在门外等他，
他捱户过去，继续说他的晚安，只管对门牌投信，
他上午中午下午一共巡行三次，每次都是刻板的面目；
雨天风天，晴天雪天，春天冬天，
他总是循行他制定的责务；
他似乎不知道他是这全村多少喜怒悲欢的中介者；
他像是不可防御的运命自身。
有人张着笑口迎他，
有人听得他的足音，便惶恐震栗；

但他自来自去，总是不变的态度。

他好比双手满抓着各式情绪的种子，向心田里四撒；

这家的笑声，那边的幽泣；

全村顿时增加的脉搏心跳，歔欷叹息，

都是他盲目工程的结果，

他哪里知道人间最大的消息，

都曾在他褴旧的皮袋里住过，

在他干黄的手指里经过——

可爱可怖的邮差呀！

1923 年 3 月 13 日《时事新报·学灯》

梦游埃及①

龙舟画桨
　　地中海海乐悠扬；
浪涛的中心
　　有丑怪奋斗汹张；

一轮漆黑的明月，
滚入了青面的太阳——
　　青面白发的太阳；
太阳又奔赴涛心，将海怪
　　浇成奇伟的偶像；
大海化成了大漠；
开佛伦王的石像
　　危峙在天地中央；
张口把太阳吃了
　　遍体发骇人的光亮；
巨万的黄人黑人白人
　　蠕伏在浪涛汹涌的地面；

① 1922年写于英国。

金刚般的勇士
　　大倘步走上了人堆；

人堆里啾啾的怪响
　　不知是悲切是欢畅；
勇士的金盔金甲
　　闪闪亮亮
　　烨烨生火；

顷刻大火燔燔，火焰里有个
伟丈夫端坐；
　　像菩萨，
　　像葛德，
　　像柏拉图，
坐镇在勇士们头颅砌成的
莲台宝座；

一阵骇人的金电，——
这人宝塔又变形为
　　大漠里清静静地
　　一座三角金字塔：

一个个金字，都是
放焰的龙珠；
塔像一只高背的骆驼，
驮着个不长不短的
人魔——他睁着怪眼大喊道：——
“奴隶的人间，可曾看出
此中的消息呀？”

1923 年 5 月 14 日《时事新报·学灯》

地中海中梦埃及魂入梦[1]

（埃及，古埃及！）
昨夜你古希的精灵，
洒一瓢黝黄的月彩，
　　点染我的梦境；

（埃及，古埃及！）
我梦魂在海上游行，
听波涛终古的幽骚，
　　终古不平之鸣；

（埃及，古埃及！）
我鼓梦棹上溯时潮，
逆湍险，访史乘的泉源，
　　遨游云间宫堡；

（埃及，古埃及！）
在尘埃之外逍遥，

---

① 1922 年 9 月写于从英国归国途中。

解脱了时空的锁链，
　　自由地翔翩；

（埃及，古埃及！）
超轶了梦境的神秘，
超轶了神秘的梦境，
　　一切人生之迷；

（埃及，古埃及！）
颠破了这颠不破的梦壳，
方能到真创造的庄严地，
凝成人间千年万年，
凝不成的理想结晶体；

（埃及，古埃及！）
开佛伦王寂寞的偶像无恙！
开佛伦王寂寞的理想无恙！
开佛伦王寂寞的梦乡无恙！

（埃及，古埃及！）
尼罗河畔的月色，
三角洲前的涛声，
金字塔光的微颤，
人面狮身的幽影！
　　是我此日梦景之断片，
　　是谁何时断片的梦景？

1923 年 9 月 4 日《时事新报·学灯》

威尼市[1]

我站在桥上，
这甜熟的黄昏，
远处来的箫声和琴音——点儿、线儿，
圆形、方形、长形，
尽是灿烂的黄金，
倾泻在波涟里，
澄蓝而凝匀。
歌声，游艇，
灯烛的辉莹，
梦寐似生，
——细缊——
幻景似消泯，
在流水的胸前——
鲜妍，绻缱——
流，流，
流入沉沉的黄昏。

① 1922 年写于英国。

我灵魂的弦琴，
感受了无形的冲动，
怔忡，惺忪，
悄悄地吟弄，
一支红朵蜡的新曲，
出咽的香浓；
但这微妙的心琴哟，
有谁领略，
有谁能听！

1923 年 4 月 28 日《时事新报·学灯》

马赛[1]

马赛，你神态何以如此惨淡？
　空气中仿佛释透了铁色的矿质，
　你拓臂环拥着的一湾海，也在迟重的阳光中，
　　沉闷地呼吸；
一涌青波，一峰白沫，一声呜咽；

地中海呀！
　你满怀的牢骚，
　恐只有皤白的阿尔帕斯——永远
　　自万尺高处冷眼下瞰——深浅知悉。

马赛，你面容何以如此惨淡？
　这岂是情热猖獗的欧南？
　看这一带山岭，筑成天然城堡，
　雄闳沉着，
　一床床的大灰岩，
　一丛丛的暗绿林，

①写于 1922 年 8 月从英国返回祖国途中。

一堆堆的方形石灰屋——
光土毛石的尊严，
朴素自然的尊严，
淡净颜色的尊严——
无愧是水让（ceganne）神感的故乡，
廊大艺术灵魂的手笔！

但普鲁罔司情歌缠绵真挚的精神，
在黑暗中布植文艺复兴种子的精神，
难道也深隐在这些岩片杂草的中间，
惨雾淡抹的中间？

马赛，你惨淡的神情，
倍增了我别离的幽感，别离欧土的怆心；
我爱欧化，然我不恋欧洲；
此地景物已非，不如归去；
家乡有长梗菜饭，米酒肥羔，
此地景物已非，不堪存想。
我游都会繁庶，时有踯躅墟墓之感，
在繁华声色场中，有梦亦多恐怖；
我似见莱茵河边，难民麇伏，
冷月照鸠面青肌，凉风吹褴褛衣结，
柴火几星，便鸡犬也噤无声音；

又似身在咖啡夜馆中，
烟雾里酒香袂影，笑语微闻，
场中有裸女作猥舞，
场背有黑面奴弄器出淫声；

百年来野心迷梦，已教大战血潮冲破；
如今凄惶遍地，兽性横行；
不如归去，此地难寻干净人道，
此地难得真挚人情，不如归去！

1922 年 12 月 17 日《努力周报》第 33 期

地中海[1]

海呀！你宏大幽秘的音息，不是无因而来的！

　　这风稳日丽，也不是无因而然的！

这些进行不歇的波浪，唤起了思想同情的反应——涨，

　落——隐，现——去，来……

无量数的浪花，各各不同，各有奇趣的花样，——

　　一树上没有两张相同的叶片，

　　天上没有两朵相同的云彩。

地中海呀！你是欧洲文明最老的见证！

魔大的帝国，曾经一再笼卷你的两岸；

霸业的命运，曾经再三在你酥胸上定夺；

①写于 1922 年 8 月从英国返回祖国途中。

无数的帝王、英雄、诗人、僧侣、寇盗、商贾，曾经在你怀抱中得意，失志，

灭亡；

无数的财货、牲畜、人命、舰队、商船、渔艇，曾经沉入你无底的渊壑；

无数的朝彩晚霞，星光月色，血腥，血糜，曾经浸染涂糁你的面庞；

无数的风涛、雷电、炮声、潜艇，曾经扰乱你平安的居处；

屈洛安城焚的火光，阿脱洛庵家的惨剧，

沙伦女的歌声，迦太基奴女被掳过海的哭声，

维雪维亚炸裂的彩色，

尼罗河口，铁拉法尔加唱凯的歌音……

都曾经供你耳目刹那的欢娱。

历史来，历史去；

　　埃及、波斯、希腊、马其顿、罗马、西班牙——

　　至多也不过抵你一缕浪花的涨歇，一茎春花的开落！

但是你呢——

　　依旧冲洗着欧非亚的海岸，

　　依旧保存着你青年的颜色，

（时间不曾在你面上留痕迹。）

　　依旧继续着你自在无挂的涨落，

　　依旧呼啸着你厌世的骚愁，

　　依旧翻新着你浪花的样式，——

这孤零零地神秘伟大的地中海呀！

（1922 年 12 月 24 日《努力周报》第 34 期）

留别日本①

我惭愧我来自古文明的乡国，
　　我惭愧我脉管中有古先民的遗血，
我惭愧扬子江的流波如今溷浊，
　　我惭愧——我面对着富士山的清越！

古唐时的壮健常萦我的梦想：
　　那时洛邑的月色，那时长安的阳光；
那时蜀道的啼猿，那时巫峡的涛响；
　　更有那哀怨的琵琶，在深夜的浔阳！

但这千余年的痿痹，千余年的懵懂：
　　更无从辨认——当初华族的优美、从容！

①写于 1922 年 8 月从英国返回祖国途中。

摧残这生命的艺术，是何处来的狂风？——
　　缅念那遍中原的白骨，我不能无恫！

我是一枚飘泊的黄叶，在旋风里飘泊，
　　回想所从来的巨干，如今枯秃，
我是一颗不幸的水滴，在泥潭里匍匐——
　　但这干涸了的涧身，亦曾有水流活泼。

我欲化一阵春风，一阵吹嘘生命的春风，
　　催促那寂寞的大木，惊破他深长的迷梦；
我要一把倔强的铁锹，铲除淤塞与臃肿，
　　开放那伟大的潜流，又一度在宇宙间汹涌。

为此我羡慕这岛民依旧保持着往古的风尚，
　　在朴素的乡间想见古社会的雅驯、清洁、壮旷；
我不敢不祈祷古家邦的重光，但同时我愿望——
　　愿东方的朝霞永葆扶桑的优美，优美的扶桑！

1925 年 8 月中华书局《志摩的诗》

西伯利亚[①]

西伯利亚：——我早年时想象
你不是受上天恩情的地域：
荒凉、严肃，不可比况的冷酷。
在冻雾里，在无边的雪地里，
有局促的生灵们，半像鬼、枯瘦、
黑面目、伛偻、默无声的工作。
在他们，这地面是寒冰的地狱，
天空不留一丝霞采的希冀，
更不问人事的恩情，人情的旖旎；
这是为怨郁的人间淤藏怨郁，

①写于 1925 年 3 月。

茫茫的白雪里渲染人道的鲜血，
西伯利亚，你象征的是恐怖、荒虚。

但今天，我面对这异样的风光——
不是荒原，这春夏间的西伯利亚，
更不见严冬时的坚冰、枯枝、寒鸦；
在这乌拉尔东来的草田，茂旺、葱秀，
牛马的乐园，几千里无际的绿洲，
更有那重叠的森林；赤松与白杨，
灌属的小丛林，手挽手的滋长；
那赤皮松，像巨万赭衣的战士，
森森的、悄悄的，等待冲锋的号示，
那白杨，婀娜的多姿，最是那树皮，
白如霜，依稀林中仙女们的轻衣；
就这天——这天也不是寻常的开朗：
看，蓝空中往来的是轻快的仙航，——
那不是云彩，那是天神们的微笑，
琼花似的幻化在这圆穹的周遭……

一九二五年过西伯利亚倚车窗眺景随笔

1926年4月15日《晨报副镌·诗镌》

西伯利亚道中忆西湖秋雪庵芦色作歌

我捡起一枝肥圆的芦梗，
　　在这秋月下的芦田；
我试一试芦笛的新声，
　　在月下的秋雪庵前。

这秋月是纷飞的碎玉，
　　芦田是神仙的别殿；
我弄一弄芦管的幽乐——
　　我映影在秋雪庵前。

我先吹我心中的欢喜——
　　清风吹露芦雪的酥胸；
我再弄我欢喜的心机——
　　芦田中见万点的飞萤。

我记起了我生平的惆怅，
　　中怀不禁一阵的凄迷，
笛韵中也听出了新来凄凉——

近水间有断续的蛙啼。

这时候芦雪在明月下翻舞，
我暗地思量人生的奥妙，
我正想谱一折人生的新歌，
啊，那芦笛（碎了）再不成音调！

这秋月是缤纷的碎玉，
芦田是仙家的别殿；
我弄一弄芦管的幽乐，——
我映影在秋雪庵前。

我捡起一枝肥圆的芦梗，
在这秋月下的芦田；
我试一试芦笛的新声，
在月下的秋雪庵前。

1925年9月7日《晨报副镌》

在车中①

这回爬上乌拉尔的高冈，哈哈，
紫色的黄昏罩，三千里路的松林；
这边是亚细亚，那边是欧罗巴——
巨蟒似的青烟蜒，蜒上了乌拉山顶。

回望你那从来处的东——啊东方！
那一顶没有颜色的睡帽——西伯利亚，
深林住一个焦黄的老儿头——啊老黄，
你睡够了啊，为什么老是这欠哈？

再看那欧罗巴；堪怜的破罗马
拿破仑的铁蹄；威廉皇的炮弹花；
莱茵河边的青□；一个折烂了的玩偶□家！
阿尔帕斯的白雪，啊，莫斯科的红霞！

（1983 年香港商务印书馆《徐志摩全集》第 1 集）

---

①约写于 1925 年春。

阔的海

阔的海空的天我不需要，
我也不想放一只巨大的纸鹞
上天去捉弄四面八方的风；
　　我只要一分钟
　　我只要一点光
　　我只要一条缝，——
　像一个小孩爬伏
　在一间暗屋的窗前
　望着西天边不死的一条缝，
　一点光，
　一分钟。

（1931 年 8 月上海新月书店《猛虎集》）

车 上

这一车上有各等的年岁，各色的人：
有出须的，有奶孩，有青年，有商，有兵；
也各有各的姿态：傍着的，躺着的，
张眼的，闭眼的，向窗外黑暗望着的。

车轮在铁轨上辗出重复的繁响，
天上没有星点，一路不见一些灯亮；
只有车灯的幽辉照出旅客们的脸，
他们老的少的，一致声诉旅程的疲倦。

这时候忽然从最幽暗的一角发出
歌声；像是山泉，像是晓鸟，蜜甜，清越，
又像是荒漠里点起了通天的明燎，
它那正直的金焰投射到遥远的山坳。

她是一个小孩，欢欣摇开了她的歌喉；
在这冥盲的旅程上，在这昏黄时候，
像是奔发的山泉，像是狂欢的晓鸟，
她唱，直唱得一车上满是音乐的幽妙。

旅客们一个又一个的表示着惊异，
渐渐每一个脸上来了有光辉的惊喜：
买卖的，军差的，老辈，少年，都是一样，
那吃奶的婴儿，也把他的小眼开张。

她唱，直唱得旅途上到处点上光亮，
层云里翻出玲珑的月和斗大的星，
花朵，灯彩似的，在枝头竞赛着新样，
那细弱的草根也在摇曳轻快的青萤！

（1931 年 4 月 20 日《诗刊》第 2 期）

车眺

一

我不能不赞美
这向晚的五月天；
怀抱着云和树
那些玲珑的水田。

二

白云穿掠着晴空，
像仙岛上的白燕！
晚霞正照着它们，
白羽镶上了金边。

三

背着轻快的晚凉，
牛，放了工，呆着做梦；
孩童们在一边蹲，
想上牛背，美，逞英雄！

四

在绵密的树荫下，

有流水，有白石的桥，

桥洞下早来了黑夜，

流水里有星在闪耀。

五

绿是豆畦，阴是桑树林，

幽郁是溪水傍的草丛，

静是这黄昏时的田景，

但你听，草虫们的飞动！

六

月亮在昏黄里上妆，

太阳心慌的向天边跑；

他怕见她，他怕她见，——

怕她见笑一脸的红糟！

（1930 年 3 月 10 日《新月》第 3 卷第 1 号）

活 该

活该你早不来！
热情已变死灰。

提什么已往？——
骷髅的磷光！

将来？——各走各的道，
长庚管不着“黄昏晓”。

爱是痴，恨也是傻；
谁点得清恒河的沙？

不论你梦有多么圆，
周围是黑暗没有边。

比是消散了的诗意，
趁早掩埋你的旧忆。

这苦脸也不用装，
到头儿总是个忘！

得！我就再亲你一口：
热热的！去，再不许停留。

（1929 年 11 月 10 日《新月》第 2 卷第 9 号）

落叶小唱[1]

一阵声响转上了阶沿，
（我正挨近着梦乡边；）
这回准是她的脚步了，我想——
　　在这深夜！

一声剥啄在我的窗上，
（我正靠紧着睡乡旁；）
这准是她来闹着玩——你看，
　　我偏不张皇！

一个声息贴近我的床，
我说（一半是睡梦，一半是迷惘）：——
“你总不能明白我，你又何苦
　　多叫我心伤！”

①写于 1925 年 8 月之前。

一声喟息落在我的枕边，
（我已在梦乡里留恋；）
“我负了你！”你说——你的热泪
　　烫着我的脸！
这声响恼着我的梦魂
（落叶在庭前舞，一阵，又一阵；）
梦完了，呵，回复清醒；恼人的——
　　却只是秋声！

（1925年8月中华书局《志摩的诗》）

在哀克刹脱教堂前（Excter）

这是我自己的身影，今晚间
　　倒映在异乡教宇的前庭，
一座冷峭峭森严的大殿，
　　一个峭阴阴孤耸的身影。

我对着寺前的雕像发问：
　　“是谁负责这离奇的人生？”
老朽的雕像瞅着我发愣，
　　仿佛怪嫌这离奇的疑问。

我又转问那冷郁郁的大星，
　　它正升起在这教堂的后背，
但它答我以嘲讽似的迷瞬，
　　在星光下相对，我与我的迷谜！

这时间我身旁的那棵老树，
　　他荫蔽着战迹碑下的无辜，
幽幽的叹一声长气，像是
　　凄凉的空院里凄凉的秋雨。

他至少有百余年的经验，
　　人间的变幻他什么都见过；
生命的顽皮他也曾计数：
　　春夏间汹汹，冬季里婆婆。

他认识这镇上最老的前辈，
　　看他们受洗，长黄毛的婴孩；
看他们配偶，也在这教门内，——
　　最后看他们的名字上墓碑！

这半悲惨的趣剧他早经看厌，
　　他自身臃肿的残余更不沾恋；
因此他与我同心，发一阵叹息——
　　啊！我身影边平添了斑斑的落叶！

1926年5月27日《晨报副镌·诗镌》第9号

卡尔佛里①

喂，看热闹去，朋友！在哪儿？
卡尔佛里。今天是杀人的日子；
两个是贼，还有一个——不知到底
是谁？有人说他是一个魔鬼；
有人说他是天父的亲儿子，
米赛亚……看，那就是，他来了！
咦，为什么有人替他抗着
他的十字架？你看那两个贼，
满头的乱发，眼睛里烧着火，
十字架压着他们的肩背！
他跟着耶稣走着；唉，耶稣，

①约写于1925年春。

他们到底是谁？他们都说他有
权威，你看他那样子顶和善，
顶谦卑——听着，他说话了！他说：
“父呀，饶恕他们罢，他们自己
都不知道他们犯的是什么罪。”
我说你觉不觉得他那话怪，
听了叫人毛管里直淌冷汗？
那黄头毛的贼，你看，好像是
梦醒了，他脸上全变了气色，
眼里直流着白豆粗的眼泪，
准是变善了！谁要能赦了他，
保管他比祭司不差什么高矮！……
再看那妇女们！小羊似的一群，
也跟着耶稣的后背，头也不包，
发也不梳，直哭，直叫，直嚷，
倒像上十字架的是她们亲生
儿子；倒像明天太阳不透亮……
再看那群得意的犹太，法利赛，
法利赛，穿着长袍，戴着高帽，
一脸奸相；他们也跟在后背，
他们这才得意哪，瞧他们那笑！
我真受不了那假味儿，你呢？
听他们还嚷着哪：“快点儿去，

上‘人头山’去，钉死他，活钉死他！”……
唉，躲在墙边高个儿的那个？
不错，我认得，黑黑的脸，矮矮的，
就是他该死，他就是犹大斯！
不错，他的门徒。门徒算什么？
耶稣就让他卖，卖现钱，你知道！
他们也不止一半天的交情哪：
他跟着耶稣吃苦就有好几年，
谁知他贪小变了心，真是狗屎！
那还只前天，我听说，他们一起
吃晚饭，耶稣与他十二个门徒，
犹大斯就算一枚；耶稣早知道，
迟早他的命，他的血，得让他卖；
可不是他的血？吃晚饭时他说，
他把自己的肉喂他们的饿，
也把他自己的血止他们的渴，
意思要他们逢着患难时多少
帮着一点：他还亲手舀着水
替他们洗脚，犹大斯都有分，
还拿自己的腰布替他们擦干！
谁知那大个儿的黑脸他，没等
擦干嘴，就拿他主人去换钱：——
听说那晚耶稣与他的门徒

在橄榄山上歇着，冷不防来了，
犹大斯带着路，天不亮就干，
树林里密密的火把像火蛇，
蜒着来了，真恶毒，比蛇还毒；
他一上来就亲他主人的嘴，
那是他的信号，耶稣就倒了霉，
赶明儿你看，他的鲜血就在
十字架上冻着！我信他是好人；
就算他坏，也不该让犹大斯
那样肮脏的卖，那样肮脏的卖！……
我看着惨，看他生生的让人
钉上十字架去，当贼受罪，我不干！
你没听着怕人的预言？我听说
公道一完事，天地都得昏黑——
我真信，天地都得昏黑——回家罢！

十一月八日早一时半写完

1924年11月17日《晨报副镌》

在不知名的道旁[①]（印度）

什么无名的苦痛，悲悼的新鲜，
什么压迫，什么冤屈，什么烧烫
你体肤的伤，妇人，使你蒙着脸
在这昏夜，在这不知名的道旁，
任凭过往人停步，讶异的看你，
你只是不作声，黑绵绵的坐地？

还有蹲在你身旁悚动的一堆，
一双小黑眼闪荡着异样的光，
像暗云天偶露的星晞，她是谁？
疑惧在她脸上，可怜的小羔羊，
她怎知道人生的严重，夜的黑，
她怎能明白运命的无情，惨刻？

①写于 1928 年 9 月。

聚了，又散了，过往人们的讶异。
刹那的同情也许；但他们不能
为你停留，妇人，你与你的儿女；
伴着你的孤单，只昏夜的阴沉，
与黑暗里的萤光，飞来你身旁，
来照亮那小黑眼闪荡的星芒！

1929 年 2 月 1 日《金屋月刊》第 1 卷第 2 期

常州天宁寺闻礼忏声①

有如在火一般可爱的阳光里，偃卧在长梗的，杂乱的丛草里，听初夏第一声的鹧鸪，从天边直响入云中，从云中又回响到天边；

有如在月夜的沙漠里，月光温柔的手指，轻轻的抚摩着一颗颗热伤了的砂砾，在鹅绒般软滑的热带的空气里，听一个骆驼的铃声，轻灵的，轻灵的，在远处响着，近了，近了，又远了……

有如在一个荒凉的山谷里，大胆的黄昏星，独自临照着阳光死去了的宇宙，野草与野树默默的祈祷着，听一个瞎子，手

①写于1923年10月。

扶着一个幼童，

铛的一响算命锣，在这黑沉沉的世界里回响着；

有如在大海里的一块礁石上，浪涛像猛虎般的狂扑着，天空紧紧的绷着黑云的厚幕，听大海向那威吓着的风暴，低声的，柔声的，忏悔它一切的罪恶；

有如在喜马拉雅的顶巅，听天外的风，追赶着天外的云的急步声，在无数雪亮的山壑间回响着；

有如在生命的舞台的幕背，听空虚的笑声，失望与痛苦的呼吁声，残杀与淫暴的狂欢声，厌世与自杀的高歌声，在生命的舞台上合奏着。

我听着了天宁寺的礼忏声！

这是哪里来的神明？人间再没有这样的境界！

这鼓一声，钟一声，磬一声，木鱼一声，佛号一声……乐音在大殿里，

迂缓的，曼长的回荡着，无数冲突的波流谐合了，无数相反的色彩净化了，无数现世的高低消灭了……

这一声佛号，一声钟，一声鼓，一声木鱼，一声磬，谐音盘礴在宇宙间——解开一小颗时间的埃尘，收束了无量数世纪的因果；

这是哪里来的大和谐——星海里的光彩，大千世界的音籁，真生命的洪流：止息了一切的动，一切的扰攘；

在天地的尽头，在金漆的殿椽间，在佛像的眉宇间，在我的衣袖里，

在耳鬓边，在官感里，在心灵里，在梦里……

在梦里，这一瞥间的显示，青天，白水，绿草，慈母温软的胸怀，是故乡吗？是故乡吗？

光明的翅羽，在无极中飞舞！

大圆觉底里流出的欢喜，在伟大的，庄严的，寂灭的，无疆的，和谐的静定中实现了！

颂美呀，涅槃！赞美呀，涅槃！

1923年11月11日《晨报·文学旬刊》

沪杭车中

匆匆匆！催催催！
一卷烟，一片山，几点云影，
一道水，一条桥，一支橹声，
一林松，一丛竹，红叶纷纷；

　　艳色的田野，艳色的秋景，
梦境似的分明，模糊，消隐——
　　催催催！是车轮还是光阴？
催老了秋容，催老了人生！

1923 年 11 月 10 日《小说月报》第 14 卷第 11 号

三月十二深夜大沽口外①

今夜困守在大沽口外：
　　　　绝海里的俘虏，
　　　　对着忧愁申诉；
桅上的孤灯在风前摇摆：
　　　　天昏昏有层云裹，
　　　　那掣电是探海火！

你说不自由是这变乱的时光？
　　　　但变乱还有时罢休，
　　　　谁敢说人生有自由？
今天的希望变作明天的怅惘；
　　　　星光在天外冷眼瞅，
　　　　人生是浪花里的浮沤！

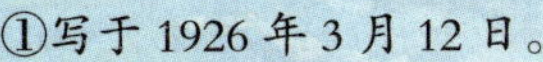

①写于 1926 年 3 月 12 日。

我此时在凄冷的甲板上徘徊，
　　　　听海涛迟迟的吐沫，
　　　　心空如不波的湖水；
只一丝云影在这湖心里晃动——
　　　　不曾渗透的一个迷梦，
　　　　不忍渗透的一个迷梦！

1926 年 3 月 22 日《晨报副镌》

听槐格讷乐剧[①]

是神权还是魔力，
搓揉着雷霆霹雳，
暴风、广漠的怒号，
绝海里骇浪惊涛；

地心的火窖咆哮，
回荡，狮虎似狂嗥，
仿佛是海裂天崩，
星陨日烂的朕〈征〉兆；

忽然静了；只剩有
松林附近，乌云里
漏下的微嘘，拂狃
村前的酒帘青旗；

可怖的伟大凄静
万壑层岩的雪景，

① 1922 年 5 月 25 日写于英国。

偶尔有冻鸟横空，
摇曳零落的悲鸣；

悲鸣，胡笳的幽引，
雾结冰封的无垠，
隐隐有马蹄铁甲
篷帐悉索的荒音；

荒音，洪变的先声，
鼍鼓金钲暮荡怒，
霎时间万马奔腾，
酣斗里血流虎虎；

是泼牢米修仡司（Prometheus）
的反叛，抗天拯人
的奋斗，高加山前
挚鹰刳胸的创呻；

是恋情，悲情，惨情，
是欢心，苦心，赤心；
是弥漫，普遍，神幻，
消金灭圣的性爱；

是艺术家的幽骚，
是天壤间的烦恼，
是人类千年万年
郁积未吐的无聊；

这沉郁酝酿的牢骚，
这猖獗圣洁的恋爱，
这悲天悯人的精神，
贯透了艺术的天才。

性灵，愤怒，慷慨，悲哀，
管弦运化，金革调合，
创制了无双的乐剧，
革音革心的槐格讷！

五月二十五日

1923 年 3 月 10 日《时事新报 · 学灯》

给母亲

母亲，那还只是前天
我完全是你的，你唯一的儿；
你那时是我思想与关切的中心：
太阳在天上，你在我的心里；
每回你病了，妈妈，如其医生们说病重，
我就忍不住背着你哭，
心想这世界的末日快来了；
那时我再没有更快活的时刻，除了
和你一床睡着，我亲爱的妈妈，
枕着你的臂膀，贴近你的胸膛，

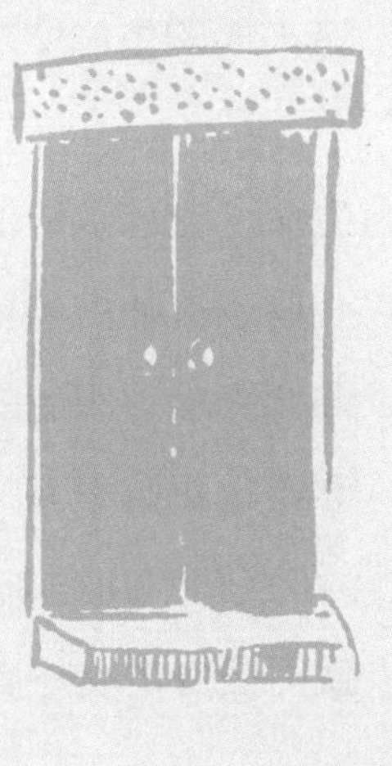

跟着你和平的呼吸放心的睡熟，
正像是一个初离奶的小孩。

但在那二十几年间虽则那样真挚的忠心的爱，
我自己却并不知道；“爱”那个不顺口的字，
那时不在我的口边，
就这先天的一点孝心完全浸没了我的天性与生命。
这来的变化多大呀！
这不是说，真的，我不再爱你，
妈！或是爱你不比早年，那不是实情；
只是我新近懂得了爱，
再不像原先那天真的童子的爱，
这来是成人的爱了：
我，妈的孩子，已经醒起，并且觉悟了
这古怪的生命要求；

生命，它那进口的大门是
一座不灭的烈焰！爱——
谁要领略这里面的奥妙，
谁要觉着这里面的搏动，
（在我们中间能有几个到死不留遗憾的！）
就得投身进这焰腾腾的门内去——

但是，妈，亲爱的，让我今天明白的招认
对父母的爱，孝，不是爱的全部；
那是不够的，迟早有一天，
这“爱人”化的儿子会得不自主的
移转他那思想与关切的中心，
从他骨肉的来源，
到那唯一的灵魂，
他如今发现这是上帝的旨意
应得与他自己的融合成一体——

自今以后——
不必担心，亲爱的母亲，不必愁
你唯一的孩儿会得在情感上远着你们——
啊不，你正应得欢喜，妈妈呀！
因为他，你的儿，从今起能爱，
是的，能用双倍的力量来爱你，
他的忠心只是比先前益发的集中了；
因为他，你的孩儿，已经寻着了快乐，
身体与灵魂，
并且初次觉着这世界还是值得一住的，
他从没有这样想过，
人生也不是过分的刻薄——
他这来真的得着了他应有的名分，

因此他在感激与欢喜中竟想
赞美人生与宇宙了！

妈呀“我们俩”赤心的，联心的爱你，
真真的爱你，
像一对同胞的稚鸽在睡醒时
爱白天的清光。

1925 年 8 月 31 日《晨报副镌》

·中国现代文学的经典之作·

XUZHIMO JINGDIAN

徐志摩经典

②

徐志摩　著

艾平　主编

团结出版社

笑解烦恼结[①]（送幼仪）

一

这烦恼结，是谁家扭得水尖儿难透？
这千缕万缕烦恼结是谁家忍心机织？
这结里多少泪痕血迹，应化沉碧！
忠孝节义——咳，忠孝节义谢你维系
　　四千年史髅不绝，
却不过把人道灵魂磨成粉屑，
黄海不潮，昆仑叹息，
四万万生灵，心死神灭，中原鬼泣！
咳，忠孝节义！

①写于1922年6月。

二

东方晓，到底明复出，
如今这盘糊涂账，
如何清结？

三

莫焦急，万事在人为，只消耐心
　　共解烦恼结。
虽严密，是结，总有丝缕可觅，
莫怨手指儿酸、眼珠儿倦，
可不是抬头已见，快努力！

四

如何！毕竟解散，烦恼难结，烦恼苦结。
来，如今放开容颜喜笑，握手相劳；
此去清风白日，自由道风景好。
听身后一片声欢，争道解散了结儿，
　　消除了烦恼！

1922 年 11 月 8 日《新浙江报 · 新朋友》

哀曼殊斐儿[①]

我昨夜梦入幽谷，
　　听子规在百合丛中泣血，
我昨夜梦登高峰，
　　见一颗光明泪自天堕落。

古罗马的郊外有座墓园，
　　静偃着百年前客殇的诗骸；
百年后海岱士黑辇的车轮，
　　又喧响在芳丹卜罗的青林边。

说宇宙是无情的机械，
　　为甚明灯似的理想闪耀在前？
说造化是真善美之表现，
　　为甚五彩虹不常住天边？

我与你虽仅一度相见——
　　但那二十分不死的时间！

①写于1923年3月11日。

谁能信你那仙姿灵态，
　　竟已朝露似的永别人间？

非也！生命只是个实体的幻梦：
　　美丽的灵魂，永承上帝的爱宠；
三十年小住，只似昙花之偶现，
　　泪花里我想见你笑归仙宫。

你记否伦敦约言，曼殊斐儿！
　　今夏再见于琴妮湖之边；
琴妮湖永抱着白朗矶的雪影，
　　此日我怅望云天，泪下点点！

我当年初临生命的消息，
　　梦觉似的骤感恋爱之庄严；

生命的觉悟是爱之成年，

　　我今又因死而感生与恋之涯沿！

同情是掼不破的纯晶，

　　爱是实现生命之唯一途径：

死是座伟秘的洪炉，此中

　　凝炼万象所从来之神明。

我哀思焉能电花似的飞骋，

　　感动你在天日遥远的灵魂？

我洒泪向风中遥送，

　　问何时能戡破生死之门？

1923 年 3 月 18 日《努力周报》第 44 期

小花篮[①]——送卫礼贤先生

一年前此时，我正与博生、通伯同游槐马与耶纳，访葛德西喇之故居，买得一小花篮，随采野草实之，今草已全悴，把玩不觉兴感，因作左诗。

（卫礼贤先生，通我国学，传播甚力，其生平所最崇拜者，孔子而外，其邦人葛德是，今在北大讲葛德，正及其意大利十八月之留。）

我买一只小小的花篮，
杜陵人手编的兰花篮；

我采集一把青翠的小草，
从玫瑰园外的小河河边；

①写于 1923 年 3 月 16 日。

把那些小草装入了小篮；
小小的纪念，别有风趣可爱。

当年葛德自罗马归来，
载回朝旭似文化的光彩；

如今玫瑰园中清简的屋内，
贴近他创制诗歌的书案。
（Rosen-garden 在 Weimer 葛德制诗处）

留着个小小的纪念：非造像，
非画件，亦非是古代史迹：

一束罗马特产的鲜菜，
如今僵缩成一小撮的灰骸！

这一小撮僵缩的灰骸，
却最澄见他宏坦的诗怀！

我冥想历史进行之参差，
问何年这伟大的明星再来？

听否那黄海东海南海的潮声，
声声问华族的灵魂何时自由？

我自游槐马归来，不过一年，
那小篮里的鲜花，已成枯蜷；

我感怀于光阴造作之荣衰，
亦憬然于生生无已之循环；

便历尽了人间的悲欢变幻，
也只似微波在造化无边之海！

1923 年 3 月 23 日《晨报副镌》

默境

我友，记否那西山的黄昏，
钝氲里透出的紫霭红晕，
漠沉沉，黄沙弥望，恨不能
登山顶，饱餐西陲的菁英，
全仗你吊古殷勤，趋别院，
度边门，惊起了卧犬狰狞。
墓庭的光景，却别是一味
苍凉，别是一番苍凉境地：
我手剔生苔碑碣，看冢里
僧骸是何年何代，你轻踹
生苔庭砖，细数松针几枚；
不期间彼此缄默的相对，
僵立在寂静的墓庭墙外，
同化于自然的宁静，默辨
静里深蕴着普遍的义韵；
我注目在墙畔一穗枯草，
听邻庵经声，听风抱树梢，
听落叶，冻乌零落的音调，
心定如不波的湖，却又教

连珠似的潜思泛破，神凝
如千年僧骸的尘埃，却又
被静的底里的热焰熏点；

我友，感否这柔韧的静里，
蕴有钢似的迷力，满充着
悲哀的况味，阐悟的几微，
此中不分春秋，不辨古今，
生命即寂灭，寂灭即生命，
在这无终始的洪流之中，
难得素心人悄然共游泳；
纵使阐不透这凄伟的静，
我也怀抱了这静中涵濡，
温柔的心灵；我便化野鸟
飞去，翅羽上也永远染了
欢欣的光明，我便向深山
去隐，也难忘你游目云天，
游神象外的 Transfiguration

我友！知否你妙目——漆黑的
圆睛——放射的神辉，照彻了
我灵府的奥隐，恍如昏夜
行旅，骤得了明灯，刹那间
周遭转换，涌现了无量数
理想的楼台，更不见墓园
风色，再不闻衰冬吁喟，但
见玫瑰丛中，青春的舞蹈
与欢容，只闻歌颂青春的
谐乐与欢悰；——
　　　　　　　　轻捷的步履，
你永向前领，欢乐的光明，
你永向前引：我是个崇拜
青春、欢乐与光明的灵魂。

1923 年 4 月 20 日《时事新报·学灯》

泰山日出[①]

振铎来信要我在《小说月报》的泰戈尔号上说几句话。我也曾答应了，但这一时游济南游泰山游孔陵，太乐了，一时竟拉不拢心思来做整篇的文字，一直挨到现在限期快到，只得勉强坐下来，把我想得到的话不整齐的写出。

我们在泰山顶上看太阳，在航过海的人，看太阳从地平线下爬上来，本来不是奇事；而且我个人是曾饱饫过江海与印度洋无比的日彩的。但在高山顶上看日出，尤其在泰山顶上，我们无餍的好奇心，当然盼望一种奇特的境界，与平原与海上不同的。果然，我们初起时，天还暗沉沉的，西方是一片的铁青，东方些微有些白意，宇宙只是——如用旧词形容——一体莽莽苍苍的。但这是我一面感觉劲冽的晓寒，一面睡眠不曾十分醒豁时约略的印象，等到留心回览时，我不由得大声的狂叫——因为眼前只是一个见所未见的境界，原来昨夜整夜风暴的工程，却砌成一座普遍的云海，除了日观峰与我们所在的玉皇顶以外，

①这是徐志摩想望泰戈尔来华的颂词，也是一首散文诗。

东西南北只是平铺着弥漫的云气，在朝旭未露前，宛似无量数厚毳长绒的绵羊，交颈接背的眠着，卷耳与弯角都依稀辨认得出，那时候在这茫茫的云海中，我独自站在雾霭溟濛的小岛上，发生了奇异的幻想——

我躯体无限的长大，脚下的山峦比例我的身量，只是一块拳石；这巨人披着散发，长发在风里像一个墨色的大旗，飒飒的在飘荡。这巨人竖立在大地的顶尖上，仰面向着东方，平拓着一双长臂，在盼望，在迎接，在催促，在默默的叫唤；在崇拜，在祈祷，在流泪，——在流久慕未见而将见悲喜交互的热泪……

这泪不是空流的，这默祷不是不生显应的。

巨人的手，指向着东方——

东方有的，在展露的，是什么？

东方有的是瑰丽荣华的色彩，东方有的是伟大普照的光明——出现了，到了，在这里了……

玫瑰汁，葡萄浆，紫荆液，玛瑙精，霜枫叶——大量的染工，在层累的云底工作；无数蜿蜒的鱼龙，爬进了苍白色的云堆。

一方的异彩，揭去了满天的睡意，唤醒了四隅的明霞——光明的神驹，在热奋地驰骋……

云海也活了；眠熟了兽形的涛澜，又回复了伟大的呼啸，昂头摇尾的向着我们朝露染青馒形的小岛冲洗，激起了四岸的水沫浪花，震荡着这生命的浮礁，似在报告光明与欢欣之临在……

再看东方——海句力士已经扫荡了他的阻碍，雀屏似的金霞，从无限的肩上产生，展开在大地的边沿。起……起……用力，用力，纯焰的圆颅，一探再探的跃出了地平，翻登了之背，临照在天空……

歌唱呀，赞美呀，这是东方之复活，这是光明的胜利……

散发祷祝的巨人，他的身影横亘在无边的云海上，已经渐渐的消翳在普遍的欢欣里；现在他雄浑的颂美的歌声，也已在彩霞变幻中，普彻了四方八隅……

听呀，这普彻的欢声；看呀，这普照的光明！

这是我此时回忆泰山日出时的幻想，亦是我想望泰戈尔来华的颂词。

（1923 年 4 月 28 日《南开半月刊》第 11 期）

泰 山

山！

你的阔大的巉岩，

像是绝海的惊涛，

忽地飞来，

　　凌空

　　不动，

在沉默的承受

日月与云霞拥戴的光豪；

更有万千星斗

　　错落

在你的胸怀，

　　诉说

　　隐奥，

蕴藏在

岩石的核心与崔嵬的天外！

1931 年 7 月《新月》第 3 卷第 9 号

哈代[①]

哈代，厌世的，不爱活的，
　　这回再不用怨言，
一个黑影蒙住他的眼？
　　去了，他再不露脸。

八十八年不是容易过，
　　老头活该他的受，
扛着一肩思想的重负，
　　早晚都不得放手。

①写于 1928 年年初。

为什么放着甜的不尝，
　　暖和的座儿不坐，
偏挑那阴凄的调儿唱，
　　辣味儿辣得口破。

他是天生那老骨头僵，
　　一对眼拖着看人，
他看着了谁谁就遭殃，
　　你不用跟他讲情！

他就爱把世界剖着瞧，
　　是玫瑰也给拆坏；
他没有那画眉的纤巧，
　　他有夜鸮的古怪！

古怪，他争的就只一点——
　　一点灵魂的自由，
也不是成心跟谁翻脸，
　　认真就得认个透。

他可不是没有他的爱——
　　他爱真诚，爱慈悲：
人生就说是一场梦幻，

也不能没有安慰。

这日子你怪得他惆怅，
怪得他话里有刺：
他说乐观是“死尸脸上
抹着粉，搽着胭脂！”

这不是完全放弃希冀，
宇宙还得往下延，
但如果前途还有生机，
思想先不能随便。

为维护这思想的尊严，

　　诗人他不敢怠惰，
高擎着理想，睁大着眼，
　　抉剔人生的错误。

现在他去了，再不说话，
　　（你听这四野的静，）
你爱忘了他就忘了他
　　（天吊明哲的凋零！）

旧历元旦

1928年3月10日《新月》第1卷第1号

青年杂咏[1]

一

青年！

你为什么沉湎于悲哀？

你为什么耽乐于悲哀？

你不幸为今世的青年，

你的天是沉碧奈何天；

你筑起了一座水晶宫殿，

在“眸冷骨累”（melancholy）的河水边。

河流流不尽骨累眸冷，

还夹着些些残枝断梗，

一声声失群雁的悲鸣，

水晶宫朝朝暮暮反映——

映出悲哀，飘零，眸子吟，

无聊，宇宙，灰色的人生，

你独生在宫中，青年呀，

霉朽了你冠上的黄金！

① 1922年春写于英国。

二

青年！

你为什么迟徊于梦境？
你为什么迷恋于梦境？
你幸而为今世的青年，
你的心是自由梦魂心，
你抛弃你尘秽的头巾，
解脱你肮脏的外内衿，
露出赤条条的洁白身，
跃入缥缈的梦潮清冷，
浪势奔腾，侧眼波罅里，
看朝彩晚霞，满天的星，——
梦里的光景，模糊，绵延，
却又分明；梦魂，不愿醒，
为这大自在的无终始，
任凭长鲸吞噬，亦甘心。

三

青年！

你为什么醉心于革命，
你为什么牺牲于革命？
黄河之水来自昆仑巅，

泛流华族支离之遗骸，
挟黄沙莽莽，沉郁音响，
苍凉，惨如鬼哭满中原！
华族之遗骸！浪花荡处
尚可认伦常礼教，祖先，
神主之断片，——君不见
两岸遗孽，枉戴着忠冠、
孝辫、抱缺守残，泪眼看
风云暗淡，“道丧”的人间！
运也！这狂澜，有谁能挽，
问谁能挽精神之狂澜？

1923年3月18日《时事新报·学灯》

情死（Liebstch）①

玫瑰，压倒群芳的红玫瑰，昨夜的雷雨，原来是你发出的信号，——

真娇贵的丽质！

你的颜色，是我视觉的醇醪；我想走近你，但我又不敢。

青年！几滴白露在你额上，在晨光中吐艳。

你颊上的笑容，定是天上带来的；可惜世界太庸俗，不能供给他们

常住的机会。

你的美是你的运命！

我走近来了；你迷醉的色香又征服了一个灵魂——我是你的俘虏！

你在那里微笑！我在这里发抖。

你已经登了生命的峰极。你向你足下望——一个无底的深潭！

你站在潭边，我站在你的背后，——我，你的俘虏。

我在这里微笑！你在那里发抖。

①写于1922年6月。

丽质是命运的命运。

我已经将你禽〈擒〉捉在手内——我爱你，玫瑰!

色、香、肉体、灵魂、美、迷力——尽在我掌握之中。

我在这里发抖，你——笑。

玫瑰！我顾不得你玉碎香销，我爱你!

花瓣、花萼、花蕊、花刺、你，我，——多么痛快啊！——
　　尽胶结在一起；一片狼藉的猩红，两手模糊的鲜血。

玫瑰！我爱你!

（1923 年 2 月 4 日《努力周报》）

青年曲[1]

泣与笑，恋与愿与恩怨，
难得的青年，倏忽的青年，
前面有座铁打的城垣，青年，
你进了城垣，永别了春光，
永别了青年，恋与愿与恩怨！

妙乐与酒与玫瑰，不久住人间，
青年，彩虹不常在天边，
梦里的颜色，不能永葆鲜研，
你须珍重，青年，你有限的脉搏，
休教幻景似的消散了你的青年！

（1925年8月中华书局《志摩的诗》）

①写于1925年8月之前。

半夜深巷琵琶

又被它从睡梦中惊醒，深夜里的琵琶！
　　是谁的悲思，
　　是谁的手指，
像一阵凄风，像一阵惨雨，像一阵落花，
　　在这夜深深时，
　　在这睡昏昏时，
挑动着紧促的弦索，乱弹着宫商角徵，
　　和着这深夜，荒街，
　　柳梢头有残月挂，
啊，半轮的残月，像是破碎的希望，他
　　头戴一顶开花帽，
　　身上带着铁链条，
在光阴的道上疯了似的跳，疯了似的笑，
　　完了，他说，吹糊你的灯，
　　她在坟墓的那一边等，
等你去亲吻，等你去亲吻，等你去亲吻！

（1926 年 5 月 20 日《晨报副镌·诗镌》第 8 号）

卑微

卑微，卑微，卑微；
风在吹
无抵抗的残苇：

枯槁它的形容，
心已空，
音调如何吹弄？

它在向风祈祷：
“忍心好，
将我一拳推倒”

也是一宗解化——
“本无家，
任飘泊到天涯！”

（1930 年 10 月 10 日《新月》第 3 卷第 8 号）

悲观

一

青草地，
牛吃草，
摇头掉尾，
天上的青云白云
卷来卷去。

二

登山头，
望城里，
只见黑沉沉的屋顶
　　鳞次栉比，
街道上尘烟里，
　　生灵挤挤。

三

教堂前，
钟声里，
白衣的牧师

和黑裙黑披的老妇女，
聚复散，散复聚。

四

歌舞场，
繁华地，
白的红的，黑的绿的，
高冠长裙，笑语依稀。

五

庙堂中，
柴堆里，
几块破烂的木头，
当年受香烟礼拜的偶像，
面目未朽，未朽！

六

战场上，
濠沟里，
枪炮倒在败草间，
到处残破的房屋，
　　肢体，血痕缕缕。

七

天灾国，

饥荒地，

草尽木稀，

小儿不啼，

黑灰色的空气。

八

心死国，

人荒境，

有影无形，

有声无气，

深谷里的子规，

　　见月不啼。

九

噫！

噫！

十

幻象破，

上帝死，

半夜梦醒睡已尽，

但这黑昏昏，阴森森

鬼棱棱……

十一

这心头

压着全世界的重量，咳！全宇宙

这精神的宇宙

这宇宙的宇宙，

都是空，空，空，……

十二

休！

休！

1969 年台湾传记文学出版社《徐志摩全集》第 1 集

残 破

一

深深的在深夜里坐着：
当窗有一团不圆的光亮，
　　风挟着灰土，在大街上
　　　　小巷里奔跑：
我要在枯秃的笔尖上袅出
一种残破的残破的音调，
为要抒写我的残破的思潮。

二

深深的在深夜里坐着：
生尖角的夜凉在窗缝里

妒忌屋内残余的暖气，

也不饶恕我的肢体：

但我要用我半干的墨水描成

一些残破的残破的花样，

因为残破，残破是我的思想。

三

深深的在深夜里坐着，

左右是一些丑怪的鬼影：

焦枯的落魄的树木

在冰沉沉的河沿叫喊，

比着绝望的姿势，

正如我要在残破的意识里

重兴起一个残破的天地。

四

深深的在深夜里坐着，

闭上眼回望到过去的云烟：

啊，她还是一枝冷艳的白莲，
　　斜靠着晓风，万种的玲珑；
但我不是阳光，也不是露水，
我有的只是些残破的呼吸，
　　如同封锁在壁椽间的群鼠，
追逐着，追求着黑暗与虚无！

1930 年 4 月《现代学生》第 1 卷第 6 期

变与不变[①]

树上的叶子说："这来又变样儿了，
你看，有的是抽心烂，有的是卷边焦！"
"可不是，"答话的是我自己的心：
它也在冷酷的西风里褪色，凋零。

这时候连翩的明星爬上了树尖；
"看这儿，"它们仿佛说，"有没有改变？"
"看这儿，"无形中又发动了一个声音，
"还不是一样鲜明？"——插话的是我的魂灵！

（1927年9月上海新月书店《翡冷翠的一夜》）

①写于1927年春季。

残春[1]

昨天我瓶子里斜插着的桃花，
是朵朵媚笑在美人的腮边挂；
今儿它们全低了头，全变了相：——
红的白的尸体倒悬在青条上。

窗外的风雨报告残春的运命，
丧钟似的音响在黑夜里叮咛：
“你那生命的瓶子里的鲜花也
变了样；艳丽的尸体，谁给收殓？”

（1928 年 5 月 10 日《新月》第 1 卷第 3 号）

①写于 1927 年 4 月 20 日。

不再是我的乖乖①

一

前天我是一个小孩，
这海滩最是我的爱；
早起的太阳赛如火炉，
趁暖和我来做我的工夫：
捡满一衣兜的贝壳，
在这海砂上起造宫阙；
哦，这浪头来得凶恶，
冲了我得意的建筑——
我喊一声海，海！
你是我小孩儿的乖乖！

二

昨天我是一个“情种”，
到这海滩上来发疯；
西天的晚霞慢慢的死，
血红变成姜黄，又变紫，

①写于1925年1月。

一颗星在半空里窥伺，
我匐伏在砂堆里画字，
一个字，一个字，又一个字，
谁说不是我心爱的游戏？
我喊一声海，海！
不许你有一点儿的更改！

三

今天！咳，为什么要有今天？
不比从前，没了我的疯癫，
再没有小孩时的新鲜，
这回再不来这大海的边沿！
头顶不见天光的方便，
海上只暗沉沉的一片，
暗潮侵蚀了砂字的痕迹，
却不冲淡我悲惨的颜色——
我喊一声海，海！
你从此不再是我的乖乖！

（1925 年 1 月 11 日《京报副刊》）

丁当——清新[1]

檐前的秋雨在说什么？
　它说摔了她，忧郁什么？
我手拿起案上的镜框，
　在地平上摔了一个丁当。

檐前的秋雨又在说什么？
　“还有你心里那个留着做什么？”
蓦地里又听见一声清新——
　这回摔破的是我自己的心！

（1925 年 12 月 1 日《晨报七周年纪念增刊》）

①写于 1925 年秋。

天神似的英雄①

这石是一堆粗丑的顽石，
这百合是一丛明媚的秀色；
但当月光将花影描上石隙，
这粗丑的顽石也化生了媚迹。

我是一团臃肿的凡庸，
她的是人间无比的仙容；
但当恋爱将她偎入我的怀中，
就我也变成了天神似的英雄！

（1927 年 9 月上海新月书店《翡冷翠的一夜》）

①写于 1927 年左右。

铁柝歌

铁柝，铁柝，铁柝——三更：
夜色在更韵里沉吟，
满院只眠熟的树荫，
天上三五颗冷淡的星。

铁索，铁索……逝水似的消幻，
只缕缕星芒，漫洒在屋溜间；
静夜忽的裂帛似的撕碎——
一声声，愤急，哀乞，绝望的伤惨。

马号里暗暗的腐稻一堆：
犬子在索乳，呶呶的纷哕；
僵附在墙边，有瘦影一枚，
羸瘪的母狗，忍看着饥孩——

“哀哀，我馁，且殆，奈何饥孩，
儿来，非我罪，儿毙，我心摧”……
哀哀，在此深夜与空院，
有谁同情母道之悲哀？

哀哀，更柝声在巷外浮沉，
悄悄的人间，浑浑的乾坤；
哀哀这中夜的嗥诉与哀呻，
惊不醒——一丝半缕的同情！

正愿人间的好梦睡稳！
一任遍地的嗥诉与哀呻，
乞怜于黑夜之无灵，应和
街前巷后的铁柝声声！

端节后

（1923 年 7 月 1 日《努力周报》第 59 期）

枉然①

你枉然用手锁着我的手，
女人，用口噙住我的口，
枉然用鲜血注入我的心，
火烫的泪珠见证你的真；

迟了！你再不能叫死的复活，
从灰土里唤起原来的神奇：
纵然上帝怜念你的过错，
他也不能拿爱再交给你！

（1928 年 12 月 10 日《新月》第 1 卷第 10 号）

①写于 1928 年 11 月 1 日。

望 月

月：我隔着窗纱，在黑暗中，
望她从巉岩的山肩挣起——
一轮惺忪的不整的光华：
像一个处女，怀抱着贞洁，
惊惶的，挣出强暴的爪牙；

这使我想起你，我爱，当初
也曾在恶运的利齿间捱！
但如今，正如蓝天里明月：
你已升起在幸福的前峰，
洒光辉照亮地面的坎坷！

（1926 年 5 月 6 日《晨报副镌·诗镌》第 6 号）

为谁①

这几天秋风来得格外的尖厉：
　　我怕看我们的庭院，
　　树叶伤鸟似的猛旋，
　　中着了无形的利箭——
没了，全没了：生命、颜色、美丽！

就剩下西墙上的几道爬山虎：
　　它那豹斑似的秋色，

①写于1925年8月之前。

忍熬着风拳的打击，
低低的喘一声鸟邑——
“我为你耐着！”它仿佛对我声诉。

它为我耐着，那艳色的秋萝，
但秋风不容情的追，
追，（摧残是它的恩惠！）
追尽了生命的余辉——
这回墙上不见了勇敢的秋萝！

今夜那青光的三星在天上，
倾听着秋后的空院，
悄悄的，更不闻呜咽：
落叶在泥土里安眠——
只我在这深夜，啊，为谁凄惘？

（1925年8月中华书局《志摩的诗》）

幻想

一

天空里幻出一带的长虹，
一条七彩双首乔背的神龙；
一头的龙喙与龙须与龙鬐，
淹没在埂奇河春泛之濑湍，
一头的龙爪，下踞在河北江南，
饮啜于长江大河，咽响如雷，
这彩色神明的巨怪，
满吸了东亚的大水，
昂首向坎坷的地面寻着，
吼一声，可怜，苦旱的人间！
遍野的饥农，在面天求怜，
求救渡的甘霖，满溢田田——
看呀，电闪里长鬣舞旋，
转惨酷为欢欣在俄顷之间！

二

天空里幻出长虹一带，
在碧玉的天空镶嵌，
一端挽住昆仑的山坳，
一端围绕在喜马拉雅之巉岩；
是谁何的匠心，制此巨采，
问伟男何在，问伟男何在？
披苍空普盖的青衫，
束此神异光明之带，
举步在浩宇里徘徊，
啊，踏翻，南北白头的高山，
霎时的雪花狂舞，雪花狂洒，
普化了东与西，洒遍了北与南，
丈夫！这纯澈无路的世界，
产生于一转之俄顷之间。

1923 年 9 月 10 日《小说月报》第 14 卷第 9 号

灰色的人生

我想——我想开放我的宽阔的粗暴的嗓音，唱一支野蛮的大胆的骇人的新歌；

我想拉破我的袍服，我的整齐的袍服，露出我的胸膛，

肚腹，肋骨与筋络；

我想放散我一头的长发，像一个游方僧似的散披着一头的乱发；

我也想跣我的脚，跣我的脚，在巉牙似的道上，快活地，无畏地走着。

我要调谐我的嗓音，傲慢的，粗暴的，唱一阕荒唐的，摧残的，弥漫的歌调；

我伸出我的巨大的手掌，向着天与地，海与山，无餍地求讨，寻捞；

我一把揪住了西北风，问它要落叶的颜色，

我一把揪住了东南风，问它要嫩芽的光泽；

我蹲身在大海的边旁，倾听它的伟大的酣睡的声浪；

我捉住了落日的彩霞，远山的露霭，秋月的明辉，散放在我的发上，

胸前，袖里，脚底……

我只是狂喜地大踏步地向前——向前——口唱着暴烈的，粗伧的，

不成章的歌调；

来，我邀你们到海边去，听风涛震撼大空的声调；

来，我邀你们到山中去，听一柄利斧斫伐老树的清音；

来，我邀你们到密室里去，听残废的，寂寞的灵魂的呻吟；

来，我邀你们到云霄外去，听古怪的大鸟孤独的悲鸣；

来，我邀你们到民间去，听衰老的，病痛的，贫苦的，残毁的，受压迫的，烦闷的，奴服的，懦怯的，丑陋的，罪恶的，自杀的，

——和着深秋的风声与

雨声——合唱的“灰色的人生”！

1923 年 10 月 21 日《努力周报》第 75 期

自然与人生

风，雨，山岳的震怒：
　　猛进，猛进！
显你们的狷獗，暴烈，威武；
　　霹雳是你们的酣，
　　雷震是你们的军鼓——
万丈的峰峦在涌汹的战阵里
　　失色，动摇，颠播；
　　猛进，猛进！
这黑沉沉的下界，是你们的俘虏！

壮观！仿佛跳出了人生的关塞，
凭着智慧的明辉，回看
这伟大的悲惨的趣剧，在时空
无际的舞台上，更番的演着：——
我驻足在岱岳顶巅，
在阳光朗照着的顶巅，俯看山腰里
蜂起的云潮敛着，叠着，渐缓的
淹没了眼下的青峦与幽壑：

霎时的开始了，骇人的工作。

风，雨，雷霆，山岳的震怒——
　　猛进，猛进！
矫捷的，猛烈的：吼着，打击着，咆哮着；
烈情的火焰，在层云中狂窜：
恋爱，嫉妒，咒诅，嘲讽，报复，牺牲，烦闷，
　　疯犬似的跳着，追着，嗥着，咬着，
毒蟒似的绞着，翻着，扫着，舐着——
　　猛进，猛进！
狂风，暴雨，电闪，雷霆：
　　烈情与人生！

静了，静了——
不见了晦盲的云罗与雾锢，
只有轻纱似的浮沤，在透明的晴空，
冉冉的飞升，冉冉的翳隐，
像是白羽的安琪，捷报天庭。

静了，静了——
眼前消失了战阵的幻景，

回复了幽谷与冈峦与森林，
青葱，凝静，芳馨，像一个浴罢的处女，
忸怩的无言，默默的自怜。

变幻的自然，变幻的人生，
瞬息的转变，暴烈与和平，
刿心的惨剧与怡神的宁静：——
谁是主，谁是宾，谁幻复谁真？
莫非是造化儿的诙谐与游戏，
恣意的反复着涕泪与欢喜，
厄难与幸运，娱乐他的冷酷的心，
与我在云外看雷阵，一般的无情？

1924 年 2 月 5 日《晨报·文学旬刊》

问 谁

问谁？呵，这光阴的播弄
　　问谁去声诉，
在这冻沉沉的深夜，凄风
　　吹拂她的新墓？

“看守，你须用心的看守，
　　这活泼的流溪，
莫错过，在这清波里优游，
　　青脐与红鳍！”

那无声的私语在我的耳边
　　似曾幽幽的吹嘘，——
像秋雾里的远山，半化烟，
　　在晓风前卷舒。

因此我紧揽着我生命的绳网，
　　像一个守夜的渔翁，
兢兢的，注视着那无尽流的时光——
　　私冀有彩鳞掀涌。

但如今，如今只余这破烂的渔网——
　　嘲讽我的希冀，
我喘息的怅望着不复返的时光；
　　泪依依的憔悴！

又何况在这黑夜里徘徊，
　　黑夜似的痛楚：
一个星芒下的黑影凄迷——
　　留恋着一个新墓！

问谁……我不敢抢呼，怕惊扰
　　这墓底的清淳；
我俯身，我伸手向她搂抱——
　　啊，这半潮润的新坟！

这惨人的旷野无有边沿，
　　远处有村火星星，
丛林中有鸱鸮在悍辩——

此地有伤心，只影！

这黑夜，深沉的，环包着大地；
笼罩着你与我——
你，静凄凄的安眠在墓底；
我，在迷醉里摩挲！

正愿天光更不从东方
按时的泛滥：
我便永远依偎着这墓旁——
在沉寂里消幻——

但青曦已在那天边吐露，
苏醒的林鸟，

已在远近间相应喧呼——
　　又是一度清晓。

不久，这严冬过去，东风
　　又来催促青条：
便妆缀这冷落的墓宫，
　　亦不无花草飘摇。

但为你，我爱，如今永远封禁
　　在这无情的地下——
我更不盼天光，更无有春信：
　　我的是无边的黑夜！

1925年8月中华书局《志摩的诗》

古怪的世界

从松江的石湖塘
　　　　上车来老妇一双，
颤巍巍的承住弓形的老人身，
多谢（我猜是）普陀山的盘龙藤：

　　　　青布棉袄，黑布棉套，
　　　　头毛半秃，齿牙半耗：
肩挨肩的坐落在阳光暖暖的窗前，
畏葸的，呢喃的，像一对寒天的老燕；

　　　　震震的干枯的手背，
　　　　震震的皱缩的下颏：
这二老！是妯娌，是姑嫂，是姊妹？——
紧挨着，老眼中有伤悲的眼泪！

　　　　怜悯！贫苦不是卑贱，
　　　　老衰中有无限庄严；——
老年人有什么悲哀，为什么凄伤？
为什么在这快乐的新年，抛却家乡？

同车里杂沓的人声，

轨道上疾转着车轮；

我独自的，独自的沉思这世界古怪——

是谁吹弄着那不调谐的人道的音籁？

1924 年 12 月 1 日《晨报六周年纪念增刊》

残诗①

怨谁？怨谁？这不是青天里打雷？
关着，锁上；赶明儿瓷花砖上堆灰！
别瞧这白石台阶儿光滑，赶明儿，唉，
石缝里长草，石板上青青的全是莓！
那廊下的青玉缸里养着鱼，真凤尾，
可还有谁给换水，谁给捞草，谁给喂？
要不了三五天准翻着白肚鼓着眼，
不浮着死，也就让冰分儿压一个扁！
顶可怜是那几个红嘴绿毛的鹦哥，

①写于1925年1月。

让娘娘教得顶乖，会跟着洞箫唱歌，
真娇养惯，喂食一迟，就叫人名儿骂，
现在，您叫去！就剩空院子给您答话！……

（1925 年 1 月 15 日《晨报·文学旬刊》第 59 号）

荒凉的城子

我眼前暗沉沉的地面，
　　我眼前暗森森的诸天。
她，——我心爱的，哪里去了，——那女子，
　　她的眼明星似的闪耀？
我眼前一片凄凉的街市。
我眼前一片凄凉的城子。
灾难后的城子，只剩有
　　剐残的人尸。

黎明时我忧忡忡的起身，
　　打开我的窗棂，
进来的却不是光明，进来的
　　是鲜明的爱情。
树枝上的鸟雀已经苏醒起，
　　我倾听他们的歌音；
他们各自呼唤着他们的恋情；
　　就只我是孤身。

这是生命与快乐的时辰，

　　我在我心里说话。
各个的生物有他的欢欣，
　　在阳光中过他的生活，
他们在各个同伴的眼内寻着。
　　光明，那怜惜的光明，
这是相互怜惜的时候，这是
　　相互爱恋的光阴。

说话呀！荒凉的城子！说话呀！
　　凄凉中的寂静！
她，我挚爱的，哪里去了，
　　她，认识我的魂灵？
那热情的眼如今在哪里？
　　曾经对着我的眼含情的凝睇？
那亲吻我的香唇如今在哪里？
　　在那里，那酥胸曾经我的
　　胸怀偎依？

说话呀，你我灵魂的灵魂：
　　我心里的情怀已经默起，
告诉我，在那毁灭与恐怖的日子
　　你遁迹在哪里？
看呀，我的手臂依旧抱着你，

　　抱着你是抱着天体，
看呀，我的心愿依旧靠傍着你，
　　我的心愿充塞着大地。

我不禁在忧伤中悲诉，
　　我离开了窗前，我转过身去，
我向着楼梯，走出门去
　　走上空虚的街去，
在忧伤中放声的哀恸，
　　可怜再没有人责我的过戾，
谁嘲讽我的软弱，更有
　　谁怜悯我的眼泪？

1983 年香港商务印书馆《徐志摩全集》第 1 集

一块晦色的路碑[1]

脚步轻些，过路人！
休惊动那最可爱的灵魂，
如今安眠在这地下，
有绛色的野草花掩护她的余烬。

你且站定，在这无名的土阜边，
任晚风吹弄你的衣襟；
倘如这片刻的静定感动了你的悲悯，

①写于1925年3月1日。

让你的泪珠圆圆的滴下——
为这长眠着的美丽的灵魂！

过路人，假若你也曾
在这人间不平的道上颠顿，
让你此时的感愤凝成最锋利的悲悯，
在你的激震着的心叶上，
刺出一滴，两滴的鲜血——
为这遭冤屈的最纯洁的灵魂！

1925年3月7日《晨报副镌》

那一点神明的火焰

又是一个深夜，寂寞的深夜，在山中，
浓雾里不见月影，星光，就只我：
一个冥蒙的黑影，蹀躞的沉思，
沉思的蹀躞，在深夜，在山中，在雾里，
我想着世界，我的身世，懊怅，凄迷，
灭绝的希冀，又在我的心里惊悸，
摇曳，像雾里的草须：她在哪里？
啊！她；这深夜，这浓雾，淹没了
天外的星光与月彩，却遮不住
那一点的光明，永远的，永远的，像一星
宝石似的火花，在我灵魂的底里；我正愿，
我愿保持这不朽的灵光，直到那一天

时间要求我的尘埃，我的心停止了跳动，
在时间浩瀚的尘埃里，却还存着那一点——
那一点神明的火焰，跳动，光艳，
　　不变
　　不变！

1925 年 3 月 25 日《晨报·文学旬刊》

一星弱火①

我独坐在半山的石上，
　　看前峰的白云蒸腾，
一只不知名的小雀，
　　嘲讽着我迷惘的神魂。

白云一饼饼的飞升，
　　化入了辽远的无垠；
但在我逼仄的心头，啊，
　　却凝敛着惨雾与愁云！

皎洁的晨光已经透露，
　　洗净了青屿似的前峰；
像墓墟间的磷光惨淡，
　　一星的微焰在我的胸中。

但这惨淡的弱火一星，
　　照射着残骸与余烬，

①写于1925年3月1日。

虽则是往迹的嘲讽，

　　却绵绵的长随时间进行！

1925年8月中华书局《志摩的诗》

无 题

原是你的本分，朝山人的胫踝，
这荆刺的伤痛！回看你的来路，
看那草丛乱石间斑斑的血迹，
在暮霭里记认你从来的踪迹！
且缓抚摩你的肢体，你的止境
还远在那白云环拱处的山岭！

无声的暮烟，远从那山麓与林边，
渐渐的潮没了这旷野，这荒天，
你渺小的孑影面对这冥盲的前程，
像在怒涛间的轻航失去了南针；
更有那黑夜的恐怖，悚骨的狼嗥，
狐鸣、鹰啸、蔓草间有蝮蛇缠绕！

退后？——昏夜一般的吞蚀血染的来踪，
倒地？——这懦怯的累赘问谁去收容？

前冲？啊，前冲！冲破这黑暗的冥凶，
冲破一切的恐怖、迟疑、畏葸、苦痛，
血淋漓的践踏过三角棱的劲刺，
从莽中伏兽的利爪，蜿蜒的虫豸！

前冲；灵魂的勇是你成功的秘密！
这回你看，在这决心舍命的瞬息，
迷雾已经让路，让给不变的天光，
一弯青玉似的明月在云隙里探望，
依稀窗纱间美人启齿的瓠犀，——
那是灵感的赞许，最恩宠的赠与！

更有那高峰，你那最想望的高峰，
亦已涌现在当前，莲苞似的玲珑，
在蓝天里，在月华中，秾艳，崇高，
朝山人，这异像便是你跋涉的酬劳！

1925 年 8 月中华书局《志摩的诗》

运命的逻辑

一

前天她在水晶宫似照亮的大厅里跳舞——

　　多么亮她的袜！

　　多么滑她的发！

她那牙齿上的笑痕叫全堂的男子们疯魔。

二

　　昨来她短了资本，

　　变卖了她的灵魂；

那戴喇叭帽的魔鬼在她的耳边传授了秘诀，

她起了皱纹的脸又搽上不少男子们的心血。

三

今天在城隍庙前阶沿上坐着的这个老丑，

她胸前挂着一串，不是珍珠，是男子们的骷髅；

　　神道见了她摇头，

　　魔鬼见了她哆嗦！

1925年10月8日《晨报副镌》

这年头活着不易①

昨天我冒着大雨到烟霞岭下访桂；
　　　　南高峰在烟霞中不见，
　　　　在一家松茅铺的屋檐前
　　　　我停步，问一个村姑今年
翁家山的桂花有没有去年开的媚。

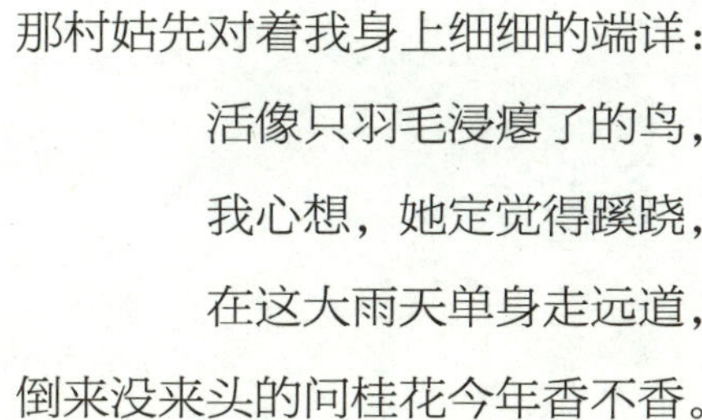

那村姑先对着我身上细细的端详：
　　　　活像只羽毛浸瘪了的鸟，
　　　　我心想，她定觉得蹊跷，
　　　　在这大雨天单身走远道，
倒来没来头的问桂花今年香不香。

“客人，你运气不好，来得太迟又太早：
　　　　这里就是有名的满家弄，
　　　　往年这时候到处香得凶，
　　　　这几天连绵的雨，外加风，
弄得这稀糟，今年的早桂就算完了。”

①写于1925年9月17日。

果然这桂子林也不能给我点子欢喜：
枝上只见焦萎的细蕊，
看着凄惨，唉，无妄的灾！
为什么这到处是憔悴？
这年头活着不易！这年头活着不易！

西湖，九月

大　帅（战歌之一）

（见日报，前敌战士，随死随掩，间有未死者，即被活埋。）

“大帅有命令以后打死了的尸体
再不用往回挪（叫人看了挫气），
就在前边儿挖一个大坑，
拿瘪了的弟兄们往里掷，
掷满了给平上土，
给它一个大糊涂，
也不用给做记认，
管他是姓贾姓曾！
也好，省得他们家里人见了伤心：
娘抱着个烂了的头，
弟弟提溜着一支手，
新娶的媳妇到手个脓包的腰身！”

我说这坑死人也不是没有味儿，
有那西晒的太阳做我们的伴儿，
瞧我这一抄，抄住了老丙，
他大前天还跟我吃烙饼，
叫了壶大白干，

咱们俩随便谈，
你知道他那神气，
一只眼老是这挤：
谁想他来不到三天就做了炮灰，
老丙他打仗倒是勇，
你瞧他身上的窟窿！——
去你的，老丙，咱们来就是当死胚！

“天快黑了，怎么好，还有这一大堆？
听炮声，这半天又该是我们的毁！
麻利点儿，我说你瞧，三哥，
那黑刺刺的可不又是一个！
嘿，三哥，有没有死的，
还开着眼流着泪哩！
我说三哥这怎么来，
总不能拿人活着埋！”——
“吁，老五，别言语，听大帅的话没有错：
见个儿就给铲，
见个儿就给埋，
躲开，瞧我的，欧，去你的，谁跟你啰嗦！”

1926年6月3日《晨报副镌·诗镌》第10号

人变兽[①]（战歌之二）

朋友，这年头真不容易过，
你出城去看光景就有数：——
柳林中有乌鸦们在争吵，
分不匀死人身上的脂膏；

城门洞里一阵阵的旋风起，
跳舞着没脑袋的英雄，
那田畦里碧葱葱的豆苗，
你信不信全是用鲜血浇！

还有那井边挑水的姑娘，
你问她为甚走道像带伤——
抹下西山黄昏的一天紫，
也涂不没这人变兽的耻！

1926年6月3日《晨报副镌·诗镌》第10号

①写于1926年5月。

罪与罚（一）

在这冰冷的深夜，在这冰冷的庙前，
匍匐着，星光里照出，一个冰冷的人形：
是病吗？不听见有呻吟。
死了吗？她肢体在颤震。
啊，假如你的手能向深奥处摸索，
她那冰冷的身体里还有个更冷的心！
她不是遇难的孤身，
她不是被摈弃的妇人；
不是尼僧，尼僧也不来深夜里修行；
她没有犯法，她的不是寻常的罪名：
她是一个美妇人，
她是一个恶妇人，——
她今天忽然发觉了她无形中的罪孽，
因此在这深夜里到上帝跟前来招认。

1926年4月21日《晨报副镌·诗镌》第4号

罪与罚（二）

“你——你问我为什么对你脸红？
这是天良，朋友，天良的火烧，
好，交给你了，记下我的口供，
满铺着谎的床上哪睡得着？

“你先不用问她们那都是谁，
回头你——（你有水不？我喝一口。
单这一提，我的天良就直追，
逼得我一口气直顶着咽喉。）

“冤孽！天给我这样儿：毒的香，
造孽的根，假温柔的野兽！
什么意识，什么天理，什么思想，
那敌得住那肉鲜鲜的引诱！

“先是她家那嫂子，风流，当然：
偏嫁了个丈夫不是个男人；
这干烤着的木柴早够危险，
再来一星星的火花——不就成！

"那一星的火花正轮着我——该！
才一面，够干脆的，魔鬼的得意；
一瞟眼，一条线，半个黑夜：
十七岁的童贞，一个活寡的急！

"堕落是一个进了出不得的坑，
可不是个陷坑，越陷越没有底，
咒他的！一桩桩更鲜艳的沉沦，
挂彩似的扮得我全没了主意！

"现吃亏的当然是女人，也可怜，
一步的孽报追着一步的孽因，
她又不能往阉子身上推，活罪，——
一包药粉换着了一身的毒鳞！

"这还是引子，下文才真是孽债：
她家里另有一双并蒂的白莲，
透水的鲜，上帝禁阻闲蜂来采，
但运命偏不容这白玉的贞坚。

"那西湖上一宿的猖狂，又是我，
你知道，捣毁了那并蒂的莲苞——
单只一度！但这一度！谁能饶恕
天，这蹂躏！这色情狂的恶屠刀！

"那大的叫铃的偏对浪子情痴，
她对我矢贞，你说这事情多瘪！
我本没有自由，又不能伴她死，
眼看她疯，丢丑，喔！雷砸我的脸！

"这事情说来你也该早明白，
我见着你眼内一阵阵的冒火：
本来！今儿我是你的囚犯，听凭
你发落，你裁判，杀了我，绞了我；

"我半点儿不生怨意，我再不能
不自首，天良逼得我没缝儿躲；
年轻人谁免得了有时候朦混，

但是天，我的分儿不有点太酷？

“谁料到这造孽的网兜着了你，
你，我的长兄，我的唯一的好友！
你爱箕，箕也爱你；箕是无罪的：
有罪是我，天罚那离奇的引诱！

“她的忠顺你知道，这六七年里，
她哪一事不为你牺牲，你不说
女人再没有箕的自苦；她为你
甘心自苦，为要洗净那一点错。

“这错又不是她的，你不能怪她；
话说完了，我放下了我的重负，
我唯一的祈求是保全你的家：
她是无罪的，我再说，我的朋友！”

1927年9月上海新月书店《翡冷翠的一夜》

俘虏颂

我说朋友，你见了没有，那俘虏：
　　拼了命也不知为谁，
　　提着杀人的凶器，
　　带着杀人的恶计，
　　趁天没有亮，堵着嘴，
望长江的浓雾里悄悄的飞渡；

趁太阳还在崇明岛外打盹，
　　满江心只是一片阴，
　　破着褴褛的江水，
　　不提防冤死的鬼，
　　爬在时间背上讨命，
挨着这一船船替死来的接吻；

他们摸着了岸就比到了天堂：
　　顾不得险，顾不得潮，
　　一耸身就落了地
　　（梦里的青蛙惊起，）
　　踹烂了六朝的青草，

燕子矶的嶙峋都变成了康庄！

干什么来了，这“大无畏”的精神？
　　算是好男子不怕死？——
　　为一个人的荒唐，
　　为几块钱的奖赏，
　　闯进了魔鬼的圈子，
供献了身体，在乌龙山下变粪？

看他们今儿个做俘虏的光荣！
　　身上脸上全挂着彩，
　　眉眼糊成了玫瑰，
　　口鼻裂成了山水，
　　脑袋顶着朵大牡丹，
在夫子庙前，在秦淮河边寻梦！

九月四日

1927 年 9 月 17 日《现代评论》第 6 卷第 145 期

此诗原投《现代评论》，刊出后编辑先生来信，说他擅主割去了末了一段，因为有了那一段诗意即成了“反革命”，剪了那一段则是“绝妙的一首革命诗”，因而为报也为作者，他决意割去了那条不革命的尾巴！我原稿就只那一份，割去那一段我也记不起，重做也不愿意，要删又有朋友不让，所以就让它照这“残样”站着吧。

志摩

月下待杜鹃不来

看一回凝静的桥影，
数一数螺钿的波纹，
我倚暖了石栏的青苔，
青苔凉透了我的心坎；

月儿，你休学新娘羞，
把锦被掩盖你光艳首，
你昨宵也在此勾留，
可听她允许今夜来否？

听远村寺塔的钟声，
像梦里的轻涛吐复收，
省心海念潮的涨歇，
依稀漂泊踉跄的孤舟；

水粼粼，夜冥冥，思悠悠，
何处是我恋的多情友；
风飕飕，柳飘飘，榆钱斗斗，
令人长忆伤春的歌喉。

1923 年 3 月 29 日《时事新报·学灯》

杜鹃[1]

杜鹃，多情的鸟，他终宵唱：
在夏荫深处，仰望着流云，
飞蛾似围绕亮月的明灯，
星光疏散如海滨的渔火，
甜美的夜在露湛里休憩，
他唱，他唱一声“割麦插禾”——
农夫们在天放晓时惊起。

多情的鹃鸟，他终宵声诉，
是怨，是慕，他心头满是爱，
满是苦，化成缠绵的新歌，
柔情在静夜的怀中颤动；
他唱，口滴着鲜血，斑斑的，
染红露盈盈的草尖，晨光
轻摇着园林的迷梦；他叫，
他叫，他叫一声：“我爱哥哥！”

1929 年 5 月 10 日《新月》第 2 卷第 3 号

①写于 1929 年 4 月。

雀儿，雀儿

雀儿，雀儿，
你进我的门儿，
你又想出我的门儿。
呀，呀，
玻璃老碰你的头儿！
……

屋子里阴凉，
院子里有太阳。
屋子里就有我——你不爱；
院子里有的是，
你的姐姐妹妹好朋友！

我张开一双手儿，
叫一声雀儿雀儿；
我愿意做你的妈，
你做我乖乖的儿。

每天吃茶的时候，
我喂你碎饼干儿。
回头我们俩睡一床，
一同到甜甜的梦里去，
唱一个新鲜的歌儿。
……

1923 年 6 月 24 日《努力周报》第 58 期

黄鹂

一掠颜色飞上了树，
“看，一只黄鹂！”有人说。
翘着尾尖，它不作声，
艳异照亮了浓密——
像是春光，火焰，像是热情。

等候它唱，我们静着望，
怕惊了它。但它一展翅，
冲破浓密，化一朵彩云；
它飞了，不见了，没了——
像是春光，火焰，像是热情。

1930 年 2 月 10 日《新月》第 2 卷第 12 号

雁儿们

雁儿们在云空里飞，
　　看她们的翅膀，
　　看她们的翅膀，
有时候纡回，
　　有时候匆忙。

雁儿们在云空里飞，
　　晚霞在她们身上，
　　晚霞在她们身上，
有时候银辉，
　　有时候金芒。

雁儿们在云空里飞，
　　听她们的歌唱！
　　听她们的歌唱！
有时候伤悲，
　　有时候欢畅。

雁儿们在云空里飞，

　　为什么翱翔？

　　为什么翱翔？

她们少不少旅伴？

她们有没有家乡？

雁儿们在云空里彷徨，

　　天地就快昏黑！

　　天地就快昏黑！

前途再没有天光，

孩子们往哪儿飞？

天地在昏黑里安睡，

　　昏黑迷住了山林，

　　昏黑催眠了海水；

这时候有谁在倾听

昏黑里泛起的伤悲。

1931 年 9 月 20 日《北斗》创刊号

秋虫

秋虫，你为什么来？
人间早不是旧时候的清闲；
这青草，这白露，也是呆：
再也没有用，这些诗材！
黄金才是人们的新宠，
她占了白天，又霸住梦！
爱情：像白天里的星星，
她早就回避，早没了影。
天黑它们也不得回来，
半空里永远有乌云盖。
还有廉耻也告了长假，
他躺在沙漠地里住家；
花尽着开可结不成果，
思想被主义奸污得苦！
你别说这日子过得闷，
晦气脸的还在后面跟！

这一半也是灵魂的懒，
他爱躲在园子里种菜，
“不管，”他说：“听他往下丑——
变猪，变蛆，变蛤蟆，变狗……
过天太阳羞得遮了脸，
月亮残阙了再不肯圆，
到那天人道真灭了种，
我再来打——打革命的钟！”

一九二七年秋

1928年3月10日《新月》第1卷第1号

春的投生

昨晚上，
再前一晚也是的，
在雷雨的猖狂中
春
投生入残冬的尸体。

不觉得脚下的松软，
耳鬓间的温驯吗？
树枝上浮着青，
潭里的水漾成无限的缠绵；
再有你我肢体上
胸膛间的异样的跳动；

桃花早已开上你的脸，
我在更敏锐的消受
你的媚，吞咽
你的连珠的笑；
你不觉得我的手臂
更迫切的要求你的腰身，
我的呼吸投射到你的身上

如同万千的飞萤投向光焰？

这些，还有别的许多说不尽的，
和着鸟雀们的热情的回荡，
都在手携手的赞美着
春的投生。

1929年12月10日《新月》第2卷第2号

季候

一

他俩初起的日子，
像春风吹着春花。
花对风说："我要，"
风不回话：他给！

二

但春花早变了泥，
春风也不知去向。
她怨，说天时太冷；
"不久就冻冰。"他说。

1930年2月10日《新月》第2卷第12号

最后的那一天

在春风不再回来的那一年，
在枯枝不再青条的那一天，
　　那时间天空再没有光照，
　　只黑蒙蒙的妖氛弥漫着：
太阳，月亮，星光死去了的空间；

在一切标准推翻的那一天，
在一切价值重估的那时间，
　　暴露在最后审判的威灵中，
　　一切的虚伪与虚荣与虚空，
赤裸裸的灵魂们匍匐在主的跟前；——

我爱，那时间你我再不必张皇，
更不须声诉，辨冤，再不必隐藏，——
　　你我的心，像一朵雪白的并蒂莲，
　　在爱的青梗上秀挺，欢欣，鲜妍，——
在主的跟前，爱是唯一的荣光。

1927年9月上海新月书店《翡冷翠的一夜》

北方的冬天是冬天[①]

北方的冬天是冬天！
满眼黄沙漠漠的地与天；
赤膊的树枝，硬搅着北风先——
一队队敢死的健儿，傲立在战阵前！
不留半片残青，没有一丝黏恋，
只拼着精光的筋骨；凝敛着生命的精液，
耐，耐三冬的霜鞭与雪拳与风剑，
直耐到春阳征服了消杀与枯寂与凶惨，
直耐到春阳打开了生命的牢监，放出一瓣的树头鲜！
直耐到忍耐的奋斗功效见，健儿克敌回家酣笑颜！
北方的冬天是冬天！
满眼黄沙茫茫的地与天；
田里一只呆顿的黄牛，
西天边画出几线的悲鸣雁。

1923年1月28日《努力周报》第39期

①写于1923年1月22日。

秋月呀[1]

秋月呀！
谁禁得起银指尖儿
浪漫地搔爬呵！
不信但看那一海的轻涛，可不是禁不住它玉指的抚摩，
　　在那里低徊饮泣呢！就是那
无聊的熏烟，
秋月的美满，
熏暖了飘心冷眼，
也清冷地穿上了轻缟的衣裳，
来参与这
美满的婚姻和丧礼。

1922 年 11 月 6 日《新浙江报 · 新朋友》

①写于 1922 年 10 月 6 日。

八月的太阳①

太阳晒得黄黄的，
谁说这世界不是黄金？

小雀在树荫里打盹，
孩子们在草地里打滚。

八月的太阳晒得黄黄的，
谁说这世界不是黄金？

金黄的树林，金黄的草地，
小雀们合奏着欢畅的清音：

金黄的茅舍，金黄的麦屯，
金黄是老农们的笑声。

1937 年 1 月《文学》第 8 卷第 1 号

①约写于 1923 年。

秋　月①

一样是月色，
今晚上的，因为我们都在抬头看——
看它，一轮腴满的妩媚，
从乌黑得如同暴徒一般的
云堆里升起——
看得格外的亮，分外的圆。
它展开在道路上，
它飘闪在水面上，
它沉浸在
水草盘结得如同忧愁般的水底；
它睥睨在古城的雉堞上，
万千的城砖在它的清亮中呼吸，
它抚摸着
错落在城厢外内的墓墟，
在宿鸟的断续的呼声里，
想见新旧的鬼，
也和我们似的相依偎的站着，

①写于1930年10月中旬。

眼珠放着光，
咀嚼着彻骨的阴凉：
银色的缠绵的诗情
如同水面的星磷，
在露盈盈的空中飞舞。
听那四野的吟声——
永恒的卑微的谐和，
悲哀揉和着欢畅，
怨仇与恩爱，
晦冥交抱着火电，
在这夐绝的秋夜与秋野的苍茫中，
“解化”的伟大
在一切纤微的深处
展开了
婴儿的微笑！

十月中

（1930 年 11 月《现代学生》第 1 卷第 2 期）

夜半松风①

这是冬夜的山坡，
坡下一座冷落的僧庐，
庐内一个孤独的梦魂：
　　在忏悔中祈祷，在绝望中沉沦；——

为什么这怒叫，这狂啸，
鼍鼓与金钲与虎与豹？
为什么这幽诉，这私慕？
烈情的惨剧与人生的坎坷——
　　又一度潮水似的淹没了
这彷徨的梦魂与冷落的僧庐？

1924年7月11日《晨报·文学旬刊》第41号

①写于1924年5月20日。

清风吹断春朝梦①

片片鹅绒眼前纷舞，
　　疑是梅心蝶骨醉春风；
一阵阵残琴碎箫鼓，
　　依稀山风催瀑弄青松；

梦底的幽情，素心，
缥缈的梦魂，梦境，——
都教晓鸟声里的清风，
轻轻吹拂——吹拂我枕衾，
枕上的温存——，将春梦解成
丝丝缕缕，零落的颜色声音！
这些深灰浅紫，梦魂的认识，
依然黏恋在梦上的边陲。
无如风吹尘起，漫潦梦屐，
纵心愿归去，也难不见涂踪便；

清风！你来自青林幽谷，

①写于1922年8月3日。

款布自然的音乐，
轻怀草意和花香，
温慰诗人的幽独，
攀帘问小姑无恙，
知否你晨来呼唤，
唤散一缘绻缱——
梦里深浓的恩缘？
任春朝富的温柔，
问谁偿逍遥自由？
只看一般梦意阑珊，——
诗心，恋魂，理想的彩云，——
一似狼藉春阴的玫瑰，
一似鹃鸟黎明的幽叹，
韵断香散，仰望天高云远，
梦翅双飞，一逝不复还！

（1923 年 6 月 5 日《时事新报·学灯》）

十日前作《春梦》，偶然拈得此题，今日始勉强成咏，诗意过揉且隐，词只掠影之功，音节不纯，尤所深憾；然梦固难显，灵奥亦何能遽达，独恨神游未远，又被同来阻隔耳！

八月三日

珊瑚

你再不用想我说话，
　　我的心早沉在海水底下；
你再不用向我叫唤，
　　因为我——我再不能回答！

除非你——除非你也来在
　　这珊瑚骨环绕的又一世界；
等海风定时的一刻清静，
　　你我来交互你我的幽叹。

（1926年9月29日《晨报副镌》）

呻吟语[①]

我亦愿意赞美这神奇的宇宙，
我亦愿意忘却了人间有忧愁，
　　像一只没挂累的梅花雀，
　　清朝上歌曲，黄昏时跳跃；——
假如她清风似的常在我的左右！

我亦想望我的诗句清水似的流，
我亦想望我的心池鱼似的悠悠；
　　但如今膏火是我的心，
　　再休问我闲暇的诗情？——
上帝！你一天不还她生命与自由！

（1925 年 9 月 3 日《晨报副镌》）

①写于 1925 年 8 月。

深夜①

深夜里，街角上，
梦一般的灯芒。

烟雾迷裹着树！
怪得人错走了路？

“你害苦了我——冤家！”
她哭，他——不答话。

晓风轻摇着树尖：
掉了，早秋的红艳。

伦敦旅次　九月

（1929 年 1 月 10 日《新月》第 1 卷第 11 号）

①写于 1928 年 9 月。

生活①

阴沉，黑暗，毒蛇似的蜿蜒，
生活逼成了一条甬道：
一度陷入，你只可向前，
手扪索着冷壁的黏潮，

在妖魔的脏腑内挣扎，
头顶不见一线的天光，
这魂魄，在恐怖的压迫下，
除了消灭更有什么愿望？

五月二十九日

（1929年5月10日《新月》第2卷第3号）

①写于1928年5月29日。

山中

庭院是一片静，
　听市谣围抱；
织成一片松影——
　看当头月好！

不知今夜山中
　是何等光景；
想也有月，有松，
　有更深的静。

我想攀附月色，
　化一阵清风，
吹醒群松春醉，
　去山中浮动；

吹下一针新碧，
　掉在你窗前；
轻柔如同叹息——
不惊你安眠！

四月一日

（1931 年 4 月 20 日《诗刊》第 2 期）

私语①

秋雨在一流清冷的秋水池，
一棵憔悴的秋柳里，
一条怯怜的秋枝上，
一片将黄未黄的秋叶上，
听他亲亲切切喁喁唼唼，
私语三秋的情思情事，情语情节，
临了轻轻将他拂落在秋水秋波的秋晕里，
　一涡半转，跟着秋流去。
这秋雨的私语，三秋的情思情事，情诗情节，
也掉落在秋水秋波的秋晕里，
　一涡半转，跟着秋流去。

七月二十一日

（1923年4月30日《时事新报·学灯》）

①写于1922年7月21日。

四行诗一首[1]

忧愁他整天拉着我的心，
像一个琴师操练他的琴；
悲哀像是海礁间的飞涛：
看他那汹涌，听他那呼号！

（1925 年 8 月 24 日《晨报副镌》）

①写于 1925 年 8 月 21 日。

他眼里有你①

我攀登了万仞的高冈，
荆棘扎烂了我的衣裳，
我向飘渺的云天外望——
　上帝，我望不见你！

我向坚厚的地壳里掏，
捣毁了蛇龙们的老巢，
在无底的深潭里我叫——
　上帝，我听不到你！

我在道旁见一个小孩：
活泼、秀丽、褴褛的衣衫；
他叫声妈，眼里亮着爱——
　上帝，他眼里有你！

（1928 年 12 月 10 日《新月》第 1 卷第 10 号）

①写于 1928 年 11 月 2 日。

她在那里[1]

她不在这里，
　　她在那里：

她在白云的光明里：
　　在澹远的新月里；

她在怯露的谷莲里：
　　在莲心的露华里；

她在膜拜的童心里：
　　在天真的烂漫里；

她不在这里，
　　她在自然的至粹里！

（1983 年香港商务印书馆《徐志摩全集》第 1 集）

①写于 1925 年前后。

山中大雾看景[1]

这一瞬息的展雾——
　　是山雾
　　是台幕
这一转瞬的沉闷，
　　是云蒸，
　　是人生？

那分明是山、水、田、庐，
又分明是悲、欢、喜、怒，
啊，这眼前刹那间开朗，
我仿佛感悟了造化的无常！

（1924 年 12 月 5 日《晨报·文学旬刊》）

①约写于 1924 年 12 月。

朝雾里的小草花[①]

这岂是偶然，小玲珑的野花！
　　你轻含着鲜露颗颗，
　　怦动的像是慕光明的花蛾，
在黑暗里想念焰彩，晴霞；

我此时在这蔓草丛中过路，
　　无端的内感，惘怅与惊讶，
　　在这迷雾里，在这岩壁下，
思忖着，泪怦怦的，人生与鲜露？

1924年12月5日《晨报·文学旬刊》

①写于1924年8月。

五老峰

不可摇撼的神奇，
不容注视的威严，
这耸峙，这横蟠，
这不可攀援的峻险！
看！那巉岩缺处
透露着天，窈远的苍天，
在无限广博的怀抱间，
这磅礴的伟像显现！

是谁的意境，是谁的想象？
是谁的工程与搏造的手痕？
在这亘古的空灵中

陵慢着天风，天体与天氛！
有时朵朵明媚的彩云，
轻颤的，妆缀着老人们的苍鬓，
像一树虬干的古梅在月下
吐露了艳色鲜葩的清芬！

山麓前伐木的村童，
在山涧的清流中洗濯，呼啸，
认识老人们的嗔颦，
迷雾海沫似的喷涌，铺罩，
淹没了谷内的青林，
隔绝了鄱阳的水色袅渺，
陡壁前闪亮着火电，听呀！
五老们在渺茫的雾海外狂笑！

朝霞照他们的前胸，
晚霞戏逗着他们赤秃的头颅；
黄昏时，听异鸟的欢呼，
在他们鸠盘的肩旁怯怯的透露

不昧的星光与月彩：
柔波里，缓泛着的小艇与轻舸；
听呀！在海会静穆的钟声里，

有朝山人在落叶林中过路！

更无有人事的虚荣，
更无有尘世的仓促与噩梦，
灵魂！记取这从容与伟大，
在五老峰前饱啜自由的山风！
这不是山峰，这是古圣人的祈祷，
凝聚成这“冻乐”似的建筑神工，
给人间一个不朽的凭证，——
一个“倔犟的疑问”在无极的蓝空！

1925年8月中华书局《志摩的诗》

在那山道旁

在那山道旁，一天雾濛濛的朝上，
初生的小蓝花在草丛里窥觑，
我送别她归去，与她在此分离，
在青草里飘拂，她的洁白的裙衣。

我不曾开言，她亦不曾告辞，
驻足在山道旁，我暗暗的寻思：
“吐露你的秘密，这不是最好时机？”——
露湛的小草花，仿佛恼我的迟疑。

为什么迟疑，这是最后的时机，
在这山道旁，在这雾茫的朝上？
收集了勇气，向着她我旋转身去：——
但是啊！为什么她这满眼凄惶？

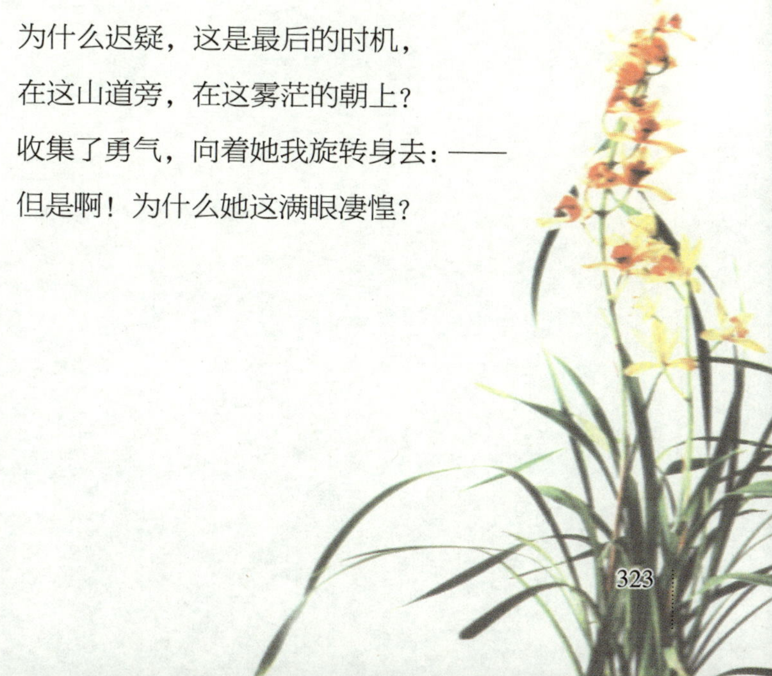

我咽住了我的话，低下了我的头：
火灼与冰激在我的心胸间回荡，
啊，我认识了我的命运，她的忧愁，——
在这浓雾里，在这凄清的道旁！

在那天朝上，在雾茫茫的山道旁，
新生的小蓝花在草丛里睥睨，
我目送她远去，与她从此分离——
在青草间飘拂，她那洁白的裙衣！

（1924年12月1日《晨报·文学旬刊》）

东山小曲[1]

一

早上——太阳在山坡上笑，
　　太阳在山坡上叫：——
　看羊的，你来吧，
　　这里有粉嫩的草，鲜甜的料，
　　好把你的老山羊，小山羊，喂个滚饱；
　小孩们你们也来吧，
　　这里有大树，有石洞，有蚱蜢，有小鸟，
　　快来捉一会盲藏，豁一阵虎跳。

二

中上——太阳在山腰里笑，
　　太阳在山坳里叫：——
　游山的你们来吧，
　　这里来望望天，望望田，消消遣，
　　忘记你的心事，丢掉你的烦恼；

①写于1924年1月20日。

叫化子们你们也来吧，

这里来偎火热的太阳，胜如一件棉袄，

还有香客的布施，岂不是妙，岂不是好。

三

晚上——太阳已经躲好，

太阳已经去了——

野鬼们你们来吧，

黑巍巍的星光，照着冷清清的庙，

树林里有只猫头鹰，半天里有只九头鸟；

来吧，来吧，一齐来吧，

撞开你的顶头板，唱起你的追魂调，

那边来了个和尚，快去要他一个灵魂出窍！

1924 年 2 月 10 日《小说月报》第 15 卷第 2 号

一条金色的光痕①（硖石土白）

这几天冷了，我们祠堂门前的那条小港里也浮着薄冰，今天下午想望久了的雪也开始下了，方才有几位友人在这喝酒，虽则眼前的山景还不曾著〈着〉色，也算是“赏雪”了，白炉里的白煤也烧旺了，屋子里暖融融的自然的有了一种雪天特有的风味。我在窗口望着半掩在烟雾里山林，只盼这“祥瑞的”雪花：

Lazily and incessantly floating down and down :
Silently sifting and veiling road，roaf and railing ;
Hiding difference，making unevenness even，
Into angles and crevices softly drifting and sailing.
Making unevenness even!

可爱的白雪，你能填平地面上的不平，但人间的不平呢？我忽然想起我娘告诉我的一件实事，连带的引起了异

①写于1924年1月29日。

常的感想。汤麦士哈代吹了一辈子厌世的悲调；但是一只冬雀的狂喜的放歌，在一个大冷天的最凄凉的境地里，竟使这位厌世的诗翁也有一次怀疑，他自己的厌世观，也有一次疑问这绝望的前途也许还闪耀着一点救度的光明。悲观是时代的时髦；怀疑是知识阶级的护照。我们宁可把人类看作一堆自私的肉欲，把人道贬入兽道，把宇宙看作一团的黑气，把天良与德性认做作伪与梦呓，把高尚的精神析成心理分析的动机……我也是不很敢相信牧师与塾师与"主张精神生活的哲学家"的劝世谈的一个，即使人生的日子里，不是整天的下雨，这样的愁云与惨雾，伦敦的冬天似的，至少告诫我们出门时还是带上雨具的妥当。但我却也相信这愁云与惨雾并不是永久没有散开的日子，温暖的阳光也不是永远辞别了人间；真的，也许就在大雨泻的时候，你要是有耐心站在广场上望时，西边的云罅里已经分明的透露着金色的光痕了！下面一首诗里的实事，有人看来也许便是一条金色的光痕——除了血色的一堆自私的肉欲，人们并不是没有更高尚的元素了！

来了一个妇人，一个乡里来的妇人，
穿着一件粗布棉袄，一条紫棉绸的裙，
一双发肿的脚，一头花白的头发，
慢慢地走上我们前厅的石阶；
手扶着一扇堂窗，她抬起她的头，
望着厅堂上的陈设，颤动着她的牙齿脱尽了的口。

她开口问了：

得罪那，问声点看，
我要来求见徐家格位太太，有点事体……
认真则，格位就是太太，真是老太婆哩，
眼睛赤花，连太太都勿认得哩！
是欧，太太，今朝特为打乡下来欧，
乌青青就出门；田里西北风度来野欧，是欧，
太太，为点事体要来求求太太呀！
太太，我拉埭上，东横头，有个老阿太，
姓李，亲丁末……老早死完哩，伊拉格大官官——
李三官，起先到街上来做长年欧，——早几年成了弱病，
　　田末卖掉，病末始终勿曾好；
格位李家阿太老年格运气真勿好，全靠场头上东帮帮，
　　西讨讨，吃一口白饭，
每年只有一件绝薄欧棉袄靠过冬欧，
上个月听得话李家阿太流火病发，
前夜子西北风起，我也冻得瑟瑟叫抖，
我心里想李家阿太勿晓得那介哩，
昨日子我一早走到伊屋里，真是罪过！
老阿太已经去哩，冷冰冰欧滚在稻草里，
也勿晓得几时脱气欧，也呒不人晓得！
我也呒不法子，只好去喊拢几个人来，

有人话是饿煞欧，有人话是冻煞欧，
我看一半是老病，西北风也作兴有点欧；——
为此我到街上来，善堂里格位老爷
本里一具棺材，我乘便来求求太太，
做做好事，我晓得太太是顶善心欧，
顶好有旧衣裳本格件把，我还想去
买一刀锭箔；我自己屋里也是滑白欧，
我只有五升米烧顿饭本两个帮忙欧吃，
伊拉抬了材，外加收作，饭总要吃一顿欧，
太太是勿是？……嗳，是欧！嗳，是欧！
喔唷，太太认真好来，真体恤我拉穷人……
格套衣裳正好……喔唷，害太太还要
难为洋钿……喔唷，喔唷……我只得
朝太太磕一个响头，代故世欧谢谢！
喔唷，那末真真多谢，真欧，太太……

1924 年 2 月 26 日《晨报副镌》

先生！先生！①

钢丝的车轮
在偏僻的小巷内飞奔——
“先生，我给先生请安您哪，先生。”

迎面一蹲身，
一个单布褂的女孩颤动着呼声——
雪白的车轮在冰冷的北风里飞奔。

紧紧的跟，紧紧的跟，
破烂的孩子追赶着铄亮的车轮——
“先生，可怜我一大吧，善心的先生！”

“可怜我的妈，
她又饿又冻又病，躺在道儿边直呻——

①写于 1923 年 10 月 30 日。

您修好，赏给我们一顿窝窝头，您哪，先生！”

“没有带子儿。”
坐车的先生说，车里戴大皮帽的先生——
飞奔，急转的双轮，紧追，小孩的呼声。

一路旋风似的土尘，
土尘里飞转着银晃晃的车轮——
“先生，可是您出门不能不带钱您哪，先生。”

“先生！……先生！”
紫涨的小孩，气喘着，断续的呼声——
飞奔，飞奔，橡皮的车轮不住的飞奔。

飞奔……先生……
飞奔……先生……
先生……先生……先生……

1923 年 12 月 11 日《晨报·文学旬刊》第 20 号

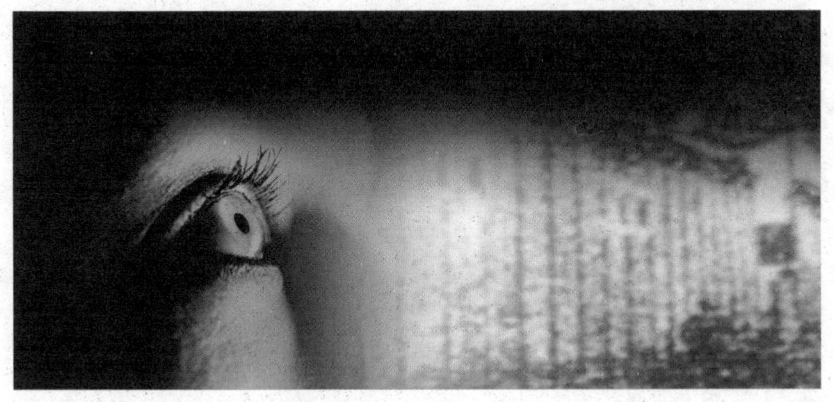

谁知道[1]

我在深夜里坐着车回家——
一个褴褛的老头他使着劲儿拉；
　　天上不见一个星，
　　街上没有一只灯：
　　那车灯的小火
　　冲着街心里的土——
　　左一个颠簸，右一个颠簸，
　　拉车的走着他的踉跄步；
　　……

"我说拉车的，这道儿哪儿能这么的黑？"

①写于 1924 年 11 月初。

"可不是先生？这道儿真——真黑！"
他拉——拉过了一条街，穿过了一座门，
转一个弯，转一个弯，一般的暗沉沉；——
　　天上不见一个星，
　　街上没有一个灯：
　　那车灯的小火
　　蒙着街心里的土——
　　左一个颠簸，右一个颠簸，
　　拉车的走着他的踉跄步；
　　……

"我说拉车的，这道儿哪儿能这么的静？"
"可不是先生？这道儿真——真静！"
他拉——紧贴着一垛墙，长城似的长，
过一处河沿，转入了黑遥遥的旷野；——
　　天上不露一颗星，
　　道上没有一只灯：
　　那车灯的小火
　　晃着道儿上的土——
　　左一个颠簸，右一个颠簸，
　　拉车的走着他的踉跄步；
　　……

“我说拉车的，怎么这儿道上一个人都不见？”

“倒是有，先生，就是您不大瞧得见！”

我骨髓里一阵子的冷——
那边青缭缭的是鬼还是人？
仿佛听着呜咽与笑声——
啊，原来这遍地都是坟！
天上不亮一颗星，
道上没有一只灯：
那车灯的小火
缭着道儿上的土——
左一个颠簸，右一个颠簸，
拉车的跨着他的踉跄步；
……

“我说——我说拉车的喂！这道儿哪……哪儿有这儿远？”

“可不是先生？这道儿真——真远！”

“可是……你拉我回家……你走错了道儿没有？”

“谁知道先生！谁知道走错了道儿没有！”

……

我在深夜里坐着车回家，
一堆不相识的褴褛他使着劲儿拉；
　　天上不明一颗星，
　　道上不见一只灯：
　　只那车灯的小火
　　袅着道儿上的土——
　　左一个颠簸，右一个颠簸。
　　拉车的跨着他的蹒跚步。

（1924 年 11 月 9 日《晨报副镌》）

“拿回吧，劳驾，先生”

啊，果然有今天，就不算如愿，
她这“我求你”也就够可怜！
“我求你，”她信上说，“我的朋友，
给我一个快电，单说你平安，
多少也叫我心宽。”叫她心宽！
扯来她忘不了的还是我——我，
虽则她的傲气从不肯认服；
害得我多苦，这几年叫痛苦
带住了我，像磨面似的尽磨！
还不快发电去，傻子，说太显——
或许不便，但也不妨占一点
颜色，叫她明白我不曾改变，
咳何止，这炉火更旺似从前！

我已经靠在发电处的窗前，
震震的手写来震震的情电，
递给收电的那位先生，问这
该多少钱，但他看了看电文，
又看我一眼，迟疑的说：“先生，

您没重打吧？方才半点钟前，
有一位年轻的先生也来发电，
那地址，那人名，全跟这一样，
还有那电文，我记得对，我想，
也是这……先生，您明白，反正
意思相似，就这签名不一样！”
“呒！是吗？噢，可不是，我真是昏！
发了又重发；拿回吧！劳驾，先生。”

（1926 年 6 月 3 日《晨报副镌·诗镌》第 10 号）

火车擒住轨

火车擒住轨，在黑夜里奔：
过山，过水，过陈死人的坟；

过桥，听钢骨牛喘似的叫，
过荒野，过门户破烂的庙；

过池塘，群蛙在黑水里打鼓，
过噤口的村庄，不见一粒火；

过冰清的小站，上下没有客，
月台袒露着肚子，像是罪恶。

这时车的呻吟惊醒了天上
三两个星，躲在云缝里张望：

那是干什么的，他们在疑问，
大凉夜不歇着，直闹又是哼；

长虫似的一条，呼吸是火焰，
一死儿往暗里闯，不顾危险，

就凭那精窄的两道，算是轨，
驮着这份重，梦一般的累坠。

累坠！那些奇异的善良的人，
放平了心安睡，把他们不论；

傻的村的命全盘交给了它，
不论爬的是高山还是低洼，

不问深林里有怪鸟在诅咒，
天象的辉煌全对着毁灭走；

只图眼前过得，裂大嘴打呼，
明儿车一到，抢了皮包走路！

这态度也不错，愁没有个底；
你我在天空，那天也不休息，

睁大了眼，什么事都看分明，
但自己又何尝能支使运命？

说什么光明，智慧永恒的美，
彼此同是在一条线上受罪；

就差你我的寿数比他们强，
这玩艺反正是一片糊涂账。

（1931 年 10 月 5 日《诗刊》第 3 期）

“两尼姑”或“强修行”①

一

门前几行竹，
后园树荫毵，
墙苔斑驳日影迟，
清妙静淑白岩庵。

庵里何人居？
修道有女师：
大师正中年，
小师甫二十。

大师昔为大家妇，
夫死誓节作道姑，
小师祝发心悲切，
字郎不幸音尘绝。

彼此同怜运不济，

① 1922年写于英国。

持斋奉佛山隈里；
花开花落春来去，
庵堂里尽日念阿弥。

佛堂庄洁供大士，
大士微笑手拈花，
春慷画静风日眠，
木鱼声里悟禅机。

禅机悟未得，
凡心犹兀兀；
大师未忘人间世，
小师情孽正放花。

情孽放花不自知，
芳心苦闷说无词；
可怜一对笼中鸟，
尽日呢喃尽日悲。

长尼多方自譬解，
人间春色亦烟花；
筵席大小终须散，
出家岂有再还家。

二

繁星天，明月夜，
春花茂，秋草败，
燕双栖，子规啼，
蝶恋花，蜂收蕊——
自然风色最恼人，
出家人对此浑如醉。

门前竹影疏，
后圃树荫绵，
蒲团氤氲里，
有客来翩翩。

客来慕山色，
随喜偶问庵，
小师出应门，
腮颊起红痕。

红痕印颊亦印心，
小女自此懒讽经；
佛缘，
尘缘——
两不可相兼；

枯寂，
生命——
弱俗抑率真？

神气顿恍惚，
清泪湿枕衾，
幼尼亦不言，
长尼亦不问。

三

竹影当婆娑，
树影犹掩映。
如何白岩庵，
不见修行人？

佛堂佛座尽灰积，
拈花大士亦蒙尘，
子规空啼月，
蜘网布庵门。

疏林发凉风，
荒圃有余薪。
鸦闹斜阳里，
似笑强修行！

1923 年 5 月 5 日《时事新报·学灯》

在病中

我是在病中，这恹恹的倦卧，
看窗外云天，听木叶在风中……
是鸟语吗？院中有阳光暖和，
一地的衰草，墙上爬着藤萝，
有三五斑猩的，苍的，在颤动。
一半天也成泥……
　　　　　　　城外，啊西山！
太辜负了，今年，翠微的秋容！
那山中的明月，有弯，也有环；
黄昏时谁在听白杨的哀怨？
谁在寒风里赏归鸟的群喧？
有谁上山去漫步，静悄悄的，
在落叶林中捡三两瓣菩提？
有谁去佛殿上披拂着尘封，
在夜色里辨认金碧的神容？

这病中心情：一瞬瞬的回忆，
如同天空，在碧水潭中过路，
透映在水纹间斑驳的云翳；

又如阴影闪过虚白的墙隅，
瞥见时似有，转眼又复消散；
又如缕缕炊烟，才袅袅，又断……
又如暮天里不成字的寒雁，
飞远、更远；化入远山、化作烟！
又如在暑夜看飞星，一道光
碧银银的抹过，更不许端详。
又如兰蕊的清芬偶尔飘过，
谁能留住这没影踪的婀娜？
又如远寺的钟声，随风吹送，
在春宵，轻摇你半残的春梦！

二十（一九三一）年五月续成七年前残稿

1931 年 10 月 5 日《诗刊》第 3 期

小诗一首

我羡慕
　他的勇敢，
一点亮
　透出黑暗！

他只有
　那一闪的焰，
但不问
　宇宙的深浅。

多微弱
　他那点光，
寂寞的，在
　黑夜里彷徨！

1931 年 4 月 15 日《北大学生周刊》第 1 卷第 10 期

给——

我记不得维也纳，
　　除了你，阿丽思；
我想不起佛兰克府，
　　除了你，桃乐斯；
尼司，佛洛伦司，巴黎，
　　也都没有意味，
要不是你们的艳丽，——
　　玫思，麦蒂特，腊妹，
　　　　翩翩的，盈盈的，
　　　　孜孜的，婷婷的，
照亮着我记忆的幽黑，
　　　　像冬夜的明星，
　　　　像暑夜的游萤，——
　　怎教我不倾颓！
　　怎教我不迷醉！

1931年8月上海新月书店《猛虎集》

献词

那天你翩翩的在空际云游，
自在，轻盈，你本不想停留
在天的哪方或地的哪角，
你的愉快是无拦阻的逍遥。

你更不经意在卑微的地面
有一流涧水，虽则你的明艳
在过路时点染了他的空灵，
使他惊醒，将你的倩影抱紧。

他抱紧的只是绵密的忧愁，
因为美不能在风光中静止；
他要，你已飞渡万重的山头，
去更阔大的湖海投射影子！

他在为你消瘦，那一流涧水，
在无能的盼望，盼望你飞回！

1931年8月上海新月书店《猛虎集》

拜 献

山，我不赞美你的壮健，
海，我不歌咏你的阔大，
风波，我不颂扬你威力的无边；
但那在雪地里挣扎的小草花，
路旁冥盲中无告的孤寡，
烧死在沙漠里想归去的雏燕，——
给他们，给宇宙间一切无名的不幸，
我拜献，拜献我胸胁间的热，
管里的血，灵性里的光明；
我的诗歌——在歌声嘹亮的一俄顷，
天外的云彩为你们织造快乐，
　　起一座虹桥，
　　指点着永恒的逍遥，
在嘹亮的歌声里消纳了无穷的苦厄！

（1929 年 2 月 10 日《新月》第 2 卷第 12 号）

人种由来①

一

夏娃："你是亚当吗，上帝
　　创造我来伴你的。
　　你从今后再不怕
　　荒凉，再不愁孤寂。
　　让我摸摸你的脸，
　　口边蓬蓬像树藓，
　　你喉头有个桃核，
　　你肌肉好多强健；
　　但是你胸前不如
　　我又嫩又软又肥——
　　我们原来两样的，
　　我又希奇又欢喜。"
亚当："你的声音很好听，
　　你的手怪招痒的，
　　你初来人地生疏，
　　等我慢慢指导你，

① 1922年写于英国。

昨晚我在睡梦里，
上帝从我变出你；
你的肉是我的肉，
你我原来是一体，
不过我男你是女”。
夏娃：“我叫你夫你叫我妻，
千年万年不分离！
我觉得心头狂跳，
方才一阵清风过，
吹来树上鲜果味，
我想去——”
亚当：“谨记上帝的吩咐；
伊滕园里鲜果富，
樱桃梅李都可采，
独禁‘知识树’七果，
你须牢记在心头，
若然犯禁死无处。
如今我去折桑麻，
你在此地喂鸡鹅。”

二

蛇：“夏娃！”
夏娃：“谁呀！”

蛇："原来你不认识我，
我是伊腾的圣蛇，
通天达地晓人事，
宇宙秘密无不知，
亚当是个蠢东西，
——嘻嘻！"
夏娃："什么叫做'嘻嘻'呢？"
蛇："等我好好教导你。
嘻嘻是个笑声气；
我笑亚当泰腐气，
一心皈依信上帝。
伊腾园里最珍奇，
莫如'知识树'上果；

你若偷采吃一枝，
宇宙密库顿开锁；
你的双眼会开放，
见红见紫见星光；
还有种种消息好，
吃了药儿便知晓——
嘻嘻！”
夏娃：“嘻嘻，多谢你，蛇儿，
是去采果儿吃也！”

三

亚当:“夏娃，替我搔搔背，
我有好东西给你。”
夏娃:“你有什么好东西，
蛇儿笑你泰腐气。”
亚当:“蛇儿专出坏主意，
千万不可轻信伊。
我给你个桑乌都，
甜里带酸很有味。”
夏娃:“乌都算什么东西，
我的苹果才希奇;
今晚临睡吃下去，
明早张眼见天地!”

四

夏娃:“亚当!我见亮光了!
好一个美妙天地!
赶快睁开你眼皮，
你我准备见面礼!”
亚当:“你的疯话我不信，
哪有眼皮会开闭——
咳奇怪!果真两眼
有些发痒酸齑齑;

夏娃！夏娃！真希奇，
果然是光亮天地！”
夏娃：“不成！慢点儿过来。
你我原来是裸体！
不好了！快躲起来，
那边来的是上帝！”

1923年6月21日《时事新报·学灯》

天国的消息①

可爱的秋景！无声的落叶，
轻盈的，轻盈的，掉落在这小径，
竹篱内，隐约的，有小儿女的笑声：

呖呖的清音，缭绕着村舍的静谧，
仿佛是幽谷里的小鸟，欢噪着清晨，
驱散了昏夜的晦塞，开始无限光明。

霎那的欢欣，昙花似的涌现，
开豁了我的情绪，忘却了春恋，
人生的惶惑与悲哀，惆怅与短促——
在这稚子的欢笑声里，想见了天国！

①约写于1924年秋。

晚霞泛滥着金色的枫林，
凉风吹拂着我孤独的身形；
我灵海里啸响着伟大的波涛，
应和更伟大的脉搏，更伟大的灵潮！

1925 年 8 月中华书局《志摩的诗》

一个噩梦

我梦见你——呵，你那憔悴的神情！——
　　手捧着鲜花腼腆的做新人；
我恼恨——我恨你的良心，
　　我又不忍，不忍你的疲损。

你为什么负心？我大声的诃问，——
　　但那喜庆的闹乐侵蚀了我的恚愤；
你为什么背盟？我又大声的诃问——
　　那碧绿的灯光照出你两腮的泪痕！

仓皇的，仓皇的，我四顾观礼的来宾——
　　为什么这满堂的鬼影与逼骨的阴森？
我又转眼看那新郎——啊，上帝有灵光！——
　　却原来，偎傍着我爱，是一架骷髅狰狞！

1924年11月2日《晨报副镌》

再不想望高远的天国[①]

我心头平添了一块肉，
这辈子算有了归宿！
　　看白云在天际飞，
　　听雀儿在枝上啼。
　　忍不住感恩的热泪，
我喊一声天，我从此知足！
再不想望高远的天国！

1926 年 3 月 22 日《晨报副镌》

①写于 1926 年 2 月 23 日。

梅雪争春（纪念三一八）

南方新年里有一天下大雪，
我到灵峰去探春梅的消息；
残落的梅萼瓣瓣在雪里腌，
我笑说这颜色还欠三分艳！

运命说：你赶花朝节前回京，
我替你备下真鲜艳的春景：
白的还是那冷翩翩的飞雪，
但梅花是十三龄童的热血！

1926年4月1日《晨报副镌·诗镌》第1号

一小幅的穷乐图①

巷口一大堆新倒的垃圾，
大概是红漆门里倒出来的垃圾，
其中不尽是灰，还有烧不烬的煤，
不尽是残骨，也许骨中有髓，
骨坳里还黏着一丝半缕的肉片，
还有半烂的布条，不破的报纸，
两三梗取灯儿，一半枝的残烟；

这垃圾堆好比是个金山，
山上满偻着寻求黄金者，
一队的褴褛，破烂的布裤蓝袄，
一个两个数不清高掬的臀腰，
有小女孩，有中年妇，有老婆婆，

①写于1923年2月6日。

一手挽着筐子，一手拿着树条，
深深的弯着腰，不咳嗽，不唠叨，
也不争闹，只是向灰堆里寻捞，
向前捞捞，向后捞捞，两边捞捞，
肩挨肩儿，头对头儿，拨拨挑挑，
老婆婆捡了一块布条，上好一块布条！
有人专捡煤渣，满地多的煤渣，
妈呀，一个女孩叫道，我捡了一块鲜肉骨头，
　回头熬老豆腐吃，好不好？

一队的褴褛，好比个走马灯儿，
转了过来，又转了过去，又过来了，
有中年妇，有女孩小，有婆婆老，
还有夹在人堆里趁热闹的黄狗几条。

1923年2月14日《晨报副镌》第41号

太平景象

“卖油条的，来六根——再来六根。”
“要香烟吗，老总们，大英牌，大前门？
多留几包也好，前边什么买卖都不成。”

“这枪好，德国来的，装弹时手顺；”
“我哥有信来，前天，说我妈有病；”
“哼，管得你妈，咱们去打仗要紧。”

“亏得在江南，离着家千里的路程，
要不然我的家里人……唉，管得他们
眼红眼青，咱们吃粮的眼不见为净！”

“说是，这世界！做鬼不幸，活着也不称心；
谁没有家人老小，谁愿意来当兵拼命？”
“可是你不听长官说，打伤了有恤金？”

“我就不希罕那猫儿哭耗子的恤金！
脑袋就是一个，我就想不透为么要上阵，
砰，砰，打自个儿的弟兄，损己，又不利人。”

“你不见李二哥回来，烂了半个脸，全青？
他说前边稻田里的尸体，简直像牛粪，
全的、残的；死透的、半死的；烂臭、难闻。”

"我说这儿江南人倒懂事，他们死不当兵；
你看这路旁的皮棺，那田里玲巧的享亭，
草也青，树也青，做鬼也落个清静；"

比不得我们——可不是火车已经开行？——
天生是稻田里的牛粪——唉，稻田里的牛粪！
"喂，卖油条的，赶上来，快，我还要六根。"

1924年8月10日《小说月报》第15卷第8号

又一次试验

上帝捋着他的须，
说："我又有了兴趣；
上次的试验有点糟，
这回的保管是高妙。"

脱下了他的枣红袍，
戴上了他的遮阳帽，
老头他抓起一把土，
快活又有了工作做。

"这回不叫再像我，"
他弯着手指使劲塑；
"鼻孔还是给你有，
可不把灵性往里透！"

"给了也还是白丢，
能有几个走回头；
灵性又不比鲜鱼子，
化生在水里就长翅！"

“我老头再也不上当，
眼看圣洁的变肮脏，——
就这儿情形多可气，
哪个安琪身上不带蛆！”

1926 年 5 月 6 日《晨报副镌·诗镌》第 6 号

家中的岁月[①]

白杨树上一阵鸦啼，
白杨树上叶落纷披，
白杨树下有荒土一堆：
亦无有青草，亦无有墓碑；

亦无有蛱蝶双飞，
亦无有过客依违，
有时点缀荒野的暮霭，
土堆邻近有青磷闪闪。

埋葬了也不得安逸，
髑髅在坟底叹息；
舍手了也不得静谧，
髑髅在坟底饮泣。

破碎的愿望梗塞我的呼吸，
伤禽似的震悸着他的羽翼；

①写于1923年7月。

白骨放射着赤色的火焰——
却烧不尽生前的恋与怨。

白杨在西风里无语，摇曳，
孤魂在墓窟的凄凉里寻味：
“从不享，可怜，祭扫的温慰，
更有谁存念我生平的梗概”！

1924 年 10 月 15 日《晨报副镌》

乡村里的音籁①

小舟在垂柳荫间缓泛，
一阵阵初秋的凉风，
吹生了水面的漪绒，
吹来两岸乡村里的音籁。

我独自凭着船窗闲憩，
静看着一河的波幻，
静听着远近的音籁，
又一度与童年的情景默契！

这是清脆的稚儿的呼唤，
田场上工作纷纭，
竹篱边犬吠鸡鸣，
但这无端的悲感与凄惋！

①写于 1925 年 8 月之前。

白云在蓝天里飞行，
　我欲把恼人的年岁，
　我欲把恼人的情爱，
托付与无涯的空灵——消泯！

回复我纯朴的，美丽的童心：
　像山谷里的冷泉一勺，
　像晓风里的白头乳鹊，
像池畔的草花，自然的鲜明。

（1925 年 8 月中华书局《志摩的诗》）

消 息[①]

雷雨暂时收敛了；
　双龙似的双虹，
　显现在雾霭中，
　天矫、鲜艳、生动，——
好兆！明天准是好天了。

什么！又是一阵打雷了，——
　在云外、在天外，
　又是一片暗淡，
　不见了鲜虹彩，——
希望，不曾站稳，又毁了。

（1924年12月《孤军周报》第4期）

①写于1924年12月。

小诗①

月，我含羞地说，
请你登记我冷热交感的情泪，
在你专登泪债的哀情录里；

月，我哽咽着说，
请你查一查我年表的滴滴清泪，
是放新账还是清旧欠呢？

（1923年4月30日《时事新报·学灯》）

①写于1922年7月21日。

西 窗

一

这西窗
这不知趣的西窗放进
四月天时下午三点钟的阳光
一条条直的斜的羼躺在我的床上；

放进一团捣乱的风片
搂住了难免处女羞的花窗帘，
呵她痒，腰弯里，脖子上，
羞得她直飏在半空里，刮破了脸；

放进下面走道上洗被单
衬衣大小毛巾的胰子味，
厨房里饭焦鱼腥蒜苗是腐乳的沁芳南
还有弄堂里的人声比狗叫更显得松脆。

二

当然不知趣也不止是这西窗，
但这西窗是够顽皮的，
它何尝不知道这是人们打中觉的好时光！
拿一件衣服，不，拿这条绣外国花的毛毯，
堵死了它，给闷死了它：
耶稣死了我们也好睡觉！

直着身子，不好，弯着来，
学一只卖弄风骚的大龙虾，
在清浅的水滩上引诱水波的荡意！
对呀，叫迷离的梦意像浪丝似的
爬上你的胡须，你的衣袖，你的呼吸……

你对着你脚上又新破了一个大窟窿的袜子发愣或是忙着送
　玲巧的手指到神秘的胳肢窝搔痒——可不是搔痒的时候
你的思想不见会得长上那拿把不住的大翅膀：

谢谢天，这是烟士披里纯来到的刹那间
因为有窟窿的破袜是绝对的理性，
胳肢窝里虱类的痒是不可怀疑的实在。

三

香炉里的烟，远山上的雾，人的贪嗔和心机；
经络里的风湿，话里的刺，笑脸上的毒，
谁说这宇宙这人生不够富丽的？

你看那市场上的盘算，比那矗着大烟筒
走大洋海的船的肚子里的机轮更来得复杂，
血管里疙瘩着几两几钱，几钱几两，
脑子里也不知哪来这许多尖嘴的耗子爷？
还有那些比柱石更重实的大人们，他们也有他们的盘算；
他们手指间夹着的雪茄虽则也冒着一卷卷成云彩的烟，
但更曲折，更奥妙，更像长虫的翻戏，
是他们心里的算计，怎样到意大利喀辣辣矿山里去搬运一个
　大石座来站他一个足够与灵龟比赛的年岁，
何况还有波斯兵的长枪，匈奴的暗箭……

再有从上帝的创造里单独创造出来曾向农商部呈请创造专利
　的文学先生们，这是个奇迹的奇迹，
正如狐狸精对着月光吞吐她的命珠，

他们也是在月光勾引潮汐时学得他们的职业秘密。
青年的血，尤其是滚沸过的心血，是可口的：——
他们借用普罗列塔里亚的瓢匙在彼此请呀请的舀着喝。
他们将来铜像的地位一定望得见朱温张献忠的。

绣着大红花的俄罗斯毛毯方才拿来蒙住西窗的也不知怎的
　滑溜了下来，不容做梦人继续他的冒险，
但这些滑腻的梦意钻软了我的心
像春雨的细脚踹软了道上的春泥。
西窗还是不挡着的好，虽则弄堂里的人声有时比狗叫更显得
　松脆。
这是谁说的："拿手擦擦你的嘴，
这人间世在洪荒中不住的转，
像老妇人在空地里捡可以当柴烧的材料？"

（1928 年 6 月 10 日《新月》第 1 卷第 4 号）

一家古怪的店铺[1]

有一家古怪的店铺，
隐藏在那荒山的坡下；
我们村里白发的公婆，
也不知他们何时起家。

相隔一条大河，船筏难渡；
有时青林里袅起髻螺，
在夏秋间明净的晨暮——
料是他家工作的烟雾。

有时在寂静的深夜，
狗吠隐约炉捶的声响，
我们忠厚的更夫常见
对河山脚下火光上飏。

①写于 1923 年 7 月 7 日。

是种田钩镰，是马蹄铁鞋，
是金银妙件，还是杀人凶械？
何以永恋此林山，荒野，
神秘的捶工呀，深隐难见？

这是家古怪的店铺，
隐藏在荒山的坡下；
我们村里白发的公婆，
也不知他们何时起家。

（1923 年 7 月 11 日《晨报·文学旬刊》）

散文

巴黎的鳞爪[①]

咳巴黎！到过巴黎的一定不会再希罕天堂；尝过巴黎的，老实说，连地狱都不想去了。整个的巴黎就像是一床野鸭绒的垫褥，衬得你通体舒泰，硬骨头都给薰酥了的——有时许太热一些。那也不碍事，只要你受得住。赞美是多余的，正如赞美天堂是多余的；咒诅也是多余的，正如咒诅地狱是多余的。巴黎，软绵绵的巴黎，只在你临别的时候轻轻地嘱咐一声："别忘了，再来！"其实连这都是多余的，谁不想再去？谁忘得了？

香草在你的脚下，春风在你的脸上，微笑在你的周遭。不拘束你，不责备你，不督饬你，不窘你，不恼你，不揉你。它搂着你，可不缚住你：是一条温存的臂膀，不是根绳子。它不是不让你跑，但它那招逗的指尖却永远在你的记忆里晃着。多轻盈的步履，罗袜的丝光随时可以沾上你记忆的颜色！

---

① 1925年全文分三部分，序言和《九小时的萍水缘》、《先生，你见过艳丽的肉没有？》，12月21日作完；分载1925年12月16日、17日、24日《晨报副刊》，均署名志摩；初收1927年8月上海新月书店《巴黎的鳞爪》。《先生，你见过艳丽的肉没有？》后改题为《肉艳的巴黎》，收入1930年4月上海中华书局《轮盘》。采自《巴黎的鳞爪》。

但巴黎却不是单调的喜剧。赛因河的柔波里掩映着罗浮宫的倩影，它也收藏着不少失意人最后的呼吸。流着，温驯的水波；流着，缠绵的恩怨。咖啡馆：和着交颈的软语，开怀的笑响，有踞坐在屋隅里蓬头少年计较自毁的哀思。跳舞场：和着翻飞的乐调，迷醇的酒香，有独自支颐的少妇思量着往迹的怆心。浮动在上一层的许是光明，是欢畅，是快乐，是甜蜜，是和谐；但沈淀在底里阳光照不到的才是人事经验的本质：说重一点是悲哀，说轻一点是惆怅；谁不愿意永远在轻快的流波里漾着，可得留神了你往深处去时的发见！

一天一个从巴黎来的朋友找我闲谈，谈起了劲，茶也没喝，烟也没吸，一直从黄昏谈到天亮，才各自上床去躺了一歇，我一合眼就回到了巴黎，方才朋友讲的情境惝恍的把我自己也缠了进去；这巴黎的梦真醇人，醇你的心，醇你的意志，醇你的四肢百体，那味儿除是亲尝过的谁能想像！——我醒过来时还是迷糊的忘了我在那儿，刚巧一个小朋友进房来站在我的床前笑吟吟喊我：“你做什么梦来了，朋友，为什么两眼潮潮的像哭似的？”我伸手一摸，果然眼里有水，不觉也失笑了——可是朝来的梦，一个诗人说的，同是这悲凉滋味，正不知这泪是为那一个梦流的呢！

下面写下的不成文章，不是小说，不是写实，也不是写梦，——在我写的人只当是随口曲，南边人说的“出门不认货”，随你们宽容的读者们怎样看罢。

出门人也不能太小心了，走道总得带些探险的意味。生活的趣味大半就在不预期的发见，要是所有的明天全是今天刻板的化身，那我们活什么来了？正如小孩子上山就得采花，到海边就得检贝壳，书呆子进图书馆想捞新智慧——出门人到了巴黎就想……

你的批评也不能过分严正不是？少年老成——什么话！老成是老年人的特权，也是他们的本分；说来也不是他们甘愿，他们是到了年纪不得不。少年人如何能老成？老成了才是怪哪！

放宽一点说，人生只是个机缘巧合；别瞧日常生活河水似的流得平顺，它那里面多的是潜流，多的是漩涡——轮着的时候谁躲得了给卷了进去？那就是你发愁的时候，是你登仙的时候，是你辨着酸的时候，是你尝着甜的时候。

巴黎也不定比别的地方怎样不同：不同就在那边生活流波里的潜流更猛，漩涡更急，因此你叫给卷进去的机会也就更多。

我赶快得声明我是没有叫巴黎的漩涡给淹了去——虽则也就够险。多半的时候我只是站在赛因河岸边看热闹，下水去的时候也不能说没有，但至多也不过在靠岸清浅处溜着，从没敢往深处跑——这来漩涡的纹螺，势道，力量，可比远在岸上时认清楚多了。

一、九小时的萍水缘

我忘不了她。她是在人生的急流里转着的一张萍叶，我见着了它，捞在手里把玩了一晌，依旧交还给它的命运，任它飘流去——它以前的飘泊我不曾见来，它以后的飘泊，我也见不着，但就这曾经相识匆匆的恩缘——实际上我与她相处不过九小时——已在我的心泥上印下踪迹，我如何能忘，在忆起时如何能不感须臾的惆怅？

那天我坐在那热闹的饭店里瞥眼看着她，她独坐在灯光最暗漆的屋角里，这屋内那一个男子不带媚态，那一个女子的胭脂口上不沾笑容，就只她：穿一身淡素衣裳，戴一顶宽边的黑帽，在鬅密的睫毛上隐隐闪亮着深思的目光——我几乎疑心她是修道院的女僧偶尔到红尘里随喜来了。我不能不接着注意她，她的别样的支颐的倦态，她的曼长的手指，她的落漠的神情，有意无意间的叹息，在在都激发我的好奇——虽则我那时左边已经坐下了一个瘦的，右边来了肥的，四条光滑的手臂不住的在我面前晃着酒杯。但更使我奇异的是她不等跳舞开始就匆匆的出去了，好像害怕或是厌恶似的。第一晚这样，第二晚又是这样：独自默默的坐着，到时候又匆匆的离去。到了第三晚她再来的时候我再也忍不住不想法接近她。第一次得着的回音，虽则是“多谢好意，我再不愿交友”的一个拒绝，只是加深了我的同情的好奇。我再不能放过她。巴黎的好处就在处处近人情；爱慕的自由是永远容许的。你见谁爱慕谁想接近谁，决不是犯罪，除非你在经程中泄漏了你的粗气暴气，陋相或是贫相，那不是文明的巴黎人所能容忍的。只要你“识相”，上海人说的，什么可能的机会你都可以利用。对方人理你不理你，当然又是一回事；但只要你的步骤对，文明的巴黎人决不让你难堪。

我不能放过她。第二次我大胆写了个字条付中间人——店主人——交去。我心里直怔怔的怕讨没趣。可是回话来了——她就走了，你跟着去吧。

她果然在饭店门口等着我。

你为什么一定要找我说话，先生，像我这再不愿意有朋友的人？

她张着大眼看我，口唇微微的颤着。

我的冒昧是不望恕的，但是我看了你忧郁的神情我足足难受了三天，也不知怎的我就想接近你，和你谈一次话，如其你许我，那就是我的想望，再没有别的意思。

真的她那眼内绽出了泪来，我话还没说完。

想不到我的心事又叫一个异邦人看透了……她声音都哑了。

我们在路灯的灯光下默默的互注了一晌，并着肩沿马路走去，走不到多远她说不能走，我就问了她的允许雇车坐上，直望波龙尼大林园清凉的暑夜里兜去。

原来如此，难怪你听了跳舞的音乐像是厌恶似的，但既然不愿意何以每晚还去？

那是我的感情作用；我有些舍不得不去，我在巴黎一天，那是我最初遇见——他的地方，但那时候的我……可是你真的同情我的际遇吗，先生？我快有两个月不开口了，不瞒你说，今晚见了你我再也不能制止，我爽性说给你我的生平的始末吧，只要你不嫌。我们还是回那饭庄去罢。

你不是厌烦跳舞的音乐吗？

她初次笑了。多齐整洁白的牙齿，在道上的幽光里亮着！有了你我的生气就回复了不少，我还怕什么音乐？

我们俩重进饭庄去选一个基角坐下，喝完了两瓶香槟，从十一时舞影最凌乱时谈起，直到早三时客人散尽侍役打扫屋子时才起身走，我在她的可怜身世的演述中遗忘了一切，当前的歌舞再不能分我丝毫的注意。

下面是她的自述。

我是在巴黎生长的。我从小就爱读《天方夜谭》的故事，以及当代描写东方的文学；阿，东方，我的童真的梦魂那一刻不在它的玫瑰园中留恋？十四岁那年我的姊姊带我上北京去住，她在那边开一个时式的帽铺，有一天我看见一个小身材的中国人来买帽子，我就觉着奇怪，一来他长得异样的清秀，二来他为什么要来买那样时式的女帽；到了下午一个女太太拿了方才买去的帽子来换了，我姊姊就问她那中国人是谁，她说是她的丈夫，说开了头她就讲她当初怎样为爱他触怒了自己的父母，结果断绝了家庭和他结婚，但她一点也不追悔，因为她的中国丈夫待她怎样好法，她不信西方人会得像他那样体贴，那样温存。我再也忘不了她说话时满心怡悦的笑容。从此我仰慕东方的私衷又添深了一层颜色。

我再回巴黎的时候已经长成了，我父亲是最宠爱我的，我要什么他就给我什么。我那时就爱跳舞，阿，那些迷醉轻易的时光，巴黎那一处舞场上不见我的舞影。我的妙龄，我的颜色，我的体态，我的聪慧，尤其是我那媚人的大眼——阿，如今你见的只是悲惨的余生再不留当时的丰韵——制定了我初期的堕落。我说堕落不是？是的，堕落，人生那〈哪〉处不是堕落，这社会那里容得一个有姿色的女人保全她的清洁？我正快走入险路的时候，我那慈爱的老父早已看出我的倾向，私下安排了一个机会，叫我与一个有爵位的英国人接近。一个十七岁的女子那有什么主意，在两个月内我就做了新娘。

说起那四年结婚的生活，我也不应得过分的抱怨，但我们欧洲的势利的社会实在是树心里生了蠹，我怕再没有回复健康的希望。我到伦敦去做贵妇人时我还是个天真的孩子，哪有什么机心，哪懂得虚伪的卑鄙的人间的底里，我又是个外国人，到处遭受嫉忌与批评。还有我那叫名的丈夫。他娶我究竟为什么动机我始终不明白，许贪我年轻贪我貌美带回家去广告他自己的手段，因为真的我不曾感着他一息的真情；新婚不到几时他就对我冷淡了，其实他就没有热过，碰巧我是个傻孩子，一天不听着一半句软语，不受些温柔的怜惜，到晚上我就不自制的悲伤。他有的是钱，有的是趋奉谄媚，成天在外打猎作乐，我愁了不来慰我，我病了不来问我，连着三年抑郁的生涯完全消灭了我原来活泼快乐的天机，到第四年实在耽不住了，我与他吵一场回巴黎再见我父亲的时候，他几乎不认识我了。我自此就永别了我的英国丈夫。因为虽则实际的离婚手续在他方面到前年方始办理，他从我走了后也就不再来顾问我——这算是欧洲人夫妻的情分！

我从伦敦回到巴黎，就比久困的雀儿重复飞回了林中，眼内又有了笑，脸上又添了春色，不但身体好多，就连童年时的种种想望又在我心头活了回来。三四年结婚的经验更叫我厌恶西欧，更叫我神往东方。东方，阿，浪漫的多情的东方！我心里常常的怀念着。有一晚，那一个运定的晚上，我就在这屋子内见着了他，与今晚一样的歌声，一样的舞影，想起还不就是昨天，多飞快的光阴，就可怜我一个单薄的女子，无端叫运神摆布，在情网里颠连，在经验的苦海里沉沦，朋友，我自分是已经埋葬了的活人，你何苦又来逼着我把往事掘起，我的话是简短的，但我身受的苦恼，朋友，你信我，是不可量的；你往我的眼里看，凭着你的同情你可以在刹那间领会我灵魂的真际！

他是菲利滨[①]人，也不知怎的我初次见面就迷了他。他肤色是深黄的，但他的性情是不可信的温柔；他身材是短的，但他的私语有多叫人魂销的魔力？阿，我到如今还不能怨他；我爱他太深，我爱他太真，我如何能一刻忘他，虽则他到后来也是一样的薄情，一样的冷酷。你不倦么，朋友，等我讲

①菲利滨：今译菲律宾。

给你听？

我自从认识了他我便倾注给他我满怀的柔情，我想他，那负心的他，也够他的享受，那三个月神仙似的生活！我们差不多每晚在此聚会的。秘谈是他与我，欢舞是他与我，人间再有更甜美的经验吗？朋友你知道痴心人赤心爱恋的疯狂吗？因为不仅满足了我私心的想望，我十多年梦魂缭绕的东方理想的实现。有他我什么都有了，此外我更有什么沾恋？因此等到我家里为这事情与我开始交涉的时候，我更不踌躇的与我生身的父母根本决绝。我此时又想起了我垂髫时在北京见着的那个嫁中国人的女子，她与我一样也为了痴情牺牲一切，我只希冀她这时还能保持着她那纯爱的生活，不比我这失运人成天在幻灭的辛辣中回味。

我爱定了他。他是在巴黎求学的，不是贵族，也不是富人，那更使我放心，因为我早年的经验使我迷信真爱情是穷人才能供给的。谁知他骗了我——他家里也是有钱的，那时我在热恋中抛弃了家，牺牲了名誉，跟了这黄脸人离却巴黎，辞别欧洲，经过一个月的海程，我就到了我理想的灿烂的东方。阿，我那时的希望与快乐！但才出了红海，他就上了心事，经我再三的逼他才告诉他家里的实情，他父亲是菲利滨最有钱的土著，性情是极严厉的，他怕轻易不能收受我进他们的家庭。我真不愿意把此后可怜的身世烦你的听，朋友，但那才是我痴心人的结果，你耐心听着吧！

东方，东方才是我的烦恼！我这回投进了一个更陌生的社会，呼吸更沉闷的空气；他们自己中间也许有他们温软的人情，但轮着我的却一样还只是猜忌与讥刻，更不容情的刺袭我的孤独的性灵。果然他的家庭不容我进门，把我看作一个“巴黎淌来的可疑的妇人”。我为爱他也不知忍受了多少不可忍的侮辱，吞了多少悲泪，但我自慰的是他对我不变的恩情。因为在初到的一时他还是不时来慰我——我独自赁屋住着。但慢慢的也不知是人言浸润还是他原来爱我不深，他竟然表示割绝我的意思。朋友，试想我这孤身女子牺牲了一切为的还不是他的爱，如今连他都离了我，那我更有什么生机？我怎的始终不曾自毁，我至今还不信，因为我那时真的是没路走了。我又没有钱，他狠心丢了我，我如何能再去缠他，这也许是我们白种人的倔犟，我不久便揩干了眼泪，出门去自寻活路。我在一个菲美合种人的家里寻得了一个保姆的职务；天幸我生性是耐烦领小孩的——我在伦敦的日子没孩子管我就养猫弄狗——救活我的是那三五个活灵的孩子，黑头发短手指的乖乖。在那炎热的岛上我是过了两年没颜色的生活，得了一次凶险的热病，从此我面上再不存青年期的光彩。我的心境正稍稍回复平衡的时候两件不幸的事情又临着了我：一件是我那他与另一女子的结婚，这消息使我昏厥了过去；一件是被我弃绝的慈父也不知怎的问得了我的踪迹来电说他老病快死要我回去。阿，天罚我！等我赶回巴黎的时候正好赶着与老人诀别，忏悔我先前的造孽！

从此我在人间还有什么意趣？我只是个实体的鬼影，活动的尸体；我的心也早就死了，再也不起波澜；在初次失望的时候我想像中还有个辽远的东方，但如今东方只在我的心上留下一个鲜明的新伤，我更有什么希冀，更有什么心情？但我每晚还是不自主的到这饭店里来小坐，正如死去的鬼魂忘不了他的老家！我这一生的经验本不想再向人前吐露的，谁知又碰着了你，苦苦的追着我，逼我再一度撩拨死尽的火灰，这来你够明白了，为什么我老是这落漠的神情，我猜你也是过路的客人，我深深自幸又接近一次人情的温慰，但我不敢希望什么，我的心是死定了的，时候也不早了，你看方才舞影凌乱的地板上现在只剩一片冷淡的灯光，侍役们已经收拾干净，我们也该走了，再会吧，多情的朋友！

二、“先生，你见过艳丽的肉没有？”

我在巴黎时常去看一个朋友，他是一个画家，住在一条老闻着鱼腥的小街底头一所老屋子的顶上一个 A 字式的尖阁里，光线暗惨得怕人，白天就靠两块日光胰子大小的玻璃窗给装装幌，反正住的人不嫌就得，他是照例不过正午不起身，不近天亮不上床的一位先生，下午他也不居家，起码总得上灯的时候他才脱下了他的外褂露出两条破烂的臂膀埋身在他那艳丽的垃圾窝里开始他的工作。

艳丽的垃圾窝——它本身就是一幅妙画！我说给你听听。贴墙有精窄的一条上面盖着黑毛毡的算是他的床，在这上面就准你规规矩矩的躺着，不说起坐一定扎脑袋，就连翻身也不免冒犯斜着下来永远不退让的屋顶先生的身份！承着顶尖全屋子顶宽舒的部分放着他的书桌——我捏着一把汗叫它书桌，其实还用提吗，上边什么法宝都有，画册子，稿本，黑炭，颜色盘子，烂袜子，领结，软领子，热水瓶子压瘪了的，烧干了的酒精灯，电筒，各色的药瓶，彩油瓶，脏手绢，断头的笔杆，没有盖的墨水瓶子，一柄手枪，那是瞒不过我花七法郎在密歇耳大街路旁旧货摊上换来的，照相镜子，小手镜，断齿的梳子，蜜膏，晚上喝不完的咖啡杯，详梦的小书，还有——还有可疑的小纸盒儿，凡士林一类的油膏……一只破木板箱一类漆着名字上面蒙着一块灰色布的是他的梳妆台兼书架，一个洋瓷面盆半盆的胰子水似乎都叫一部旧板的卢骚集子给饕了去，一顶便帽套在洋瓷长提壶的耳柄上，从袋底里倒出来的小铜钱错落的散着像是土耳其人的符咒，几只稀小的烂苹果围着一条破香蕉

像是一群大学教授们围着一个教育次长索薪……

壁上看得更斑斓了：这是我顶得意的一张庞那的底稿当废纸买来的，这是我临蒙内的裸体，不十分行，我来撩起灯罩你可以看清楚一点，草色太浓了，那膝部画坏了。这一小幅更名贵，你认是谁，罗丹的！那是我前年最大的运气，也算是错来的，老巴黎就是这点子便宜，挨了半年八个月的饿不要紧，只要有机会捞着真东西，这还不值得！那边一张挤在两幅油画缝里的，你见了没有，也是有来历的，那是我前年趁马克倒霉路过佛兰克福德时夹手抢来的，是真的孟尔都难说，就差糊了一点，现在你给三千佛郎我都不卖，加倍再加倍都值，你信不信？再看那一长条……在他那手指东点西的卖弄他的家珍的时候，你竟会忘了你站着的地方是不够六尺阔的一间阁楼，倒像跨在你头顶那两爿斜着下来的屋顶也顺着他那艺术谈法术似的隐了去，露出一个爽恺的高天，壁上的疙瘩，壁 窠，霉块，钉疤，全化成了哥罗画帧中“飘摇欲化烟”的最美丽林树与轻快的流涧；桌上的破领带及手绢烂香蕉臭袜子等等也全变形成戴大阔边稻草帽的牧童们，偎着树打盹的，牵着牛在涧里喝水的，手反衬着脑袋放平在青草地上瞪眼看天的，斜眼溜着那边走进来的娘们手按着音腔吹横笛的——可不是那边来了一群娘们，全是年岁青青的，露着胸膛，散着头发，还有光着白腿的在青草地上跳着来了？……吭！小心扎脑袋，这屋子真别扭，你出什么神来了？想着你的 Bel Ami 对不对？你到巴黎快半个月，该早有落儿了，这年头收成真容易——吭，太容易了！谁说巴黎不是理想的地狱？你吸烟斗吗？这儿有自来火。对不起，屋子里除了床，就是那张弹簧早经追悼过了的沙发，你坐坐吧，给你一个垫子，这是全屋子顶温柔的一样东西。

不错，那沙发，这阁楼上要没有那张沙发，主人的风格就落了一个极重要的原〈元〉素。说它肚子里的弹簧完全没了劲，在主人说是太谦，在我说是简直污蔑了它。因为分明有一部分内簧是不曾死透的，那在正中间，看来倒像是一座分水岭，左右都是往下倾的，我初坐下时不提防它还有弹力，倒叫我骇了一下；靠手的套布可真是全霉了，露着黑黑黄黄不知是什么货色，活像主人衬衫的袖子。我正落了坐，他咬了咬嘴唇翻一翻眼珠微微的笑了。笑什么了你？我笑——你坐上沙发那样儿叫我想起爱菱。爱菱是谁？她呀——她是我第一个模特儿。模特儿？你的？你的破房子还有模特儿，你这穷鬼花得起……别急，究竟是中国初来的，听了模特儿就这样的起劲，看你那脖子都上了红印了！本来不算事，当然，可是我说像你这样的破鸡棚……破鸡棚便怎么样，耶稣生在马号里的，安琪儿们都在马矢里跪着礼拜哪！别忙，好朋友，我讲你听。如其巴黎人有一个好处，他就是不势利！中国人顶糟了，这一点；穷人有穷人的势利，阔人有阔人的势利，半不阑珊的有半不阑珊的势利——那才是半开化，才是野蛮！你看像我这样子，头发像刺猬，八九天不刮的破胡子，半年不收拾的脏衣服，鞋带扣不上的皮鞋——要在中国，谁不叫我外国叫花子，那配进北京饭店一类的势利场；可是在巴黎，我就这样儿随便问那〈哪〉一个衣服顶漂亮脖子搽得顶香的娘们跳舞，十回就有九回成，你信不信？至于模特儿，那更不成话，那〈哪〉有在巴黎学美术的，不论多穷，一年里不换十来个眼珠亮亮的来做样儿？屋子破更算什么？波希民的生活就是这样，按你说模特儿就不该坐坏沙发，你得准备杏黄贡缎绣丹凤朝阳坐垫的太师椅请她坐你才安心对不对？再说……

别再说了！算我少见世面，算我是乡下老戆，得了；可是说起模特儿，我倒有点好奇，你何妨讲些经验给我长长见识？有真好的没有？我们在美术院里见着的什么维纳丝得米罗，维纳丝梅第妻，还有铁青的，鲁班师的，鲍第千里的，丁稻来笃的，箕奥其安内的裸体实在是太美，太理想，太不可能，太不可思议；反面说，新派的比如雪尼约克的，玛提斯的，塞尚的，高耿的，弗朗刺马克的，又是太丑，太损，太不像人，一样的太不可能，太不可思议。人体美，究竟怎么一回事，我们不幸生长在中国女人衣服一直穿到下巴底下腰身与后部看不出多大分别的世界里，实在是太蒙昧无知，太不开眼。可是再说呢，

东方人也许根本就不该叫人开眼的，你看过约翰巴里士那本沙扬娜拉没有，他那一段形容一个日本裸体舞女——就是一张脸子粉搽得像棺材里爬起来的颜色，此外耳朵以后下巴以下就比如一节蒸不透的珍珠米！——看了真叫人恶心。你们学美术的才有第一手的经验，我倒是……

你倒是真有点羡慕，对不对？不怪你，人总是人。不瞒你说，我学画画原来的动机也就是这点子对人体秘密的好奇。你说我穷相，不错，我真是穷，饭都吃不出，衣都穿不全，可是模特儿——我怎么也省不了。这对人体美的欣赏在我已经成了一种生理的要求，必要的奢侈，不可摆脱的嗜好；我宁可少吃俭穿，省下几个法郎来多雇几个模特儿。你简直可以说我是着了迷，成了病，发了疯，爱说什么就什么，我都承认——我就不能一天没有一个精光的女人躺在我的面前供养，安慰，喂饱我的“眼淫”。当初罗丹我猜也一定与我一样的狼狈，据说他那房子里老是有剥光了的女人，也不为做样儿，单看她们日常生活“实际的”多变化的姿态——他是一个牧羊人，成天看着一群剥了毛皮的驯羊！鲁班师那位穷凶极恶的大手笔，说是常难为他太太做模特儿，结果因为他成天不断的画他太太竟许连穿裤子的空儿都难得有！但如果这话是真的鲁班师还是太傻，难怪他那画里的女人都是这剥白猪似的单调，少变化；美的分配在人体上是极神秘的一个现象，我不信有理想的全材，不论男女我想几乎是不可能的；上帝拿着一把颜色往地面上撒，玫瑰，罗兰，石榴，玉簪，剪秋罗，各样都沾到了一种或几种的彩泽，但决没有一种花包涵所有可能的色调的，那如其有，按理论讲，岂不是又得回复了没颜色的本相？人体美也是这样的，有的美在胸部，有的腰部，有的下部，有的头发，有的手，有的脚踝，那不可理解的骨格，筋肉，肌理的会合，形成各各不同的线条，色调的变化，皮面的涨度，毛管的分配，天然的姿态，不可制止的表情——也得你不怕麻烦细心体会发见去，上帝没有这样便宜你的事情，他决不给你一个具体的绝对美，如果有我们所有艺术的努力就没了意义；巧妙就在你明知这山里有金子，可是在哪一点你得自己下工夫去找。阿！说起这艺术家审美的本能，我真要闭着眼感谢上帝——要不是它，岂不是所有人体的美，说窄一点，都变了古长安道上历代帝王的墓窟，全叫一层或几层薄薄的衣服给埋没了！回头我给你看我那张破床底下有一本宝贝，我这十年血汗辛苦的成绩——千把张的人体临摹，而且十分之九是在这间破鸡棚里钩下的，别看低我这张弹簧早经追悼了的沙发，这上面落坐过至少一二百个当得起美字的女人！别提专门做模特儿的，巴黎哪一个不知道俺家黄脸什么，

那不算希奇，我自负的是我独到的发见：一半因为看多了缘故，女人肉的引诱在我差不多完全消灭在美的欣赏里面，结果在我这双“淫眼”看来，一丝不挂的女人就同紫霞宫里翻出来的尸首穿得重重密密的摇不动我的性欲，反面说当真穿着得极整齐的女人，不论她在人堆里站着，在路上走着，只要我的眼到，她的衣服的障碍就无形的消灭，正如老练的矿师一瞥就认出矿苗，我这美术本能也是一瞥就认出“美苗”，一百次里错不了一次：每回发见了可能的时候，我就非想法找到她剥光了她叫我看个满意不成，上帝保佑这文明的巴黎，我失望的时候真难得有！我记得有一次在戏院子看着了一个贵妇人，实在没法想（我当然试来）我那难受就不用提了，比发疟疾还难受——她那特长分明是在小腹与……

够了够了！我倒叫你说得心痒痒的。人体美！这门学问，这门福气，我们不幸生长在东方谁有机会研究享受过来？可是我既然到了巴黎，又幸气碰着你，我倒真想叨你的光开开我的眼，你得替我想法，要找在你这宏富的经验中比较最贴近理想的一个看看……

你又错了！什么，你意思花就许巴黎的花香，人体就许巴黎的美吗？太灭自己的威风了！别信那巴理士什么沙扬娜拉的胡说；听我说，正如东方的玫瑰不比西方的玫瑰差什么香味，东方的人体在得到相当的栽培以后，也同样不能比西方的人体差什么美——除了天然的限度，比如骨格的大小，皮肤的色彩。同时顶要紧的当然要你自己性灵里有审美的活动，你得有眼睛，要不然这宇宙不论它本身多美多神奇在你还是白来的。我在巴黎苦过这十年，就为前途有一个宏愿：我要张大了我这经过训练的“淫眼”到东方去发见人体美——谁说我没有大文章做出来？至于你要借我的光开开眼，那是最容易不过的事情，可是我想想——可惜了！有个马达姆朗洒，原先在巴黎大学当物理讲师的，你看了准忘不了，现在可不在了，到伦敦去了；还有一个马达姆薛托漾，她是远在南边乡下开面包铺子的，她就够打倒你所有的丁稻来笃，所有的铁青，所有的箕奥其安内——尤其是给你这未入流看，长得太美了，她通体就看不出一根骨头的影子，全叫匀匀的肉给隐住的，圆的，润的，有一致节奏的，那妙是一百个哥蒂蔼也形容不全的，尤其是她那腰以下的结构，真是奇迹！你从意大利来该见过西龙尼维纳丝的残像，就那也只能仿佛，你不知道那活的气息的神奇，什么大艺术天才都没法移植到画布上或是石塑上去的（因此我常常自己心里辩论究竟是艺术高出自然还是自然高出艺术，我怕上帝僭先的机会毕竟比凡人多些）；不提别的单就她站在那里你看，从小腹接栓上股那两条交荟的弧线起直往下贯到脚着地处止，那肉的浪纹就比是——实在是无可比——你梦里听着的音乐：不可信的轻柔，不可信的匀净，不可信的韵味——说粗一点，那两股相并处的一条线直贯到底，不漏一屑的破绽，你想通过一根发丝或是吹度一丝风息都是绝对不可能的——但同时又决不是肥肉的黏着，那就呆了。真是梦！唉，就可惜多美一个天才偏叫一个身高六尺三寸长红胡子的面包师给糟蹋了；真的这世上的因缘说来真怪，我很少看见美妇人不嫁给猴子类牛类水马类的丑男人！但这是支话。眼前我招得到的，够资格的也就不少——有了，方才你坐上这沙发的时候叫我想起了爱菱，也许你与她有缘分，我就为你招她去吧，我想应该可以容易招到的。可是上那儿呢？这屋子终究不是欣赏美妇人的理想背景，第一不够开展，第二光线不够——至少为外行人像你一类着想……我有了一个顶好的主意，你远来客，也该独出心裁招待你一次，好在爱菱与我特别的熟，我要她怎么她就怎么；暂且约定后天吧，你上午十二点到我这里来，我们一同到芳丹薄罗的大森林里去，那是我常游的地方，尤其是阿房奇石相近一带，那边有的是天然的地毯，这时是自然最妖艳的日子，草青得滴得出翠来，树绿得涨得出油来，松鼠满地满树都是，也不很怕人，顶

好玩的，我们决计到那一带去秘密野餐吧——至于“开眼”的话，我包你一个百二十分的满足，将来一定是你从欧洲带回家最不易磨灭的一个印象！一切有我布置去，你要是愿意贡献的话，也不用别的，就要你多买大杨梅，再带一瓶橘子酒，一瓶绿酒，我们享半天闲福去。现在我讲得也累了，我得躺一会儿，我拿我床底下那本秘本给你先揣摹揣摹……

隔一天我们从芳丹薄罗林子里回巴黎的时候，我仿佛刚做了一个最荒唐，最艳丽，最秘密的梦。

十四年十二月二十一日

我所知道的康桥①

一

罗素像

我这一生的周折，大都寻得出感情的线索。不论别的，单说求学。我到英国是为要从罗素。罗素来中国时，我已经在美国。他那不确的死耗传到的时候，我真的出眼泪不够，还做悼诗来了。他没有死，我自然高兴。我摆脱了哥〈仑〉比亚大博士衔的引诱，买船票过大西洋，想跟这位二十世纪的福禄泰尔认真念一点书去。谁知一到英国才知道事情变样了：一为他在战时主张和平，二为他离婚，罗素叫康桥给除名了，他原来是采自《巴黎的鳞爪》。Trinity

① 1926年1月14日、15日作；14日所写部分（从开头到“谁不爱听那水底翻的音乐在静定的河上描写梦意与春光！”），载1926年1月16日《晨报副刊》，末尾附记：“应该还得往下写，但今晚只得告罪打住了。”15日所写部分，载25日《晨报副刊》，均署名志摩；初收1927年8月上海新月书店《巴黎的鳞爪》。

College[1]的fellow[2]，这来他的fellowship[3]也给取销了。他回英国后就在伦敦住下，夫妻两人卖文章过日子。因此我也不曾遂我从学的始愿。我在伦敦政治经济学院里混了半年，正感着闷想换路走的时候，我认识了狄更生先生。狄更生——Galsworthy Lowes Dickinson[4]——是一个有名的作者，他的《一个中国人通信》（Letters From John Chinaman）与《一个现代聚餐谈话》（A Modern Symposium）两本小册子早得了我的景仰。我第一次会着他是在伦敦国际联盟协会席上，那天林宗孟先生演说，他做主席；第二次是宗孟寓里吃茶，有他。以后我常到他家里去。他看出我的烦闷，劝我到康桥去，他自己是王家学院（Kings College）的fellow。我就写信去问两个学院，回信都说学额早满了，随后还是狄更生先生替我去在他的学院里说好了，给我一个特别生的资格，随意选科听讲。从此黑方巾黑披袍的风光也被我占着了。初起我在离康桥六英里的乡下叫沙士顿地方租了几间小屋住下，同居的有我从前的夫人张幼仪女士与郭虞裳君。每天一早我坐街车（有时自行车）上学，到晚回家。这样的生活过了一个春，但我在康桥还只是个陌生人，谁都不认识，康桥的生活，可以说

---

① Trinity College：三清学院。

② fellow：研究员。

③ fellowship：研究员资格。

④ Galsworthy Lowes Dickinson：徐志摩在英国的朋友，剑桥大学教授，著有《一个中国人通信》《一个现代聚餐谈话》等。

完全不曾尝着，我知道的只是一个图书馆，几个课室，和三两个吃便宜饭的菜食铺子。狄更生常在伦敦或是大陆上，所以也不常见他。那年的秋季我一个人回到康桥，整整有一学年，那时我才有机会接近真正的康桥生活，同时我也慢慢的“发见”了康桥。我不曾知道过更大的愉快。

二

“单独”是一个耐寻味的现象。我有时想它是任何发见的第一个条件。你要发见你的朋友的“真”，你得有与他单独的机会。你要发见你自己的真，你得给你自己一个单独的机会。你要发见一个地方（地方一样有灵性），你也得有单独玩的机会。我们这一辈子，认真说，能认识几个人？能认识几个地方？我们都是太匆忙，太没有单独的机会。说实话，我连我的本乡都没有什么了解。康桥我要算是有相当交情的，再次许只有新认识的翡冷翠了。阿，那些清晨，那些黄昏，我一个人发痴似的在康桥！绝对的单独。

但一个人要写他最心爱的对象，不论是人是地，是多么使他为难的一个工作？你怕，你怕描坏了它，你怕说过分了恼了它，你怕说太谨慎了辜负了它。我现在想写康桥，也正是这样的心理，我不曾写，我就知道这回是写不好的——况且又是临时逼出来的事情。但我却不能不写，上期预告已经出去了。我想勉强分两节写，一是我所知道的康桥的天然景色，一是我所知道的康桥的学生生活。我今晚只能极简的写些，等以后有兴会时再补。

三

康桥的灵性全在一条河上；康河，我敢说，是全世界最秀丽的一条水。河的名字是葛兰大（Granta），也有叫康河（River Caun）的，许有上下流的区别，我不甚清楚。河身多的是曲折，上游是有名的拜伦潭——“Byron’s Pool”——当年拜伦常在那里玩的；有一个老村子叫格兰骞斯德，有一个果子园，你可以躺在累累的桃李树荫下吃茶，花果会吊入你的茶杯，小雀子会到你桌上来啄食，那真是别有一番天地。这是上游；下游是从骞斯德顿下去，河面展开，那是春夏间竞舟的场所。上下河分界处有一个坝筑，水流急得很，在星光下听水声，听近村晚钟声，听河畔倦牛刍草声，是我康桥经验中最神秘的一种：大自然的优美，宁静，调谐在这星光与波光的默契中不期然的淹入了你的性灵。

但康河的精华是在它的中流，著名的“Backs”①，这两岸是几个最蜚声的学院的建筑。从上面下来是Pembroke②，St.Katharine’s③，King’s④，Clare⑤，Trinty，St.John’s⑥。

① Backs：英国剑桥大学的后花园。

② Pembroke：潘布鲁克学院。

③ St.Katharine’s：圣凯瑟林学院。

④ King’s：国王学院。

⑤ Clare：克莱尔（徐译克莱亚），即圣克莱尔学院。

⑥ St.John’s：圣约翰学院。

最令人留连的一节是克莱亚与王家学院的毗连处，克莱亚的秀丽紧邻着王家教堂（King's Chapel）的宏伟。别的地方尽有更美更庄严的建筑，例如巴黎赛因河的罗浮宫一带，威尼斯的利阿尔多大桥的两岸，翡冷翠维基乌大桥的周遭；但康桥的“Backs”自有它的特长，这不容易用一二个状词来概括，它那脱尽尘埃气的一种清澈秀逸的意境可说是超出了画图而化生了音乐的神味。再没有比这一群建筑更调谐更匀称的了！论画，可比的许只有柯罗（Corot）的田野；论音乐，可比的许只有萧班（Chopin）的夜曲。就这也不能给你依稀的印象，它给你的美感简直是神灵性的一种。

假如你站在王家学院桥边的那棵大椈树荫下眺望，右侧面，隔着一大方浅草坪，是我们的校友居（Fellow Building），那年代并不早，但它的妩媚也是不可掩的，它那苍白的石壁上春夏间满缀着艳色的蔷薇在和风中摇颤，更移左是那教堂，森林似的尖阁不可浼的永远直指着天空；更左是克莱亚，阿！那不可信的玲珑的方庭，谁说这不是圣克莱亚（St.Clare）的化身，那一块石上不闪耀着她当年圣洁的精神？在克莱亚后背隐约可辨的是康桥最潢贵最骄纵的三清学院（Trinity），它那临河的图书楼上坐镇着拜伦神采惊人的雕像。

但这时你的注意早已叫克莱亚的三环洞桥魔术似的摄住。你见过西湖白堤上的西泠断桥不是（可怜它们早已叫代表近代丑恶精神的汽车公司给踩平了，现在它们跟着苍凉的雷峰永远辞别了人间）？你忘不了那桥上斑驳的苍苔，木栅的古色，与那桥拱下泄露的湖光与山色不是？克莱亚并没有那样体面的衬托，它也不比庐山栖贤寺旁的观音桥，上瞰五老的奇峰，下临深潭与飞瀑；它只是怯怜怜的一座三环洞的小桥，它那桥洞间也只掩映着细纹的波鳞与婆娑的树影，它那桥上栉比的小穿阑与阑节顶上双双的白石球，也只是村姑子头上不夸张的香草与野花一类的装饰；但你凝神的看着，更凝神的看着，你再反省你的心境，看还有一丝屑的俗念沾滞不？只要你审美的本能不曾汩灭时，这是你的机会实现纯粹美感的神奇！

但你还得选你赏鉴的时辰。英国的天时与气候是走极端的。冬天是荒谬的坏，逢着连绵的雾盲天你一定不迟疑的甘愿进地狱本身去试试；春天（英国是几乎没有夏天的）是更荒谬的可爱，尤其是它那四五月间最渐缓最艳丽的黄昏，那才真是寸寸黄金。在康河边上过一个黄昏是一服灵魂的补剂。阿！我那时蜜甜的单独，那时蜜甜的闲暇。一晚又一晚的，只见我出神似的倚在桥阑上向西天凝望——

看一回凝静的桥影，
数一数螺钿的波纹：
我倚暖了石阑的青苔，
青苔凉透了我的心坎……

还有几句更笨重的怎能仿佛那游丝似轻妙的情景：

难忘七月的黄昏，远树凝寂，
像墨泼的山形，衬出轻柔暝色，
密稠稠，七分鹅黄，三分橘绿，
那妙意只可去秋梦边缘捕捉……

四

这河身的两岸都是四季常青最葱翠的草坪。从校友居的楼上望去，对岸草场上，不论早晚，永远有十数匹黄牛与白马，胫蹄没在恣蔓的草丛中，纵容的在咬嚼，星星的黄花在风中动荡，应和着它们尾鬃的扫拂。桥的两端有斜倚的垂柳与荫护住。水是清澄，深不足四尺，匀匀的长着长条的水草。这岸边的草坪又是我的爱宠，在清朝，在傍晚，我常去这天然的织锦上坐地，有时读书，有时看水，有时仰卧着看天空的行云，有时反仆着搂抱大地的温软。

但河上的风流还不止两岸的秀丽。你得买船去玩。船不止一种：有普通的双桨划船，有轻快的薄皮舟（Canoe），有最别致的长形撑篙船（Punt）。最末的一种是别处不常有的：约莫有二丈长，三尺宽，你站直在船梢上用长竿撑着走的。这撑是一种技术。我手脚太蠢，始终不曾学会。你初起手尝试时，容易把船身横住在河中，东颠西撞的狼狈。英国人是不轻易开口笑人的，但是小心他们不出声的皱眉！也不知有多少次河中本来优闲的秩序叫我这莽撞的外行给捣乱了。我真的始终不曾学会；每回我不服输跑去租船再试的时候，有一个白胡子的船家往往带讥讽的对我说："先生，这撑船费劲，天热累人，还是拿个薄皮舟溜溜吧！"我哪里肯听话，长篙子一点就把船撑了开去，结果还是把河身一段段的腰斩了去！

你站在桥上去看人家撑，那多不费劲，多美，尤其在礼拜天有几个专家的女郎，穿一身缟素衣服，裙据在风前悠悠的飘着，戴一顶宽边的薄纱帽，帽影在水草间颤动，你看她们出桥洞时的姿态，捻起一根竟像没分量的长竿，只轻轻的，不经心的往波心里一点，身子微微的一蹲，这船身便波的转出了桥影，翠条鱼似的向前滑了去。她们那敏捷，那闲暇，那轻盈，真是值得歌咏的。

在初夏阳光渐暖时你去买一支小船，划去桥边荫下躺着念你的书或是做你的梦，槐花香在水面上飘浮，鱼群的唼喋声在你的耳边挑逗。或是在初秋的黄昏，近着新月的寒光，望上流僻静处远去。爱热闹的少年们携着他们的女友，在船沿上支着双双的东洋彩纸灯带着话匣子，船心里用软垫铺着，也开向无人迹处去享他们的野福——谁不爱听那水底翻的音乐在静定的河上描写梦意与春光！

住惯城市的人不易知道季候的变迁。看见叶子掉知道是秋，看见叶子绿知道是春；天冷了装炉子，天热了拆炉子；脱下棉袍，换上夹袍，脱下夹袍，穿上单袍：不过如此罢了。天上星斗的消息，地下泥土里的消息，空中风吹的消息，都不关我们的事。忙着哪，这样那样事情多着，谁耐烦管星星的移转，花草的消长，风云的变幻？同时我们抱怨我们的生活，苦痛，烦闷，拘束，枯燥，谁肯承认做人是快乐？谁不多少间咒诅人生？

但不满意的生活大都是由于自取的。我是一个生命的信仰者，我信生活决不是我们大多数人仅仅从自身经验推得的那样暗惨。我们的病根是在“忘本”。人是自然的产儿，就比枝头的花与鸟是自然的产儿；但我们不幸是文明人，人世深似一天，离自然远似一天。离开了泥土的花草，离开了水的鱼，能快活吗？能生存吗？从大自然，我们取得我们的生命；从大自然，我们应分取得我们继续的滋养。那一株婆娑的大木没有盘错的根柢深入在无尽藏的地里？我们是永远不能独立的。有幸福是永远不离母亲抚育的孩子，有健康是永远接近自然的人们。不必一定与鹿豕游，不必一定回“洞府”去；为医治我们当前生活的枯窘，只要“不完全遗忘自然”一张轻淡的药方我们的病象就有缓和的希望。在青草里打几个滚，到海水里洗几次浴，到高处去看几次朝霞与晚照——你肩背上的负担就会轻松了去的。

这是极肤浅的道理，当然。但我要没有过遇康桥的日子，我就不会有这样的自信。我这一辈子就只那一春，说也可怜，算是不曾虚度。就只那一春，我的生活是自然的，是真愉快的！（虽则碰巧那也是我最感受人生痛苦的时期。）我那时有的是闲暇，有的是自由，有的是绝对单独的机会。说也奇怪，竟像是第一次，我辨认了星月的光明，草的青，花的香，流水的殷勤。我能忘记那初春的睥睨吗？曾经有多少个清晨我独自冒着冷去薄霜铺地的林子里闲步——为听鸟语，为盼朝阳，为寻泥土里渐次苏醒的花草，为体会最微细最神妙的春信。阿，那是新来的画眉在那边凋不尽的青枝上试它的新声！阿，这是第一朵小雪球花挣出了半冻的地面！阿，这不是新来的潮润沾上了寂寞的柳条？

静极了，这朝来水溶溶的大道，只远处牛奶车的铃声，点缀这周遭的沉默。顺着这大道走去，走到尽头，再转入林子里的小径，往烟雾浓密处走去，头顶着交枝的榆荫，透露着漠楞楞的曙色；再往前走去，走尽这林子，当前是平坦的原野，望见了村舍，初青的麦田，更远三两个馒形的小山掩住了一条通道。天边是雾茫茫的，尖尖的黑影是近村的教寺。听，那晓钟和缓的清音。这一带是此邦中部的平原，地形像是海里的轻波，默沈沈的起伏；山岭是望不见的，有的是常青的草原与沃腴的田壤。登那土阜上望去，康桥只是一带茂林，拥戴着几处娉婷的尖阁。妩媚的康河也望不见踪迹，你只能循着那锦带似的林木想像那一流清浅。村舍与树林是这地盘上的棋子，有村舍处有佳荫，有佳荫处有村舍。这早起是看炊烟的时辰：朝雾渐渐的升起，揭开了这灰苍苍的天幕（最好是微霰后的光景），远近的炊烟，成丝的，成缕的，成卷的，轻快的，迟重的，浓灰的，淡青的，惨白的，在静定的朝气里渐渐的上腾，渐渐的不见，仿佛是朝来人们的祈祷，参差的翳入了天听。朝阳是难得见的，这初春的天气。但它来时是起早人莫大的愉快。顷刻间这田野添深了颜色，一层轻纱似的金粉糁上了这草，这树，这通道，这庄舍。顷刻间这周遭弥漫了清晨富丽的温柔。顷刻间你的心怀也分润了白天诞生的光荣。“春”！这胜利的晴空仿佛在你的耳边私语。“春”！你那快活的灵魂也仿佛在那里回响。

……

伺候着河上的风光，这春来一天有一天的消息。关心石上的苔痕，关心败草里的花鲜，关心这水流的缓急，关心水草的滋长，关心天上的云霞，关心新来的鸟语。怯怜怜的小雪球是探春信的小使。铃兰与香草是欢喜的初声。窈窕的莲馨，玲珑的石水仙，爱热闹的克罗克斯，耐辛苦的浦公英与雏菊——这时候春光已是缦烂在人间，更不须殷勤问讯。

瑰丽的春放。这是你野游的时期。可爱的路政，这里不比中国，那一处不是坦荡荡的大道？徒步是一个愉快，但骑自转车是一个更大的愉快。在康桥骑车是普遍的技术；妇人，稚子，老翁，一致享受这双轮舞的快乐。（在康桥听说自转车是不怕人偷的，就为人人都自己有车，没人要偷。）任你选一个方向，任你上一条通道，顺着这带草味的和风，放轮远去，保管你这半天的逍遥是你性灵的补剂。这道上有的是清荫与美草，随地都可以供你休憩。你如爱花，这里多的是锦绣似的草原。你如爱鸟，这里多的是巧啭的鸣禽。你如爱儿童，这乡间到处是可亲的稚子。你如爱人情，这里多的是不嫌远客的乡人，你到处可以“挂单”借宿，有酪浆与嫩薯供你饱餐，有夺目的果鲜恣你尝新。你如爱酒，这乡间每“望”都为你储有上好的新酿，黑啤如太浓，苹果酒姜酒都是供你解渴润肺的。……带一卷书，走十里路，选一块清静地，看天，听鸟，读书，倦了时，和身在草绵绵处寻梦去——你能想像更适情更适性的消遣吗？

陆放翁有一联诗句：“传呼快马迎新月，却上轻舆趁晚凉”；这是做地方官的风流。我在康桥时虽没马骑，没轿子坐，却也有我的风流：我常常在夕阳西晒时骑了车迎着天边扁大的日头直追。日头是追不到的，我没有夸父的荒诞，但晚景的温存却被我这样偷尝了不少。有三两幅书画似的经验至今还是栩栩的留着。只说看夕阳，我们平常只知道登山或是临海，但实际只须辽阔的天际，平地上的晚霞有时也是一样的神奇。有一次我赶到一个地方，手把着一家村庄的篱笆，隔着一大田的麦浪，看西天的变幻。有一次是正冲着一条宽广的大道，过来一大群羊，放草归来的，偌大的太阳在它们后背放射着万缕的金辉，天上却是乌青青的，只剩这不可逼视的威光中的一条大路，一群生物！我心头顿时感着神异性的压迫，我真的跪下了，对着这冉冉渐翳的金光。再有一次是更不可忘的奇景，那是临着一大片望不到头的草原，满开着艳红的罂粟，在青草里亭亭的像是万盏的金灯，阳光从褐色云里斜着过来，幻成一种异样的紫色，透明似的不可逼视，霎那间在我迷眩了的视觉中，这草田变成了……不说也罢，说来你们也是不信的！

一别二年多了，康桥，谁知我这思乡的隐忧？也不想别的，我只要那晚钟撼动的黄昏，没遮拦的田野，独自斜倚在软草里，看第一个大星在天边出现！

十五年（一九二六）一月十五日再添几句闲话的

·中国现代文学的经典之作·

XUZHIMO JINGDIAN

徐志摩经典

③

徐志摩 著

艾平 主编

翡冷翠山居闲话①

在这里出门散步去，上山或是下山，在一个晴好的五月的向晚，正像是去赴一个美的宴会，比如去一果子园，那边每株树上都是满挂着诗情最秀逸的果实，假如你单是站着看还不满意时，只要你一伸手就可以采取，可以恣尝鲜味，足够你性灵的迷醉。阳光正好暖和，决不过暖；风息是温驯的，而且往往因为他是从繁花的山林里吹度过来，他带来一股幽远的澹〈淡〉香，连着一息滋润的水气，摩挲着你的颜面，轻绕着你的肩腰，就这单纯的呼吸已是无穷的愉快；空气总是明净的，近谷内不生烟，远山上不起霭，那美秀风景的全部正像画片似的展露在你的眼前，供你闲暇的鉴赏。

作客山中的妙处，尤在你永不须踌躇你的服色与体态；你不妨摇曳着一头的蓬草，不妨纵容你满腮的苔藓；你爱穿什么就穿什么；扮一个牧童，扮一个渔翁，装一个农夫，装一个走江湖的桀卜闪，装一个猎户；你再不必提心整理你的领结，你尽可以不用领结，给你的颈根与胸膛一半日的自由，你可以拿

①载 1925 年 7 月 4 日《现代评论》第二卷第三十期。翡冷翠，今译佛罗伦萨。

一条这边艳色的长巾包在你的头上，学一个太平军的头目，或是拜伦那埃及装的姿态；但最要紧的是穿上你最旧的旧鞋，别管他模样不佳，他们是顶可爱的好友，他们承着你的体重却不叫你记起你还有一双脚在你的底下。

这样的玩顶好是不要约伴，我竟想严格的取缔，只许你独身；因为有了伴多少总得叫你分心，尤其是年轻的女伴，那是最危险最专制不过的旅伴，你应得躲避她像你躲避青草里一条美丽的花蛇！平常我们从自己家里走到朋友的家里，或是我们执事的地方，那无非是在同一个大牢里从一间狱室移到另一间狱室去，拘束永远跟着我们，自由永远寻不到我们；但在这春夏间美秀的山中或乡间你要是有机会独身闲逛时，那才是你福星高照的时候，那才是你实际领受，亲口尝味，自由与自在的时候，那才是你肉体与灵魂行动一致的时候；朋友们，我们多长一岁年纪往往只是加重我们头上的枷，加紧我们脚胫上的链，我们见小孩子在草里在沙堆里在浅水里打滚作乐，或是看见小猫追他自己的尾巴，何尝没有羡慕的时候，但我们的枷，我们的链永远是制定我们行动的上司！所以只有你单身奔赴大自然的怀抱时，像一个裸体的小孩扑入他母亲的怀抱时，你才知道灵魂的愉快是怎样的，单是活着的快乐是怎样的，单就呼吸单就走道单就张眼看耸耳听的幸福是怎样的。因此你得严格的为己，极端的自私，只许你，体魄与性灵，与自然同在一个脉搏里跳动，同在一个音波里起伏，同在一个神奇的宇宙里自得。我们浑朴的天真是像含羞草似的娇柔，一经同伴的抵触，他就卷了起来，但在澄静的日光下，和风中，他的姿态是自然的，他的生活是无阻碍的。

你一个人漫游的时候，你就会在青草里坐地仰卧，甚至有时打滚，因为草的和暖的颜色自然的唤起你童稚的活泼；在静僻的道上你就会不自主的狂舞，看着你自己的身影幻出种种诡异的变相，因为道旁树木的阴影在他们于〈纡〉徐的婆娑里暗示你舞蹈的快乐；你也会得信口的歌唱，偶尔记起断片的音调，与你自己随口的小曲，因为树林中的莺燕告诉你春光是应得赞美的；更不必说你的胸襟自然会跟着漫长的山径开拓，你的心地会看着澄蓝的天空静定，你的思想和着山壑间的水声，山罅里的泉响，有时一澄到底的清澈，有时激起成章的波动，流，流，流入凉爽的橄榄林中，流入妩媚的阿诺河去……

并且你不但不须应伴，每逢这样的游行，你也不必带书。书是理想的伴侣，但你应得带书，是在火车上，在你住处的客室里，不是在你独身漫步的时候。什么伟大的深沉的鼓舞的清明的优美的思想的根源不是可以在风籁中，云彩里，山势与地形的起伏里，花草的颜色与香息里寻得？自然是最伟大的一部书，葛德说，在他每一页的字句里我们读得最深奥的消息。并且这书上的文字是人人懂得的；阿尔帕斯与五老峰，雪西里与普陀山，莱因河与扬子江，梨梦湖与西子湖，建兰与琼花，杭州西溪的芦雪与威尼市夕照的红潮，百灵与夜莺，更不提一般黄的黄麦，一般紫的紫藤，一般青的青草同在大地上生长，同在和风中波动——他们应用的符号是永远一致的，他们的意义

是永远明显的，只要你自己性灵上不长疮瘢，眼不盲，耳不塞，这无形迹的最高等教育便永远是你的名分，这不取费的最珍贵的补剂便永远供你的受用；只要你认识了这一部书，你在这世界上寂寞时便不寂寞，穷困时不穷困，苦恼时有安慰，挫折时有鼓励，软弱时有督责，迷失时有南针。

十四年七月

北戴河海滨的幻想①

他们都到海边去了。我为左眼发炎不曾去。我独坐在前廊，偎坐在一张安适的大椅内，袒着胸怀，赤着脚，一头的散发，不时有风来撩拂。清晨的晴爽，不曾消醒我初起时睡态；但梦思却半被晓风吹断。我合紧眼帘内视，只见一斑斑消残的颜色，一似晚霞的余赭，留恋地胶附在天边。廊前的马樱，紫荆，藤萝，青翠的叶与鲜红的花，都将他们的妙影映印在水汀上，幻出幽媚的情态无数；我的臂上与胸前，亦满缀了绿荫的斜纹。从树荫的间隙平望，正见海湾：海波亦似被晨曦唤醒，黄蓝相间的波光，在欣然的舞蹈。滩边不时见白涛涌起，迸射着雪样的水花。浴线内点点的小舟与浴客，水禽似的浮着；幼童的欢叫，与水波拍岸声，与潜涛呜咽声，相间的起伏，竞报一滩的生趣与乐意。但我独坐的廊前，却只是静静的，静静的无甚声响。妩媚的马樱，只是幽幽的微辗着，蝇虫也敛翅不飞。只有远近树里的秋蝉在纺纱似的缍引他们不尽的长吟。

在这不尽的长吟中，我独坐在冥想。难得是寂寞的环境，难得是静定的意境：寂寞中有不可言传的和谐，静默中有无限的创造。我的心灵，比如海滨，生平初度的怒潮，已经渐

①载1924年6月21日《晨报·文学旬刊》；初收1928年1月上海新月书店《自剖》。采自《自剖》。

次的清翳，只剩有疏松的海砂中偶尔的回响，更有残缺的贝壳，反映星月的辉芒。此时摸索潮余的斑痕，追想当时汹涌的情景，是梦或是真，再亦不须辨问，只此眉稍的轻绉，唇边的微晒〈哂〉，已足解释无穷奥绪，深深的蕴伏在灵魂的微纤之中。

青年永远趋向反叛，爱好冒险；永远如初度航海者，幻想黄金机缘于浩淼的烟波之外：想割断系岸的缆绳，扯起风帆，欣欣的投入无垠的怀抱。他厌恶的是平安，自喜的是放纵与豪迈。无颜色的生涯，是他目中的荆棘；绝海与凶，是他爱取由的途径。他爱折玫瑰：为她的色香，亦为她冷酷的刺毒。他爱搏狂澜：为他的庄严与伟大，亦为他吞噬一切的天才，最是激发他探险与好奇的动机。他崇拜冲动：不可测，不可节，不可预逆，起，动，消歇皆在无形中，狂风似的倏忽与猛烈与神秘。他崇拜斗争：从斗争中求剧烈的生命之意义，从斗争中求绝对的实在，在血染的战阵中，呼利之狂欢或歌败丧的哀曲。

幻象消灭是人生里命定的悲剧；青年的幻灭，更是悲剧中的悲剧，夜一般的沉黑，死一般的凶恶。纯粹的，猖狂的热情之火，不同阿拉亭的神灯，只能放射一时的异彩，不能永久的朗照；转瞬间，或许，便已敛熄了最后的焰舌，只留存有限的余烬与残灰，在未灭的余温里自伤与自慰。

流水之光。星之光，露珠之光，电之光，在青年的妙目中闪耀，我们不能不惊讶造化者艺术之神奇；然可怖的黑影，倦与衰与饱餍的黑影，同时亦紧紧的跟着时日进行，仿佛是烦恼，痛苦，失败，或庸俗的尾曳，亦在转瞬间，彗星似的扫灭了我们最自傲的神辉——流水涸，明星没，露珠散灭，电闪不再！

在这艳丽的日辉中，只见愉悦与欢舞与生趣，希望，闪烁的希望，在荡漾，在无穷的碧空中，在绿叶的光泽里，在虫鸟的歌吟中，在青草的摇曳中——夏之荣华，春之成功。春光与希望，是长驻的；自然与人生，是调谐的。

在远处有福的山谷内，莲馨花在坡前微笑，稚羊在乱石间跳跃，牧童们，有的吹着芦笛，有的平卧在草地上，仰看变幻的浮游的白云，放射下的青影在初黄的稻田中缥渺地移过。在远处安乐的村中，有妙龄的村姑，在流涧边照映她自制的春裙；

口衔烟斗的农夫三四，在预度秋收的丰盈，老妇人们坐在家门外阳光中取暖，她们的周围有不少的儿童，手擎着黄白的钱花在环舞与欢呼。

在远——远处的人间，有无限的平安与快乐，无限的春光……

在此暂时可以忘却无数的落蕊与残红；亦可以忘却花荫中掉下的枯叶，私语地预告三秋的情意；亦可以忘却苦恼的僵瘪的人间，阳光与雨露的殷勤，不能再恢复他们腮颊上生命的微笑；亦可以忘却纷争的互杀的人间，阳光与雨露的仁慈，不能感化他们凶恶的兽性；亦可以忘却庸俗的卑琐的人间，行云与朝露的丰姿，不能引逗他们刹那间的凝视；亦可以忘却自觉的失望的人间，绚烂的春时与媚草，只能反激他们悲伤的意绪。

我亦可以暂时忘却我自身的种种；忘却我童年期清风白水似的天真；忘却我少年期种种虚荣的希冀；忘却我渐次的生命的觉悟；忘却我热烈的理想的寻求；忘却我心灵中乐观与悲观的斗争；忘却我攀登文艺高峰的艰辛；忘却刹那的启示与彻悟之神奇；忘却我生命潮流之骤转；忘却我陷落在危险的旋涡中

之幸与不幸；忘却我追忆不完全的梦境；忘却我大海底里埋着的秘密；忘却曾经刳割我灵魂的利刃，炮烙我灵魂的烈焰，摧毁我灵魂的狂飙与暴雨；忘却我的深刻的怨与艾；忘却我的冀与愿；忘却我的恩泽与惠感，忘却我的过去与现在……

过去的实在，渐渐的膨涨，渐渐的模糊，渐渐的不可辨认；现在的实在，渐渐的收缩，逼成了意识的一线，细极狭极的一线，又裂成了无数不相联续的黑点……黑点亦渐次的隐翳？幻术似的灭了，灭了，一个可怕的黑暗的空虚……

欧游漫录[①]——西伯利亚游记

一、开篇

你答应了一件事，你的心里就打上了一个结；这个结一天不解开，你的事情一天不完结，你就一天不得舒服，“不做中人不做保，一世无烦恼”，就是这个意思。谁教我这回出来，答应了人家通讯？在西伯利亚道上我记得曾经发出过一封，但此后，约莫〈摸〉有个半月了，一字都不曾寄去，债是愈积愈不容易清呢，我每天每晚燃住了心里的那个结对自己说。同时我知道国内一部分的朋友也一定觉着诧异，他们一定说：“你看出门人没有靠得住的，他临走的时候答应得多好，说一定随时有信来报告行踪，现在两个月都快满了，他那里一个字都不曾寄来！”

但是朋友们，你们得知道我并不是成心叫你们失望的：我至今不写信的缘故决不完全是懒，虽则懒是到处少不了有他的份。当然更不是为无话可说，上帝不许！过了这许多逍遥的日子还来抱怨生活平凡。话多的很，岂止有，难处就在积满了这

①与下两节《自愿的充军》《离京》，总题为《欧游漫录（二）——-西伯利亚游记》，载 1925 年 6 月 12 日《晨报副刊》，这里的“欧游漫录（二）”，系与《给新月》接续排为二，下同。初收 1928 年 1 月上海新月书店《自剖》，与《旅伴》等节合为“游俄辑第三”，题名为《欧游漫录——西伯利亚游记》，下同。采自《自剖》，下同。

一肚子的话，从那里说起才是。这是一层，还有一个难处，在我看来更费踌躇，是这番话应该怎么说法？假如我是一个甘〈干〉脆的报馆访事员，他唯一的金科是有闻必录，那倒好办，只要把你一双耳朵每天收拾干净，出门不要忘了带走，轻易不许他打盹，同时一手拿着纪事册，一手拿着“永远尖”，外来的新闻交给耳朵，耳朵交给手，手交给笔，笔交给纸，这不就完事了不是？可惜我没有做访事的天赋；耳朵不够长，手不够快。我又太笨，思想来得奇慢的，笔下请得到的有数几个字也都是有脾气的，只许你去凑他们的趣，休想他们来凑你的趣；否则我要是有画家的本事，见着那处风景好，或是这边人物美，立刻就可以打开本子来自描写生，那不是心灵里的最沉细最飘忽的消息，都有法子可以款留踪迹，我也不怕没有现成文章做了。

我想你们肯费工夫来看我通讯的，也不至于盼望什么时局的新闻。莫索列尼的演说，兴登堡将军做总统，法国换内阁等等，自有你们驻欧特约通信员担任，我这本记事册上纸张不够宽恕不备载了。你们也不必期望什么出奇的事项，因为我可以私下告诉你们我这回到欧洲来并不想谋财，也不想害命，也不愿意自己的腿子叫汽车压扁或是牺牲钱包让剪绺先生得意。不，出奇也是不会得的，本来我自己是一个平淡无奇的游客，我眼内的欧洲也只是平淡无奇的几个城子；假如我有话说时，也只是在这平淡无奇的经验的范围内平淡无奇的几句话，再没有别的了。

唯其因为到处是平淡无奇，我这里下笔写的时候就格外觉得为难。假如我有机会看得见牛斗，一只穿红衣的大黄牛和一个穿红衣的骑士拼命，千万个看客围着拍掌叫好的话，我要是写下一篇“斗牛记”，那不仅你们看的人合式，我写的人也容易。偏偏牛斗我看不着（听说西班牙都禁绝了）；别说牛斗，人斗都难得见着，这世界分明是个和平的世界，你从这国的客栈转运到那国的客栈见着的无非仆欧们的笑脸与笑脸的“仆欧”们——只要你小钱凑手你准看得见一路不断的笑脸。这刻板的笑脸当然不会得促动你做文章的灵机。就这意大利人，本来是出名性子暴躁轻易就会相骂的，也分明涵养好多了；你们念过 W.D.Howells’ Venetian Life[①]的那段两位江朵蜡船家吵嘴的妙文，一定以为到此地来一定早晚听得见色彩鲜艳的骂街；但是不，我来了已经有一个多月却还一次都不曾见过暴烈的南人的例证。总之这两月来一切的事情都像是私下说通了，不叫我听到见到或是碰到一些异常的动静！同时我答应做通讯的责任并不因此豁免或是减轻；我的可恨的良心天天掀着我的肘子说：“喂，赶快一点，人家等着你哪！”

寻常的游记我是不会得写的，也用不着我写，这烂熟的欧洲，又不是北冰洋的尖头或是非洲沙漠的中心，谁要你来饶舌。要我拿日记来公开我有些不愿意，叫白天离魂的鬼影到大

① W.D.Howells’ Venetian Life：W.D. 霍威尔斯的《威尼斯生活》。霍威尔斯（1837—1920），美国小说家、评论家。

家跟前来出现似乎有些不妥当——并且老实说近来本子上记下的也不多。当作私人信札写又如何呢？那也是一个写法，但你心目中总得悬拟你一个相识的收信人，这又是困难，因是假如你存想你最亲密的朋友，他或是她，你就有过于啰唆的危险，同时如其你假定的朋友太生分了，你笔下就有拘束，一样不讨好。阿！朋友们，你们的失望是定的了。方才我开头的时候似乎多少总有几句话说给你们听，但是你们看我笔头上别扭了好半天，结果还是没有结果：应得说什么，我自己不知道，应得怎么说法，我也是不知道！所以我不得不下流，不得不想法搪塞，笔头上有什么来我就往纸上写，管得选择，管得体裁，管得体面！

二、自愿的充军

“谁叫你去来，这不是活该？”我听得见北京的朋友们说。我是个感情的人；老头病了，想我去，我不得不去，我就去。那时候有许多朋友都反对，他们说：“老头快死了，你赶去送丧不成？趁早取销〈消〉吧！至于意大利你那〈哪〉一个年头去不得，等着有更好的机会再去不好？”如今他们更有话说了：“你看老头不是开你玩笑？他要你去，自己倒反早跑了。现在你这光棍吊空在欧洲，何苦来，赶快回家吧！”

三、离京

我往常出门总带着一只装文件的皮箱，这里面有稿本，有日记，有信件，大都多是见不得人面的。这次出门有一点特色，就是行李里出空了秘密的累赘，甘〈干〉脆的几件衣服几本书，谁来检查都不怕，也不知怎的生命里是有那种不可解的转变，忽然间你改变了评价的标准。原来看重的这时不看重了，原来隐讳的这时也无庸隐讳了，不但皮箱里口袋里出一个干净，连你的脑子里五脏里本来多的是古怪的复壁夹道，现在全理一个清通，像意大利麦古龙尼似的这头通到那头。这是一个痛快。做生意的馆子逢到节底总结一次帐，进出算个分明，准备下一节重新来过；我们的生命里也应得隔几时算一次总帐，赚钱也好，亏本也好，老是没头没脑的窝着堆着总不是道理。好在生意忙的时期也不长，就是中间一段交易复杂些，小孩子时代不会做买卖，老了的时候想做买卖没有人要，就这约莫〈摸〉二十岁到四十岁的二十年间的确是麻烦的，随你怎样认真记帐总免不了挂漏，还有记错的隔壁帐，糊涂帐，吃着的坍帐混帐，这时候好经理真不容易做！我这回离京真是爽快，真叫是："一肩行李，两袖清风，俺就此去也！"但是不要得意，以前的帐务虽到暂时结清（那还是疑问），你店门还是开着，生意还是做着，照这样热闹的市面，怕要不了一半年，尊驾的帐目又该是一塌糊涂了！

四、旅伴[①]

西班牙有一个俗谚，大旨是"一人不是伴，两人正是伴，三数便成群，满四就是乱"。这旅行，尤其是长途的旅行，选伴是一桩极重要的事情。我的理论，我的经验，都使我无条件的主张独游主义——是说把游历本身看做目的。同样一个地方你独身来看，与结伴来看所得的结果就不同。理想的同伴（比如你的爱妻或是爱友或是爱什么）当然有，但与其冒险不如意同伴的懊怅，不如立定主意独身走来得妥当。反正近代的旅行其实是太简单太容易了，尤其是欧洲，哑巴瞎子聋〈子〉傻瓜都不妨放胆去旅行，只要你认识字，会得做手势，口袋里有钱，你就不会丢。

我这次本来已经约定了同伴，那位先生高明极了，他在西伯

①载 1925 年 6 月 17 日《晨报副刊》，正题为《欧游漫录（三）——西伯利亚游记》。

利亚打过几年仗，红党白党（据他自己说）都是他的朋友，会说俄国话，气力又大，跟他同走一定吃不了亏。可是我心里明白，天下没有无条件的便宜，况且军官大爷不是容易伺候的，回头他发现假定的“绝对服从”有漏孔时他就对着这无抵抗的弱者发威，那可不是玩！这样一想我觉得还是独身去西伯利亚冒险，比较的不可怖些。说也巧，那位先生在路上发现他的公事还不曾了结，至少须延迟一星期动身，我就趁机会告辞，一溜烟先自跑了！

同时在车上我已经结识了两个旅伴，一位是德国人，做帽子生意的，他的脸子，他的脑袋，他的肚子都一致声明他决不是别一国人。他可没有日耳曼人往常的镇定，在他那一双闪烁的小眼睛里你可以看出他一天害怕与提防危险的时候多，自有主见的时候少。他的鼻子不消说完全是叫啤酒与酒精薰糟了的，皮里的青筋全都纠盘的拱着活像一只霁红碎瓷的鼻烟壶。他常常替他自己发现着急的原因，不是担忧他的护照少了一种签字，便是害怕俄国人要充公他新做的衬衫。他念过他的叔本华；每次不论讲什么问题他的结句总是“倒不错，叔本华也是这么说的”！

还有一个更有趣的旅伴在车上结识的是意大利人。他也是在东方做帽子生意的。如其那位德国先生满脑子装着香肠啤酒与叔本华的，我见了不由得不起敬，这位腊〈拉〉丁族的朋友我简直的爱他了。我初次见他，猜他是个大学教授，第二次见他猜他是开矿的，到最后才知道他也是卖帽子给我们的。我与他谈得投机极了，他有的是谐趣，书也看得不少，见解也不平常，像这种无意中的旅伴是很难得的，我一途来不觉着寂寞就幸亏有他，我到了还与他通信。你们都见过大学眼药的广告不是？那〈哪〉有一点儿像我那朋友。只是他漂亮多了，他那烧胡是不往下挂的，修得顶整齐，又黑又浓又紧，骤看像是一块天鹅绒；他的眼最表示他头脑的敏锐，他的两颊是鲜杨梅似的红，益发激起他白的肤色与漆黑的发。他最爱念的书是Don Quixote，Ariosto①是他的癖好，丹德当然更是他从小的陪伴。

五、两个生客②

我是从满洲里买票的。普通车到莫斯科票价共一百二十几卢布，国际车到赤塔才有，我打算到了赤塔再补票。到赤塔时耿济之君到车站来接我，一问国际车，票房说要外加一百卢

①Ariosto：阿里奥斯托（1474—1533），意大利诗人，代表作为长篇传奇叙事诗《疯狂的奥兰多》。

②载1925年6月19日《晨报副刊》，正题为《欧游漫录（五）——西伯利亚游记》。

布，同时别人分两段（即自满洲里至赤塔，再由赤塔买至莫斯科）买票的只花了一百七十多卢布。我就不懂为什么要多花我二三十卢布，一时也说不清，我就上了普通车，那是四个人一间的。但是上车一看情形有些不妥，因为房间里已经有波兰人一家住着，一个秃顶的爸爸，一个搽胭脂的妈妈，一个十三四岁的男孩，一个几个月的乳孩；我想这可要不得，回头拉呀哭呀闹呀叫我这外客怎么办，我就立刻搬家，管他要我添多少，搬上了华丽舒服的国际车再说。运气也正好，恰巧还有一间三人住的大房空着，我就住下了；顶奇怪是等到补票时我满想挨化冤钱，谁知他只要我四十三元，合算起来倒比别人便宜了十个左右的卢布，这里面的玄妙我始终不曾想出来。

车上伺候的是一位忠实而且有趣的老先生。他来替我铺床，笑着说："呀，你好福气，一个人占上这一大间屋子；我想你不应得这样舒服，车到了前面大站我替你放进两位老太太陪你，省得你寂寞好不好？"我说多谢多谢，但是老太太应得陪像你自己这样老头子的；我是年轻的，所以你应得寻一两个一样年轻的与我作伴才对。

我居然过了三天舒服的日子，第四天看了车上消息说今晚有两个客人上来，占我房里的两个空位。我就有点慌，跑去问那位老先生这消息真不真，他说："怎么会得假呢？你赶快想法子欢迎那两位老太太吧！"（俄国车上男女是不分的）回头车到了站，天已经晚了，我回房去看时，果然见有几件行李放着：一只提箱，两个铺盖，一只装食物的蔑箱。间壁一位德国太太过来看了对我说："你舒服了几天，这回要受罪了，方才来的两位样子顶古怪的，不像是西方人，也不像是东方人，你留心点吧。"正说着话他们来了，一个高的，一个矮的；一个肥的，一个瘦的；一个黑脸，一个青脸——（他们两位的尊容真得请教施耐庵先生才对得住他们，我想胖的那位可以借用黑旋风的雅号，瘦的那位得叨光杨志与王英两位："矮脚青面兽"。）两位头上全是黑松松的乱发，身上都穿着青辽辽的布衣，衣襟上都针着红色的列宁像。我是不曾见过杀人的凶手；但如其那两位朋友告诉我们方才从大牢里逃出来的，我一定无条件的相信！我们交谈了。不成，黑旋风先生很显出愿意谈天的样子，虽则青面兽先生绝对的取缄默态度；黑先生只会三两句英国话，再来就是俄国话，再来更不知是什么鸟话。他们是土耳其斯坦来的。"你中国！"他似乎很惊喜的回话。阿孙逸仙……死？你……国民党？哈哈哈哈，你共产党？哈哈，你什么党？哈哈……到莫斯科？哈哈？

一回见他们上饭车去了；那位老车役进房来铺房，见我一个人坐着发愣，他就笑说你新来的朋友好不好？我说算了，劳驾，我还是欢迎你的老太太们！"你看年轻人总是这样三心两意的，老的不要，年轻的也不……"喔！枕垫底下可不是放着一对满装子弹的白郎林〈宁〉手枪？他捡了起来往上边床上一放，慢慢的接着说："年轻的也确太危险了，怪不得你不喜欢。"我平常也自夸多少有些"幽默"的，但那晚与那两位形迹可疑的生客睡在一房，心里着实有些放不平，上床时偷偷的把钱包塞在头枕底下，还是过了半夜才落，黑旋风先生的鼾声真是雷响一般，你说我那晚苦不苦？明早上醒过来我还有些不相信，伸手去摸自己的脑袋，还好，没有搬家，侥幸侥幸！

六、西伯利亚[①]

一个人到一个不曾去过的地方不免有种种的揣测，有时甚至害怕；我们不很敢到死的境界去旅行也就如此。西伯利亚：这个地名本来就容易使人发生荒凉的联想，何况现在又变了有色彩的去处，再加谣传，附会，外国存心诬蔑苏俄的报告，结果在一般人的心目中这条平坦的通道竟变了不可测的畏途。其实这都是没有根据的。西伯利亚的交通照我这次的经验看，并不怎样比旁的地方麻烦，实际上那边每星期五从赤塔开到莫斯科（每星期三自莫至赤）的特快虽则是七八天的长途车，竟不曾耽误时刻，那在中国就是很难得的了。你们从北京到满洲里，从满洲里到赤塔，尽可以坐二等车，但从赤塔到俄京那一星期的路程我劝你们不必省这几十块钱（不到五十），因为那国际车真是舒服，听说战前连洗澡都有设备的，比普通车位差太远了。坐长途火车是顶累人不过的，像我自己就有些晕车，所以有可以节省精力的地方还是多破费些钱来得上算。固然坐

① 1925 年 5 月 9 日作；从开头至“谁说这不是拿翁再世的相儿”，载 1925 年 6 月 18 日《晨报副刊》，正题为《欧游漫录（四）——西伯利亚游记》；从“西伯利亚只是人少，并不荒凉”到本节完，载 1925 年 7 月 3 日《晨报副刊》，总题为《欧游漫录（六）——西伯利亚［游记］》。

上了国际车你的同道只是体面的英美德法人；你如其要参预俄国人的生活时不妨去坐普通车，那就热闹了，男女不分的，小孩是常有的，车间里四张床位，除了各人的行李以外，有的是你意想不到的布置。我说给你们听听：洋磁面盆，小木坐凳，小孩坐车，各式药瓶，洋油锅子，煎咖啡铁罐，牛奶瓶，酒瓶，小儿玩具，晾湿衣服绳子，满地的报纸，乱纸，花生壳，向日葵子壳，痰唾，果子皮，鸡子壳，面包屑……房间里的味道也就不消细说，你们自己可以想像。老实说我有点受不住，但是俄国人自会作他们的乐，往往在一团氤氮（当然大家都吸烟）的中间，说笑的自说笑，唱歌的自唱歌，看书的看书，磕睡的磕睡，同时玻璃上的蒸气全结成了冰屑，车外只是白茫茫的一片，静悄悄的莫有声息。偶尔在树林的边沿看得见几处木板造成的小屋，屋顶透露着一缕青灰色的烟痕，报告这荒凉境地里的人迹。

吃饭一路上都有餐车，但不见佳而且贵，愿意省钱的可以到站时下去随便买些食物充饥，这一路每站上都有一两间小木屋（要不然就是几位老太太站在露天提着篮端着瓶子做生意）卖杂物的：面包、牛奶、生鸡蛋、薰鱼、苹果都是平常买得到的（记着我过路的时候是三月，满地还是冰雪，解冻的时候东西一定更多）。

我动身前有人警告我说："苏俄的忌讳多的很，你得留神；上次有几个美国人在餐车里大声叫仆欧（应得叫 Comrade 康姆拉特，意思是朋友同志或伙计），叫他们一脚踢下车去死活不知下落，你这回可小心！"那是不是神话我不曾有工夫去考据；但为叫一声仆欧就得受死刑（苏州人说的"路倒尸"）我看来有些不像，实际上出门人莫谈政治，倒是真的，尤其在革命未定的国家，关于苏俄我下面再讲。我们餐车的几位康姆拉特都是顶年轻的，其中有一位实在不很讲究礼节，他每回来招呼吃饭，就像是上官发命令，斜瞟着一双眼，使动着一个不耐烦的指头，舌头上滚出几个铁质的字音，嘭的关上你的房门，他又到间壁去发命令了！他是中等身材，胸背是顶宽的，穿一身水色的制服，肩上放一块擦桌白布，走路像疾风似的有劲；但最有意思的是他的脑袋，椭圆的脸盘，扁平的前额上斜撩着一两卷短发，眼睛不大但显示异常的决断力，颧骨也长得高，像一个有威权的人；他每回来伺候你的神情简直要你发抖：他不是来伺候他是来试你的胆量，（我想胆子小些的客人见了他真会哭的！）他手里的杯盘刀叉就像是半空里下冰雪一片片直削到你的面前，叫你如何不心寒；他也不知怎的有那么大气，绷紧着一张脸我始终不曾见他露过些微的笑容；我也曾故意比着可笑的手势想博他一个和善些的顾盼，谁知不行，他的脸上笼罩着西伯利亚一冬的严霜，轻易如何消得；真的，他那肃杀的气概不仅是为威吓外来的过客，因为他对他的同僚我留神观察也并没有更温和的嘴脸；顶叫人不舒服的是他那口角边总是紧紧的咬着一枝半焦的俄国纸烟，端菜时也在那里，说话时也在那里，仿佛他一腔的愤慨只有永远嚼紧着牙关方可以勉强的耐着！后来看惯了倒也不觉得什么，我可是替他题上一个确切不过的徽号，叫他做“饭车里的拿破仑”，我那意大利朋友十二分的称赞我，因为他那体魄，他那神气，他的简决，尤其是他前额上斜着的几根小发，有时他悻悻的独自在餐车那一头站着，紧攒着肩头，一只手贴着前胸，谁说这不是拿翁再世的相儿？

七、西伯利亚（续）

西伯利亚只是人少，并不荒凉。天然的景色亦自有特色，并不单调；贝加尔湖周围最美，乌拉尔一带连绵的森林亦不可忘。天气晴爽时空气竟像是透明的，亮极了，再加地面上雪光的反映，真叫你耀眼。你们住惯城里的难得有机会饱尝清洁的空气；下回你们要是路过西伯利亚或是同样地方，千万不要躲懒，逢站停车时，不论天气怎样冷，总得下去散步，借冰清尖锐的气流洗净你恶浊的肺胃；那真是一个快乐，不仅你的鼻孔，就是你面上与颈根上露在外面的毛孔，都受着最甜美的洗礼，给你倦懒的性灵一剂绝烈的刺戟，给你松散的筋肉一个有力的约束，激荡你的志气，加添你的生命。

再有你们过西伯利亚时记着，不要忙吃晚饭，牺牲最柔媚的晚景。雪地上的阳光有时幻成最娇嫩的彩色，尤其是夕阳西渐时，最普通是银红，有时鹅黄稍带绿晕。四年前我游小瑞士时初次发现雪地里光彩的变幻，这回过西伯利亚看得更满意；你们试想像晚风静定时在一片雪白平原上，疏玲玲的大树间，斜刺里平添出几大条鲜艳的彩带，是幻是真，是真是幻，那妙趣到你身亲经历时从容的辨认吧。

但我此时却不来复写我当时的印象，那太吃苦了，你们知道这逼紧了你的记忆召回早已消散了的景色，再得应用想像的光辉照出他们颜色的深浅，是一件极伤身的工作，比发寒热时出汗还凶。并且这来碰记着不清的地方你就得凭空造，那你们又不愿意了不是？好，我想出了一个简便的办法；我这本记事册的前面有几页当时随兴涂下的杂记。我就借用不是省事，就可惜我做事情总没有常性，什么都只是片断，那几段琐记又是在车上用铅笔写的英文，十个字里至少有五个字不认识，现在要来对号，真不易！我来试试。

（一）西伯利亚并不坏，天是蓝的，日光是鲜明的，暖和的，地上薄薄的铺着白雪，矮树，丛草，白皮松，到处看得见。稀稀的住人的木房子。

（二）方才过一站，下去走了一走，顶暖和。一个十岁左右卖牛奶的小姑娘手里拿瓶子卖鲜牛奶给我们。她有一只小圆脸，一双聪明的蓝眼，白净的皮肤，清秀有表情的面目，她脚上的套鞋像是一对张着大口的黄鱼，她的褂子也是古怪的样子，我的朋友给她一个半卢布的银币。她的小眼睛滚上几滚，接了过去仔细的查看，她开口问了。她要知道这钱是不是真的通用的银币；“好的，好的，自然好的！”旁边站着看的人（俄国车站上多的是闲人）一齐喊了。她露出一点子的笑容，把钱放进了口袋，一瓶牛奶交给客人，翻着小眼对我们望望，转身快快的跑了去。

（三）入境愈深，当地人民的苦况益发的明显。今天我在赤塔站上留心的看。褴褛的小孩子，从三四岁到五六岁，在站上问客人讨钱，并且也不是客气的讨法，似乎他们的手伸了出来决不肯空了回去的。不但在月台上，连站上的饭馆里都有，无数成年的男女，也不知做什么来的，全靠着我们吃饭处的木栏，斜着他们呆顿的不移动的注视看着你蒸气的热汤或是你肘子边长条的面包。他们的样子并不恶，也不凶，可是晦塞而且阴沉，看着他们的面貌你不由得不疑问这里的人民知不知道什么是自然的喜悦的笑容。笑他们当然是会得的；尤其是狂笑当他们受足了 Vodka[①]的影响，但那时的笑是不自然的，表示他们的变态，不是上帝给我们的喜悦。这西伯利亚的土人，与其说是受一个有自制力的脑府支配的人的身体，不如说是一捆捆的原始的人道，装在破烂的黑色或深黄色的布褂与奇大的毡鞋里，他们行动，他们工作，无非是受他们内在的饿的力量所驱使，再没有别的可说了。

（四）在 lrkutsk[②]车停一时许，他们全下去走路，天早已黑了，站内的光亮只是几只贴壁的油灯，我们本想出站，却反经过一条夹道走进了那普通待车室，在昏迷的灯光下辨认出一屋子黑魆魆的人群，那景象我再也忘不了，尤其是那气味！悲悯心禁止我尽情的描写；丹德假如到此地来过，他的地狱里一定另添一番色彩！

对面街上有一山东人开着一家小烟铺，他说他来了二十年，积下的钱还不够他回家。

（五）俄国人的生活我还是懂不得。店铺子窗户里放着的各式物品是容易认识的，但管铺子做生意的那个人，头上戴着厚毡帽，脸上满长着黄色的细毛，是一个不可捉摸的生灵；拉车

---

① Vodka：伏特加。

② lrkutsk：伊尔库次克，苏联东西伯利亚城市。

的马甚至那奇形的雪橇是可以领会的，但那赶车的紧裹在他那异样的袍服里，一只戴皮套的手扬着一根古旧的皮鞭，是一个不可思议的现象。

我怎样来形容西伯利亚天然的美景？气氛是晶澈的，天气澄爽时的天蓝是我们在灰沙里过日子的所不能想像的异景。森林是这里的特色：连绵，深厚，严肃，有宗教的意味。西伯利亚的林木都是直干的；不问是松，是白杨是青松或是灌木类的矮树丛，每株树的尖顶总是正对着天心。白杨林最多，像是带旗帜的军队，各式的军徽奕奕的闪亮着；兵士们屏息的排列着，仿佛等候什么严重的命令。松树林也多茂盛的：干子不大，也不高，像是稚松，但长得极匀净，像是园丁早晚修饰的盆景。不错，这些树的倔犟的不曲性是西伯利亚，或许是俄罗斯，最明显的特性。

——我窗外的景色极美；夕阳正从西北方斜照过来，天空，嫩蓝色的，是轻敷着一层纤薄的云气，平望去都是齐整的树林，严青的松，白亮的杨，浅棕的笔竖的青松——在这雪白的平原上形成一幅色彩融和的静景。树林的顶尖尤其是美，他们在这肃静的晚景中正像是无数寺院的尖阁，排列着，对高高的蓝天默祷。在这无边的雪地里有时也看得见住人的小屋，普通是木板造屋顶铺瓦颇像中国房子，但也有黄或红色砖砌的。人迹是难得看见的；这全部风景的情调是静极了，缄默极了，倒像是一切动性的事物在这里是不应得有位置的；你有时也看得见迟钝的牲口在雪地的走道上慢慢的动着，但这也不像是有生活的记认……

八、莫斯科[1]

阿，莫斯科！曾经多少变乱的大城！罗马是一个破烂的旧梦，爱寻梦的你去；纽约是Mammon[2]的宫阙，拜金钱的你去；巴黎是一个肉艳的大坑，爱荒淫的你去；伦敦是一个煤烟的市场，慕文明的你去。但莫斯科？这里没有光荣的古迹，有的是血污的近迹；这里没有繁华的幻景，有的是斑驳的寺院；这里没有和暖的阳光，有的是泥泞的市街；这里没有人道的喜色，有的是伟大的恐怖与黑暗，惨酷，虚无的暗示。暗森森的雀山，你站着；半冻的莫斯科河，你流着：在前途二十个世纪的漫游中，莫斯科是领路的南针，在未来文明变化的经程中，莫斯科是时代的象征。古罗马的牌坊是在残阙的简页中，是在破碎的乱石间；未来莫斯科的牌坊是在文明的骸骨间，是在人类鲜艳的血肉间。莫斯科，集中你那伟大的破坏的天才，一手拿着火种，一手拿着杀人的刀，趁早完成你的工作，好叫千百年后奴性的人类的子孙，多多的来，不断的来，像他们现在去罗马一样，到这暗森森的雀山的边沿，朝拜你的牌坊，纪念你的劳工，讴歌你的不朽！

① 1925年5月26作； 载1925年7月6日、7月7日、7月9日、7月11日《晨报副刊》，正题分别为《欧游漫录（七）》、《欧游漫录（八）》、《欧游漫录（九）》、《欧游漫录（十）》。

② Mammon：财神。

这是我第一天到莫斯科在 Kremlin[①]周围散步时心头涌起杂感的一斑。那天车到时是早上六时，上一天路过的森林，大概在 Vladimir[②]一带，多半是叫几年来战争摧残了的，几百年的古松只存下烧毁或剔残的余骸纵横在雪地里，这底下更不知掩盖着多少残毁的人体，冻结着多少鲜红的热血。沟堑也有可辨认的，虽则不甚分明，多谢这年年的白雪，他来填平地上的邱壑，掩护人类的暴迹，省得伤感派的词客多费推敲，但这点子战场的痕迹，引起过路人惊心的标记，在将到莫斯科以前的确是一个切题的引子。你一路来穿度这西伯利亚白茫茫人迹稀有的广漠，偶尔在这里那里看到俄国人的生活，艰难，缄默，忍耐的生活；你也看了这边地势的特性，贝加尔湖边雄踞的山岭，乌拉尔东西博大的严肃的森林，你也尝着了这里空气异常的凛冽与尖锐，像钢丝似的直透你的气管，逼迫你的清醒——你的思想应得已经受一番有力的洗刷，你的神经一种新奇的戟刺，你从贵国带来的灵性，叫怠惰，苟且，顽固，龌龊，与种种堕落的习惯束缚，压迫，淤塞住的，应得感受一些解放的动力，你的功名心，利欲，色业翳蒙了眸子也应得觉着一点新来的清爽，叫他们睁开一些，张大一些，前途有得看；应得看的东西多着，即使不是你灵魂绝对的滋养，至少是一帖兴奋剂，防磕睡的强烈性注射！

因此警醒！你的心；开张！你的眼；——你到了俄国，你

① Kremlin：克里姆林宫。

② Vladimir：弗拉基米尔，苏联西部城市，在莫斯科之东。

到了莫斯科，这巴尔的克海以东，白令峡以西，北冰洋以南，尼也帕河以北千万里雪盖的地圈内一座着火的血红的大城！

在这大火中最先烧烂的是原来的俄国，专制的，贵族的，奢侈的，淫靡的，ancien regimv[①]全没了，曳长裙的贵妇人，镶金的马车，献鼻烟壶的朝贵，猎装的世家子弟全没了，托尔斯泰与屠及尼夫小说中的社会全没了——他们并不曾绝迹，在巴黎，在波兰，在纽约，在罗马你倘然会见什么伯爵夫人什么vsky[②]或是子爵夫人什么owner[③]，那就是叫大火烧跑的难民。他们，提起俄国就不愿意。他们会得告诉你现在的俄国不是他们的国了，那是叫魔鬼占据了去的（因此安琪儿们只得逃难）！俄国的文化是荡尽的了，现在就靠流在外国的一群人，诗人，美术家等等，勉力来代表斯拉夫的精神。如其他们与你讲得投机时，他们就会对你悲惨的历诉他们曾经怎样的受苦，怎样的逃难，他们本来那所大理石的庄子现在怎样了；他们有一个妙龄的侄女在乱时叫他们怎样了……但他们盼望日子已经很近，那班强盗倒运，因为上帝是有公道的，虽则……

你来莫斯科当然不是来看俄国的旧文化来的；但这里却也不定有“新文化”，那是贵国的专利；这里来见的是什么你听着我讲。

① ancien regimv：法语，旧制度。

② vsky：夫斯基。

③ owner：拥有者，所有者。

你先抬头望天。青天是看不见的，空中只是迷濛的半冻的云气，这天（我见的）的确是一个愁容的，服丧的天；阳光也偶尔有，但也只在云罅里力乏的露面，不久又不见了，像是楼居的病人偶尔在窗纱间看街似的。

现在低头看地。这三月的莫斯科街道应当受咒诅。在大寒天满地全铺着雪凝成一层白色的地皮也是一个道理；到了春天解放时雪全化了水流入河去，露出本来的地面，也是一个说法；但这时候的天时可真是刁难了，他不给你全冻，也不给你全化；白天一暖，浮面的冰雪化成了泥泞，回头风一转向又冻上了，同时雨雪还是连连的下，结果这街道简直是没法收拾，他们也就不收拾，让他这“一蹋糊涂”的窝着，反正总有一天会干净的！（所以你要这时候到俄国千万别忘带橡皮套鞋。）

再来看街上的铺子，铺子是伺候主客的；瑞蚨祥的主顾全没了的话，瑞蚨祥也只好上门；这里漂亮的奢侈的店铺是看不见的了，顶多顶热闹的铺子是吃食店，这大概是政府经理的；但可怕的是这边的市价：女太太的丝袜子听说也买得到，但得花十五二十块钱一双，好些的鞋在四十元左右，橘子大的七毛五小的五毛一只；我们四个人在客栈吃一顿早饭连税共付了二十元；此外类推。

再来看街上的人。先看他们的衣着，再看他们的面目。这里衣着的文化，自从贵族匿迹，波淇洼（bourgeois[①]）销声以后，当然是“荡尽”的了；男子的身上差不多不易见一件白色的衬衫，不必说鲜艳的领结（不带领结的多），衣服要寻一身勉强整洁的就少；我碰着一位大学教授，他的衬衣大概就是他的寝衣，他的外套，像是一个癞毛黑狗皮统，大概就是他的被窝，头发是一团茅草再也看不出曾经爬梳过的痕迹，满面满腮的须毛也当然自由的滋长，我们不期望他有安全剃刀；并且这位先生决不是名流派的例外，我猜想现在在莫斯科会得到的“琴笃儿们”多少也就只这样的体面；你要知道了他们起居生活的情形就不会觉得诧异。惠尔思先生在四五年前形容莫斯科科学馆的一群科学先生们，说是活像监牢里的犯人或是地狱里的饿鬼。我想他的比况一点也不过分。乡下人我没有看见，那是我想不会怎样离奇的，西伯利亚的乡下人，着黄胡子穿大头靴子的，

① bourgeois：资产阶级。

与俄国本土的乡下人应得没有多大分别。工人满街多的是，他们在衣着上并没有出奇的地方，只是襟上戴列宁徽章的多。小学生的游行团常看得见，在烂污的街心里一群乞丐似的黑衣小孩拿着红旗，打着皮鼓瑟东东的过去。做小买卖在街上摆摊提篮的不少，很多是残废的男子与老妇人，卖的是水果，烟卷，面包，朱古律糖（吃不得）等（路旁木亭子里卖书报处也有小吃卖）。

街上见的娘们分两种。一种是好百姓家的太太小姐，她们穿得大都很勉强，丝袜不消说是看不见的。还有一种是共产党的女同志，她们不同的地方除了神态举止以外是她们头上的红巾或是红帽，不是巴黎的时式（红帽），在雪泥斑驳的街道上倒是一点喜色！

什么都是相对的：那年我与陈博生从英国到佛朗德福那天正是星期；道上不问男女老小都是衣服铺裁缝店里的模型，这一比他与我这风尘满身的旅客真像是外国叫花子了！这回在莫斯科我又觉得窘，可不为穿的太坏，却为穿的太阔；试想在那样的市街上，在那样的人丛中，晦气是本色，褴褛是应分，忽然来了一个头戴獭皮大帽身穿海龙领（假的）的皮大氅的外客；可不是唱戏似的走了板，错太远了，别说我，就是我们中国学生在莫斯科的（当然除了东方大学生）也常常叫同学们眨眼说他们是“波淇洼”，因为他们身上穿的是荣昌祥或是新记的蓝哔叽！这样看来，改造社会是有希望的；什么习惯都打得破，什么标准都可以翻身，什么思想都可以颠倒，什么束缚都可以摆脱，什么衣服都可以反穿……将来我们这两脚行动厌倦了时竟不妨翻新样叫两只手帮着来走，谁要再站起来就是笑话，那多好玩！

虽则严敛，阴霾，凝滞是寒带上难免的气象，但莫斯科人的神情更是分明的忧郁，惨淡，见面时不露笑容，谈话时少有精神，仿佛他们的心上都压着一个重量似的。

这自然流露的笑容是最不可勉强的。西方人常说中国人爱笑，比他们会笑得多，实际上怎样我不敢说，但西方人见着中国人的笑我怕不免有好多是急笑，傻笑，无谓的笑，代表一切答话的笑；犹之俄国人的笑多半是 Vodka 入神经的笑，热病的笑，疯笑，道施妥奄夫斯基的 idiot[①]的笑！那都不是真的喜笑，健康与快乐的表情。其实也不必莫斯科，现世界的大都会，有那几处的人们的表情是自然的？Dublin（爱尔兰都城），听说是快乐的，维也纳听说活泼的，但我曾经到过的只有巴黎的确可算是人间的天堂，那边的笑脸像三月里的花似的不倦的开着，此外就难说了；纽约，支加哥，柏林，伦敦的群众与空气多少叫你旁观人不得舒服，往往使你疑心错入了什么精神病院或是“偏心”病院，叫你害怕，巴不得趁早告别，省得传染。

现在莫斯科有一个稀奇的现象，我想你们去过的一定注意到，就是男子抱着吃奶的小孩在街上走道，这在西欧是永远看

① idiot：白痴。

不见的。这是苏维埃以来的情形。现在的法律规定一个人不得多占一间以上的屋子，听差，老妈子，下女，奶妈，不消说，当然是没有的了，因此年轻的夫妇，或是一同居住的男女，对于生育就得格外的谨慎，因为万一不小心下了种的时候，在小孩能进幼稚园以前这小宝贝的负担当然完全在父母的身上。你们姑且想想你们现在北京的，至少总有几间屋子住，至少总有一个老妈子伺候，你们还时常嫌着这样那样不称心哪！但假如有一天莫斯科的规矩行到了我们北京，那时你就得乖乖的放弃你的宅子，听凭政府分配去住东花厅或是西花厅的那一间屋子，你同你的太太就得另做人家，桌子得自己擦，地得自己扫，饭得自己烧，衣服得自己洗，有了小东西就得自己管，有时下午你们夫妻俩想一同出去散步的话，你总不好意思把小宝贝锁在屋子里，结果你得带走，你又没钱去买推车，你又不好意思

叫你太太受累，（那时候你与你的太太感情会好些的，我敢预言！）结果只有老爷自己抱，但这男人抱小孩其实是看不惯，他又往往不会抱，一个“蜡烛封”在他的手里，他不知道直着拿好还是横着拿好；但你到了莫斯科不看惯也得看惯，到那一天临着你自己的时候，老爷你抱不惯也得抱他惯！我想果真有那一天的时候，生小孩决不会像现在的时行，竟许山格夫人与马利司徒博士等等比现在还得加倍的时行；但照莫斯科情形看来，未来的小安琪儿们还用不着过分的着急——也许莫斯科的父母没有余钱去买“法国橡皮”，也许苏维埃政府不许父母们随便用橡皮，我没有打听清楚。

你有工夫时到你的俄国朋友的住处去看看。我去了。他是一位教授。我打门进去的时候他躺在他的类似“行军床”上看书或是编讲义。他见有客人连忙跳了起来，他只穿着一件毛绒衫，肘子胸部都快烂了，满头的乱发，一脸斑驳的胡髭。他的房间像一条丝瓜，长方的，家具有一只小木桌，一张椅子，墙壁上几个挂衣的钩子，他自己的床是顶着窗的，斜对面另一张床，那是他哥哥或是弟弟的，墙壁上挂着些东方的地图，一联倒挂的五言小字条（他到过中国知道中文的），桌上乱散着几本书，纸片，棋盘，笔墨等等，墙角里有一只酒精锅，在那里出气，大约是他的饭菜，有一只还不知两只椅子，但你在屋子里转身想不碰东西不撞人已经是不易了。

这是他们有职业的现时的生活。托尔斯泰的大小姐究竟受优待些，我去拜会她了，是使馆里一位屠太太介绍的，她居然有两间屋子，外间大些，是她教学生临画的，里间大约是她自己的屋子，但她不但有书有画，她还有一只顶有趣的小狗，一只顶可爱的小猫，她的情形，他们告诉我，是特别的，因为她现在还管着托尔斯泰的纪念馆。我与她谈了。当然谈起她的父亲（她今年六十），下面再提，现在是讲莫斯科人的生活。

我是礼拜六清早到莫斯科，礼拜一晚上才去的，本想利用那三天工夫好好的看一看本地风光，尤其是戏。我在车上安排得好好的，上午看这样，下午到那里，晚上再到那里，哪晓得我的运气真叫坏，碰巧他们中央执行委员那又死了一个要人，他的名字像是叫什么“妈里妈虎”——他死得我其实不见情，因为为他出殡整个莫斯科就得关门当孝子，满街上迎丧，家家挂半旗，跳舞场不跳舞，戏馆不演戏，什么都没了，星期一又是他们的假日，所以我住了三天差不多什么都没看着，真气，那位“妈里妈虎”其实何妨迟几天或是早几天归天，我的感激是没有问题的。

所以如其你们看了这篇杂凑失望，不要完全怪我，妈里妈虎先生至少也得负一半的责。但我也还记得起几件事情，不妨乘兴讲给你们听。

我真笨，没有到以前，我竟以为莫斯科是一个完全新起的城子，我以为亚力山大烧拿破仑那一把火竟花上了整个莫斯科的大本钱，连 Kremlin（皇城）都乌焦了的，你们都知道拿破仑想到莫斯科去吃冰其林那一段热闹的故事，俄国人知道他会打，他们就躲着不给他打，一直诱着他深入俄境，最后给他一个空城，回头等他在 Kremlin 躺下了休息的时候，就给他放火，东边一把，西边一把，闹着玩，不但不请冰其林吃，连他带去的巴黎饼干，人吃的，马吃的，都给烧一个精光，一面天公也给他作对，北风一层层的吹来，雪花一片片的飞来，拿翁知道不妙，连忙下令退兵已经太迟，逃到了 Berezinz[1]那地方，叫哥萨克的丈八蛇矛“劫杀横来”，几十万的长胜军叫他们切菜似的留不到几个，就只浑身烂污泥的法兰西大皇帝忙里捞着一匹马冲出了战场逃回家去半夜里叫门，可怜 Berezinz 河两岸的冤鬼到如今还在那里欷歔，这盘糊涂帐是无从算起的了！

但我在这里重提这些旧话，并不是怕你们忘记了拿破仑，

① Berezinz：别列津纳河，在白俄罗斯境内。

我只是提醒你们俄国人的辣手，忍心破坏的天才原是他们的种性，所以拿破仑听见 Kremlin 冒烟的时候，连这残忍的魔王都跳了起来——“什么？”他说，“连他们祖宗的家院都不管了！”正是：斯拉夫民族是从不稀罕小胜仗的，要来就给你一个全军覆没。

莫斯科当年并不曾全毁；不但皇城还是在着，四百年前的教堂都还在着。新房子虽则不少，但这城子是旧的。我此刻想起莫斯科，我的想像幻出了一个年老退伍的军人，战阵的暴烈已经在他年纪里消隐，但暴烈的遗迹却还明明的在着，他颊上的刃创，他颈边的枪瘢，他的空虚的注视，他的倔犟的髭须，都指示他曾经的生活；他的衣服也是不整齐的，但这衣着的破碎也仿佛是他人格的一部，石上的苍苔似的，斑驳的颜色已经染蚀了岩块本体。在这苍老的莫斯科城内，竟不易看出新生命的消息——也许就只那新起的白宫，屋顶上飘扬着鲜艳的红旗，在赭黄，苍老的 Kremlin 城围里闪亮着的，会得引起你注意与疑问，疑问这新来的色彩竟然大胆的侵占了古迹的中心，扰乱原来的调谐。这决不是偶然，旅行人！快些擦净你风尘眯倦了的一双眼，仔细的来看看，竟许那看来平静的旧城子底下，全是炸裂性的火种，留神！回头地壳都烂成齑粉，慢说地面上的文明！

其实真到炸的时候，谁也躲不了，除非你趁早带了宝眷逃火星上面去——但火星本身炸不炸也还是问题。这几分钟内大概药线还不至于到根，我们也来赶早，不是逃，赶早来多看看这看不厌的地面。那天早上我一个人在那大教寺的平台上初次瞭望莫斯科，脚下全是滑溜的冻雪，真不易走道，我闪了一两次，但是上帝受赞美，那莫斯科河两岸的景色真是我不期望的眼福，要不是那石台上要命的滑，我早已惊喜得高跳起来！方向我是素来不知道的，我只猜想莫斯科河是东西流的，但那早上又没有太阳，所以我连东西都辨不清，我很可惜不曾上雀山出去，学拿破仑当年，回头望冻云笼罩着的莫斯科，一定别有一番气概，但我那天看着的也就不坏，留着雀山下一次再去，也许还来得及。在北京的朋友们，你们也趁早多去景山或是北海饱看看我们独有的“黄瓦连云”的禁城，那也是一个大观，在现在脆性的世界上，今日不知明日事，“趁早”这句话真有道理，回头北京变了第二个圆明园，你们软心肠的再到交民巷去访着色相片，老绉〈皱〉着眉头说不成，那不是活该！

如其北京的体面完全是靠皇帝，莫斯科的体面大半是靠上帝。你们见过希腊教的建筑没有？在中国恐怕就只哈尔滨有。那建筑的特色是中间一个大葫芦顶，有着色的，蓝的多，但大多数是金色，四角上又是四个小葫芦顶，大小的比称很不一致，有的小得不成样，有的与中间那个不差什么。有的花饰繁复，受东罗马建筑的影响，但也有纯白石造的，上面一个巨大的金顶，比如那大教堂，别有一种朴素的宏严。但最奇巧的是皇城外面那个有名的老教堂，大约是十六世纪完工的；那样子奇极了，你看了永远忘不了，像是做了最古怪的梦；基子并不大，那是俄国皇家做礼拜的地方，所以那儿供奉与祈祷的位置也是逼仄的；顶一共有十个，排列的程序我不曾看清楚，各个的式样与着色都不同：有的像我们南边的十楞瓜，有的像岳传里严成方手里拿的铜锤，有的活像一只波罗蜜，竖在那里，有的像一圈火蛇，一个光头探在上面，有的像隋唐传里单二哥的兵器，叫什么枣方槊是不是？总之那一堆光怪的颜色，那一堆离奇的式样，我不但从没有见过，简直连梦里都不曾见过——谁想得到波罗蜜，枣方槊都会跑到礼拜堂顶上去的！

莫斯科像一个蜂窝，大小的教堂是他的蜂房。全城共有六百多（有说八百）的教堂，说来你也不信，纽约城里一个街角上至少有一家冰其林沙达店，莫斯科的冰其林沙达店是教堂，有的真神气，戴着真金的顶子在半空里卖弄，有的真寒伧，一两间小屋子，一个烂芋头似的尖顶，挤在两间壁几层屋子的中间，气都喘不过来。据说革命以来，俄国的宗教大吃亏，这几年不但新的没法造，旧的都没法修，那波罗蜜做顶的教堂里的教士，隐约的讲些给我们听，神情怪凄惨的。这情形中国人看来真想不通，宗教会得那样有销路，仿佛祷告比吃饭还起劲，做礼拜比做面包还重要；到我们绍兴去看看——“五家三酒店，十步九茅坑”，庙也有的，在市梢头，在山顶上，到初一月半再去不迟——那是何等的近人情，生活何等的有分称；东西的人生观这一比可差得太远了！

再回到那天早上，初次观光莫斯科。不曾开冻的莫斯科河上面盖着雪，一条玉带似的横在我的脚下，河面上有不少的乌鸦在那里寻食吃。莫斯科的乌鸦背上是灰色的，嘴与头颈也不像平常的那样贫相，我先看竟当是斑鸠！皇城在我的左边，默沉沉的包围着不少雄伟的工程，角上塔形的瞭台上隐隐有重裹的卫兵巡哨的影子，塔不高，但有一种凌视

的威严，颜色更是苍老，像是深赭色的火砖，他仿佛告诉你："我们是不怕光阴，更不怕人事变迁的，拿破仑早去了，罗曼诺夫家完了，可仑斯基跑了，列宁死了，时间的流波里多添一层血影，我的墙上加深一层老苍，我是不怕老的，你们人类抵抵拼再流几次热血？"我的右手就是那大金顶的教寺；隔河望去竟像是一只盛开的荷花池，葫芦顶是莲花，高梗的，低梗的，浓艳的，澹素的，轩昂的，葳蕤的——就可惜阳光不肯出来，

否则那满池的金莲更加亮一重光辉，多放一重异彩，恐怕西王母见了都会羡慕哩！

五月二十六日 斐伦（翡冷）翠山中

九、托尔斯泰[1]

我在京的时候，记得有一天，为《东方杂志》上一条新闻，和朋友们起劲的谈了半天，那新闻是列宁死后，他的太太到法庭上去起诉，被告是骨头早腐了的托尔斯泰，说他的书，是代表波淇洼的人生观，与苏维埃的精神不相容的，列宁临死的时候，叮嘱他太太一定得想法取缔他，否则苏维埃有危险。法庭的判决是列宁太太的胜诉，宣告托尔斯泰的书一起毁版，现在的书全化成灰，从这灰再造纸，改印列宁的书，我们那时候大家说这消息太离奇了，也许又是美国人存心诬毁苏俄的一种宣传，但同时杜洛茨基为做了《十月革命》那书上法庭，被软禁的消息又到了，又似乎不是假的，这样看来苏俄政府，什么事情都做得出，托尔斯泰那话竟许也有影子的。

我们毕竟还有些"波淇洼"头脑，对于诗人文学家的迷信，总还脱不了，还有什么言论自由，行动自由，出版自由，那一套古董，也许免不了迷恋，否则为什么单单托尔斯泰毁版的消息叫我们不安呢？我还记得那天陈通伯说笑话，他说这来你们新文学家应得格外当心了。要不然不但没饭吃，竟许有坐牢监的希望，

①载 1925 年 8 月 1 日《晨报副刊》，正题为《欧游漫录（十一）——莫斯科游记续》。

在坐的人，大约只有郁达夫可以放心些，他教人家做贼，那总可以免掉波淇洼的嫌疑了！

所以我一到莫斯科，见人就要听托尔斯泰的消息，后来我会着了老先生的大小姐，六十岁的一位太太，顶和气的，英国话德国话都说得好，下回你们过莫斯科也可以去看看她，我们使馆李代表太太认识她，如其她还在，你们可以找她去介绍。

托尔斯泰大小姐的颧骨，最使我想起她的老太爷，此外有什么相似的地方，我不敢说。我当然问起那新闻，但她好像并没有直接答复我，她只说现代书铺子里他的书差不多买不着了，不但托尔斯泰，就是屠格涅夫，道施妥奄夫斯基等一班作者的书都快灭迹了；我问她现在莫斯科还有什么重要的文学家，她说全跑了，剩下的全是不相干的。我问她这几年他们一定经尝了苦难的生活，她含着眼泪说可不是，接着就讲她们姊妹，在革命期内过的日子，天天与饿死鬼做近邻，不知有多少时候晚上没有灯火点，但是她说倒是在最窘的时候，我们心地最是平安，离着死太近了也就不怕，我们往往在黑夜里在屋内或在门外围坐着，轮流念书唱歌，有时和着一起唱，唱起了劲，什么苦恼都忘了；我问她现在的情形怎样，她说现在好了，你看我不是还有两间屋子，这许多学画的学生，饿死总不至于，除非那恐怖的日子再回来，那是不能想的了，我下星期就得到法国去，那边请我去讲演。我感谢政府已经给我出境的护照，你知道那是很不易得到的。她又讲起她的父亲的晚年，怎样老夫妻们吵闹，她那时年轻也懂不得，后来托尔斯泰单身跑了出去，死在外面，他的床还在另一处记念馆里陈列着，到死不见家人的面！

托尔斯泰像

她的外间讲台上坐着一个袒半身的男子，黑胡髭，大眼睛，有些像乔塞夫康赖特，她的学生们都在用心的临着画；一只白玉似纯净的小猫在一张桌上跳着玩，我们临走的时候，她的姑娘进来了，还只十八九岁模样，极活泼的，可是在小姑娘脸上，托尔斯泰的影子都没了。

方才听说道施妥奄夫斯基的女儿快饿死了。现在德国或是波兰，有人替她在报上告急；这样看来，托尔斯泰家的姑娘们，运气还算是好的了。

十、犹太人的怖梦[①]

我听说俄国革命以来，就只戏剧还像样，尤其是莫斯科美术戏院（Moscow Art Theater）一群年轻人的成绩最使我渴望一见，拔垒舞（ballet dance）[②]也还有，虽则有名的全往巴黎纽约跑了。我在西伯利亚就看报，见那星期有《青鸟》、《汉

①载1925年8月2日《晨报副刊》，正题为《欧游漫录（十二）——莫斯科游记续》。

② ballet dance：芭蕾舞。

姆雷德》，与一个想不到的戏，G.K.Chesterton[1]的“The man who was Thursday”[2]，我好不高兴，心想那三天晚上可以不寂寞了。谁知道一到莫斯科刚巧送妈里妈虎先生的丧，什么都看不着，就只礼拜六那晚上一个犹太戏院居然有戏，我们请了一位会说俄国话的做领路，赶快跳上马车听戏去。本来莫斯科有一个年代很久的有名犹太戏院，但我们那晚去了是另外一个，大约是新起的。我们一到门口，票房里没有人，一问说今晚不售门票，全院让共产党俱乐部包了去请客，差一点门都进不去，幸亏领路那位先生会说话，进去找着了主人，说上几句好话，居然成了，为我们特添了椅座，一个大子都不曾花，犹太人会得那样破格的慷慨是不容易的，大约是受莫斯科感化的结果吧。

那晚的情景是不容易忘记的。那戏院是狭长的，戏台的正背面有一个楼厢，不卖座的，幔着白幕，背后有乐队作乐，随时幕上有影子出现，说话或是唱曲，与台上的戏角对答。剧本是现代的犹太文，听来与德国话差不远。我们入座的时候，还不曾开戏，幕前站着一位先生，正在那里大声演说。再要可怖的面目是不容易寻到的。那位先生的眼眶看来像是两个无底的深潭，上面凸着青筋的前额，像是快翻下去的陡壁，他的嘴开着说话的时候是斜方形的，露出黑漠漠的一个洞府，因为他的

① G.K.Chesterton：今译切斯特顿（1874—1936），英国作家、新闻记者，著有小说、评论、诗歌、传记等。

② The man who was Thursday：《一个名叫礼拜四的人》。

牙齿即使还有也是看不见。他是一个活动的枯〈骷〉髅。但他演说的精神却不但是饱满，而且是剧烈的，像山谷里乌云似的连绵的涌上来，他大约是在讲今晚戏剧与“近代思想潮流”的关系，可惜我听不懂，只听着卡尔马克思，达司开辟朵儿，列宁，国际主义等，响亮的字眼像明星似的出现在满是乌云的天上。他嗓子已快哑了，他的愤慨还不曾完全发泄，来看戏的弟兄们可等不耐烦，这里一声嘘，那里一声嘘，满场全是嘘，枯髅先生没法再嚷，只得商量他的唇皮挂出一个解嘲的微笑，一鞠躬没了。大家拍掌叫好。

戏来了。

我应当说怖梦或是发魇开场了。因为怖梦是我们做小孩子时代的专利：墙壁里伸出一只手来，窗里钻进一个青面獠牙的鬼来，诸如此类；但今晚承犹太人的情，大家来参观一个最十全的理想的怖梦。谁要是胆子小些的，准会得凭空的喊起来。

我实在没法子描写；有人说画鬼顶容易，我有些不信，我就不会画，虽则画人我也觉得难，也许这两样没有多大分别。但戏里的意义却被我猜中了些，我究竟还有几分聪明，我只能把大意讲一讲。

那戏除了莫斯科，别地方是不会得有的，莫斯科本身就是一个怖梦制造厂，换换口味也好，老是寻甜梦做好比老吃甜菜，怪腻烦的，来几盆苦瓜苦笋爽爽口不合式？

你们说史德林堡的戏也是可怕的：不错，但今晚的怖的更透。

那戏的底子，是一个犹太诗人（叫什么我忘了）早二十几年前做的一首不到两页的诗，他也早十年死了，新近这犹太戏院拿来编成戏，加上音乐，在莫斯科开演。

不消说满台全是鬼。鬼不定可怖，有时鬼还比人可亲些，但今晚的鬼是特选的。我都有些受不住，回头你们听了，就有趣。

这戏的意思（我想）大致是象征现代的生活，台上布景，正中挂着一只多可怖的大手，铁青色的筋骨全暴在皮外，狰狞的在半空里宕着；这手想是象征运命，或是象征资本阶级的压迫，在这铁手势力的底下现代生活的怖梦风车似的转着。

戏里有两个主要的动因（Motif），一是生命，一是死。但生命是已经迷失了路径的，仿佛在暗沉沉山谷里寻路，同时死的声音从墓窟的底里喊上来，嘲弄他，戏弄他，悲怜他，引诱他。

为什么生命走入了迷路，因为上面有资本阶级的压迫。为什么死的鬼灵敢这样大胆的引诱，因为生命前途没有光亮，它的自然的趋向是永久的坟墓。

布景是一个市场，左右旁侧都有通道，上去有桥，下去有窖，那都是鬼群出入的孔道，配色，电光，布置，动作，唱，——都跟着一个条理走，——叫你看的人害怕。最先出场我记得是四五个褴褛的小孩，叫着冷，嚷着饿，回头鬼来伴着他们玩——玩鬼把戏。他们的老子娘是做工人，资本家的牛马，身上的脂肪全叫他们吸了去，一天瘦似一天，生下来的子女更是遭罪来的，没衣穿，没饭吃，尤其是没玩具玩，只得寻鬼作伴去。

来了两个工人，一个是打铁的，一个是做木工的。打铁的觉悟了，提起他的铁槌子，袒开了胸膛，赌气寻万恶的资本家算账去：生命的声音鼓励着他，怂恿他去革命，死的声音应和着他。做木工的还不曾觉悟，在他奴隶的生活中消耗他的时光，生命的声音对着他哭泣，死的声音嘲弄他的冥顽。

又来了一男一女，男的是一个醉子，不知是酒喝醉还是苦恼的生活迷醉的；女的是一个卖淫的，她卖的不是她自己的皮肉，是人道的廉耻，她糟蹋的不是她自己的身体，是人类的圣洁。

又来了一个强盗，一个快生产的女子；强盗是叫他的生活逼到杀人，法律又来逼着他往死路走；女子是受骗的，现在她肚子里的小冤鬼逼着叫她放弃生命，因为在这“讲廉耻的社会”里再没有她的地位。

这一群人，还有同样的许多，都跑到生命的陡壁前，望着时间无底的潭壑跳；生命的声音哭丧的唱他的哀词，死的声音在坟墓的底里和着他的歌声——那时间的欲壑有填满的时候吗？

再下去更不得了了！地皮翻过身来，坟里墓底的尸体全竖了起来，排成行列，围成圆圈，往前进，向后退，死的精灵狂喜的跳着，尸体们也跟着跳——死的跳舞。

他们行动了，在空虚无际的道上走着，各样奇丑的尸体：全烂的，半烂的，疮毒死的，饿死的，冻死的，瘦死的，劳力死的，投水死的，生产死的（抱着她不足月的小尸体），淫乱死的，吊死的，煤矿里闷死的，机器上轧死的，老的，小的，中年的，男的，女的，拐着走的，跳着走的，爬着的，单脚窜的，他们一齐跳着，跟着音乐跳舞，旋绕的迎赛着，叫着，唱着，哭着，笑着——死的精灵欣欣的在前面引路，生的影子跟在后背送行，光也灭了，黑暗的光也灭了，坟墓的光，运命的光，死的青光也全灭了——那大群色彩斑斓的尸体在黑暗的黑暗中舞着唱着，……死的胜利（？）

够了！怖梦也有醒的时候，再要做下去，我就受不住。

犹太朋友们做怖梦的本领可真不小，那晚台上的鬼与尸体至少有好几十,五十以上，但各个有各个的特色，形状与色彩的配置各各不同，不问戏成不成，怖梦总做成了，那也不易。但那晚台上固然异常的热闹——鬼跳鬼脸鬼叫鬼笑，什么都有，台下的情形，在我看来至少有同样的趣味。司蒂文孙如其有机会来，他一定单写台下，不写台上的。你们记得今晚是共产党俱乐部全包请客，这戏院是犹太戏院，我们可因此推定看客里大约十九是犹太人，并且是共产党员。你们不是这几年来各人脑筋里都有一个鲍尔雪微克或是过激派的小影，英美各国报纸上的讽刺画与他们报的消息或造的谣言都是造成那印象的资料。我敢说我们想像中标类的鲍尔雪微克至少有下列几种成分——杀猪屠，刽子手，长毛，黑旋风李逵，吃人的野人或猩猩，谋财害命的强盗；黑脸，蓬头，红眼睛，大胡子，长长毛的大手，腰里挂一只放人头的口袋……

所以我那晚特别的留意，心想今晚才可以“饱瞻丰采畅慰生平”了！初起是失望，因为在那群“山魈后人”的脸上一些也看不出他们祖上的异相：拉打胡子，红的眉毛，绿着眼。影子都没有！我坐在他们中间，只是觉着不安，不一定背上有刺，或是孟子说的穿了朝衣朝冠去坐在涂炭上，但总是不舒服，好像在这里不应得有我的位置似的。我定了一定神，第一件事应得登记的，是鼻子里的异味。俄国人的异味我是领教过的，最是在 Irkutsk 的车站里我上一次通讯讲起过，但那是西伯利亚，他们身上的革皮，屋子里的煤气潮气，外加烧东西的气味，造成一种最辛辣最沉闷的怪臭；今晚的不同，静的多，虽则已经够浓，这里面有土白古，有 Vodka，有热气的薰蒸，但主味还是人气，虽则我不敢断定是斯拉夫，是莫斯科或是希伯来的雅味。第二件事叫我注意的是他们的服装。平常洗了手吃饭，换好衣服看戏，是不论东西的通例，在英国工人们上戏院也得换上一个领结，肩膀上去些灰渍，今晚可不同了，康姆赖特们打破习俗的精神是可佩服的：因为不但一件整齐的褂子不容易看见，简直连一个像样的结子都难得，你竟可以疑心他们晚上就那样子溜进被窝里去，早上也就那样子钻出被窝来；大半是戴着便帽或黑呢帽，——歪戴的多；再看脱了帽的那几位，你一定疑问莫斯科的铺子是不备梳子的了，剃头匠有没有也是问题。女同志们当然一致的名士派，解放到那样程度才真有意思，但她们头上的红巾终究是一点喜色。但最有趣的是她们面上的表情，第一你们没有到过俄国来的趁早取消你们脑筋里鲍尔雪微克的小影，至少得大大的修正，因为他们，就今晚在场的看，虽则完全脱离了波淇洼的体面主义，虽则一致拒绝安全剃刀的引诱，虽则衣着上是十三分的落拓，但他们的面貌还是官正的多，他们的神情还是和蔼的多，他们的态度也比北京捧角园或南欧戏院里看客们文雅得多（他们虽则嘘跑了那位热心的枯髅先生，那本来是诚实而且公道，他们看戏时却再也不露一些焦躁）。那晚大概是带“恳亲”的意思，所以年纪大些的也很多；我方才说有趣是为想起了他们。你们在电影的滑稽片里，不是常看到东伦敦或是东纽约戏院子里的一群看客吗？那晚他们全来了：胡子挂得老长的，手里拿着红布手巾不住擦眼的，鼻子上开玫瑰花的，嘴边溜着白涎的，驼背的，拐脚的，牙齿全没了下巴往上掬的，秃顶的，袒眼的，形形色色，什么都来了。可惜我没有司蒂文孙的雅趣，否则我真不该老是仰起头跟着戏台上做怖梦，我正应得私下拿着纸笔，替我前后左右的邻居们写生，结果一定比看鬼把戏有趣而且有味。

十一、契诃夫的墓园①

诗人们在这喧的市街上不能不感寂寞；因此“伤时”是他们怨愫的发泄，“吊古”是他们柔情的寄托。但“伤时”是感情直接的反动：子规的清啼容易转成夜鸮的急调，吊古却是情绪自然的流露，想像已往的韶光，慰藉心灵的幽独：在墓墟间，在晚风中，在山一边，在水一角，慕古人情，怀旧光华；像是朵朵出岫的白云，轻沾斜阳的彩色，冉冉的卷，款款的舒，风动时动，风止时止。

吊古便不得不憬悟光阴的实在：随你想像它是汹涌的洪湖，想像它是缓渐的流水，想像它是倒悬的急湍，想像它是无踪迹的尾闾，只要你见到它那水花里隐现着的骸骨，你就认识它那无顾恋的冷酷，它那无限量的破坏的馋欲：桑田变沧海，红粉变枯髅，青梗变枯柴，帝国变迷梦，梦变烟，火变灰，石变砂，玫瑰变泥，一切的纷争消纳在无声的墓窟里……那时间人生的来踪与去迹，它那色调与波纹，便如夕照晚霭中的山岭融成了青紫一片，是邱是壑，是林是谷，不再分明，但它那大体的轮廓却亭亭的刻画在天边，给你一个最清切的辨认。这一辨认就

①载1925年8月10日《晨报副刊》，题为《一个美丽的向晚》，副题为《莫斯科游记之一》，收入《自剖》改此题。

相联的唤起了疑问：人生究竟是什么？你得加下你的按语，你得表示你的“观”。陶渊明说大家在这一条水里浮沉，总有一天浸没在里面，让我今天趁南山风色好，多种一棵菊花，多喝一杯甜酿；李太白，苏东坡，陆放翁都回响说不错，我们的“观”就在这酒杯里。古诗十九首说这一生一扯即过，不过也得过，想长生的是傻子，抓住这现在的现在尽量的享福寻快乐是真的——“不如饮美酒，被服纨与素”，曹子建望着火烧了的洛阳，免不得动感情；他对着渺渺的人生也是绝望——转蓬离本根，飘飘随长风，何意回飙举，吹我入云中，高高上无极，天路安可穷。光阴“悠悠”的神秘警觉了陈元龙：人们在世上都是无俦伴的独客，各个，在他觉悟时，都是寂寞的灵魂。庄子也没奈何这悠悠的光阴，他借重一个调侃的枯髅，设想另一个宇宙，那边生的进行不再受时间的制限。

所以吊古——尤其是上坟——是中国文人的一个癖好。这癖好想是遗传的；因为就我自己说，不仅每到一处地方爱去郊外冷落处寻墓园消遣，那坟墓的意象竟仿佛在我每一个思想的后背阑着，——单这馒形的一块黄土在我就有无穷的意趣——更无须蔓草，凉风，白杨，青磷等等的附带。坟的意象与死的概念当然不能差离多远，但在我，坟与死的关系却并不密切：死仿佛有附着或有实质的一个现像，坟墓只是一个美丽的虚无。在这静定的意境里，光阴仿佛止息了波动，你自己的思感也收敛了震悸，那时你的性灵便可感到最纯净的慰安，你再不要什么。还有一个原因为什么我不爱想死，是为死的对象就是最恼人不过的生，死止是中止生，不是解决生，更不是消灭生，止是增剧生的复杂，并不清理它的纠纷。坟的意象却不暗示你什么对举或比称的实体，它没有远亲，也没有近邻，它只是它，包涵一切，覆盖一切，调融一切的一个美的虚无。

我这次到欧洲来倒像是专做清明来的；我不仅上知名的或与我有关系的坟（在莫斯科上契诃夫、克鲁泡德金的坟，在柏林上我自己儿子的坟，在枫丹薄罗上曼殊斐儿的坟，在巴黎上茶花女、哈哀内的坟；上菩特莱《恶之花》的坟；上凡尔泰、卢骚、嚣俄的坟；在罗马上雪莱、基茨的坟；在翡冷翠上勃郎宁太太的坟，上密佗郎其罗、梅迪启家的坟；日内到 Ravenna[①]去还得上丹德的坟，到 Assisi[②]上法兰西士的坟，到 Mantua[③]上浮吉尔（Virgil[④]）的坟）。我每过不知名的墓园也往往进去留连，那时情绪不定是伤悲，不定是感触，有风随风，在块块的墓碑间且自徘徊，等斜阳淡了再计较回家。

你们下回到莫斯科去，不要贪看列宁，那无非是一个像活的死人放着做广告的（口孽罪过！），反而忘却一个真值得去的好所在——那是在雀山山脚下的一座有名的墓园，原先是贵族埋葬的地方，但契诃夫的三代与克鲁泡德金也在里面，我在莫斯科三天，过得异常的昏闷，但那一个向晚，在那噤寂的寺园里，不见了莫斯科的红尘，脱离了犹太人的怖梦，从容的怀古，默默的寻思，在他人许有更大的幸福，在我已经知足。那

① Ravenna：拉文纳，又译腊万纳，意大利东北部港市。

② Assisi：意大利翁市里亚区城镇。

③ Mantua：曼图亚，意大利北部城市。

④ Virgil：今译维吉尔（公元前 70—19），古罗马诗人，作品有《牧歌》10 首、《农事诗》4 卷和史诗《埃涅阿斯纪》。

庵名像是 Monestiere Vinozositch（可译作圣贞庵），但不敢说是对的，好在容易问得。

我最不能忘情的坟山是日本神户山上专葬僧尼那地方，一因它是依山筑道，林荫花草是天然的，二因南侧引泉，有不绝的水声，三因地位高亢，望见海涛与对岸山岛。我最不喜欢的是巴黎 Montmartre[①]的那个墓园，虽则有茶花女的芳邻我还是不愿意，因为它四周是市街，驾空又是一架走电车的大桥，什么清宁的意致都叫那些机轮轧成了断片，我是立定主意不去的；罗马雪莱、基茨的坟场也算是不错，但这留着以后再讲；莫斯科的圣贞庵，是应得赞美的，但躺到那边去的机会似乎不多！

那圣贞庵本身是白石的，葫芦顶是金的，旁边有一个极美的钟塔，红色的，方的，异常的鲜艳，远望这三色——白，金，红——的配置，极有风趣；墓碑与坟亭密密的在这塔影下散布

① Montmartre：蒙马特尔，巴黎的一个区。

着，我去的那天正当傍晚，地下的雪一半化了水，不穿胶皮套鞋是不能走的；电车直到庵前，后背望去森森的林山便是拿破仑退兵时曾经回望的雀山，庵门内的空气先就不同，常青的树荫间，雪铺的地里，悄悄的屏息着各式的墓碑：青石的平台，镂像的长碣，嵌金的塔，中空的享亭，有高踞的，有低伏的，有雕饰繁复的，有平易的；但他们表示的意思却只是极简单的一个，古诗说的“下有陈死人，杳杳即长暮，潜寐黄泉下，千载永不寤”。

我们向前走不久便发现了一个颇堪惊心的事实：有不少极庄严的碑碣倒在地上的，有好几处坚致的石栏与铁栏打毁了的；你们记得在这里埋着的贵族居多，近几年来风水转了，贵族最吃苦，幸而不毁，也不免亡命，阶级的怨毒在这墓园里都留下了痕迹——楚平王死得快还是逃不了尸体受刑——虽则有标记与无标记，有祭扫与无祭扫，究竟关不关这底下陈死人的痛痒，还是不可知的一件事：但对于虚荣心重实的活人，这类示威的手段却是一个警告。

我们摸索了半天，不曾寻着契诃夫；我的朋友上那边问去了，我在一个转角站着等，那时候忽的眼前一亮（那天本是阴沉），夕阳也不知从哪边过来，正照着金顶与红塔，打成一片不可信的辉煌；你们没见过大金顶的，不易想像他那回光的力量，平常玻窗上的返光已够你的耀眼，何况偌大一个纯金的圆穹，我不由得不感谢那建筑家的高见，我看了西游记封神传渴慕的金光神霞，到这里见着了！更有那秀挺的绯红的高塔，也在这俄顷间变成了粲花摇曳的长虹，仿佛脱离了地面，将次凌空飞去。

契诃夫的墓上（他父亲与他并肩）只是一块瓷青色的石碑，刻着他的名字与生死的年份，有铁栏围着，栏内半化的雪里有几瓣小青叶，旁边树上掉下去的，在那里微微的转动。

我独自倚着铁栏，沉思契诃夫今天要是在着，他不知怎样；他是最爱“幽默”，自己也是最有谐趣的一位先生：他的太太告诉我们他临死的时候还要她讲笑话给他听；有幽默的人是不易做感情的奴隶的，但今天俄国的情形，今天世界的情形，他要是看了还能笑否，还能拿着他的灵活的笔继续写他灵活的小说否？……我正想着，一阵异样的声浪从园的那一角传过来打断了我的盘算，那声音在中国是听惯了的，但到欧洲来是不提防的；我转过去看时有一位黑衣的太太站在一个坟前，她旁边一个服装古怪的牧师（像我们的游方和尚）高声念着经咒，在晚色团聚时，在森森的墓门间，听着那异样的音调（语尾漫长向上曳作顿），你知道那怪调是念给墓中人听的，这一想毛发间就起了作用，仿佛底下的一大群全爬了上来在你的周围站着倾听似的。同时钟声响动，那边庵门开了，门前亮着一星的油灯，里面出来成行列的尼僧，向另一屋子走去，一体的黑衣黑兜，悄悄的在雪地里走去……

克鲁泡德金的坟在后园，只一块扁平的白石，指示这伟大灵魂遗蜕的歇处，看着颇觉凄惘，关门铃已经摇过，我们又得回红尘去了。

十二、“一宿有话”[1]

——真正老牌“迦门”

那晚上车我的手提包里有烟，有糖，有橘子蜜酒。

睡车每间两个床位，我的是上铺，他在下面。

你是日本人？

不。

中国人？

是的。

你喝威司克？唉仆欧！（他意思是沙达水，不是威司克。）

不，多谢。抽烟？

你到巴黎去长住？

不。

我当过军官——在德皇御队里的。

是的；那你打仗了？

从头到底——我一共打了七十二仗。

大英雄！你对敌是谁——是英是法？

全打过。

你杀死了多少人？

三千法国人，一千英国人。

谁会打些？

① 1925年6月7日作，载1925年8月5日《晨报·文学旬刊》。

英国人；法国人不成。

为什么？

喝的太多。女人太多。

所以你杀了他们，还是看不起他们。法国女人呢？你们一定多的是机会。

喔要多少？她们可不干净你知道。洗得不够你知道。司墨漆希，哈哈。

她们可长得好看不是？不比贵国人差对不对？

喔好看是有的，可没有用。她们不行，没有好身体，有病的你知道，不成。

你打了那么多仗，没有受伤？

喏你看！（他脱了褂子，剥开里衣，露出一个奇形的肩膀，骨骼像是全断了，凹下一个大坑，皮扭扭绉绉怪难看的。）

现在没有事了？

啊，你试试。（他伸出手臂，叫我摸他铁打似的栗子筋）我是一个打拳的。

先打他的正面，再打旁面，打中就破了——我带了十三个大的。

你打了美国兵没有？

没有，我打法国黑兵，顶没有用，比小鸡还容易捉。

再抽烟，请。你现在做什么事？

做生意——衣服生意。你看我身上穿的就是我自己店里的。

你还愿意打仗吗？

当然！十年内你看着，德国打败英国法国。

怎么打法？

俄国人会得帮我们。他们先拿波兰，法国人的左腿就跛了。

阿那你少不了中国人帮忙！

不错不错；日耳曼，俄罗斯，支那联成一起，全世界翻身，法国"卡波脱"（破），日本卡波脱，美国卡波脱，英国更不用提了。

你也不爱日本？

不，日本人不成，他们自己没有文化，有文化就是支那、德意志，日本人是猴子。

喝蜜酒吧，请，祝福我们将来联合的胜利！再来一杯。

……

你有家了没有？

你问我有老婆？没有没有，有了家没有自由，我做生意今天到这里，明天到那里，有了家就……（他想不出字。）

Handicapped[①]？

啊不错，Handicapped！你看我的身体多好！你有刀吗？

（他低了头去到表链上去解小刀，我看着他光秃的头顶有三个大疤，像老寿星的头，我忍不住笑了。）

你笑什么？

你怎么受伤的？

开花弹炸破的。我在这儿站着，弹子炸了，正当着我面我赶快旋转身这里着了。

你倒了没有？

一点也不倒。

那你得进医院？

是的，在医院住五个星期，又回家去五个星期。那是十七年的年底。下年正月我又回前敌去打，又弄死了不少法国人。

你是步队？

是的，步队；我专打“汤克”（Tank）。

① Handicapped：捆住了手脚，有了累赘。

怎么打法？——汤克不是顶可怕的吗？

我笑法国人，（这时候他已经把小刀剥开，拿过刀尖叫我摸它的锋利，我莫明其妙。）刀尖快不快？

快。

你看。（他伸出他的右腿，迸着气，手拿着刀，尖头向下，提得高高的，一撒手，刀尖着股，咄的一声，弹下了地去，像是砸着一块有弹性的金属，再来一次。）

了不得。不得了！（他得意笑了，头皮发亮。）好汉！所以你不爱女色？

喔有时候。女人多的是，我们付钱，她们爱——哈哈，可是打仗顶好玩，比女人还有趣。

我信，所以你只盼望再打？你的政党当然是德意志国民党？

当然，你看这三色的党徽。

你看这次选举谁有希望。

胜利一定是我们——兴登堡将军顶好。

你崇拜他？

一百分。

好，我们再喝酒，祝你们政党的胜利！

昨晚柏林有好戏你看了没有？他问。

“Oscar Wilde[①]”？那是第一晚，我嫌贵没有去，你去了？

去了。

做得好？

不错，槐尔德——的事情你信不信？

许有的；他就好奇。

好奇？我看是人们的天性。你们中国有没有？

变例自然到处有；德国怎么样？

时行得很，没有什么稀奇；学校里，军队里，柏林有俱乐部，你知道吗？

不知道；所以你们竟不以为奇？

一点也不；你到 Munchen[②] 去住几时就知道了。

呕，你们德国人真是伟大的民族，时候不早了，休息吧，夜安。

夜安。

这是我从柏林到巴黎那晚车上我自以为有趣的谈话。当晚我说过夜安上床去在枕上就记下了一些……英文……今天无意中检着，觉得还是有趣，所以翻了出来。但你们却不要

① “Oscar Wilde”：《奥斯卡·王尔德》，德国剧作家卡尔·斯特恩海姆所作的一出关于爱尔兰作家王尔德的剧本。

②Munchen：慕尼黑。

误会以为德国全是这样的，蠢，粗，忍，变性的，虽则像他同样脑筋的一定不少，要不然兴登堡将军哪里会有机会。我在这里又碰到一个德国人，他是我的好友，与那位先生刚巧相反。他也是打了四年的仗，但他恨极了打仗……他是一个深思，勤学，爱和平，有见地，敦厚，可亲的一个少年。只可惜一个人教育入了骨髓，思想有了分寸，他的外表的趣味就淡，你替他写就不易，不比那位先生开口见喉咙，粗极，却也趣极，你想拿刀尖来扎大腿的那类手势，在文明社会里，是否不可多得？

斐伦（翡冷）翠山中 六月七日

十三、血[①]

——谒列宁遗体回想

过莫斯科的人大概没有一个不去瞻仰列宁的“金刚不烂”身的。我们那天在雪冰里足足站了半句多钟（真对不起使馆里那位屠太太，她为引导我们鞋袜都湿一个净透），才挨着一个人地的机会。

进门朝北壁上挂着一架软木做展平的地球模型；从北极到南极，从东极到西极（姑且这么说），一体是血色，旁边一把血染的镰刀，一个血染的锤子。那样大胆的空前的预言，摩西见了都许会失色，何况我们不禁吓的凡胎俗骨。

① 1925年5月29日作；载1925年8月6日《晨报副刊》，题为《血——莫斯科游记之一》，收入《自剖》改此题。

我不敢批评苏维埃的共产制，我不配，我配也不来，笔头上批评只是一半骗人，一半自骗。早几年我胆子大得多，罗素批评了苏维埃，我批评了罗素，话怎么说法，记不得了，也不关紧要，我只记得罗素说“我到俄国去的时候是一个共产党，但……”意思说是他一到俄国，就取销〈消〉了他红色的信仰。我先前挖苦了他。这回我自己也到那空气里去呼吸了几天，我没有取销信仰的必要，因我从不曾有过信仰，共产或不共产。但我的确比先前明白了些，为什么罗素不能不向后转。我怕我自己的脾胃多少也不免带些旧气息，老家里还有几件东西总觉得有些舍不得——例如个人的自由，也许等到我有信仰的日子就舍得也难说，但那日子似乎不很近。我不但旧，并且还有我的迷信；有时候我简直是一个宿命论者——例如我觉得这世界的罪孽实在太深了，枝节的改变，是要不得的，人们不根本悔悟的时候；不免遭大劫，但执行大劫的使者，不是安琪儿，也不是魔鬼，还是人类自己。莫斯科就仿佛负有那样的使命。他们相信天堂是有的，可以实现的，但在现世界与那天堂的中间却隔着一座海，一座血污海，人类泅得过这血海，才能登彼岸，他们决定先实现那血海。

再说认真一点，比如先前有人说中国有过激趋向，我再也不信，种瓜栽树也得辨土性，不是随便可以乱扦的。现在我消极的把握都没有了。“怨毒”已经弥漫在空中，进了血管，长出来时是小疽是大痈说不定，开刀总躲不了，淤着的一大包脓，总得有个出路。别国我不敢说，我最亲爱的母国，其实是堕落得太不成话了；血液里有毒，细胞里有菌，性灵里有最不堪的污秽，皮肤上有麻疯。血污池里洗澡或许是一个对症的治法，我究竟不是医生，不敢妄断。同时我对我们一部分真有血性的青年们也忍不住有几句话说。我决不怪你们信服共产主义，我相信只有骨里有髓，管里有血的人才肯牺牲一切，为一主义做事；只要十个青年里七个或是六个都像你们，我们民族的前途不至这样的黑暗。但同时我要对你们说一句话，你们不要生气：你们口里说的话大部分是借来的，你们不一定明白，你们说话背后，真正的意思是什么；还有，照你们的理想，我们应得准备的代价，你们也不一定计算过或是认清楚；血海的滋味，换一句话说，我们终究还不曾大规模的尝过。叫政府逮捕下狱，或是与巡警对打折了半只臂膀，那固然是英雄气概的一斑，但更痛快更响亮的事业多着，——耶稣对他的妈（她走了远道去寻他）说："妇人，去你的！""你们要跟从我。"耶稣对他的门徒说："就得渔夫抛弃他的网，儿子，他的父母，丈夫，他的妻儿。"又有人问他我的老子才死，你让我埋了他再来跟你，还是丢了尸首不管专来跟你，耶稣说，让死人埋死人去。不要笑我背圣经，我知道你们不相信的，我也不相信，但这几段话是引称，是比况，我想你们懂得，就是说，照你现在的办法做下去时，你们不久就会觉得你们不知怎的叫人家放在老虎背上去，那时候下来的好，还是不下来的好？你们现在理论时代，下笔做文章时代，事情究竟好办，话不圆也得说他圆来，方的就把四个角剪了去不就圆了，回头你自已也忘了角是你剪的，只以为原来就是圆的，那我懂得。比如说到了那一天有人拿一把火种一把快刀交在你的手里，叫你到你自己的村庄你的家族里去见房子放火，见人动刀——你干不干？话说不可怕一点，假如有一天我想看某作者的书，算是托尔斯泰的，可是有人告诉你不但如他的书再也买不到，你有了书也是再也不能看的——你的反感怎样？我们在中国别的事情不说，比较的个人自由我看来是比别国强的多，有时简直太自由了，我们随便骂人，随便谣言，随便说谎，也没人干涉，除了我们自己的良心，那也是不狠〈很〉肯管闲事的。假如这部分里的个人自由有一天叫无形的国家威权取缔到零度以下，你的感想又怎样？你当然打算想做那时代表国家威权的人，但万一轮不到你又怎样？

莫斯科是似乎做定了运命的代理人了。只要世界上，不论哪一处，多翻一阵血浪，他们便自以为离他们的理想近一步，你站在他们的地位看出来，这并不背谬，十分的合理。

但就这一点（我搔着我的头发），我说有考虑的必要。我们要救度自己，也许不免流血；但为什么我们不能发明一个新鲜的流法？既然血是我们自己的血，为什么我们就这样的贫，理想是得问人家借的，方法又得问人家借的？不错；他们不说莫斯科，他们口口声声说国际，因此他们的就是我们的。那是骗人，我说；讲和平，讲人道主义，许可以加上国际的字样，那也待考，至于杀人流血有甚么国际？你们要是躲懒，不去自己发明流自己的血的方法，却只贪图现成，听人家的话，我说你们就不配，你们辜负你们骨里的髓，辜负你们管里的血！

英国有一个麦克唐诺尔德便是一个不躲懒的榜样，你们去查考查考他的言论与行事。意大利有一个莫索利尼[①]是另一种榜样，虽则法西士〈斯〉的主义你们与我都不一定佩服，他那不躲懒是一个实在。

俄国的橘子卖七毛五一只，为什么？国内收下来的重税，大半得运到外国去津贴宣传，因此生活程度便不免过分的提高，他们国内在饿莩的边沿上走路的百姓们正多着哩！我听了那话觉得伤心；我只盼望我们中国人还不至于去领他们的津贴，叫他们国内人民多挨一分饿！

我不是主张国家主义的人，但讲到革命，便不得不讲国家主义。为什么自己革命自己作不了军师，还得运外国主意来筹画流血？那也是一种可耻的堕落。

革英国命的是克郎威尔，革法国命的是卢骚、丹当、罗珮士披亚、罗兰夫人，革意大利命的是马志尼、加利包尔提；革俄国命的是列宁——你们要记着。假如革中国命的是孙中山，你们要小心了，不要让外国来的野鬼钻进了中山先生的棺材里去！

翡冷翠山中　一九二五年五月二十九日

①莫索利尼：今译墨索里尼。

海滩上种花①

朋友是一种奢华；且不说酒肉势利，那是说不上朋友，真朋友是相知，但相知谈何容易，你要打开人家的心，你先得打开你自己的，你要在你的心里容纳人家的心，你先得把你的心推放到人家的心里去：这真心或真性情的相互的流转，是朋友的秘密，是朋友的快乐。但这是说你内心的力量够得到，性灵的活动有富余，可以随时开放，随时往外流，像山里的泉水，流向容得住你的同情的沟槽；有时你得冒险，你得化本钱，你得抵拼在巉岈的乱石间，触刺的草缝里耐心的寻路，那时候艰难，苦痛，消耗，在在是可能的，在你这水一般灵动，水一般柔顺的寻求同情的心能找到平安欣快以前。

我所以说朋友是奢华，"相知"是宝贝，但得拿真性情的血本去换，去拼。因此我不敢轻易说话，因为我自己知道我的来源有限，十分的谨慎尚且不时有破产的恐惧；我不能随便"化"。前天有几位小朋友来邀我跟你们讲话，他们的恳切折服了我，使我不得不从命，但是小朋友们，说也惭愧，我拿什么来给你们呢？

我最先想来对你们说些孩子话，因为你们都还是孩子。但是那孩子的我到那里去了？仿佛昨天我还是个孩子，今天不知

①写作时间和发表报刊不详；初收1926年6月北京北新书局《落叶》。

怎的就变了样。什么是孩子要不为一点活泼的天真？但天真就比是泥土里的嫩芽，天冷泥土硬就压住了它的生机——这年头问谁去要和暖的春风？

孩子是没了。你记得的只是一个不清切的影子，麻糊得紧，我这时候想起就像是一个瞎子追念他自己的容貌，一样的记不周全；他即使想急了拿一双手到脸上去印下一个模子来，那模子也是个死的。真的没了。一天在公园里见一个小朋友不提多么活动，一忽儿上山，一忽儿爬树，一忽儿溜冰，一忽儿干草里打滚，要不然就跳着憨笑；我看着羡慕，也想学样，跟他一起玩，但是不能，我是一个大人，身上穿着长袍，心里存着体面，怕招人笑，天生的灵活换来矜持的存心——孩子，孩子是没有的了，有的只是一个年岁与教育蛀空了的躯壳，死僵僵的，不自然的。

我又想找回我们天性里的野人来对你们说话。因为野人也是接近自然的；我前几年过印度时得到极刻心的感想，那里的街道房屋以及土人的体肤容貌，生活的习惯，虽则简，虽则陋，虽则不夸张，却处处与大自然——上面碧蓝的天，火热的阳光，地下焦黄的泥土，高矗的椰树——相调谐，情调，色彩，结构，看来有一种意义的一致，就比是一件完美的艺术的作品。也不知怎的，那天看了他们的街，街上的牛车，赶车的老头露着他的赤光的头颅与紫姜色的圆肚，他们的庙，庙里的圣像与神座前的花，我心里只是不自在，就仿佛这情景是一个熟悉的声音的叫唤，叫你去跟着他，你的灵魂也何尝不活跳跳的想答应一声“好，我来了，”但是不能，又有碍路的挡着你，不许你回复这叫唤声启示给你的自由。困着你的是你的教育；我那时的难受就比是一条蛇摆脱不了困住他的一个硬性的外壳——野人也给压住了，永远出不来。

所以今天站在你们上面的我不再是融会自然的野人，也不是天机活灵的孩子：我只是一个“文明人”，我能说的只是“文明话”。但什么是文明只是堕落！文明人的心里只是种种虚荣的念头，他到处忙不算，到处都得计较成败。我怎么能对着你们不感觉惭愧？不了解自然不仅是我的心，我的话也是的。并且我即使有话说也没法表现，即使有思想也不能使你们了解；内里那点子性灵就比是在一座石壁里牢牢的砌住，一丝光亮都不透，就凭这双眼望见你们，但有什么法子可以传达我的意思给你们，我已经忘却了原来的语言，还有什么话可说的？

但我的小朋友们还是逼着我来说谎（没有话说而勉强说话便是谎）。知识，我不能给；要知识你们得请教教育家去，我这里是没有的。智慧，更没有了：智慧是地狱里的花果，能进地狱更能出地狱的才采得着智慧，不去地狱的便没有智慧——我是没有的。

我正发窘的时候，来了一个救星——就是我手里这一小幅画，等我来讲道理给你们听。这张画是我的拜年片，一个朋友替我制的。你们看这个小孩子在海边砂滩上独自的玩，赤脚穿着草鞋，右手提着一枝花，使劲把它往砂里栽，左手提着一把浇花的水壶，壶里水点一滴滴的往下吊着。离着小孩不远看得见海里翻动着的波澜。

你们看出了这画的意思没有？

在海砂里种花。在海砂里种花！那小孩这一番种花的热心怕是白费的了。砂碛是养不活鲜花的，这几点淡水是不能帮忙的；也许等不到小孩转身，这一朵小花已经支不住阳光的逼迫，就得交卸他有限的生命，枯萎了去。况且那海水的浪头也快打过来了，海浪冲来时不说这朵小小的花，就是大根的树也怕站不住——所以这花落在海边上是绝望的了，小孩这番力量准是白化的了。

你们一定很能明白这个意思。我的朋友是很聪明的，她拿这画意来比我们一群呆子，乐意在白天里做梦的呆子，满心想在海砂里种花的傻子。画里的小孩拿着有限的几滴淡水想维持花的生命，我们一群梦人也想在现在比沙漠还要干枯比沙滩更没有生命的社会里，凭着最有限的力量，想下几颗文艺与思想的种子，这不是一样的绝望，一样的傻？想在海砂里种花，想在海砂里种花，多可笑呀！但我的聪明的朋友说，这幅小小画里的意思还不止此；讽刺不是她的目的。她要我们更深一层看。在我们看来海砂里种花是傻气，但在那小孩自己却不觉得。他的思想是单纯的，他的信仰也是单纯的。他知道的是什么？他知道花是可爱的，可爱的东西应得帮助他发长；他平常看见花草都是从地土里长出来的，他看来海砂也只是地，为什么海砂里不能长花他没有想到，也不必想到，他就知道拿花来栽，拿水去浇，只要那花在地上站直了他就欢喜，他就乐，他就会跳他的跳，唱他的唱，来赞美这美丽的生命，以后怎么样，海砂的性质，花的运命，他全管不着！我们知道小孩们怎样的崇拜

自然，他的身体虽则小，他的灵魂却是大着，他的衣服也许脏，他的心可是洁净的。这里还有一幅画，这是自然的崇拜，你们看这孩子在月光下跪着拜一朵低头的百合花，这时候他的心与月光一般的清洁，与花一般的美丽，与夜一般的安静。我们可以知道到海边上来种花那孩子的思想与这月下拜花的孩子的思想会得跪下的——单纯，清洁，我们可以想像那一个孩子把花栽好了也是一样来对着花膜拜祈祷——他能把花暂时栽了起来便是他的成功，此外以后怎么样不是他的事情了。

你们看这个象征不仅美，并且有力量；因为它告诉我们单纯的信心是创作的泉源——这单纯的烂漫的天真是最永久最有力量的东西，阳光烧不焦他，狂风吹不倒他，海水冲不了他，黑暗掩不了他——地面上的花朵有被摧残有消灭的时候，但小孩爱花种花这一点:“真”却有的是永久的生命。

我们来放远一点看。我们现有的文化只是人类在历史上努力与牺牲的成绩。为什么人们肯努力肯牺牲?因为他们有天生的信心;他们的灵魂认识什么是真什么是善什么是美,虽则他们的肉体与智识有时候会诱惑他们反着方向走路;但只要他们认明一件事情是有永久价值的时候,他们就自然的会得兴奋,不期然的自己牺牲,要在这忽忽变动的声色的世界里,赎出几个永久不变的原则的凭证来。耶稣为什么不怕上十字架?密尔顿何以瞎了眼还要做诗,贝德花芬何以聋了还要制音乐,密佗郎其罗为什么肯积受几个月的潮湿不顾自己的皮肉与靴子连成一片的用心思,为的只是要解决一个小小的美术问题?为什么永远有人到冰洋尽头雪山顶上去探险?为什么科学家肯在显微镜底下或是数目字中间研究一般人眼看不到心想不通的道理消磨他一生的光阴?

为的是这些人道的英雄都有他们不可摇动的信心;像我们在海砂里种花的孩子一样,他们的思想是单纯的——宗教家为善的原则牺牲,科学家为真的原则牺牲,艺术家为美的原则牺牲——这一切牺牲的结果便是我们现有的有限的文化。

你们想想在这地面上做事难道还不是一样的傻气——这地面还不与海砂一样不容你生根;在这里的事业还不是与鲜花一样的娇嫩?——潮水过来可以冲掉,狂风吹来可以折坏,阳光晒来可以薰焦我们小孩子手里拿着往砂里栽的鲜花,同样的,我们文化的全体还不一样有随时可以冲掉折坏薰焦的可能吗?

巴比伦的文明现在那里？庞培城曾经在地下埋过千百年，克利脱的文明直到最近五六十年间才完全发见。并且有时一件事实体的存在并不能证明他生命的继续。这区区地球的本体就有一千万个毁灭的可能。人们怕死不错，我们怕死人，但最可怕的不是死的死人，是活的死人，单有躯壳生命没有灵性生活是莫大的悲惨；文化也有这种情形，死的文化倒也罢了，最可怜的是勉强喘着气的半死的文化。你们如其问我要例子，我就不迟疑的回答你说，朋友们，贵国的文化便是一个喘着气的活死人！时候已经很久的了，自从我们最后的几个祖宗为了不变的原则牺牲他们的呼吸与血液，为了不死的生命牺牲他们有限的存在，为了单纯的信心遭受当时人的讪笑与侮辱。时候已经很久的了，自从我们最后听见普遍的声音像潮水似的充满著地面。时候已经很久的了，自从我们最后看见强烈的光明像慧〈彗〉星似的扫掠过地面。时候已经很久的了，自从我们最后为某种主义流过火热的鲜血。时候已经很久的了，自从我们的骨髓里有胆量，我们的说话里有分量。这是一个极伤心的反省！我真不知道这时代犯了什么不可赦的大罪，上帝竟狠心的赏给我们这样恶毒的刑罚？你看看去这年头到那〈哪〉里去找一个完全的男子或是一个完全的女子——你们去看去，这年头那〈哪〉一个男子不是阳痿，那〈哪〉一个女子不是鼓胀！要形容我们现在受罪的时期，我们得发明一个比丑更丑比脏更脏比下流更下流比苟且更苟且比懦怯更懦怯的一类生字去！朋友们，真的我心里常常害怕，害怕下回东风带来的不是我们盼望中的春天，不是鲜花青草蝴蝶飞鸟，我怕他带来一个比冬天更枯槁更凄惨更寂寞的死天——因为丑陋的脸子不配穿漂亮的衣服，我们这样丑陋的变态的人心与社会凭什么权利可以问青天要阳光，问地面要青草，问飞鸟要音乐，问花朵要颜色？你问我明天天会不会放亮？我回答说我不知道，竟许不！

归根是我们失去了我们灵性努力的重心，那就是一个单纯的信仰，一点烂漫的童真！不要说到海滩去种花——我们都是聪明人谁愿意做傻瓜去——就是在你自己院子里种花你都恐怕动手哪！最可怕的怀疑的鬼与厌世的黑影已经占住了我们的灵魂！

所以朋友们，你们都是青年，都是春雷声响不曾停止时破绽出来的鲜花，你们再不可堕落了——虽则陷井的大口满张在你的跟前，你不要怕，你把你的烂漫的天真倒下去，填平了它再往前走——你们要保持那一点的信心，这里面连着来的就是精力与勇敢与灵感——你们要不怕做小傻瓜，尽量在这人道的海滩边种你的鲜花去——花也许会消灭，但这种花的精神是不烂的！

致南洋中学同学书①

民国七年八月十四日，志摩启行赴美，诸先生既祖饯之，复临送之，其惠于摩者至，抑其期于摩者深矣。窃闻之，谋不出几席者，忧隐于眉睫，足不逾闾里者，知拘于蓬蒿。诸先生于志摩之行也，岂不曰国难方兴，忧心如捣，室如县磬，野无青草，嗟尔青年，维国之宝，慎尔所习，以骕我脑。诚哉，是摩之所以引惕而自励也。传曰：父母在，不远游。今弃祖国五万里，违父母之养，入异俗之域，舍安乐而耽劳苦，固未尝不痛心欲泣，而卒不得已者，将以忍小剧而克大绪也。耻德业之不立，遑恤斯须之辛苦；悼邦国之殄瘁，敢恋晨昏之小节：刘子舞剑，良有以也；祖生击楫，岂徒然哉。惟以华夏文物之邦，不能使有志之士，左右逢源，至于跋涉间关，乞他人之糟粕，作无憀之妄想，其亦可悲而可恸矣。垂髫之年，辄抵掌慷慨，以破浪乘风为人生至乐，今自出海以来，身之所历，目之所触，皆足悲哭呜咽，不自知涕之何从也，而何有于乐？我国自戊戌政变，渡海求学者，岁积月

① 1918 年 8 月 31 日作；初载上海南洋中学同学会会刊《南洋》杂志第一卷增刊号（1930 年 6 月）。收入陈从周编《徐志摩年谱》，题名《民国七年八月十四日徐志摩启行赴美文》，现题名为本全集编者改。采自《徐志摩年谱》。

增。比其反也，与闻国政者有之，置身实业者有之，投闲置散者有之。其上焉者，非无宏才也，或蔽于利。其中焉者，非无绩学也，或绌于用。其下焉者，非鲋涸无援，即枉寻直尺。悲夫！是国之宝也，而颠倒错乱若是。岂无志士，曷不急起直追，取法意大利之三杰，而犹徘徊因循，岂待穷日暮而后奋博浪之椎，效韩安之狙？须知世杰秀夫不得回珠崖之飓，哥修士哥不获续波兰之祀。所谓青年爱国者何如？尝试论之：夫读书至于感怀国难，决然远迈，方其浮海而东也，岂不慨然以天下为己任？及其足履目击，动魄刿心，未尝不握拳呼天，油然发其爱国之忱，其竟学而归，又未尝不思善用其所学，以利导我国家。虽然我徒见其初而已，得志而后，能毋徇私营利，犯天下之大不韪者鲜矣，又安望以性命，任天下之重哉！夫西人贾竖之属，皆知爱其国，而吾所恃以为国宝者，咻咻乎不举其国而售之不止。即有一二英俊不诎之士，号呼奔走，而大厦将倾，固非一木所能支。且社会道德日益滔滔，庸庸者流引鸩自绝，而莫之止，虽欲不死得乎？窃以是窥其隐矣。游学生之不竞，何以故？以其内无所确持，外无所信约。人非生而知之，固将困而学之也。内无所持，故怯、故蔽、故易诱；外无所约，故贪、故谲、故披猖。怯则畏难而耽安，蔽则蒙利而蔑义，易诱则天真日汩，耆欲日深。腐于内则溃其皮，丧其本，斯败其行。贪以求，谲以忮，放行无忌，万恶骈生。得志则祸天下，委伏则乱乡党，如水就下，不得其道则泛滥横溢，势也不可得而御也。如之何则可？曰：疏其源，导其流，而水为民利矣。我故曰："必内有所确持，外有所信约者，此疏导之法也。"庄生曰："内外犍。"朱子曰："内外交养。"皆是术也。确持奈何？言致其诚，习其勤，言诚自不欺，言勤自风兴。庄敬笃励，意趣神明，志足以自固，识足以自察，恒足以自立。若是乎，金石可穿，鬼神可格，物虽欲厉之，容可信乎！信约奈何，人之生也，必有严师[至]友督饬之，而后能规化于善。圣人忧民生之无度也，为之礼乐以范之，伦常以约之。方今沧海横流之际，固非一二人之力可以排奡而砥柱，必也集同志，严誓约，明气节，革弊俗。积之深，而后发之大，众志成城，而后可有为于天下。若是乎，虽欲为不善，而势有所不能。而况益之以内养之功，光明灿烂，蔚为世表，贤者尽其才，而不肖者止于无咎。拨乱反正，雪耻振威，其在斯乎？其在斯乎？或曰：子言之易欤！行子之道者有之而未成也，奈何？然则必其持之未确也，约之未信也，偏于内则俭，骛于外则紊。世有英彦，必证吾言。况今日之世，内忧外患，志士责兴，所谓时势造英雄也。时乎！时乎！国运以苟延也今日，作波韩之续也今日，而今日之事，吾属青年，实负其责。勿以地大物博，妄自夸诞，往者不可追，来者犹可谏。夫朝野之醉生梦死，固足自亡绝，而况他人之鱼肉我耶？志摩满怀凄怆，不觉其言之冗而气之激，瞻彼弁髦，惄如捣兮，有不得不一吐其愚以商榷于我诸先进之前也。摩少鄙，不知世界之大，感社会之恶流，几何不丧其所操，而入醉生梦死之途？此其自为悲怜不暇，故益自奋勉，将悃悃愊愊，致其忠诚，以践今日之言。幸而有成，亦所以答诸先生期望之心于万一也！八月三十一日徐志摩在太平洋舟中记。

志摩杂记（一）[①]

十月十五日起，同居四人一体遵守协定章程，大目如六时起身，七时朝会（激耻发心），晚唱国歌，十时半归寝，日间勤学而外，运动散步阅报。

雄心已蓬勃，懒骨尚支离；日者晚间人寝将十一时，早六时起身，畏冷，口腻，必盥洗后始神气清爽，每餐后辄迟凝欲睡，在图书馆中过于温暖，尤令懒气外泄，睡魔内侵；惟晚上读书最为适意，亦二十年来习惯之果。生平病一懒字。母亲无日不以为言，几乎把一生懒了过去，从今打起精神，以杀懒虫，减懒气第一桩要事。

因懒而散漫，美其称曰落拓，余父母皆勤而能励，儿子何以懒散若是，岂查桐荪先生之遗教邪！志摩自是血性大，奈何幼时及成人，遂不闻丝毫激刺语；长受恶社会之熏陶，养成一种恶观念，恶习气，散漫无纪至于如此。从今起事事从秩序着手，头头是道，再要乱七八糟，难了难了。

可怜志摩失其性灵者二十余年矣！天不忍志摩以庸暗终其身也，幸得腾翩北游，濯羽青云，俯视下界，乃知所自从来者，

---

①约 1918 年 10 月作，陈从周辑；载 1948 年 1 月 21 日、4 月 28 日《申报》，题目分别为《志摩杂记（一）》、《志摩杂记》，文首有陈从周按语；1988 年 1 月陕西人民出版社《徐志摩研究资料》存目。采自《申报》。

其黑暗丑陋鄙塞龌龊，安足如是！反顾我身则犹是黑暗丑陋鄙塞龌龊之团体中之分子耳。其所有之持实未尝或缺，平日同在鲍鱼肆中，故习于臭，今忽到芝兰世界，始自惭形秽（以人性本善也）。于是始竭力磨其黑暗，剥其丑陋，辟其鄙塞，洗其龌龊，朝夕兢兢焉，而犹惧不逮。知矣，而行未从也；立矣，而未能前也。即使于此能行矣前矣，而难保他日之投身昔所从来之社会，虽有磨剥辟洗之心，而物欲腐于外，根性（恶根性）突于内，其不丧无常者几希焉！望磨剥辟洗之功也乎？摩以是战栗咒想，戴发弁股勿能自已也。

日者思想之英锐透辟，殆有生以来未尝有也。无论在昔混浊之社会中未尝思念及此，即自出海以来，至于距今十余日前，其颟顸壅塞，曾未尝一见天日之光也。请言今日之所思。

读梁先生之意大利三杰传，而志摩血气之勇始见。三杰之行状固极壮快之致，而先生之文笔亦天矫若神龙之盘空，力可拔山，气可盖世，淋漓沉痛，固不独志摩为之低昂慷慨，举凡天下有血性人，无不腾骧激发有不能自已者矣！昔以为英雄者，资自天也，不可得而冀也；今以为英雄之所以异于人者，以其能持一往之气，奔迅直前而无所阻阂也。孔子曰："我欲仁斯仁至矣！"至于自贬其志气拘于庸凡，斯其自求为庸凡。而不可得也非常哉。向使志摩能持读三杰之意气，而奔迅直前也：则玛志尼志摩也，加里保的志摩也，加富尔志摩也。惟其势有所外压而气有所中衰，则九仞之功或亏一篑。夫千古咸仰事变，怀彼三杰之意气者，不知其千万也！彼其不成者，气有所衰而意有所夺也。

志摩意气方新，桓桓如出栅之虎，以为天下事不足治也。虽然此浮气也，请循其本，志摩以为千古英雄圣贤之能治其业也，必有所藉。所藉者何？才乎，学乎，运乎？皆其旁支而非正干也。正干者何？至诚而已矣。天之能化，地之能造，无他，亦至诚而已矣。夫至诚然后几于神之所运金石穿焉；故神然后能成，志摩不敏，请致其诚。诚者本也。本立而道生，本之不立，则其学其识皆如陆子所谓藉寇兵赍盗粮者也。故愿于此沧海横流之日而揭橥致良知之说，以为万物先。世有君子，其予谅乎？

“不忮不求，何用不臧”，忮，害也，嫉也。文正云：“善莫大于恕，德莫凶于妒”；妒者妾妇行琐琐奚比数。天分高者未尝肯折节，性气傲者未尝肯下人，若其欠修养之功，其极必至满怀荆棘，乖戾蹇诟，要之非大人之概也。君子以国家为先，以育才为业，拔下驷于中庸，甄琨瑶于瓦石；其贤于我者，则从而习之；其才于我者，则亲而敬之；一以成人，一以自成，此乐天知命之道也。忮忌小人之事也，伐性伤德何以得人？是故不自爱则已，如其有天下之心，则不忮其先己。

《论语》曰：“君子不重则不威，学则不固。”非矫为矜庄之意也，故曰主忠信。非自外也，学者苟识天下之大，而后自视缺然，知缺而后能敬，敬生畏，畏天命，畏大人，畏贤人之言。畏者虑其行而自至也，天下事汇之繁颐曾勿能尽其一二。由是观之，梓匠舆人吾勿如也，内有所谨，则外有所重，而后知求均已适用之学也。

葛尔敦曰：蛮夷之性无远虑而贪婪，此其德之所以与禽兽邻也。试冥目而求诸我，其德不邻于蛮夷也几希？可不惧哉！可不惧哉！

二十九日读任公先生《新民说》，及《德育鉴》，合十稽首，喜惧愧感，一时交集。不记宝玉读宝钗之《螃蟹咏》而曰："我的也该烧了！"今我读先生文亦曰："弟子的也该烧了！"（未免轻亵！）

知道即是良知，知过即是致知，直截痛快，服膺！服膺！

附：陈从周按语

志摩杂记数则，是诗人徐志摩游学新大陆与英伦时的作品，都是信手写来，随记随辍的文章；有些类似日记，有些类似杂感，写得非常凌乱，颇费爬梳。进珊主编嘱为辑录，现在特地将它排比起来，姑名之曰"志摩杂记"。这些零锦碎玉中，依稀可以想象到徐氏当年的气概风度，引起读者无限的回忆。

三十七年一月十五日陈从周记

志摩杂记（二）①

是晚余天休诵其所著文于好而博士之居，凌来语：曷往一听，题为《中国之社会革命》。七时与道宏浸之同往。列席者可十五人，皆通人硕士，好而博士华颠虬髯，翩然而出，一室肃然，余氏乃始诵其文。先溯革命之史，继揭中国之隐忧，及今日西南之扞格，维新与守旧之激战，终谓治中国宜以经济为先。其论议不无可取，但摭材过窘，多不切要。既已，好而征询凌氏之意，凌鸱笑而起，丑诋余氏为不识不知，以一隅之见概括全国，并不直其所主张。余氏褊浅人也，兴而哗辩，竟涉私人之意气，无可解决。好而谘他人之意而折衷之，道宏犹力指余氏取材之不允当，并斥余氏为自暴其短，无非欲为之辞，以炫高明。当时余未剖析权量其间。而余复哓哓不已，好而卒止之始已。

论曰：吾以是觇其微矣！余不学无术，器量褊浅，一遭抨击而悻悻不能已，至于凌，其亦险滑可畏人哉！尖刻刺讽，务倾人以为快，其寻常笑语殷勤，实则利剑之藏于腹也。吾以是而兴悲，今夫能舍意气，竭其力以事邦家者，又有几人哉！小

①约1918年10月作，陈从周辑；载1948年6月1日《永安》月刊第一〇九期，题为《志摩早期杂记二》，文首有陈从周按语；1988年1月陕西人民出版社《徐志摩研究资料》存目。

有才，便侈然自泰，有贤于我者，则排挤之，以显己长，且复矫饰状貌以愚人，然人终不被愚，徒见其心劳日拙耳。

朱熹云："且慢我只一个浑身，如何兼得许多。"福尔摩斯云："人之于学，譬犹治宝，择其最精而通用者，而次之以序，则庶几矣！不然，以有涯随无涯，盲搜妄讨，庞杂凌乱，不可以作巫医。"二语可相对照。

鲁尝云："世有专学而无家。"家百里曰："其言无所不能者，其实一无所能也。"凡性气高傲人，往往旁骛不肯专一，此所谓聪明误也。志固不可不大，而亦不可过大，必笃必颛，乃实乃张，读书所以致用，若摇惑眩乱，如入深雾，不知西东矣！

忠言逆耳，圣贤亦知其然，而于心气高傲人尤甚。人之

谤己者，辄掊击之，怒绝之，是钳忠谏之口，而塞自新之涂〈途〉也。余昔亦未尝知己之有过，有责我者，乃反覆〈复〉强辩，必直己曲人而后已，因是诤言绝矣。后乃力自戒勉，始知谀我者，贼我也，毁我者，成我也。

附：陈从周按语

志摩早期杂记（二），为诗人徐志摩留学新大陆与英伦时之作，其哲嗣积锴贤阮属为董理者。一部分已分刊于三十六年十一月十五日，三十七年一月廿一日，三月三日，四月二十八日《申报·春秋》，及《文学》周刊二版。兹者逸梅先生属移录以实《永安》，遂记数语，俾读者得以参证也。

三十七年四月十二日陈从周记于随月楼

天目山中笔记[1]

佛于大众中　说我当作佛
闻如是法音　疑悔悉已除
初闻佛所说　心中大惊疑
将非魔作佛　恼乱我心耶

——莲华经譬喻品

山中不定是清静。庙宇在参天的大木中间藏着，早晚间有的是风，松有松声，竹有竹韵，鸣的禽，叫的虫子，阁上的大钟，殿上的木鱼，庙身的左边右边都安着接泉水的粗毛竹管，这就是天然的笙箫，时缓时急的参〈掺〉和着天空地上种种的鸣籁。静是不静的；但山中的声响，不论是泥土里的蚯蚓叫或是轿夫们深夜里“唱宝”的异调，自有一种各别处：它来得纯粹，来得清亮，来得透彻，冰水似的沁入你的脾肺；正如你在泉水里洗濯过后觉得清白些，这些山籁，虽则一样是音响，也分明有净的功能。

夜间这些清籁摇着你入梦，清早上你也从这些清籁的怀抱中苏醒。

①载 1926 年 9 月 4 日《晨报副刊》，署名志摩；初收 1927 年 8 月上海新月书店《巴黎的鳞爪》。采自《巴黎的鳞爪》。

山居是福，山上有楼住更是修得来的。我们的楼窗开处是一片蓊葱的林海；林海外更有云海！日的光，月的光，星的光：全是你的。从这三尺方的窗户你接受自然的变幻；从这三尺方的窗户你散放你情感的变幻。自在；满足。

今早梦回时睁眼见满帐的霞光。鸟雀们在赞美；我也加入一份。它们的是清越的歌唱，我的是潜深一度的沉默。

钟楼中飞下一声宏钟，空山在音波的磅礴中震荡。这一声钟激起了我的思潮。不，潮字太夸；说思流罢。耶教人说阿门，印度教人说“欧姆”（O——m），与这钟声的嗡嗡，同是从撮口外摄到阖口内包的一个无限的波动：分明是外扩，却又是内潜；一切在它的周缘，却又在它的中心：同时是皮又是核，是轴亦复是廓。这伟大奥妙的“Om”使人感到动，又感到静；从静中见动，又从动中见静。从安住到飞翔，又从飞翔回复安住；从实在境界超入妙空，又从妙空化生实在：——

“闻佛柔软音，深远甚微妙。”

多奇异的力量！多奥妙的启示！包容一切冲突性的现象，扩大霎那间的视域，这单纯的音响，于我是一种智灵的洗净。花开，花落，天外的流星与田畦间的飞萤，上绾云天的青松，下临绝海的巉岩，男女的爱，珠宝的光，火山的溶液：一如婴儿在它的摇篮中安眠。

这山上的钟声是昼夜不间歇的，平均五分钟打一次。打钟的和尚独自在钟楼上住着，据说他已经不间歇的打了十一年钟，他的愿心是打到他不能动弹的那天。钟楼上供着菩萨，打钟人在大钟的一边安着他的“座”，他每晚是坐着安神的，一只手挽着钟椎的一头，从长期的习惯，不叫睡眠耽误他的职司。“这和尚，”我自忖，“一定是有道理的！和尚是没道理的多：方才那知客僧想把七窍蒙充六根，怎么算总多了一个鼻孔或是耳孔；那方丈师的谈吐里不少某督军与某省长的点缀；那管半山亭的和尚更是贪嗔的化身，无端摔破了两个无辜的茶碗。但这打钟和尚，他一定不是庸流不能不去看看！”他的年岁在五十开外，出家有二十几年，这钟楼，不错，是他管的，这钟是他打的（说着他就过去撞了一下），他每晚，也不错，是坐着安神的，但此外，可怜，我的俗眼竟看不出什么异样。他拂拭着神龛，神座，拜垫，换上香烛，掇一盂水，洗一把青菜，捻一把米，擦干了手接受香客的布施，又转身去撞一声钟。他脸上看

不出修行的清癯，却没有失眠的倦态，倒是满满的不时有笑容的展露；念什么经；不，就念阿弥陀佛，他竟许是不认识字的。“那一带是什么山，叫什么，和尚？”“这里是天目山。”他说。“我知道，我说的是那一带的。”我手点着问。“我不知道。”他回答。

山上另有一个和尚，他住在更上去昭明太子读书台的旧址，盖着几间屋，供着佛像，也归庙管的，叫作茅棚。但这不比得普渡山上的真茅棚，那看了怕人的，坐着或是偎着修行的和尚没一个不是鹄形鸠面，鬼似的东西。他们不开口的多，你爱布施什么就放在他跟前的篓子或是盘子里，他们怎么也不睁眼，不出声，随你给的是金条或是铁条。人说得更奇了。有的半年没有吃过东西，不曾挪过窝，可还是没有死，就这冥冥的坐着。他们大约离成佛不远了，单看他们的脸色，就比石片泥土不差什么，一样这黑刺刺，死僵僵的。“内中有几个，”香客们说，“已经成了活佛，我们的祖母早三十年来就看见他们这样坐着的！”

但天目山的茅棚以及茅棚里的和尚，却没有那样的浪漫出奇。茅棚是尽够蔽风雨的屋子，修道的也是活鲜鲜的人，虽则他并不因此减却他给我们的趣味。他是一个高身材，黑面目，行动迟缓的中年人；他出家将近十年，三年前坐过禅关，现在这山上茅棚里来修行；他在俗家时是个商人，家中有父母兄弟姊妹，也许还有自身的妻子；他不曾明说他中年出家的缘由，他只说“俗业太重了，还是出家从佛的好”，但从他沉着的语音与持重的神态中可以觉出他不仅是曾经在人事上受过磨折，并且是在思想上能分清黑白的人。他的口，他的眼，都泄漏着他内里强自抑制，魔与佛交斗的痕迹；说他是放过火杀过人的忏悔者，可信；说他是个回头的浪子，也可信。他不比那钟楼上人的不着颜色，不露曲折：他分明是色的世界里逃来的一个囚犯。三年的禅关，三年的草棚，还不曾压倒，不曾灭净，他肉身的烈火。“俗业太重了，不如出家从佛的好”；这话里岂不颤栗着一往忏悔的深心？我觉着好奇；我怎么能得知他深夜趺坐时意念的究竟？

佛于大众中　说我当作佛
闻如是法音　疑悔悉已除
初闻佛所说　心中大惊疑
将非魔所说　恼乱我心耶

但这也许看太奥了。我们承受西洋人生观洗礼的，容易把做人看太积极，人世的要求太猛烈，太不肯退让，把住这热虎虎的一个身子一个心放进生活的轧床去，不叫他留存半点汁水回去；非到山穷水尽的时候，决不肯认输，退后，收下旗帜；并且即使承认了绝望的表示，他往往直接向生存本体作取决，不来半不阑珊的收回了步子向后退：宁可自杀，甘〈干〉脆的生命的断绝，不来出家，那是生命的否认。不错，西洋人也有出家做和尚做尼姑的，例如亚佩腊与爱洛绮丝，但在他们是情感方面的转变，原来对人的爱移作对上帝的爱，这知感的自体与它的活动依旧不含糊的在着；在东方人，这出家是求情感的消灭，皈依佛法或道法，目的在自我一切痕迹的解脱。再说，这出家或出世的观念的老家，是印度不是中国，是跟着佛教来的；印度何以曾发生这类思想，学者们自有种种哲理上乃至物理上的解释，也尽有趣味的。中国何以能容留这类思想，并且在实际上出家做尼僧的今天不比以前少（我新近一个朋友差一点做了小和尚！）这问题正值得研究，因为这分明不仅仅是个知识乃至意识的浅深问题，也许这情形尽有极有趣味的解释的可能，我见闻浅，不知道我们的学者怎样想法，我愿意领教。

十五年九月

富士（东游记之一）①

富士山——有多高？一万二还是一万三千尺。不管它，反正是高得很。我们要知道的是他们那里有一座高山，不，一个富士。

富士山，它的顶颠永远承受着太平洋轻涛的朝拜，是在日本的东海滨昂昂的站着。别的山峰，虽则有，在它的近旁都比成了培塿< 埄 >。白的，呼吸抵触着天的，富士它昂昂的站着。

更重要的一点是它也在日本人的想像中站着。武士们就义的俄顷，他们迸血泪壮呼一声“富士”。皇太子登基的时候，他也望得见富士终古的睥睨。横滨小海湾里在月夜捕鱼的渔夫，赤着两条毛腿的；箱根乡间的小女娃一清早拖上了木屐到露水田里采新豆去；从神户或大阪到东京的急行车上开车的火夫，他在天亮时睁着倦眼抄了煤块向火焰里泼的时候——他们，不说穿洋袜子甚而洋靴子的绅士们或文士们，他们猛一眼都瞅见了富士。富士永远瞅着他们哪，他们想。

有富士永远的站着，为他们站着，他们再也不胆寒。太

①约 1928 年作，初刊何处不详；收入 1931 年中华书局《华胥社文艺论集》。

阳光，地土的生长力，太平洋的波澜，山溪间倒映在水里的杜鹃——全是他们的，他们欣欣的努力的作事，有富士看着他们，像一个有威严而又慈爱的老祖父。

他们再也不胆寒。地不妨震，海不妨啸，山不妨吐火；地不妨陷，房屋不妨崩裂，船不妨颠覆，人不妨死——他们还是不害怕，他们的一颗心全都寄存在富士宽大的火焰纯青的内肚里。泥鳅有时跳，巨鳌有时摇，他们的信心是永远付托在朝阳中的富士的雪意里。

“富士，富士……”他们一代继承一代的讴歌着。拖着木屐，拍着掌，越翻越激昂，越转越兴奋，他们唱和着富士的诗篇。

他们不胆寒，因为他们知道地震是更大的生命在爆裂中的消息。何况这动也许是富士自身忍俊不住欢畅的颠播〈簸〉！富士从他伟大的破壤中指示一个更伟大的建设。看他们那收拾灾后一切的手腕里的劲！递给我，那根烧焦的烂木；我来扒去那一堆的破瓦，那两个尸体，三郎，你去掩埋；有火子不，我要点一根烟？

这是他们的大产业，他们的幸福——这想像中永远有一座山。印度人也有同样的幸福；他们有他们的喜马拉雅。这使他们不仅认识高远，认识玄妙；他们因此认识“无穷”与“无尽”。“来呀”，苍凉的雪山们似乎在笑响中向他们叫着：为要带着他们飞去无穷尽的空闲，投入不生不灭的世界。“我从来不曾，一个陌生人”，凯萨林伯爵在喜马拉雅山里说“我从不曾感觉到有这样的翅膀安上我的灵魂。”他感觉到的是一种不可言传

的“神灵的自由”。这是不可以言传的。

但我们自己家里何尝没有山。昆仑不是吗？五岳不是吗？还有匡庐，黄山，罗浮，雁荡，这何尝不是伟大的壮美的山岭？不错，但也许正因为我们有的太多了，我们的注意不能集中。正如一个人同时不能热烈爱两个人，或虔诚的容纳两个上帝，一个民族意识里也不能容留比一个更多的象征。多是有，也并不是不能并存，正如一个人尽有同时爱不少人的，但这力道可是变样了——程度的差异太大了，似乎性质都是不同的了。你我早晚间出门去在云端里望不见崑崘〈昆仑〉；你我的想像里也没有一个比上富士的，像一个伟丈夫，昂昂的站着。你我在大部的中国，不幸眼见得到的，意想得到的，至多只是些伟大的培塿，它们那内肚里既没有火与力，也不包藏神秘与幽玄，那有什么用？怪得我们中间最显著的人物，至多也这是些伟大的培塿〈塿〉我看了富山两眼。一次是在火车上。正坐在餐车里吃早点，侍者拿一盘牛排一杯咖啡给我。我用食巾擦着玻窗上的蒸气为要看窗外的野景。天正蒙亮。田里农夫已有在工作的。他们的小巧的锄头铮铮的在泥土里翻垦。有的蹲在地里——检败草想是。太阳没有起，空中有迷露。隐隐的，隔着烟云的空间，在近处或远处的山脚下，树林间，传来有鸟的喧呼。长在水田里的青绿，一方方的，长在仟佰〈阡陌〉间的丛树，一行行的，全都透着半清醒半朦胧的意态，鲜露增添它们的妩媚。田舍是像玲巧的玩具，或是东方画上兰竹丛中的点缀：几叠青杉，几株毛竹，疏淡的花叶间有稀小的人形在伛偻的操作。

多闲适的一长卷春晓图！我贪看着窗外的景色却不提防在凉雾中升起的一轮旭日已然放光，焰然照出半空里一座积雪的山巅。凌空的，像一个老人的斑白头颅，像一座海上的冰山，在蜂涌的云气中莽苍的浮着。“富士！”“富士！”“那就是富士！”同座人惊喜的指点着叫。

车似乎是绕着富士山走，正如度西伯利亚时车绕着贝加尔湖走。一个崇高的异象在朝霞中俄然的擎起。在不到一炊时间，山腰里层封着的白雾渐次的消散：消散成缕缕的断片，游龙似的，飞入无际的晴空。富士已经整个的显露在你的当前。田里的农夫们有支着锄头在休憩的。天大亮了。

船开出横滨，扶桑的海滨在回望中细成一发时，富士的睥睨还久久的在西天云空里闪亮。我又望了它一眼。

一九二八年

志摩随笔[1]

（一）汤山温泉

孔使君邀予游小汤山，浴于温泉，风于残荷枫叶之间；登土山望西山脉势之宛延，行吟相答于荒村眉月之下，拄杖感喟于行宫残瓦：此盖行在禁地，小民固不得适意为肆观，今纵目频，淖濯如是矣！未可易也。濒行顾孔君而笑曰："独恨未挈松胶鹿脯，与君共醉于汤山怪石之颠。"

（二）天津水祸

天不厌祸，津直之民既苦于兵，复没于水，市廛半浸，舫筏遍行，逸者露处，留者窘庐，犬桥于檐，鸡号于脊；舟以行野，一洼靡涯；佳田茂黍鞠为巨浸，老柳古槐，青梢廑拂，天未愍凶，呼号无恤。嗟夫！一村之陷，百里可拯；一府之饥，周转可济；方今祸遍神州，谁与为援哉？朱门弃余肉，道上载饿骨，云泥有判，苦乐不均，虽有大力，莫之能救。

（三）廖传文

娟姐为予言，廖传文者，真世间痴情种子也。自幼嗜《红

① 1923 年 7 月作；载 1923 年 9 月 10 日《小说月报》第十四卷第九号，署名志摩；初收 1969 年台湾传记文学出版社《徐志摩全集》第六辑。采自《小说月报》。

楼梦》，辄自许为宝玉；适有一表妹寄居其家，善病工愁，又俨然一潇湘后身也。二人相依若命，昕夕不离。未几女殁，廖哭之恸；遂痴狂若癫。父母强为之纳室，终不豫。婚数月，乘间逸去，祝发洞庭，结茅屋焉。尝过北京什刹海，世所传黛玉焚稿地，趋而痛哭之，三日夜，泪尽血出，家人环劝不听也。方其父抚杭时，每日辄挈其表妹扁舟游湖，一小婢为奉笺墨，兴至即扣舷联句，不啻神仙中人也。

（四）吴　语

吴侬侬软语，倾藉一时，盖柔转如环，令人意消也。然男子作之不方且俗，即女子其喉音粗者，则其语不纯。坊间类操吴语，其实真苏产亦少。娟姐语予，尝去苏州，有张七小姐者，此真妙绝尘寰矣，使腔宛好如玉盘珠走，而其发音尤天赋清越，迥异寻常；固毋须其软语生风，即謦欬微闻，已足令神魂飞越；且不特语妙已也。其秋波，其皓腕，其檀口，其樱唇，并周旋流转，若合节奏，宜嗔宜喜，此之谓矣。所谓国色者，允宜擅此，俗夫但识检貌，抑未喻也。

（五）野　猪

野猪最猛而难猎，田人伺其群而剽取其最后者，其性犯火而突，故不操火而取坚竹锐端，傅油以为兵。一猎夫尝抵一猪，猪穿腹而奔，其脏腑曳出，累累挂荆丛间，蹑之数里，猪张卧一涧中，复冲其腹，暴腾人颠；异日其徒见猪僵，而人竹并碎。（纪事尚简而不失意，此稿之初，字盖兼倍，三削而得此，自以为无可增减矣。然安知不后之视此，又多见其繁文赘字也。）

（六）辟鼠器

蒋复璁言，隆福寺有售辟鼠器者，二小匣中杂砖石，一以悬，一以瘗，则鼠绝于室，无不验者。尝有外人欲厚佣之不可，请鬻其技万金亦不可，毁其器而穷其故不得也。志摩曰：盖自魏晋之际，而符箓之术颇出，今闾里相传魔胜之法，多不可理验。方士取水画环于壁，咒焉，而举室之蚊尽集；然晚辄放去，杀之则其后不灵。是与辟鼠器盖相类，然彼秘方术不肯传，何欤？

（七）摄影奇事

一女子摄影于同生，异日往取，辞以不慎，重摄而又以毁辞。如是者三，女恚。相师曰："不敢欺，影实无恙，而事有足

怖者。”因出片示女，则其身后俨然一男子像也。俞重威为予言如此，男子盖其 [故] 夫也。

（八）京　语

南人客北地者，往往苦于言语；初学京语，其荒谬有足捧腹者，陈介石先生是已。先生以南人所称之面布面水，北人概曰脸布脸水也，遂据说文通假之例，以为面食之面，当读亦如若脸。一日，入饭舍，昂然谓佣保曰:“要鸡丝炒脸。”佣保辞不省，先生顿足曰:“焉有北京人而不解鸡丝炒脸者！”一时传为笑谈。

（九）命　相

命相虽不经，亦足发是，以为君子不弃焉，至于几微妙令，不爽累黍，亦有足骇者矣。某有乡人善相，有许君其妻屡产而不育男；且复产，许君往相焉。曰:“即令君夫人腹之左偏有黑痣二日者，左足不豫，其产雄也。”其他言之验若亲闻见。亟归而验之，果如相者言，异日生子焉。

（十）牙牌数

牙牌数有时殊神隽，余姑丈蒋谨旃先生尝乡试。占之吉，有句云："更欣依傍处，时与贵人俱。"发榜日，独行上东山，及颠而见费景韩先生，冉冉自塔下。互诘来意，相与嗢噱，移时下山沽酒，复登；才上石除，费驰，蒋亦驰，费先登，喘息于山亭；酌焉。因相与论试事，费曰"昨梦马创足"，蒋因贺必中，今日驰，君先登，捷足之兆应矣！忆牙牌诗言，贵人得毋费欤？犹冀可得副车。及发，费售而蒋竟黜。

又蒋百里先生，庚戌正月将出任军官学校校长，占之得最后数，诗曰："一二三四五 六七，八九相逢数乃毕，老阳未变不能生，占者逢之静者吉。"及后蒋因事自戕，其时盖阳历九月，而阴历八月也，亦可谓巧合矣。

附：陈从周按语

"志摩早期随笔"十则，诗人徐志摩遗稿也。徐氏以新诗名世，世乃不知其早年尚邃于旧学。今兹所辑，系得于其哲嗣如孙内表阮处，为丁丑劫烬之余；属先董理刊出；其他尚有说文离骚等札记，及致其师新会梁先生函数通，容后续刊。虽然零锦碎玉，非世所珍；然雪泥鸿爪，亦足留当时过眼行云也。呜呼！诗人化鹤西去，倘重来华表，将不识人间何世矣！录竟为之怆痛不已。

丁亥八月陈从周记

印度洋上的秋思[①]

昨夜中秋。黄昏时西天挂下一大帘的云母屏，掩住了落日的光潮，将海天一体化成暗蓝色，寂静得如黑衣尼在圣座前默祷。过了一刻，即听得船梢布篷上悉悉索索啜泣起来，低压的云夹着迷漾的雨色，将海线逼得像湖一般窄，沿边的黑影，也辨认不出是山是云，但涕泪的痕迹，却满布在空中水上。

又是一番秋意！那雨声在急骤之中，有零落萧疏的况味，连着阴沉的气氲，只是在我灵魂的耳畔私语道："秋！"我原来无欢的心境，抵御不住那样温婉的浸润，也就开放了春夏间所积受的秋思，和此时外来的怨艾构合，产出一个弱的婴儿——"愁"。

天色早已沉黑，雨也已休止。但方才啜泣的云，还疏松地幕在天空，只露着些惨白的微光，预告明月已经装束齐整，专等开幕。同时船烟正在莽莽苍苍地吞吐，筑成一座蟒鳞的长桥，直联及西天尽处，和船轮泛出的一流翠波白沫，上下对照，留恋西来的踪迹。

北天云幕豁处，一颗鲜翠的明星，喜孜孜地先来问探消

---

① 1922年10月6日作；载1922年12月29日《晨报副刊》，署名志摩；初收1980年台湾时报文化出版事业有限公司《徐志摩诗文补遗》。采自《晨报副刊》。

息，像新嫁媳的侍婢，也穿扮得遍体光艳。但新娘依然姗姗未出。

我小的时候，每于中秋夜，呆坐在楼窗外等看“月华”。若然天上有云雾缭绕，我就替“亮晶晶的月亮”担忧，若然见了鱼鳞似的云彩，我的小心就欣欣怡悦，默祷着月儿快些开花，因为我常听人说只要有“瓦楞”云，就有月华；但在月光放彩以前，我母亲早已逼我去上床，所以月华只是我脑筋里一个不曾实现的想像，直到如今。

现在天上砌满了瓦楞云彩，霎时间引起了我早年许多有趣的记忆——但我的纯洁的童心，如今哪里去了！

月光有一种神秘的引力。她能使海波咆哮，她能使悲绪生潮。月下的喟息可以结聚成山，月下的情泪可以培百亩的畹兰，千茎的紫琳耿〈耿〉。我疑悲哀是人类先天的遗传，否则，何以我们儿年不知悲感的时期，有时对着一泻的清辉，也往往凄心滴泪呢？

但我今夜却不曾流泪。不是无泪可滴，也不是文明教育将我最纯洁的本能锄净，却为是感觉了神圣的悲哀，将我理解的好奇心激动，想学契古特白登[①]来解剖这神秘的“眸冷骨累”。冷的智永远是热的情的死仇。他们不能相容的。

但在这样浪漫的月夜，要来练习冷酷的分析，似乎不近人情，所以我的心机一转，重复将锋快的智刃剧起，让沉醉的情

① 契古特白登：今译夏多勃里昂。

泪自然流转，听他产生什么音乐，让绻缱的诗魂漫自低回，看他寻出什么梦境。

明月正在云岩中间，周围有一圈黄色的彩晕，一阵阵的轻霭，在她面前扯过。海上几百道起伏的银沟，一齐在微叱凄其的音节，此外不受清辉的波域，在暗中愤愤涨落，不知是怨是慕。

我一面将自己一部分的情感，看入自然界的现象，一面拿着纸笔，痴望着月彩，想从她明洁的辉光里，看出今夜地面上秋思的痕迹，希冀他们在我心里，凝成高洁情绪的菁华。因为她光明的捷足，今夜遍走天涯，人间的恩怨，那一件不经过她的慧眼呢？

印度的Ganges[1]（埂奇）河边有一座小村落，村外一个榕绒密绣的湖边，坐着一对情醉的男女，他们中间草地上放着一尊古铜香炉，烧着上品的水息，那温柔婉恋的烟篆，沉馥香浓的热气，便是他们爱感的象征——月光从云端里轻俯下来，在那女子胸前的珠串上，水息的烟尾上，印下一个慈吻，微哂〈哂〉，重复登上她的云艇，上前驶去。

一家别院的楼上，窗帘不曾放下，几枝肥满的桐叶正在玻璃上摇曳斗趣，月光窥见了窗内一张小蚊床上紫纱帐里，安眠着一个安琪儿似的小孩，她轻轻挨进身去，在他温软的眼睫上，嫩桃似的腮上，抚摩了一会。又将她银色的纤指，理齐了他脐

① Ganges：今译恒河。

圆的额发，霭然微晒着，又回她的云海去了。

一个失望的诗人，坐在河边一块石头上，满面写着幽郁的神情，他爱人的倩影，在他胸中像河水似的流动，他又不能在失望的渣滓里榨出些微甘液，他张开两手，仰着头，让大慈大悲的月光，那时正在过路，洗沐他泪腺湿肿的眼眶，他似乎感觉到清心的安慰，立即摸出一管笔，在白衣襟上写道：

“月光，

你是失望儿的乳娘！”

面海一座柴屋的窗棂里，望得见屋里的内容：一张小桌上放着半块面包和几条冷肉，晚餐的剩余。窗前几上开着一本家用的《圣经》，炉架上两座点着的烛台，不住地在流泪，旁边坐着一个绉面驮腰的老妇人，两眼半闭不闭地落在伏在她膝上悲泣的一个少妇，她的长裙散在地板上像一只大花蝶。老妇人掉头向窗外望，只见远远海涛起伏，和慈祥的月光在拥抱密吻，她叹了声气向着斜照在《圣经》上的月彩嗫道：

“真绝望了！真绝望了！”

她独自在她精雅的书室里，把灯火一齐熄了，倚在窗口一架藤椅上，月光从东墙肩上斜泻下去，笼住她的全身，在花瓶上幻出一个窈窕的倩影，她两根垂辫的发梢，她微澹的媚唇，和庭前几茎高峙的玉兰花，都在静秘的月色中微颤，她加她的呼吸，吐出一股幽香，不但邻近的花草，连月儿闻了，也禁不住迷醉，她腮边天然的妙涡，已有好几日不圆满：她瘦损了。

但她在想什么呢？月光，你能否将我的梦魂带去，放在离她三五尺的玉兰花枝上。

威尔斯西境一座矿床附近，有三个工人，口衔着笨重的烟斗，在月光中闲坐。他们所能想到的话都已讲完，但这异样的月彩，在他们对面的松林，左首的溪水上，平添了不可言语比说的妩媚，惟有他们工余倦极的眼珠不阖，彼此不约而同今晚较往常多抽了两斗的烟，但他们矿火熏黑，煤块擦黑的面容，表示他们心灵的薄弱，在享乐烟斗以外；虽经秋月溪声的戟刺，也不能有精美情绪之反感。等月影移西一些，他们默默地扑出了一斗灰，起身进屋，各自登床睡去。月光从屋背飘眼望进去，只见他们都已睡熟；他们即使有梦，也无非矿内矿外的景色！

月光渡过了爱尔兰海峡，爬上海尔佛林的高峰，正对着静默的红潭。潭水凝定得像一大块冰，铁青色。四围斜坦的小峰，全都满铺着蟹青和蛋白色的岩片碎石，一株矮树都没有。沿潭间有些丛草，那全体形势，正像一大青碗，现在满盛了清洁的月辉，静极了，草里不闻虫吟，水里不闻鱼跃；只有石缝里潜涧沥淅之声，断续地作响，仿佛一座大教堂里点着一星小火，益发对照出静穆宁寂的境界，月儿在铁色的潭面上，倦倚了半晌，重复起她的银泻，过山去了。

昨天船离了新加坡以后，方向从正东改为东北，所以前几天的船梢正对落日，此后“晚霞的工厂”渐渐移到我们船向的左手来了。

昨夜吃过晚饭上甲板的时候，船右一海银波，在犀利之中涵有幽秘的彩色，凄清的表情，引起了我的凝视。那放银光的圆球正挂在你头上，如其起靠着船头仰望。她今夜并不十分鲜艳；她精圆的芳容上似乎轻笼着一层藕灰色的薄纱；轻漾着一种悲喟的音调；轻染着几痕泪化的露霭。她并不十分鲜艳，然而她素洁温柔的光线中，犹之少女浅蓝妙眼的斜瞟；犹之春阳融解在山巅白云反映的嫩色，含有不可解的迷力，媚态，世间凡具有感觉性的人，只要承沐着她的清辉，就发生也是不可理解的反应，引起隐复的内心境界的紧张，——像琴弦一样，——人生最微妙的情绪，戟震生命所蕴藏高洁名贵创现的冲动。有时在心理状态之前，或于同时，撼动躯体的组织，使感觉血液中突起冰流之冰流，嗅神经难禁之酸辛，内藏汹涌之跳动，泪腺之骤热与润湿。那就是秋月兴起的秋思——愁。

昨晚的月色就是秋思的泉源，岂止，直是悲哀幽骚悱怨沉郁的象征，是季候运转的伟剧中最神秘亦最自然的一幕，诗艺界最凄凉亦最微妙的一个消息。

今夜月明人尽望，不知秋思在谁家。

中国字形具有一种独一的妩媚，有几个字的结构，我看来纯是艺术家的匠心：这也是我们国粹之尤粹者之一。譬如“秋”字，已经是一个极美的字形；“愁”字更是文字史上有数的杰作：有石开湖晕，风扫松针的妙处，这一群点画的配置，简直经过柯罗的书篆，米佗朗其罗的雕圭，Chopin[①]的神感；像——用一个科学的比喻——原子的结构，将旋转宇宙的大力收缩成一个无形无纵的电核；这十三笔造成的象征，似乎是宇宙和人生悲惨的现象和经验，吒喟和涕泪，所凝成最纯粹精密的结晶，满充了催迷的秘力。你若然有高蒂闲（Gautier）[②]异超的知感性，定然可以梦到，愁字变形为秋霞黯绿色的通明宝玉，若用银槌轻击之，当吐银色的幽咽电蛇似腾入云天。

我并不是为寻秋意而看月，更不是为觅新愁而访秋月；蓄意沉浸于悲哀的生活，是丹德所不许的。我盖见月而感秋色，因秋窗而拈新愁：人是一簇脆弱而富于反射性的神经！

我重复回到现实的景色，轻裹在云锦之中的秋月，像一个遍体蒙纱的女郎，她那团圆清朗的外貌像新娘，但同时她幂弦的颜色，那是藕灰，她踟躇的行踵，掩泣的痕迹，又使人疑是送丧的丽姝。所以我曾说：

“秋月呀！

我不盼望你团圆。”

这是秋月的特色，不论她是悬在落日残照边的新镰，与“黄昏晓”竞艳的眉钩，中宵斗没西陲的金碗，星云参差间的银床，以至一轮腴满的中秋，不论盈昃高下，总在原来澄爽明秋之中，遍洒着一种我只能称之为“悲哀的轻霭”，和“传愁的以

① Chopin：今译肖邦（1810 ~ 1849），波兰作曲家、钢琴家。

② Gautier：今译戈蒂埃（1811 ~ 1872），法国诗人、小说家、评论家、新闻记者。

太”。即使你原来无愁，见此也禁不得沾染那“灰色的音调”，渐渐兴感起来！

秋月呀！
谁禁得起银指尖儿
浪漫地搔爬呵！

不信但看那一海的轻涛，可不是禁不住她玉指的抚摩，在那里低徊饮泣呢！就是那

无聊的熏烟，
秋月的美满，
熏暖了飘心冷眼，
也清冷地穿上了轻缟的衣裳，
来参与这
美满的婚姻和丧礼。

十月六日

雨后虹①

我记得儿时在家塾中读书，最爱夏天的打阵。塾前是一个方形铺石的“天井”，其中有石砌的金鱼潭，周围杂生花草，几个积水的大缸，几盆应时的鲜花，——这是我们的“大花园”。南边的夏天下午，蒸热得厉害，全靠傍晚一阵雷雨，来驱散暑气。黄昏时满天星出，凉风透院，我常常袒胸跣足和姊嫂兄弟婢仆杂坐在门口“风头里”，随便谈笑，随便歌唱，算是绝大的快乐。但在白天不论天热得连气都转不过来，可怜的“读书官官”们，还是照常临帖习字，高喊着“黄鸟黄鸟”，“不亦说乎”；虽则手里一把大蒲扇，不住地扇动，满须满腋的汗，依旧蒸炉似透发，先生亦还是照常抽他的大烟，哼他的“清平乐府”。在这样烦溽的时候，对面四丈高白墙上的日影忽然隐息，清朗的天上忽然满布了乌云，花园里的水缸盆景，也沉静暗澹，仿佛等候什么重大的消息，书房里的光线也渐渐减淡，直到先生榻上那只烟灯，原来只像一磷鬼火，大放光明，满屋子里的书桌，墙上的字画，天花板上挂的方玻璃灯，都像变了形，怪可怕的。突然一股尖劲的凉风，穿透了重闷的空气，从

① 1922年8月6日作；载1923年7月21日、23日、24日上海《时事新报》副刊《学灯》；1988年1月陕西人民出版社《徐志摩研究资料》存目。采自《学灯》。

窗外吹进房来，吹得我们毛骨悚然，满身腻烦的汗，几乎结冰，这感觉又痛快又难过；但我们那时的注意，却不在身体上，而在这凶兆所预告的大变，我们新学得的什么洪水泛滥、混沌、天翻地覆、皇天震怒；等等字句，立刻在我们小脑子的内库里跳了出来，益发引起孩子们：只望烟头起的本性。我们在这阴迷的时刻，往往相顾悍然，热性放开，大噪狂读，身子也狂摇得连坐椅都磔格作响。

同时沉闷的雷声，已经在屋顶发作，再过几分钟，只听得庭心里石板上劈拍有声，仿佛马蹄在那里踢踏；重复停了；又是一小阵沥淅；如此作了几次阵势，临了紧接着坍天破地的一个或是几个雳霹——我们孩子早把耳朵堵住——扁豆大的雨块，就狠命狂倒下来，屋溜屋檐，屋顶，墙角里的碎碗破铁罐，一齐同情地反响；楼上婢仆争收晒件的慌张咒笑声关窗声；间壁小孩的欢叫；雷声不住地震吼；天井里的鱼潭小缸，早已像煮沸的小壶，在那里狂流溢——我们很替可怜的金鱼们担忧；那几盆嫩好的鲜花，也不住地狂颤；阴沟也来不及收吸这汤汤的流水，石天井顷刻名副其实，水一直满出尺半了的阶沿，不好了！书房里的地平砖上都是水了！闪电像蛇似钻入室内，连先生肮脏的炕床都照得铄亮；有时外面厅梁上住家的燕子，也进我们书房来避难，东扑西投，情形又可怜又可笑。

在这一团和糟之中，我们孩子反应的心理，却并不简单。第一，我们当然觉得好玩，这里品林嘭朗、那里也品林嘭朗，原来又炎热又乏味的下午忽然变得这样异乎寻常地闹热，小孩那一个不欢迎。第二，天空一打阵，大家起劲看，起劲关窗户，起劲听，当然写字的搁笔，念书的闭口，连先生（我们想）有时也觉得好玩！然而我记得我个人从前亲切的心理反应。仿佛猪八戒听得师父被女儿国招了亲，急着要散伙的心理。我希望那样半混沌的情形继续，电光永闪着，雨永倒着，水永没上阶沿，漏入室内，因此我们读书写字的责务也永远止歇！孩子们照例怕拘束，最爱自由，爱整天玩，最恨坐定读书，最厌这牢狱一般的书房——犹之猪八戒一腔野心，其实不愿意跟着穷师父取穷经整天只吃些穷斋。所以关入书房的孩子，没有一个心愿的，底里没有一个不想造反；就是思想没有连贯力，同时书房和牢房收敛野性的效力也逐渐进大，所以孩子们至多短期逃学，暗祝先生生瘟病，很少敢昌言从此不进书房的革命谈。但暑天的打阵，却符合了我们潜伏的希冀，俄顷之间，天地变色，书房变色，有时连先生亦变色，无怪这聚锢的叛儿，这勉强修行的猪八戒，感觉到十二分的畅快，甚至盼望天从此再不要清明，雷雨从此再不要休止！

我生平最纯粹可贵的教育是得之于自然界，田野，森林，山谷，湖，草地，是我的课室；云彩的变幻，晚霞的绚烂，星月的隐现，田里的麦浪是我的功课；瀑吼，松涛，鸟语，雷声是我的教师，我的官觉是他们忠谨的学生，爱教的弟子。

大部分生命的觉悟，只是耳目的觉悟；我整整过了二十多年含糊生活，疑视疑听疑嗅疑觉的一个生物！我记得我十三岁那年初次发现我的眼是近视，第一副眼镜配好的时候，天已昏黑，那时我在泥城桥附近和一个朋友走路，我把眼镜试戴上去，仰头一望，异哉！好一个伟大蓝净不相熟的天，张着几千百只指光闪铄的神眼，一直穿过我眼镜眼睛直贯我灵府深处，我持永不得大声叫道，好天，今天才规复我眼睛的权利！

但眼镜虽好，只能助你看，而不能使你看；你若然不愿意来看，来认识，来享乐你的自然界，你就带十副二十副托立克、克立托也是无效！

我到今日才再能大声叫道，“好天，今日才知道使用我生命的权利！”

我不抱歉“叫”得迟，我只怕配准了眼镜不知道“看”。

我方才记起小时在私塾里夏天打阵的往迹，我现在想记我二日前冒阵待虹的经验。

猫最好看的情形，是在春天下午她从地毡上午寐醒来，回头还想伸懒腰，出去游玩，猛然看见五步之内，站着一只傲梗不参的野狗，她不禁大怒，把她二十个利爪一起尽性放开，搐紧在地毡上，把她的背无限地高控，像一个桥洞，尾巴旗杆似笔直竖起，满身的猫毛也满溢着她的义愤，她圆睁了她的黄睛，对准她的仇敌，从口鼻间哈出一声威吓。这是猫的怒，在旁边看她的人虽则很体谅她的发脾气，总觉得有趣可笑。我想我们站得远远地看人类的悲剧，有时也只觉得有趣可笑。我们在稳固的山楼上，看疾风暴雨，看牛羊牧童在雷震电飚中飞奔躲避，也只觉得有趣可笑。

笑，柏格森说，纯粹是智慧的，示深切的同情感兴，不能同时并存。所以我们需要领会悲剧或深的情感——不论是事实或表现在文字里的——的意义，最简捷的方法是将我们自身和经验的对象同化，开振我们的同情力来替他设身处地。你体会伟大情感的程度愈高，你了解人道的范围亦愈广。我们对待自然界我以为也是如此。我们爱寻常上原，不如我们爱高山大水，爱市河庸沼，不如流涧大瀑，爱白日广天，不如朝彩晚霞，爱细雨微风，不如疾雷迅雨。

简言之，我们也爱自然界情感奋切的际会，他所行动的情绪，当然也不是平常庸汽〈气〉。

所以我十数年前私塾爱打阵，如今也还是爱打阵，不过这爱字意义不尽同就是。

有一天我正在房里看书，列兰（房东的小女孩，她每次见天象变迁总来报告我，我看见两个最富贵的落日，都是她的功劳）跑来说天快打阵了。我一看窗外果然完全矿灰色，一阵阵的灰在街心里卷起，路上的行人都急忙走着，天上已经叠好无数的雨饼，此等信号一动就下，我赶快穿了雨衣，外加我们的袍，戴上方帽，出门骑上自行车，飞快向我校背赶去。一路雨点已经雹块似抛下。河边满树开花的栗树，曼陀罗，紫丁香，一齐俯首觳觫，专待恣暴，但他们芬芳的呼吸，却彻浃重实的空气，似乎向孟浪的狂且，乞情求免。

我到校门的时候，满天几乎漆黑，雷声已动，门房迎着笑道："呀，你到得真巧，再过一分钟，你准让阵雨漫透！"我笑答道，"我正为要漫透来的！"

我一口气跑到河边，四围估量了一下，觉得还是桥上的地位最好，我就去靠在桥栏上老等，我头顶正是那株靠河最大的橘树，对面是棵柳树，从柳丝里望见先华亚学院的一角，和我们著名教堂的后背（King's Chapel）[①]；两树的中间，正对校友居（Fellows' Building）的大部，中隔着百码见方齐整匀净葱翠的草庭。这是在我的右边。从柳树的左手望见亭亭倩

① King's Chapel：国王小教堂。

倩三环洞的先华亚桥，她的妙景，整整地印在平静的康河里，河左岸的牧场上，依旧有几匹马几条黄白花牛在那里吃草，啮啮有声，完全不理会天时的变迁，只晓得勤拂着马鬃牛尾，驱逐愈很的马蝇牛虫。此时天色虽则阴沉可怕，然我眼前绝美的一幅图画——绝色的建筑，庄严的寺角，绝色的绿草，绝色的河与桥，绝色的垂柳高桥〈橘〉——只是一片异样恬静，绝不露仓皇形色。草地上有三两只小雀，时常地跳跃；平常高唱好画者黑雀却都住了口，大约伏在巢里看光景，只远处偶然的鸦啼，散沙似从半天里撒下。

记得，桥上有我站着。

来了！雷雨都到了猖獗的程度，只听见自然界一体的喧哗；雷是鼓，雨落草地是沈溜的弦声，雨落水面是急珠走盘声，雨落柳上是疏郁的琴声，雨落桥栏是击草声。

西南角——牧场那一边我的左手，正对校友居——的云堆里，不时放射出电闪，穿过树林，仿佛好几条紧缠的金蛇掠过光景，一直打到教堂的颜色玻璃和校友居的青藤白石和凹屈别

致的窗坡上，像几条铜扁担，同时打一块磨石大的火石，金花四射，光惊骇目。

雨忽注不休。云色虽稍开明，但四围都是雨激起的烟雾苍茫，克莱亚的一面几乎看不清楚。我仰庇掬〈橘〉老翁的高荫，身上并不大湿，但桥上的水，却分成几道泥沟，急冲下来，我站在两条泥沟的中间，所以鞋也没有透水。同时我很高兴发现离我十几码一棵大榆树底下，也有两个人站着，但他们分明是避雨，不是像我看来经验打阵。他们在那里划火抽烟，想等过这阵急寐。

那边牧场方才不管天时变迁尽吃的朋友，此时也躲在场中间两枝榆树底下，马低着头，牛昂着头，在那里抱怨或是崇拜老天的变怒。

雨已经下了十几分钟，益发大了。雷电都已经休止，天色也更清明了。但我所仰庇的掬〈橘〉老翁，再也不能继续荫庇我，他老人家自己的胡髭，也支不住淋漓起来，结果是我浑身增加好几斤重量。有时作恶的水一直灌进我的领子，直溜到背上，寒透肌骨；桥栏也全没了；我脚下的干土，也已经渐次灭迹，几条泥沟，已经迸成一大股浑流，踊跃进行，我下体也增加了重量，连胫骨都湿了。到这个时候，初阵的新奇已经过去，满眼只是一体的雨色，满耳只是一体的雨声，满身只是一体的雨感觉，我独身——避雨那两位已逃入邻近的屋子里——在大雨里听淹，头上的方巾已成了湿巾，前后左右淋个不住，倒觉得无聊起来。

但我有希望，西天的云已经开解不少，露出夕阳的预兆，我想这雨一停一定有奇景出现——我于是立定主意与雨赌耐心。我向地上看，看无数的榆钱在急涡里乱转，还有几个不幸的虫蚁也葬身在这横流之中，我忽然想起道施滔奄夫斯基的一部小说里的一个设想，他说你若然发现你自己在一沧海中一块仅仅容足的拳石上，浪涛像狮虎似向你身上扑来，你在这完全绝望的境地，你还想不想活命？我又想起康赖特的《大风》，人和自然原质的决斗。我又想像我在西伯利亚大雪地，穿着皮蓑，手拿牧杖，站在一大群绵羊中间。我想战阵是冒险，恋爱是更大的冒险，死是最大的冒险。我想起耶稣，魔鬼，薇纳司，福贺司德；我想飞出这雨圈，去踏在雨云的背上，看他们工作。我想……半点钟已过，我心海里至少涌起了几万种幻想，但雨还是倒个不住。

又过了足足十分钟，雨势方才收敛。满林的鸟雀都出了家门，使劲的欢呼高唱；此时云彩很别致，东中北三路，还是满布着厚云，并且极低，似乎紧罩在教堂的H形尖阁上，但颜色已从乌黑转入青灰，西南隅的云已经开张了一只大口，从月牙形的云絮背后冲射出一海的明霞，仿佛菩萨背后的万道佛光，这精悍的烈焰，和方才初雨时的电闪一样，直照在教堂和校友居的上楼，将一带白玻璃窗尽数打成纯粹的黄金，教堂颜色玻璃窗上的反射更为强烈，那些画中人物都像穿扮整齐，在金河里游泳跳舞。妙处尤在这些高宇的后背及顶头，只是一片深青，越显得西天云罅月漏的精神，彩焰

奔腾的气象。

未雨之先，万象都只是静，现在雨一过，风又敛迹，天上虽在那里变化，地上还是一体的静；就是阵前的静，是空气空实的现象，是严肃的静，这静是大动大变的符号先声，是火山将炸裂前的静；阵雨后的静不同，空气里的浊质，已经彻底洗净，草青树绿经过了恐怖，重复清新自喜，益发笑容可掬，四围的水气雾意也完全灭迹，这静是清的静，是平静，和悦安舒的静。在这静里，流利的鸟语，益发调新韵切，宛似金匙击玉磬，清脆无比。我对此自然从大力里产出的美，从剧变里透出的和谐，从纷乱中转出的恬静，从暴怒中映出的微笑，从迅奋里结成的安闲，只觉得胸头塞满——喜悦，惊讶，爱好，崇拜，感奋的情绪，满身神经都感受强烈痛快的震撼，两眼火热地蓄泪欲流，声音肢体愿随身旁的飞禽歌舞；同时，我自顶至踵完全湿透浸透，方巾上还不住地滴水，假如有人见我，一定疑心我落了水，但我那时绝对不觉得体外的冷，只觉得体内高乐的热。（我也没有受寒。）

我正注目看西方渐次扫荡满天云锢的太阳，偶然转过身来，不禁失声惊叫。原来从校友居的正中起直到河的左岸，已经筑起一条鲜明五彩的虹桥！

八月六日

诗人与诗[①]

你们若有研究文学的兴趣，先要问自己能不能以自己的生活的大部分来从事于文艺；这个问题解决之后，再问自己生活的态度是怎样。最好是采取一种孤独的生活，经营你内心的生活，去创造你自己的文学的产品。诗人的作品的实质决不是在繁华的生活所能得到的。文学家的修养的起点，就是保持我们的活泼的态度，远避这恶浊的社会。若是实在不能孤独的去生活，而强伏于公同生活的环境；只要你能有你自己意志的主宰，对于外边的引诱也就无妨了。

要想专门的去研究诗的文学，或者想做一个诗人，也应该经过这个程序的疑问而后去决定。

诗人究竟是什么东西？这句话急切也答不上来。诗人中最好的榜样：我最爱中国的李太白，外国的Shelley[②]。他们生平的历史就是一首极好的长诗；所以诗人虽然没有创造他们的作品，也还能够成其为诗人。我们至少要承认：诗人是天生的而

①这是作者1923年5月在北师大附中讲演的记录整理稿，整理者为朱大枬；载1923年6月《新民意报》副刊《朝霞》第六期；文末有朱大枬的附记。初收1995年8月上海书店《徐志摩全集》第八册。朱大枬附记附后。

② Shelley：雪莱（1797—1851），英国浪漫主义诗人，主要作品有长诗《伊斯兰的反叛》、诗剧《解放了的普罗米修斯》及抒情诗《西风颂》、《致云雀》等。

非人为的（poet is born not made），所以真的诗人极少极少。广义地说，一个小孩子也是诗人，因为他也有他的想像力，及他的天真烂漫的观察力。我想英国能写诗的人不下三十万，不过在里面只寻找得出二十个真诗人，在各大学中当得起诗人之称的不过一二人。

有人说："道德不好的人不能做诗人。"好像 Villon[①]是一个滥喝酒而且做贼的人；还有意大利文艺复兴时代做情歌的 Malatasta[②]也是道德不甚好的人；还有英国的 Byron[③]为英国社会所不容而赶到别国去的，他有天赋的狂放的天才，兼之那时又是浪漫的时期，他所得的境界是纯粹的美，他的宗教的第一信仰就是美的实在，出乎普通的道德，和人们的成见及偏见的制裁。这三人中，只有 Malatasta 实在是个坏人，所以他的诗也只能算伪的文学。

诗人不能兼作数学家。如像德国的 Goethe[④]，他的政治，历史，哲学，文学……都好，只有数学一种学科不行。你们数学不见长的，来学诗一定是很适宜的；因为诗人的情重于智，

① Villon：维庸，（1431—1463？），法国诗人，主要作品有《小遗言集》、《大遗言集》等。

② Malatasta：马拉它撒，生平不详。

③ Byron：拜伦（1788—1824），英国浪漫主义诗人，代表作有《恰尔德·哈罗尔德游记》、《唐璜》等。唐琼（Don Juan），今译唐璜。

④ Goethe：今译歌德（1749—1832），德国诗人、作家，代表作有诗剧《浮士德》、小说《少年维特之烦恼》等。

数学家却只重印板式的思构；数学不好的人，他的想像力一定很发达，所以他不惯受拘于那呆板的条例。

诗人是半女性的（poet is half woman），如像但丁……等是在英国除了伯克外，Shelley 同 Keats 都是美男子，都是三十四五岁上就夭折了。但是所谓半女性，自然不是生理上的，也不是容貌上的，乃是性情上的——一种缠绵的多愁性。

诗人不是实际的实行家。然而也有例外，如像 Shakespeare，他既做过小生意，又当过戏园的掌班，办事很有条理的。

上面几条反面的说法，看了之后大概可以知道诗人是什么了。但是诗人的产物——诗到底又是什么东西呢？

这个尤其难说了。只有一个滑稽而较确切的解释："诗就是诗。"但是这个解释还是等于不解释，对于我们的求知心，自然不能算满足。

勉强的说：诗是写人们的情绪的感受或发生。情绪的义很广，不仅是哭，笑，喜，怒……等情。比如我们写一棵树，写一块石头，只要你能身入其境，与你所写及的东西有同化的境界，就是情绪极真的表现。

现在的诗人几乎占据了中国的新文坛，所以发表出来的诗也太滥了。反对白话诗的人常常持这种论调："散文分行写就是一首白话诗，白话诗要改成连贯的写就是一篇白话文。"这也不怪他们说得这样过份〈分〉，作者原不能辞其责呀。虽然，这种努力也是一种极好的预备。

外来的感觉不能刺激我们的灵性怎样深。天赋我们的眼睛，我们要运用他能看的本能去观察；天赋我们的耳，我们要运用他能听的本能去谛听；天赋我们的心，我们要运用他能想的本能去思想；此外还要依赖一种潜识——想像化，把深刻的感动让他在潜识内融化，等他自己结晶，一首诗这才能够算成功。所以写诗单靠 Inspiration[①]是不行的。

我们还要有艺术的自觉心。写我们有价值的经验，不是关于各个人的价值，应该把他客观化，——就是由我写出来，别人看了也要有同情的感动。

诗是极高尚极纯粹的东西，不要太容易去作，更不要为发表而作。我们得到一种诗的实质，先要溶化在心里；直至忍无

① Inspiration：灵感。

可忍，觉得几乎要迸出我心腔的时候，才把它写出。那才能算一首真的诗。

诗的灵魂是音乐的，所以诗最重音节。这个并不是要我们去讲平仄，押韵脚，我们步履的移动，实在也是一种音节啊。所以散文也可以说是有音节的。作白话诗我们也要在大范围内去自由。

诗是一种最高的语言，所以诗要非常贯连的。外国的一首好诗，一个音节不能省，一个不恰当的字不能用。本来作诗如造屋，屋中的一根柱头没有放好，全座的房子都要受影响。

我们想作诗，先要多读几篇散文。因为散文比较上有发展的余力，美的散文所得的快慰也不下于一首诗。想做诗还要多学几种艺术，如像音乐，图画……与诗的音节和描写都很有关系的。

附：朱大枏附记

这次我们请徐志摩先生来北京曦社讲演，我们非常感谢，承他惠然肯来。他对我们说：他不愿意一个人据在高高的讲坛上滔滔的演讲，还允许我们随时提出疑问，来互相讨论，虽然我们没有实行。这次只是徐先生对于我们随便的谈话，关于速记者的笔记诚然很难下手了。我本不主张发表这篇讲演稿，但是曦社同人都同意把他整理出来，讲者的原辞一定有许多遗漏或误记的，请读者原谅我整理的粗忽。

朱大枏五、三〇、整理后记

天下本无事①

我在《努力》第五十一期上做了一篇杂记，题目是《假诗，坏诗，形似诗》，却不道又引起了一场官司，一面仿吾他们不必说，声势汹汹的预备和我整个儿翻脸，振铎他们不消说也在那里乌烟瘴气的愤恨，为的是我同声嘲笑“雅典主义”以“取媚创造社”，这双方并进的攻击，来得凶猛，结果我也只得写了一封长信，一则答复成仿吾君，乘便我也发表联带想起的意见，请大家来研究研究，仇隙是否宜解不宜结；如其要解，是否彼此应得平心静气的。我最看不起吵架的文字，因为吵架的文字最不费劲最容易写，每当吵架的时候，我总觉得口齿特别的捷给，文笔也异常的流利。难怪吵架这样的盛行！晨报的副刊这一时倒颇不寂寞，张君劢的人生观，张竞生的爱情，惹出一天星斗，光怪陆离的只是好看；现在我又来凑趣，也许凑不识趣，重新提起评诗的问题，又要占据副刊不少的地位，我又觉得抱歉，又觉得可笑，所以这篇，虽则是封致仿吾的信，就定名为《天下本无事》！

① 1923年6月7日作；载1923年6月10日《晨报副刊》；又载1923年6月14日上海《时事新报》副刊《学灯》；初收1980年台湾时报文化出版事业有限公司《徐志摩诗文补遗》。采自《晨报副刊》。

仿吾兄：

这封信我特别请求你在《创造周报》上公布。

方才一位友人，气急败坏的到我们清静的图书馆里来，拿一张《创造周报》向我手里一塞，口说“坏了坏了，徐志摩变了‘Fake man[①]’了！”

我看完了那《通信四则》以后，感想颇不单纯，现在我提起笔来平心静气的写一封复信，盼望你和其余看到这信的诸君，也都能平心静气的看。

我说平心静气，仿佛我心原来不平气原来不静似的，但这又是用字句的随便(世上多少口角只是原因于用字句之随便！)，因为实际上我非但无气，而且有极真的心想来消解在他人心里已经发动的不必有的气哩。如其我感觉到至少的不安，那就为的是你不曾问我的允许，将我给你私人的信随手发表了。固然你是乘着一股嫉伪如仇的义愤，急于“暴露”“假人”的真凭实据，再也不顾常情与友谊，但我猜想你看了我这篇说明以后，也许不免觉得作事有时过于操切罢？

在我解释一切以前，我先要来一个小小的引子，请你原谅。骞司德顿（G. K. Chesterton）[②]有一句妙语，他说一个人受过最高教育的凭据，就在他能嘲笑自己，戏弄自己，高兴他自己可笑的作为：这也是心灵健全的证据。最大的亦最可笑的悲剧，就是

---

① Fake man：假人。

② G. K. Chesterton：今译切斯特顿（1874—1936），英国作家、新闻记者，著有小说、评论、诗歌、传记等。

自信为至高无上的理想人，永远不会走错路，永远不会说错话。是人总是不完全的。最大的诗人可以写出极陋的事。能够承认自己的缺陷与短处，即使不是人格伟大的标记，至少也证明他内心的生活，决不限于狃狃地悻悻地保障他可怜稀小畏葸的自我。我个人念了几年心理学的成绩，只在感觉到在我“高等教育”所养成神气活现的外形底里，还有不时在密谋猖獗的一个兽性的动物，一个披发的原人，一个顽皮的孩子。上帝知道我们深奥的灵魂里，不更有奇丑的怪物，可怖的陷阱暗室隐藏着！

这段小引是不很切题的；我所急于盼望我自己和他人共有而且富有的，就是一句不易翻出的英国话——A Sense of Humour[①]。万事总得看透一点：人们都是太认真了，结果把

① A Sense of Humour：幽默感。

应得认真的反而忽略了！

适当的义愤是人类史上许多奇事伟迹的动机，但任性的恚怒，只是产生不必有的扰攘，并且自伤贵体；我们知道世上多少大战变乱灾难，都是起源于人体的生理作用，原因于神经的反射性过强；我们应得咀嚼“文王一怒而天下平”的怒字，不应得纵容自己去学那些Externally exasperated housewives！！[①]

我的友人多叫我“理想者”，因为我不开口则已，一开口总是与现实的事理即不相冲突也很难符合的。我是去年年底才从欧洲回来的，所以不但政情商情，就连文界艺境的种种经纬脉络，都是很隔膜的；而且就到现在我并不致憾我的隔膜。比如人家说北京是肮脏黑暗，但我在此地整天的只是享乐我的朝采与晚色，友谊与人情；只要你不存心去亲近肮脏黑暗，肮脏黑暗也很不易特地来亲近你的。政治上我似乎听说有什么交通党国民党安福党研究党种种的分别，教育上也似乎听说有南派北派之不同，就连同声高呼光明自由的新文学界里，也似乎听说有什么会与什么社——老实说吧，文学研究会与创造社——的畛畦。我一向只是一体的否认这些党派有注意之价值，但近来我期望最深的文艺界里，不幸也常有情形发现使我不得不认为是可悲的现象——可悲因为是不必有的。

---

① Externally exasperated housewives：总是怒气冲冲的家庭妇女。

我到最近才知道文学会与创造社是过不去的，创造社与努力报也是不很过得去的。但在我望出来，却不曾看见什么会与什么社与什么报，我所见的只是热心创造新文学新艺术的同志；我既不隶属于此社，也不曾归附于彼会，更不曾充何报的正式主笔。所以我自己极浅薄无聊的作品之投赠，只问其所投之出版物宗旨之纯否与真否，而不计较其为此会之机关或彼社之代表。我至今还是大声的否认，可耻的卑琐的党派气味，Petty Party bias[①]——会得有机会侵入高尚纯粹的艺术家的心灵里。

我如其曾经有过评衡的文字，我决不至于幼稚至于以笼统的个人为单位；评衡的标准，只是所评衡的作品的自身。为的是一个简单的理由。人在行为上可以做好，也可以做坏；作者的作品也可以有时比较的好，有时比较的坏。说雪莱的 Deamon of the world[②]幼稚，并不连带说 Prometheus Unbound[③]或 The Cenci[④]是幼稚。说宛次宛士（Wordsworth）[⑤]大部分的诗是绝对的无聊，并不妨害宛次宛士是我们最大诗人之一的评价。仿吾兄，你自己也是位评衡家，而且我觉得你是比较的见

---

① Petty party bias：小集团的偏见。

② Deamon of the world：《世界之魔》。

③ Prometheus Unbound：《解放了的普鲁米修斯》。

④ The Cenci：《钦契》，指雪莱诗《钦契一家》。

⑤ Wordsworth：今译华滋华斯（1770—1850），英国浪漫派诗人，重要作品有与柯勒律治合著的《抒情歌谣集》，另有长诗《序曲》和组诗《露西》等，1843 年被封为英国桂冠诗人。

过文艺界的世面来的，我就不懂你如何会做出那样离奇的搭题——怎么，我评了一首诗的字句之不妥，你就下相差不可衡量的时空的断语，说我全在“污辱沫若的人格”，真是旧戏台上所谓“这是哪里说起呀！”

你是没有看懂我那篇杂记的意思。我前面说过我如其有评衡文字发表——我不自信曾有正式评衡发表过——我的标准，决不逾越所评衡的对象之范围。我那篇文字里所评的是悬拟的坏诗与假诗，至于我很不幸的引用那“泪浪滔滔……”固然因为作文时偶然记到——我并不曾翻按原作——其次也许不自觉的有意难为沫若那一段诗，隐示就是在新诗人里我看来最有成绩的尚且不免有笔懈的时候，留下不当颂扬的标样，此外更是可想而知了。仿吾，平心说，你我下笔评衡的时候若然要引证来解释一条原则，我们是否应该向比较有声

望的作品里去寻访，还是向无奇不有的报纸与杂志上去随意乱引呢？

不过有一点我到此刻想起应得乘便声明的。我回想那篇杂记通篇只是泛论，引文却就只“泪浪滔滔……”那四字，而且又回反重复自得其乐的把那四字 Reductio ad absurdum[①]，我倒觉得我也不能过分，深怪你竟以为我有意与沫若“抬杠”。我很盼望沫若兄的气没有仿吾这样标类的（typical）湖南人那样急法，但如其他也不幸的下了主观的断语，怀疑我有意挑拨，我只有深深的道歉。还有由假诗而牵涉到假人，更是令我失笑的大搭题。我绝对的不曾那样的存心。

我自信我的天性，不是爱衅寻仇的，我最厌恶笼统的对人的攻击。但为维持文艺的正谊的尊严起见——如其我可以妄想有万一的这样资格与能力——我老实说我非但不怕得罪人，而且决不踌躇称扬，甚至于崇拜真好的作品。比如每次有人问我新诗里谁的最要得，我未有不首推郭沫若的，同时我也不隐讳他初期尝试作品之不足为法。我那天路过上海由达夫会到你们创造社诸君，同时也由瞿菊农的介绍，初识《小说月报》的诸编辑。我当时只觉得你们都是诚心为新文艺的个人，你就一斧劈开我的脑子，你也寻不出此会彼社的印象来！后来我到京与菊农谈起，都觉得两面争吵之无谓，胡适之说的彼此同是一家弟兄，何必闹意气，老实说你若然悬一个理想的文艺的标准，

① Reductio ad absurdum：拉丁文，归谬法。

来绳按现有的作品，不问是什么书局或是什么会社的出版物，至多也无非彼善于此，百步与五十步之间。我们应得悉心侦候与培养的是纯正的萌芽，应得引人注意的只是新辟的纯正的路径；反之，应得爬梳与暴露的只是杂芜与作伪。我们的对象，只是艺术，我们若然决心为艺术牺牲，那里还有心意与工夫来从事无谓的纠缠，纵容嫉忌鄙陋倔犟等等应受铲灭的根性，盲干损人不利己的勾当，耗费可宝的脑力与文才，学舌老妈子与洋车夫的谰骂。

艺术只是同情！评衡只是发现。发现就是创造之一式，是无上的快乐。百年前爱丁堡评论（Edinburgh Review）的主笔骂死了开次（Keats）的人，却骂不死开次的诗。所有大评衡家——圣伯符，裴德，高柳列其——不朽的声誉，都是建筑于发现与赞美之上，不是从破坏刻薄的事业得来的。固然有时有排斥抉剔的必要，但总是消极的作用，用意无非在衬出真的与纯的。评衡是赞美的美术，是创造的；是扩大同情心，不是发泄一己的意气。

这一段话与我们“假人假诗”的打架，似乎并不相关，但我满腔只是理不清的悲绪，我其实想借这个机会凭我一己有限的爱艺术与爱友谊的热心，感动所有未能解除意气或竟沾染党同伐异的陋习却一样的有大热的心来建造新文化的诸君，此后彼此严自审验，有过共认共谅，有功共标其赏，消除成见的暴戾与专愎，在真文艺精神的温热里互感彼此心灵之密切。那岂不是一件痛快的大事?

真的，随你什么社什么会也分不开彼此共同表现的现代精神。对抗这新精神的真仇敌多著哩，我们何苦不协力来防御我们辛苦得来的新领土，何苦不协力来抵抗与扫平隐伏在我们周围的疑忌与侵凌！精神的兄弟是分不了家的！

最后我还要声明一句，我说的话我句句都认帐的。我恭维沫若的话，是我说的。我批评“泪浪滔滔”这一类诗的疏忽，是我说的。我笑话“雅典主义”与“手势戏”，是我说的。但我恭维沫若的人，并不防止我批评沫若的诗；我只当沫若和旁人一样，是人，不是神圣不可侵犯的。我说“泪浪滔滔”这类句法不是可做榜样的，并不妨害我承认沫若在新文学里最有建树的一个人。我在创造上偶然发表文字，我并不感到对于创造的作品有 Taboo[①]甚至无条件的崇拜的义务，犹之我在《小说月报》上投稿，并无取消我与创造诸君结识的权利。

我说一首诗是坏是假，随是东洋或西洋的逻辑家也不能引证我有断定那作诗人是坏人或是假人的涵义。(那天我写那篇杂记的时候，也曾想从我自己的作品去寻标本，因为适之也曾经说有人说我的诗有 Affectation[②]的嫌疑；结果赦免了自己却套

① Taboo：避忌。

② Affectation：矫情，装腔作势。

上了沫若，实在是偶然的不幸，我现在真觉得负歉，因为人家都是那样的认真。）

我说以血比日以琴比心的可厌，是证明就是新文学也有趋滥调（Mannerism）的危险，并不断定凡是曾经以血比日以心比琴的作者都是作伪的：我自己就以琴喻心过好几次！其实我指出新诗有假与坏与形似的种类，我并不除外我自己的作品，我很愿意献我自己的丑，但我因为自己不介意，就随意推想旁人也不会怎样的介意——哪里知道我就错在这里。

再说我笑"雅典主义"的荒谬，不见得就是取媚创造社，犹之我笑"手势戏"，并不表示我对犯错误的作者，有除此以外的蔑视与嘲笑——真是，谁免得了错误，要存心吹求起来，世上既没有完全的作者，更没有无纰的译者！你们一方面如其以为我骂假诗就是骂创造，所以就是取悦文学研究会，他一方面当然又以我的嘲笑雅典主义等等的信，为骂文学研究会，所以就是取悦创造社。结果作伪一暴露，两面不讨好两面受攻击，——"虚与周旋"，"放冷箭"，什么都发现了！哈哈！我倒不曾想到也有这样幸福走入党见曲解的重楼复阁之中，多好玩呀！

但我关于自己的表白，是无所谓的，我如其希望什么事，就只前面再三说过的劝各方面平心静气的消仇解隙。槐尔德说的Where there is no love there is no understanding①，你们把"偏

①没有爱便没有理解。

忌障”打开看看，同情的本能自然会活动，从前只见丑恶，现在却发现清洁，从前只见卑琐，现在却发现可爱的境界，云雾消翳了，青天和星月的光明，当然会照露的。说了半天，我还是个顽固不化的“理想者”，我确信世上没有不可消解的嫌隙，我话也完了，请你们鉴谅我一番的至意。

六月七日

我的祖母之死[1]

一

一个单纯的孩子，过他快活的时光，与匆匆的，活泼泼的，何尝识别生存与死亡？

这四行诗是英国诗人华茨华斯（William Wordsworth）一首有名的小诗叫做“我们是七人”（We Are Seven）的开端，也就是他的全诗的主意。这位爱自然，爱儿童的诗人，有一次碰着一个八岁的小女孩，发卷蓬松的可爱，他问她兄弟姊妹共有几人，她说我们是七个，两个在城里，两个在外国，还有一个姊妹一个哥哥，在她家里附近教堂的墓园里埋着。但她小孩的心理，却不分清生与死的界限，她每晚携着她的干点心与小盘皿，到那墓园的草地里，独自的吃，独自的唱，唱给她的在土堆里眠着的兄姊听，虽则他们静悄悄的莫有回响，她烂漫的童心却不曾感到生死间有不可思议的阻隔；所以任凭华翁多方的譬解，她只是睁着一双灵动的小眼，回答说：

“可是，先生，我们还是七人。”

① 1923年11月24日作；载1923年12月1日《晨报五周年纪念增刊》；初收1928年1月上海新月书店《自剖》。采自《自剖》。

二

其实华翁自己的童真，也不让那小女孩的完全：他曾经说“在孩童时期，我不能相信我自己有一天也会得悄悄的躺在坟里，我的骸骨会得变成尘土”。又一次他对人说“我做孩子时最想不通的，是死的这回事将来也会得轮到我自己身上”。

孩子们天生是好奇的，他们要知道猫儿为什么要吃耗子，小弟弟从哪里变出来的，或是究竟先有鸡还是先有鸡蛋；但人生最重大的变端——死的见象与实在，他们也只能含糊的看过，我们不能期望一个个小孩子们都是搔头穷思的丹麦王子。他们临到丧故，往往跟着大人啼哭；但他只要眼泪一干，就会到院子里踢毽子，赶蝴蝶，就使在屋子里长眠不醒了的是他们的亲爹或亲娘，大哥或小妹，我们也不能盼望悼死的悲哀可以完全翳蚀了他们稚羊小狗似的欢欣。你如其对孩子说，你妈死了，你知道不知道——他十次里有九次只是对着你发呆；但他等到要妈叫妈，妈偏不应的时候，他的嫩颊上就会有热泪流下。但小孩天然的一种表情；往往可以给人们最深的感动。我生平最忘不了的一次电影，就是描写一个小孩爱恋已死母亲的种种天真的情景。她在园里看种花，园丁告诉她这花在泥里，浇下水去，就会长大起来。那天晚上天下大雨，她睡在床上，被雨声惊醒了，忽然想起园丁的话，她的小脑筋里就发生了绝妙的主意。她偷偷的爬出了床，走下楼梯，到书房里去拿下桌上供着的她死母的照片，一把揣在怀里，也不顾倾倒着的大雨，一直走到园里，在地上用园丁的小锄掘松了泥土，把她怀里的亲妈，谨慎的取了出来，栽在泥里，把松泥掩护着；她做完了工就蹲在那里守候——一个三四岁的女孩，穿着白色的睡衣，在深夜的暴雨里，蹲在露天的地上，专心笃意的盼望已经死去的亲娘，像花草一般，从泥土里发长出来！

三

我初次遭逢亲属的大故，是二十年前我祖父的死，那时我还不满六岁。那是我生平第一次可怕的经验，但我追想当时的心理，我对于死的见解也不见得比华翁的那位小姑娘高明。我记得那天夜里，家里人吩咐祖父病重，他们今夜不睡了，但叫我和我的姊妹先上楼睡去，回头要我们时他们会来叫的。我们就上楼去睡了，底下就是祖父的卧房，我那时也不十分明白，只知道今夜一定有很怕的事，有火烧，强盗抢，做怕梦，一样的可怕。我也不十分睡着，只听得楼下的急步声，碗碟声，唤婢仆声，隐隐的哭泣声，不息的响着。过了半夜，他们上来把我从睡梦里抱了下去，我醒过来只听得一片的哭声，他们已经把长条香点起来，一屋子的烟，一屋子的人，围拢在床前，哭的哭，喊的喊，我也挨了过去，在人从里偷看大床里的好祖父。忽然听说醒了醒了，哭喊声也歇了，我看见父亲爬在床里，把病父抱持在怀里，祖父倚在他的身上，双眼紧闭着，口里衔着一块黑色的药物他说话了，很清的声音，虽则我不曾听明他说的什么话，后来知道他经过了一阵昏晕，他又醒了过来对家人说："你们吃吓了，这算是小死。"他接着又说了好几句话，随讲音随低，呼气随微，去了，再不醒了，但我却不曾亲见最后的弥留，也许是我记不起，总之我那时早已跪在地板上，手里擎着香，跟着大众高声的哭喊了。

四

此后我在亲戚家收殓虽则看得不少，但死的实在的状况却不曾见过。我们念书人的幻想力是较比的丰富，但往往因为有了幻想力，就不管生命现象的实在，结果是书呆子，陆放翁说的"百无一用是书生"。人生的范围是无穷的：我们少年时精力充足什么都不怕尝试，只愁没有出奇的事情做，往往抱怨这宇宙太窄，青天太低，大鹏似的翅膀飞不痛快，但是……但是平心的说，且不论奇的，怪的，特别的，离奇的，我们姑且试问人生里最基本的事实，最单纯的，最普遍的，最平庸的，最近人情的经验，我们究竟能有多少的把握，我们能有多少深澈的了解，我们是否都亲身经历过？譬如说：生产，恋爱，痛苦，悲，死，妒，恨，快乐，真疲倦，真饥饿，渴，毒焰似的渴，真的幸福，冻的刑罚，忏悔，种种的情热。我可以说，我们平常人生观，人类，人道，人情，真理，哲理，本能等等名词不离口吻的念书人们，什么文学家，什么哲学家——关于真正人生基本的事实的实在，知道的——恐怕是极微至鲜，即使不等于圆圈。我有一个朋友，他和他夫人的感情极厚，一次他夫人临到难产，因为在外国，所以进医院什么都得他自己照料，最后医生宣言只有用手术一法，但性命不能担保，他没有法子，只好和他半死的夫人诀别（解剖时亲属不准在旁的）。满心毒魔

似的难受，他出了医院，走在道上，走上桥去，像得了离魂病似的，心脉舂臼似的跳着，最后他听着了教堂和缓的钟声，他就不自主的跟着钟声，进了教堂，跟着在做礼拜的跪着，祷告，忏悔，祈求，唱诗，流泪（他并不是信教的人），他这样的捱过时刻，后来回转医院时，一步步都是惨酷的磨难，比上行刑场的犯人，加倍的难受，他怕见医生与看护妇，仿佛他的运命是在他们的手掌里握着。事后他对人说“我这才知道了人生一点子的意味！”

五

所以不曾经历过精神或心灵的大变的人们，只是在生命的户外徘徊，也许偶尔猜想到几分墙内的动静，但总是浮的浅的，不切实的，甚至完全是隔膜的。人生也许是个空虚的幻梦，但在这幻象中，生与死，恋爱与痛苦，毕竟是陡起的奇峰，应得激动我们彷徨者的注意，在此中也许有可以感悟到一些幻里的真，虚中的实，这浮动的水泡不曾破裂以前，也应得饱吸自由的日光，反射几丝颜色！

我是一只不羁的野驹，我往往纵容想像的猖狂，诡辩人生的现实；比如凭藉凹折的玻璃，觉察当前景色。但时而复再，我也能从烦嚣的杂响中听出清新的乐调，在炫耀的杂彩里，看出有条理的意匠。这次祖母的大故，老家庭的生活，给我不少静定的时刻，不少深刻的反省。我不敢说我因此感悟了部分的真理，或是取得了若干的智慧；我只能说我因此与实际生活更深了一层的接触，益发激动我对于人生种种好奇的探讨，益发使我惊讶这迷谜的玄妙，不但死是神奇的现象，不但生命与呼吸是神奇的现象，就连日常的生活与习惯与迷信，也好像放射着异样的光闪，不容我们擅用一两个形容词来概状，更不容我们昌言什么主义来抹煞——一个革新者的热心，碰着了实在的寒冰！

六

我在我的日记里翻出一封不曾写完不曾付寄的信，是我祖母死后第二天的早上写的。我那时在极强烈的极鲜明的时刻内，很想把那几日经过感想与疑问，痛快的写给一个同情的好友，使他在数千里外也能分尝我强烈的鲜明的感情。那位同情的好友我选中了通伯，但那封信却只起了一个呆重的头，一为丧中忙，二为我那时眼热不耐用心，始终不曾写就，一直挨到现在再想补写，恐怕强烈已经变弱，鲜明已经透暗，逃亡的囚通，不易追获的了。我现在把那封残信录在这里，再来追摹当时的情景。

通伯：我的祖母死了！从昨夜十时半起，直到现在，满屋子只是号啕呼抢的悲音。与和尚道士女僧的礼忏鼓磬声。二十年前祖父丧时的情景。如今又在眼前了。忘不了的情景！你愿否听我讲些？

我一路回家，怕的是也许已经见不到老人，但老人却在生死的交关仿佛存心的弥留着，等待她最钟爱的孙儿——即不能与他开言诀别，也使他尚能把握她依然温暖的手掌，抚摩她依然跳动着的胸怀。凝视她依然能自开自合虽则不再能表情的目睛。她的病是脑充血的一种，中医称为“卒中”（最难救的中风）。她十日前在暗房里蹶仆倒地，从此不再开口出言，登仙似的结束了她八十四年的长寿，六十年良妻与贤母的辛勤，她现在已经永远的脱辞了烦恼的人间，还归她清净自在的来处。我们承受她一生的厚爱与荫泽的儿孙，此时亲见，将来追念，她最后的神化，不能自禁中怀的摧痛，热泪暴雨似的盆涌，然痛心中却亦隐有无穷的赞美，热泪中依稀想见她功成德备的微笑，无形中似有不朽的灵光，永远的临照她绵衍的后裔……

七

旧历的乞巧那一天，我们一大群快活的游踪，驴子灰的黄的白的，轿子四个脚夫抬的，正在山海关外，纡回的，曲折的绕登角山的栖贤寺，面对着残圮的长城，巨虫似的爬山越岭，隐入烟霭的迷茫。那晚回北戴河海滨住处，已经半夜，我们还打算天亮四点钟上莲峰山去看日出，我已经快上床，忽然想起了，出去问有信没有，听差递给我一封电报，家里来的四等电报。我就知道不妙，果然是“祖母病危速回”！我当晚就收拾行装，赶早上六时车到天津，晚上才上津浦快车。正嫌路远车慢，半路又为水发冲坏了轨道过不去，一停就停了十二点钟有余，在车里多过了一夜，直到第三天的中午方才过江上沪宁车。这趟车如其准点到上海，刚好可以接上沪杭的夜车，谁知道又误了点，误了不多不少的一分钟，一面我们的车进站，他们的车头呜的一声叫，别断别断的去了！我若然是空身子，还可以冒险跳车，偏偏我的一双手又被行李雇定了，所以只得定着眼睛送它走。

所以直到八月二十二日的中午我方才到家。我给通伯的信说“怕是已经见不着老人”，在路上那几天真是难受，缩不短的距离没有法子，但是那急人的水发，急人的火车，几面凑拢来，叫我整整的迟一昼夜到家！试想病危了的八十四岁的老人，这二十四点钟不是容易过的，说不定她刚巧在这个期间内有什么动静，那才叫人抱憾哩！但是结果还算没有多大的差池——她老人家还在生死的交关等着！

八

奶奶——奶奶——奶奶！奶——奶！你的孙儿回来了，奶奶！没有回音。老太太合着眼，仰面躺在床里，右手拿着一把半旧的雕翎扇很自在的扇动着。老太太原来就怕热，每年暑天总是扇子不离手的，那几天又是特别的热。这还不是好好的老太太，呼吸顶匀净的，定是睡着了，谁说危险！奶奶，奶奶！她把扇子放下了，伸手去摸着头顶上挂着的冰袋，一把抓得紧紧的，呼了一口长气，像是暑天赶道儿的喝了一碗凉汤似的，这不是她明明的有感觉不是？我把她的手拿在我的手里，她似乎感觉我手心的热，可是她也让我握着，她开眼了！右眼张得比左眼开些，瞳子却是发呆，我拿手指在她的眼前一挑，她也没有瞬，那准是她瞧不见了——奶奶，奶奶，——她也真没有听见，难道她真是病了，真是危险，这样爱我疼我宠我的好祖母，难道真会得……我心里一阵的难受，鼻子里一阵的酸，滚热的眼泪就迸了出来。这时候床前已经挤满了人，我的这位，我的那位，我一眼看过去，只见一片惨白忧愁的面色，一双双装满了泪珠的眼眶。我的妈更看的憔悴。她们已经伺候了六天六夜，妈对我讲祖母这回不幸的情形，怎样的她夜饭前还在大厅上吩咐事情，怎样的饭后进房去自己擦脸，不知怎样的闪了下去，外面人听着响声才进去，已经是不能开口了，怎样的请医生，一直到现在还没有转机……

一个人到了天伦骨肉的中间，整套的思想情绪，就变换了式样与颜色。你的不自然的口音与语法没有用了；你的耀眼的袍服可以不必穿了；你的洁白的天使的翅膀，预备飞翔出人间到天堂的，不便在你的慈母跟前自由的开豁；你的理想的楼台亭阁，也不易轻易的放进这二百年的老屋；你的佩剑，要塞，以及种种的防御，在争竞的外界即使是必要的，到此只是可笑的累赘。在这里，不比在其余的地方，他们所要求于你的，只是随熟的声音与笑貌，只是好的，纯粹的本性，只是一个没有斑点子的赤裸裸的好心。在这些纯爱的骨肉的经纬中心，不由得你不从你的天性里抽出最柔糯亦最有力的几缕丝线来加密或是缝补这幅天伦的结构。

所以我那时坐在祖母的床边，含着两朵热泪，听母亲叙述她的病况，我脑中发生了异常的感想，我像是至少逃回了二十年的光阴，正如我膝前子侄辈一般的高矮，回复了一片纯朴的童真，早上走来祖母的床前，揭开帐子叫一声软和的奶奶，她也回叫了我一声，伸手到里床去摸给我一个蜜枣或是三片状元糕，我又叫了一声奶奶，出去玩了，那是如何可爱的辰光，如何可爱的天真，但如今没有了，再也不回来了。现在床里躺着的，还不是我的亲爱的祖母，十个月前我伴着到普渡〈陀〉登山拜佛清健的祖母，但现在何以不再答应我的呼唤，何以不再能表情，不再能说话，她的灵性哪里去了，她的灵性那里去了？

九

一天，一天，又是一天——在垂危的病榻前过的时刻，不比平常飞驶无碍的光阴，时钟上同样的一声的嗒，直接的打在你的焦急的心里，给你一种模糊的隐痛——祖母还是照样的眠着，右手的脉自从起病以来已是极微仅有的，但不能动掸〈弹〉的却反是有脉的左侧，右手还是不时在挥扇，但她的呼吸还是一例的平匀，面容虽不免瘦削，光泽依然不减，并没有显着的衰象，所以我们在旁边看她的，差不多每分钟都盼望她从这长期的睡眠中醒来，打一个哈欠，就开眼见人，开口说话——果然她醒了过来，我们也不会觉得离奇，像是原来应当似的。但这究竟是我们亲人绝望中的盼望，实际上所有的医生，中医，西医，针医，都已一致的回绝，说这是“不治之症”，中医说这脉象是凭证，西医说脑壳里血管破裂，虽则植物性机能——呼吸，消化——不曾停止，但言语中枢已经断绝——此外更专门更玄学更科学的理论我也记不得了。所以暂时不变的原因，就在老太太本来的体元太好了，拳术家说的“一时不能散工”，并不是病有转机的兆头。

我们自己人也何尝不明白这是个绝症；但我们却总不忍自认是绝望：这“不忍”便是人情。我有时在病榻前，在凄悒的静默中，发生了重大的疑问。科学家说人的意识与灵感，只是神经系最高的作用，这复杂，微妙的机械，只要部分有了损伤或是停顿，全体的动作便发生相当的影响；如其最重要的部分受了扰乱，他不是变成反常的疯癫，便是完全的失去意识。照这一说，体即是用，离了体即没有用；灵魂是宗教家的大谎，人的身体一死什么都完了。这是最甘〈干〉脆不过的说法，我们活着时有这样有那样已经尽够麻烦，尽够受，谁还有兴致，谁还愿意到坟墓的那一边再去发生关系，地狱也许是黑暗的，天堂是光明的，但光明与黑暗的区别无非是人类专擅的假定，我们只要摆脱这皮囊，还归我清静，我就不愿意头戴一个黄色的空圈子，合着手掌跪在云端里受罪！

再回到事实上来，我的祖母——一位神智最清明的老太太——究竟在那里？我既然不能断定因为神经部分的震裂她的灵感性便永远的消灭，但同时她又分明的失却了表情的能力，我只能设想她人格的自觉性，也许比平时消澹〈淡〉了不少，却依旧是在着，像在梦魇里将醒未醒时似的，明知她的儿女孙曾不住的叫唤她醒来，明知她即使要永别也总还有多少的嘱咐，但是可怜她的睛球再不能反映外界的印象，她的声带与口舌再不能表达她内心的情意，隔着这脆弱的肉体的关系，她的性灵再不能与她最亲的骨肉自由的交通——也许她也在整天整夜的伴着我们焦急，伴着我们伤心，伴着我们出泪，这才是可怜，这才真叫人悲戚哩！

十

到了八月二十七那天，离她起病的第十一天，医生吩咐脉象大大的变了，叫我们当心，这十一天内每天她只咽入很困难的几滴稀薄的米汤，现在她的面上的光泽也不如早几天了，她的目眶更陷落了，她的口部的筋肉也更宽驰了，她右手的动作也减少了，即使拿起了扇子也不再能很自然的扇动了——她的大限的确已经到了。但是到晚饭后，反是没有什么显象。同时一家人着了忙，准备寿衣的，准备冥银的，准备香灯等等的。我从里走出外，又从外走进里，只见匆忙的脚步与严肃的面容。这时病人的大动脉已经微细的不可辨，虽则呼吸还不至怎样的急促。这时一门的骨肉已经齐集在病房里，等候那不可避免的时刻。到了十时光景，我和我的父亲正坐在房的那一头一张床上，忽然听得一个哭叫的声音说——“大家快来看呀，老太太的眼睛张大了！”这尖锐的喊声，仿佛是一大桶的冰水浇在我的身上，我所有的毛管一齐竖了起来，我们踉跄的奔到了床前，挤进了人群。果然，老太太的眼睛张大了，张得很大了！这是我一生从不曾见过，也是我一辈子忘不了的眼见的神奇。（恕罪我的描写！）不但是两眼，面容也是绝对的神变了（Transfigured）：她原来皱缩的面上，发出一种鲜润的彩泽，仿佛半瘀的血脉，又一度满充了生命的精液，她的口，她的两颊，也都回复了异样的丰润；同时她的呼吸渐渐的上升，急进的短促，现在已经几乎脱离了气管，只在鼻孔里脆响的呼出了。但是最神奇不过的是一只眼睛！她的瞳孔早已失去了收敛性，呆顿的放大了。但是最后那几秒钟！不但眼眶是充分的张开了，不但黑白分明，瞳孔锐利的紧敛了，并且放射着一种不可形容，不可信的辉光，我只能称他为“生命最集中的灵光”！这时候床前只是一片的哭声，子媳唤着娘，孙子唤着祖母，婢仆争喊着老太太，几个稚龄的曾孙，也跟着狂叫太太……但老太太最后的开眼，仿佛是与她亲爱的骨肉，作无言的诀别，我们都在号泣的送终，她也安慰了，她放心的去了。在几秒时内，死的黑影已经移上了老人的面部，遏灭了生命的异彩，她最后的呼气，正似水泡破裂，电光沓灭，菩提的一响，生命呼出了窍，什么都止息了。

十一

我满心充塞了死象的神奇，同时又须顾管我有病的母亲，她那时出性的号啕，在地板上滚着，我自己反而哭不出来；我自己也觉得奇怪，眼看着一家长幼的涕泪滂沱，耳听着狂沸似的呼抢号叫，我不但不发生同情的反应，却反而达到了一个超感情的，静定的，幽妙的意境，我想像的看见祖母脱离了躯壳与人间，穿着雪白的长袍，冉冉的上升天去，我只想默默的跪在尘埃，赞美她一生的功德，赞美她一生的圆寂。这是我的设想！我们内地人却没有这样纯粹的宗教思想；他们的假定是不论死的是高年厚德的老人或是无知无慾的幼孩，或是罪大恶极的凶人，临到弥留的时刻总是一例的有无常鬼，摸壁鬼，牛头马面，赤发獠牙的阴差等等到门，拿着镣链枷锁，来捉拿阴魂到案。所以烧纸帛是平他们的暴戾，最后的呼抢是没奈何的诀别。这也许是大部分临死时实在的情景，但我们却不能概定所有的灵魂都不免遭受这样的凌辱。譬如我们的祖老太太的死，我只能想像她是登天，只能想像她慈祥的神化——像那样鼎沸的号啕，固然是至性不能自禁，但我总以为不如匐伏隐泣或祷默，较为近情，较为合理。

理智发达了，感情便失了自然的浓挚；厌世主义的看来，眼泪与笑声一样是空虚的，无意义的。但厌世主义姑且不论，我却不相信理智的发达，会得妨碍天然的情感；如其教育真有效力，我以为效力就在剥削了不合理性的“感情作用”，但决不会有损真纯的感情；他眼泪也许比一般人流得少些，但他等到流泪的时候，他的泪才是应流的泪。我也是智识愈开流泪愈少的一个人，但这一次却也真的哭了好几次。一次是伴我的姑母哭的，她为产后不曾复原，所以祖母的病一直瞒着她，一直到了祖母故后的早上方才通知她。她扶病来了，她还不曾下轿，我已经听出她在啜泣，我一时感觉一阵的悲伤，等到她出轿放声时，我也在房中嘘唏不住。又一次是伴祖母当年的赠嫁婢哭的。她比祖母小十一岁，今年七十三岁，亦已是个白发的婆子，她也来哭她的“小姐”，她是见着我祖母的花烛的唯一个人，她的一哭我也哭了。

再有是伴我的父亲哭的。我总是觉得一个身体伟大的人，他动情感的时候，动人的力量也比平常人伟大些。我见了我父亲哭泣，我就忍不住要伴着淌泪。但是感动我最强烈的几次，是他一人倒在床里，反复的啜泣着，叫着妈，像一个小孩似的，我就感到最热烈的伤感，在他伟大的心胸里浪涛似的起伏，我就感到母子的感情的确是一切感情的起原与总结，等到一失慈爱的荫蔽，仿佛一生的事业顿时莫有了根柢，所有的快乐都不能填平这唯一的缺陷；所以他这一哭，我也真哭了。

但是我的祖母果真是死了吗？她的躯体是的。但她是不死的。诗人勃兰恩德说（Bryant）：

So live，that when thy summons comes to join the innumer able caravan，which moves to that mysterious

r–ealm where each one takes his chamber in the silent halls of death, then go not, like the quarry slave at night scourged to his dungeon, but sus tained and soothed.

By an unfaltering truth, approach thy grave like one thatwraps the drapery of his couch, adout him, and lies down to pleasant dreams.[①]

如果我们的生前是尽责任的，是无愧的，我们就会安坦的走近我们的坟墓，我们的灵魂里不会有惭愧或悔恨的啮痕。人生自生至死，如勃兰恩德的比喻，真是大队的旅客在不尽的沙漠中进行，只要良心有个安顿，到夜里你卧倒在帐幕里也就不怕噩梦来缠绕。

我的祖母，在那旧式的环境里，到我们家来五十九年，真像是做了长期的苦工，她何尝有一日的安闲，不必说子女的嫁娶，就是一家的柴米油盐，扫地抹桌，那一件事不在八十岁老人早晚的心上！我的伯父快近六十岁了，但他的起居饮食，还差不多完全是祖母经管的，初出世的曾孙如其有些身热咳嗽，

①活下去吧，当你受到召唤，去加入向那神秘的领域行进的无穷无尽的旅行队伍，去死亡的府第入住的时候，不要像那逃奴，在深夜里被鞭子抽着回到他的地牢，而应该是镇定与平静的。／因为对真理的毫不动摇的信念，你在走近坟墓的时候要像一个上床睡觉的人，把毯子卷好，躺下准备做一夜的美梦。

老太太晚上就睡不安稳；她爱我宠我的深情，更不是文字所能描写；她那深厚的慈荫，真是无所不包，无所不蔽。但她的身心即使劳碌了一生，她的报酬却在灵魂无上的平安；她的安慰就在她的儿女孙曾，只要我们能够步她的前例，各尽天定的责任，她在冥冥中也就永远的微笑了。

十一月二十四日

近代英文文学[①]

第一讲

我现在要和诸君谈谈“文学的兴趣”。中国人说小说是娱乐的，这是根本错误。我们即使不以文学为职业，也应该养成文学的兴味。人的品格是以书为标准的。读书是一种艺术，看完一遍，一个个字都认识，看过一点也不记得，这不能算是读书。我们读书应当对他有种批评或是见解，这是极不易得的天才，大批评家才是这样；但普通人最低的限度，总应该领略一些，轻视文学是极不应当的态度。每每人们对于科学书就细心去读，文学书以为是消遣的，看过便算，我们当矫正这种习气。西洋方面文学作品很多成了商品化，差不多一个作者一个月可以写一两本书的，这样粗制滥造，自然出不了好货；不过作者如果作得不多，又不易维持生活；所以文学作品好的很少。英国在银行和商店做事的人每过地道电车，总要带一两本小说来看。他们每月可以看好几十本，人家问他记得不记得，他是答不出来的。他们只机械的读去，拿小说来消遣罢了。如果我们真是爱好文艺的，必须费力，方能得着人生的滋养料。

① 1923年夏在南开大学暑期学校所讲，赵景深记录整理；初收赵景深编、1925年11月上海新文化书社《近代文学丛谈》。

我所看的文学书，有几部在我生命上开了一个新纪元。天赋我们以耳目口鼻，似乎是一切具备了，但那是不清切的存在：有了文学的滋润，便可从这种存在警醒过来。例如，我们和知己的朋友是无话不说的，忽然你有了秘密，便吞吞吐吐的不说出来，后来忍不住终于说了："呀，伊真是一个好女子！"他觉得所恋爱的女子是天仙，所谓"情人眼里出西施"便是，这真是极神秘的事。是他感觉得不对么？不是，当时他所身受是千真万真的。受了强烈的激刺，才有强烈的感觉；心和外界发生了自然的关系，便在这时了。文学与人的感应也正是如此。无论文学作品的哲理怎样深，和生命总是有长时间的恋爱的。（参看我在《创造》杂志作的《艺术与人生》。）

孔子要我们非礼勿视，非礼勿听，非礼勿动；老子要我们浑沌，说是人一凿破便不能生存。中国文学吃了他们的亏不少。因此不能体察实事。想像既不切实在，又不能深入。现在是我们报仇的时候了。非礼勿视一定要视，勿动一定要动。（这自然不行。）我是说只能听视，而不必实做去。

我看文艺看到真处，才知无穷的奥秘。华德屋斯说："花深深的激动我的泪儿了。"文艺既有这样的美妙境界，我们必须先有决心去学。为什么莎翁能够成为大戏剧家，哥德能够成为大诗人，他们著作之力我们不能及其千万分之一？他们就在于他们的同情心的广阔，和自觉心的深挚。天下事千变万化，自然不能一一经历，莎翁剧中人却一个个都是活的，无论苦乐悲欢，都设身处地去描写，即是无知识的草木，也给他灵性，他实是领略了文艺的真境界并且表现出来了。读文学书可以使人的人生观和宇宙观根本变化，所以必须用全副精力去读。

一部文艺著作能成为 Classic[①]都是时间严格取出来的，他不偏不私，下了一个极苛的批评，到后来才渐渐从灰堆里发出宝光。但 Public[②]（少数的热爱者如宾那脱）却要从已发现的美里再去求别人所没有发现过的。

西洋书局有 Professional Reader[③]专看外来投稿。剑桥大学和牛津大学标准较高。乔治梅吕笛斯和爱德华德加奈德 Edward Garnett[④]都曾担任过这事。一万册中至多可寻出几册来。大半的看题目便弃掉，或者看一二句不通便不用。后来一千本中有十本决定要看的，这便不能不细看，后又看看三本不好，便留下七本，又看一遍。经过这两次的阅读后，便要停几天再看，到那时看看脑中还有印象没有，如果没有，一定稿子不好；因为稿子看过两次，都记不住，稿子的不能用也就可以知道了。这样淘汰下来，所剩的不过沧海一粟罢了。萧伯纳以前的稿子亦曾被弃过。返视中国的文坛，以不知为知的不知多少，真可慨叹。最低限度也应该对那篇作品有“了解”才行呢。中国文艺出版界实在也太滥了。

---

① Classic：经典。

② Public：公众。

③ Professional Reader：专业审稿人。

④ Edward Garnett：今译伽尼特，英国小说家与批评家。

第二讲

读书当能同化，我们看一首诗或是一幅画可以激起我们的同情心。大著作是百读不厌的；我们读过后，必有相当的报酬给与我们。曹拉乃自然派鼻祖，他的作品过于写实，极为精致，极有天才，惜为主义所毁。所以人人多不愿意看第二遍。真名作要用想像力，方更有趣味。用想像力一来可以发出原有的现像力，二来也可以从作品里增加自己的想像力。这样，著者丰富的经验，我们便都可得到。我们读小说和诗时每每同化于里面的人物，例如读《红楼梦》便自以为是宝二爷，读《三国志》便自以为是张飞等。文学作品不仅能使我们同化，它是逼迫着我们不得不同化，也就是自然而然的同化。

现在我再总起来说一说：

一、文学不仅是娱乐，他是实现生命的。

二、文学的真价我们必要知道，要养成嗜好的性情，和评判的能力。

三、读书时应用想像力。

四、最深奥的文学境地，我们必须冒险旅行一次。

我们还不能忽略从前人伟大的名作。近代的作品为应潮流固当研究，以前的文学作品也不可不读，因为它是文艺的源泉。

要读西洋的文学作品，若不知道他们的种种风俗习惯和制度，必不易明了。所以在这一点上我要略略的说一些：

一、女子的地位和恋爱的观念。

二、社会上的道德观念和标准。

三、中古时代的制度以及因此发生的风俗和习惯。

四、希腊和拉丁神话中的故实。

五、宗教。

六、艺术的起源和发展。

英国小泉八云在日本帝国大学教授时对于此点极为尽力。他为日本人没有到过英国的设想，将英国的著作择重要的加以解释，作有《文学的解释》一书，分两卷，又选本《书与习惯》。

妇女在西方有宗教的背景，因为圣母是女子，所以很尊崇女性。倘若西洋文学里抽出女性，它们的文学作品便要破产了。翻开它们的诗一看，差不多十首总有九首是抒情诗。只有华德屋斯没有性的表现，这是特别的例外。司梯芬生的作品里女子为主要人物的也没有。他们尊重女性有一个故事可以看出：假如一个船里坐了三种人：一个是犹太人，一个是中国人，一个是西洋人。船破将沉时犹太人一定先拿钱，中国人一定先救父母，西洋人一定先救恋人。我在德国听音乐，大都奏的是男女恋爱热烈的情绪。法国女子和英国的不同，英国的，父母每嘱女儿说："你的终身大事，要自己留意。"但在法国却是父母作主，极为顽固，就连订婚后的夫妇都还不能在一起。此外如瑞典、挪威也都是尊重女性的。丁尼生和梅吕笛斯的作品中常常见到对于女性的称颂。恋爱的意义很多，从“性”一直到“精神的恋爱”。Ward[1]把恋爱分为自然的、浪漫的、夫妇的、亲属的等等。不管它有多少种类，主要的原则，只是两性相吸罢了。

西人诗或小说里大多引用神话。例如：Cupid 是罗马神话里的爱神，后来人便用以寓“爱”。所以神话的解释我们也是应当注意的。

第三讲

关于神话的知识，我们至少应该看两种书：

古希腊及意大利神话，Knightly[2]作。Theocritus，安德·路兰译。Theocritus 是十三世纪希腊一个很重要的诗人。他是最初写实的。在希希利地方唱牧歌的很多。恋爱的神话，他都采取来作为他的材料。

文学和艺术很有密切的关系。倘若我们不明白英国的艺术——如雕刻、绘画、建筑、音乐等——我们对于他们的文学也必感到了解的困难，尤其是象征派的作品。

莎士比亚像

① Ward：沃德。英美名人中姓 Ward 者甚多，不知此系何指。

② Knightly：不详。

研究西洋文学非研究莎士比亚不可，犹之须读我国屈原和司马迁的东西是一样的道理。我愿你们有勇气到莎氏宝库里去探寻一番。（当然不是指的 Lamb[①]的散文。）我知道你们读他的东西一定感到困难，因为不知道他的背景。

《哈孟雷特》的悲剧里，有喜剧的角色，非常莫名其妙。后来我才知道文艺决没有闲笔，那两个掘坟人就是全剧主要的人物。莎翁的戏剧，到处都可以发见“诗的美”。不仅美在表面，（如雕刻绘画等），而内在的情绪尤能引起人们无限的同情。

实演布景和扮演者的精神很难恰当。但我们知道一个名作必有他本国的演者，以实现他固有的民族性。德国柏林有一演剧指导员最著名，他教演《哈孟雷特》中“何处是我的父亲？”一句话教到七次，“父亲”一字音特别的重，形容当时绝望的情形，可见排剧的重要和演作的应当审慎了。

第四讲

今天我要讲一讲哥德的《浮士德》。我觉得这是一部极伟大的著作，我们不可以不知道。他二十一岁时便想作这部书。二十五岁时开始作起，全书作完离死只有几天，这部书整整作了有六十个年头。诗难译，有音节的诗尤难译；但我们当取可靠一些的英文译本。《浮士德》的英译本

① Lamb：兰姆（1775—1834），英国散文家、评论家，著有《伊利亚随笔集》等。

Hayward[①]最可靠，Swan，Anster[②]，Taylor[③]——Taylor 的只译第一部，全书有两部分。……等译的也很好。诸君若初看长诗，必定要感到困难。但我们只要努力，必定可以有懂的时候。从前日本有一个学生，要在一个德人面前学《浮士德》。那个德人笑他，以为他没有读过德文，一开始便要读《浮士德》，那是不可能的。后来那个日本人气极了，努力了二十年，作了一篇论文，专论《浮士德》，得了很可惊的成绩。我们很可以效法他呢！

《浮士德》的大意是这样的：浮士德博士因为处在人生的现实里，感到烦闷；他就想"上穷碧落下黄泉"，一探世界的秘密。于是他将他的灵魂卖给一个鬼，立定合同二十四年，用血签字；二十四年后浮士德的生命即为鬼所有。在这二十四年中他过的都是堕落生活。他要想娶妻，鬼不答应，后来领他看地狱和天堂，他忽然看到希腊海伦公主的魂，穿了一件极美丽的深紫袍，头发闪金色光，披在膝盖上，乌黑的眼珠，圆圆的颈项，樱口，鹅一般白的颈子，玫瑰红的两颊。他为伊的美所惑，想要娶伊。鬼被他缠得没法，终于替他们做了媒。到了合同期满，最末的那一天，夜十二点的时候，大风刮来，有无量数的蛇舞动，又听得浮士德喊救命的

① Hayward：黑沃德（1801—1884），英国散文家、美食家，著有《吃的艺术》与五卷的《传记与评论散文》，并翻译了歌德的《浮士德》。

② Swan，Anster：不详。

③ Taylor：泰勒（1825—1878），美国作家、诗人。

声音，后来便无声息。第二天开门一看，浮士德的身体已经被拉得粉碎了。

我们要知道，西洋在中古时代，也是极其迷信的。这篇浮士德是德国很老的一个传说，有二十多人都有野心想写这故事，只有哥德成功。因为他的结果，并非是被魔鬼取去，而是精神救了他。不是肉体的放纵，而是求真理，永远向上，在罪恶世界先受一番训练。

第五讲

宾那脱的《文学的兴趣》上说："买书愈买得多愈好。"伦敦有条街名叫 Charing Cross Road[①]，里边有好几十家书店，店主有许多是老著作家。那地方的书都是旧书，售价极廉。剑桥大学也有廉价书的一部，管理人是一个犹太人，他的脸色就和书一样。

文学是没有什么系统的。一个作品的本领是完全而且绝对的。

研究文学最好从传记入手，可以神交古人。华德屋斯说："爱他的作品，就爱他的为人。"我们常有崇拜英雄的心，拿他来当作我们理想中的人格。因为他的生命和知识的问题，和我们一样，也就是我们要解决的问题，不过他是经过了的，所以要效法他。哥德伟大的人格，从他的《浮士德》中可以

① Charing Cross Road：伦敦一街名，为旧书店集中的所在。

看出，是他心灵的象征，亦即是他人格的表现。他的传记有G.H.Lewes[①]作的一本，收入《人民丛书》中。

文学史是很有危险性的东西。有一个文学家说：

“我们只爱那我们所爱看的书便完了，很无须有文学分期的纷扰。”本来以科学的方法来研究文学，是很杀风景的。其实一个人作文章，只是灵感的冲动；他作时决不存一种主义，或是要写一篇浪漫派的文章，或是自然派的小说，实在无所谓主义不主义。文学不比穿衣，要讲时髦；文学是没有新旧之分的。它是最高的精神之表现，不受任何时间的束缚，永远常新，只有“个人”，无所谓派别。

下面我介绍你们几本书：

Walter Pater——Renaissance[②]

从他起，散文才有艺术化。他的文好像一颗颗的明珠，穿成珠花，金光四闪。这是我个人的圣经。

文学的童话有最深的哲理，不但儿童爱看，大人看也是极有意思的。

《爱俪司漫游奇境记》

《安徒生童话集》

《莎士比亚戏曲集》

《新旧约圣经》

---

① G.H.Lewes：刘易斯（1817—1878），英国哲学家、文学评论家和科学家。

② Renaissance：佩特的著作《文艺复兴史研究》的简称。佩特（1839—1894），英国文艺批评家、散文作家。

罗希金的著作

Dickinson——《从中国来的信》

笛肯生是中国人最好的朋友，他这本书文字的美得未曾有，一字不多，一字不少，好像涧水活流一样。此人我也认识他。他这本书里盛称中国的文明。

信札也是我们所当宝贵的。诸如考贝、雪利、克芝、司梯芬生的信札都很好。

第六讲

我介绍诸君一些英文文学书，这些书是我所喜爱的。

（A）批评及传记

戈斯——History of English Literature Critical Kitkats[①]

Dowden—— Life of Shelley[②]

① History of English Literature Critical Kitkats :《英国文学史批评的半身像》。《英国文学史》和《批评的半身像》似应为两书。

② Life of Shelley :《雪莱传》，多顿著。多顿（1843—1913），爱尔兰批评家、传记作家、诗人、莎士比亚研究学者。

这两个人和 Saintsbury[①]的批评都受了圣皮韦的影响。

Symons[②]是个印象批评家。

J.M.Murry 是 Athenaeum[③]的主笔，现自己办一周刊名 Adelpni[④]，他讲过六次“风格”，人均惊讶为得未曾有。

约翰特林瓦透和威廉俄彭——《文学艺术大纲》

Myers[⑤]——《华茨华斯》

Colvin[⑥]——《济慈》

Nichol[⑦]——《摆伦》

（B）戏剧

王尔德——《一个不重要的妇人》

《同名异娶》

萧伯纳——《人与超人》

《华伦夫人之职业》

高尔士华绥——《银盒》

《彼得盘神》

---

① Saintsbury：圣茨伯里（1845—1933），英国批评家、文学史家。

② Symons：西蒙思（1865—1945），徐译沙孟士，英国诗人、文学评论家。

③ Athenaeum：《雅典娜神殿》，1828—1921 年间出版的一本著名英国文学与评论杂志。

④ Adelpni：《阿德尔菲》。

⑤ Myers：麦厄斯（1843—1901），英国诗人、评论家、散文家。

⑥ Colvin：科尔文（1845—1927），英国艺术和文学评论家。

⑦ Nichol：不详。疑有拼法错误。

沈琪[1]——Shadows of Glen[2]

The play boy of the Western World[3]

The Tinkler’s Wedding[4]

（C）诗歌

Golden Treasury[5]

A book of English Verse

（D）小说

哈代是现存作家中最伟大的一个，四十多岁才发表他的著作，真可谓“大器晚成”了。他是悲观的人，诗人兼小说家。他作有一剧，论到拿破仑，凡一百五十幕，称为空前之杰作。我觉得读他一册书比受大学教育四年都要好。

康拉特下笔凝练，愈看愈深。他善于描写海洋生活。

哈代——Wessex Tales[6]

Jude the Obscure[7]

Three Strangers[8]

---

①今译辛格（1871—1909），爱尔兰剧作家，爱尔兰文艺复兴运动的代表人物。

② Shadows of Glen：《峡谷阴影》。

③ The play boy of the Western World：《西方世界的花花公子》。

④ The Tinkler’s Wedding：《补锅匠的婚礼》。

⑤ Golden Treasury： 金库。当指《英诗金库》。

⑥ Wessex Tales：《韦塞克斯故事》。

⑦ Jude the Obscure：《无名的裘德》。

⑧ Three Strangers：《三个陌生人》。

Life’s Little Ironies[①]

Tess of the D’urberville[②]

The Return of the Native[③]

A Pair of Blue Eyes[④]

康拉特——Typhoon[⑤]

Mirror of the Sea[⑥]

Betwist Land and Sea Tales[⑦]

第七讲

麦考莱——《危险时代》

Austen—Emma[⑧]

Pride and Prejudice[⑨]

罗曼罗兰——《约翰克里斯多弗》

《米舍郎日传》

① Life’s Little Ironies :《生活中的小讽刺》。

② Tess of the D’urberville :《德伯家的苔丝》。

③ The Return of the Native :《还乡》。

④ A Pair of Blue Eyes :《一双湛蓝的眼睛》。

⑤ Typhoon :《台风》。

⑥ Mirror of the Sea :《海的镜子》。

⑦ Betwist Land and Sea Tales :《陆与海之间的故事》。

⑧ Austen—Emma : 奥斯丁:《爱玛》。奥斯丁（1775—1817），英国女小说家。

⑨ Pride and Prejudice :《傲慢与偏见》。

《比多芬传》

《托尔斯泰传》

Faquet——On Reading Nietzsche[①]

尼采以为人类总要求社会改善，是由于不满足宇宙和生命的本体和所在的社会以及文化的状况。萧伯纳说：三十岁以下的人看现在的社会，不变成革命党，也要变成劣等人。人的天赋不同，因之对于社会的反动也不同。如哈代便是完全消极的，极其厌世悲观。他问朋友说："倘你未生时，你愿意到人间来么？"他的朋友没有说话，他接着便说："要是我，我一定不来的。"他觉得人和运命奋斗，常常被运命压倒，有小说叙这件事。Owen[②]是从教育入手的社会主义。雪莱想飞入云端，他的诗是用恋爱的黄金线织成的。摆伦[③]痛骂世界的卑污。曹拉烛照人间的罪恶。萧伯纳是兼写实和嘲讽。

尼采生于一八四四，死于一九〇〇。彼时的英国正是所谓承平时代，厌武修文，工业发达，大亨庸福。因之伟大心灵的雪莱、摆伦都被摒国外。尼采觉得全欧没有一些儿活气，全都在睡。他又以为德行便是懦弱，怜悯是妇人之仁，助弱者为恶，这是奴隶的道德。

① Faquet——On Reading Nietzsche：法奎特：《读尼采》。法奎特，生平不详。

② Owen：欧文（1771—1858），英国空想社会主义者，合作社运动的先驱，著作有《新社会观》等。

③摆伦：今译拜伦。

第八讲

我今天要讲王尔德 Oscar Wilde[①]。

我可以说他是一个殉道者。他愤世嫉俗，乱为而死。我们对于任一个作家，应该用批评的眼光去看，不应该一味盲目的去崇拜。哥德说他一生最怕人家崇拜他一件东西，而这件东西是他所没有的。我想就是王尔德——或竟可说一切作家——也有这样的心理罢。阑珊和 Frank Harris[②]对于这个作家都有适当的评论。

他一身有两个关键，一个是他父亲把他送到牛津大学，一个是社会把他送进监狱。他受白特尔的影响比罗希金多。但白特尔的生活和王尔德却恰恰相反。前者过的是学者的生活，无妻，只有一个小猫做

王尔德墓

① Oscar Wilde：奥斯卡·王尔德（1854—1900），爱尔兰剧作家、小说家、批评家、诗人，19 世纪末英国唯美主义的主要代表，主要作品有喜剧《认真的重要》等。

② Frank Harris：哈里斯（1856—1931），爱尔兰新闻记者、作家。

他的伴侣。而后者却是花花公子，无所不为。王尔德自己也说："我是要在生命中实现诗的。"所以他的生活便是一部诗集，异常的浪漫。法国苟特 Gautier 爱服装，他也是一样。每每穿着怪服，拿着孔雀翎，招摇过市。他极会说话，一说起来满座春风，没有不愉快的。

他思想的最大的刺激便是入狱这一件事。以一个素来豪放奢侈惯了的少年，一旦铁锁啷，两者情形相比，使他感到极大的痛苦。他说他这一入狱，便有了更深一层的觉悟。他的《狱中记》文极流畅，全书差不多是抒情诗的，一个个的字都有雕刻的意味。

第九讲

今天且起始来讲萧伯纳 Bernard Shaw。在研究萧伯纳之前，我们至少要了解一些尼采的思想。尼采可以说是一个预言家，他的"超人"的思想，到萧氏方完全实现出来。萧氏是一个终身主张超人的人。有人说他不是寻常人，是上帝。他现在还生存着，我曾见过他好几次。他的言语很锋锐，谈起话来，直没有你插话的机会。他的声音很沉着，很纯正。他爱穿绿色的服饰，因为爱尔兰的标帜是绿色；形式都是独出心裁，因为他自己便是个艺术家。他不好烟酒。

了解萧氏是很难的，没有身临西方境地的人，真不知他的话是说些什么。他的话多似是而非的颠倒语。他是自己的好批评家。在他的戏剧作品里，每篇剧前都有一个序论，有时序论竟比原剧还长。如果将他的序论都凑在一处，直可以当作一部“政治科学史大纲”看。

在一千八百七十年代，英国戏剧界消沉极了，差不多的作品都是中下级，没有特出的。到一八八九才有易卜生的戏剧输入国内。那时有个演剧家名白茵的，和萧伯纳是好友。白茵正急的要选择一个优美的剧本，萧氏便替他作了一篇《寡妇之室》，一八九四年他又出了《不快意的戏剧》三卷，英国戏剧界方才大放光彩。

萧伯纳反抗浪漫派。他的作品虽有人说他有些像浪漫，但他却不是堕落的浪漫。

他所讲的恋爱，不是痴情，是使人不得不恋爱的生命力。他说人为生命力所压迫才恋爱的。

第十讲

我今天的讲题是威尔斯 H.G.Wells。他是《世界史纲》的作者。我认识他。他的母亲是个女仆出身，他父亲是个园丁，以打球为生。威尔斯因为家寒，十三岁便出校做事，先在药店里当伙计，以后又到衣店里学做买卖。竭力的将费用节省，才入了大学。后来又作新闻事业。他最初作的东西有一本《时间机》，是一本幻想的小说，根据于科学思想的。他的科学小说著得很多，后又从事社会小说。他作的书不下三四十册。他的绰号是“群众的超人”，因为他是人〈入〉世的，并没有怪僻的地方，而萧伯纳却是极明显的超人了。

萧伯纳的思想是一贯的，但他的思想却是时有变迁。彼时他们都是属于社会改良派的。后来威尔斯忽不满意于此派，遂退出，另立一世界主义，和萧伯纳抗衡，于是便有一九〇五年萧威二氏的辩论。这场辩论很是有名，威尔斯不及萧伯纳语言便捷，因之结果威尔斯失败。

威尔斯主张艺术只是一种表达思想的工具，恰又逢到偏重艺术的詹姆士，两人又辩了起来，后来竟常常为这事起争论。他和易卜生是不同的。易卜生完全为了自己的感情冲动而作戏剧，而他却是为了社会而作社会小说的。在这里我想起一个笑话。有一个女权运动会，会员们看易卜生戏剧里这样的鼓吹妇女革命，尊崇得了不得，要替他造铜像，还请他来演说。他便说破他一点成心也没有，并不晓什么叫女权运动，大笑而返。威尔斯却不然，他攻击现社会一切风俗制度和习惯，不遗余力；工业上的不平等待遇，他尤为愤慨。

威尔斯和康拉得也不同。康拉得是以人为本位，而他是以社会为本位的。

威尔斯对于人类抱无限的乐观。他觉得人类是胸[①]的进化史。

现在我要再说一说我和威尔斯认识的经过，使诸君对于这位大著作家的生活有个明了的印象。

有一天清晨，我正坐在窗口写字，打开窗子，放阳光尽量

①原文如此。

的进来。那时我还没有盥洗呢！忽然看见门外停了一辆汽车，我知道是来找我的，忙出门去看，看见陈通伯和章行严两位先生走下车来，我立即向前招呼，他们和我握手。我看见汽车上有一个司机人对着我笑，弄得我莫名其妙。陈君说话很急，拉着我的臂说："这就是……"说了好久说出："这就是威尔斯！"我听说忙将他接下来，同入室内谈话。他说他很爱吃中国饭。谈了许久方才辞去。

威尔斯住在索司地顿地方，他约我到他那里去玩。那时我正在伦敦，我便去了。到了车站，有他的两个小孩子接我。我便跟着他们走。那地方一带尽是树林，没有别的居民，可以算是威尔斯家的所有了。那里有一个华维克花园。我们走，走，走，后来看见一所房子，我知道是快到了。那时我看见威尔斯正背着手，低着头在那里走来走去。两个孩子笑着指着向我说："你看这位老哲学家又在那里不知想什么了呢！"

他家门口有一株银柏。我进去和他谈了一会，他的声音很尖，但不是音乐的。人称他是“极精的说谎者”。他只要看见一个人的屋子，说连鼠洞都记得，完全是一种科学的观察。

我在他家吃午饭。他后来领我看他的房子，有棕色的房子，也有黄色的。他家人口很少。他的妻也是一个小说家。除去他们老两口子和他们的两个孩子，此外只有几个女仆，一个园丁。他住在伦敦，这乡村是他的别墅。他现年五十多岁，精神仍极好。我去时他正在同时著三本书，一本是小说《似神的人》，另外还有一本关于历史的，一本关于教育的。他著作没有一定的时候，半夜想到好意思，衣服也不穿，便立刻爬起来，拧燃电灯，将那感想写下。他常在夜间写，到第二天早上，他的妻拍拍拍拍用打字机打了出来，便送到书局去印去了。

萧伯纳像

萧伯纳虽是攻击旧道德，而他自己却好似一个清教徒，循规蹈矩，连英伦海峡都没有迈出一步。威尔斯却是吃烟喝酒，斗牌打球，无一不来。

饭后我们同到华维克花园散步。我们谈到近代小说，他要我把中国近代的作品译出来出小说集，他要办一个书局，将来可以由他出版。我们谈得非常高兴。正走的时候，忽然有一个篱笆拦住。他说："我们跳过去罢！"我说："好！"我倒跳过去了，但他却跌了一交，弄得他衣服都撕破了。

后来我们又打球。晚饭后又喝威士忌酒，谈到十一点方才就寝。

罗素游俄记书后[①]

B. Russell "The Theory and Practice of Bolshevism"[②]

尼采有言:"蛇不能弃蜕则僵，人心亦然，其泥执而不变者，岂心也乎哉。"

罗素世代簪缨，一国望族，其决然弃世俗之浮华，研数哲之秘妙，已非常心所可几。方战事之殷，罗素因仁人之心，训和平之德，乃不谅于政府，夺其教席，拘之狴犴。罗氏怒。罗氏不能不怒，舍名与数，言政及变，书出不胫而走。罗氏不复以哲学士名而以社会改造家闻；不复以和平派名而以急进党闻；不复以康桥教授名而以主张基尔特社会主义闻。侵假而罗氏观俄变而感焉，而神往焉，而奖教焉，而宣导焉，而自认以共产主义为宗教焉，苏维埃之炽益盛，罗氏遂亲临按之。罗氏游俄见蓝宁，访屈老茨基探高干[③]，尤即俄之泼洛涞汰沿以听舆诵焉。巡游毕，罗氏归，其意爽然、惘然、怅然、淆然，著书纪

①约 1920 年作；载 1921 年 6 月 15 日《改造》杂志第三卷第十期，署名志摩；初收 1980 年台湾时报文化出版事业有限公司《徐志摩诗文补遗》。采自《改造》杂志。

② B. 罗素:《布尔什维克主义的理论与实践》。

③屈老茨基，今译托洛茨基（1879—1940），苏共早期主要领导人之一。高干，今译高尔基（1868—1936），苏联作家，主要作品有小说《母亲》，自传体三部曲《童年》、《在人间》、《我的大学》等。

其游而加论断焉。罗氏不悦，罗氏不怿，罗氏复东，罗氏今掌教中原。吾愿其以变济吾之常，以发震我之蛰，尤愿其勿因我青年口头笔头之恭维，而徒誉我如杜威，徒谄我如狄更生。吾青年乏个性，善迁务新，其蔽犹之顽旧，吾愿罗氏医之。

吾因评罗氏之书，不觉遂旁及其人，令吾言书。

评罗氏之书不可不先揣罗氏之心理，叙之得二端焉。罗氏言人道崇和平，罗氏尊创作恶抑塞，其书盖论鲍尔雪维克之巨作也。游历者之言病肤浅，新闻记者之言病琐碎，“康拉特”（Comrade）[①]之言蔽于张，“波淇洼”[②]之言失之隐，罗素则不然，无党故蔽不著，爱真故言毋讳，阐人道故韪否皆出于同情，奖文化故按察皆援纯理为准绳，凡此皆罗氏独具之德，无论是否其说者所当共认也。

顾罗氏言苏俄何似？吾非作扎记式之读书录，故略其枝叶而论其本干。

美国《国民周刊》始载罗素游俄之文而节罗氏言，颜其标曰：“余信共产主义而赴俄，但……”但者犹言既见俄而不复信共产主义也。罗氏自叙其意曰：“吾强不得已而拒鲍尔雪维克主

① Comrade：今译同志。

②波淇洼：当为法文“bourgeois”（资产阶级）一词的音译。

义，以有二因焉：其一采鲍尔雪维克法以登共产主义，人类须付之代价过巨，其二就使付价矣，而谓鲍尔雪维克所昌言能得之结果可一蹴而几，吾不信也。”

然本年五月罗氏著文名《民治与革命》载美国《解放》杂志，亦论鲍尔雪维克，吾节译其要言如次：“余确信真纯之进化有恃于国际社会主义之胜利，即不得已而须付极巨之代价以致此胜利亦值。余亦确信国际社会主义一日不克胜，世界一日不得真正之和平。止此泯棼之上法奈何，强社会主义之势力而弱其反抗者而已，无他道。一言以蔽之，吾信‘援力益增则和平之来亦益速’。吾言社会主义吾非谓非驴非马之制度，吾直谓澈底澄清，根干枝叶全体之变迁，例之则蓝宁所尝试者是已。使是最后之胜利实为和平之本质，则此战争所引起之种种不幸——因财阀反抗力所引起之不幸——吾等必默受而无怨。”

准此则罗氏直已受正式鲍尔雪维克之洗礼，知心朝礼南无阿弥陀佛，自顶至踵一“红人”矣。何以一朝脚踏实地，遽尔尽汗前言，吾向谓哲学家出言立说多少必有根底，其然岂其然邪。

说者有谓罗氏爱鲍尔雪维克者，实缘意兴之冲动，非出真诚之信仰，又误以苏维埃之俄土为其理想之人间天上之共产制度。故一临事实而幻想破，一即尘缘而香火坠。此解或信于常人，吾于罗氏有惑焉。夫罗氏阐数理浃名学，籀哲理应人事，其机其密其确切其微妙举世似无出其右者，如何发言经世，一任情感，与庸众齐辙哉。且罗氏不尝言应付代价以致革命乎，不尝言应忍不幸以全革命乎？俄国之有内乱外患，罗氏知之。苏维埃之为初次试验，罗氏知之。俄民之濒水火灾馑，罗氏知之。乃至屈老次基编红军杀白将，此欧美五尺童皆知之，罗氏必知之。共产党之专制，罗氏知之。苏俄尚在过渡而非共产主义完成时期，罗氏亦知之。其国内之不幸，原因于举世波淇洼政府之反抗，罗氏亦知之。总之俄国内幕之情形，罗氏固不俟亲临其地而早知之审且切。吾读罗氏游俄之记盖无一事不早为言苏俄者道破，亦无一事不在有常识人理想之中，罗氏既游欧当益坚其所尝确信者，而不当讶其所见之新奇。

使其未尝有昔日之宣言而得游俄之结论如此，则吾以人道和平自由诸标准量之甚吻。然罗氏一则曰确信，再则曰确信，今确信犹然，而所信之事物适相矛盾，吾又安知其今日所确信者，不起变化于将来。或者罗氏一朝汉家之文化，又逞其不世之词锋，另辟思想之途径。此大哲学家吾爱之慕之不如吾异之疑之。罗氏以英伦贵族下降“红”尘，复一跃登云临视下界，而取向日自身所笑骂不痛不痒之地位。此地位如何，请

聆其妙论。

“鲍尔雪维克说之谬，在于侧重经济之不平，以为此路通而路路可通。吾不信社会问题之复凑而可抉一题以概万汇者，然使吾择一事为政治之主恶，则吾宁择权力之不平以概其余。吾不认此权力之不平，乃可以共产党独裁政治或阶级战争所可纠正而无憾。能致此权力之平等者，惟有和平与长期之渐进而已。”又言曰：“人与人善毋悖毋恨毋暴毋侵，均布化育，善用余闲，陶发美术奖进科学，凡此，皆言政治者所当慎重商榷者也。予不信革命与战争可得而扶植真正之进化。吾尤确信今日之事在于减灭战事所发生之残忍之气象。以此，故吾虽明认鲍尔雪维克与俄民殊特之关系，吾不愿其蔓延，吾尤不赞西欧大党之承袭其哲理。”

此罗氏游苏俄而后之结论也。彼向言国际，今言吾国，向蕲社会主义之胜利，今祝阶级战争之消灭。向言世界之和平有恃国际社会主义之胜利，今言和平有恃于迂缓之和平，不提社会主义。向言虽付巨值所不惜，今言货劣送我亦不要，况付钱乎。向言必斗反抗社会主义之势力，今硁硁戒斗。向言援力益增（援，援俄也）则和平之来亦益速，今大声疾呼禁人毋蹈俄覆辙。向尊蓝宁之事业为彻底澄清之英雄事业，今痛心疾首惟苏俄现象是惧。向宣言艰难困苦皆最后成功之必须回目，今言水过深火过热，宁和平毋激烈，约而言之，人红境者，红心红德之罗素也；反白邦者白心白德之罗素也。试味其“以和平致和平”之程序，吾不知是资本家之言乎？抑波淇洼之言乎？而断然非“非波淇洼”之言也。法律也，秩序也，自由也，平等也，文明也，教育也，和平也，吾不知所谓波淇洼者读罗素文而其心花怒放心痒难搔为何如也。更引申其论理则罗素必抗劳工之罢工权，以罢工含战争之性质而绝对的不和平也。罗素必抗大实业之国有，以此要求实含阶级冲突之意义也。吾尚喜罗素未忘其基尔特主义之沾带，然其提之也，仅仅为陪衬起见，而非昔日著书鼓吹之精神矣。且罗氏所谓，“权力之不平”吾疑焉。罗氏以社会崎岖之现象，实权力之不平而非财力之不平为厉阶焉。

罗氏不尝言基尔特社会主义乎，奈何健忘若此，竟将廓尔奥与奇霍布孙诸同志朝夕谆谆批评现社会最强之理由，与红盔红甲同炉共化哉！“基尔人”曰：政治权之实质无他，经济权耳。吾操其实而名自傅，彼揣其末故遗其本，此实近年言职业代议式之开宗明义章也。且试观罗氏所谓权力者何，而其矛盾自显。其言曰:“财力之不均非资本制度之大弊也，其大弊在于权力之不均。”又续言曰:“占有资本者（注意此主体）行使其势力于社会逾越常轨，彼几属于控制教育新闻机关之全体，以支配普通人民之知识……”以下罗素屡引及影戏，吾不耐为作翻译，然其大意已可见。一言以概之曰:“资本家掌权。”然此资本家非所谓经济能力之集中点乎。而罗氏贸贸然曰资本制度之不良非财力之不均，实权力之不均也。此矛此盾实已显相牴牾，更不须解释。吾即不从马克思言“经济制判”说，吾亦愿问罗氏彼资本家何以能控制教育与言论乃至影戏事业。金钱金钱，资财资财，万能无不能，罗先生故逗读者笑乎，抑诚忠厚如此也。

由此论之，罗素已竟一度之轮回。其始起为贵族为澄静之哲士，人间色相非所问也。（罗素最精贡献为其三大本之Principia Mathematica[1]，吾偶读之盖满卷皆唵嘛叭谜啌也），及战事起而罗氏忽焉心血来潮，训和平讲人道，竟干国法，受羁束，罗素遂开杀戒，著《战时之公道》，言"德国社会民主主义"，著《社会改造之原理》，著《乐土康庄》（此是我文言的译名，有人翻作《提议到自由去的路》到〈倒〉也剀切详明，不过"提议"的字样，只有美国印本上有，原本上是没有的。）竟大谈其社会主义而皈依于基尔特派，及著《民治与革命》而罗素已遍体腥红。然后入红邦观红光，大失望，脱尽红气，复归于白，大白而特白，一度轮回，功德圆满。此后变化何如非我所敢知矣。

使我有暇，我犹且细针密缕雠校罗氏之观察，今姑止此矣。吾著此篇之意非专评罗之书，亦非评罗素之为人，吾所欲言者，乃在天下事理之复凑，消息之诪张，非实地临按融合贯通者，不能下纯正之判断。罗氏研擘哲理深潜如此，宜可以免情感作用矣，而犹且未能。然吾尤佳罗氏之质直公平，有爱于红则竟红，爱衰则复归于白，今国内新青年醒矣，吾愿其爱红竟红，爱白竟白，毋因人红而我姑红，毋为人白而我勉为白，则我篇首所引尼采语有佳证矣。

---

① Principia Mathematica：拉丁文，《数学原理》。

罗素又来说话了①

一

每次我念罗素的著作或是记起他的声音笑貌，我就联想起纽约城，尤其是吴尔吴斯五十八层的高楼。他们好像是二十世纪的两个敌对的象征，——罗素先生与五十八层的高楼。罗素的思想言论，仿佛是夏天海上的黄昏，紫黑云中不时有金蛇似的电火在冷酷地料峭地猛闪，骇人的电闪，在你的头顶眼前隐现！

矗入云际的高楼，不危险吗？一半个的霹雳，便可将他锤成粉屑——震的赫真江边的青林绿草都兢兢的摇动！但是不然！电火尽闪着，霹雳却始终不到，高楼依旧在层云中矗着，纯金的电光，只是照出他的傲慢，增加他的辉煌！

罗素最近在他一篇论文叫做：《余闲与机械主义》（见 Dial，For August，1923）②，又放射了一次他智力的电闪，威吓那五十八层的高楼。

我们是踮起脚跟，在旁边看热闹的人；我们感到电闪之迅

①载 1923 年 12 月 10 日《东方杂志》第二十卷第二十三期，文末标有“《时事新报》”，似由该报转载；初收 1969 年台湾传记文学出版社《徐志摩全集》第六辑。采自《东方杂志》。

② Dial，For August，1923：《刻度盘》，Dial 杂志，1923 年 8 月号。

与光与劲，亦看见高楼之牢固与倔犟。

二

一二百年前，法国有一个怪人，名叫凡尔太的，他是罗素的前身，罗素是他的后影，他当时也同罗素在今日一样，放射了最敏锐的智力的光电，威吓当时的制度习惯，当时的五十八层高楼。他放了半世纪冷酷的，料峭的闪电，结成一个大霹雳，到一七八九那年，把全欧的政治，连着比士梯亚的大牢城，一起的打成粉屑。罗素还有一个前身，这个是他同种的，就是大诗人雪莱的丈人，著《女权论》的吴尔顿克辣夫脱的丈夫，威廉古德温，他也是个崇拜智力，崇拜理性的，他也凭着智理的神光，抨击英国当时的制度习惯。他是近代各种社会主义的一个始祖，他的霹雳，虽则没有法国革命那个的猛烈，却也打翻了不少的偶像，打倒了不少的高楼。

罗素的霹雳，要到什么时候才能轰出，不是容易可以按定的；但这不住的闪电，至少证明空中涵有蒸热的闷气，迟早总得有个发泄，疾电暴雨的种子，已经满布在云中。

三

他近年来最厌恶的对象，最要轰成粉屑的东西，是近代文明所产生的一种特别现象，与这现象所养成的一种特别心理。不错，他对于所谓西方文明，有极严重的抗议；但他却不是印度的甘地，他只反对部分，不反对全体。

他依然是未能忘情的，虽则他奖励中国人的懒惰，赞叹中国人的懦怯，慕羡中国人的穷苦——他未能忘情于欧洲真正的文化。“我愿意到中国去做一个穷苦的农夫，吃粗米，穿布衣，不愿意在欧美的文明社会里，做卖灵魂，吃人肉的事业。”这样的意思，他表示过好几次。但研究数理，大胆的批评人类；却不是卖灵魂，更不是吃人肉；所以罗素虽则爱极了中国，却还愿意留在欧洲，保存他 Honorable[①]的高贵，这并不算言行的不一致，除非我们故意的讲蛮不讲理。

When I am tempted to wish the human race wiped out by some passing comet I think of scientific knowledge and of art those two things seem to make our existence not wholly futile.[②]

---

① Honorable：可敬的。

②在我企望人类被某个过路的彗星所毁灭的时候，我就想到了艺术和科学知识；只有这两样东西才使我们的存在显得不是完全无益。

四

罗素先生经过了这几年红尘的生活——在战时主张和平；反抗战争；与执政者斗，与群众斗，与癫狂的心理斗，失败，屈辱，褫夺教职，坐监，讲社会主义，赞扬苏维埃革命，入劳工党，游鲍尔雪微克之邦，离婚，游中国，回英国，再结婚，生子，卖文为生——他对他人生的观察与揣摹，已经到了似乎成熟的（所以平和的）结论。

他对于人生并不失望；人类并不是根本要不得的，也并不是无可救度的。而且救度的方法，决计是平和的，不是暴烈的：暴烈只能产生暴烈。他看来人生本来是铄亮的镜子，现在就只被灰尘盖住了；所以我们只要说擦了灰尘，人生便可回复光明的。

他以为只要有四个基本条件之存在，人生便是光明的。

第一是生命的乐趣——天然的幸福。

第二是友谊的情感。

第三是爱美与欣赏艺术的能力。

第四是爱纯粹的学问与知识。

这四个条件只要能推及平民——他相信是可以普遍的——天下就会太平，人生就有颜色。

五

怎样可以得到生命的乐趣？他答，所有人生的现象本来是欣喜的，不是愁苦的；只有妨碍幸福的原因存在时，生命方始失去他本有的活泼的韵节。小猫追赶她自己的尾巴，鹊之噪，水之流，松鼠与野兔在青草中征逐：自然界与生物界只是一个整个的欢喜。人类亦不是例外；街上褴褛的小孩，哪一个不是快乐的。人生种种苦痛的原因，是人为的，不是天然的；可移去的，不是生根的；痛苦是不自然的现象。只要彰明的与潜伏的原始本能，能有相当的满足与调和，生活便不至于发生变态。社会的制度是负责任的。从前的学者论政治或论社会，亦未尝不假定一分心理的基础；但心理学是

个最较发达的科学，功利主义的心理假定是过于浅陋，犹之马克思派的心理假定是错误的。近代心理学尤其是心理分析对于社会科学最大的贡献，就在证明人是根本的自私的动物。利他主义者只见了个表面，所以利他主义的伦理只能强人作伪，不能使人自然的为善。几个大宗教成功的秘密，就在认明这重要的一点：耶稣教说你行善你的灵魂便可升天；佛教说你修行结果你可证菩提；道教说你保全你精气神你可成仙。什么事都没有自己实在的利益澈〈彻〉底；什么事都起源于自觉的或不自觉的利己的动机。但同时人又是善于假借的；他往往穿着极体面的衣裳，掩盖他丑陋的原形。现在的新心理学，仿佛是一座照妖镜；不论芭蕉裹的怎样的紧结，他总耐心的去剥。现在虽然剥近，也许竟已剥到了蕉心了。

所以，人类是利己的，这实在是现代政治家与社会改良家所最应认明与认定的。这个真理的暴露，并不有损人类的尊严，如其还有人未能忘情于此；并且亦不妨碍全社会享受和平与幸福的实现。认明了事实与实在，就不怕没有办法，危险就在隐匿或诡辨实在与事实。病人讳病时，便有良医也是无法可施的。现代与往代的分别，就在自觉与非自觉；社会科学的希望，就在发现从前所忽略的，误解的，或隐秘的病候。理清了病情，开明了脉案，然后可以盼望对症的药方；否则，即使有偶逢的侥幸，决不能祛除病根的。

六

实际的说，身体的健康当然是生命的乐趣的第一个条件；有病的与肝旺的人，当然不能领略生命自然的意味。所以体育是重要的。但这重要也是相对的，我们如其侧重了躯体，也许因而妨碍智力的发展，像我们几个专诚尊崇运动学校的产品，蔡孑民先生曾经说到过，也是危险的。肌肉与脑筋，应受同等的注意。如男女都有了最低限制的健康，自然的幸福便有了基础，此外只要社会制度有相当的宽紧性，不阻碍男女个人本能相当的满足，消极的不使发生压迫状态致有变态与反常之产生。工作是不可免的，但相当的余闲也是必要的；罗素以为将来的社会不容不工作的分子，亦不容偏重的工作，据经济学家计算，每人每日只需三四小时工作，社会即可充裕的过去，现有的生产率，一半是原因于竞争制度的糜费。

七

工业主义的一个大目标是“成功”（Success），本质是竞争，竞争所要求的是“捷效”（Efficiency）。成功，竞争，捷效，所合成的心理或人生观，便是造成工业主义，日趋自杀现象，使人道日趋机械化的原因。我们要回复生命的自然与乐趣，只有一个方法，就在打破经济社会竞争的基础，消灭成功与捷效的迷信——简言之，切近我们中国自身的问题说，就在排斥太平洋那岸过来的主义，与青年会所代表的道德，我前天会见一个有名的报馆经理，他说，报的事情，如其你要办他个发达，真不是人做的事！又有一个忠慎勤劳的银行经理，与一个忠慎劳勤的纱厂经理，也同声的说生意真不是人做的，整天的忙不算，晚上梦里的心思都不得个安稳，究竟为的是什么，我们自己都不知道。这是实情。竞争的商业社会，只是萧伯讷所谓零卖灵魂的市场。我们快快的回头，也许可以超脱；再不要迷信开纱厂。比如说，发大财——要知道蕴藻滨华丽宏大的大中华的烟囱，已经好几时不出烟。我们与其崇拜新近死的北岩公爵（他最大的功绩，就在造成同类相残的心理，摧残了数百万的生灵，他却取得了威望与金钱与不朽的荣誉）与美国的十大富豪，不如去听聂云台先生的忏悔谈，去请他演说托尔斯泰与甘地的真谛吧！

八

罗素说他自从看过中国以后，他才觉悟“累进”（Progress）与“捷效”的信仰是近代西方的大不幸。他也悟到固定的社会的好处——这是进步的反面——与情性，或懒惰主义的妙处——这是捷效的反面——。他说：“I have hopes of laziness as a gospel.”①

懒惰是济世的福音！我们知道罗素所谓“懒惰”的反面不是我们农业社会之所谓勤——私人治己治家的勤是美德，永远

①我对懒惰能够成为福音抱有期望。

应受奖励的——而是现代机械式的工商社会所产生无谓的慌忙与扰攘，灭绝性灵的慌忙与扰攘。这就是说，现代的社会趋向于侵蚀，终于完全剥夺合理的人生应有的余闲，这是极大的危险与悲惨。劳力的工人不必说，就是中等社会，亦都在这不幸的旋涡中急转。罗素以为，譬如就英国说，中级社会之顽，愚，嫉妒，偏执，迷信，劳工社会之残忍，愚暗，酗酒的习惯，等等，都是生活的状态失了自然的和谐的结果。

九

所以现代社会的状况，与生命自然的乐趣，是根本不能相容的。友谊的情感，是人与人，或国与国相处的必需原素，而竞争主义又是阻碍真纯同情心发展的原因。又次，譬如爱美的风尚，与普遍的艺术的欣赏，例如当年雅典或初期的罗马曾经实现过的，又不是工商社会所能容恕的。从前的技士与工人，对于他们自己独出心裁所造成的作品，有亲切真纯的兴趣；但现在伺候机器的工作，只能僵瘪人的心灵，决不能奖励创作的本能。我们只要想起英国的孟骞斯德，利物浦；美国的芝加哥，毕次保格，纽约，中国的上海，天津；就知道工业主义只能孕育丑恶，庸俗，龌龊，罪恶，嚣胣，高烟囱与大腹贾。

又次，我们常以为科学与工业文明有不可分离的关系。是的，关系是有的；但却不是不可分离的。没有科学，就没有现代的文明；但科学有两种意义，我们应得认明：一是纯粹

的科学，例如自然现象的研究，这是人类凭着智力与耐心积累所得的，罗素所谓“The most god—like thing that men can do”[①]。一是科学的应用，这才是工业文明的主因。真纯的科学家，只有纯粹的知识是他的对象，他绝对不是功利主义的，绝对不问他所寻求与人生有何实际的关系。孟代尔（Mendel）[②]当初在他清静的寺院培养他的豆苗，何尝想到今日农畜资本家的利用他的发明？法蓝岱（Faraday）[③]与麦克士惠尔（Maxwell）[④]亦何尝想到现代的电气事业？

①人所能做的最接近神的事情了。

② Mendel：今译孟德尔（1822—1884），奥地利遗传学家，1865 年发现遗传基因原理。

③ Faraday：今译法拉第（1791—1867），英国物理学家和化学家，发现电磁感应现象、电解定律和磁与光的关系。

④ Maxwell：今译麦克斯韦（1831—1879），英国物理学家，创立电磁场理论。

当初的先生们，竭尽他们一生精力，开拓人类知识的疆土，何尝料想到，照现在的状况看来，他们倒似乎变了人类的罪人；因为应用科学的成绩，就只（一）倍增了货物的产品，促成资本主义之集中；（二）制造杀人的利器，奖励同类自残的劣性；（三）设备机械性的娱乐，却掩没了美术的本能。我们再看，应用科学最发达的所在是美国，资本主义最不易摇动的所在，是美国；纯粹科学最不发达的，亦是美国：他们现在所利用的科学的发现，都不是美国人的成绩。所以功利主义的倾向，最是不利于少数的聪明才智，寻求纯粹智识的努力。我们中国近来很讨论科学是否人生的福音，一般人竟有误科学为实际的工商业，以为我们若然反抗工业主义，即是反对科学本体，这是错误的。科学无非是有系统的学术与思想，这如何可以排斥；至于反抗机械主义与提高精神生活，却又是一件事了。

所以合理的人生，应有的几种原〈元〉素——自然的幸福，友谊的情感，爱美与创作的奖励，纯粹知识——科学——的寻求——都是与机械式的社会状况根本不能并存的。除非转变机械主义的倾向，人生很难有希望。

十

这是我们也都看得分明的；我们亦未尝不想转变方向，但却从那里做起呢？这才是难处。罗素先生却并不悲观。他以为这是个心理——伦理的问题。旧式的伦理，分别善恶与是非的，大都不曾认明心理的实在，而且往往侧重个人的。罗素的主张，就在认明心理的实在，而以社会的利与弊，为判定行为善恶的标准。罗素看来，人的行为只是习惯，无所谓先天的善与恶。凡是趋向于产生好社会的习惯，不论是心的或是体的，就是善；反之，产生劣社会的习惯，就是恶。罗素所谓好的社会，就是上面讲的具有四种条件的社会；他所谓劣社会就是反面，因本能压迫而生的苦痛（替代自然的快乐），恨与嫉忌（替代友谊与同情）；庸俗少创作，不知爱美，与心智的好奇心之薄弱。要奖励有利全体的习惯，可以利用新心理学的发现。我们既然明白了人是根本自私自利的，就可以利用人们爱夸奖恶责罚的心理，造成一种绝对的道德（Positive Morality），就是某种的行为应受奖掖，某种的行为应受责辱。但只是折衷于社会的利益，而不是先天的假定某种行为为善，某种行为为恶。从前台湾土人有一种风俗：一个男子想要娶妻，至少须杀下一个人头，带到结婚场上；我们文明社会奖励同类自残，叫做勇敢，算是美德，岂非一样可笑？

这样以结果判别行为的伦理，就性质说，与边沁及穆勒

父子所代表的伦理学，无甚分别；罗素自己亦说他的主张并不是新奇的，不过不论怎样平常的一个原则，若然全社会认定了他的重要，着力的实行去，就会发生可惊的功效。以公众的利益判别行为之善恶：这个原则一定，我们的教育，刑律，我们奖与责的标准，当然就有极重要的转变。

十一

归根的说，现有的工业主义，机械主义，竞争制度，与这些现象所造成的迷信心理与习惯，都是我们理想社会的仇敌，合理的人生的障碍。现在，就中国说，唯一的希望，就在领袖社会的人，早早的觉悟，利用他们表率的地位，排斥外来的引诱，转变自杀的方向，否则前途只是黑暗与陷阱。罗素说中国人比较的入魔道最浅，在地面上可算是最有希望的民族。他说这话，是在故意的打诳，哄骗我们呢，还是的确是他观察现代文明的真知灼见？——但吴稚晖先生曾叮嘱我们，说罗素只当我们是小孩子，他是个大滑头骗子！

政治生活与王家三阿嫂[1]

我这篇《政治生活与王家三阿嫂》是去年冬天在硖石东山脚下独居时写的。那时张君劢他们要办一个月刊，问我要稿子，我就把这篇与另外两篇一起交给了他。那是我的老实。那月刊定名叫《理想》。理想就活该永远出不了版！我看他们成立会的会员名字至少有四五十个。都是“理想”会员！但是一天一天又一天，理想总是出不了娘胎，我疑心老实交过稿子去的就只我。后来我看情形不很像样，所谓理想会员们都像是放平在炉火前地毯上打呼的猫——我独自站在屋檐上竖起一根小尾巴生气也犯不着。理想想没了；竟许本来就没有来。伤心！我就问收稿人还我的血本。他没有理我。我催他不作声，我逼他不开口。本来这几篇零星文字是一文不值的，这一来我倒反而舍不得拿回了。好容易，好容易，原稿奉还。我猜想从此理想月刊的稿件抽屉可以另作别用了。理想早就埋葬了。

昨天在北海见着伏庐，他问我要东西，我说新作的全有主儿了，未来的也定出了，有的只是陈年老古董。他说好，旧的也可以将就，只要加上一点新注解就成。我回家来把这

①约1923年冬作；1924年12月26日加序；载1925年1月4日、5日、6日《京报副刊》；初收1926年6月北京北新书局《落叶》。采自《落叶》。

篇古董校看了一遍，叹了一声气。这气叹得有道理的。你想一年前英国政治是怎样，现在又是怎样；我写文的时候麦克唐诺尔德还不曾组阁，现在他已经退阁了；那时包尔温让人家讥评得体无完肤，现在他又回来做老总了。他们两个人的进退并不怎样要紧，但他们各人代表的思想与政策却是可注意的。“麦克”不仅有思想，他〈也〉有理想；不仅有才干，他〈也〉有胆量。他很想打破说谎的外交，建设真纯的国际友谊。他的理想也许就是他这回失败的原因，他对我们中国国民的诚意，就一件事就看出来。庚子赔款委员会里面他特聘在野的两个名人，狄更生与罗素。这一点就够得上交情。现在坏了（参看现代评论第二期），包首相容不得思想与理想，管不到什么国际感情。赔款是英国人的钱，即使退给中国也只能算是英国人到中国来花钱；英国人的利益与势力首先要紧，英国人便宜了，中国人当然沾光。听说他们已经定了两种用途：一是扬子江流域的实业发展（铁路等等）及实业教育，一是传教。我们当然不胜感激涕零之至！亏他们替我们设想得这样周到！发展实业意思是饱暖我们的肉体，补助传道意思是饱暖我们的灵魂。

所以难怪悲观者的悲观。难得这里那里透了一丝一线的光明，一转眼又没了。狄更生先生每回给我来信总有悲惨的话，这回他很关切我们的战祸，但也不知怎的，他总以为东方人，尤其是中国人，比较总是有希望的，他对我们还不曾绝望！欧洲总是难，他竟望不见平安的那一天，他说也许有那一天，但他自己及身（他今年六十三四）总是看不见的了。狄更生先生替人类难受，我们替他难受。罗素何尝不替人类难受，他也悲观；但他比狄更生便宜些，他会冷笑，他的讥讽是他针砭人类的利器。这回他给我的信上有一句冷话——I am amused at the progress of Christianity in China. [①]基督教在中国的进步真快呀！下去更有希望了，英国教会有了赔款帮忙，教士们的烟士披里纯那得不益发的灿烂起来！别说基督将军、基督总长，将来基督酱油基督麻油基督这样基督那样花样多着哪，我们等着看吧。

所以我方才校看这篇文字，不由的叹了一声长气，时间里的"爱伦内"真多着哩！这一段话与本文并没有多大关系，随笔写来当一个冒头就是。

十三年十二月二十六日

一

从前西方一位老前辈说，"人是一个政治的动物"；好比麻雀会得做窝，蚂蚁会得造桥，人会得造社会，建设政治。这是一个有名的"人的定义"。那位老前辈的本乡，是个小小的城子，周围不过十里，人口不过十万，而且这十万人里，真正的"市民"不过四分之一，其余不是奴隶，便是客民。但他们却真是所谓"政治的动物"；凭他们造社会与建筑政治

①我对基督教在中国的进步只觉得好笑。

的天才，和着地理与地势的利便，他们在几千年前，在现代欧美文明没有出娘胎以前，已经为未来政治的（现在不说文艺的或科学的）人类定下了一个最完善的模型，一个理想的标准，也可以说是标准的理想——实行的民主政治，或是实现的“共和国”。我们现在不来讨论他们当时的奴隶问题；我们只在想像中羡慕他们政治的幸福，羡慕他们那座支配社会生活的机器的完美，运转是敏捷的，管理是简单的，出货是干净的——而且又是何等的美观！我们如其借用童话里的那个神奇的玻璃球来看，我们就可以在二千年前时间的灰堆里，掏出他们当时最有趣味的生活的活动写真。我们来看看这西洋镜的玩艺。天气约略是江南的五月初，黄梅渐〈潮〉已经过去，南风吹得暖暖的，穿单衣不冷，穿夹衣也不热。他们是终年如此的，真是“四时常春，风和日丽”，雨水都不常有的，所以他们公共会所如议会剧场市场都是秃顶没有盖的。城子中央是一个高冈，天生成花冈石打底的高阜，这上面留有人类的一个大纪念：最高明的建筑，最高明的石刻，最高明的美术都在这里；最高明的立法与行政的会场也在这里；最高明的戏剧与最伟大最壮观的剧场也在这里；最高明的哲学家，政治家，艺术家，诗人的踪迹也常在这里。路上行人，很少戴帽的，有穿草鞋式的鞋的，有赤脚的，身上至多裹一块方形的布当衣裳，往往一双臂腿袒露在外，有从市场回家的，有到前辈家里去领教学问的，有到体育场去掷铁饼或赛跑的，有到公共浴所去用雕花水瓶浇身的，有到（如其是春天，春天是节会与共乐的时候）大戏场上去占座位的，有到某剃头店或某铜匠店铺子里去找朋友闲谈的，有出城去到河沿树荫下散步的，有到高冈上观览美术的，有到亲戚家去的妇女，前后随从有无数男女仆役的，有应召的歌女，身披彩衣手弄弦琴的，有新来客民穿着异样的服装的，有乡下来的农夫与牧童背着遮太阳的大箬笠，掮着赶牲畜的长竿，或是抗着新采的榨油用的橄榄果与橄榄叶（他们不懂得咬生橄榄，广东乡下听说到现在还是不会吃青果的！）一个个都像从画图上走下来的……这一群阔额角，阔肩膀，高鼻子，高身材的人类，在这个小小的城子里，熙熙的乐生，活泼，愉快，闲暇，艺术是他们的天性，政治是他们的本能——他们的躯壳已经几度的成灰成泥，但是他们的精神，却是和他们花冈石的高冈一样的不可磨灭；像衣琴海上的薰风，永远含有鼓舞新生命的秘密。

这不是演说乌托邦，这是实有的史迹。那小城子便是雅典，这人民便是古希腊人，说人是政治的动物的，便是亚里士多德。他们当时凡是市民（即除外奴隶与客民）都可以出席议会，参与政治，起造不朽的巴戴廊（Parthenon）[①]是群众决议的；举菲地亚士（Phidias）[②]做主任是群众决议的；筹画打波斯的海军政策是群众决议的；举米梯亚士做将军是群众决议的。这群众便是全城的公民，有钱的与穷人，做官的与做工的，经商的与学问家，剃头匠与打铁匠，法官与裁缝，苏格拉底斯与阿理士道文尼斯，沙福克利士与衣司沟拉士，柏拉图与绶克士诺丰……都是组成这独一的共和政治的平等的分子。政治是他们的生活，是他们的共同的职业，是他们闲谈的资料，是他们有趣的训练。所以不论是在露天的议会里列席，不论是在杂货铺门口闲话，不论是在客厅里倦倚在榻上饮酒杂谈，不论是在某前辈私宅的方天井里徘徊着讨论学识，不论是在法庭上听苏格拉底士的审判，不论是在大剧场听戏拿橘子皮或无花果去掷台上不到家的演员（他们喝倒彩的办法），不论是在美术厅里参观菲地亚士最近的杰作，不论是在城外青枫树荫下溪水里濯足时（苏格拉底士最爱的）的诙谐——他们的精神是一致的，是乐生的，是建设的，是政治的。

① Parthenon：今译帕特农神庙，建于公元前5世纪，是雅典卫城上供奉城邦的保护神雅典娜女神的主神庙。

② Phidias：今译菲迪亚斯，公元前5世纪时的希腊雅典雕刻家，主要作品有雅典卫城的3座雅典娜神像和奥林匹亚宙斯神庙的宙斯坐像，原作今已不存。

二

但这是已往的希腊，我们只能如孔子所谓心向往之了。至于现代的政治，不论是国内的与国际的，都不是叫人起兴的题目。我们东方人尤其是可怜，任清朝也好，明朝也好，政治的中国人（最近连文学与艺术的中国人都是）只是一只串把戏的猴子，随它如何伶俐，如何会模仿，如何像人，猴子终究[是]猴子，不是人，也许它会得穿起大褂子来坐在沙发椅上使用杯匙吃饭，就使它自己是正经的，旁观的总觉得滑稽好笑。根本一句话，因为这种习惯不是野畜生的习惯，它根性里没有这种习惯的影子，也许凭人力选择的科学与耐心，在理论上可以完全变化猴子的气质，但这不是十年八年的事，明白人都明白的。

不但东方人的政治，就是欧美的政治，真可以上评坛的能有多少。德国人太蠢，太机械性；法国人太淫，什么事都任性干去，不过度不肯休；南欧人太乱，只要每年莱因河两岸的葡萄丰收。拉丁民族的头脑永没有清明的日子；美国人太陋，多数的饰制与多数的愚暗，至多只能造成一个“感情作用的民主政治”（Sentimental Democracy）。此外更不必说了。比较像样的，只有英国。英国人可称是现代的政治民族，这是大家都知道的。英国人的政治，好比白蚁蛀柱石一样，一直啮入他们生活的根里，在他们（这一点与当初的雅典多少相似），政治不但与日常生活有极切极显的关系，我们可以说政治便是他

们的生活，“鱼相忘乎江湖”，英国人是相忘乎政治的。英国人是“自由”的，但不是激烈的；是保守的，但不是顽固的。自由与保守并不是冲突的，这是造成他们政治生活的两个原则；唯其是自由而不是激烈，所以历史上并没有大流血的痕迹（如大陆诸国），而却有革命的实在，唯其是保守而不是顽固，所以虽则“不为天下先”，而却没有化石性的僵。但这类形容词的泛论，究竟是不着边际的，我们只要看他们实际的生活，就知道英国人是不是天生的政治的动物。我们初从美国到英国去的，最浅显的一个感想，是英国虽则有一个册名国王，而其实他们所实现的民主政治的条件，却远在大叫大擂的美国人之上——英国人自己却是不以为奇的。我们只要看一两桩相对的情形。美国人对付社会党的手段，与乡下老太婆对付养媳妇一样的惨酷，一样的好笑。但是我们到礼拜日上午英国的公共场地上去看看：在每处广场上东一堆西一堆的人群，不是打拳头卖膏药，也不是变戏法，是各种的宣传性质的演说。天主教与统一教与清教；保守党与自由党与劳工党；赞成政府某政策与反对政府某政策的；禁酒令与威士克公司；自由恋爱与鲍尔雪微主义与救世军：——总之种种相反的见解，可以在同一的场地上对同一的群众举行宣传运动；无论演讲者的论调怎样激烈，在旁的警察对他负有生命与安全与言论自由的责任，他们决不干涉。有一次萧伯讷（四十年前）站在一只肥皂木箱上冒着倾盆大雨在那里演说社会主义，最后他的听众只剩了三四个穿雨衣的巡士！

这是他们政治生活的一斑，但这还是最浅显的。政治简直是他们的家常便饭，政府里当权的人名是他们不论上中下哪一级的口头禅。每天中下人家吃夜饭时老子与娘与儿女与来客讨论的是政治，每天智识阶级吃下午茶的时候，抽着烟斗，咬着牛油面包的时候谈的是政治；每晚街角上酒店里酒鬼的高声的叫嚷——鲁意乔治应该到地狱去！阿斯葵斯活该倒运！等

等——十有八九是政治。(烟酒加了税，烟鬼酒鬼就不愿意。)每天乡村里工人的太太们站在路口闲话，也往往是政治（比如他们男子停了工，为的是某某爵士在议会里的某主张）。政治的精液已经和入他们脉管里的血流。

我在英国的时候，工党领袖麦克唐诺尔，在伦敦附近一个选区叫做乌立克的做候补员，他的对头是一个政府党，大战时的一个军官，麦氏是主张和平的，他在战时有一次演说时脑袋都叫人打破。有一天我跟了赖世基夫人（Mrs. Harold J.Laski）①起了一个大早到那个选区去代麦氏“张罗”（Canvassing）(就是去探探选民的口气，有游说余地的，就说几句话，并且预先估计得失机会）。我那一次得了极有趣味的经验，此后我才深信英国人政治的训练的确是不容易几及的。我们至少敲了二百多家的门（那一时麦氏衣襟上戴着红花坐着汽车到处的奔走，演说），应门的有男有女，有老有小，但他们应答的话多少都有些分寸，大都是老练，镇静，有见地的。那边的选民，很多是在乌立克兵工厂里做工过活的，教育程度多是很低的，而且那年是第一次实行妇女选举权，所以我益发惊讶他们政治程度之高。只有一两家比较的不讲理的妇人，开出门来脸上就不戴好看的颜色，一听说我们是替工党张罗的，爽性把脸子沉了下来，把门嘭的关上了。但大概都是和气的，很多说我们自有主张，请你们不必费心，有的狠〈很〉情愿与我

① Mrs.Harold J.Laski：赖世基，今译拉斯基（1893—1950），英国政治家、政治学家，著作有《现代国家的权力》、《政治典范》等。

们闲谈，问这样问那样。有一家有一个烂眼睛的妇人，见我们走过了，对她们邻居说（我自己听见）“你看，怪不得人家说麦克唐诺尔是卖国贼，这不是他利用‘剧泼’（Jap 即日本鬼意）来替他张罗！”

三

这一次英国的政治上，又发生极生动的变相。安置失业问题，近来成为英国政府的唯一问题。因失业问题涉及贸易政策，引起历史上屡现不一现〈致〉的争论，自由贸易与保护税政策。保守党与自由党，又为了一个显明的政见的不同，站在相对地位；原来分裂的自由党，重复团圆，阿斯葵斯与鲁意乔治，重复亲吻修好，一致对敌。总选举的结果，也给了劳工党不少的刺激，益发鼓动他们几年来蕴涵着的理想。我好久不看英国报了，这次偶然翻阅，只觉得那边无限的生趣，益发对比出此地的陋与闷，最有趣的是一位戏剧家（A.A.Milne）[①]的一篇讥讽文章，很活现的写出英国人政治活动的方法与状态，我自己看得笑不可仰，所以把他翻译过来，这也是引起我写这篇文字的一个原因。我以为一个国总要像从前的雅典，或是现在的英国一样，不说有智识阶级，就这次等阶级社会的妇女，王家三阿嫂与李家四大妈等等，都感觉到政治的兴味，都想强勉他们的理解力，来讨论现实

---

① A.A.Milne：米尔恩（1850—1913），英国幽默作家，作品有轻喜剧《皮姆先生过去了》等。

的政治问题。那时才可以算是有资格试验民主政治，那时我们才可以希望“卖野人头”的革命大家与做统一梦的武人归他们原来的本位，凭着心智的清明来清理政治的生活。这日子也许很远，但希望好总不是罪过。

保守党的统一联合会，为这次保护税的问题，出了一本小册子，叫做《隔着一垛园墙》（“Over the Garden Wall”），里面是两位女太太的谈话，假定说是王家三阿嫂与李家四大妈。三阿嫂是保守党，她把为什么要保护贸易的道理讲给四大妈听，末了四大妈居然听懂了。那位滑稽的密尔商先生就借用这个题目，做了一篇短文，登在十二月一日的《伦敦国民报》——The Nation and the Athenaeum——里，挖苦保守党这种宣传方法，下面是翻译。

她们是紧邻；因为她们后园的墙头很低，她们常常可以隔着园墙谈天。你们也许不明白她们在这样的冷天，在园里有什么事情干，但是你不要忙，她们在园里是有道理的。这分明是礼拜一，那天李家四大妈刚正洗完了衣服，在园里挂上晒绳去。王家三阿太，我猜起来，也在园里把要洗的衣服包好了，预备送到洗衣作里去的。三阿太分明是家境好些的。我猜想她家里是有女佣人的，所以她会有工夫去到联合会专为妇女们的演讲会去到会，然后回家来再把听来的新闻隔着园墙讲给四大妈听，四大妈自己看家，没有工夫到会。大冷天站在园里当然是不会暖和的，并且还要解释这样回答那样，隔壁那位太太正在忙着洗衣服，她自己头颈上围着她的海獭皮围巾；但是我想像三阿太站在那里，一定不时的哈气着她冻冷的手指，并且心里还在抱怨四大妈的家境太低；或是她自己的太高，否则，她们倒可以舒舒服服，坐在这家或是那家的灶间里讲话，省得在露天冒风着冷。但是这可不成功。上帝保佑统一党，让邻居保留她名分的地位。李家四大妈有一个可笑的主意（我不知道她哪里来的，因为她从不出门），她以为在这个国度里，要是实行了保护政策，各样东西一定要贵，我料想假如三阿太有这样勇气，老实对她说不是的，保护税倒反而可以使东西着实着实便宜，那时四大妈一定一面从她口里取出一只木钉，把她男人的衬裤别在绳子上，一面回答三阿太说“噢那就好了”，下回她要去投票，她准投统一党了；这样国家就有救了。但是在这样的天气站在园子里，不由得三阿太或是任何人挫气。三阿太哈着她的手指，她决意不冒险。她情愿把开会的情形从头至尾讲一个清楚。东西是不会得认真的便宜多少，但是——呒，你听了就明白了。

我恐怕她过于自信了。

所以三阿太就开头讲，她说外国来的工人，比我们自己的便宜，因为工会（“可不是！”她急急的接着说）一定要求公平的工资，短少的工作时间，以及工厂里的种种设备——她忽然不说下去了，心里在迟疑不知道说对了没有。四大妈转过身子去，这一会儿她像是要开口问什么蠢话似的；可是并不。她转过身去，也就把她小儿子亨利的衬裤，从衣篮里拿了出来。一面王三阿太立定主意把在保护政策的国家的工资，工时，工厂设备等等暂时放开不提，她单是说国家是要采用了保护政策，她们的出货一定便宜得多。结果怎么样呢。“你同我以及所有做工的妇人临到买东西的时候，就拣顶便宜的买，再也不想想——意思说是买外国货。”“不一定不想。”四大妈确定的说。三阿太老实说她的小册子上是什么说。照书上写着，四大妈在这里是不应得插嘴的。这一路的解说都是不容易的。总选举要是在夏天多好！在这样大冷天叫谁用心去？这段话也不容易讲不是？但是她最末了的那句话，至少是没有错儿；这不是在小册子上明明的印着：“你与我以及所有做工的妇人都拣到最便宜的东西买再也不想想。”再也不想想，真是的！一个做工的妇人临到买东西不想想，还叫她想什么去？

那是闲话，再来正经，四大妈还不明白大家要是尽买便宜的外国货，结果便怎么样。她要是真不明白，让她别害怕，老实的说就是。三阿太是妇女工会里的会员，她最愿意讲解给她听。

四大妈懂得。结果货物的价钱愈落愈低。

三阿太又着急的翻开了那本小册子来对，但是这一次四大妈的答话没有错。现在来打她一下。

“不，四大妈，平常人的想法就错在这儿。市上要是只有便宜的外国货，我们就没有得钱去买东西，因为我们的丈夫就要没有事情做，攒不了钱了。”四大妈是打倒了。不，她并不是。她亮着嗓音说她的丈夫还是有事情做并没有失业。这女人多麻烦！她的男人是怎么回事？小册子里并没有提起他。三阿太只当做没有听见男人不男人，只当她说（她应该那么说，要是她知道小册子上是这样的派定她），“你倒讲一讲里面的道理给我听听”，三阿太抽了一口长气，讲给她听了。“要是我们都买外国货，那就没有人去买英国本国工人做的东西了；既然没有人买，也就没有人做了，这不是工作少了，我们自己大部分的工人就没有事情做了；这不是我们花了钱让德国法国美国的工人吃得饱饱赚得满满的，我们自己人倒是失了业，捱饿。可不是！这你没有法子反驳了不是？”

还是不一定。四大妈转过身来说，“你说什么，我的乖？”这一来三阿太可是真不愿意了。她说“噢嘿！”这不是小册子上规定的，但方才不多一忽儿四大妈曾经叹了一声完完全全的“哼呼！”三阿太心里想（我想她想得对的）在这种情形之下，她也应分来一个“噢嘿！”

“你说什么来了？乖呀？这风吹过衣服来把我的头都蒙住了。我像是听你说什么做工。你也说天冷，是不是你哪？天这么冷，你又没有事做，何必跑到园里来冒凉呢。”三阿太顿她的脚。

“有的是。我分该跑出来，把统一党的保护政策的道理讲给你听。我说‘只要你耐心的听一忽儿，我就简简单单的把这件事讲给你听。’可是你又不耐心听，你应该是这么说的：——‘可不是，三阿太！够明白了。你这么一讲，我全懂得了。’可是你又没有那么说！你倒反而尽在叫着我乖呀，乖呀。我也说，‘所以顶好是去做一个统一党联合会的女会员，去到她们的会里，你瞧！什么事你都明白得了。在那儿！我自己就亏到了会才明白。’我全懂得怎么样！我们要是一加关税，外国货就不容易进来，我们自己的劳工就受了保护不是？”

“再说他们要是进来，就替我们完税，我们还得让自己属地澳大利亚洲的进口货不出钱，省得自己抢自己的市场；还有什么‘报复主义’，这就是说外国货收税，保护了自己的工人，替我们完了税，奖励了帝国的商业，这就可以利用来威吓外国。我全懂得，顶明白——可是你现在只叫着我乖呀，乖呀，一面我冷得冻冰，我本没有人家那么强壮，我想这真是不公平。”她眼泪都出来了。“得了，得了，我的乖！”四大妈说。“你快进屋子去，好好的喝一杯热茶。……喔，我说我就有一句话要问你。”

“不要太难了，”三阿太哽咽着说。“别急，乖呀。我就不懂得为什么他们叫做统一党党员？”三阿太赶紧跑回她的灶间去了。

四

王家三阿太是已经逃回她的暖和的灶间去了；李家四大妈也许还在园里收拾她的衣服，始终没有想通什么叫做统一党，也没有想清楚保护究竟是便宜还是吃亏，也没有明白这么大冷天隔壁三阿太又不晒衣服，冒着风站在园里为的是什么事……这都是不相干的，我们可以不管。这篇短文，是一篇绝妙的嘲讽文章，刻薄尽致，诙谐亦尽致，他在一二千个字里面，把英国中下级妇女初次参与政治的头脑与心理以及她们实际的生活，整个儿极活现的写了出来。王家三阿太分明比她的邻居高明得多，她很要争气，很想替统一党（她的党）尽力，凭着一本小册子的法宝，想说服她的比邻，替统一党要多挣几张票。但是这些政治经济政策以及政党张罗的玩意儿，三阿太究竟懂得不懂得，她自己都不敢过分的相信——所以结果她只得逃回去烤火！

这种情形是实在有的。我们尽管可怜三阿太的劳而无功，尽管笑话四大妈的冥顽不灵，但如果政治的中国能够进化到量米烧饭的平民都有一天感觉到政治与自身的关系，也会得仰起头来，像四大妈一样，问一问究竟统一党联合会是什么意思，——我想那时我们的政治家与教育家（果真要是他们的功劳）就不妨着实挺一挺眉毛了。

·中国现代文学的经典之作·

XUZHIMO JINGDIAN

徐志摩经典

④

徐志摩　著

艾平　主编

团结出版社

拜 伦①

荡荡万斛船，影若扬白虹；

自非风动天，莫置大水中。

——杜甫

今天早上，我的书桌上散放著一垒书，我伸手提起一枝毛笔蘸饱了墨水正想下笔写的时候，一个朋友走进屋子来，打断了我的思路。“你想做什么？”他说。“还债，”我说，“一辈子只是还不清的债，开销了这一个，那一个又来，像长安街上要饭的一样，你一开头就糟。这一次是为他，”我手点著一本书里Westall②画的拜伦像（原本现在伦敦肖像画院）。“为谁，拜伦！”那位朋友的口音里夹杂了一些鄙夷的鼻音。“不仅做文章，还想替他开会哪，”我跟着说。“哼，真有工夫，又是戴东原那一套！”——那位先生发议论了——“忙著替死鬼开会演说追悼，哼！我们自己的祖祖宗宗的生忌死忌，春祭秋祭，先

① 1924年4月2日作；部分载1924年4月10日《小说月报》第十二卷第四号；全文载4月21日《晨报·文学旬刊》，题名《摆》；初收1928年8月上海新月书店《巴黎的鳞爪》，改题名为《拜伦》。采自《巴黎的鳞爪》。

② Westall：不详。

拜伦像

就忙不开，还来管姓呆姓摆的出世去世；中国鬼也就够受，还来张罗洋鬼！那国什么党的爸爸死了，北京也听见悲声，上海广东也听见哀声；书呆子的退伍总统死了，又来一个同声一哭。二百年前的戴东原还不是一个一头黄毛一身奶臭一把鼻涕一把尿的娃娃，与我们什么相干，又用得著我们的正颜厉色开大会做论文！现在真是愈出愈奇了，什么，连拜伦也得利益均沾，又不是疯了，你们无事忙的文学先生们！谁是拜伦？一个滥笔头的诗人，一个宗教家说的罪人，一个花花公子，一个贵族。就使追悼会纪念会是现代的时髦，你也得想想受追悼的配不配，也得想想跟你们所谓时代精神合式不合式，拜伦是贵族，你们贵国是一等的民主共和国，那〈哪〉里有贵族的位置？拜伦又没有发明什么苏维埃，又没有做过世界和平的大梦，更没有用科学方法整理过国故，他只是一个拐腿的纨绔诗人，一百年前也许出过他的风头，现在埋在英国纽斯推德（Newstead）的贵首头都早烂透了，为他也来开纪念会，哼，他配！讲到拜伦的诗你们也许与苏和尚的脾味合得上，看得出好处，这是你们的福气——要我看他的诗也不见得比他的骨头活得了多少。并且小心，拜伦到是条好汉，他就恨盲目的崇拜，回头你们东抄西剿的忙著做文章想是讨好他，小心他的鬼魂到你梦里来大声的骂你一顿！”

那位先生大发牢骚的时候，我已经抽了半枝的烟，眼看著缭绕的氤氲，耐心的挨他的骂，方才想好赞美拜伦的文章也早已变成了烟丝飞散：我呆呆的靠在椅背上出神了——

拜伦是真死了不是？全朽了不是？真没有价值，真不该替他揄扬传布不是？

眼前扯起了一重重的雾幔，灰色的，紫色的，最后呈现了一个惊人的造像，最纯粹，光净的白石雕成的一个人头，供在一架五尺高的檀木几上，放射出异样的光辉，像是阿博洛，给人类光明的大神，凡人从没有这样庄严的“天庭”，这样不可侵犯的眉宇，这样的头颅，但是不，不是阿博洛，他没有那样骄傲的锋芒的大眼，像是阿尔帕斯山南的蓝天，像是威尼市的落日，无限的高远，无比的壮丽，人间的万花镜的展览反映在他的圆睛中，只是一层鄙夷的薄翳；阿博洛也没有那样美丽的发卷，像紫葡萄似的一穗穗贴在花岗石的墙边；他也没有那样不可信的口唇，小爱神背上的小弓也比不上他的精致，口角边微露著厌世的表情，像是蛇身上的文彩，你明知是恶毒的，但你不能否认他的艳丽；给我们弦琴与长笛的大神也没有那样圆整的鼻孔，使我们想像他的生命的剧烈与伟大，像是大火山的决口……

不，他不是神，他是凡人，比神更可怕更可爱的凡人；他生前在红尘的狂涛中沐浴，洗涤他的遍体的斑点，最后他踏脚在浪花的顶尖，在阳光中呈露他的无瑕的肌肤，他的骄傲，他的力量，他的壮丽，是天上奕司与玖必德[1]的忧愁。

他是一个美丽的恶魔，一个光荣的叛儿。一片水晶似的柔波，像一面晶莹的明镜，照出白头的“少女”，闪亮的“黄金篦”，“快乐的阿翁”。此地更没有海潮的啸响，只有草虫的讴歌，醉人的树色与花香，与温柔的水声，小妹子的私语似的，在湖边吞咽。山上有急湍，有冰河，有漫天的松林，有奇伟的石景。瀑布像是疯癫的恋人，在荆棘丛中跳跃，从岩上滚坠，在磊石间震碎，激起无量数的珠子，圆的，长的，乳白的，透明的，阳光斜落在急流的中腰，幻成五彩的虹纹。这急湍的顶上是一座突出的危崖，像一个猛兽的头颅，两旁幽邃的松林，像是一颈的长鬣，一阵阵的瀑雷，像是他的吼声。在这绝壁的边沿站著一个丈夫，一个不凡的男子，怪石一般的峥嵘，朝旭一般的美丽，劲瀑似的桀傲，松林似的忧郁。他站着，交抱着手臂，翻起一双大眼，凝视着无极的青天，三个阿尔帕斯的鸷鹰在他的头顶不息的盘旋；水声，松涛的呜咽，牧羊人的笛声，前峰的崩雪声——他凝神的听著。

只要一滑足，只要一纵身，他想，这躯壳便崩雪似的坠入深潭，粉碎在美丽的水花中，这些大自然的谐音便是赞美他寂灭的丧钟。他是一个骄子：人间踏烂的蹊径不是为他准备的，也不是人间的镣链可以锁住他的鸷鸟的翅羽。他曾经丈量过巴

①奕司与玖必德：今译枯瑞忒斯与朱庇特。

南苏斯的群峰，曾经搏斗过海理士彭德海峡的凶涛，曾经在马拉松放歌，曾经在爱琴海边狂啸，曾经践踏过滑铁卢的泥土，这里面埋著一个败灭的帝国。他曾经实现过西撒凯旋时的光荣，丹桂笼住他的发卷，玫瑰承住他的脚踪；但他也免不了他的滑铁卢；运命是不可测的恐怖，征服的背后隐着辱的狞笑，御座的周遭显现了狴犴的幻景；现在他的遍体的斑痕，都是诽毁的箭镞，不更是繁花的装缀，虽则在他的无瑕的体肤上一样的不曾停留些微污损。……太阳也有他的淹没的时候，但是谁能忘记他临照时的光焰？

"What is life，what is death，and what are we.
That when the ship sinks，we no longer may be." [1]

虬哪 Juno [2] 发怒了。天变了颜色，湖面也变了颜色。四围的山峰都披上了黑雾的袍服，吐出迅捷的火舌，摇动着，仿佛是相互的示威，雷声像猛兽似的在山坳里咆哮，跳荡，石卵似的雨块，随著风势打击着一湖的磷光，这时候（一八一六年，六月，十五日）仿佛是爱俪儿（Ariel）的精灵耸身在绞绕的云中，默唪着咒语，眼看着——

①生是何物，死是何物，我们又是何物。／当船沉没的时候，我们就不再存在。

②Juno：朱诺，罗马神话中的主神朱庇特之妻。

Jove' s lightnings, the precursors

O' the dreadful thunder-claps...

The fire, and cracks

Of sulphurous roaring, the most mighty Neptune

Seem' d to besiege, and make his bold waves tremble,

Yea his dread tridents shake.[①]

(Tempest)

在这大风涛中，在湖的东岸，龙河（Rhone）合流的附近，在小屿与白沫间，飘浮着一只疲乏的小舟，扯烂的布帆，破碎的尾舵，冲挡着巨浪的打击，舟子只是着忙的祷告，乘客也失去了镇定，都已脱卸了外衣，准备与涛澜搏斗。这正是卢骚的故乡，这小舟的历险处又恰巧是玖荔亚与圣潘罗（Julia and St.Preux）[②]遇难的名迹。舟中人有一个美貌的少年是不会泅水的，但他却从不介意他自己的骸骨的安全，他那时满心的忧虑，只怕是船翻时连累他的友人为他冒险，因为他的友人是最不怕险恶的。厄难只是他的雄心的激刺，他曾经狎侮爱琴与地中海

①“朱庇特的闪电，那／可怕的炸雷的先驱……／散发着硫磺味的火光与霹雳声／似乎在围攻那威风凛凛的海神，使他的怒涛颤抖／使他的三叉戟不禁摇晃。”引自莎士比亚《暴风雨》。

② Julia and St.Preux：不详。

的怒涛，何况这有限的梨梦湖中的掀动，他交叉着手，静看着萨福埃（Savoy）的雪峰，在云罅里隐现。这是历史上一个稀有的奇逢，在近代革命精神的始祖神感的胜处，在天地震怒的俄顷，载在同一的舟中，一对共患难的，伟大的诗魂，一对美丽的恶魔，一对光荣的叛儿！

他站在梅锁朗奇（Mesolonghi）的滩边（一八二四年，一月，四至二十二日）。海水在夕阳光里起伏，周遭静瑟瑟的莫有人迹，只有连绵的砂碛，几处卑陋的草屋，古庙宇残圮的遗迹，三两株灰苍色的柱廊，天空飞舞着几只阔翅的海鸥，一片荒凉的暮景。他站在滩边，默想古希腊的荣华，雅典的文章，斯巴达的雄武，晚霞的颜色二千年来不曾消灭，但自由的鬼魂究不曾在海砂上留存些微痕迹……他独自的站著，默想他自己的身世，三十六年的光阴已在时间的灰烬中埋着，爱与憎，得志与屈辱，盛名与怨诅，志愿与罪恶，故乡与知友，威尼市的流水，罗马古剧场的夜色，阿尔帕斯的白雪，大自然的美景与恚怒，反叛的磨折与尊荣，自由的实现与梦境的消残……他看着海砂上映着的漫长的身形，凉风拂动着他的衣据——寂寞的天地间的一个寂寞的伴侣——他的灵魂中不由的激起了一阵感慨的狂潮，他把手掌埋没了头面。此时日轮已经翳隐，天上星先后的显现，在这美丽的瞑色中，流动着诗人的吟声，像是松风，像是海涛，像是蓝奥孔苦痛的呼声，像是海伦娜岛上绝望的吁叹——

This time this heart should be unmoved,
　　Since others it hath ceased to move;
Yet, though I cannot be beloved,
　　Still let me love!

My days are in the yellow leaf;
　　The flowers and fruits of love are gone;
The worm, the canker, and the grief;
　　Are mine alone!

The fire that on my bosom preys
　　As lone as some volcanic isle

No torch is kindled at its blaze—
　　A funeral pile!

The hope, the fear, the jealous care,
　　The exalted portion of the pain
And power of love, I cannot share,
　　But wear the chain.

But 'tis not thus—and' tis not here—
　　Such thoughts should shake my soul, nor now.
Where glory aecks the hero' bier
　　Or binds his brow.

The sword, the banner, and the field,
　　Glory and Grace, around me see !
The Spartan, born upon his shield,
　　Was not more free.

Awak！（not Greece—she is awake!）

Awake，my spirit！ Think through whom

The life–blood tracks its parent lake，

And then strike home！

Tread those reviving passions down；

Unworthy manhood!—unto thee

Indifferent should the smile or frown

Of beauty be.

If thou regret’st thy youth，why live，

The land of honorable death

Is here：—up to the field，and give

Away thy breath!

Seek out—less sought than found—

A dier’s grave for thee the best；

Then look around，and choose thy ground，

And take thy rest.

年岁已经僵化我的柔心，

我再不能感召他人的同情；

但我虽则不敢想望恋与悯，

我不愿无情！

往日已随黄叶枯萎，飘零；
恋情的花与果更不留踪影，
只剩有腐土与虫与怆心，
长伴前途的光阴！

烧不尽的烈焰在我的胸前，
孤独的，像一个喷火的荒岛；
更有谁凭吊，更有谁怜——
一堆残骸的焚烧！

希冀，恐惧，灵魂的忧焦，
恋爱的灵感与苦痛与蜜甜，
我再不能尝味，再不能自傲——
我投入了监牢！

但此地是古英雄的乡国，
白云中有不朽的灵光，
我不当怨艾，惆怅，为什么
这无端的凄惶？

希腊与荣光，军旗与剑器，

古战场的尘埃，在我的周遭，
古勇士也应慕羡我的际遇，
此地，今朝！

苏醒！不是希腊——她早已惊起！
苏醒，我的灵魂！问谁是你的
血液的泉源，休辜负这时机，
鼓舞你的勇气！

丈夫！休教已往的沾恋
梦魇似的压迫你的心胸，
美妇人的笑与颦的婉恋，
更不当容宠！

再休眷念你的消失的青年，
此地是健儿殉身的乡土，
听否战场的军鼓，向前，
毁灭你的体肤！

只求一个战士的墓窟，
收束你的生命，你的光阴；
去选择你的归宿的地域，
自此安宁。

他念完了诗句，只觉得遍体的狂热，壅住了呼吸，他就把外衣脱下，走入水中，向着浪头的白沫里纵身一窜，像一只海豹似的，鼓动着鳍脚，在铁青色的水波里泳了出去……

“冲锋，冲锋，跟我来！”

冲锋，冲锋，跟我来！这不是早一百年拜伦在希腊梅锁龙奇临死前昏迷时说的话？那时他的热血已经让冷血的医生给放完了，但是他的争自由的旗帜却还是紧紧的擎在他的手里……

再迟八年，一位八十二岁的老翁也在他的解脱前，喊一声，“Mere licht！”[①]

“不够光亮！”“冲锋，冲锋，跟我来！”

火热的烟灰吊在我的手背上，惊醒了我的出神，我正想开口答复那位朋友的讥讽，谁知道睁眼看时，他早溜了！

十四年四月二日

① Mere licht：德文，“微弱的光芒”。徐译“不够光亮”。

泰戈尔[①]

我有几句话想趁这个机会对诸君讲，不知道你们有没有耐心听。泰戈尔先生快走了，在几天内他就离别北京，在一两个星期内他就告辞中国。他这一去大约是不会再来的了。也许他永远不能再到中国。

他是六七十岁的老人，他非但身体不强健，他并且是有病的。去年秋天他还发了一次很重的骨痛热病。所以他要到中国来，不但他的家属，他的亲戚朋友，他的医生，都不愿意他冒险，就是他欧洲的朋友，比如法国的罗曼罗兰，也都有信去劝阻他。他自己也曾经踌躇了好久，地心理常常盘算他如其到中国来，他究竟能不能够给我们好处，他想中国人自有他们的诗人，思想家，教育家，他们有他们的智慧，天才，心智的财富与营养，他们更用不著外来的补助与戟刺，我只是一个诗人，我没有宗教家的福音，没有哲学家的理论，更没有科学家实利的效用，或是工程师建设的才能，他们要我去做什么，我自己又为什么要去，我有什么礼物带去满足他们的盼望。他真的很觉得迟疑，所以他延迟了他的行期。

① 1924 年 5 月 12 日在北京真光剧场讲；载 1924 年 5 月 19 日《晨报副刊》，又载 6 月 2 日《文学》周报第一二四期；初收 1980 年台湾时报文化出版事业有限公司《徐志摩诗文补遗》。采自《晨报副刊》。

泰戈尔像

但是他也对我们说到冬天完了春风吹动的时候（印度的春风比我们的吹得早），他不由的感觉了一种内迫的冲动，他面对着逐渐滋长的青草与鲜花，不由的抛弃了、忘却了他应尽的职务，不由的解放了他的歌唱的本能，和着新来的鸣雀，在柔软的南风中开怀的讴吟，同时他收到我们催请的信，我们青年盼望他的诚意与热心，唤起了老人的勇气。他立即定夺了他东来的决心。他说趁我暮年的肢体不曾僵透，趁我衰老的心灵还能感受，决不可错过这最后唯一的机会，这博大，从容，礼让的民族，我幼年时便发心朝拜，与其将来在黄昏寂静的境界中萎衰的惆怅，何如利用这夕阳未暝时的光芒，了却我晋香人的心愿？

他所以决意的东来。他不顾亲友的劝阻，医生的警告，不顾他自身的高年与病体，他也撇开了在本国一切的任务，跋涉了万里的海程，他来到了中国。

自从四月十二在上海登岸以来，可怜老人不曾有过一半天完整的休息，旅行的劳顿不必说，单就公开的演讲以及较小集会时的谈话，至少也有了三四十次！他的，我们知道，不是教授们的讲义，不是教士们的讲道，他的心府不是堆积货品的栈房，他的辞令不是教科书的喇叭。他是灵活的泉水，一颗颗颤动的圆珠从地心里兢兢的泛登水面都是生命的精液；他是瀑布的吼声，在白云间，青林中，石罅里，不住的啸响；他是百灵的歌声，他的欢欣，愤慨，响亮的谐音，弥漫在无际的晴空。但是他是倦了。终夜的狂歌已经耗尽了子规的精力。东方的曙色亦照出她点点的心血，染红了蔷薇枝上的白露。

老人是疲乏了。这几天他睡眠也不得安宁。他已经透支了他有限的精力。他差不多是靠散拿吐瑾过日的，他不由的不感觉风尘的厌倦，他时常想念他少年时在恒河边沿拍浮的清福，他想望椰树的清荫与曼果的甜瓤。

但他还不仅是身体的惫劳，他也感觉心境的不舒畅。这是很不幸的。我们做主人的只是深深的负歉。他这次来华，不为游历，不为政治，更不为私人的利益，他熬著高年，冒著病体，抛弃自身的事业，备尝行旅的辛苦，他究竟为的是什么？他为的只是一点看不见的情感！说远一点，他的使命是在修补中国与印度两民族间中断千余年的桥梁，说近一点，他只想感召我们青年真挚的同情。因为他是信仰生命的，他是尊崇青年的，他是歌颂青春与清晨的，他永远指点着前途的光明。悲悯是当初释迦牟尼证果的动机，悲悯也是泰戈尔先生不辞艰苦的动机。现代的文明只是骇人的浪费，贪淫与残暴，自私与自大，相猜与相忌，飏风似的倾覆了人道的

平衡，产生了巨大的毁灭。芜秽的心田里只是误解的蔓草，毒害同情的种子，更没有收成的希冀。在这个荒惨的境地里，难得有少数的丈夫，不怕阻难，不自馁怯，肩上抗著铲除误解的大锄，口袋里满装着新鲜人道的种子，不问天时是阴是雨是晴，不问是早晨是黄昏是黑夜，他只是努力的工作，清理一方泥土，施殖一方生命，同时口唱著嘹亮的新歌，鼓舞在黑暗中将次透露的萌芽。泰戈尔先生就是这少数中的一个。他是来广布同情的，他是来消除成见的。我们亲眼见过他慈祥的阳春似的表情，亲耳听过他从心灵底里迸裂出的大声，我想只要我们的良心不曾受恶毒的烟煤熏黑，或是被恶浊的

偏见污抹，谁不曾感觉他至诚的力量，魔术似的，为我们生命的前途开辟了一个神奇的境界，燃点了理想的光明？所以我们也懂得他的深刻的懊怅与失望，如其他知道部分的青年不但不能容纳他的灵感，并且成心的诬毁他的热忱。我们固然奖励思想的独立，但我们决不敢附和误解的自由。他生平最满意的成绩就在他永远能得青年的同情，不论在德国，在丹麦，在美国，在日本，青年永远是他最忠心的朋友。他也曾经遭受种种的误解与攻击，政府的猜疑与报纸的诬捏与守旧派的讥评，不论如何的谬妄与剧烈，从不曾扰动他优容的大量。他的希望，他的信仰，他的爱心，他的至诚，完全的托付青年。我的须，我的发是白的，但我的心却永远是年青的，他常常的对我们说，只要青年是我的知己，我理想的将来就有著落，我乐观的明灯永远不致暗淡。他不能相信纯洁的青年也会坠落在怀疑，猜忌，卑琐的泥溷。他更不能信中国的青年也会沾染不幸的污点。他真不预备在中国遭受意外的待遇。他很不自在，他很感觉异样的怆心。

因此精神的懊丧更加重他躯体的倦劳。他差不多是病了。我们当然很焦急的期望他的健康，但他再没有心境继续他的讲演。我们恐怕今天就是他在北京公开讲演最后的一个机会。他有休养的必要。我们也决不忍再使他耗费他有限的精力。他不久又有长途的跋涉，他不能不有三四天完全的养息。所以从今天起，所有已经约定的集会，公开与私人的，一概撤消，他今天就出城去静养。

我们关切他的一定可以原谅，就是一小部分不愿意他来作客的诸君也可以自喜战略的成功。他是病了，他在北京不再开口了，他快走了，他从此不再来了。但是同学们，我们也得平心的想想，老人到底有什么罪、他有什么负心，他有什么不可容赦的犯案？公道是死了吗，为什么听不见你的声音？

他们说他是守旧，说他是顽固。我们能相信吗？他们说他是“太迟”，说他是“不合时宜”，我们能相信吗？他自己是不能信，真的不能信。他说这一定是滑稽家的反调，他一生所遭逢的批评只是太新，太早、太急进、太激烈，太革命的，太理想的，他六十年的生涯只是不断的斗奋与冲锋，他现在还只是冲锋与斗奋。但是他们说他是守旧，太迟，太老。他顽固斗奋的对象只是暴烈主义，资本主义，帝国主义，武力主义，杀灭牲灵的物质主义；他主张的只是创造的生活，心灵的自由，国际的和平，教育的改造，普爱的实现。但他们说他是帝国政策的间谍，资本主义的助力，亡国奴族的流民，提倡裹脚的狂人！肮脏是在我们的政客与暴徒的心里，与我们的诗人又有什么关连？昏乱是在我们冒名的学者与文人的脑里，与我们的诗人又有什么亲属？我们何妨说太阳是黑的，我们何防说苍蝇是真理？同学们，听信我的话，像他的这样伟大的声音我们也许一辈子再不会听著的了。留神目前的机会，预防将来的惆怅！他的人格我们只能到历史上去搜寻比拟，他的博大的温柔的灵魂我敢说永远是人类记忆里的一次灵迹，他的无边际的想像与辽阔的同情使我们想起惠德曼；他的博爱的福音与宣传的热心使我们记起托尔斯泰；他的坚韧的意志与艺术的天才使我们想起造摩西像的米仡郎其罗；他的谈谐与智慧使我们想像当年的苏格拉底与老聃；他的人格的和谐与优美使我们想念暮年的葛德；他的慈祥的纯爱的抚摩，他的为人道不厌的努力，他的磅礴的大声，有时竟使我们唤起救主的心像；他的光彩，他的音乐，他的雄伟，使我们想念奥林必克山顶的大神。他是不可侵凌的，不可逾越的，他是自然界的一个神秘的现象。他是三春和暖的南风，惊醒树枝上的新芽，增添处女颊上的红晕。他是普照的阳光。他是一派浩瀚的大水，从来不可追寻的渊源，在大地的怀抱中终古的流著，不息的流著，我们只是两岸的居民，凭着这慈恩的天赋，灌溉我们的田稻，苏解我们的消渴，洗净我们的污垢。他是喜马拉雅积雪的山峰，一般的崇高，一

般的纯洁，一般的壮丽，一般的高傲，只有无限的青天枕藉他银白的头颅。

人格是一个不可错误的实在。荒歉是一件大事，但我们是饿惯了的，只认鸠形与鹄面是人生本来的面目，永远忘却了真健康的颜色与彩泽。标准的低降是一种可耻的堕落；我们只是踞坐在井底的青蛙，但我们更没有怀疑的余地。我们也许揣详东方的初白，却不能非议中天的太阳。我们也许见惯了阴霾的天时，不耐这热烈的光焰，消散天空的云雾，暴露地面的荒芜，但同时在我们心灵的深处，我们岂不也感觉一个新鲜的影响，催促我们生命的跳动，唤醒潜在的想望，仿佛是武士望见了前峰烽烟的信号，更不踌躇的奋勇向前？只有接近了这样超轶的纯粹的丈夫，这样不可错误的实在，我们方始相形的自愧我们的口不够阔大，我们的嗓音不够响亮，我们的呼吸不够深长，我们的信仰不够坚定，我们的理想不够莹澈，我们的自由不够磅礴，我们的语言不够明白，我们的情感不够热烈，我们的努力不够勇猛，我们的资本不够充实……

我自信我不是恣滥不切事理的崇拜，我如其曾经应出浓烈的文字，这是因为我不能自制我浓烈的感想。但我最急切要声明的是，我们的诗人，虽则常常招受神秘的徽号，在事实上却是最清明，最有趣，最诙谐，最不神秘的生灵，他是最通达人情，最近人情的。我盼望有机会追写他日常的生活与谈话。如其我是犯嫌疑的，如其我也是性近神秘的（有好多朋友这么说），你们还有适之先生的见证，他也说他是最可爱最可亲的个人；我们可以相信适之先生绝对没有“性近神秘”的嫌疑！所以无论他怎样的伟大与深厚，我们的诗人还只是有骨有血的人，不是野人，也不是天神。唯其是人，尤其是最富情感的人，所以他到处要求人道的温暖与安慰，他尤其要我们中国青年的同情与情爱。他已经为我们尽了责任，我们不应，更不忍辜负他的期望。同学们，爱你的爱，崇拜你的崇拜，是人情不是罪孽，是勇敢不是懦怯！

十二日在真光讲

济慈的夜莺歌①

诗中有济慈（John Keats）的《夜莺歌》，与禽中有夜莺一样的神奇。除非你亲耳听过，你不容易相信树林里有一类发痴的鸟，天晚了才开口唱，在黑暗里倾吐她的妙乐，愈唱愈有劲，往往直唱到天亮，连真的心血都跟着歌声从她的血管里呕出；除非你亲自咀嚼过，你也不易相信一个二十三岁的青年有一天早饭后坐在一株李树底下迅笔的写，不到三小时写成了一首八段八十行的长歌，这歌里的音乐与夜莺的歌声一样的不可理解，同是宇宙间一个奇迹，即使有那一天大英帝国破裂成无可记认的断片时，夜莺歌依旧保有他无比的价值：万万里外的星亘古的亮着，树林里的夜莺到时候就来唱着，济慈的夜莺歌永远在人类的记忆里存着。

那年济慈住在伦敦的 Wentworth Place。②百年前的伦敦

① 1924 年 12 月 2 日作；载 1925 年 2 月《小说月报》第十六卷第二号；初收 1927 年 8 月上海新月书店《巴黎的鳞爪》。采自《巴黎的鳞爪》。

② Wentworth Place：温特沃斯广场。

与现在的英京大不相同，那时候“文明”的沾染比较的不深，所以华次华士站在威士明治德桥上，还可以放心的讴歌清晨的伦敦，还有福气在“无烟的空气”里呼吸，望出去也还看得见“田地，小山，石头，旷野，一直开拓到天边”。那时候的人，我猜想，也一定比较的不野蛮，近人情，爱自然，所以白天听得着满天的云雀，夜里听得着夜莺的妙乐。要是济慈迟一百年出世，在夜莺绝迹了的伦敦市里住着，他别的著作不敢说，这首夜莺歌至少，怕就不会成功，供人类无尽期的享受。说起真觉得可惨，在我们南方，古迹而兼是艺术品的，只淘成了西湖上一座孤单的雷峰塔。这千百年来雷峰塔的文学还不曾见面，雷峰塔的映影已经永别了波心！也许我们的灵性是麻皮做的，木屑做的，要不然这时代普遍的苦痛与烦恼的呼声，还不是最富灵感的天然音乐；——但是我们的济慈在哪里？我们的《夜莺歌》在哪里？济慈有一次低低的自语——“I feel the flowers growing on me”。意思是“我觉得鲜花一朵朵的长上了我的身”，就是说他一想着了鲜花，他的本体就变成了鲜花，在草丛里掩映着，在阳光里闪亮着，在和风里一瓣瓣的无形的伸展着，在蜂蝶轻薄的口吻下羞晕着。这是想像力最纯粹的境界：孙猴子能七十二般变化，诗人的变化力更是不可限量——莎士比亚戏剧里至少有一百多个永远有生命的人物，男的女的，贵的贱的，伟大的，卑琐的，严肃的，滑稽的，还不是他自己摇身一变变出来的。济慈与雪莱最有这与自然谐合的变术；——雪莱制“云歌”时我们不知道雪莱变了云还是云变了雪莱；歌“西风”时不知道歌者是西风还是西风是歌者；颂“云雀”时不知道是诗人在九霄云端里唱着还是百灵鸟在字句里叫着；同样的济慈咏“忧郁”（Ode on Melancholy）[①]时他自己就变了忧郁本体，“忽然从天上吊下来像一朵哭泣的云”；他赞美“秋”（To Autumn）时他自己就是在树叶底下挂着的叶子中心那颗渐渐发长的核仁儿，或是在稻田里静偃着玫瑰色的秋阳！这样比称起来，如其赵松雪关紧房门伏在地下学马的故事可信时，那我们的艺术家就落粗蠢，不堪的“乡下人气味”！

他那夜莺歌是他一个哥哥死的那年做的，据他的朋友有名肖像画家Robert Hayden[②]给Miss Mitford[③]的信里说，他在没有写下以前早就起了腹稿，一天晚上他们俩在草地里散步时济慈低低的背诵给他听——“…in a low，tremulous undertone which affected me extremely.”[④]那年碰巧——据著济慈传的Lord Houghton[⑤]说，在他屋子的邻近来了一只夜莺，每晚不倦的歌唱，他很快活，常常留意倾听，一直听得他

① Ode on Melancholy：《忧郁颂》。

② Robert Hayden：海顿（1786—1846），英国历史画家。

③ Miss Mitford：米特福德小姐，英国女剧作家、诗人和散文作家，作品有《杂诗集》等。

④ “他的低沉、颤抖的嗓音深深地打动了我。”

⑤ Lord Houghton：霍顿勋爵，米尔尼斯（Richard Monckton Milnes，1809—1885）继承男爵爵位以后的称呼。英国诗人，其最著名的作品是《济慈生平与书信集》。

心痛神醉逼着他从自己的口里复制了一套不朽的歌曲。我们要记得济慈二十五岁那年在意大利在他一个朋友的怀抱里作古，他是，与他的夜莺一样，呕血死的！

能完全领略一首诗或是一篇戏曲，是一个精神的快乐，一个不期然的发现。这不是容易的事；要完全了解一个人的品性是十分难，要完全领会一首小诗也不得容易。我简直想说一半得靠你的缘分，我真有点儿迷信。就我自己说，文学本不是我的行业，我的有限的文学知识是“无师传授”的。斐德 Walter Pater[①]是一天在路上碰着大雨到一家旧书铺去躲避无意中发现的，哥德（Goethe）——据说来更怪了——是司蒂文孙（R.L.S.）[②]介绍给我的（在他的 Art of Writing[③]那书里他称赞 George Henry Lewes[④]的葛德评传；Everyman edition[⑤]一块钱就可以买到一本黄金的书），柏拉图是一次在浴室里忽然想着要去拜访他的。雪莱是为他也离婚才去仔细请教他的，杜思退益夫斯基，托尔斯泰，丹农雪乌，波特莱耳，卢骚，这一班人也各有各的来法，反正都不是经由正宗的介绍：都是邂逅，不是约会。这次我到北大教书也是偶然的，我教

① Walter Pater：今译佩特（1839—1894），英国文艺批评家、散文作家。

② R.L.S.：即司蒂文孙（Robert Louis Stevenson，1850—1894），英国小说家，主要作品有小说《金银岛》《化身博士》《绑架》等。

③ Art of Writing：《写作的艺术》。

④ George Henry Lewes：刘易斯（1817—1878），英国哲学家、文学评论家和科学家，著有《歌德的生平与著作》、《生活与思想问题》等。

⑤ Everyman edition：普通人版。

着济慈的夜莺歌也是偶然的，乃至我现在动手写这一篇短文，更不是料得到的。友鸾再三要我写才鼓起我的兴来，我也很高兴写，因为看了我的乘兴的话，竟许有人不但发愿去读那《夜莺歌》，并且从此得到了一个亲口尝味最高级文学的门径，那我就得意极了。

但是叫我怎样讲法呢？在课堂里一头讲生字一头讲典故，多少有一个讲法，但是现在要我坐下来把这首整体的诗分成片段诠释他的意义，可真是一个难题！领略艺术与看山景一样，只要你地位站得适当，你这一望一眼便吸收了全景的精神；要你“远视”的看，不是近视的看；如其你捧住了树才能见树，那时即使你不惜工夫一株一株的审查过去，你还是看不到全林的景子。所以分析的看艺术，多少是杀风景的：综合的看法才对。所以我现在勉强讲这《夜莺歌》，我不敢说我能有什么心得的见解！我并没有！我只是在课堂里讲书的

态度，按句按段的讲下去就是，至于整体的领悟还得靠你们自己，我是不能帮忙的。

你们没有听过夜莺先是一个困难。北京有没有我都不知道。下回萧友梅先生的音乐会要是有贝德花芬的第六个“沁芳南”（The Pastoral Symphony）①时，你们可以去听听，那里面有夜莺的歌声。好吧，我们只要能同意听音乐——自然的或人为的——有时可以使我们听出神：譬如你晚上在山脚下独步时听着清越的笛声，远远的飞来，你即使不滴泪，你多少不免“神往”不是？或是在山中听泉乐，也可使你忘却俗景，想像神境。我们假定夜莺的歌声比我们白天听着的什么鸟都要好听；她初起像是龚云甫，嗓子发沙的，很懈的试她的新歌；顿上一顿，来了，有调了。可还不急，只是清脆悦耳，像是珠走玉盘（比喻是满不相干的！）。慢慢的她动了情感，仿佛忽然想起了什么事情使她激成异常的愤慨似的，她这才真唱了，声音越来越亮，调门越来越新奇，情绪越来越热烈，韵味越来越深长，像是无限的欢畅，像是艳丽的怨慕，又像是变调的悲哀——直唱得你

① The Personal Symphony：《田园交响曲》。

在旁倾听的人不自主的跟着她兴奋，伴着她心跳。你恨不得和着她狂歌，就差你的嗓子太粗太浊合不到一起！这是夜莺；这是济慈听着的夜莺，本来晚上万籁静定后声音的感动力就特强，何况夜莺那样不可模拟的妙乐。

好了；你们先得想像你们自己也教音乐的沉醴浸醉了，四肢软绵绵的，心头痒荠荠的，说不出的一种浓味的馥郁的舒服，眼帘也是懒洋洋的挂不起来，心里满是流膏似的感想，辽远的回忆，甜美的惆怅，闪光的希冀，微笑的情调一齐兜上方寸灵台时——再来——“in a low，tremulous undertone”[①]——开诵济慈的夜莺歌，那才对劲儿！

这不是清醒时的说话；这是半梦呓的私语：心里畅快的压迫太重了流出口来绻缱的细语——我们用散文译过他的意思来看——

一

“这唱歌的，唱这样神妙的歌的，决不是一只平常的鸟；她一定是一个树林里美丽的女神，有翅膀会得飞翔的。她真乐呀，你听独自在黑夜的树林里，在枝干交叉，浓荫如织的青林里，她畅快的开放她的歌调，赞美着初夏的美景，我在这里听她唱，听的时候已经很多，她还是恣情的唱着；啊，我真被她的歌声迷醉了，我不敢羡慕她的清福，但我却让她无边的欢畅催眠住

①用低沉、颤抖的嗓音。

了，我像是服了一剂麻药，或是喝尽了一剂鸦片汁，要不然为什么这睡昏昏思离离的像进了黑甜乡似的，我感觉着一种微倦的麻痹，我太快活了，这快感太尖锐了，竟使我心房隐隐的生痛了！”

二

“你还是不倦的唱着——在你的歌声里我听出了最香冽的美酒的味儿。呵，喝一杯陈年的真葡萄酿真痛快呀！那葡萄是长在暖和的南方的，普鲁罔斯[①]那种地方，那边有的是幸福与欢乐，他们男的女的整天在宽阔的太阳光底下作乐，有的携着手跳春舞，有的弹着琴唱恋歌；再加那遍野的香草与各样的树馨——在这快乐的地土下他们有酒窖埋着美酒。现在酒味益发的澄静，香冽了。真美呀，真充满了南国的乡土精神的美酒，我要来引满一杯，这酒好比是希宝克林灵泉的泉水，在日光里滟滟发虹光的清泉，我拿一只古爵盛一个扑满。阿，看呀！这珍珠似的酒沫在这杯边上发瞬，这杯口也叫紫色的浓浆染一个鲜艳；你看看，我这一口就把这一大杯酒吞了下去——这才真醉了，我的神魂就脱离了躯壳，幽幽的辞别了世界，跟着你清唱的音响，像一个影子似澹澹〈淡淡〉的掩入了你那暗沉沉的林中。”

①普鲁罔斯：今译普罗旺斯。

三

“想起这世界真叫人伤心。我是无沾恋的，巴不得有机会可以逃避，可以忘怀种种不如意的现象，不比你在青林茂荫里过无忧的生活，你不知道也无须过问我们这寒伧的世界，我们这里有的是热病，厌倦，烦恼，平常朋友们见面时只是愁颜相对，你听我的牢骚，我听你的哀怨；老年人耗尽了精力，听凭 摇落他们仅存的几茎可怜的白发；年轻人也是叫不如意事蚀空了，满脸的憔悴，消瘦得像一个鬼影，再不然就进墓门；真是除非你不想他，你要一想的时候就不由得你发愁，不由得你眼睛里钝迟迟的充满了绝望的晦色；美更不必说，也许难得在这里，那里，偶然露一点痕迹，但是转瞬间就变成落花流水似没了，春光是挽留不住的，爱美的人也不是没有，但美景既不常驻人间，我们至多只能实现暂时的享受，笑口不曾全开，愁颜又回来了！因此我只想顺着你歌声离别这世界，忘却这世界，解化这忧郁沉沉的知觉。”

四

“人间真不值得留恋，去吧，去吧！我也不必乞灵于培克司（酒神）与他那宝辇前的文豹，只凭诗情无形的翅膀我也可以飞上你那里去。阿，果然来了！到了你的境界了！这林子里的夜是多温柔呀，也许皇后似的明月此时正在她天中的宝座上坐着，周围无数的星辰像侍臣似的拱着她。但这夜却是黑，暗阴阴的没有光亮，只有偶然天风过路时把这青翠荫蔽吹动，让半亮的天光丝丝的漏下来，照出我脚下青茵浓密的地土。”

五

“这林子里梦沉沉的不漏光亮，我脚下踏着的不知道是什么花，树枝上渗下来的清馨也辨不清是什么香；在这薰香的黑暗中我只能按着这时令猜度这时候青草里，矮丛里，野果树上的各色花香；——乳白色的山楂花，有刺的野蔷薇，在叶丛里掩盖着的芝罗兰已快萎谢了，还有初夏最早开的麝香玫瑰，这时候准是满承着新鲜的露酿，不久天暖和了，到了黄昏时候，这些花堆里多的是采花来的飞虫。”

我们要注意从第一段到第五段是一顺下来的：第一段是乐极了的谚语，接着第二段声调跟着南方的阳光放亮了一些，但

情调还是一路的缠绵。第三段稍微激起一点浪纹，迷离中夹着一点自觉的愤慨，到第四段又沉了下去，从“already with thee！”[1]起，语调又极幽微，像是小孩子走入了一个阴凉的地窖子，骨髓里觉着凉，心里却觉着半害怕的特别意味，他低低的说着话，带颤动的，断续的；又像是朝上风来吹断清梦时的情调；他的诗魂在林子的黑荫里闻着各种看不见的花草的香味，私下一一的猜测诉说，像是山涧平流入湖水时的尾声……这第六段的声调与情调可全变了；先前只是畅快的惝恍，这下竟是极乐的谵语了。他乐极了，他的灵魂取得了无边的解脱与自由，他就想永保这最痛快的俄顷，就在这时候轻轻的把最后的呼吸和入了空间，这无形的消灭便是极乐的永生；他在另一首诗里说——

I know this being’s lease,
My fancy to its utmost bliss spreads,
Yet could I on this very midnight cease,
And the world’s gaudy ensign see in shreds；
Verse，Fame and Beauty are intense indeed,
But death intenser-Death is Life’s high meed.[2]

---

①“早已和你在一起。”《夜莺颂》中的一句。

②“我知道此生的寿限，／我的想象向它的极乐伸展着，／可是我能就在今晚上死去，／并把这尘世的浮名弃若敝屣。／诗，名，美确实是强烈的，／但死更强烈——死是生活最高的报酬。”引自济慈诗《我今晚上为什么笑？没有声音能够告诉》。

在他看来，（或是在他想来），“生”是有限的，生的幸福也是有限的——诗，声名与美是我们活着时最高的理想，但都不及死，因为死是无限的，解化的，与无尽流的精神相投契的，死才是生命最高的蜜酒，一切的理想在生前只能部分的，相对的实现，但在死里却是整体的绝对的谐合，因为在自由最博大的死的境界中一切不调谐的全调谐了，一切不完全的全完全了。他这一段用的几个状词要注意，他的死不是苦痛；是“Easeful death”舒服的，或是竟可以翻作“逍遥的死”；还有他说“Quiet breath”，幽静或是幽静的呼吸，这个观念在济慈诗里常见，很可注意；他在一处排列他得意的幽静的比象——

Autumn Suns

Smiling at eve upon the quiet sheaves,

Sweet Sapphos Cheek–a sleeping infant’s breath—

The gradual sand that through an hour glass runs

A woodland rivulet, a poet’s death.①

秋田里的晚霞，沙浮女诗人的香腮，睡孩的呼吸，光阴渐缓的流沙，山林里的小溪，诗人的死。他诗里充满着静的，也许香艳的，美丽的静的意境，正如雪莱的诗里无处不是动，生命的振动，剧烈的，有色彩的，嘹亮的。我们可以拿济慈的

① “秋阳／在黄昏时对寂静的草丛微笑。／甜蜜的沙浮的面颊—睡婴的呼唤——／从沙漏里逐渐留下的沙粒／林地上的一条小溪，诗人死了。”引自济慈诗《当黑暗的雾气笼罩了我们的平原》。沙浮，公元前600年左右的希腊女诗人。

“秋歌”对照雪莱的“西风歌”，济慈的“夜莺”对比雪莱的“云雀”，济慈的“忧郁”对比雪莱的“云”，一是动，舞，生命，精华的，光亮的，搏动的生，一是静，幽，甜熟的，渐缓的，“奢侈”的死，比生命更深奥更博大的死，那就是永生。懂了他的生死的概念我们再来解释他的诗：

六

“但是我一面正在猜测着这青林里的这样那样，夜莺她还是不歇的唱着，这回唱得更浓更烈了。（先前只像荷池里的雨声，调虽急，韵节还是很匀净的；现在竟像是大块的骤雨落在盛开的丁香林中，这白英在狂颤中缤纷的堕地，雨中的一阵香雨，声调急促极了。）所以我竟想在这极乐中静静的解化，平安的死去，所以我竟与无痛苦的解脱发生了恋爱，昏昏的随口编着钟爱的名字唱着赞美她，要她领了我永别这生的世界，投入永生的世界。这死所以不仅不是痛苦，真是最高的幸福，不仅不是不幸，并且是一个极大的奢侈；不仅不是消极的寂灭，这正是真生命的实现。在这青林中，在这半夜里，在这美妙的歌声里，轻轻的挑破了生命的水泡，阿，去吧！同时你在歌声中倾吐了你的内蕴的灵性，放胆的尽性的狂歌好像你在这黑暗里看

济慈像

出比光明更光明的光明，在你的叶荫中实现了比快乐更快乐的快乐：——我即使死了，你还是继续的唱着，直唱到我听不着，变成了土，你还是永远的唱着。”

这是全诗精神最饱满音调最神灵的一节，接着上段死的意思与永生的意思，他从自己又回想到那鸟的身上，他想我可以在这歌声里消散，但这歌声的本体呢？听歌的人可以由生入死，由死得生，这唱歌的鸟，又怎样呢？以前的六节都是低调，就是第六节调虽变，音还是像在浪花里浮沉着的一张叶片，浪花上涌时叶片上涌，浪花低伏时叶片也低伏；但这第七节是到了最高点，到了急调中的急调——诗人的情绪，和着鸟的歌声，尽情的涌了出来：他的迷醉中的诗魂已经到了梦与醒的边界。

这节里 Ruth 的本事是在旧约书里 The Book of Ruth，她是嫁给一个客民的，后来丈夫死了，她的姑要回老家，叫她也回自己的家再嫁人去，罗司一定不肯，情愿跟着她的姑到外国去守寡，后来她在麦田里收麦，她常常想着她的本乡，济慈就应用这段故事。

七

“方才我想到死与灭亡，但是你，不死的鸟呀，你是永远没有灭亡的日子，你的歌声就是你不死的一个凭证。时代尽迁异，人事尽变化，你的音乐还是永远不受损伤，今晚上我在此地听你，这歌声还不是在几千年前已经在着，富贵的王子曾经听过你，卑贱的农夫也听过你：也许当初罗司那孩子在黄昏时站在异邦的田里割麦，她眼里含着一包眼泪思念故乡的时候，这同样的歌声，曾经从林子里透出来，给她精神的慰安；也许在中古时期幻术家在海上变出蓬莱仙岛，在波心里起造着楼阁，在这里面住着他们摄取来的美丽的女郎，她们凭着窗户望海思乡时，你的歌声也曾经感动她们的心灵，给她们平安与愉快。”

八

这段是全诗的一个总束，夜莺放歌的一个总束，也可以说人生的大梦的一个总束。他这诗里有两相对的（动机）；一个是这现世界，与这面目可憎的实际的生活：这是他巴不得逃避，巴不得忘却的；一个是超现实的世界，音乐声中不朽的生命，这是他所想望的，他要实现的，他愿意解脱了不完全暂时的生，为要化入这完全的永久的生。他如何去法，凭酒的力量可以去，凭诗的无形的翅膀亦可以飞出尘寰，或是听着夜莺不断的唱声也可以完全忘却这现世界的种种烦恼。他去了，他化入了温柔的黑夜，化入了神灵的歌声——他就是夜莺，夜莺就是他。夜莺低唱时他也低唱，高唱时他也高唱，我们辨不清谁是谁，第六第七段充分发挥“完全的永久的生”那个动机，天空里，黑夜里已经充塞了音乐——所以在这里最高的急调尾声一个字音 forlorn 里转回到那一个动机，他所从来那个现实的世界，往来穿着的还是那一条线，音调的接合，转变处也极自然；最后揉和那两个相反的动机，用醒（现世界）与梦（想像世界）结束全文，像拿一块石子掷入山壑内的深潭里，你听那音响又清切又谐和，余音还在山壑里回荡着，使你想见那石块慢慢的，慢慢的沉入了无底的深潭……音乐完了，梦醒了，血呕尽了，夜莺死了！但他的余韵却袅袅的永远在宇宙间回响着……

十三年十二月二日夜半

鬼话①

慧珈，我只是自然崇拜者。我生平教育之校择者，都从眷爱自然得来。但看我眼中有夏星与秋月；我感情有山岭之雄厚，仿佛大川之潮澜；我思想似山涧之清，似海之阔，似雷电之迅，似枝头好鸟之妙舌；我肢体似雏鹿，似春草，似春云；我想像似电似金似火，有天堂之瑰丽，有地狱之诡幻，有春日之和，有秋花之艳；我爱情如蜜，如蚕丝之不绝，如瀑，如常青之松柏，如石之坚，如月之秘。

慧珈，我只是个自然崇拜者，我以为自然界种种事物，不论其细如涧石，暂如花，黑如炭，明如秋月，皆孕有甚深之意义，皆含有不可理解之神秘，皆为至美之象征。我爱汝，因汝亦美之征，我实隐敬畏汝，因汝亦具神之秘。

汝手挽我臂，及汝行稍倦，我将以手承汝腰。

假令汝蹇不能行，我手必常承汝不辍；假令我盲不能视，汝亦必以至媚之词，状星与月与涧瀑，以娱我常阙之视。月或有盈昃，潮或有涨落，然我不能想像汝我历千难万苦所凝成之恋晶，遭受毫芒之挫损。慧珈，汝我肉虽各体，灵已相和，

①约1923年的初秋作；载1924年4月1日《晨报·文学旬刊》，署名志摩，文末有王统照（剑三）的附记；初收1980年台湾时报文化出版事业有限公司《徐志摩诗文补遗》。采自《晨报·文学旬刊》，《剑三附记》附后。

嘻！汝其东望！美漪初升之满月，至烈至大，披靡云翳，若劲风铲叶。慧珈，忆否年前汝我之奋斗生涯，大敌小寇，巨难隐挫之梗汝我成功之径者，指不可尽数，然美满卒生于黑暗，若潜涧之骤睹光明，若此满月之出雾锢，自此长天晴朗，安行无碍。慧珈，汝试以手觉我心搏，此方寸灵府碎而复全者再再三三，即汝手，此纤纤柔荏之手，亦尝亲傅利刃其中，幸而未殊，然草木不因春荣而怨冬杀，我慧珈仁勇犹天，即使寸寸磔我，成尘成灰。以散入广漠，我魂而有知，犹且感恋，况灾难终解，幸福大来，汝纤美之手，此日竟抚我怀，汝最美丽之灵魂，我竟敢呼为己有。慧珈，我乐良不可支，愿月常圆，愿汝常美，汝泪又盈盈汝眶，月辉出林我视甚清，可爱者泪也，我常呼为人间无价之珍珠。我慧，汝不见我睫亦湿，然今夕彼此怀欢，不能复如春间，在汝园前梨花荫下之交泪成流也。愿汝泪已粗，颓然欲滴，无已容我热吻，咽此情珠。慧乎。汝应登记。汝泪又一度济我情渴，听否桥下涧声凿凿，似讽似妒，且复前进何似？

楚王宫殿月轮高，
碧琉璃翠烟笼罩。

慧珈，汝我真身入仙境矣，如此琉璃，如此昭庙，如此寒烟，如此明月，慧珈吾爱，且为奈何此良霄。李长吉当此冬夜，必念“火井温泉”，太白在并，当不吝质裘换酒，然我有慧珈在手，我有慧珈在心，长生情焰，燎尽寒愁，况有蜜吻，何羡庸胶。

慧，汝见否昭庙前盘根巨干，决垣破垒而出，宁其难，不屈其性，美哉勇士，来岁春荣时，再来当以花冠宠之。

慧，不意冬令清温如此，干草生香，松馨可嗅，此道引向双清，引向玉乳，然汝我不如赴彼新亭一“看云起”，半山凉椽，早动我攀登之念，然前昨游山，展总北向，何如此夕，慰彼寂寥。且月轮正倚此峰下窥，溯影上寻，别饶逸趣，汝但密抱我袖，当减援蹭之乏，但小心足下，勿为莽棘所扰，勿使乱石为踣，此境清幽圣洁，即有山鬼，亦必雅驯，不敢孟浪我钟爱之麋。

慧，我爱幽秘，不矜明显，故爱月色，甚于昭阳；我童年见月，每每滴泪，但感其悲，不知何以，即今新愁未起，欢满衷肠，然徘徊之顷，便可写泪。大概感美动情，因情生泪，乐之与悲，原相交络，即我与汝年来恋迹他人视为温柔享尽，然我初不知有无悲之欢，无泪之会。汝我回顾来踪，青茵馥郁，何莫非清泪所滋培，即此往夷路从容，亦岂能循庸福之安步。佛说色即是空，空即是色，世俗谬解，负色负空。我谓从空中求色，乃为真色，从色求空，乃得真空；色，情也恋也，空，想像之神境也。汝我自诩识真，舍心在远，岂能局促于皮肉饮食之间哉。

故我爱月，即谓爱其幽秘也可。试看此林此谷，若无秘意，便无神趣昙花泡影之美。正在其来之神，其潜之秘。世每以优昙比人生，设想甚美，然结论以惟其暂忽，应避空虚，则其谬可诛，其愚可怜。人生本非优昙，独见真见美之一俄顷，真生命之消息，乃如电光之涌现。彼牧奴，彼市贾，彼政客，惟日营营于货利泥溷，宁知生命宁有生命，复何优昙之可言。且生命诚是幻境，善生者不虚幻境之易灭，而惟恐其一灭而不复生，苟能如日之出没，生命之优昙朝荣而莫殊，生命之幻境，常绝亦常生，旦旦有希望，息息是危机，（则不其为生命之王欤？）世即有荣华，复何羡？

故我崇拜幽秘，崇拜月，崇拜月夜，夜亦自然之尤秘者。我爱夜，我爱星夜，我爱无星之夜，我爱黑暗中之微芒，我爱星芒下之黑夜。幽秘尤为赋与生命之原素，慧，汝不云乎！西山莫色，钝如铅，呆若木鸡方初星之未露方薇纳司之未现，天圜若冢盖，地偃若古尸，沙云谐色，松柏无声，几疑是沈沈者方且终古，然及明星之独与，顿转钝氳为凉靄，生命复起于沈寂，泄露宇宙生生无已之精神。因其闪耀，因其纯辉，远山近树，并感神明，一若内受神动，回舞欢欣，即石上枯藤，涧底残水，亦似耿耿欲为吟舞，颂美景良辰。慧，汝常爱独凭小牖，默察蓝空，静伺星起。一若展瞭春野，于一涨纯翠之中，忽见罗兰如目，粲笑相迎，讶喜未定，诸鬟并出，星定无极，一体神灵。尔时汝慧心频跃，喜溢长眉。慧珈我爱，汝非凡种，汝来本自神阙，我常有想，天上七星，列汝秀额，无怪汝爱星甚于爱珍。妙盼常在祥云飘渺之间。

慧，枯荆果茧汝行，刺不深否？是藤卷亦大可怜，经霜往

雪，色剥根殊，但亘道际，仰啜星光，偶当游踵，辄前纠搂，其意可怜，其情可悯。然汝无端遭刺，痛即不深，亦算小恼，然为常为变，莫非因缘，不如展汝慈腕，温抚而撤置之，彼若有灵，亦当感愧。

慧，汝闻涧声否，似是双清之裔。今冬不冷，泉涧少封，况受星月之惠，流光绰约，宜其韵节连绵，欢愜生平。我尝称山涧为自然界之忠臣义士，自然界之多情种子，休道此潺潺一曲，其来远在云天高处，不知须经过几层地狱，冲度多少林菁，洗磨千万个石堁，涤净几万条荇草，几度幽咽，几番喟息，然其精灵所系，永失勿萱，任难任险，一往无前；慧，汝不尝见流涧合湖，音色并谐，此真克践素愿之欢悰，正不让汝我此夕之踏月林边也。

慧，“看云起”已可望见，月正初卸云衣，散辉如雪蕊缤纷，汝我试立岩松中望月洗之香山，从黑处望光明，益见光明之妩媚，况此尤为神秘之光明。

慧我爱友，汝不感我肢体微震乎？方我见美，神经似感烈电，但觉纤微狂舞，人格辄欲解化，我今又神荡矣！

莎翁尝言，事汝不尝强聒汝客以所恋之誉，汝意未纯。我今欲赋月美以证我恋。慧，汝每讽我以神经逾分之词来相颂汝。然汝当知，苟我不尝因意恋而感神明，则我爱良不足数；我唯从汝纯美的人格中，得窥神圣之奥义，得起悟神禁之境界，故我不得不神汝而圣汝，非滥文字以为夸也。慧乎，汝永为九天明烛，照我入信仰之门！况人道之粹即是神经，神经固人类应有之德。世之猥俗，正生教育习惯之惨堙圣源，汝精神身体之皎洁神明，正不让前峰满月，慧，汝当知吾言之非过誉也。

请为汝颂月：与其谓日为美之象，不如称之为慈悲之征。吾国诗人莫不咏月，然皆止于写态绘形而无深切之同情。惟唐诗“今夜月明人尽望，不知秋思在谁家”韵味俱长，可谓随手检得之宝石。盖月之秘，月之美，月之人道，正在其慨锡慈辉，慰旅人之倦，慰夜莺之寂，慰倚阑啜泣之少女，慰石间独秀之野花，时或轻披帘幕，俯吻眠熟之婴孩，河边沉思之诗人，时或仰天默祷明辉照泪，粲若露珠。天真纯洁之孩童，见天上疾驶之圆艇而啼求焉。而展腴白之小手，以擒清光于怀以示爱焉；此月之秘，此月之美，此月之人道，月之慈悲之效也。我因而每见明月愈不能自折其悲，不能自制其泪，然悲怀益深，泪落益多，而得慰，得灵魂之安慰，亦愈深且多。慧，汝最知此秘，吾不尝谓汝母愿我泣，泣实慰我。

美哉月！此圆此洁，此自由自在惠地不疑，行天无碍。美哉神话!

此高立婆娑者非玉桂乎，此瞿瞿欲动者非嫦娥之蟾乎，兔乎，彼捣玄霜者，何其春之迂徐，广寒之宫禁，何常靳而不启?慧，然汝喜科学，问言天文者月何似，使即量镜而望月，则向之婆娑者今坼侈为谷骸，为岩髅，向之灵动者今僵寂如石沟如败椽，向妩媚流盼如少女，今皱颓丑首如老妇，予我慰使我爱者今骇我视惑我思，向之神秘，向之美，今变为科学之事实；幻象消而美秘俱逝。以此视焚琴煮鹤，其煞风景为何似?慧，设汝有择于真灵之间，汝将焉取?虽然，科学何足以知月，量镜何足以知月，唯见事物之灵者，乃见其真，故讶月之秘之美，而月之真已全。汝不闻开慈之:——Endymion， 全诗实一月赋，证美而真目显，宇宙间有途程，理暗文捷，文所不能行，独真觉之灵翼乃得突击而过者，此其一也。开慈之言曰:“我年益长，月之和丽我情热者亦益切；汝犹深谷；汝犹山巅，汝犹圣贤之慧笔，诗人之琴，知己之声音，中天之日；汝犹大口，犹凯得之光荣；汝犹我临阵之鼓角，之战驹，我承美酒之古爵，最高明之勋业；汝犹妇人之媚，汝可爱之明月！”

附：剑三附记

志摩这篇《鬼话》，他本不愿刊出，是我逼他从抽屉内检出的。我第一次看他这篇文字，是在去年的初秋日。那时正是繁阴映窗，斜阳反射着他室内的曼殊斐儿小影，栩栩欲活，我一气读过之后生无限灵感。这次我又记起这篇文字，所以索出刊登。我们且不管是文言，是白话，像这样想像丰富，文词郁艳的文字，现在的作品确不多见。最令我感动的尚不在其词句的幽丽，而在其思想的夐绝。我想读者自然会悟，原不用介绍，不过在发刊时我却不能自禁的要说这几句话。剑三。

给抱怨生活干燥的朋友[1]

得到你的信，像是掘到了地下的珍藏，一样的稀罕，一样的宝贵；

看你的信，像是看古代的残碑，表面是模糊的，意致却是深微的；

又像是在尼罗河旁边暮夜，在月亮正照著金字塔的时候，梦见一个黄金袍服的帝王，对著我作谜语，我知道他的意思，他说，我无非是一个体面的木乃伊；

又像是我在雾里山脚下半夜梦醒时听见松林里夜鹰的Soprano[2]，可怜的遭人厌毁的鸟，他虽则没有子规那样天赋的妙舌，但我却懂得他的怨忿，他的理想，他的急调是他的嘲讽与咒诅：我知道他怎样的鄙蔑一切，鄙蔑光明，鄙蔑烦嚣的燕雀，也鄙弃自喜的画眉；

又像是我在普渡山发现的一个奇景；外面看是一大块的岩石，但里面却早被海水蚀空，只剩罗汉头似的一个脑壳，每次

---

① 1924年2月26日作；载1924年3月10日《小说月报》第十五卷第三号，题为《一封信（给抱怨生活干燥的朋友）》；又载1924年3月21日《晨报·文学旬刊》，改题为《给生活干燥的朋友》，署名志摩；初收1969年台湾传记文学出版社《徐志摩全集》第六辑。采自《晨报·文学旬刊》。

② Soprano：女高音。

海涛向这岛身搂抱时，发出极奥妙的音响，像是情话，像是咒诅，像是祈祷，在雕空的石笋，钟乳间呜咽，像是大和琴的谐音在皋雪格的花椽，石楹间回荡——但除非你有耐心与勇气，攀下几重的石岩，俯身下去凝神的察看与倾听，你也许永远不会想像，不必说发现这样的秘密；

又像是……但是我知道，朋友，你已经听够了我的比喻；也许愿意听我自然的嗓音，与不做作的语调，不愿意收受用幻想的亮箔包裹着的话，虽则，我不能不补一句，你自己就是最喜欢从一个弯曲的白银喇叭里，吹弄你的古怪的调子。

你说风大土大生活干燥；这话仿佛是一阵奇怪的凉风，使我感觉一个恐惧的战栗；像一团飘零的秋叶，使我的灵魂里吊下一滴悲悯的清泪；

我的记忆里，我似乎自信，并不是没有葡萄酒的颜色与香味，并不是没有妩媚的微笑的痕迹，我想我总可以抵抗你那句灰色的语调的影响——

是的，昨天下午我在田里散步的时候，我不是分明看见两块凶恶的黑云消灭在太阳猛烈的光焰里，五只小山羊，兔子一样的白净，听著她们妈的吩咐在路旁寻草吃，三个捉草的小孩在一个稻屯前抛掷镰刀，自然的活泼给我不少的鼓舞，我对著白云里的宝塔喊说我知道生命是有意趣的；

今天太阳不会出来，一捆捆灰色的云在空中紧紧的挨著，你的那句话碰巧又来添上了几重云蒙，我又疑惑我昨天的宣言了：

我也觉得奇怪，朋友，何以你那句话在我的心里，竟像白垩涂在玻璃上，这半透明的沉闷是一种很巧妙的刑罚，我差不多要喊痛了；

我向我的窗外望，阴沉沉的一片，也没有月亮，也没有星光，日光更不必想，他早已离别了，那边黑蔚蔚的是林子，树上，我知道，是夜鸮的寓处，树下累累的在初夜的微芒中排列著，我也知道，是坟墓，僵的白骨埋在硬的泥里，磷火也不见一星，这样的静，这样的惨，黑夜的胜利是完全的了；

我闭著眼向我的灵府里问讯，呀，我竟寻不到一个与干燥脱离的生活的意像，干燥像一个影子永远跟著生活的脚后，又像是葱头的葱管，永远附著在生活的头顶，这是一件奇事。

朋友，我抱歉，我不能答复你的话，虽则我很想；我不是爽恺的西风，吹不散天上的云罗，我手里只有一把粗拙的泥锹，如其有美丽的理想或是希望要埋葬时，我的工作到底是现成的——我也有过我的经验；

朋友，我并且恐怕，说到最后，我只得收受你的影响，因为你那句话已经凶狠的咬入我的心里，像一个有毒的蝎子，已经沉沉的压在我的心上，像一块盘陀石，我只能忍耐，我只能忍耐……

二月二十六日

落叶①

前天你们查先生来电话要我讲演，我说但是我没有什么话讲，并且我又是最不耐烦讲演的。他说：你来罢，随你讲，随你自由的讲，你爱说什么就说什么。我们这里你知道这次开学情形很困难，我们学生的生活很枯燥很闷，我们要你来给我们一点活命的水。这话打动了我。枯燥，闷，这我懂得。虽则我与你们诸君是不相熟的，但这一件事实，你们感觉生活枯闷的事实，却立即在我与诸君无形的关系间，发生了一种真的深切的同情。我知道烦闷是怎么样一个不成形不讲情理的怪物，他来的时候，我们的全身仿佛被一个大蛛蜘网盖住了，好容易挣出了这条手臂，那条又叫黏住了。那是一个可怕的网子。我也认识生活枯燥，他那可厌的面目，我想你们也都很认识他。他是无所不在的，他附在个个人的身上，他现在个个人的脸上。你望望你的朋友去，他们的脸上有他，你自己照镜子去，你的脸上，我想，也有他。可怕的枯燥，好比是一种毒剂，他一进了我们的血液，我们的性情，我们的皮肤就变了颜色，而且我怕是离着生命远，离着坟墓近的

①这是作者1924年秋在北京师范大学讲演的讲演稿。载1924年12月1日《晨报六周年纪念增刊》；初收1926年6月北京北新书局散文集《落叶》。采自《落叶》。

颜色。

我是一个信仰感情的人，也许我自己天生就是一个感情性的人。比如前几天西风到了，那天早上我醒的时候是冻着才醒过来的，我看着纸窗上的颜色比往常的淡了，我被窝里的肢体像是浸在冷水里似的，我也听见窗外的风声，吹着一颗枣树上的枯叶，一阵一阵的掉下来，在地上卷着，沙沙的发响，有的飞出了外院去，有的留在墙角边转着，那声响真像是叹气。我因此就想起这西风，冷醒了我的梦，吹散了树上的叶子，他那成绩在一般饥荒贫苦的社会里一定格外的可惨。那天我出门的时候，果然见街上的情景比往常不同了，穷苦的老头小孩全躲在街角上发抖，他们迟早免不了树上枯叶子的命运。那一天我就觉得特别的闷，差不多发愁了。

因此我听着查先生说你们生活怎样的烦闷，怎样的干枯，我就很懂得，我就愿意来对你们说一番话。我的思想——如其我有思想——永远不是成系统的。我没有那样的天才。我的心灵的活动是冲动性的，简直可以说痉挛性的。思想不来的时候，我不能要他来，他来的时候，就比如穿上一件湿衣，难受极了，只能想法子把他脱下。我有一个比喻，我方才说起秋风里的枯叶；我可以把我的思想比作树上的叶子，时期没有到，他们是不很会掉下来的；但是到时期了，再要有风的力量，他们就只能一片一片的往下落；大多数也许是已经没有生命了的，枯了的，焦了的，但其中也许有几张还留着一点秋天的颜色，比如枫叶就是红的，海棠叶就是五彩的。

这叶子实用是绝对没有的；但有人，比如我自己，就有爱落叶的癖好。他们初下来时颜色有很鲜艳的，但时候久了，颜色也变，除非你保存得好。所以我的话，那就是我的思想，也是与落叶一样的无用，至多有时有几痕生命的颜色就是了。你们不爱的尽可以随意的踩过，绝对不必理会；但也许有少数人有缘分的，不责备他们的无用，竟许会把他们捡起来揣在怀里，夹在书里，想延留他们幽澹〈淡〉的颜色。感情，真的感情，是难得的，是名贵的，是应当共有的；我们不应得拒绝感情，或是压迫感情，那是犯罪的行为，与压住泉眼不让上冲，或是掐住小孩不让喘气一样的犯罪。人在社会里本来是不相连续的个体。感情，先天的与后天的，是一种线索，一种经纬，把原来分散的个体织成有文章的整体。但有时线索也有破烂与涣散的时候，所以一个社会里必须有新的线索继续的产出，有破烂的地方去补，有涣散的地方去拉紧，才可以维持这组织大体的匀整。有时生产力特别加增时，我们就有机会或是推广，或是加添我们现有的面积，或是加密，像网球板穿双线似的。我们现成的组织，因为我们知道创造的势力与破坏的势力，建设与溃败的势力，上帝与撒但〈旦〉的势力，是同时存在的。这两种势力是在一架天平上比着，他们很少平衡的时候，不是这头沉，就是那头沉。是的，人类的命运是在一架大天平上比着，一个巨大的黑影，那是我们集合的化身，在那里看着，他的手里满拿着分两〈量〉的法码，一会往这头送，一会又往那头送，地球尽转着，太阳，月亮，星，轮流的照着，我们的运命永远是在天平上称着。

我方才说网球拍，不错，球拍是一个好比喻。你们打球的知道网拍上那里几根线是最吃重，最要紧，那几根线要是特别有劲的时候，不仅你对敌时拉球，抽球，拍球格外来的有力，出色，并且你的拍子也就格外的经用。少数特强的分子保持了全体的匀整。这一条原则应用到人道上，就是说，假如我们有力量加密，加强我们最普通的同情线，那线如其穿连得到所有跳动的人心时，那时我们的大网子就坚实耐用，天津人说的，就有根。不问天时怎样的坏，管他雨也罢，云也罢，霜也罢，风也罢，管他水流怎样的急，我们假如有这样一个强有力的大网子，哪怕不能在时间无尽的洪流里——早晚网起无价的珍品，那怕不能在我们运命的天平上重重的加下创造的生命的分量？

所以我说真的感情，真的人情，是难能可贵的，那是社会组织的基本成分。初起也许只是一个人心灵里偶然的震动，但

这震动，不论怎样的微弱，就产生了及远的波纹；这波纹要是唤得起同情的反应时，原来细的便并成了粗的，原来弱的便合成了强的，原来脆性的便结成了韧性的，像一缕缕的苎麻打成了粗绳似的；原来只是微波，现在掀成了大浪，原来只是山罅里的一股细水，现在流成了滚滚的大河，向着无边的海洋里流着。比如耶稣在山头上的训道（Sormon on the Mount），还不是有限的几句话，但这一篇短短的演说，却制定了人类想望的止境，建设了绝对的价值的标准，创造了一个纯粹的完全的宗教。那是一件大事实，人类历史上一件最伟大的事实。再比如释迦牟尼感悟了生老病死的究竟，发大慈悲心，发大勇猛心，发大无畏心，抛弃了他人间的地位，富与贵，家庭与妻子，直到深山里去修道，结果他也替苦闷的人间打开了一条解放的大道，为东方民族的天才下一个最光华的定义。那又是人类历史上的一件奇迹。但这样大事的起源还不止是一个人的心灵里偶然的震动，可不仅仅是一滴最透明的真挚的感情滴落在黑沉沉的宇宙间？

感情是力量，不是知识。人的心是力量的府库，不是他的逻辑。有真感情的表现，不论是诗是文是音乐是雕刻或是画，好比是一块石子掷在平面的湖心里，你站着就看得见他引起的变化。没有生命的理论，不论他论的是什么理，只是拿石块扔在沙漠里，无非在干枯的地面上添一颗干枯的分子，也许掷下去时便听得出一些干枯的声响，但此外只是一大片死一般的沉寂了。所以感情才是成江成河的水泉，感情才是织成大网的线索。

但是我们自己的网子又是怎么样呢？现在时候到了，我们应当张大了我们的眼睛，认明白我们周围事实的真相。我们已经含糊了好久，现在再不容含糊的了。让我们来大声的宣布我们的网子是坏了的，破了的，烂了的；让我们痛快的宣告我们民族的破产，道德，政治，社会，宗教，文艺，一切都是破产了的。我们的心窝变成了蠹虫的家，我们的灵魂里住着一个可怕的大谎！那天平上沉着的一头是破坏的重量，不是创造的重量；是溃败的势力，不是建设的势力；是撒但〈旦〉的魔力，不是上帝的神灵。霎时间这边路上长满了荆棘，那边道上涌起了洪水，我们头顶有骇人的声响，是雷霆还是炮火呢？我们周围有哭声与笑声，哭是我们的灵魂受污辱的悲声，笑是活着的人们疯魔了的狞笑，那比鬼哭更听的可怕，更凄惨。我们张开眼来看时，差不多更没有一块干净的土地，那一处不是叫鲜血与眼泪冲毁了的；更没有平安的所在，因为你即使忘得了外面的世界，你还是躲不了你自身的烦闷与苦痛。不要以为这样混沌的现象是原因于经济的不平等，或是政治的不安定，或是少数人的放肆的野心。这种种都是空虚的，欺人自欺的理论，说着容易，听着中听，因为我们只盼望脱卸我们自身的责任，只要不是我的分，我就有权利骂人。但这是，我着重的说，懦怯的行为；这正是我说的我们各个人灵魂里躲着的大谎！你说少数的政客，少数的军人，或是少数的富翁，是现在变乱的原因吗？我现在对你说：先生，你错了，你很大的错了，你太恭维了那少数人，你太瞧不起你自己。让我们一致的来承认，在太阳普遍的光亮底下承认，我们各个人的罪恶，各个人的不洁净，各个人的苟且与懦怯与卑鄙！我们是与最肮赃的一样的肮赃，与最丑陋的一般的丑陋，我们自身就是我们运命的原因。除非我们能起拔了我们灵魂里的大谎，我们就没有救度；我们要把祈祷的火焰把那鬼烧净了去，我们要把忏悔的眼泪把那鬼冲洗了去，我们要有勇敢来承当罪恶；有了勇敢来承当罪恶，方有胆量来决断罪恶。再没有第二条路走。如其你们可以容恕我的厚颜，我想念我自己近作的一首诗给你们听，因为那首诗，正是我今天讲的话的更集中的表现——

一、毒 药

今天不是我唱歌的日子，我口边涎着狞恶的微笑。不是我说笑的日子，我胸怀间插着发冷光的利刃；相信我，我的思想是恶毒的，因为这世界是恶毒的，我的灵魂是黑暗的，因为太阳已经灭绝了光彩，我的声调是像坟堆里的夜鸮，因为人间已经杀尽了一切的和谐，我的口音像是冤鬼责问他的仇人，因为一切的恩已经让路给一切的怨；

但是相信我，真理是在我的话里，虽则我的话像是毒药，真理是永远不含糊的，虽则我的话里仿佛有两头蛇的舌，蝎子的尾尖，蜈蚣的触须；只因为我的心里充满着比毒药更强烈，比咒诅更狠毒，比火焰更猖狂，比死更深奥的不忍心与怜悯心与爱心，所以我说的话是毒性的，咒诅的，燎灼的，虚无的；

相信我，我们一切的准绳已经埋没在珊瑚土打紧的墓宫里，你们最劲冽的祭肴的香味也穿不透这严封的地层：一切的准则是死了的；

我们一切的信心像是顶烂在树枝上的风筝，我们手里擎着这道断了的鹞线：一切的信心是烂了的；

相信我，猜疑的巨大的黑影，像一块乌云似的，已经笼盖着人间一切的关系：人子不再悲哭他新死的亲娘，兄弟不再来携着他姊妹的手，朋友变成了寇仇，看家的狗回头来咬他主人的腿：是的，猜疑淹没了一切；

在路旁坐着啼哭的，在街心里站着的，在你窗前探望的。都是被奸污的处女：池潭里只见烂破的鲜艳的荷花；

在人道恶浊的涧水里流着，浮荇似的，五具残缺的尸体，他们是仁义礼智信，向着时间无尽的海澜里流去；

这海是一个不安静的海，波涛猖獗的翻着，在每个浪头的小白帽上分明的写着人欲与兽性；

到处是奸淫的现象：贪心搂抱着正义，猜忌逼迫着同情，懦怯狎亵着勇敢，肉欲侮弄着恋爱，暴力侵凌着人道，黑暗践踏着光明；

听呀，这一片淫猥的声响，听呀，这一片残暴的声响；

虎狼在热闹的市街里，强盗在你们妻子的床上，罪恶在你们深奥的灵魂里……

二、白 旗

来，跟着我来，拿一面白旗在你们的手里——不是上面写着激动怨毒，鼓励残杀字样的白旗，也不是涂着不洁净血液的标记的白旗，也不是画着忏悔与咒语的白旗（把忏悔画在你们的心里）；

你们排列着，噤声的，严肃的，像送丧的行列，不容许脸上留存一丝的颜色，一毫的笑容，严肃的，噤声的，像一队决死的兵士；

现在时辰到了，一齐举起你们手里的白旗，像举起你们的心一样，仰看着你们头顶的青天，不转瞬的，惶恐的，像看着你们自己的灵魂一样；

现在时辰到了，你们让你们熬着，壅着，迸裂着，滚沸着的眼泪流，直流，狂流，自由的流，痛快的流，尽性的流，像山水出峡似的流，像暴雨倾盆似的流……

现在时辰到了，你们让你们咽着，压迫着，挣扎着，汹涌着的声音嚎，直嚎，狂嚎，放肆的嚎，凶狠的嚎，像飓风在大海波涛间的嚎，像你们丧失了最亲爱的骨肉时的嚎……

现在时辰到了，你们让你们回复了的天性忏悔，让眼泪的滚油煎净了的，让悲恸的雷霆震醒了的天性忏悔，默默的忏悔，悠久的忏悔，沉彻的忏悔，像冷峭的星光照落在一个寂寞的山谷，像一个黑衣的尼僧匍匐在一座金漆的神龛前；

在眼泪的沸腾里，在嚎恸的酣澈里，在忏悔的沉寂里，你们望见了上帝永久的威严。

三、婴　儿

我们要盼望一个伟大的事实出现，我们要守候一个馨香的婴儿出世：——

你看他那母亲在她生产的床上受罪！

她那少妇的安详，柔和，端丽，现在在剧烈的阵痛里变形成不可信的丑恶：你看她那遍体的筋络都在她薄嫩的皮肤底里暴涨着，可怕的青色与紫色，像受惊的水青蛇在田沟里急泅似的，汗珠贴在她的前额上像一颗颗的黄豆，她的四肢与身体猛烈的抽搐着，畸屈着，奋挺着，纠旋着，仿佛她垫着的席子是用针尖编成的，仿佛她的帐围是用火焰织成的；

一个安详的，镇定的，端庄的，美丽的少妇，现在在绞痛的惨酷里变形成魔鬼似的可怖：她的眼，一时紧紧的合着，一时巨大的睁着，她那眼，原来像冬夜池潭里反映着的明星，现在吐露着青黄色的凶焰，眼珠像是烧红的炭火，映射出她灵魂最后的奋斗，她的唇，原来是朱红色的，现在像是炉底的冷灰，她的口颤着，撅着，扭着，死神的热烈的亲吻不容许她一息的平安，她的发是散披着，横在口边，漫在胸前，像揪乱的麻丝，她的手指间，还紧抓着几穗拧下来的乱发；

这母亲在她生产的床上受罪：——

但是她还不曾绝望，她的生命挣扎着血与肉与骨与肢体的纤微，在危崖的边沿上，抵抗着，搏斗着，死神的逼迫；

她还不曾放手，因为她知道（她的灵魂知道！）这苦痛不是无因的，因为她知道她的胎宫里孕育着一点比她自己更伟大的生命的种子，包涵着一个比一切更永久的婴儿；

因为她知道这苦痛是婴儿要求出世的征候，是种子在泥土里爆裂成美丽的生命的消息，是她完成她自己生命的使命的机会；

因为她知道这忍耐是有结果的，在她剧痛的昏瞀中，她仿佛听着上帝准许人间祈祷的声音，她仿佛听着天使们赞美未来的光明的声音；

因此她忍耐着，抵抗着，奋斗着……她抵拼绷断她遍体的纤微，她要赎出在她胎宫里动荡着的生命，在她一个完全，美丽的婴儿出世的盼望中，最锐利，最沉酣的痛感逼成了最锐利最沉酣的快感……

这也许是无聊的希冀，但是谁不愿意活命，就使到了绝望最后的边沿，我们也还要妄想希望的手臂从黑暗里伸出来挽着我们。我们不能不想望这苦痛的现在只是准备着一个更光荣的将来，我们要盼望一个洁白的肥胖的活泼的婴儿出世！

新近有两件事实，使我得到很深的感触。让我来说给你们听听。

前几时有一天俄国公使馆挂旗，我也去看了。加拉罕站在台上，微微的笑着，他的脸上发出一种严肃的青光，他侧仰着他的头看旗上升时，我觉着了他的人格的尊严，他至少是一个有胆有略的男子，他有为主义牺牲的决心，他的脸上至少没有苟且的痕迹，同时屋顶那根旗杆上，冉冉的升上了一片的红光，背着遥远没有一斑云彩的青天。那面簇新的红旗在风前料峭的袅荡个不定。这异样的彩色与声响引起了我异样的感想。是腼腆，是骄傲，还是鄙夷，如今这红旗初次面对着我们偌大的民族？在场人也有拍掌的，但只是断续的拍掌，这就算是我想我们初次见红旗的敬意；但这又是鄙夷，骄傲，还是惭愧呢？那红色是一个伟大的象征，代表人类史里最伟大的一个时期；不仅标示俄国民族流血的成绩，却也为人类立下了一个勇敢尝试的榜样。在那旗子抖动的声响里我不仅仿佛听出了这近十年来那斯拉夫民族失败与胜利的呼声，我也想像到百数千年前法国革命时的狂热，一七八九年七月四日那天，巴黎市民攻破巴士梯亚牢狱时的疯癫。自由，平等，友爱！友爱，平等，自由！你们听呀，在这呼声里人类理想的火焰一直从地面上直冲破天顶，历史上再没有更重要更强烈的转变的时期。卡莱尔（Carlyle）[①]在他的法国革命史里形容这件大事有三句名句，他说，“To describe this Seene trans ends the talent of mortals.After four hours of world Bed’am it surrenders.The Bastille is down!”他说：“要形容这一景超过了凡人的力量。过了四小时的疯狂他（那大牢）投降了。巴士梯亚是下了！”打破一个政治犯

① Carlyle：卡莱尔（1795—1811），苏格兰散文作家、历史学家，作品有《法国革命》和《论英雄、英雄崇拜和历史上的英雄事迹》等。

的牢狱不算是了不得的大事，但这事实里有一个象征。巴士梯亚是代表阻碍自由的势力，巴黎士民的攻击是代表全人类争自由的势力，巴士梯亚的“下”是人类理想胜利的凭证。自由，平等，友爱！友爱，平等，自由！法国人在百几十年前猖狂的叫着。这叫声还在人类的性灵里荡着。我们不好像听见吗，虽则隔着百几十年光阴的旷野。如今凶恶的巴士梯亚又在我们的面前堵着；我们如其再不发疯，他那牢门上的铁钉，一个个都快刺透我们的心胸了！

这是一件事。还有一件是我六月间伴着泰戈尔到日本时的感想。早七年我过太平洋时曾经到东京去玩过几个钟头，我记得到上野公园去，上一座小山去下望东京的市场，只见连绵的高楼大厦，一派富盛繁华的景象。这回我又到上野去了，我又登山去望东京城了，那分别可太大了！房子，不错，原是有的；但从前是几层楼的高房，还有不少有名的建筑，比如帝国剧场、帝国大学等等，这次看见的，说也可怜，只是薄皮松板暂时支着应用的鱼鳞似的屋子，白松松的像一个烂发的花头，再没有从前那样富盛与繁华的气象。十九的城子都是叫那大地震吞了去烧了去的。我们站着的地面平常看是再坚实不过的，但是等到他起兴时小小的翻一个身，或是微微的张一张口，我们脆弱的文明与脆弱的生命就够受。我们在中国的差不多是不能想着世界上，在醒着的不是梦里的世界上，竟可以有那样的大灾难。我们中国人是在灾难里讨生活的，水，旱，刀兵，盗劫，那一样没有，但是我敢说我

们所有的灾难合起来也抵不上我们邻居一年前遭受的大难。那事情的可怕，我敢说是超过了人类忍受力的止境。我们国内居然有人以日本人这次大灾为可喜的，说他们活该，我真要请协和医院大夫用X光检查一下他们那几位，究竟他们是有没有心肝的。因为在可怕的运命的面前，我们人类的全体只是一群在山里逢着雷霆风雨时的绵羊，那里还能容什么种族政治等等的偏见与意气？我来说一点情形给你们听听，因为虽则你们在报上看过极详细的记载，不曾亲自察看过的总不免有多少距离的隔膜。我自己未到日本前与看过日本后，见解就完全的不同。你们试想假定我们今天在这里集会，我讲的，你们听的，假如日本那把戏轮着我们头上来时，要不了的搭的搭的搭的三秒钟，我与你们与讲台与屋子就永远诀别了地面，像变戏法似的，影踪都没了。那是事实，横滨有好几所五六层高的大楼，全是在三四秒时间内整个儿与地面

拉一个平，全没了。你们知道圣书里面形容天降大难的时候，不要说本来脆弱的人类完全放弃了一切的虚荣，就是最猛鸷的野兽与飞禽也会在刹时间变化了性质，老虎会像小猫似的挨着你躲着，利喙的鹰鹞会得躲入鸡棚里去窝着，比鸡还要驯服。在那样非常的变动时，他们也好似觉悟了这彼此同是生物的亲属关系，在天怒的跟前同是剥夺了抵抗力的小虫子，这里面就发生了同命运的同情。你们试想就东京一地说，二三百万的人口，几十百年辛勤的成绩，突然的面对着最后审判的实在，就在今天我们回想起当时他们全城子像一个滚沸的油锅时的情景，原来热闹的市场变成了光焰万丈的火盆，在这里面人类最集中的心力与体力的成绩全变了燃料，在这里面艺术教育政治社会人的骨与肉与血都化成了灰烬，还有百十万男女老小的哭嚷声，这哭声本体就可以摇动天地，——我们不要说亲身经历，就是坐在椅子上想像这样不可信的情景时，也不免觉得害怕不是？那可不是顽儿的事情。单只描写那样的大变，恐怕至少就须要荷马或是莎士比亚的天才。你们试想在那时候，假如你们亲身经历时，你的心理该是怎么样？你还恨你的仇人吗？你还不饶恕你的朋友吗？你还沾恋你个人的私利吗？你还有欺哄人的机会吗？你还有什么希望吗？你还不搂住你身旁的生物，管他是你的妻子，你的老子，你的听差，你的妈，你的冤家，你的老妈子，你的猫，你的狗，把你灵魂里还剩下的光明一齐放射出来，和着你同难的同胞在这普遍的黑暗里来一个最后的结合吗？

但运命的手段还不是那样的简单。他要是把你的一切都扫灭了，那倒也是一个痛快的结束；他可不然。他还让你活着，他还有更苛刻的试验给你。大难过了，你还喘着气；你的家，你的财产，都变了你脚下的灰，你的爱亲与妻与儿女的骨肉还有烧不烂的在火堆里燃着，你没有了一切；但是太阳又在你的头上光亮的照着，你还是好好的在平定的地面上站着，你疑心这一定是梦，可又不是梦，因为不久你就发现与你同难的人们，他们也一样的疑心他们身受的是梦。可真不是梦，是真的。你还活着，你还喘着气，你得重新来过，根本的完全的重新来过。除非是你自愿放手，你的灵魂里再没有勇敢的分子。那才是你的真试验的时候。这考卷可不容易交了，要到那时候你才知道你自己究竟有多大能耐，值多少，有多少价值。

我们邻居日本人在灾后的实际就是这样。全完了，要来就得完全来过，尽你及身的力量不够，加上你儿子的，你孙子的，你孙子的儿子的儿子的孙子的努力也许可以重新撑起这份家私，但在这努力的经程中，谁也保不定天与地不再捣乱；你的几十年只要他的几秒钟。问题所以是你干不干？就只甘脆的一句话，你干不干，是或否？同时也许无情的运命，扭着他那丑陋可怕的脸子在你的身旁冷笑，等着你最后的回话。你干不干，他仿佛也涎着他的怪脸问着你！

我们勇敢的邻居们已经交了他们的考卷；他们回答了一个甘〈干〉脆的干字，我们不能不佩服。我们不能不尊敬他们精神的人格。不等那大震灾的火焰缓和下去，我们邻居们第二次的奋斗已经庄严的开始了。不等运命的残酷的手臂松放，他们已经宣言他们积极的态度对运命宣战。这是精神的胜利，这是伟大，这是证明他们有不可摇的信心，不可动的自信力；证明他们是有道德的与精神的准备的，有最坚强的毅力与忍耐力的，有内心潜在着的精力的，有充分的后备军的，好比说，虽则前敌一起在炮火里毁了，这只是给他们一个出马的机会。他们不但不悲观，不但不消极，不但不绝望，不但不矮着嗓子乞怜，不但不倒在地下等救，在他们看来这大灾难，只是一个伟大的戟刺，伟大的鼓励，伟大的灵感，一个应有的试验，因此他们新来的态度只是双倍的积极，双倍的勇猛，双倍的兴奋，双倍的有希望；他们仿佛是经过大战的大将，战阵愈急迫愈危险，战鼓愈打得响亮，他的胆量愈大，往前冲的步子愈紧，必胜的决心愈强。这，我说，真是精神的胜利，一种道德的强制力，伟大的，难能的，可尊敬的，可佩服的。泰戈尔说的，国家的灾难，个人的灾难，都是一种试验：除是灾难的结果压倒了你的意志与勇敢，那才是真的灾难，因为你更没有翻身的希望。

这也并不是说他们不感觉灾难的实际的难受，他们也是人，他们虽勇，心究竟不是铁打的。但他们表现他们痛苦的状态是可注意的；他们不来零碎的呼叫，他们采用一种雄伟的庄严的仪式。此次震灾的周年纪念时，他们选定一个时间，举行他们全国的悲哀；在不知是几秒或几分钟的期间内，他们全国的国民一致的静默了，全国民的心灵在那短时间内融合在一阵忏悔的，祈祷的，普遍的肃静里（那是何等的凄伟！）；然后，一个信号打破了全国的静默，那千百万人民又一致的高声悲号，悲悼他们曾经遭受的惨运；在这一声弥漫的哀号里，他们国民，不仅发泄了蓄积着的悲哀，这一声长号，也表明他们一致重新来过的伟大的决心（这又是何等的凄伟！）

这是教训，我们最切题的教训。我个人从这两件事情——俄国革命与日本地震——感到极深刻的感想；一件是告诉我们什么是有意义有价值的牺牲，那表面紊乱的背后坚定的站着某种主义或是某种理想，激动人类潜伏着一种普遍的想望，为要达到那想望的境界，他们就不顾冒怎样剧烈的险与难，拉倒已成的建设踏平现有的基础，抛却生活的习惯，尝试最不可测量的路子。这是一种疯癫，但是有目的的疯癫；单独的看，局部的看，我们尽可以下种种非难与责备的批评，但全部的看，历史的看时，那原来纷乱的就有了条理，原来散漫的就成了片段，甚至于在经程中一切反理性的分明残暴的事实，都有了他们相当的应有的位置。在这部大悲剧完成时，在这无形的理想“物化”成事实时，在人类历史清理节账时，所得便超过所出，赢余至少是盖得过损失的。我们现在自己的悲惨就在问题不集中，不清楚，不一贯；我们缺少——用一个现成的比喻——那一面半空里升起来的彩色旗（我不是主张红旗我不过比喻罢了！）使我们有眼睛能看的人都不由的不仰着头望；缺少那青天里的一个霹雳，使我们有耳朵能听的不由的惊心。正因为缺乏这样一个一贯的理想与标准（能够表现我们潜在意识所想望的），我们有的那一部疯癫性——历史上所有的大运动都脱不了疯癫性的成分——就没有机会充分的外现，我们物质生活的累赘与沾恋，便有力量压迫住我们精神性的奋斗；不是我们天生不肯牺牲，也不是天生懦怯，我们在这时期内的确不曾寻着值得或是强迫我们牺牲的那件理想的大事，结果是精力的散漫，志气的怠惰，苟且心理的普遍，悲观主义的盛行，一切道德标准与一切价值的毁灭与埋葬。

人原来是行为的动物，尤其是富有集合行为力的，他有向上的能力，但他也是最容易堕落的，在他眼前没有正当的方向时，比如猛兽监禁在铁笼子里。在他的行为力没有发展的机会时，他就会随地躺了下来，管他是水潭是泥潭，过他不黑不白的猪奴的生活。这是最可惨的现象，最可悲的趋向。如其我们容忍这种状态继续存在时，那时每一对父母每次生下一个洁净的小孩，只是为这卑劣的社会多添一个堕落的份〈分〉子，那是莫大的亵渎的罪业；所有的教育与训练也就根本的失去了意义，我们还不如盼望一个大雷霆下来毁尽了这三江或四江流域的人类的痕迹！

再看日本人天灾后的勇猛与毅力，我们就不由的不惭愧我们的穷，我们的乏，我们的寒伧。这精神的穷乏才是真可耻的，不是物质的穷乏。我们所受的苦难都还不是我们应有的试验的本身，那还差得远着哪；但是我们的丑态已经恰好与人家的从容成一个对照。我们的精神生活没有充分的涵养，所以临着稀小的纷扰便没有了主意，像一个耗子似的，他的天才只是害怕，他的伎俩只是小偷；又因为我们的生活没有深刻的精神的要求，所以我们合群生活的大网子就缺少最吃分量最经用的那几条普遍的同情线，再加之原来的经纬已经到了完全破烂的状态，这网子根本就没有了联结，不受外物侵损时已有溃散的可能，哪里还能在时代的急流里，捞起什么有价值的东西？说也奇怪，这几千年历史的传统精神非但不曾供给我们社会一个巩固的基础，我们现在到了再不容隐讳的时候，谁知道我们发现的桩子，只是在黄河里造桥，打在流沙里的！

难怪悲观主义变成了流行的时髦！但我们年轻人，我们的身体里还有生命跳动，脉管里多少还有鲜血的年轻人，却不应当沾染这最致命的时髦，不应当学那随地躺得下去的猪，不应当学那苟且专家的耗子，现在时候逼迫了，再不容我们霎那的含糊。我们要负我们应负的责任，我们要来补织我们已经破烂的大网子，我们要在我们各个人的生活里抽出人道的同情的纤维来合成强有力的绳索，我们应当发现那适当的象征，像半空里那面大旗似的，引起普遍的注意；我们要修养我们精神的与道德的人格，预备忍受将来最难堪的试验。简单的一句话，我们应当在今天——过了今天就再没有那一天了——宣布我们对于生活基本的态度。是是还是否；是积极还是消极；是生道还是死道；是向上还是堕落？在我们年轻人一个字的答案上就挂着我们全社会的运命的决定。我盼望我至少可以代表大多数青年，在这篇讲演的末尾，高叫一声——用两个有力量的外国字——

“Everlasting yea！”①

① “Everlasting yea!”：永远的是；yea，口头表决表示同意的说法。

我的彼得①

新近有一天晚上，我在一个地方听音乐，一个不相识的小孩，约莫八九岁光景，过来坐在我的身边，他说的话我不懂，我也不易使他懂我的话，那可并不妨事，因为在几分钟内我们已经是很好的朋友，他拉着我的手，我拉着他的手，一同听台上的音乐。他年纪虽则小，他音乐的兴趣已经很深：他比着手势告我他也有一张提琴，他会拉，并且说那几个是他已经学会的调子。他那资质的敏慧，性情的柔和，体态的秀美，不能使人不爱；而况我本来是欢喜小孩们的。

但那晚虽则结识了一个可爱的小友，我心里却并不快爽；因为不仅见着他使我想起你，我的小彼得，并且在他活泼的神情里我想见了你，彼得，假如你长大的话，与他同年龄的影子。你在时，与他一样，也是爱音乐的；虽则你回去的时候刚满三岁，你爱好音乐的故事，从你褓褓时起，我屡次听你妈与你的“大大”讲，不但是十分的有趣可爱，竟可说是你有天赋的凭证，在你最初开口学话的日子，你妈已经写信给我，说你听着了音乐便异常的快活，说你在坐车里常常伸出你的小手在车栏上跟着音乐按拍；你稍大些会得淘气的时候，你妈说，只

①载 1925 年 8 月 15 日《现代评论》第二卷第三十六期；初收 1928 年 1 月上海新月书店《自剖》。采自《自剖》。

要把话匣开上，你便在旁边乖乖的坐着静听，再也不出声不闹——并且你有的是可惊的口味，是贝德花芬是槐格纳你就爱，要是中国的戏片，你便盖没了你的小耳，决意不让无意味的锣鼓，打搅你的清听——你的大大（她多疼你！）讲给我听你得小提琴的故事：怎样那晚上买琴来的时候你已经在你的小床上睡好，怎样她们为怕你起来闹赶快灭了灯亮把琴放在你的床边，怎样你这小机灵早已看见，却偏不作声，等你妈与大大都上了床，你才偷偷的爬起来，摸着了你的宝贝，再也忍不住的你技痒，站在漆黑的床边，就开始你"截桑柴"的本领，后来怎样她们干涉了你，你便乖乖的把琴抱进你的床去，一起安眠。她们又讲你怎样喜欢拿着一根短棍站在桌上模仿音乐会的导师，你那认真的神情常常叫在座人大笑。此外还有不少趣话，大大记得最清楚，她都讲给我听过；但这几件故事已够见证你小小的灵性里早长着音乐的慧根。实际我与你妈早经同意想叫你长大时留在德国学习音乐——谁知道在你的早殇里我们不失去了一个可能的毛赞德（Mozart）[①]：在中国音乐最饥荒的日子，难得见这一点希冀的青芽，又教运命无情的脚根踏倒，想起怎不可伤？

彼得，可爱的小彼得，我"算是"你的父亲，但想起我做父亲的往迹，我心头便涌起了不少的感想；我的话你是永远听不着了，但我想借这悼念你的机会，稍稍疏泄我的积愫，

①毛赞德（Mozart）：今译莫扎特。

在这不自然的世界上，与我境遇相似或更不如的当不在少数，因此我想说的话或许还有人听，竟许有人同情。就是你妈，彼得，她也何尝有一天接近过快乐与幸福，但她在她同样不幸的境遇中证明她的智断，她的忍耐，尤其是她的勇敢与胆量；所以至少她，我敢相信，可以懂得我话里意味的深浅，也只有她，我敢说，最有资格指证或相诠释，在她有机会时，我的情感的真际。

但我的情愫！是怨，是恨，是忏悔，是怅惘？对着这不完全，不如意的人生，谁没有怨，谁没有恨，谁没有怅惘？除了天生颟顸的，谁不曾在他生命的经途中——葛德说的——和着悲哀吞他的饭，谁不曾拥着半夜的孤衾饮泣？我们应得感谢上苍的是他不可度量的心裁，不但在生物的境界中他创造了不可计数的种类，就这悲哀的人生也是因人差异，各各不同，——同是一个碎心，却没有同样的碎痕；同是一滴眼泪，却难寻同样的泪晶。

彼得我爱，我说过我是你的父亲。但我最后见你的时候你才不满四月，这次我再来欧洲你已经早一个星期回去，我见着的只你的遗像，那太可爱；与你一撮的遗灰，那太可惨。你生前日常把弄的玩具——小车，小马，小鹅，小琴，小书——你妈曾经件件的指给我看，你在时穿着的衣褂鞋帽，你妈与你大大也曾含着眼泪从箱里理出来给我抚摩，同时她们讲你生前的故事，直到你的影像活现在我的眼前，你的脚踪仿佛在楼板上踹响。你是不认识你父亲的，彼得，虽则我听说他的名字常在你的口边，他的肖像也常受你小口的亲吻，多谢你妈与你大大的慈爱与真挚，她们不仅永远把你放在她们心坎的底里，她们也使我，没福见着你的父亲，知道你，认识你，爱你，也把你的影像，活泼，美慧，可爱，永远镂上了我的心版。那天在柏林的会馆里，我手捧着那收存你遗灰的锡瓶，你妈与你七舅站在旁边止不住滴泪，你的大大哽咽着，把一个小花圈挂上你的门前——那时间我，你的父亲，觉着心里有一个尖锐的刺痛，这才初次明白曾经有一点血肉从我自己的生命里分出，这才觉着父性的爱像泉眼似的在性灵里汩汩的流出：只可惜是迟了，这慈爱的甘液不能救活已经萎折了的鲜花，只能在他纪念日的周遭永远无声的流转。

彼得，我说我要借这机会稍稍爬梳我年来的郁积；但那也不见得容易；要说的话仿佛就在口边，但你要它们的时候，它们又不在口边：像是长在大块岩石底下的嫩草，你得有力量翻起那岩石才能把它不伤损的连根起出——谁知道那根长的多深！是恨，是怨，是忏悔，是怅惘？许是恨，许是怨，许是忏悔，许是怅惘。荆棘刺入了行路人的胫踝，他才知道这路的难走；但为什么有荆棘？是它们自己长着，还是有人成心种着的？也许是你自己种下的？至少你不能完全抱怨荆棘，一则因为这道是你自愿才来走的，再则因为那刺伤是你自己的脚踏上了荆棘的结果，不是荆棘自动来刺你——但又谁知道？因此我有时想，彼得，像你倒真是聪明：你来时是一团活泼、光亮的天真，你去时也还是一个光亮、活泼的灵魂；你来人间真像是短期的作客，你知道的是慈母的爱，阳光的和暖与花草的美丽，你离开了妈的怀抱，你回到了天父的怀抱，我想他听你欣欣的回报这番作客——只尝甜浆，不吞苦水——的经验，他上年纪的脸上一定满布着笑容——你的小脚踝上不曾碰着过无情的荆刺，你穿来的白衣不曾沾着一斑的泥污。

但我们，比你住久的，彼得，却不是来作客；我们是遭放逐，无形的解差永远在后背催逼着我们赶道：为什么受罪，前途是那里，我们始终不曾明白，我们明白的只是底下流血的胫踝，只是这无思的长路，这时候想回头已经太迟，想中止也不可能，我们真的羡慕，彼得，像你那谪期的简净。

在这道上遭受的，彼得，还不止是难，不止是苦，最难堪的是逐步相追的嘲讽，身影似的不可解脱。我既是你的父亲，彼得，比方说，为什么我不能在你的生前，日子虽短，给你应得的慈爱，为什么要到这时候，你已经去了不再回来，我才觉着骨肉的关连〈联〉？并且假如我这番不到欧洲，假如我在万里外接到你的死耗，我怕我只能看作水面上的云影，来时自来，去时自去：正如你生前我不知欣喜，你在时我不知爱惜，你去时也不能过分动我的情感。我自分不是无情，不是寡恩，为什么我对自身的血肉，反是这般不近情的冷漠？彼得，我问为什么，这问的后身便是无限的隐痛：我不能怨，我不能恨，更无从悔，我只是怅惘，我只能问！明知是自苦的揶揄，但我只能忍受。而况揶揄还不止此，我自身的父母，何尝不赤心的爱我；但他们的爱却正是造成我痛苦的原因：我自己也何尝不笃爱我的亲亲，但我不仅不能尽我的责任，不仅不曾给他们想望的快乐，我，他们的独子，也不免加添他们的烦愁，造作他们的痛苦，这又是为什么？在这里，我也是一般的不能恨，不能怨，更无从悔，我只是怅惘——我只能问。昨天我是个孩子，今天已是壮年；昨天腮边还带着圆润的笑涡，今天头

上已见星星的白发；光阴带走的往迹，再也不容追赎，留下在我们心头的只是些揶揄的鬼影；我们在这道上偶尔停步回想的时候，只能投一个虚圈的“假使当初”，解嘲已往的一切。但已往的教训，即使有，也不能给我们利益，因为前途还是不减启程时的渺茫，我们还是不能选择取由的途径——到那天我们无形的解差喝住的时候，我们唯一的权利，我猜想，也只是再丢一个虚圈更大的“假使”，圆满这全程的寂寞，那就是止境了。

我为什么来办我想怎么办①

我早就想办一份报，最早想办《理想月刊》，随后有了“新月社”又想办新月周刊或月刊；没有办成的大原因不是没有人，不是没有钱，倒是为我自己的“心不定”：一个朋友叫我云中鹤，又一个朋友笑我“脚跟无线如蓬转”，我自己也老是“今日不知明日事”的心理，因此这几年只是虚度，什么事都没办成，说也惭愧。我认识陈博生，因此时常替《晨报》写些杂格的东西。去年黄子美随便说起要我去办副刊，我听都没有听；在这社会上办报本来就是没奈何的勾当，一个月来一回比较还可以支持，一星期开一次口已经是极勉强了，每天要说话简直是不可思议——垃圾还可以当肥料用，拿泻药打出来的烂话有什么去路！我当然不听。三月间我要到欧洲去，一班朋友都不肯放我走，内中顶蛮横不讲理的是陈博生与黄子美，我急了只得行贿，我说你们放我走我回来时替你们办副刊，他们果然上了当立刻取销〈消〉了他们的蛮横，并且还请我吃饭饯行。其实我只是当笑话说，那时赌咒也不信有人能牵住我办日报，我心想到欧洲去孝敬他们几封通信也就两开不是？七月间我回来了，他们逼着我要履行前

①载1925年10月1日《晨报副刊》；初收1980年台湾时报文化出版事业有限公司《徐志摩诗文补遗》。采自《晨报副刊》。

约，比上次更蛮横了，真像是讨债。有一天博生约了几个朋友谈，有人完全反对我办副刊，说我不配，像我这类人只配东飘西荡的偶尔挤出几首小诗来给他们解解闷也就完事一宗；有人进一步说不仅反对我办副刊并且副刊这办法根本就要不得，早几年许是一种投机，现在可早该取销了。那晚陈通伯也在座，他坐着不出声，听到副刊早就该死的话他倒说话了，他说得俏皮，他说他本来也不赞成我办副刊的，他也是最厌恶副刊的一个；但为要处死副刊，趁早扑灭这流行病，他倒换了意见，反而赞成我来办《晨报副刊》，第一步逼死别家的副刊，第二步掐死自己的副刊，从此人类可永免副刊的灾殃。他话是俏皮可是太恭维我了；倒像我真有能力在掐死自己之前逼死旁人似的！那晚还是无结果。后来博生再拿实际的利害来引诱我，他说你还不是成天想办报，但假如你另起炉灶的话，管你理想不理想，新月不新月。第一件事你就得准备贴钱，对不对？反过来说，副刊是现成的，你来我们有薪水给你，可以免得做游民，岂不是一举两得！这利害的确是很分明，我不能不打算了；但我一想起每天出一张的办法还是脑袋发胀，我说我也愿意帮忙，但日刊其实太难，假如晨报周刊或是甚至三日刊的话，我总可以商量……这来我可被他抓住了，他立即说好，那我们就为你特别想法，你就管三天的副刊那总合式了。我再不好意思拒绝，他们这样的恳切。过一天他又来疏通说三天其实转不过来，至少得四天。我说那我只能在字数里做申缩，我想尽我能力的限度只能每周管三万多字，实在三天匀不过来的话，那我只能把三天的材料摊成四份，反正多少不是好歹的标准不是？他说那就随你了。这来笑话就变成了实事，我自己可想不到的。但同时我又警告博生，我说我办就办，办法可得完全由我，我爱登什么就登什么，万一将来犯什么忌讳出了乱子累及晨报本身的话，只要我自以为有交代，他可不能怨我；还有一层，在他虽则看起我，以为我办不至于怎样的不堪，但我自问我决不是一个会投机的主笔，迎合群众心理，我是不来的，谀附言论界的权威者我是不来的，取媚社会的愚暗与褊浅我是不来的；我来只认识我自己，只知对我自己负责任，我不愿意说的话你逼我求我我都不说的，我要说的话你逼我求我我都不能不说的：我来就是个全权的记者，但这来为他们报纸营业着想却是一个问题。因为我自信每回我说话比较自以为像话的时候，听得进听得懂的读者就按比例的减少；一个作者往往因为不肯牺牲自己思想的忠实结果暗伤读者的私心，这也是应得虑到的，所以我来接手时即使不闹大乱子也难免使一部分读者失望的危险（这就是一个理由日报不应该有副刊），你不久许曾听着各方面的抱怨，说“从前的副刊即使不十分出色总还是妥妥贴贴看得过去，这来你瞧尽让一个疯子在那里说疯话，我们可没有闲工夫来消化，我们再也不请教副刊了”。本来报纸这东西是跟着平民主义工商文明一套来的；现代最大的特色是一班人心灵的疲懒；教一个人能自己想，是教育最后的成功，但一班人与其费脑力想还不如上澡堂躺着打盹去，谁愿意想来？反面说有思想人唯一的目标是要激动一班人的心灵活动，他要叫你听了他的话不舒服，不痛快，逼着你张着眼睛看，骂着你领起精神想；他不来替你出现成的主意像政府的命令，或是说模棱两可的油话，像日报上的社论，或是通知你某处有兵打架某处有草棚子着火，像所有的新闻；他不来替你菜蔬里添油，不来替你铺地毯省得你脚心疼；他第一叫你难受；第二叫你难受，第三还是叫你难受。这样的人来办报在营业上十九是不免失败的。也许本来这思想的事业是少数人的特权与天职；报纸是为一班人设的，这就根本不能与思想做紧邻。但这番话读者你也许说对。我们那位大主笔先生还是不信，他最后一句话是“你来办就得了”！

所以我不能不来试试。同时我自己也并不感觉我说话的卤〈鲁〉莽;《晨报副刊》嘿！说起来头大着哩！你们不见晨报的广告上说什么“思想的前驱”，这大约是指副刊的。因为我们不能在正张新闻里找思想，更不能在经济界什么界里找前驱。不，我也很知道晨副过去光荣的历史，现在谁知道却轮着我来续貂！所以假如我上面的话有地方犯什么亵渎或夸口的嫌疑，我赶快在这里告无心的罪；我这一条臂膀能有多大能耐，能举起多少分量？不靠朋友帮忙是做不成事的，我也很放心是我的朋友（相识或不相识）决不会袖手的，要不然我那敢冒昧承当这副重担；我只盼望我值得你们的帮忙。这回封面广告的大字是“副刊的提高及革新”，那大概是营业部拟的启事，我并没有那样的把握，革新还可以说，至少办事方面换了手，印刷方面也换了样那就是革新，提高的话可就难说了，我就不明白高低的标准在哪里，我得事前声明；我知道的只是在我职期内尽我的力量来办就是。

我自己是不免开口，并且恐怕常常要开口，不比先前的副刊主任们来得知趣解事，不到必要的时候是很少开口的。我盼望不久就有人厌弃我，这消息传到了我的上司那边，我就有恢

复自由的希望了！同时我约了几位朋友常常替我帮忙。我特别要介绍我们朋友里最多才多艺的赵元任先生，他从天上的星到我们肠子里的微菌，从广东话到四川话，从音乐到玄学，没有一样不精；他是一个真的通人；但他顶出名的是他的“幽默”，谁要听赵先生讲演不发笑他一定可以进圣庙吃冷肉去！我想给他特开一栏，随他天南地北的乱说，反正他口里没有没趣味的材料。他已经答应投稿；但我为防他懒，所以第一天就替他特别登广告，生生的带住了他再说。老话说的“一将难求”，我这才高兴哪！此外前辈方面，梁任公先生那杆长江大河的笔是永远流不尽的，我们这小报也还得占光他的润泽。张奚若先生，先前《政治学报》的主笔，是一位有名的炮手；我这回也特请他把他的大炮安在顺治门大街的后背。金龙荪傅孟真罗志希几位先生此时还在欧洲，他们的文章我盼望不久也会来光我们的篇幅。我们特请姚茫父余越园先生谈中国美术，刘海粟钱稻孙邓以蛰诸先生谈西洋艺术；余上沅赵太侔先生谈戏剧，闻一多先生谈文学；翁文灏任叔永诸先生专撰科学的论文，萧友梅赵元任先生谈西洋音乐。李济之先生谈中国音乐，上海方面我亲自约定了郭沫若吴德生张东荪诸先生随时来稿；武昌方面，不用说，有我们钟爱的郁达夫与杨金甫。陈衡哲女士也到北京来了，我们常可以在副刊上读她的作品，这也是个可喜的消息；我此时是随笔列举，并不详备；至于我们日常见面的几位朋友，如西林西滢胡适之张歆海陶孟和江绍原沈性仁女士凌叔华女士等更不必我烦言，他们是不会旷课的，万一他们躲懒我要叫他们知道我的夏楚厉害！新近的作者如沈从文焦菊隐于成泽钟天心陈镈鲍廷蔚诸先生也一定当有崭新的作品给我们欣赏。宗白华先生又是一位多方面的学者，他新从德国回来，一位江西谢先生快从法国回来，专研文学的；我盼望他们两位也可以给我们帮助。

这是就我个人相知的说，我们当然更盼望随时有外来精卓的稿件，要不然我们虽则有上面一大串的名字，还是不易支持的。酬报是个问题；我是主张一律给相当酬润的，但据陈博生先生说晨报的经济也很支绌，假如要论文付值的话报馆破产的日子就不在远，我也知道他们的困难，但无论如何我总想法不叫人家完全白做，虽则公平交易的话永远说不上；这一点我倒立定主意想提高，多少不论；靠卖文过活的不必说。拿到一点酬报可以多买一点纸笔，就是不介意稿费的，拿到一点酬劳也算是我们家乡话说的一点“稀奇子”，可以多买几包糖炒良乡吃。同时我当然不敢保证进来的稿件都有登的希望，虽则难免遗珠，我这里选择也不得不谨慎，即使我极熟的朋友的来件也一样有得到“退还不用”的快乐。我预先声明保留这点看稿的为难的必要；我永远托庇你们的宽容。

迎上前去[①]

这回我不撒谎，不打隐谜，不唱反调，不来烘托；我要说几句至少我自己信得过的话，我要痛快的招认我自己的虚实，我愿意把我的花押画在这张供状的末尾。

我要求你们大量的容许我，在我第一天接手《晨报副刊》的时候，介绍我自己，解释我自己，鼓励我自己。

今天碰巧是我这辈子一个转向的日子，我新近经验过在我算是严重、惨刻、极痛心的经验：这经验撼动我全身的纤维，像大风摇动一株孤立的树，在这剧震中谁知道掉下了多少不曾焦透的叶子？但我却因此得到一种心地的清明，近年来不曾尝味过的；因此我敢放胆的说我要说的话：我的呼吸这时候是洁净的，我的嗓音是浏亮的，像大风雨后的空气，原有的芜秽与杂质都叫大自然的震怒洗刷一个净尽，我此时觉着在受重伤的过去的我里，重新透出了一团新来的勇气，一部新来的健康；一个更确定的我，更倔强的我，更有力的我。

我相信真的理想主义者是受得住眼看他往常保持着的理想

①载 1925 年 10 月 5 日《晨报副刊》，题名《“迎上前去”》；初收 1928 年 1 月上海新月书店《自剖》，目录题名《迎上前去》，正文题仍为《“迎上前去”》；正文中删去第三自然段。采自《自剖》，题从《自剖》目录，删去的第三自然段补入。

萎成灰，碎成断片，烂成泥，在这灰这断片这泥的底里他再来发现他更伟大更光明的理想。我就是这样的一个。

只有信生病是荣耀的人们才来不知耻的高声嚷痛，这时候他听着有脚步声，他以为有帮助他的人向着他来，谁知是他自己的灵性离了他去！真有志气的病人，在不能自己豁脱苦痛的时候，宁可死休，不来忍受医药与慈善的侮辱。我又是这样的一个。

我们在这生命里到处碰头失望，连续遭逢“幻灭”，头顶只见乌云，地下满是黑影；同时我们的年岁，病痛，工作，习惯，恶狠狠的压上我们的肩背，一天重似一天，在无形中嘲讽的呼喝着：“倒，倒，你这不量力的蠢才！”因此你看这满路的倒尸，有全死的，有半死的，有爬着挣扎的，有默无声息的……嘿！生命这十字架，有几个人抗得起来？

但生命还不是顶重的担负，比生命更重实更压得死人的是思想那十字架。人类心灵的历史里能有几个天成的孟贲乌育[1]？在思想可怕的战场上我们就只【祇】有数得清有限的几具光荣的尸体。

我不敢非分的自夸；我不够狂，不够妄。我认识我自己的力量的止境，但我却不能制止我看了这时候国内思想界萎瘪现象的愤懑与羞恶。我要一把抓住这时代的脑袋，问他要一点真思想的精神给我看看——不是借来的税来的冒来的描来的东西，

①孟贲乌育：今译墨尔波墨涅。

不是纸糊的老虎，摇头的傀儡，蜘蛛网幕面的偶像；我要的是筋骨里迸出来，血液里激出来，性灵里跳出来，生命里震荡出来的真纯的思想。我不来问他要，是我的懦怯；他拿不出来给我看，是他的耻辱。朋友，我要你选定一边，假如你不能站在我的对面，拿出我要的东西来给我看，你就得站在我这一边，帮着我对这时代挑战。

我预料有人笑骂我的大话。是的，大话。我正嫌这年头的话太小了，我们得造一个比小更小的字来形容这年头听着的说话，写下印成的文字；我们得请一个想像力细致如史魏夫脱（Dean Swift）的来描写那些说小话的小口，说尖话的尖嘴。一大群的食蚁兽！他们最大的快乐是忙着他们的尖喙在泥土里垦寻细微的蚂蚁。蚂蚁是吃不完的，同时这可笑的尖嘴却益发不住的向尖的方向进化，小心再隔几代连蚂蚁这食料都显太大了！

我不来谈学问，我不配，我书本的知识是真的十二分的有限。年轻的时候我念过几本极普通的中国书，这几年不但没有知新，温过都说不上，我实在是固陋，但我却抱定孔子的一句话“知之为知之，不知为不知，是知也”，决不来强不知为知；我并不看不起国学与研究国学的学者，我十二分的尊敬他们，只是这部分的工作我只能艳羡的看他们去做，我自己恐怕不但今天，竟许这辈子都没希望参加的了。外国书呢？看过的书虽则有几本，但是真说得上“我看过的”能有多少，说多一点，三两篇戏，十来首诗，五六篇文章，不过这样罢了。

科学我是不懂的，我不曾受过正式的训练，最简单的物理化理，都说不明白，我要是不预备就去考中学校，十分里有九分是落第，你信不信！天上我只认识几颗大星，地上几棵大树；这也不是先生教我的；先生那里学来的，十几年学校教育给我的，究竟有些什么，我实在想不起，说不上，我记得的只是几个教授可笑的嘴脸与课堂里强烈的催眠的空气。

我人事的经验与知识也是同样的有限，我不曾做过工，我不曾尝味过生活的艰难，我不曾打过仗，不曾坐过监，不曾进过什么秘密党，不曾杀过人，不曾做过买卖，〈不曾〉发过一个大的财。

所以你看，我只是个极平常的人，没有出人头地的学问，更没有非常的经验。但同时我自信我也有我与人不同的地方。我不曾投降这世界。我不受它的拘束。

我是一只没笼头的野马，我从来不曾站定过。我人是在这社会里活着，我却不是这社会里的一个，像是有离魂病似的，我这躯壳的动静是一件事，我那梦魂的去处又是一件事。我是一个傻子：我曾经妄想在这流动的生里发现一些不变的价值，在这打谎的世上寻出一些不磨灭的真，在我这灵魂的冒险是生命核心里的意义；我永远在无形的经验的巉岩上爬着。

冒险——痛苦——失败——失望，是跟着来的，存心冒险的人就得打算他最后的失望；但失望却不是绝望，这分别很大。我是曾经遭受失望的打击，我的头是流着血，但我的脖子还是硬的；我不能让绝望的重量压住我的呼吸，不能让悲观的慢性病侵蚀我的精神，更不能让厌世的恶质染黑我的血液。厌世观与生命是不可并存的；我是一个生命的信徒，初起是的，今天还是的，将来我敢说，也是的。我决不容忍性灵的颓唐，那是最不可救药的堕落，同时却继续躯壳的存在；在我，单这开口说话，提笔写字的事实就表示后背有一个基本的信仰，完全的没破绽的信仰；否则我何必再做什么文章，办什么报刊？

但这并不是说我不感受人生遭遇的痛创；我决不是那童骇性的乐观主义者；我决不来指着黑影说这是阳光，指着云雾说这是青天，指着分明的恶说这是善；我并不否认黑影，云雾与恶，我只是不怀疑阳光与青天与善的实在；暂时的掩蔽与侵蚀不能使我们绝望，这正应得加倍的激动我们寻求光明的决心。前几天我觉着异常懊丧的时候无意中翻着尼采的一句话，极简单的几个字却涵有无穷的意义与强悍的力量，正如天上星斗的纵横与山川的经纬在无声中暗示你人生的奥义，祛除你的迷惘，照亮你的思路，他说“受苦的人没有悲观的权利”（The sufferer has no right to pessimism），我那时感受一种异样的惊心，一种异样的彻悟：

我不辞痛苦，因为我要认识你，上帝；
我甘心，甘心在火焰里存身，
到最后那时辰见我的真，
见我的真，我定了主意，上帝，再不迟疑！

所以我这次从南边回来，决意改变我对人生的态度，我写信给朋友说这来要来认真做一点“人的事业”了：

我再不想成仙，蓬莱不是我的份；

我只要这地面，情愿安分的做人。

在我这“决心做人，决心做一点认真的事业”，是一个思想的大转变；因为先前我对这人生只是不调和不承认的态度，因此我与这现世界并没有什么相互的关系，我是我，它是它，它不能责备我，我也不来批评它。但这来我决心做人的宣言却就把我放进了一个有关系，负责任的地位，我再不能张着眼睛做梦。从今起得把现实当现实看：我要来察看，我要来检查，我要来清除，我要来颠扑，我要来挑战，我要来破坏。

人生到底是什么？我得先对我自己给一个相当的答案。人生究竟是什么？为什么这形形色色的，纷扰不清的现象——宗教，政治，社会，道德，艺术，男女，经济？我来是来了，可还是一肚子的不明白，我得慢慢的看古玩似的，一件件拿在手里看一个清切再来说话，我不敢保证我的话一定在行，我敢担保的只是我自己思想的忠实；我前面说过我的学识是极浅陋的，但我却并不因此自馁，有时学问是一种束缚，知识是一层障碍，我只要能信得过我能看的眼，能感受的心，我就有我的话说；至于我说的话有没有人听，有没有人懂，那是另外一件事我管不着了——“有的人身死了才出世的”，谁知道一个人有没有真的出世那一天？

是的，我从今起要迎上前去！生命第一个消息是活动，第二个消息是搏斗，第三个消息是决定；思想也是的，活动的下文就是搏斗。搏斗就包含一个搏斗的对象，许是人，许是问题，许是现象，许是思想本体。一个武士最大的期望是寻着一个相当的敌手，思想家也是的，他也要一个可以较量他充分的力量的对象，“攻击是我的本性，”一个哲学家说，“要与你的对手相当——这是一个正直的决斗的第一个条件。你心存鄙夷的时候你不能搏斗。你占上风，你认定对手无能的时候你不应当搏斗。我的战略可以约成四个原则——第一，我专打正占胜利的对象——在必要时我暂缓我的攻击等他胜利了再开手。第二，我专打没有人打的对象，我这边不会有助手，我单独的站定一边——在这搏斗中我难为的只是我自己。第三，我永远不来对人的攻击——在必要时我只拿一个人格当显微镜用，借它来显出某种普遍的，但却隐遁不易踪迹的恶性。第四，我攻击某事物的动机，不包含私人嫌隙的关系，在我攻击是一个善意的，而且在某种情况下，感恩的凭证。”

这位哲学家的战略，我现在僭引作我自己的战略，我盼望我将来不至于在搏斗的沉酣中忽略了预定的规律，万一疏忽时我恳求你们随时提醒。我现在戴我的手套去！

吊刘叔和[1]

一向我的书桌上是不放相片的。这一月来有了两张，正对我的坐位，每晚更深时就只他们俩看着我写，伴着我想；院子里偶尔听着一声清脆，有时是虫，有时是风卷败叶，有时，我想像，是我们亲爱的故世人从坟墓的那一边吹过来的消息。伴着我的一个是小，一个是"老"：小的就是我那三月间死在柏林的彼得，老的是我们钟爱的刘叔和，"老老"。彼得坐在他的小皮椅上，抿紧着他的小口，圆睁着一双秀眼，仿佛性急要妈拿糖给他吃，多活灵的神情！但在他右肩的空白上分明题着这几行小字："我的小彼得，你在时我没福见你，但你这可爱的遗影应该可以伴我终身了。"老老是新长上几根看得见的上唇须，在他那件常穿的缎褂里欠身坐着，严正在他的眼内，和蔼在他的口颔间。

让我来看。有一天我邀他吃饭，他来电说病了不能来，顺便在电话中他说起我的彼得。（在襁褓时的彼得，叔和在柏林也曾见过。）他说我那篇悼儿文做得不坏；有人素来看不起我的笔墨的，他说，这回也相当的赞许了。我此时还分明记得他那天通电时着了寒发沙的嗓音！我当时回他说多谢你们夸奖，但我

① 1925年10月15日作；载1925年10月19日《晨报副刊》，署名志摩；初收1928年1月上海新月书店《自剖》。采自《自剖》。

却觉得凄惨，因为我同时不能忘记那篇文字的代价，是我自己的爱儿。过了几天适之来说："老老病了，并且他那病相不好，方才我去看他，他说适之我的日子已经是可数的了。"他那时住在皮宗石家里。我最后见他的一次，他已在医院里。他那神色真是不好，我出来就对人讲，他的病中医叫作湿瘟，并且我分明认得它，他那眼内的钝光，面上的涩色，一年前我那表兄沈叔薇弥留时我曾经见过——可怕的认识，这侵蚀生命的病征。可怜少鳏的老老，这时候病榻前竟没有温存的看护；我与他说笑："至少在病苦中有妻子毕竟强似没妻子，老老，你不懊丧续弦不及早吗？"那天我喂了他一餐，他实在是动弹不得；但我向他道别的时候，我真为他那无告的情形不忍。（在客地的单身朋友们，这是一个切题的教训，快些成家，不要过于挑剔了吧；你放平在病榻上时才知道没有妻子的悲惨！——到那时，比如叔和，可就太晚了。）

叔和没了。但为你，叔和，我却不曾掉泪。这年头也不知怎的，笑自难得，哭也不得容易。你的死当然是我们的悲痛，但转念这世上惨淡的生活其实是无可沾恋，趁早隐了去，谁说一定不是可羡慕的幸运？况且近年来我已经见惯了死，我再也不觉着它的可怕。可怕是这烦嚣的尘世：蛇蝎在我们的脚下，鬼祟在市街上，霹雳在我们的头顶，噩梦在我们的周遭。在这伟大的迷阵中，最难得的是遗忘；只有在简短的遗忘时，我们才有机会恢复呼吸的自由与心神的愉快。谁说死不就是个悠久的遗忘的境界？谁说墓窟不就是真解放的进门？

但是随你怎样看法，这生死间的隔绝，终究是个无可奈何的事实，死去的不能复活，活着的不能到坟墓的那一边去探望。到绝海里去探险我们得合伙，在大漠里游行我们得结伴；我们到世上来做人，归根说，还不只是惴惴的来寻访几个可以共患难的朋友，这人生有时比绝海更凶险，比大漠更荒凉，要不是这点子友于的同情我第一个就不敢向前迈步了。叔和真是我们的一个。他的性情是不可信的温和："顶好说话的老老"；但他每当论事，却又绝对的不苟同，他的议论，在他起劲时，就比如山壑间雨后的乱泉，石块压不住它，蔓草掩不住它。谁不记得他那永远带伤风的嗓音，他那永远不平衡的肩背，他那怪样的激昂的神情？通伯在他那篇《刘叔和》里说起当初在海外老老与傅孟真的豪辩，有时竟连"呐呐不多言"的他，也"免不了加入他们的战队"。这三位衣常敝，履无不穿的"大贤"在伦敦东南隅的陋巷，点煤汽油灯的斗室里，真不知有多少次借光柏拉图与卢骚与斯宾塞的迷力，欺骗他们告空虚的肠胃——至少在这一点他们三位是一致同意的！但通伯却忘了告诉我们他自己每回加入战团时的特别情态，我想我应得替他补白。我方才用乱泉比老老，但我应得说他是一窜野火，焰头是斜着去的；傅孟真，不用说，更是一窜野火，更猖獗，焰头是斜着来的；这一去一来就发生了不得开交的冲突。在他们最不得开交时，劈头下去了一剪冷水，两窜野火都吃了惊，暂时翳了回去。那一剪冷水就是通伯；他是出名浇冷水的圣手。

阿，那些过去的日子！枕上的梦痕，秋雾里的远山。我此时又想起初渡太平洋与大西洋时的情景了。我与叔和同船到美国，那时还不熟；后来同在纽约一年差不多每天会面的，但最不可忘的是我与他同渡大西洋的日子。那时我正迷上尼采，开口就是那一套沾血腥的字句。

我仿佛跟着查拉图斯脱拉登上了哲理的山峰，高空的清气在我的肺里，杂色的人生横亘在我的眼下。船过必司该海湾的那天，天时骤然起了变化：岩片似的黑云一层层累叠在船的头顶，不漏一丝天光，海也整个翻了，这里一座高山，那边一个深谷，上腾的浪尖与下垂的云爪相互的纠拿着；风是从船的侧面来的，夹着铁梗似粗的暴雨，船身左右侧的倾欹着。这时候我与叔和在水发的甲板上往来的走——哪里是走，简直是滚，多强烈的震动！霎时间雷电也来了，铁青的云板里飞舞着万道金蛇，涛响与雷声震成了一片喧阗，大西洋险恶的威严在这风暴中尽情的披露了。“人生，”我当时指给叔和说，“有时还不止这凶险，我们有胆量进去吗？”那天的情景益发激动了我们的谈兴，从风起直到风定；从下午直到深夜，我分明记得，我们俩在沉酣的论辩中遗忘了一切。

今天国内的状况不又是一幅大西洋的天变？我们有胆量进去吗？难得是少数能共患难的旅伴；叔和，你是我们的一个，如何你等不得浪静就与我们永别了？叔和，说他的体气，早就是一个弱者；但如其一个不坚强的体壳可以包容一团坚强的精神，叔和就是一个例。叔和生前没有仇人，他不能有仇人；但他自有他不能容忍的对象：他恨混淆的思想；他恨腌臜的人事。他不轻易斗争；但等他认定了对敌出手时，他是最后回头的一个。叔和，我今天又走上了暴风雨中的甲板，我不能不悼惜我侣伴的空位！

十月十五日

守旧与“玩”旧①

一

走路有两个走法：一个是跟前面人走，信任他是认识路的，一个是走自己的路，相信你自己有能力认识路的。谨慎的人往往太不信任他自己；有胆量的人往往过分信任他自己。为便利计，我们不妨把第一种办法叫作古典派或旧派，第二种办法叫作浪漫派或新派。在文学上，在艺术上，在一般思想上，在一般做人的态度上，我们都可以看出这样一个分别。这两种办法的本身，在我看来，并没有什么好坏，这只是个先天性情上或后天嗜好上的一个区别。你也许夸他自己寻路的有勇气，但同时就有人骂他狂妄；你也许骂跟在人家背后的人寒伧，但同时就有人夸他稳健。应得留神的就只一点：就只那个“信”字是少不得的；古典派或旧派就得相信——完全相信——领他路的那个人是对的，浪漫派或新派就得相信——完全相信——他自己是对的。没有这点子原始的信心，不论你跟人走，或是你自己领自己，走出道理来的机会就不见得多，因为你随时有叫你心里的怀疑打断兴会的可能；并

①载1925年11月11日《晨报副刊》，原题《守旧与“玩”旧——孤桐先生的思想书店》；初收1926年6月北京北新书局《落叶》，改题为《守旧与“玩”旧》。采自《落叶》。

且即使你走着了也不算希奇，因为那是碰巧，与打中白鸽票的差不多。

二

在思想上抱住古代直下来的几根大柱子的，我们叫作旧派。这手势本身并不怎样的可笑，但我们却盼望他自己确凿的信得过那几条柱子是不会倒的。并且我们不妨进一步假定上代传下来的确有几根靠得住的柱子，随你叫它纲，叫它常，礼或是教，爱什么就什么，但同时因为在事实上有了真的便有假的，那几根真靠得住的柱子的中间就夹着了加倍加倍的幻柱子，不生根的，靠不住的，假的。你要是抱错了柱子，把假的认作真的，结果你就不免伊索寓言里那条笨狗的命运：它把肉骨头在水里的影子认是真的，差一点叫水淹了它的狗命。但就是那狗，虽则笨，虽则可笑，至少还有它诚实的德性：它的确相信那河里的骨头影子是一条真骨头。假如，譬方说，伊索那条狗曾经受过现代文明教育，那就是说学会了骗人上当。明知道水里的不是真骨头，却偏偏装出正经而且大量的样子，示意与它一同站在桥上的狗朋友们，它们碰巧是不受教育的因此容易上人当，叫它们跳下水去吃肉骨头影子，它自己倒反站在旁边看趣剧作乐，那时我们对它的举动能否拍掌，对它的态度与存心能否容许？

三

寓言是给有想像力并且有天生的幽默的人们看的，它内中的比喻是“不伤道”的；在寓言与童话里——我们竟不妨加一句在事实上——就有许多畜生比普通人们——如其我们没有一个时候忘得了人是宇宙的中心与一切的标准——更有道德，更诚实，更有义气，更有趣味，更像人！

四

一面说完了原则，使用了比方，现在要应用了。在应用之先，我得介绍我说这番话的缘由。“孤桐”在他的《再疏解辉义》——《甲寅》周刊第十七期——里有下面几节文章——

……凡一社会能同维秩序，各长养子孙，利害不同，而游刃有余，贤不肖浑辉而无过不及之大差，雍容演化，即于繁祉，共游一藩，不为天下裂，必有共同信念以为之基，基立而构兴，则相与饮食焉，男女焉，教化焉，事为焉，涂虽万殊，要归于一者也。兹信念者，亦期于有而已，固不必持绝对之念，本逻辑之律，以绳其为善为恶，或衷于理与否也……（圈是原有的也是我要特加的。摩。）

……此诚世道之大忧，而深识怀仁之士所难熟视无睹者也。笃而论之，如耶教者，其罅陋焉得言无；然天下之大，大抵上智少而中材多，宇宙之谜，既未可以尽明，因葆其不可明者：养人敬畏之心，取使彝伦之叙，乃为忧世者意念之所必至，故神道设教，圣人不得已而为之，固不容于其义理，详加论议也。

……过此以往，稍稍还醇返朴，乃情势之所必然；此为群化消长之常，甲无所谓进化，乙亦无所谓退化，与愚曩举辖义，盖有合焉。夫吾国亦苦社会公同信念之摇落也甚矣，旧者悉毁而新者未生，后生徒恃己意所能判断者，自立准裁，大道之忧，孰甚于是，愚为此惧。论人怀己，趣申本义，昧时之讥，所不敢辞。

五

孤桐这次论的是美国田芮西州新近喧传的那件大案；与他的“辖〈辖〉义有合”的是判决那案件的法官们所代表的态度，就是特举的说，不承认我们人的祖宗与猴子的祖宗是同源的，因为圣经上不是这么说，并且这是最污辱人类尊严的一种邪说。关于孤桐先生论这件事的批评，我这里暂且不管，虽则我盼望有人管，因为他那文里叙述兼论断的一段话，并不给我他对于任何一造有真切了解的印象。我现在要管的是，孤桐在这篇文章里泄露给我们他自己思想的基本态度。

自分是“根器浅薄之流”，我向来不敢对现代“思想界的权威者”的思想存挑战的妄念，《甲寅》记者先生的议论与主张，就我见得到看得懂的说，很多是我不敢苟同的，但我这一晌只是忍着不说话。

同时我对于现代言论界里有孤桐这样一位人物的事实，我到如今为止，认为不仅有趣味，而且值得欢迎的。因为在事实上得着得力的朋友固然不是偶然，寻着相当的敌手也是极难得的机会。前几年的所谓新思潮只是在无抵抗性的空间里流着；这不是“新人们”的幸运，这应分是他们的悲哀，因为打架大部分的乐趣，认真的说，就在与你相当的对敌切实较量身手的事实里：你揪他的头发，他回揪你的头毛，你腾空再去扼他的咽喉，制他的死命，那才是引起你酣兴的办法；这暴烈的冲突是快乐，假如你的力量都化在无反应性的空气里，那有什么意思？早年国内旧派的思想太没有它的保护人了，太没有战斗的准备，退让得太荒谬了；林琴南只比了一个手势就叫敌营的叫嚣吓了回去。新派的拳头始终不曾打着重实的对象；我个人一时间还猜想旧派竟许永远不会有

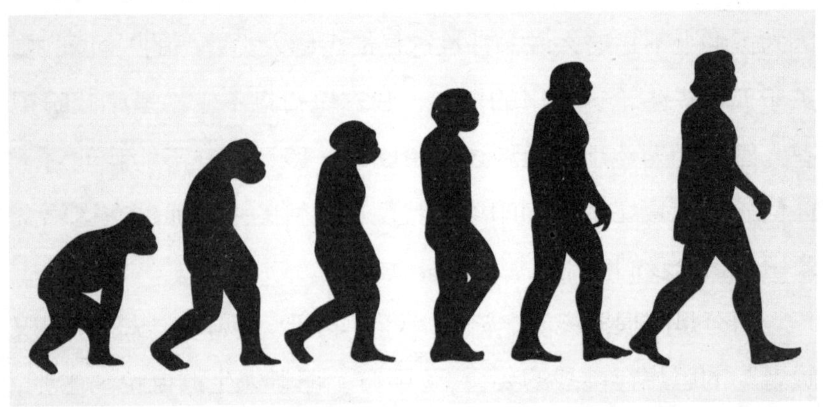

对垒的能耐。但是不，《甲寅》周刊出世了，它那势力，至少就销数论，似乎超过了现行任何同性质的期刊物。我对于孤桐一向就存十二分敬意的，虽则明知在思想上他与我——如其我配与他对称这一次——完全是不同道的。我敬仰他因为他是个合格的敌人。在他身上，我常常想，我们至少认识了一个不苟且，负责任的作者，在他的文字里，我们至少看着了旧派思想部分的表现。有组织的根据论辨的表现。有肉有筋有骨的拳头，不再是林琴南一流棉花般的拳头了；在他的思想里，我们看了一个中国传统精神的秉承者，牢牢的抱住几条大纲，几则经义，决心在"邪说横行"的时代里替往古争回一个地盘；在他严刻的批评里新派觉悟了许多一向不曾省察到的虚陷与弱点。不，我们没有权利，没有推托，来蔑视这样一个认真的敌人，我常常这么想，即使我们有时在他卖弄他的整套家数时，看出不少可笑的台步与累赘的空架。每回我想着了安诺尔德说牛津是"败绩的主义的老家"，我便想像到一轮同样自傲的彩晕围绕在《甲寅》周刊的头顶；这一比量下来，我们这方倚仗人多的势力倒反吃了一个幽默上的亏输！不，假如我的祈祷有效力时，我第一就希冀《甲寅》周刊所代表的精神"亿万斯年"！

六

因为两极端往往有碰头的可能。在哲学上，最新的唯实主义与最老的唯心主义发现了彼此是紧邻的密切；在文学上，最极端的浪漫派作家往往暗合古典派的模型；在一般思想上，最激进的也往往与最保守的有联合防御的时候。这不是偶然，这里面有深刻的消息。“时代有不同，”诗人勃兰克说，“但天才永远站在时代的上面。”“运动有不同，”英国一个艺术批评家说，“但传统精神是绵延的。”正因为所有思想最后的目的就在发见根本的评价标源，最浪漫（那就是最向个性里来）的心灵的冒险往往只是发见真理的一个新式的方式，虽则它那本质与最旧的方式所包容的不能有可称量的分别。一个时代的特征，虽则有，毕竟是暂时的，浮面的：这只是大海里波浪的动荡，它那渊深的本体是不受影响的；只要你有胆量与力量没透这时代的掀涌的上层你就淹入了静定的传统的底质。要能探险得到这变的底里的不变，那才是攫着了骊龙的额下珠，那才是勇敢的思想者最后的荣耀。旧派人不离口的那个“道”字，依我浅见，应从这样的讲法，才说得通，说得懂。

七

孤桐这回还有顶谨慎的捧出他的“大道”的字样来作他文章的后镇——“大道之忧，孰甚于是？”但是这回我自认我对于孤桐，不仅他的大道，并且他思想的基本态度，根本的失望了！而且这失望在我是一种深刻的幻灭的苦痛。美丽的安琪儿的腿，这样看来，原来是泥做的！请看下文。

我举发孤桐先生思想上没有基本信念。我再重复我上面引语加圈的几句：“………兹信念者亦期于有而已，固不必持绝对之念，本逻辑之律，以绳其为善为恶，或衷于理与否也。”所有唯心主义或理想主义的力量与灵感就在肯定它那基本信念的绝对性；历史上所有殉道殉教殉主义的往例，无非那几个个人在确信他们那信仰的绝对性的真切与热奋中，他们的考量便完全超轶了小己的利益观念，欣欣的为他们各人心目中特定的“恋爱”上十字架，进火焰，登断头台，服毒剂，尝刀锋。假如他们——不论是耶稣，是圣保罗，是贞德，勃罗诺，罗兰夫人，或是甚至苏格腊底斯——假如他们各个人当初曾经有刹那间会悟到孤桐的达观：“固不必持绝对之念”，那在他们就等于澈〈彻〉底的怀疑，如何还能有勇气来完成他们各人的使命？

但孤桐已经自认他只是一个“实际政家”，他的职司，用他自己的辞令，是在“操剥复之机，妙调和之用”，这来我们其实“又何能深怪”？上当只是我自己。“我的腿是泥塑的”，安琪儿自己在那里说，本来用不着我们去发见。一个“实际政家”往往就是一个“投机政家”，正因他所见的只是当时与暂时的利害，在他的口里与笔下，一切主义与原则都失却了根本的与绝对的意义与价值，却只是为某种特定作用而姑妄言之的一套，背后本来没有什么思想的诚实，面前也没有什么理想的光彩。“作者手里的题目，”阿诺尔德说，“如其没有贯彻他的，他一定做不好：谁要不能独立的运思，他就不会被一个题目所贯彻。”（Matthew Aronld：Preface to Merope）[①]如今在孤桐的文章里，我们凭良心说，能否寻出些微“贯彻”的痕迹，能否发见些微思想的独立？

八

一个自己没有基本信仰的人，不论他是新是旧，不但没权利充任思想的领袖，并且不能在思想界里占任何的位置；正因为思想本身是独立的，纯粹性的，不含任何作用的。他那动机，我前面说过，是在重新审定，劈去时代的浮动性，一切评价的标准，与孤桐所谓第二者（即实际政家）之用心：“操剥复之机，妙调和之用”，根本没有关连。一个“实际政家”的言论只能当作一个“实际政家”的言论看；他所浮泅的地域，只在时代浮动性的上层！他的维新，如其他是维新，并不是根基

① Matthew Arnold：Preface to Merope：马休·阿诺德，《〈梅罗珀〉的前言》。阿诺德（1822—1888），英国维多利亚时代的诗人和评论家。《梅罗珀》是阿诺德所著的一部悲剧。

于独见的信念，为的只是实际的便利；他的守旧，如其他是守旧，他也不是根基于传统精神的贯彻，为的也只是实际的便利。这样一个人的态度实际上说不上“维”，也说不上“守”，他只是“玩”！一个人的弊病往往是在夸张过分；一个“实际政家”也自有他的地位，自有他言论的领域，他就不该侵入纯粹思想的范围，他尤其不该指着他自己明知是不定靠得住的柱子说“这是靠得住的，你们尽管抱去”，或是——再引喻伊索的狗——明知水里的肉骨头是虚影——因为他自己没有信念——却还怂恿桥上的狗友去跳水，那时他的态度与存心，我想，我们决不能轻易容许了吧！

自剖[1]

我是个好动的人；每回我身体行动的时候，我的思想也仿佛就跟着跳荡。我做的诗，不论它们是怎样的“无聊”，有不少是在行旅期中想起的。我爱动，爱看动的事物，爱活泼的人，爱水，爱空中的飞鸟，爱车窗外掣过的田野山水。星光的闪动，草叶上露珠的颤动，花须在微风中的摇动，雷雨时云空的变动，大海中波涛的汹涌，都是在触动我感兴情景。是动，不论是什么性质，就是我的兴趣，我的灵感。是动就会催快我的呼吸，加添我的生命。

近来却大大的变样了。第一我自身的肢体，已不如原先灵活；我的心也同样的感受了不知是年岁还是什么的拘絷。动的现象再不能给我欢喜，给我启示。先前我看着在阳光中闪烁的金波，就仿佛看见了神仙宫阙——什么荒诞美丽的幻觉，不在我的脑中一闪闪的掠过；现在不同了，阳光只是阳光，流波只是流波，任凭景色怎样的灿烂，再也照不化我的呆木的心灵。我的思想，如其偶尔有，也只似岩石上的藤萝，贴着枯干的粗糙的石面，极困难的蜒着；颜色是苍黑的，姿态是倔犟的。

---

① 1926 年 3 月 25 日至 4 月 1 日作；载 1926 年 4 月 3 日《晨报副刊》，署名志摩；初收 1928 年 1 月上海新月书店《自剖》。采自《自剖》。

我自己也不懂得何以这变迁来得这样的兀突，这样的深彻。原先我在人前自觉竟是一注的流泉，在在有飞沫，在在有闪光；现在这泉眼，如其还在，仿佛是叫一块石板不留余隙的给镇住了。我再没有先前那样蓬勃的情趣，每回我想说话的时候，就觉着那石块的重压，怎么也掀不动，怎么也推不开，结果只能自安沉默！“你再不用想什么了，你再没有什么可想的了”；“你再不用开口了，你再没有什么话可说的了”，我常觉得我沉闷的心府里有这样半嘲讽半吊唁的谆嘱。

说来我思想上或经验上也并不会经受什么过分剧烈的戟刺。我处境是向来顺的，现在，如其有不同，只是更顺了的。那么为什么这变迁？远的不说，就比如我年前到欧洲去时的心境：阿！我那时还不是一只初长毛角的野鹿？什么颜色不激动我的视觉，什么香味不奋兴我的嗅觉？我记得我在意大利写游记的时候，情绪是何等的活泼，兴趣何等的醇厚，一路来眼见耳听心感的种种，那〈哪〉一样不活栩栩的丛集在我的笔端，争求充分的表现！如今呢？我这次到南方去，来回也有一个多月的光景，这期内眼见耳听心感的事物也该有不少。我未动身前，又何尝不自喜此去又可以有机会饱餐西湖的风色，邓尉的梅香——单提一两件最合我脾胃的事。有好多朋友也曾期望我在这闲暇的假期中采集一点江南风趣，归来时，至少也该带回一两篇爽口的诗文，给在北京泥土的空气中活命的朋友们一些清醒的消遣。但在事实上不但在南中时我白瞪着大眼，看天亮换天昏，又闭上了眼，拼天昏换天亮，一枝秃笔跟着我涉海去，又跟着我涉海回来，正如岩洞里的一根石笋，压根儿就没一点摇动的消息；就在我回京后这十来天，任凭朋友们怎样的催促，自己良心怎样的责备，我的笔尖上还是滴不出一点墨沈来。我也会勉强想想，勉强想写，但到底还是白费！可怕是这心灵骤然的呆顿。完全死了不成？我自己在疑惑。

说来是时局也许有关系。我到京几天就逢着空前的血案。五卅事件发生时我正在意大利山中，采茉莉花编花篮儿玩，翡冷翠山中只见明星与流萤的交唤，花香与山色的温存，俗氛是吹不到的。直到七月间到了伦敦，我才理会国内风光的惨淡，等得我赶回来时，设想中的激昂，又早变成了明日黄花，看得见的痕迹只有满城黄墙上黑彩斑烂的“泣告”！

这回却不同。屠杀的事实不仅是在我住的城子里发见，我有时竟觉得是我自己的灵府里的一个惨象。杀死的不仅是青年们的生命，我自己的思想也仿佛遭着了致命的打击，好比是国务院前的断腥残肢，再也不能回复生动与连贯。但这深刻的难受在我是无名的，是不能完全解释的。这回事变的奇惨性引起愤慨与悲切是一件事，但同时我们也知道在这根本起变态作用的社会里，什么怪诞的情形都是可能的。屠杀无辜，还不是年来最平常的现象。自从内战纠结以来，在受战祸的区域内，那一处村落不曾分到过遭奸污的女性，屠残的骨肉，供牺牲的生命财产？这无非是给冤氛围结的地面上多添一团更集中更鲜艳的怨毒。再说那一个民族的解放史能不浓浓的染着 Martyrs[①] 的腔血？俄国革命的开幕就是二十年前冬宫的血景。只要我们有识力认定，有胆量实行，我们理想中的革命，这回羔羊的血就不会是白涂的。所以我个人的沉闷决不完全是这回惨案引起的感情作用。

爱和平是我的生性。在怨毒、猜忌、残杀的空气中，我的神经每每感受一种不可名状的压迫。记得前年奉直战争时我过的那日子简直是一团黑漆，每晚更深时，独自抱着腊壳伏在书桌上受罪，仿佛整个时代的沉闷盖在我的头顶——直到写下了“毒药”那几首不成形的咒诅诗以后，我心头的紧张才渐渐的缓和下去。这回又有同样的情形；只觉着烦，只觉着闷，感想来时只是破碎，笔头只是笨滞。结果身体也不舒畅，像是蜡油涂

① Martyrs：殉道者。

抹住了全身毛窍似的难过，一天过去了又是一天，我这里又在重演更深独坐箍紧脑壳的姿势，窗外皎洁的月光，分明是在嘲讽我内心的枯窘！

不，我还得往更深处按。我不能叫这时局来替我思想骤然的呆顿负责，我得往我自己生活的底里找去。

平常有几种原因可以影响我们的心灵活动。实际生活的牵制可以劫去我们心灵所需要的闲暇，积成一种压迫。在某种热烈的想望不曾得满足时，我们感觉精神上的烦闷与焦躁，失望更是颠覆内心平衡的一个大原因；较剧烈的种类可以麻痹我们的灵智，淹没我们的理性。但这些都合不上我的病源；因为我在实际生活里已经得到十分的幸运，我的潜在意识里，我敢说不该有什么压着的欲望在作怪。

但是在实际上反过来看，另有一种情形可以阻塞或是减少你心灵的活动。我们知道舒服，健康，幸福，是人生的目标，我们因此推想我们痛苦的起点是在望见那些目标而得不到的时候。我们常听人说“假如我像某人那样生活无忧我一定可以好好的做事，不比现在整天的精神全化在琐碎的烦恼上”。我们又听说“我不能做事就为身体太坏，若是精神来得，那就……”我们又常常设想幸福的境界，我们想：“只要有一个意中人在跟前那我一定奋发，什么事做不到？”但是不，在事实上，舒服，健康，幸福，不但不一定是帮助或奖励心灵生活的条件，它们有时正得相反的效果。我们看不起有钱人，在社会上得意人，肌肉过分发展的运动家，也正在此；至于年少人幻想中的美满幸福，我敢说等得当真有了红袖添香，你的书也就读不出所以然来，且不说什么在学问上或艺术上更认真的工作。

那末生活的满足是我的病源吗？

“在先前的日子，”一个真知我的朋友，就说：“正为是你生活不得平衡，正为你有欲望不得满足，你的压在内里的Libido[①]就形成一种升华的现象，结果你就借文学来发泄你生理上的郁结（你不常说你从事文学是一件不预期的事吗？）；这情形又容易在你的意识里形成一种虚幻的希望，因为你的写作得到一部分赞许，你就自以为确有相当创作的天赋以及独立思想的能力。但你只是自冤自，实在你并没有什么超人一等的天赋，你的设想多半是虚荣，你的以前的成绩只是升华的结果。所以现在等得你生活换了样，感情上有了安顿，你就发见你向来写作的来源顿呈萎缩甚至枯竭的现象；而你又不愿意承认这情形的实在，妄想到你身子以外去找你思想枯窘的原因，所以你就不由的感到深刻的烦闷。你只是对你自己生气，不甘心承认你自己的本相。不，你原来并没有三头六臂的！”

“你对文艺并没有真兴趣，对学问并没有真热心。你本来没有什么更高的志愿，除了相当合理的生活，你只配安分做一个

① Libido：里比多，奥地利心理学家弗洛伊德所创的心理分析学用语，狭义地指性本能，广义地指追求所有爱欲和快感乃至死亡的本能。

平常人，享你命里铸定的‘幸福’；在事业界，在文艺创作界，在学问界内，全没有你的位置，你真的没有那能耐。不信你只要自问在你心里的心里有没有那无形的‘推力’，整天整夜的恼着你，逼着你，督着你，放开实际生活的全部，单望着不可捉摸的创作境界里去冒险？是的，顶明显的关键就是那无形的推力或是冲动(The Impulse)，没有它人类就没有科学，没有文学，没有艺术，没有一切超越功利实用性质的创作。你知道在国外（国内当然也有，许没那样多）有多少人被这无形的推力驱使着，在实际生活上变成一种离魂病性质的变态动物，不但人们所有的虚荣永远沾不上他们的思想，就连维持生命的睡眠饮食，在他们都失了重要，他们全部的心力只是在他们那无形的推力所指示的特殊方向上集中应用。怪不得有人说天才是疯癫；我们在巴黎伦敦不就到处碰得着这类怪人？如其他是一个美术家，恼着他的就只怎样可以完全表现他那理想中的形体；一个线条的准确，某种色彩的调谐，在他会得比他生身父母的生死与国家的存亡更重要，更迫切，更要求注意。我们知道专门学者有终身掘坟墓的，研究蚊虫生理的，观察亿万万里外一个星的动定的。并且他们决不问社会对于他们的劳力有否任何的认识，那就是虚荣的进路；他们是被一点无形的推力的魔鬼蛊定了的。

“这是关于文艺创作的话。你自问有没有这种情形。你也许经验过什么‘灵感’，那也许有，但你却不要把刹那误认作永久的，虚幻认作真实。至于说思想与真实学问的话，那也得背后有一种推力，方向许不同，性质还是不变。做学问你得有原动的好奇心，得有天然热情的态度去做求知识的工夫。真思想家的准备，除了特强的理智，还得有一种原动的信仰；信仰或寻求信仰，是一切思想的出发点：极端的怀疑派思想也只是期望重新位置信仰的一种努力。从古来没有一个思想家不是宗教性的。在他们，各按各的倾向，一切人生的和理智的问题是实在有的；神的有无，善与恶，本体问题，认识问题，意志自由问题，在他们看来都是含逼迫性的现象，要求合理的解答——比山岭的崇高，水的流动，爱的甜蜜更真，更实在，更耸动。他们的一点心灵，就永远在他们设想的一种或多种问题的周围飞舞，旋绕，正如灯蛾之于火焰：牺牲自身来贯彻火焰中心的秘密，是他们共有的决心。”

“这种惨烈的情形，你怕也没有吧？我不说你的心幕上就没有思想的影子；但它们怕只是虚影，像水面上的云影，云过影子就跟着消散，不是石上的霤〈溜〉痕越日久越深刻。”

“这样说下来，你倒可以安心了！因为个人最大的悲剧是设想一个虚无的境界来谎骗你自己；骗不到底的时候你就得忍受‘幻灭’的莫大的苦痛。与其那样，还不如及早认清自己的深浅，不要把不必要的负担，放上支撑不住的肩背，压坏你自己，还难免旁人的笑话！朋友，不要迷了，定下心来享你现成的福分吧；思想不是你的分，文艺创作不是你的分，独立的事业更不是你的分！天生扛了重担来的那也没法想（那〈哪〉一个天才不是活受罪！），你是原来轻松的，这是多可羡慕，多可贺喜的一个发见！算了吧，朋友！”

三月二十五日至四月一日

小说

春痕[①]

一 瑞香花——春

逸清早起来，已经洗过澡，站在白漆的镜台前，整理他的领结。窗纱里漏进来的晨曦，正落在他梳栉齐整漆黑的发上，像一流灵活的乌金。他清癯的颊上，轻沾着春晓初起的嫩红，他一双睫绒密绣的细长妙目，依然含漾着朝来梦里的无限春意，益发激动了他 Narcissus[②]自怜的惯习，痴痴地尽向着镜里端详。他圆小锐敏的眼珠，也同他头发一般的漆黑光芒，在一泻清利之中，泄漏着几分忧郁凝滞，泄漏着精神的饥渴，像清翠的秋山轻罩着几痕雾紫。

他今年二十三岁，他来日本方满三月，他迁入这省花家，方只三日。

他凭着他天赋的才调生活风姿，从幼年便想肩上长出一对洁白蟒嫩的羽翮，望着精焰斑斓的晚霞里，望着出岫倦展的春

①作于 1923 年初。初载 1923 年 2 月 11 日《努力周报》第四十一期，署名徐志摩。题名《一个不很重要的回想》。初收 1930 年 4 月中华书局版《轮盘》时改名《春痕》。

② Narcissus，那喀索斯，神话中美少年，因迷恋自己的泉中倒影，抑郁而死，化作水仙花。

云里，望着层晶叠翠的秋天里，插翅飞去，飞向云端，飞出天外，去听云雀的歌，听天河的水乐，看群星的联舞，看宇宙的奇光，从此加入神仙班籍，凭着九天的白玉栏杆，于天朗气清的晨夕。俯看下界的烦恼尘俗，微笑地生怜，怜悯地微笑。那是他的幻想，也是多数未经生命严酷教训的少年们的幻想。但现实粗狠的大槌，早已把他理想的晶球击破，现实卑琐的尘埃，早已将他洁白的希望掩染。他的头还不曾从云外收回，他的脚早已在污泥里泞住。

他走到窗前，把窗子打开，只觉得一层浓而且劲的香气，直刺及灵府深处，原来楼下院子里满地都是盛开的瑞香花，那些紫衣白发的小姑子们，受了清露的涵濡，春阳的温慰，便不能放声曼歌，也把她们襟底怀中脑边蕴积着的清香，迎着缓拂的和风，欣欣摇舞，深深吐泄，只是满院的芬芳，只勾引无数的小蜂，迷醉地环舞。

三里外的桑抱群峰也只在和暖的朝阳里欣然沉浸。

逸独立在窗前，估量这些春情春意，双手插在裤袋里，微曲着左膝，紧啮住浅绛的下唇，呼出一声幽喟，旋转身掩面低吟道：可怜这，万种风情无地着！

紧跟着他的吟声，只听得竹篱上的门铃，喧然大震，接着邮差迟重的嗓音唤道："邮便！"

一时篱上各色的藤花藤叶，轻波似颤动，白果树上的新燕呢喃也被这铃声喝住。

省花夫人手拿着一张美丽的邮片笑吟吟走上楼来对逸说道："好福气的先生，你天天有这样美丽的礼物到手"，说着把信递入他手。

果然是件美丽的礼物；这张比昨天的更觉精雅，上面写的字句也更妩媚，逸看到她别致的签名，像燕尾的瘦，梅花的疏，立刻想起她亭亭的影像，悦耳的清音，接着一阵复凑的感想，不禁四肢的神经里，迸出一味酸情，迸出一些凉意。他想出了神，无意地把手里的香迹，送向唇边，只觉得兰馨满口，也不知香在片上，也不知香在字里——他神魂迷荡了。

一条不甚宽广但很整洁的乡村道上，两傍种着各式的树木，地上青草里，夹缀着点点金色、银色的钱花。这道上在这初夏的清晨除了牛奶车、菜担以外，行人极少。但此时铃声响处，从桑抱山那方向转出一辆新式的自行车，上面坐着一个西装的少女，二十岁光景。她黯黄的发，临风蓬松着，用一条浅蓝色丝带络住，她穿着一身白纱花边的夏服，鞋袜也一体白色；她丰满的肌肉，健康的颜色，捷灵的肢体，愉快的表情，恰好与初夏自然的蓬勃气象和合一致。

她在这清静平坦的道上，在榆柳浓馥的阴下，像飞燕穿帘似的，疾扫而过；有时俯偻在前枢上，有时撒开手试她新发明的姿态，并不时用手去理整她的外裳，因为孟浪的风尖常常挑翻她的裙序，像荷叶反卷似的，泄露内衬的秘密。一路的草香花味，树色水声，云光鸟语，都在她原来欣快的心境里，更增加了不少欢畅的景色——她同山中的梅花小鹿，一般的美，一般的活泼。

自行车到藤花杂生的篱门前停了，她把车倚在篱旁，扑去了身上的尘埃，掠齐了鬓发，将门铃轻轻一按，把门推开，站在门口低声唤道:“省花夫人，逸先生在家吗？”

说着心头跳个不住，颊上也是点点桃花，染入冰肌深处。

那时房东太太不在家，但逸在楼上闲着临帖，早听见了，就探首窗外，一见是她，也似感了电流一般，立刻想飞奔下去。但她也看见了，她接着喊道:“逸先生，早安，请恕我打扰，你不必下楼，我也不打算进来，今天因为天时好，我一早就出来骑车，便绕道到了你们这里，你不是看我说话还喘不过气来？你今天好吗？啊，乘便，今天可以提早一些，你饭后就能来吗？”

她话不曾说完，忽然觉得她鞋带散了，就俯身下去收拾，阳光正从她背后照过来，将她描成一个长圆的黑影，两支腰带，被风动着，也只在影里摇颤，恰像一个大蜗牛，放出它的触须侦探意外的消息。

“好极了，春痕姑娘！……我一定早来……但你何不进来坐一歇呢？……你不是骑车很累了吗？……”

春痕已经缚紧了鞋带，倚着竹篱，仰着头，笑答道：“很多谢你，逸先生，我就回去了。你温你的书吧，小心答不出书，先生打你的手心。”咯吱地一阵憨笑，她的眼本来秀小，此时连缝儿都莫有了。

她一欠身，把篱门带上，重复推开，将头探入；一枝高出的藤花，正贴住她白净的腮边，将眼瞟着窗口看呆了的逸笑道：“再会罢，逸！”

车铃一响，她果然去了。

逸飞也似驰下楼去出门望时，只见榆荫错落的黄土道上，明明镂着她香轮的踪迹，远远一簇白衫，断片铃声，她，她去了。

逸在门外留恋了一会，转身进屋，顺手把方才在她腮边撩拂的那枝乔出的藤花，折了下来恭敬地吻上几吻；他耳边还只荡漾着她那“再会罢，逸！”的那个单独“逸”字的蜜甜音调；他又神魂迷荡了。

二　红玫瑰——夏

“是逸先生吗？”春痕在楼上喊道：“这里没有旁人，请上楼来。”

春痕的母亲是旧金山人，所以她家的布置，也参酌西式。楼上正中一间就是春痕的书室，地板上铺着匀净的台湾细席，疏疏的摆着些几案榻椅，窗口一大盆的南洋大榈，正对着她凹字式的书案。

逸以前上课，只在楼下的客堂里，此时进了她素雅的书屋，说不出有一种甜美愉快的感觉。春痕穿一件浅蓝色纱衫，发上的缎带也换了亮蓝色，更显得妩媚绝俗。她拿着一管斑竹毛笔，正在绘画，案上放着各品的色碟和水盂。逸进了房门，她才缓缓地起身，笑道：“你果然能早来，我很欢喜。”

逸一面打量屋内的设备，一面打量他青年美丽的教师，连着午后步行二里许的微喘，颇露出些局促的神情，一时连话也说不连贯。春痕让他一张椅上坐了，替他倒了一杯茶，口里还不住地说她精巧的寒暄。逸喝了口茶，心头的跳动才缓缓的平了下来，他瞥眼见了春痕桌上那张鲜艳的画，就站起来笑道："原来你又是美术家，真失敬，春痕姑娘，可以准我赏鉴吗？"

她画的是一大朵红的玫瑰，真是一枝浓艳露凝香，一瓣有一瓣的精神，充满了画者的情感，仿佛是多情的杜鹃，在月下将心窝抵入荆刺沥出的鲜红心血，点染而成，几百阕的情词哀曲，凝化此中。

"那是我的鸦涂，那里配称美术。"说着她脸上也泛起几丝红晕，把那张水彩趑趄地递入逸手。

逸又称赞了几句，忽然想起西方人用花来作恋爱情感的象征，记得红玫瑰是"我爱你"的符记，不禁脱口问道："但不知哪一位有福的，能够享受这幅精品，你不是预备送人的吗？"

春痕不答：逸举头看时，只见她倚在凹字案左角，双手支着案，眼望着手，满面绯红，肩胸微微有些震动。

逸呆望着这幅活现的忸怩妙画，一时也分不清心里的反感，只觉得自己的颧骨耳根，也平增了不少的温度：此时春痕若然回头：定疑心是红玫瑰的朱颜，移上了少年的肤色。

临了这一阵缄默，这一阵色彩鲜明的缄默，这一阵意义深长的缄默，让窗外桂树上的小雀，吱的一声啄破。春痕转身说道："我们上课罢，"她就坐下打开一本英文选，替他讲解。

功课完毕，逸起身告辞，春痕送他下楼，同出大门，此时斜照的阳光正落在桑抱的峰巅岩石上，像一片斑驳的琥珀，他看着称美一番，逸正要上路，春痕忽然说：

“你候一候，你有件东西忘了带走。”她就转身进屋去，过了一分钟，只见她红涨着脸，拿着一纸卷递给逸说：“这是你的，但不许此刻打开看！”接着匆匆说了声再会，就进门去了。逸左臂挟着书包，右手握着春痕给他的纸卷，想不清她为何如此慌促，禁不住把纸卷展开，这一展开，但觉遍体的纤微，顿时为感激欣喜悲切情绪的弹力撼动，原来纸卷的内容，就是方才那张水彩，春痕亲笔的画，她亲笔画的红玫瑰——他神魂又迷荡了。

三 茉莉花——秋

逸独坐在他房内，双手展着春痕从医院里来的信，两眼平望，面容淡白，眉峰间紧锁住三四缕愁纹：她病了。窗外的秋雨，不住地沥淅，他怜爱的思潮，也不住地起落。逸的联想力甚大，譬如他看花开花放就想起残红满地；身历繁花声色，便想起骷髅灰烬；临到欢会，便想惋别；听人病苦，便想暮祭。

如今春痕病了，在院中割肠膜，她写的字也失了寻常的劲致，她明天得医生特许可以准客入见，要他一早就去。逸为了她的病，已经几晚不安眠，但远近的思想不时涌入他的脑府。他此时所想的是人生老病死的苦痛，青年之短促。他悬想着春痕那样可爱的心影，疑问像这样一朵艳丽的鲜花，是否只要有恋爱的温润便可常葆美质；还是也同山谷里的茶花，篱上的藤花，也免不了受风摧雨虐，等到活力一衰，也免不了落地成泥，但他无论如何拉长缩短他的想象，总不能想出一个老而且丑的春痕来！他想，圣母玛丽〈利〉亚不会老，观世音大士不会老，理想的林黛玉不会老，青年理想中的爱人又如何会老呢？他不觉微笑了。转想他又沉入了他整天整晚迷恋的梦境。他最恨想过去，最爱想将来。最恨回想，最爱前想。过去是死的丑的痛苦的枉费的，将来是活的美的幸福的创造的：过去像块不成形的顽石，满长着可厌的猥草和刺物；将来像初出山的小涧，只是在青林间舞蹈，只是在星光下歌唱，只是在精美的石梁上进行。他廿余年麻木的生活，只是个不可信，可厌的梦：他只求抛弃这个记忆；但记忆是富有粘性的，你愈想和它脱离，结果胶附得愈紧愈密切。他此时觉得记忆的压制愈重，理想的将来不过只是烟淡云稀，渺茫明灭，他就狠劲把头摇了几下，把春痕的信折了起来，披了雨衣，换上雨靴，挟了一把伞独自下楼出门。

他在雨中信步前行，心中杂念起灭，竟走了三里多路，到了一条河边。沿河有一列柳树，已感受秋运，枝条的翠色，渐转苍黄，此时仿佛不胜秋雨的重量，凝定地俯看流水，粒粒的泪珠，连着先凋的叶片，不时掉入波心悠然浮去。时已薄暮，河畔的颜色声音，只是凄凉的秋意，只是增添惆怅人的惆怅。天上锦般的云似乎提议来裹埋他心底的愁思，草里断续的虫吟，也似轻嘲他无聊的意绪。

逸踯躅了半晌，不觉秋雨满襟，但他的思想依旧缠绵在恋爱老死的意义，他忽然自言道："人是会变老变丑，会死会腐朽，但恋爱是长生的；因为精神的现象决不受物质法律的支配；是的，精神的事实，是永久不可毁灭的。"

他好像得了难题的答案，胸中解释了不少的积重，抖下了此衣上的雨珠，就转身上归家的路。

他路上无意中走入一家花铺，看看初菊，看看迟桂，最后买了一束茉莉，因为她香幽色淡，春痕一定喜欢。

他那天夜间又不曾安眠，次日一早起来，修饰了一晌，用一张蓝纸把茉莉裹了，出门往医院去。

"你是探望第十七号的春痕姑娘吗？"

"是。"

"请这边走。"

逸跟着白衣灰色裙的下女，沿着明敞的走廊，一号二号，数到了第十七号。淡蓝色的门上，钉着一张长方形的白片，写着很触目的英文字：

"No.17 Asmitting no visitors except the patient's mother and Mr.Yi"

"第十七号，除病人母亲及逸君外，他客不准入内。"

一阵感激的狂潮，将他的心府淹没，逸回复清醒时，只见房门已打开，透出一股酸辛的药味，里面恰丝毫不闻音息。逸脱了便帽，企著足尖，进了房门——依旧不闻音息。他先把房门掩上，回身看时，只见这间长形的室内，一体白色，白墙白床，一张白毛毡盖住的沙发，一张白漆的摇椅，一张小几，一个唾盂。床安在靠窗左侧，一头用矮屏围着。逸走近床前时，只觉灵魂底里发出一股寒流，冷激了四肢全体。春痕卧在白布被中，头戴白色纱巾，垫着两个白枕，眼半阖着，面色惨淡得一点颜色的痕迹都没有，几于和白枕白被不可辨认，床边站着一位白巾白衣态度严肃的看护妇，见了逸也只微颔示意，逸此时全身的冰流重复回入灵府，凝成一对重热的泪珠，突出眶帘。他定了定神俯身下去，小语道:“我的春痕，你……吃苦了！……”那两颗热泪早已跟着颤动的音波在他面上筑成了两条泪沟，后起的还频频涌出。

春痕听了他的声音，微微睁开她倦绝的双睫，一对铅似重钝的眼球正对着他热泪溶溶的湿眼；唇腮间的筋肉稍稍缓弛，露出一些勉强的笑意，但一转瞬她的腮边也湿了。

“我正想你来，逸，”她声音虽则细弱，但很清爽，“多谢天父，我的危险已经过了！你手里拿的不是给我的花吗？”说着笑了，她真笑了。

逸忙把纸包打开，将茉莉递入她已从被封里伸出的手，也笑说道:“真是，我倒忘了，你爱不爱这茉莉？”

春痕已将花按在口鼻间，合拢了眼，似乎经不住这强烈香味；点了点头，说："好，正是我心爱的，多谢你。"

逸就在床前摇椅上坐下，问她这几日受苦的经过。

过了半点钟，逸已经出院，上路回家。那时的心影，只是病房的惨白颜色，耳畔也只是春痕零落孱弱的声音。但他从进房时起，便引起了一个奇异的幻想。他想见一个奇大的坟窟，沿边齐齐列着黑衣送葬的宾客，这窟内黑沉沉地不知有多少深浅，里面却埋着世上种种的幸福，种种青年的梦境，种种悲哀，种种美丽的希望，种种污染了残缺了的宝物，种种恩爱和怨艾，在这些形形色色的中间，又埋着春痕，和在病房一样的神情，和他自己——春痕和他自己！

逸——他的神魂又是一度迷荡。

四　桃花李花处处开——十年后春

此时正是清明时节，箱根一带满山满谷，尽是桃李花竞艳的盛会。这边是红锦，那边是白雪，这边是火焰山，那边是银涛海；春阳也大放骄矜艳丽的光辉来笼盖这骄矜艳丽的花圈，万象都穿上最精美的袍服，一体的欢欣鼓舞，庆祝春明，整个世界只是一个妩媚的微笑；无数的生命，只是报告他们的幸福：到处是欢乐，到处是希望，到处是春风，到处是妙乐。

今天各报的正张上，都用大号字登着欢迎支那伟人的字样。那伟人在国内立了大功，做了大官，得了大名，如今到日本，他从前的留学国，来游历考察，一时轰动了全国注意，朝野一体欢迎，到处宴会演说，演说宴会，大家争求一睹丰采；尤其因为那伟人是个风流美丈夫。

那伟人就是十年前寄寓在省花家瑞香花院子里的少年，他就是每天上春痕姑娘家习英文的逸。

他那天记起了他学生时代的踪迹，忽发雅兴，坐了汽车，绕着桑抱山一带行驶游览，看了灿烂缤纷的自然，吸着香甜温柔的空气，甚觉舒畅愉快。

车经过一处乡村，前面被一辆载木料的大车拦住了进路，只得暂时停着等候。车中客正瞭望桑抱一带秀特的群峰，忽然春痕的爱影，十年来被事业尘埃所掩翳的爱影，忽然重复历历心中，自从那年匆匆被召回国，便不闻春痕消息，如今春色无恙，却不知春痕何往，一时动了人面桃花之感，连久干的眶睫也重复潮润起来。

但他的注意，却半在观察村街的陋况，不整齐的店铺，这里一块铁匠的招牌，那首一张头痛膏的广告，别饶风趣。

一家杂货铺里，走来一位主客，一个西装的胖妇人，她穿着蓝呢的冬服，肘下肩边都已霉烂，头戴褐色的绒帽，同样的破旧，左手抱着一个将近三岁的小孩，右臂套着一篮的杂物——两颗青菜，几枚蛤蜊，一支蜡烛，几匣火柴，——方才从店里买的。手里还挽着一个四岁模样的女孩，穿得也和她母亲一样不整洁。那妇人蹒跚着从汽车背后的方向走来，见了这样一辆美丽的车和车里坐着的华服客，不觉停步注目。远远的看了一晌，她索性走近了，紧靠着车门，向逸上下打量。看得逸倒烦腻起来，心想世上哪有这种臃肿惓曲不识趣的妇人……

那妇人突然操英语道:“请饶恕我，先生，但你不是中国人逸君吗？”

他想又逢到了一个看了报上照相崇拜英雄的下级妇女；但他还保留他绅士的态度，微微欠身答道:“正是，夫人。”淡淡说着，漫不经意的模样。

但那妇人急接说道:“果然是逸君！但是难道你真不认识我了？”

逸免不得眸凝向她辨认：只见丰眉高颧；鼻梁有些陷落，两腮肥突，像一对熟桃；就只那细小的眼眶，和她方才“逸君”那声称呼，给他一些似曾相识的模糊印象。

“我十分的抱歉，夫人！我近来的记忆力实在太差，但是我现在敢说我们确是曾经会过的。”

“逸君你的记忆真好！你难道真忘了十年前伴你读英文的人吗？”

逸跳了起来，说道:“难道你是春……”但他又顿住了，

因为他万不能相信他脑海中一刻前活泼可爱的心影，会得幻术似的变形为眼前粗头乱服左男右女又肥又蠢的中年妇人。

但那妇人却丝毫不顾恋幻象的消散，丝毫不感觉哲理的怜悯；十年来做妻做母负担的专制，已经将她原有的浪漫根性，杀灭尽净；所以她宽弛的喉音替他补道："春……痕，正是春痕，就是我，现在三……夫人。"

逸只觉得眼前一阵昏沉，也不曾听清她是三什么的夫人，只瞪着眼呆顿。

"三井夫人，我们家离此不远，你难得来此，何不乘便过去一坐呢？"

逸只微微的颔首，她已经将地址吩咐车夫，拉开车门，把那小女孩先送了上去，然后自己抱着孩子挽着筐子也挤了进来。那时拦路的大车也已经过去，他们的车，不上三分钟就到了三井夫人家。

一路逸神意迷惘之中，听她诉说当年如何嫁人，何时结婚，丈夫是何职业，今日如何凑巧相逢，请他不要介意她寒素嘈杂的家庭，以及种种等等，等等种种。

她家果然并不轩敞，并不恬静。车止门前时便有一个七八岁赤脚乱发的小孩，高喊着："娘坐了汽车来了……"跳了出来。

那漆面驳落的门前，站着一位满面皱纹、弯背驼腰的老妇人，她介绍给逸，说是她的姑；老太太只咳嗽了一声向来客和她媳妇，似乎很好奇似地溜了一眼。

逸一进门，便听得后房哇的一声婴儿哭：三井夫人抱怨她的大儿，说定是他顽皮又把小妹惊醒了。

逸随口酬答了几句话，也没有喝她紫色壶倒出来的茶，就伸出手来向三井夫人道别，勉强笑着说道：“三井夫人，我很羡慕你丰满的家庭生活，再见吧！”

等到汽车轮已经转动，三井夫人还手抱着襁褓的儿，身旁立着三个孩子，一齐殷勤地招手，送他的行。

那时桑抱山峰依旧沉浸在艳日的光流中，满谷的樱花桃李，依旧竞赛妖艳的颜色，逸的心中，依旧涵葆着春痕当年可爱的影像。但这心影，只似梦里的紫丝灰线所织成，只似远山的轻霭薄雾所形成，淡极了，微妙极了，只要蝇蚊的微嗡，便能刺碎，只要春风的指尖，便能挑破。……

两姊妹[①]

三月。夜九时光景。客厅里只开着中间圆桌上一座大伞形红绸罩的摆灯。柔荏的红辉散射在附近的陈设上，异样的恬静。靠窗一架黑檀几上那座二尺多高薇纳司[②]的雕像，仿佛支不住她那矜持的姿态，想顺着软美的光流，在这温和的春夜，望左侧的沙发上倦倚下去，她倦了。

安粟小姐自从二十一年前母亲死后承管这所住屋以来，不曾有一晚曾向这华丽、舒服的客厅告过假，缺过席。除了纺织、看小说、和玛各——她的妹妹，闲谈，她再没有别的事了。她连星期日晚上的祈祷会，都很少去，虽则她们的教堂近在前街，每晚的钟声丁当个不绝，似乎专在提醒，央促她们的赴会。

今夜她依旧坐在她常坐的狼皮椅上，双眼半合着，似乎与她最珍爱的雕像，同被那私语似的灯光醺醉了。书本和线织物，都放在桌上；她想继续看她的小说，又想结束她的手工。但她的手像痉挛了似的，再也伸不出去。她忽然想起玛各还不回进房来，方才听得杯碟声响，也许她乘便在准备她们临睡前的可可茶。

①初载1923年11月10日《小说月报》第十四卷第十一号，署名徐志摩。初收1930年4月中华书局版《轮盘》。

②薇纳司：今译维纳斯。

玛各像半山里云影似的移了进来，一些不着声息，在她姊妹对面的椅上坐了。

她十三年前犯了一次痹症，此后左一半的躯体，总不十分自然。并且稍一劳动，便有些气喘，手足也常发颤。

“啊，我差一些睡着了，你去了那么久……”说着将手承着口，打了小半个呵欠；玛各微喘的声息，已经将她惊觉。此时安粟的面容在灯光下隔着桌子望过去，只像一团干了的海绵，那些复叠的横皱纹，使人疑心她在苦笑，又像忧愁。她常常自怜她的血弱，她面色确是半青不白的。她的声带，像是新鲜的芦管做成的，不自然的尖锐。她的笑响，像几枚新栗子同时在猛火里爆裂；但她妹子最怕最厌烦的，尤其是她发怒时带着鼻音的那声“扼衡。”

“扼衡！玛丽近来老是躲懒，昨天不到四点钟就走了，那两条饭巾，一床被单，今天还放着没有烫好，真不知道她在外面忙的是什么！”

“哼，她哪儿还有工夫顾管饭巾……我全知道！每天她出了我们的门，走不到转角上——我常在窗口望她——就躲在那棵树下拿出她那粉拍来，对着小手镜，装扮她那贵重的鼻子——有一天我还见她在厨房里擦胭脂哪！前天不是那克莱妈妈说她一礼拜要看两次电影，说常碰到她和男子一起散步……”

“可不是，我早就说年轻的谁都靠不住，要不是找人不容易，我早就把她回了，我看了她那细小的腰身，就有气！扼衡！”

玛各幽幽的喟息了一声，站了起来，重复半山里云影似的移到窗前，伸出微颤的手指，揭开墨绿色绒的窗幔，仰起头望着天上，“天倒好了，”她自语着，“方才怪怕人的乌云现在倒变了可爱的月彩，外面空气一定很新鲜的，这个时候……哦，对门那家瑞士人又在那里跳舞了，前天他们才有过跳舞不是，安粟？他们真乐呀，真会享福，他们上面的窗帘没有放下，我这儿望得见他们跳舞呀，果然那位高高的美男子又在那儿了……啊唷，那位小姐今晚多乐呀，她又穿着她那件枣红的，安粟你也见过的不是，那件银丝镶边的礼服？我可不爱现在的式样，我看是太不成样儿了，我们从前出手稍为短一点子，昂姑母就不愿意，现在她们简直是裸体了——可是那位小姐长得真不错，肉彩多么匀净，身段又灵巧，她贴在那美男子的胸前，就像一只花蝶儿歇在玉兰花瓣上的一样得意……她一对水一般的妙眼尽对着了看，他着了迷了……他着了迷了，这音乐也多趣呀，这是新出的，就是太艳一点，简直有点猥亵，可是多好听，真叫人爱呀……”

安粟侧着一只眼望过来，只见她妹妹的身子有点儿摇动，一双手紧紧的拧住窗幔，口里在吁吁的响应对面跳舞家的乐音……

“扼衡！”

玛各吓的几乎发噤，也自觉有些忘情，赶快低着头回转身。在原先的椅上坐下，一双手还是颤颤的，颤颤的……

安粟在做她的针线，低着头，满面的皱纹叠得紧紧的，像秋收时的稻屯。玛各偷偷的瞟了她几眼，顺手把桌上的报纸，拿在手里……隔街的乐音，还不时零续地在静定的夜气中震荡。

“铛！”门铃。格托的一声，邮件从门上的信格里落在进门的鬃毡上。玛各说了声，“让我去看去”，出去把信捡了进来。“昂姑母来的信。”

安粟已经把眼镜夹在鼻梁上，接过信来拆了。

野鸭叫一阵的笑，安粟稻屯似的面孔上，仿佛被阳光照着了，闪闪的在发亮。“真是！玛各，你听着。”

“汤麦的蜜月已经完了，他们夫妻俩现在住在我家里。新娘也很和气的，她的相片你们已经见过了不是？他们俩真是相爱，什么时候都挨得紧紧的，他们也不嫌我，我想他们火热的年轻人看了我们上年纪的，板板的像块木头，说的笑话也是几十年的老笑话，每星期总要背一次的老话，他们看了我一定很觉得可怜，——其实我们老人的快活，才是真快活。我眼也花了，前面本来望不见什么，乐得安心静意等候着上帝的旨意，我收拾收拾厨房，看看年轻人的快乐，说说干瘪的笑话，也就过了一天，还不是一样？”

“间壁史太太家新收了一个寄宿的中国学生。前天我去吃晚饭看见了。一个矮矮的小小的顶好玩的小人，圆圆的头，一头蓬蓬的头发，像是好几个月没有剪过，一双小小的黑眼，一个短短的鼻子，一张小方的嘴，真怪，黄人真是黄人，他的面色就像他房东太太最爱的，蒸得稀烂的南瓜饼，真是蜡黄的。也亏他会说我们的话，一半懂得，一半懂不得。他也很自傲的，一开口就是我们的孔夫子怎么说，我们的孔夫子怎么说——总是我们的孔夫子。前天我们问起中国的妇女和婚姻，引起了他一大篇的议论。他说中国人最有理性，男的女的，到了年纪——我们孔夫子吩咐的——一定得成家成室，没有一个男子，不论多么穷，没有妻子。没有一个女人，不论多么丑，没有丈夫。他说所以中国有这样的太平，人人都很满意的。真是，怪不得从前的'赖耶鸿章'[1]见了格兰士顿[2]的妹妹，介绍时听见是小姐，开头就问为什么还没有成亲！我顶喜欢那小黄人。我几时想请他吃饭，你们也来会会他好不好——他是个大学的学生哩！

你的钟爱的姑母。"

"附。安粟不是想养一条狗吗？昨天晚报上有一条卖狗的广告，说是顶好的一条西伯利亚种，尖耳朵，灰色的，价钱也不贵，你们如其想看，可以查一查地址，我是不爱狗的，但也不厌恶。有的真懂事，你们养一条，解解闷儿也好。

姑母。"

---

①指李鸿章。

②现通译为格莱斯顿（1809—1898），英国首相，自由党领袖。

玛各坐着听她姐姐念信，出神似的，两眼汪汪的像要滴泪。安粟念完了打了一个呵欠，把信叠好了放在桌上对玛各说，“今晚太迟了，明天一早你写回信吧，好不好？伴‘镪那门’Chinaman吃饭我是不来的，你要去你可以答应姑母。我倒想请汤麦夫妻来吃饭——不过……也许你不愿意。随你吧。谢谢姑母替我们留心狗的广告，说我这一时买不买还没有决定。我就是这几句话。……时候已不早，我去拿可可茶来吃了去睡吧。”

两姊妹吃完了她们的可可茶，一前一后的上楼，玛各更不如她姐姐的轻捷，只是扶着楼梯半山里云影似的移，移，一直移进了卧室。她站在镜台前，怔怔的，自己也不知道在想的是什么，在愁的是什么，她总像落了什么重要的物品似的，像忘了一桩重要的事不曾做似的——她永远是这怔怔的，怔怔的。她想起了一件事，她要寻一点旧料子，打开了一只箱子，偻下身去捡。她手在衣堆里碰着了一块硬硬的，她就顺手掏了出来，一包长方形的硬纸包，细绳拴得好好的。她手微震着，解了绳子，打开纸包看时，她的手不由得震得更烈了。她对着包裹的内容发了一阵呆，像是小孩子在海砂里掏贝壳，掏出了一个蚂蟥似的。她此时已在地毯上坐着，呆呆的过了一晌，方才调和了喘息，把那纸包放在身上，一张一张的拿在手里，仔细的把玩。原来她的发现只是几张相片，自己和旁人早年的痕迹，也不知多少年前塞在旧衣箱的底里，早已忘却了。她此时手里擎着的一张是她自己七岁时的小影。一头绝美的黄发散披在肩旁，一双活泼的秀眼，一张似笑不笑的小口，两点口唇切得像荷叶边似的妩媚……她拿到口边吻一下，笑着说："多可爱的孩子啊！"第二张相片是又隔了十年的她，正当她的妙年，一个绝美的影子。她的眉，她的眼，她的不丰不瘦的嫩颊，颊上的微笑，她的发，她的颈项，她的前胸，她的姿态——那时的她，她此时看着，觉得有说不出的可爱，但……这样的美貌，哪一个不倾倒，哪一个舍得不爱……罗勃脱，杰儿，汤麦……哦，汤麦，他如今……蜜月，请他们来吃饭……难道是梦吗，这二十几年怎样的过的……哦，她的痹症，恶毒的病症……从此，从此……安粟，亲爱的母亲，昂姑母，自己的病，谁的不是，谁的不是，……是梦吗？……真是一张雪白的纸，二十几年……玛丽和男子散步……对门的女子跳舞的快乐……哦，安粟说甚么，中国，黄人的乐土……太平洋的海水……照片里的少女，被她发痴似的看活了，真的活了！这不是她的鬈发在惺忪的颤动，这不是她象牙似的颈项在轻轻的扭动，她的口在说话了。……

这二十几年真是过的不可信！她现在已经老了，已经是废人了，是真的吗？生命，快乐，一切，没有她的份了，是真的吗？每天伴着她神经错乱的姐姐，厨房里煮菜，客厅里念日报，听秋天的雨声，叶声，听春天的鸟声，每晚喝一杯浓煎的可可茶，白天，黑夜，上楼，下楼……是真的吗？

是真的吗？二十几年的我，你说话呀！她的心脏在舂米似的跳响，自己的耳都震聋了。她发了一个寒噤，像得了热病似的。她无意的伸上手去，在身旁的镜台上，拖下了一把手镜来。她放下那只手里的照片，一双手恶狠狠的擒住那面手镜像擒住了一个敌人，向着她自己的脸上照去。……

安粟的房正在她妹子房的间壁，此时隐隐的听得她在床上翻身，口鼻间哼出一声"扼衡！"

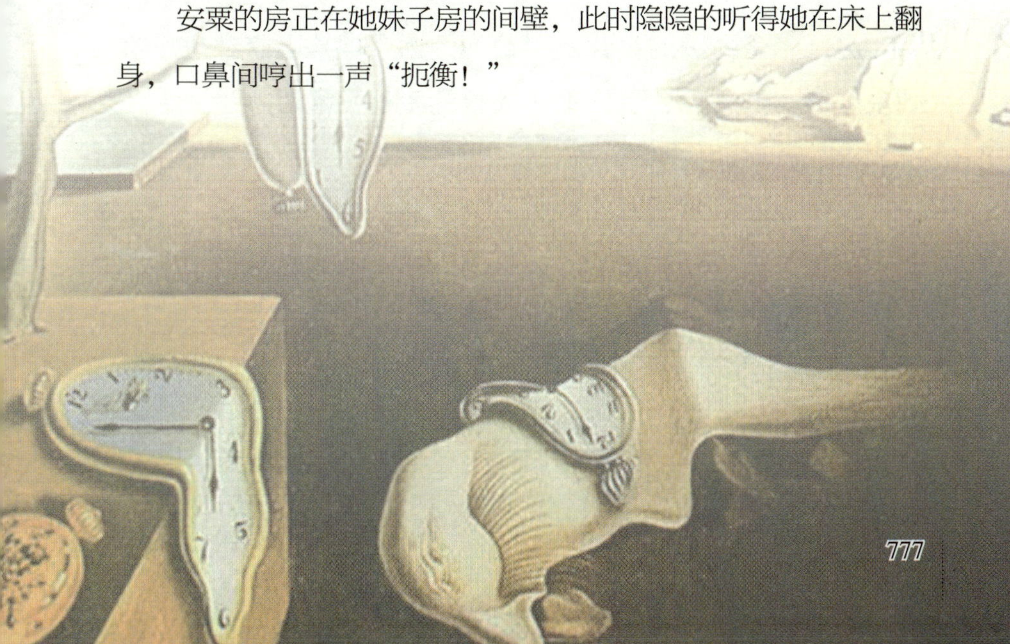

老李[1]

一

他有文才吗？不，他做文课学那平淮西碑的怪调子，又写的怪字，看了都叫人心痛。可是他的见解的确是不寻常，也就只一个怪字。他七十二天不剃发，不刮胡子；大冷天人家穿皮褂穿棉袄，他秃着头，单布裤子，顶多穿一件夹袍。他倒宝贝他那又黄又焦的牙齿，他可以不擦脸，可是擦牙漱口仿佛是他的情人，半天也舍不了，每天清早，扰我们好梦的是他那大排场的漱口，半夜里搅我们不睡的又是他那大排场的刷牙；你见过他的算草本子没有，那才好玩，代数，几何，全是一行行直写的，倒亏他自己看得清楚！总而言之，一个字，老李就是怪，怪就是老李。

这是老李同班的在背后讨论他的话。但是老李在班里虽则没有多大的磁力，虽则很少人真的爱他，他可不是让人招厌的人，他有他的品格，在班里很高的品格，他虽是怪，他可没有斑点，每天他在自修室的廊下独自低着头伸着一个手指走来走去的时候，在他心版上隐隐现现的不是巷口锡箔店

①原题《老李的惨史》作于1923年冬，初载1924年1月10日《小说月报》第十五卷第一号，署名徐志摩。初收1930年4月中华书局版《轮盘》时改题名为《老李》。小说中的主人翁老李是志摩在杭州一中同学李幹人。

里穿蓝竹布衫的，不是什么黄金台或是吊金龟，也不是湖上的风光，男女、名利、游戏、风雅，全不是他的份，这些花样在他的灵魂里没有根，没有种子。他整天整夜在想的就是两件事：算学是一件，还有一件是道德问题——怎样叫人不卑鄙有廉耻。他看来从校长起一直到听差，同学不必说，全是不够上流，全是少有廉耻。有时他要是下输了棋，他爱下的围棋，他就可以不吃饭不睡觉的想，想倘然他在那角上早应了一子，他的对手就没有办法，再不然他只要顾自己的活，也就不至于整条的大鱼让人家囫囵的吞去……他爱下围棋，也爱想围棋，他说想围棋是值得的，因为围棋有与数学互相发明的妙处，所以有时他怨自己下不好棋，他就打开了一章温德华斯的小代数，两个手指顶住了太阳穴，细细的研究了。

老李一翻开算学书，就是个活现的疯子，不信你去看他那书桌子。原来学堂里的用具全是一等的劣货，总是庶务攒钱，

哪里还经得起他那狠劲的拍，应天响的拍，拍得满屋子自修的，都转过身子来对着他笑。他可不在乎，他不是骂算数员胡乱教错了，就说温德华斯的方程式根本有疑问，他自己发明的强的多简便的多，并且中国人做算学直写也成了，他看过李壬叔[①]的算学书全是直写的，他看得顶合式，为什么做学问这样高尚的事情都要学外洋，总是奴从的根性改不了！啪的又是一下桌子！

有一次他在演说会里报名演说，他登台的时候（那天他碰巧把胡子刮净了，倒反而看不惯，）大家使劲的拍巴掌欢迎他，他把右手的点人指放在桌子边，他那一双离魂病似的眼睛，盯着他自己的指头看，尽看，像是大考时看夹带似的，他说话了。我最不愿意的，我最不赞成的，我最反对的，是——是拍巴掌。一阵更响亮的拍巴掌！他又说话了。兄弟今天要讲的是算学与品行的关系。又是打雷似的巴掌，坐在后背的叫好儿都有。他的眼睛还是盯住在他自己的一个指头上。我以为品行……一顿，我以为算学——又一顿，他的新修的鬓边，青皮里泛出红花来了。他又勉强讲了几句，但是除了算学与品行两个字，谁都听不清他说的是什么，他自己都不满意，单看他那眉眼的表情，就明白。最后一阵霹雳似的掌声，夹着笑声，他走下了讲台。向后面那扇门里出去了。散了会，以后人家见他还是亚里斯〈士〉多德似的，独自在走廊下散步。

①李壬叔：即李善兰（1811—1882），浙江海宁人，我国近代科学先驱者。

二

老李现在做他本乡的高小学堂校长了。在东阳县的李家村里，一个中学校的毕业生不是常有的事；老李那年得了优等文凭，他人还不曾回家，一张红纸黑字的报单，上面写着贵府某某大少爷毕业省立第一中学优等第几名等等，早已高高的贴在他们李家的祠堂里。他上首那张捷报，红纸已经变成黄纸，黑字已经变成白字，年份还依稀认得出，不是嘉庆八年便是六年。李家村茶店酒店里的客人，就有了闲谈的资料，一班人都懂不得中学堂，更懂不得优等卒业，有几位看报识时务的，就在那里打比喻讲解。高等小学卒业比如从前的进学，秀才。中学卒业算是贡生，优等就算是优贡。老李现在就有这样的身份了。看他不出，从小不很开口说话，性子又执拗，他的祖老人家常

说单怕这孩子养不大，谁知他的笔下倒来得，又肯用功。将来他要是进了高等学堂再一毕业，那就算是中了举了！常言说的人不可以貌相不是？这一群人大都是老李的自族，他的祖辈有，父辈也有，子辈有，孙辈也有，甚至叫他太公的都有。这一年的秋祭，李家族人聚会的时候，族长就提出了一个问题。他们公堂里有一份祭产，原定是归有功名的人收的，早出了缺，好几年没有人承当，现在老李已经有了中学文凭，这笔进款是否应该归他的，让大家公议公议，当场也没有人反对，就算是默认了。老李考了一个优等，到手一份祭产，也不能算是不公平。老李的母亲是个寡妇，听说儿子有了荣耀还有进益，当然是双份的欢喜。

老李回家来不到几天，东阳县的知事就派人来把他请进城去。这是老李第一次见官，他还是秃着头，穿着他的大布褂子，也不加马褂，老李一辈子从没有做个马褂，就有一件黑羽纱的校服，领口和两肘已经烂破了，所以他索性不穿。县知事倒是很客气，把他自己的大轿打了来接他，老李想不坐，可是也没有话推托，只得很不自在的钻进了轿门，三名壮健的轿夫，不到一个钟头就把老李抬进了知事的内宅。“官？”老李一路在想，“官也不一定全是坏的。官有时候也有用，像现在这样世界，盗贼，奸淫，没有廉耻的世界，只要做官的人不贪不枉，做个好榜样也就好得多不是。曾文正的原文里讲得顶透辟。但是循吏还不是酷吏，循吏只会享太平，现在时代就要酷吏，像汉朝那几个铁心辣手的酷吏，才对劲儿。看，那边不又是打架，那可怜的老头儿，头皮也让扎破了。这儿又是一群人围着赌钱。青天白日，当街赌钱，坏人只配恶对付。杀头，绞，凌迟，都不应该废的，像我们这样民风强悍的地方，更不能废，一废坏人更没有忌惮，更没有天地了。真要有酷吏才好。今天县知事请我不知道为什么。他信上说有要事面商，他怎么会知道我。……"

下午老李还是坐了知事大老爷的轿子回乡。他初次见官的成绩很不坏，想不到他倒那样的开通，那样的直爽，那样的想认真办事。他要我帮忙——办开民高小？我做校长？他说话倒真是诚恳。孟甫叔父怎么能办教育？他自己就没有受什么教育。还有他的品格！抽大烟，外遇，侵吞学费；哼，不要说公民资格，人格都没有，怎么配当校长？怎么配教育青年子弟？难怪地方上看不起新开的学堂，应该赶走，应该赶跑。可是我来接他的手？我干不干？我不是预定考大学预科将来专修算学的吗？要是留在地方上办事，知事说的为"桑梓帮忙，"我的学问也就完事了。我妈倒是最愿意我留在乡里，也不怪她，她上了年纪，又没有女儿，常受邻房的怄气，气得肝胃脾肺肾轮流的作怪，我要是一出远门，她不是更没有主意，早晚要有什么病痛，叫她靠谁去？知事也这么说，这话倒是情真。况且到北京去念书，要几千里路的路费，大学不比中学，北京不是杭州，用费一定大得多，我哪儿有钱使——就算考取了也还是难，索性不去也罢。可是做校长？校长得兼教修身每星期训词——这都不相干，做一校之长，顶要紧就是品格，校长的品格，就是学堂的品格。我主张三育并重，德育、智育、体育，——德育尤其要紧，管理要从严，常言说的棒头上出孝子，好学生也不是天生的，认真来做一点社会事业也好，教育是万事的根本，知事说的不错。我们金华这样的赌风、淫风、械斗、抢劫，都为的群众不明白事理，没有相当的教育，教育，小学教育，尤其是根本，我不来办难道还是让孟甫叔父一般糊涂虫去假公济私不成，知事说的当仁不让……

三

“娘的话果然不错，”老李又在想心思，一天下午他在学校操场的后背林子里独自散步，“娘的话果然不错，”世道人心真是万分的崄巇。娘说孟甫叔父混号叫做笑面老虎，不是好惹的，果然有他的把戏。整天的吃毒药，整天的想打人家的主意。真可笑，他把教育事业当作饭碗，知事把他撤了换我，他只当是我存心抢了他的饭碗——我不去问他的前任的清账，已经是他的便宜，他倒反而唆使猛三那大傻子来跟我捣乱。怎么，那份祭产不归念书的，倒归当兵的；一个连长就会比中学校的卒业生体面，真是笑话。幸亏知事明白，没有听信他们的胡说，还是把这份收入判给我。我倒也不在乎这三四十担粗米，碰到年成坏，也许谷子都收不到，就是我妈不肯放手，她话也不错，既是我们的名分，为什么要让人强抢去。孟甫叔父的说话真凶，真是笑里藏刀，句句话有尖刺儿的，他背后一定咒我，一定狠劲的毁谤我。猛三那大傻子，才上他的臭当，隔着省份奔回来同我争这份祭产，他准是一个大草包，他那样子一看就是个强盗，他是在广东当连长的，杀人放火本来是他正当的职业，怪不得他开口就骂，动手就想打，我是不来和他们一般见识，把一百多的小学生管好已够我的忙，谁还有闲工夫吵架？可是猛三他那傻，想了真叫人要笑，跑了几千里地，祭产没有争着，自己倒赔了路费，听说他昨天又动身回广东去了。他自己家庭的肮脏，他倒满不知道，街坊谁不在他的背后笑呵，——真是可怜蠢奴才，他就配当兵杀人！那位孟甫老先生还是吃他的鸟烟，[①]我倒不知道他还有什么好主意！

四

知事来了！知事来了！

操场上发生了惨剧，一大群人围着。

知事下了轿，挨进了人圈子。踏烂的草地上横躺着两具血污的尸体。一具斜侧着，胸口流着一大堆的浓血斑，右手里还擎着一柄半尺长铄[②]亮的尖刀，上面沾着梅花瓣似的血点子，死人的脸上，也是一块块的血斑，他原来生相粗恶，如今看的更可怕了。他是猛三。老李在他的旁边躺着，仰着天，他的情形看的更可惨，太阳穴、下颏、脑壳、两肩、手背、下腹，全是尖刀的窟窿，有的伤处，血已经瘀住了，有的鲜红还在直淌，他睁着一双大眼，口也大开着，像是受致命伤以前还在喊救命似的，他旁边伏着一个五六十岁的妇人，拉住他一只石灰色的

①鸟烟：鸦片烟。

②铄：同烁。

手，在哽咽的痛哭。

知事问事了。

猛三分明是自杀的，他刺死了老李以后就用刀尖往他自己的心窝里一刺完事。有好几个学生也全看见的，现在他们都到知事跟前来做见证了。他们说今天一早七点半早操班，校长李先生站在那株白果树底下督操，我们正在行深呼吸，忽然听见李先生大叫救命，他向着这一头直奔，他头上已经冒着血，背后凶手他手里拿着这把明晃晃的刀（他们转身往猛三的尸体一指）狠命的追，李先生也慌了，他没有望我们排队那儿逃，否则王先生手里有指挥刀也许还可以救他的命，他走不到几十步，就被那凶手一把揪住了，那凶手真凶，一刀一刀的直刺，一直把李先生刺倒，李先生倒地的时候，我们还听见他大声的嚷救命，可是又有谁去救他呢，不要说我们，连王先生也吓呆了，本来要救，也来不及，那凶手把李先生弄死了，自己也就对准胸膛戳了一刀，他也完了，他几时进来，我们也不知道，他始终没有开一声口。……

知事说够了够了，他就叫他带来的仵作去检猛三的身上。猛三夹袄的口袋里有几块钱，一张撕过的船票，广东招商局的，一张相面先生的广告单，一个字纸团。打开看了，那是一封信。那猛三不就是四个月前和老李争祭产的那个连长吗？老李的母亲揩干了眼泪，走过来说，正是他，那是孟甫叔父怪嫌老李抢了他的校长，故意唆使他来捣乱的。我也听是这么说，知事说，孟甫真不应该，他把手里的字条扬了一扬，恐怕眼前的一场流血，也少不了他的份儿，猛三的妻子是上月死的吗？是的。她为什么死的？她为什么死的！知事难道不明白街坊上这一时沸沸扬扬的，还不是李猛三家小的话柄，真是话柄！

猛三那糊涂虫，才是糊涂虫，自己在外省当兵打仗，家里的门户倒没有关紧，也不避街坊的眼，朝朝晚晚，尽是她的发泼，吵得鸡犬不宁的。果然，自作自受，太阳挂在头顶，世界上也不能没有报应……好，就到种德堂去买生皮硝[①]吸。一吸就闹血海发晕，请大夫也太迟了，白送了一条命，不怪自己，又怪谁去！

知事说冤有头，债有主，这两条新鲜的性命，死得真冤，更可惜，好容易一乡上有他一个正直的人，又叫人给毁了，真太冤了！眼看这一百多的学生，又变了失奶的孩子，又有谁能比老李那样热心，勤劳，又有谁能比他那高尚的品格？孟甫真不应该，他那暗箭伤人，想了真叫人痛恨。也有猛三那傻子，听他说什么就信什么，叫他赶回来争祭产，他就回来争祭产，告他老李逼死了他的妻子，叫他回来报仇，也没有说明白为的是什么，他就赶了回来，也不问个红黑是非，船一到埠，天亮就赶来和老李拼命，见面也没有话说，动手就行凶，杀了人自己也抹脖子，现在死没有对证，叫办公事的又有什么主意。

①皮硝：即朴硝。含有杂质的硫酸钠。

五

老李没有娶亲，没有子息；没有弟兄，也没有姊妹；他就有一个娘，一个年老多病的娘。他让人扎了十几个大窟窿扎死了。他娘在鲜血堆里痛哭他；回头他家里狭小的客间里，设了灵座，早晚也就只他的娘哭他，现在的骨头已经埋在泥里，一年里有一次两次烧纸锭给他的——也就只他的老娘。

一个清清的早上①

翻身？谁没有在床上翻过身来？不错，要是你一上枕就会打呼的话，那原来用不着翻什么身；就使在半夜里你的睡眠的姿态从朝里变成了朝外，那也无非是你从第一个梦跨进第二个梦的意思；或是你那天晚饭吃得太油腻了，你在枕上扭过头颈去的时候你的口舌间也许发生些唼咂的声响——可是你放心，就这也不能是梦话。

鄂先生年轻的时候从不知道什么叫做睡不着，往往第二只袜子还不曾剥下他的呼吸早就调匀了，到了早上还得他妈三四次大声的叫嚷才能叫他擦擦眼皮坐起身来的。近来可变得多了，不仅每晚上床去不能轻易睡着，就是在半夜里使劲的擒着枕头想“着”而偏不着的时候也很多。这还不碍，顶坏是一不小心就说梦话，先前他自己不信，后来连他的听差都带笑脸回说不错，先生您爱闭着眼睛说话，这来他吓了，再也不许朋友和他分床或是同房睡，怕人家听出他的心事。

鄂先生今天早上确在床上翻了身，而且不止一个，他早已醒过来，他眼看着稀淡的晓光在窗纱上一点点的添浓，一晃晃的转白，现在天已大亮了。他觉得很倦，不想起身，可是再也合不

①初载1925年3月14日《现代评论》第一卷第十四期，署名徐志摩。初收1930年4月上海中华书局版《轮盘》。

上眼，这时他朝外床屈着身子，一只手臂直挺挺的伸出在被窝外面，半张着口，半开着眼，——他实在有不少的话要对自己说，有不少的牢骚要对自己发泄，有不少的委屈要向自己清理。这大清清的早上正合适。白天太忙；咒他的，一起身就有麻烦，白天直到晚上，清早直到黄昏，没有错儿；哪儿有容他自己想心事的空闲，有几回在洋车上伸着腿合着眼顶舒服的，正想搬出几个私下的意思出来盘桓盘桓，可又偏偏不争气。洋车一拐弯他的心就像含羞草让人搔了一把似的裹得紧紧的再也不往外放；他顶恨是在洋车上打盹，有几位吃肥肉的歪着他们那原来不正的脑袋，口液一绞绞的简直像冰葫芦似的直往下挂，那样儿才叫寒伧！可是他自己一坐车也撑不住下巴往胸口沉，至多赌咒不让口液往下漏就是。这时候躺在自己的床上，横直也睡不着了，有心事尽管想，随你把心事说出口都不碍，这洋房子漏不了气。对！他也真该仔细的想一想了。

其实又何必想，这干想又有什么用？反正是这么一回事啵！一兜身他又往里床睡了，被窝漏了一个大窟窿，一阵冷空气攻了进来激得他直打寒噤。哼，火又灭了，老崔真该死！呸！好好一个男子，为什么甘愿受女人的气，真没出息！难道没了女人，这世界就不成世界？可是她那双眼，她那一双手——哪怪男人们不拜倒——O，mouth of honey，with the thyme for fragrance，Who with heart in breast could deny your love？[①]这两性间的吸引是不可少的，男人要是不喜欢女人，老实说，这世界就不成世界！可是我真的爱她吗？这时候鄂先生伸在外面的一只手又回进被封里去了，仰面躺着。就剩一张脸露在被口上边，端端正正的像一个现制的木乃伊。爱她不爱她……这话就难说了；喜欢她，那是不成问题。她要是真做了我的……哈哈那可抖了，老孔准气得鼻孔里冒烟，小彭气得小肚子发胀，老王更不用说，一定把他那管铁锈了的白郎宁拿出来不打我就毁他自己。咳，他真会干，你信不信？你看昨天他靠着墙的时候那神气，简直仿佛一只饿急了的野兽，我真有点儿怕他！鄂先生的身子又弯了起来，一只手臂又出现了。得了，别做梦吧，她是不会嫁我的，她能懂得我什么？她只认识我是一个比较漂亮的留学生，只当我是一个情急的求婚人，只把我看作跪在她跟前求布施的一个——她压根儿也没想到我肚子里

①英国诗人撒缪尔·弗格森（1810—1886）的诗作《可爱的黑脑袋》中的诗句，大意为：哦，甜蜜的嘴巴，百里香的香水味哪个有心有肺的人会拒绝你的爱？

究竟是青是黄，我脑袋里是水是浆——这哪儿说得上了解，说得上爱？早着哪！可是……鄂先生又翻了一个身。可是要能有这样一位太太，也够受用了，说一句良心话。放在跟前不讨厌，放在人前不着急。这不着急顶是紧。要像是杜国朴那位太太朋友们初见面总疑心是他的妈，那我可受不了！长得好自然便宜，每回出门的时候，她轻轻的软软的挂在你的臂弯上，这就好比你捧着一大把的百合花，又香又艳的，旁人见了羡慕，你自己心里舒服，你还要什么？还有到晚上看了戏或是跳过舞一同回家的时候，她的两靥让风刮得红扑扑的，口唇上还留着三分的胭脂味儿，那时候你拥着她一同走进你们又香又暖的卧房，在镜台前那盏鹅黄色的灯光下，仰着头，斜着脸，瞟你这么一眼，那是……那是……鄂先生这时候两只手已经一齐挣了出来，身体也反扑了过来，背仰着天花板，狠劲的死挤他那已经半瘪了的枕头。那枕头要是玻璃做的，早就让他挤一个粉碎！

唉！鄂先生喘了口长气，又回复了他那木乃伊的睡法。唉，不用想太远了；按昨儿那神气下回再见面她整个儿不理会我都难说哩！我为她心跳，为她吃不下饭，为她睡不着，为她叫朋友笑话，她，她哪里知道？就使知道了她也不得理会。女孩儿的心肠有时真会得硬，谁说的“冷酷”，一点也不错，你为她伤了风生病，她就说你自个儿不小心，活该，就使你为她吐出了鲜红的心血，她还会说你自己走道儿不谨慎叫鼻子碰了墙或是墙碰了你的鼻子，现在闹鼻血从口腔里哼出来吓呵人哪！咳，难，难，难，什么战争都有法子结束，就这男女性的战争永远闹不出一个道理来；凡人不中用，圣人也不中用，平民不成功，贵族也不成功。哼，反正就是这么回事，随你绕大弯儿小弯儿想去，回头还是在老地方，一步也没有移动。空想什么，咒他的——我也该起来了。老崔！老崔！打脸水。

船 上

“这草多青呀！”腴玉简直的一个大觔斗滚进了河边一株老榆树下的草里去了。她反扑在地上，直挺着身子，双手纠着一把青草，尖着她的小鼻子尽磨尽闻尽亲。“你疯了，腴腴！不怕人家笑话，多大的孩子，到了乡下来学叭儿狗打滚！”她妈嗔了。她要是真有一根矮矮的尾巴，她准会使劲的摇；这来其实是乐极了，她从没有这样乐过。现在她没有尾巴，她就摇着她的一双瘦小的脚踝，一面手支着地，扭过头来直嚷：“娘！你不知道我多乐，我活了二十来岁，就不知道地上的青草可以叫我乐得发疯；娘！你也不好，尽逼着我念书，要不然就骂我，也不叫我闻闻青草是什么味儿！”她声音都哑了，两只眼里绽出两朵大眼泪，在日光里亮着，像是一对水晶灯。

真的她自己想着也觉得可笑怎么的二十来岁的一位大姑娘连草味儿都没闻着过？还有这草的颜色青的多嫩呀，像是快往

下吊的水滴似的。真可爱！她又亲了一口。比什么珠子宝贝都可爱，这青草准是活的，有灵性的；就不惜你不知道她的名字，要不然你叫她一声她准会甜甜的答应你，比阿秀那丫头的声音蜜甜的多。她简直的爱上了她手里捧着的草瓣儿，她心里一阵子的发酸，一颗粗粗的眼泪直吊[①]了下来，真巧，恰好吊在那草瓣儿上，沾着一点儿，草儿微微的动着，对！她真懂得我，她也一定替我难受。这一想开；她也不哭了。她爬了起来，她的淡灰色的哔叽裙上沾着好几块的泥印，像是绣上了绣球花似的，顶好玩，她空举着一双手也不去拂拭，心里觉得顶痛快的，那半涩半香的青草味儿还是在她的鼻孔里轻轻的逗着，仿佛说别忘了我别忘了我。她妈看着她那傻劲儿，实在舍不得再随口骂，伸手拉一拉自己的衣襟走上一步，软着声音说，“腴腴，不要疯了，快走吧。”

腴玉那晚睡在船上。这小航船已经够好玩，一个大箱子似的船舱，上面盖着芦席，两边两块顶中间嵌小方玻璃的小木窗，左边一块破了一角，右边一块长着几块疙疤儿像是水泡疮；那船梢更好玩，翘得高高的像是乡下老太太梳的元宝髻。开船的时候，那赤腿赤脚的船家就把那支又笨又重的橹安上了船尾尖上的小铁锤儿，那磨得铄亮的小铁拳儿，船家的大脚拇指往前一扁一使劲，那橹儿就推着一股水叫一声“姓纪”，船家的脚跟向后一顿，身子一仰，那橹儿就扳着一股水叫一声“姓贾”，这

①吊：疑为掉。下同。

一纪一贯，这只怪可怜的小航船儿就在水面上晃着她的黄鱼口似的船头直向前溜，底下托托的一阵水响怪招痒的。腴玉初下船时受不惯，真的打上了好几个寒噤，但要不了半个钟头就惯了。她倒不怕晕，她在垫褥上盘腿坐着，臂膀靠着窗，看一路的景致，什么都是从不曾见过似的，什么都好玩——那横肚里长出来的树根像老头儿脱尽了牙的下巴，在风里摇摆着的芦梗，在水边洗澡的老鸦，露出半个头，一条脊背的水牛，蹲在石渡上洗衣服的乡下女孩子，仰着她那一块黄糙布似的脸子呆呆的看船，旁边站着男小孩子，不满四岁光景，头顶笔竖着一根小尾巴，脸上画着泥花，手里拿着树条，他也呆呆的看船。这一路来腴玉不住的叫着妈：这多好玩，那多好玩；她恨不得自己也是个乡下孩子，整天去弄水弄泥没有人管，但是顶有趣的是那水车，活像是一条龙，一斑斑的龙鳞从水里往上爬；乡下人真聪明，她心里想，这一来河里的水就到了田里去，谁说乡下人不机灵？喔，你看女人也来踏水的，你看他们多乐呀，两个女的，一个男的，六条腿忙得什么似的尽踩，有一个长得顶秀气，头上还戴花哪，她看着我们船直笑。妈你听呀，这不是真正的山歌！什么李花儿、桃花儿的我听不清，好听，妈，谁说做乡下人苦，你看他们做工都是顶乐的，赶明儿我外国去了回来一定到乡下来做乡下人，踏水车儿唱山歌，我真干，妈，你信不信？

她妈领着她替她的祖母看坟地来的。看地不是她的事；她这来一半天的工夫见识可长了不少。真的，你平常不出门你永

远不得知道你自个儿的见识多么浅陋得可怕，连一个七八岁的乡下姑娘都赶不上，你信不信？可不是我方才拿着麦子叫稻，点着珍珠米梗子叫芋头，招人家笑话。难为情，芋头都认不清，那光头儿的大荷叶多美；榆钱儿也好玩，真像小钱，我书上念过，可从没有见过，我捡了十几个整圆的拿回去给妹妹看。还有那瓜蔓也有趣，像是葡萄藤，沿着棚匀匀的爬着，方才那红眼的小养媳妇告诉我那是南瓜，到了夏天长得顶大顶大的，有头二十斤重，挂在这细条子上，风吹雨打都不易吊，你说这天下的东西造的多灵巧多奇怪呀。这晚上她睡在船舱里怎么也睡不着。腿有点儿酸，白天路跑多了。眼也酸，可又合不紧，还是开着吧。舱间里黑沉沉的，妈已经睡着了，外舱老妈子丫头在那儿怪寒伧的打呼。她偏睡不着，脑筋里新来的影子真不少，像是家里有事情屋子里满了的全是外来的客，有的脸熟，有的不熟；又像是迎会，一道道的迎过去；又像是走马灯，转了去又回来了。一纪一贯的橹声，轧轧的水车，那水面露着的水牛鼻子，那一田的芋头叶，那小孩儿的赤腿，吃晚饭时乡下人拿进来那碗螺丝[1]肉，桃花李花的山歌，那座小木桥，那家带卖茶的财神庙，那河边青草的味儿……全在这儿，全在她的脑壳里挤着，也许他们从此不出去了。这新来客一多，原来的家里人倒像是躲起来了，腴玉，这天以前的腴玉，她的思想，她的生活，她的烦恼，她的忧愁，全躲起来了，全让这芋头水牛鼻子螺丝肉挤跑了；她仿佛是另投了胎，换了一个人似的，就连睡在她身旁的妈都像是离得很远，简直不像是她亲娘，她仿佛变了那赤着腿脸上涂着泥手里拿着树条站在河边瞪着眼的小孩儿，不再是她原来的自己。哦，她的梦思风车似的转着，往外跳的壳皮全是这一天的新经验，与那二十年间在城市生长养大的她绝对的联不起来，这是怎么回事……

她翻过身去，那块长疙疤的小玻璃窗外天光望见了她。咦，她果然是在一只小航船里躺着，并不是做梦。窗外白白的是什么光呀，她一仰头正对着岸上那株老榆树顶上爬着的几条月亮，本来是个满月，现在让榆树叶子揉碎了。那边还有一颗顶亮的星，离着月亮不远，腴玉益发的清醒了。这时船身也微微的侧动，船尾那里隐隐的听出水声，像是虫咬什么似的响着，远远的风声、狗叫声也分明的听着，她们果然是在一个荒僻的乡下过夜，也不觉得害怕，多好玩呀！再看

①螺丝：应为螺蛳。

那榆树顶上的月亮，这月色多清，一条条的光亮直打到你眼里呀，叫你心窝里一阵阵的发冷，叫你什么不愿意想着的事情全想了起来，呀，这月光……

这一转身，一见月光，二十年的她就像孔雀开屏似的花斑斑的又支上了心来。满屋子的客人影子都不见了。她心里一阵子发冷，她还是她，她的忧愁，她的烦恼，压根儿就没有离开她——她妈也转了一个身，她的迟重的呼吸就在她的身旁。

“死城”（北京的一晚）[①]

廉枫站在前门大街上发怔。正当上灯的时候，西河沿的那一头还漏着一片焦黄。风算是刮过了，但一路来往的车辆总不能让道上的灰土安息。他们忙的是什么？翻着皮耳朵的巡警不仅得用手指，还得用口嚷，还得旋着身体向左右转。翻了车，碰了人，还不是他的事！声音是杂极了的，但你果然当心听的话，这匀匀的一片也未始没有它的节奏；有起伏，有波折，也有间歇。人海里的潮声。廉枫觉得他自己坐着一叶小艇从一个涛峰上颠渡到又一个涛峰上。他的脚尖在站着的地方不由的往下一按，仿佛信不过他站着的是坚实的地上。

---

①作于1927年12月，初载1929年1月10日《新月》月刊第一卷第十一号，署名徐志摩。初收1930年4月上海中华书局版《轮盘》。

在灰土狂舞的青空兀突着前门的城楼，像一个脑袋，像一个骷髅。青底白字的方块像是骷髅脸上的窟窿，显着无限的忧郁，廉枫从不曾想到前门会有这样的面目，它有什么忧郁？它能有什么忧郁。也可难说，明陵的石人石马，公园的公理战胜碑，有时不也看得发愁？总像是有满肚的话无从说起似的，这类东西果然有灵性，能说话，能冲着来往人们打哈哈，那多有意思！但前门现在只能沉默，只能忍受——忍受黑暗，忍受漫漫的长夜。它即使有话也得过些时候再说，况且它自己的脑壳都已让给蝙蝠们、耗子们做了家，这时候它们正在活动，——它即使能说话也不能说。这年头一座城门都有难言的隐衷，真是的！在黑夜的逼近中，它那壮伟，它那博大，看得这么远，多么孤寂，多么冷。

大街上的神情可是一点也不见孤寂，不见冷。这才是红尘，颜色与光亮的一个斗胜场。够好看的，你要是拿一块绸绢盖在你的脸上再望这一街的红艳，那完全另是一番景象。你没有见过威尼市[①]大运河上的晚照不是？你没有见过纳尔逊大将在地中海口轰打拿破仑舰队不是？你也没有见过四川青城山的朝霞，英伦泰晤士河上雾景不是？好了，这来用手绢一护眼看前门大街——你全见着了。一转手解开了无穷的想象的境界，多巧！廉枫搓弄着他那方绸绢，不是不得意他的不期的发见。但他一转身又瞥见了前门城楼的一角，在灰

①威尼市：即威尼斯。

苍中隐现着。

进城吧。大街有什么可看的，那外表的热闹正使人想起丧事人家的鼓吹，越喧阗越显得凄凉。况且他自己的心上又横着一大饼的凉，凉得发痛。仿佛他内心的世界也下了雪，路旁的树枝都蘸着银霜似的。道旁树上的冰花可真是美；直条的，横条的，肥的瘦的，梅花也欠他几分晶莹。又是那恬静的神情，受苦还是含着笑。可不是受苦，小小的生命躲在枝干最中心的纤维里耐着风雪的侵凌——它们那心窝里也有一大饼的凉。但它们可不怨；它们明白，它们等着。春风一到它们就可以抬头。它们知道，荣华是不断的，生命是悠久的。

生命是悠久的。这大冷天，雪风在你的颈根上直刺，虫子潜伏在泥土里等打雷，心窝里带着一饼子的凉，你往哪儿去？上城墙去望望不好吗？屋顶上满铺着银，僵白的树木上也不见恼人的春色，况且那东南角上亮亮的不是上弦的月正在升起吗？月与雪是有默契的。残破的城砖上停留着残雪的斑点，像是无名的伤痕，月光澹澹的斜着来，如同有手指似的抚摩着它的荒凉的伙伴。猎夫星正从天边翻身起来，腰间翘着箭囊，卖弄着他的英勇。西山的屏峦竟许也望得到，青青的几条发丝勾勒着沉郁的暝色，这上悬照着太白星耀眼的宝光。灵光寺的木叶，秘魔岩的沉寂，香山冻泉，碧云山的云气，山坳里间或有一星二星的火光。在雪意的惨淡里点缀着惨淡的人迹……这算计不错，上城墙去，犯着寒，冒着夜。黑黑的，孤零零的，看月光怎样把我的身影安置到雪地里去。廉枫正走近交民巷一边的城根，听着美国兵营的溜冰场里的一阵笑响，忽然记起这边是帝国主义的禁地，中国人怕不让上去。果然，那一个长六尺高一脸糟斑守门兵只对他摇了摇脑袋，磨着他满口的橡皮[1]，挺着胸脯来回走他的路。

不让进去。辜负了，这荒城，这凉月，这一地的银霜。心头那一饼还是不得疏散。郁得更凉了。不到一个适当的境地你就不敢拿你自己尽量的往外放，你不敢面对你自己；不敢自剖。仿佛也有个糟斑脸的把着门哪。他不让进去。有人得喝够了酒才敢打倒那糟斑脸的。有人得仰仗迷醉的月色。人是这样软弱。什么都怕，什么都不敢当面认一个清澈；最怕看见自己，得！还有什么地方可去的？敢去吗？

廉枫抬头望了望星。疏疏的没有几颗。也不显亮。七姊妹倒看得见，挨得紧紧的，像一球珠花，顺着往东去不好吗？往东是顺的。地球也是这么走。但这陌生的胡同在夜晚觉得多深沉，多幽远。单这静就怕人。半天也不见一副卖萝卜或是卖杂吃的小担。他们那一个小火，照出红是红青是青的，在深巷里显得多可亲，多玲珑。还有他们那叫卖声，虽则有时曳长得叫人听了悲酸，也是深巷里不可少的点缀。就像是空白的墙壁上挂上了字画，不论精粗，多少添上一点人间的趣味。你看他

①橡皮：疑为橡皮糖

们把担子歇在一家门口，站直了身子，昂着脑袋，咧着大口唱——唱得脖子里筋都暴起了。这来邻近哪家都不能不听见。那调儿且在那空气里转着哪——他们自个儿的口鼻间蓬蓬的晃着一团的白云。

今晚什么都没有。狗都不见一只。家门全是关得紧紧的。墙壁上的油灯——一小米的火——活像是鬼给点上的，方便鬼的。骡马车碾烂的雪地，在这鬼火的影映下，都满是鬼意。鬼来跳舞过的。化子们叫雪给埋了。口袋有的是铜子，要见着化子，在这年头，还有不布施的？静：空虚的静，墓底的静。这胡同简直没有个底，方才拐了没有？廉枫望了望星，知道方向没有变。总是有个尽头，赶着走吧。

走完了胡同看了一个旷场。白茫茫的。头顶星显得更多更亮了。猎夫早就全身披挂的支起来了，狗在那一头领着路。大熊也见了。廉枫打了一个寒噤。他走到了一座坟山。外国人的，在这城根。也不知怎么的，门没有关上。他进了门。这儿地上的雪比道上的白得多，松松的满没有斑点。月光正照着。墓碑有不少，疏朗朗的排列着，一直到黑巍巍的城根。有高的，有矮的，也有雕镂着形象的。悄悄的全戴着雪帽，盖着雪被，悄悄的全躺着。这倒有意思，月下来拜会洋鬼子，廉枫叹了一口气。他走近一个墓墩，拂去了石上的雪，坐了下去。石上刻着字，许是金的，可不易辨认。廉枫拿手指去摸那字迹。冷极了！那雪腌过的石板吸墨纸似的猛收着他手指头上的体温。冷得发僵，感觉都失了。他哈了口气再摸，仿佛人家不愿意你非得请教姓名似的。摸着了，原来是一位姑娘，FRAULEIN ELIZA BERKSON[①]。还得问几岁！这字小更费事，可总得知道。早三年死的。二十八减六是二十二。呀，一位妙年姑娘，才二十二岁的！廉枫感到一种奇异的战栗，从他的指尖上直通到发尖；仿佛身背有一个黑影子在晃动。但雪地上只有澹白的月光。黑影子是他自己的。

做梦也不易梦到这般境界。我陪着你哪，外国来的姑娘。廉枫的肢体在夜凉里冻得发了麻，就是胸潭里一颗心热热的跳着，应和着头顶明星的闪动。人是这软弱，他非得要同情。盘踞在肝肠深处的那些，非得要一个尽情倾吐的机会。活的时候得不着，临死，只要一口气不曾断，还非得招承。眼珠已经褪了光，发音都不得清楚，他一样非得忏悔。非得到永别生的时候人才有胆量，才没有顾忌。每一个灵魂里都安着一点谎。谎能进天堂吗？你不是也对那穿黑长袍胸前挂金十字的老先生，说了你要说的话，才安心到这石块底下躺着不是，贝克生姑

①原文为德文：伊丽莎·伯克森小姐。

娘？我还不死哪。但这静定的夜景是多大一个引诱！我觉得我的身子已经死了，就只一点子灵性在一个梦世界的浪花里浮萍似的飘着。空灵，安逸。梦世界是没有墙围的。没有涯涘的。你得宽恕我的无状，在昏夜里踞坐在你的寝次，姑娘，但我已然感到一种超凡的宁静，一种解放，一种莹澈的自由。这也许是你的灵感——你与雪地上的月影。

我不能承受你的智慧，但你却不能吝惜你的容忍，我不是你的谁，不是你的朋友，不是你的相知，但你不能不认识我现在向你诉说的忧愁，你——廉枫的手在石板的一头触到了冻僵的一束什么。一把萎谢了的花——玫瑰。有三朵，叫雪给掩僵了。他亲了亲花瓣上的冻雪。我羡慕你在人间还有未断的恩情，姑娘，但这也是个累赘，说到彻底的话。这三朵香艳的花放上你的头边——他或是你的亲属或是你的知己——你不能不生感动不是？我也曾经亲自到山谷里去采集野香去安放在我的她的头边。我的热泪滴上冰冷的石块时，我不能怀疑她在泥土里或在星天外也含着悲酸在体念我的情意。但她是远在天的又一方，我今晚只能借景来抒解我的苦辛。

人生是辛苦的。最辛苦是那些在黑茫茫的天地间寻求光热的生灵。可怜的秋蛾，它永远不能忘情于火焰。在泥草间化生，在黑暗里飞行，抖擞着翅羽上的金粉——它的愿望是在万万里外的一颗星。那是我。见着光就感到激奋，见着光就顾不得粉碎的躯体，见着光就满身充满着悲惨的神异，殉献的奇丽——到火焰的底里去实现生命的意义。那是我。天让我望见那一炷光！那一个灵异的时间！“也就一半句话，甘露活了枯芽。”我的生命顿时豁裂成一朵奇异的愿望的花。“生命是悠久的”，但花开只是朝露与晚霞间的一段插话。殷勤是夕阳的顾盼，为花事的荣悴关心。可怜这心头的一撮土，更有谁来凭吊？“你的烦恼我全知道，虽则你从不曾向我说破；你的忧愁我全明白，为你我也时常难受。”清丽的晨风，吹醒了大地的荣华！“你耐着吧，美不过这半绽的蓓蕾。”“我去了，你不必悲伤，珍重这一卷诗心，光彩常留在星月间。”她去了！光彩常在星月间。

陌生的朋友，你不嫌我话说得晦涩吧，我想你懂得。你一定懂。月光染白了我的发丝，这枯槁的形容正配与墓墟中人作伴；它也仿佛为我照出你长眠的宁静……那不是我那她的眉目？迷离的月影，你无妨为我认真来刻画个灵通，她的眉目；我如何能遗忘你那永诀时的神情！竟许就那一度，在生死的边沿，你容许我怀抱你那生命的本真；在生死的边沿，你容许我亲吻你那性灵的奥隐，在生死的边沿，你容许我餔啜你那妙眼的神辉。那眼，那眼！爱的纯粹的精灵迸裂在神异的刹那间！你去了，但你是永远留着。从你的死，我才初次会悟到生，会悟到生死间一种幽玄的丝缕。世界是黑暗的，但我却永久存储着你的不死的灵光。

廉枫抬头望着月。月也望着他。青空添深了沉默。城墙外仿佛有一声鸦啼，像是裂帛，像是鬼啸，墙边一枝树上抛下了一捧雪，亮得耀眼。这还是人间吗？她为什么不来，像那年在山中的一夜？

“我送别她归去，与她在此分离，

在青草里飘拂，她的洁白的裙衣。”

诡异的人生！什么古怪的梦！希望，在你擎上手掌估计分量时，已经从你的手指间消失，像是发珠光的青汞。什么都得变成灰，飞散，飞散，飞散……我不能不羡慕你的安逸，缄默的墓中人！我心头还有火在烧，我怀着我的宝；永没有人能探得我的痛苦的根源，永没有人知晓，到那天我也得瞑目时，我把我的宝交还给上帝：除了他更有谁能赐与，能承受这生命的生命？我是幸福的！你不羡慕我吗，朋友？

我是幸福的，因为我爱，因为我有爱。多伟大，多充实的一个字！提着它胸胁间就透着热，放着光，滋生着力量。多谢你的同情的倾听，长眠的朋友，这光阴在我是稀有的奢华。这又是北京的清静的一隅。在凉月下，在荒城边，在银霜满树时。但北京——廉枫眼前又扯亮着那狞恶的前门。像一个脑袋，像一个骷髅。丧事人家的鼓乐。北海的芦苇。荣叶能不死吗？在晚照的金黄中，有孤鹜在冰面上飞。消沉，消沉。更有谁眷念西山的紫气？她是死了——一堆灰。北京也快死了——准备一个钵盂，到枯木林中去安排它的葬事。有什么可说的？再会吧，朋友，还有什么可说的？

他正想站起身走，一回头见进门那路上仿佛又来了一个人影。肥黑的一团在雪地上移着，迟迟的移着，向着他的一边来。有树拦着，认不真是什么。是人吗？怪了，这是谁？在这大凉夜还有与我同志的吗？为什么不，就许你吗？可真是有些怪，它又不动了，那黑影子绞和着一棵树影，像一团大包袱。不能是鬼吧。为什么发噤，怕什么的？是人，许是又一个伤心人，是鬼，也说不定它也别有怀抱。竟许是个女子，谁知道！在凉月下，在荒冢间，在银霜满地时，它伛偻着身子哪，像是拉什么东西。不能是个化子——化子化不到墓园里来。唷，他转过来了！

他过来了，那一团的黑影。走近了。站定了，他也望着坐在坟墩上的那个发愣哪。是人，还是鬼，这月光下的一堆？他也在想。“谁？”粗糙的，沉浊的口音。廉枫站起了身，哈着一双冻手。“是我，你是谁？”他是一个矮老头儿，屈着肩背，手插在他的一件破旧制服的破袋里。“我是这儿看门的。”他也走到了月光下。活像哈姆雷德里一个掘坟的，廉枫觉得有趣，比一个妙年女子，不论是鬼是人，都更有趣。“先生，你什么时候进来的？我怕是睡着了，那门没有关严吗？”“我进来半天了。”“不凉吗，您坐在这石头上？”“就你一个人看着门的？”“除了我这样的苦小老儿，谁肯来当这苦差？”“你来有

几年了？”“我怎么知道有几年了！反正老佛爷没有死，我早就来了。这该有不少年份了吧，先生？我是一个在旗吃粮的，您不看我的衣服？”“这儿常有人来不？”“倒是有。除了洋人拿花来上坟的，还有学生也有来的，多半是一男一女的。天凉了就少有来的了。你不也是学生吗？”他斜着一双老眼打量廉枫的衣服。“你一个看着这么多的洋鬼不害怕吗？”老头他乐了。这话问得多幼稚，准是个学生，年纪不大。“害怕？人老了，人穷了，还怕什么的！再说我这还不是靠鬼吃一口饭吗？靠鬼。先生！”“你有家不，老头儿！”“早就死完了。死干净了。”“你自己怕死不，老头儿？”老头又乐了。“先生，您又来了！人穷了，人老了，还怕死吗？你们年轻人爱玩儿，爱乐，活着有意思，咱们哪说得上？”他在口袋里掏出一块黑绢子擤着他的冻鼻子。这声音听大了。城圈里又有回音，这来坟场上倒添了不少生气。那边树上有几只老鸦也给惊醒了，亮着他们半冻的翅膀。“老头，你想是生长在北京的吧？”“一辈子就没有离开过。”“那你爱不爱北京？”老头简直想哪个大嘴笑。这学生问的话多可乐！爱不爱北京？人穷了，人老了，有什么爱不爱的？“我说给您听听吧，”他有话说。

“就在这儿东城根，多的是穷人、苦人。推土车的，推水车的，住闲的，残废的，全跟我一模一样的，生长在这城圈子里，一辈子没有离开过。一年就比一年苦，大米一年比一年贵。土堆里煤渣多捡不着多少。谁生得起火？有几顿吃得饱的？夏天还可对付，冬天可不能含糊。冻了更饿，饿了更冻。又不能吃土。就这几天天下大雪，好，狗都瘪了不少！”老头又擤了擤鼻子。“听说有钱的人都搬走了，往南，往东南，发财的，升官的，全去了。穷人苦人哪走得了？有钱人走了他们更苦了，一口冷饭都讨不着。北京就像个死城，没有气了，您知道！哪年也没有本年的冷清。您听听，什么声音都没有，狗都不叫了！前儿个我还见着一家子夫妻俩带着三个孩子饿急了，又不能做贼，就商量商量借把刀子破肚子见阎王爷去。可怜着哪！那男的一刀子捅了他媳妇的肚子，肠子漏了，血直冒，算完了一个，等他抹回头拿刀子对自个儿的肚子撩，您说怎么了，那女的眼还睁着没有死透，眼看着她丈夫拿刀扎自己，一急就拼着她那血身体向刀口直推，您说怎么了，她那手正冲着刀锋，快着哪，一只手，四根手指，就让白萝卜似的给批〈劈〉了下来，脆着哪！那男的一看这神儿，一心痛就痛偏了心，掷了刀回身就往外跑，满口疯嚷嚷的喊救命，这一跑谁知他往哪儿去了，昨儿个盔甲厂派出所的巡警说起这件事都撑不住淌眼泪哪。同是人不是，人总是一条心，这苦年头谁受得了？苦人倒是爱面子，又不能偷人家的，真急了就吊，不吊就往水里淹，大雪天河沟冻了淹不了，就借把刀子抹脖子拉肚肠根，是穷末，有什么说的？好，话说回来了，您问我爱不爱北京。人穷了，人苦了，还有什么路走？爱什么！活不了，就得爱死！我不说北京就像个死城吗？我说它简直死定了！我还掏了二十个大子给那一家三小子买窝窝头吃。才可怜哪！好，爱不爱北京？北京就是这死定了，先生！还有什么说的？”

廉枫出了坟园低着头走，在月光下走了三四条老长的胡同才雇到一辆车。车往西北正顶着刀尖似的凉风。他裹紧了大衣，烤着自己的呼吸，心里什么念头都给冻僵了。有时他睁眼望望一街阴惨的街灯，又看着那上年纪的车夫在滑溜的雪道上顶着风一步一步的挨，他几回都想叫他停下来自己下去让他坐上车拉他，但总是说不出口。半圆的月在雪道上亮着它的银光。夜深了。

“浓得化不开”（星加坡）①

大雨点打上芭蕉有铜盘的声音，怪。“红心蕉，”多美的字面。红得浓得好。要红，要热，要烈，就得浓，浓得化不开，树胶似的才有意思，“我的心像芭蕉的心，红……”不成！“紧紧的卷着，我的红浓的芭蕉的心……”更不成。趁早别再诌什么诗了。自然的变化，只要你有眼，随时随地都是绝妙的诗。完全天生的。白做就不成。看这骤雨，这万千雨点奔腾的气势，这迷朦，这渲染，看这一小方草地生受这暴雨的侵凌，鞭打，针刺，脚踹，可怜的小草，无辜的……可是慢着，你说小草要是会说话。它们会嚷痛，会叫冤不？难说他们就爱这门儿——出其不意的，使蛮劲的，太急一些，当然，可这正见情热，谁说这外表的凶狠不是变相的爱。有人就爱这急劲儿！

再说小草儿吃亏了没有，让急雨狼虎似的胡亲了这一阵子？别说了，它们这才真漏着喜色哪，绿得发亮，绿得生油，绿得放光。它们这才乐哪！

咳，一首淫诗。蕉心红得浓，绿草绿成油。本来末，自然就是淫，它那从来不知厌满的创化欲的表现还不是淫：淫，甚也。不说别的，这雨后的泥草间就是万千小生物的胎宫，蚊虫、

①作于1928年11月1日、2日，初载1928年12月10日《新月》月刊，署名徐志摩。初收1931年8月上海中华书局出版《轮盘》。

甲虫、长脚虫、青跳虫、慕光明的小生灵，人类的大敌。热带的自然更显得浓厚，更显得猖狂，更显得淫，夜晚的星都显得玲珑些，像要向你说话半开的妙口似的。

可是这一个人耽在旅舍里看雨，够多凄凉。上街不知星加坡，即新加坡。向哪儿转，一只熟脸都看不见，话都说不通，天又快黑，胡湿的地，你上哪儿去？得。“有孤王……”一个小声音从廉枫的嗓子里自己唱了出来。“坐镇在梅……”怎么了！哼起京调来了？一想着单身就转着梅龙镇，再转就该是李凤姐了吧，哼！好，从高超的诗思堕落到腐败的戏腔！可是京戏也不一定是腐败，何必一定得跟着现代人学势利？正德皇帝在梅龙镇上，林廉枫在星家坡。他有凤姐，我——惭愧没有。廉枫的眼前晃着舞台上凤姐的倩影，曳着围巾，托着盘，踏着跷。“自幼儿……”去你的！可是这闷是真的。雨后的天黑得更快，黑影一幕幕的直盖下来，麻雀儿都回家了。干什么好呢？有什么可干的？这叫做孤单的况味。这叫做闷。怪不得唐明皇在斜谷口听着栈道中的雨声难过，良心发现，想着玉环……我负了卿，负了卿……转自忆荒茔，——呒，又是戏！又不是戏迷，左哼右哼哼什么的！出门吧。

廉枫跳上了一架厂车，也不向那带回子帽的马来人开口，就用手比了一个丢圈子的手势。那马来人完全了解，脑袋微微的一侧，车就开了。焦桃片似的店房，黑芝麻长条饼似的街，野兽似的汽车，磕头虫似的人力车，长人似的树，矮树似的人。廉枫在急掣的车上快镜似的收着模糊的影片，同时顶头风刮得他本来梳整齐的分边的头发直向后冲，有几根沾着他的眼皮痒痒的舐，掠上了又下来，怪难受的。这风可真凉爽，皮肤上，毛孔里，哪儿都受用，像是在最温柔的水波里游泳。做鱼的快乐。气流似乎是密一点，显得沉。一只疏荡的胳膊压在你的心窝上……确是有肉糜的气息，浓得化不开。快，快，芭蕉的巨灵掌，椰子树的旗头，橡皮树的白鼓眼，棕榈树的毛大腿，合欢树的红花痢，无花果树的要饭腔，蹲着脖子，弯着臂膊……快，快：马来人的花棚，中国人家的髹灯，西洋人家的牛奶瓶，一脸的黑花活像一只煨灶的猫……

车忽然停住在那有名的潴水潭的时候，廉枫快活的心轮转得比车轮更显得快，这一顿才把他从幻想里掴了回来。这时候旅困是完全叫风给刮散了。风也刮散了天空的云，大狗星张着大眼霸占着东半天，猎夫只看见两只腿，天马也只漏半身，吐鲁士牛大哥只翘着一支小尾。咦，居然有湖心亭。这是谁的主意？红毛人都雅化了，唉，不坏，黄昏未死的紫曛，湖边丛林的倒影，林树间艳艳的红灯，瘦玲玲的窄堤桥连通着湖亭。水面上若无若有的涟漪，天顶几颗疏散的星。真不坏。但他走上堤桥不到半路就发见那亭子里一齿齿的把柄，原来这是为安量水表的，可这也将就，反正轮廓是一座湖亭，平湖秋月……呒，有人在哪！这回他发见的是靠亭栏的一双人影，本来是糊成一饼的，他一走近打搅了他们。“道歉，有扰清兴，但我还不只是一朵游云，虑俺作甚。”廉枫默诵着他戏白的念头，粗粗望了望湖，转身走了回去。“苟……”他坐上车起首想，但他记起了烟卷，忙着在风尖上划火，下文如其有，也在他第一喷龙卷烟里没了。

廉枫回进旅店门仿佛又投进了昏沉的圈套，一阵热，一阵烦，又压上了他在晚凉中疏爽了来的心胸。他正想叹一口安命的气走上楼去，他忽然感到一股彩流的袭击从右首窗边的桌座上飞骠了过来。一种巧妙的敏锐的刺激，一种浓艳的警告，一种不是没有美感的迷惑。只有在巴黎晦盲的市街上走进新派的画店时，仿佛感到过相类的惊惧。一张佛拉明果的野景，一幅玛提斯的窗景，或是佛朗次马克的一方人头马面。或是马克夏高尔的一个卖菜老头。可这是怎么了，那窗边又没有挂什么未来派的画，廉枫最初感到的是一球大红，像是火焰；其次是一片乌黑，墨晶似的浓，可又花须似的轻柔，其次是一流蜜，金漾漾的一泻，再次是朱古律（Chocolate）[①]，饱和着奶油最可口的朱古律。这些色感因为浓，初来显得凌乱，但瞬息间线条和轮廓的辨认笼住色彩的蓬勃的波流。廉枫幽幽的喘了一口气。“一个黑女人，什么了！”可是多妖艳的一个黑女，这打扮真是绝了，艺术的手腕神化了天生的材料，好！乌黑的惺忪的是她的发，红的是一边鬓角上的插花，蜜色是她的玲巧的挂肩，朱古律是姑娘的肌肤的鲜艳，得儿朗打打，得儿铃丁丁……廉枫停步在楼梯边的欣赏不期然的流成了新韵。

①朱古律（Chocolate）：今译朱古力。

“还漏了一点小小的却也不可少的点缀，她一只手腕上还带着一小支金环哪。”廉枫上楼进了房还是尽转着这绝妙的诗题——色香味俱全的奶油朱古律，耐宿儿老牌，两个便士一厚块，拿铜子往轧缝里放，一，二，再拉那铁环，喂，一块印金字红纸包的耐宿儿奶油朱古律。可口！最早黑人上画的怕是孟内那张奥林比亚吧。有心机的画家。廉枫躺在床上在脑筋里翻着近代的画史。有心机有胆识的画家，他不但敢用黑，而且敢用黑来衬托黑，唉，那斜躺着的奥林比亚不是鬓上也插着一朵花吗？底下的那位很有点像奥林比亚的抄本，就是白的变黑了。但最早对朱古律的肉色表示敬意的可还得让还高更，对了，就是那味儿，浓得化不开，他为人间，发现了朱古律皮肉的色香味，他那本 Noa Noa[①]是二十世纪的“新生命”——到半开化，全野蛮的风土间去发现文化的本真，开辟文艺的新感觉……

但底下那位朱古律姑娘倒是作什么的？作什么的，傻子！她是一个人道主义者，一筏普济的慈航，她是赈灾的特派员，她是来慰藉旅人的幽独的。可惜不曾看清她的眉目，望去只觉得浓，浓得化不开，谁知道她眉清还是目秀。眉清目秀！思想落后！唯美派的新字典上没有这类腐败的字眼。且不管她眉目，她那姿态确是动人，怯怜怜的，简直是秀丽，衣服也剪裁得好，一头蓬松的乌霞就耐人寻味。“好花儿出至在僻岛上！”廉枫闭着眼又哼上了。……

① Noa Noa：全名为“Noa Noa：The Tahitian Journal”，是高更在塔希提作画时的日记。

“谁”，窸窣的门响将他从床上惊跳了起来，门慢慢的自己开着，廉枫的眼前一亮，红的！一朵花；是她！进来了！这怎么好！镇定，傻子，这怕什么。

她果然进来了，红的、蜜的、乌的、金的、朱古律、耐宿儿、奶油全进来了。你不许我进来吗？朱古律笑口低声的唱着，反手关上了门。这回眉目认得清楚了：清秀，秀丽，韶丽；不成，实在得另翻一本字典，可是“妖艳”，总合得上。廉枫迷糊的脑筋里挂上了“妖”“艳”两个大字。朱古律姑娘也不等请，已经自己坐上了廉枫的床沿。你倒像是怕我似的，我又不是马来半岛上的老虎！朱古律的浓重的色、浓重的香团团围裹住了半心跳的旅客。浓得化不开！李凤姐，李凤姐，这不是你要的好花儿自己来了！笼着金环的一支手腕放上了他的身，紫姜的一支小手把住了他的手。廉枫从没有知道他自己的手有那样的白。“等你家哥哥回来”……廉枫觉得他自己变了骤雨下的小草，不知道是好过，也不知道是难受。湖心亭上那一饼子黑影。大自然的创化欲。你不爱我吗？朱古律的声音也动人——脆，幽，媚。一只青蛙跳进了池潭，扑崔！猎夫该从林子里跑出来了吧？你不爱我吗？我知道你爱，方才你在楼梯边看我我就知道，对不对亲孩子？紫姜辣上了他的面庞，救驾！快辣上他的口唇了。可怜的孩子，一个人住着也不嫌冷清，你瞧，这胖胖的荷兰老婆[①]都让你抱瘪了，你不害臊吗？廉枫一看果然那荷兰老

①荷兰老婆（Dutch wife）：南洋人用的长枕，竹枕一类的（作者原注）。

婆让他给挤扁了，他不由的觉得脸有些发烧。我来做你的老婆好不好？朱古律的乌云都盖下来了。“有孤王……”是不是。朱古律，盖苏文，青面獠牙的…… “千米一家的姑母”，血盆的大口高耸的颧骨，狼嚎的笑响……鞭打，针刺，脚踢——喜色，呸，见鬼！唷，闷死了，不好，茶房！

廉枫想叫可是嚷不出，身上油油的觉得全是汗。醒了醒了，可了不得，这心跳得多厉害。荷兰老婆活该遭劫，夹成了一个破烂的葫芦。廉枫觉得口里直发腻，紫姜，朱古律，也不知是什么，浓得化不开。

十七年一月

“浓得化不开”之二（香港）[1]

廉枫到了香港，他见的九龙是几条盘错的运货车的浅轨，似乎有头，有尾，有中段，也似乎有隐现的爪牙，甚至在火车头穿度那栅门时似乎有迷漫的云气。中原的念头，虽则有广九车站上高标的大钟的暗示，当然是不能在九龙的云气中幸存。这在事实上也省了许多无谓的感慨。因此眼看着对岸，屋宇像樱花似盛开着的一座山头，如同对着希望的化身，竟然欣欣的上了渡船。从妖龙的脊背上过渡到希望的化身去。

富庶，真富庶，从街角上的水果摊，看到中环乃至上环大街的珠宝店；从悬挂得如同 Banyan[2]树一般繁衍的腊食及海味铺，看到穿着定阔花边艳色新装走街的粤女；从石子街的花市看到饭店门口陈列着“时鲜”的花狸金钱豹，以及在浑水盂内倦卧着的海狗鱼，唯一的印象是一个不容分析的印象：浓密，琳琅，琳琅，琳琅，廉枫似乎听得到钟磬相击的声响。富庶，真富庶。

但看香港，至少玩香港，少不了坐吊盘车上山去一趟。这吊着上去是有些好玩。海面、海港、海边，都在轴辘声中继续的往

①作于 1928 年 11 月左右，初载 1929 年 3 月 10 日《新月》月刊第 2 卷第 1 号，署名徐志摩。初收 1930 年 4 月上海中华书局出版《轮盘》。

② Banyan：印度榕树。

下沉。对岸的山，龙蛇似盘旋着的山脉，也往下沉。但单是直落的往下沉还不奇，妙的是，一边你自身凭空的往上提，一边绿的一角海，灰的一陇山，白的方的房屋，高直的树，都怪相的一头吊了起来，结果是像一幅画斜提着看似的，同时这边的山头从平放的馒头变成侧竖的，山腰里的屋子从横刺里倾斜了去，相近的树木也跟着平行的来。怪极了。原来一个人从来不想到他自己的地位也有不端正的时候；你坐在吊盆车里只觉得眼前的事物都发了疯，倒竖了起来。

但吊盘车的车里也有可注意的。一个女性在廉枫的前几行椅座上坐着。她满不管车外拿大鼎的世界，她有她的世界。她坐着，屈着一只腿，脑袋有时枕着椅背，眼向着车顶望，一个手指含在唇齿间。这不由人不注意。她是一个少妇与少女间的年轻女子。这不由人不注意，虽则车外的世界都在那里倒竖着玩。

她在前面走。上山。左转弯，右转弯，宕一个山腰的弧线，她在前面走。沿着山堤，靠着岩壁，转入 Aioe[①]丛中，绕着一所房舍，抄一摺小径，拾几级石磴，她在前面走。如其山路的姿态是婀娜，她的也是的。灵活的山的腰身，灵活的女人的腰身。浓浓的折叠着，融融的松散着。肌肉的神奇！动的神奇！

廉枫心目中的山景，一幅幅的舒展着，有的山背海，有的山套山，有的浓荫，有的巉岩，但不论精粗，每幅的中点总是她，她的动，她的中段的摆动。但当她转入一个比较深奥的山坳时，

① Aioe：芦荟。

廉枫猛然记起了 Tanhauser 的幸运与命运——吃灵魂的薇纳丝。一样的肥满。前面别是她的洞府，呒，危险，小心了！

她果然进了她的洞府，她居然也回头看来。她竟然似乎在回头时露着微哂的瓠犀。孩子，你敢吗？那洞府径直的石级，竟像直通上天。她进了洞了。但这时候路旁又发生一个新现象，惊醒了廉枫"邓浩然"的遐想。一个老婆子操着最破烂的粤音问他要钱。她不是化子，至少不是职业的，因为她现成有她体面的职业，她是一个劳工。她是一个挑砖瓦的。挑砖瓦上山因红毛人要造房子。新鲜的是她同时挑着不止一副重担，她的是局段的回复的运输。挑上一担，走上一节路，空身下来再挑一担上去，如此再下再上，再下再上。她不但有了年纪，她并且是个病人。她的喘是哮喘，不仅是登高的喘。她也咳嗽，她有时全身都咳嗽。但她可解释错了。她以为廉枫停步在路中是对她发生了哀怜的趣味；以为看上了她！她实在没有注意到这位年轻人的眼光曾经飞注到云端里的天梯上。她实想不到在这寂寞的山道上会有与她利益相冲突的现象。她当然不能使他失望。当得成全他的慈悲心。她向他伸直了她的一只焦枯得像贝壳似的手，口里呢喃着在她是最软柔的语调整。但"她"已经进洞府了。

往更高处去。往顶峰的顶上去。头顶着天，脚踏着地尖，放眼到寥廓的天边，这次的凭眺不是寻常的凭眺。这不是香港，这简直是蓬莱仙岛。廉枫的全身，他的全人，他的全心神，都感到了酣醉，觉得震荡。宇宙的肉身的神奇，动在静中，静在动中的神奇。在一刹那间，在他的眼内，在他的全生命的眼内，这当前的景象幻化成一个神灵的微笑，一折完美的歌调，一朵宇宙的琼花。一朵宇宙的琼花在时空不容分仳的仙掌上俄然的擎出了它全盘的灵异。山的起伏，海的起伏，光的起伏；山的颜色，水的颜色，光的颜色——形成了一种不可比况的空灵，一种不可比况的节奏，一种不可比况的谐和。一方宝石，一球纯晶，一颗珠，一个水泡。

但这只是一刹那，也许只许一刹那。在这刹那间廉枫觉得他的脉搏都止息了跳动。他化入了宇宙的脉搏。在这刹那间一切都融合了，一切都消纳了，一切都停止了它本体的现象的动作来参加这“刹那的神奇”的伟大的化生。在这刹那间他上山来，心头累聚着的杂格的印象与思绪，梦似的消失了踪影。倒挂的一角海，龙的爪牙，少妇的腰身，老妇人的手与乞讨的碎琐，薇纳丝的洞府，全没了。但转瞬间现象的世界重复回返。一层纱幕，适才睁眼纵览时顿然揭去的那一层纱幕，重复不容商榷的盖上了大地。在你也回复了各自的辨认的感觉。这景色，是美，美极了的，但不再是方才那整个的灵异。另一种文法，另一种关键，另一种意义也许，但不再是那个。它的来与它的去，正如恋爱，正如信仰，不是意力可以支配，可以作主的。他这时候可以分别的赏识这一峰是一个秀挺的莲苞，那一屿像一只雄蹲的海豹，或是那湾海像一钩的眉月；他也能欣赏这幅天然画图的色彩与线条的配置，透视的匀整或是别的什么，但他见的只是一座山峰，一湾海，或是一幅画图。他尤其惊讶那波光的灵秀，有的是绿玉，有的是紫晶，有的是琥珀，有的是翡翠，这波光接连着山岚的晴霭，化成一种异样的珠光，扫荡着无际的青空，但就这也是可以指点，可以比况给你身旁的友伴的一类诗意，也不再是初起那回事。这层遮隔的纱幕是盖定的了。

因此廉枫拾步下山时心胸的舒爽与恬适不是不和杂着，虽则是隐隐的，一些无名的惆怅。过山腰时他又飞眼望了望那“洞府”，也向路侧寻觅那挑砖瓦的老妇，她还是忙着搬运着她那搬运不完的重担，但他对她，犹是对“她”，兴趣远不如上山时的那样馥郁了。他到半山的凉座地方坐下来休息时，他的思想几乎完全中止了活动。

轮盘①

好冷！倪三小姐从暖屋里出来站在廊前等车的时候觉着风来得尖厉。她一手搭着皮领护着脸，脚在地上微微的点着。“有几点了，阿姚？”三点都过了。

三点都过了。三点……这念头在她的心上盘着，有一粒白丸在那里运命似的跳，就不会跳进二十三的，偏来三十五，差那么一点，我还当是二十三哪，要有一只鬼手拿它一拨，叫那小丸子乖乖的坐上二十三，那分别多大！我本来是想要三十五的，也不知怎么的当时心里那么一迷糊——又给下错了。这车里怎么老是透风，阿姚？阿姚很愿意为主人替风或是替车道歉，他知道主人又是不顺手，但他正忙着大拐弯，马路太滑，红绿

①作完于1929年2月3日，初发于1929年9—10月《上海画报》第五一二至五二一期，初发时题名为《倪三小姐》。初收1930年4月上海中华书局版《轮盘》。

灯光又耀着眼，那不能不留意，这一岔就把答话的时机给岔过了。实在他的思想也不显简单，他正有不少的话想对小姐说，谁家的当差不为主人打算，况且听昨晚阿宝的话这事情正不是玩儿——好，房契都抵了，钻戒、钻镯，连那串精圆的珍珠项圈都给换了红片儿、白片儿、整数零数的全往庄上送！打不倒吃不厌的庄！

三小姐觉得冷。是哪儿透风，哪天也没有今天冷。最觉得异样，最觉得空虚，最觉得冷是在颈根和前胸那一圈。精圆的珍珠——谁家都比不上的那一串，带了整整一年多，有时上床都不舍得摘了放回匣子去，叫那脸上刮着刀疤那丑洋鬼端在一双黑毛手里左轮右轮的看，生怕是吃了假的上当似的，还非得让我签字，才给换了那一摊圆片子，要不了一半点钟那些片子还不是白鸽似的又往回飞；我的脖子上，胸前，可是没有，跑了，化了，冷了，眼看那黑毛手抢了我的心爱的宝贝去，这冤……三小姐心窝里觉着一块冰凉，眼眶里热刺刺的，不由的拿手绢给掩住了。“三儿，东西总是你的，你看了也舍不得放手不是？可是娘给你放着不更好，这年头又不能常戴，一来太耀眼，二来你老是那拉拖的脾气改不过来，说不定你一不小心那怎么好？”老太太咳嗽了一声。“还是让娘给你放着吧，反正东西总是你的。”三小姐心都裂缝儿了。娘说话不到一年就死了，我还说我天天贴胸带着表示纪念她老人家的意思，谁知不到半年……

车到了家了。三小姐上了楼，进了房，开亮了大灯，拿皮大衣向沙发上一扔，也不答阿宝赔着笑问她输赢的话，站定在衣柜的玻镜前对着自己的映影呆住了。这算个什么相儿？这还能是我吗？两脸红得冒得出火，颧骨亮得像透明的琥珀，一鼻子的油，口唇叫烟卷烧得透紫，像煨白薯的焦皮，一对眼更看得怕人，像是有一个恶鬼躲在里面似的。三小姐一手掠着额前的散发，一手扶着柜子，觉得头脑里一阵的昏，眼前一黑，差一点不曾叫脑壳子正对着镜里的那个碰一个脆。你累了吧，小姐？阿宝站在窗口叠着大衣说的话，她听来像是隔两间屋子或是一层雾叫过来似的，但这却帮助她定了定神，重复睁大了眼对着镜子里痴痴的望。这还能是我——是倪秋雁吗？鬼附上了身也不能有这相儿！但这时候她眼内的凶光——那是整六个钟头轮盘和压码条格的煎迫的余威——已然渐渐移让给另一种意态：一种疲倦，一种呆顿，一种空虚。她忽然想起马路中的红灯照着道旁的树干，使她记起不少早已遗忘了的片段的梦境——但她疲倦是真的。她觉得她早已睡着了。她是绝无知觉的一堆灰。一排木料，在清晨树梢上浮挂着的一团烟雾。她做过一个极幽深的梦，这梦使得她因为过分兴奋而陷入一种最沉酣的睡。她决不能是醒着。她的珍珠当然是好好的在首饰匣子里放着。“我替你放着不更好，三儿？”娘的话没有一句不充满着怜爱，个个字都听得甜。那小白丸子真可恶，他为什么不跳进二十三？三小姐扶着柜子那只手的手指摸着了玻璃，极细微的一点凉感从指尖上直透到心口，这使她形影相对的那两双眼内顿时剥去了一翳梦意。小姐，喝口茶吧，你真是累了，该睡了，有多少天你没有睡好，睡不好最伤神，先喝口茶吧。她从阿宝的手里接过了一片殷勤，热茶沾上口唇才觉得口渴得津液都干了。但她还是梦梦的不能相信这不是梦。我何至于堕落到如此——我倪秋雁？你不是倪秋雁吗？她责问着镜里的秋雁。那一个的手里也擎着一个金边蓝花的茶杯，口边描着惨淡的苦笑。荒唐也不能到这个田地。为着赌，几乎拿身子给鬼似的男子——“你抽一口的好，赌钱就赌一个精神，你看你眼里的红丝，闹病了那犯得着？”小俞最会说那一套体已话，细着一双有黑圈的眼瞅着你，不提有多么关切，他就会那一套！那天他对老五也是说一样的话！他还得用手来挽着你，非得你养息他才安心似的。呸，男人，那〈哪〉有什么好心眼的？老五早就上了他的当，哼，也不是上当，还不是老五自已说的，“进了三十六，谁还管得了美，管得了丑？”“过一天是一天，”她又说，“堵死你的心，别让它有机会想，要想就活该你受！”那天我摘下我胸前那串珠子递给那脸上刻着刀疤的黑毛鬼，老五还带着笑——她那笑！——赶过来拍着我的肩膀说：“好，这才够一个豪字！要赌就得拼一个精光。有什么可恋的？上不了梁山，咱们就落太湖！你就输在你的良心上，老三。”老五说话一上劲，眼里就放出一股邪光，我看了真害怕。“你非得拿你小姐的身份，一点也不肯凑和。说实话，你来得三十六门，就由不得你拿什么身份。”人真会变，五年前，就是三年前的老五哪有一点子俗气，说话举止，满是够斯文的。谁想她在上海混不到几年，就会变成这鬼相，这妖气。她也满不在意，成天发疯似的混着，倒像真是一个快活人！我初跟着她跑，心上总有些嘀咕，话听不惯，样儿看不惯，可是现在……老三与老五能有多大分别？我的行为还不是她的行为？我有时还觉得她爽荡得有趣，倒恨我自己老是免不了腼腼腆腆的。早晚躲不了一个“良心”，老五说的。可还是的，你自己还不够变的，你看看你自己的眼看，说人家鬼相、妖气，你自己呢？原先的我，在母亲身边的孩子，在学校时代的倪秋雁，多美多响亮的一个名字，现在哪还有一点点的影子？这变，喔，鬼——三小姐打了一个寒噤。地狱怕是没有底的，我这一往下沉，沉，沉，我哪天再能向上爬？她觉得身子飘飘的，心也飘飘的，直往下坠——一个无底的深潭，一个魔鬼的大口。“三儿，你什么都好，”老太太又说话了。“你什么都好，就差拿不稳主意。你非得有人管，领着你向上。可是你总得自己留意，娘又不能老看着你，你又是那么傲气，谁你都不服，真叫我不放心。”娘在病中喘着气还说这话。现在娘能放心不？想起真可恨！小俞、小张、老五、老八，全不是东西！可是我自己又何尝有主意，有了主意，有一点子主意，就不会有今天的狼狈。真气人！……镜里的秋雁现出无限的愤慨，恨不得把手里的茶杯掷一个粉碎，表示和丑恶的引诱绝交。但她又呷了一口。这是虹口买来的真铁观音不？明儿再买一点去，味儿真浓真香。说起，小姐，厨子说了几次他要领钱哪，他说他自己的钱都垫完了。镜里的眉梢又深深的皱上了。唷——她忽然记起了——那小黄呢，阿宝？小黄在笼子里睡着了。毛抖得松松的，小脑袋挨着小翅膀底下窝着。它今天叫了没有？我真是昏，准有十几天不自己喂它了，可怜的小黄！小黄也真知趣，仿佛装着睡存心逗它主人似的。她们正说着话它醒了，刷着它的翅膀，吱的一声跳上了笼丝，又纵过去低头到小瓷罐里噙了一口凉水，歪着一只小眼呆呆的直瞅着它的主人。也不知是为主人记起了它乐了，还不知是见了大灯亮当是天光，它简直的放开嗓子整套的唱上了。

它这一唱就没有个完。它卖弄着它所有擅长的好腔。唱完了一支，忙着抢一口面包屑，啄一口水，再来一支，又来一支，直唱得一屋子满是它的音乐，又亮，又艳，一团快乐的迸裂，一腔情热的横流，一个诗魂的奔放。倪秋雁听呆了，镜里的秋雁也听呆了；阿宝听呆了；一屋子的家具，壁上的画，全听呆了。

三小姐对着小黄的小嗓子呆呆的看着。多精致的一张嘴，多灵巧的一个小脖子，多淘气的一双小脚，拳拳的抓住笼里那根横条，多美的一身羽毛，黄得放光，像是金丝给编的。稀小的一个鸟会有这么多的灵性？三小姐直怕它那小嗓子受不住狂唱的汹涌，你看它那小喉管的急迫的颤动，简直是一颗颗的珍珠往外接连着吐，哽住了怎么好？它不会炸吧！阿宝的口张得宽宽的，手扶着窗栏，眼里亮着水。什么都消减了，除了这头鸟的歌唱。只是在它的歌唱中却展开了一个新的世界。在这世界里一切都沾上了异样的音乐的光。

三小姐的心头展开了一个新的光亮的世界。仿佛是在一座凌空的虹桥下站着，光彩花雨似的错落在她的衣袖间，鬓发上。她一展手，光在她的胸怀里；她一张口，一球晶亮的光滑下了她的咽喉。火热的，在她的心窝里烧着。热匀匀的散布给她的肢体；美极了的一种快感。她觉得身子轻盈得像一只蝴蝶，一阵不可制止的欣快蓦地推逗着她腾空去飞舞。

虹桥上洒下了一个声音，艳阳似的正款着她的黄金的粉翅。多熟多甜的一个声音！唷是娘呀，你在那儿了？娘在廊前坐在她那湘妃竹的椅子上做着针线，带着一个玳瑁眼镜。我快活极了，娘，我要飞，飞到云端里去。从云端里望下来，娘，咱们这院子怕还没有爹爹书台上那方砚台那么大？还有娘呢，你坐在这儿做针线，那就够一个猫那么大——哈哈，娘就像是偎太阳的小阿米！那小阿米还看得见吗？她顶多也不过一颗芝麻大，哈哈，小阿米、小芝麻。疯孩子！老太太笑着对不知门口站着的一个谁说话。这孩子疯得像什么了，成天跳跳唱唱的？你今天起来做了事没有？我有什么事做，娘？她呆呆的侧着一只小圆脸。唉，怎么好，又忘了，就知道玩！你不是自己讨差使每天院子里浇花，爹给你那个青玉花浇做什么的？要什么不给，你就呆着一张脸扁着一张嘴要哭，给了你又不肯做事，你看那盆西方莲干得都快对你哭了。娘别骂，我就去！四个粉嫩的小手指鹰爪似的抓住了花浇的镂空的把手，一个小拇指翘着，她兴匆匆的从后院舀了水跑下院子去。“小心点儿，花没有浇，先洗了自己的衣服。”樱红色大朵的西方莲已经沾到了小姑娘的恩情，精圆的水珠极轻快的从这花瓣跳荡那花瓣，全沥入了盆里的泥。娘！她高声叫。娘，我要喝凉茶娘老不让，说喝了凉的要肚子疼，这花就能喝凉水吗？花要是肚子疼了怎么好？她鼓着她的小嘴唇问。花又不会嚷嚷。“傻孩子算你能干会说话，”娘乐了。

每回她一使她的小机灵娘就乐。“傻孩子，算你会说话，”娘总说。这孩子实在是透老实的，在座有姑妈或是姨妈或是别的客人娘就说，你别看她说话机灵，我总愁她没有主意，小时候有我看着，将来大了怎么好？可是谁也没有娘那样疼她。过来，三，你不冷吧？她最爱靠在娘的身上，有时娘还握着她的小手，替她拉齐她的衣襟，或是拿手帕替她擦去脸上的土。一个女孩子总得干干净净的，娘常说。谁的声音也没有娘的好听。谁的手也没有娘的软。

这不是娘的手吗？她已经坐在一张软凳上，一手托着脸，一手捻着身上的海青丝绒的衣角。阿宝记起了楼下的事，已经轻轻的出了房去。小黄唱完了它的大套，还在那里发疑问似的零星的吱喳。“咦”。“咦”，“接理”。她听来是娘在叫她：“三，”“小三，”“秋雁。”她同时也望见了壁上挂着的那只芙蓉，只是她见着的另是一只芙蓉，在她回忆的繁花树上翘尾豁翅的跳跟着。“三，”又是娘的声音，她自己在病床上躺着。

"三，"娘在门口说："你猜爹给你买回什么来了？""你看！"娘已经走到床前，手提着一个精细的鸟笼，里面呆着一只黄毛的小鸟。"小三简直是迷了，"隔一天她听娘对爹说，"病都忘了，有了这头鸟。这鸟是她的性命。非得自己喂。鸟一开口唱她就发愣，你没有见她那样儿，成仙也没有她那样快活，鸟一唱谁都不许说话，都得陪着她静心听""这孩子是有点儿慧根，"爹就说。爹常说三儿有慧根。"什么叫慧根，我不懂，"她不止一回问。爹就拉着她的小手说："爹在恭维你哪，说你比别的孩子聪明。"真的她自己也说不上，为什么鸟一唱她就觉得快活，心头热火火的不知怎么才好；可又像是难受，心头有时酸酸的眼里直流泪。她恨不得把小鸟窝在她的胸前，用口去亲它。她爱极了它。"再唱一支吧，小鸟，我再给你吃，"她常常央着它。

可是阿宝又进房来了，"小姐，想什么了，"她笑着说，"天不早，上床睡不好吗？"

秋雁站了起来，她从她的微妙的深沉的梦境里站了起来，手按上眼觉得潮潮的沾手。她深深的呼了一口气。"二十三,二十三，为什么偏不二十三？"一个愤怒的声音在她一边耳朵里响着。小俞那有黑圈的一双眼，老五的笑，那黑毛鬼脸上的刀疤，那小白丸子，运命似跳着的，又一瞥瞥的在她眼前扯过。"怎么了？"她摇了摇头，还是没有完全清醒。但她已经让阿宝扶着她，帮着她脱了衣服上床睡下。"小姐，你明天怎么也不能出门了。你累极了，非得好好的养几天。"阿宝看了小姐恍惚的样子心里也明白，着实替她难受。“唷，阿宝，”她又从被里坐起身说：“你把我首饰匣子里老太太给我那串珍珠项圈拿给我看看。”

十八年二月三日完

家德[①]

家德住在我们家已有十多年了，他初来的时候嘴上光光的还算是个壮夫，头上不见一茎白毛，挑着重担到车站去不觉得乏。逢着什么吃重的工作他总是说“我来！”他实在是来得的。现在可不同了。谁问他“家德，你怎么了，头发都白了？”他就回答“人总要老的，我今年五十八，头发不白几时白？”他不但发白，他上唇疏朗朗的两撇八字胡也见花了。

他算是我们家的“做生活”，但他，据我娘说，除了吃饭、住，却不拿工钱。不是我们家不给他，是他自己不要。打头儿就不要。“我就要吃饭、住，”他说。我记得有一两回我因为他替我挑行李上车站给他钱，他就瞪大了眼说，“给我钱做什么？”我以为他嫌少，拿几毛换一块钱再给他。可是他还是“给我钱做什么？”更高声的抗议。你再说也是白费，因为他有他的理性：吃谁家的饭就该为谁家做事。给我钱做什么？

①初载1929年2月10日《新月》月刊第一卷第十二号，署名徐志摩。初收1930年4月上海中华书局版《轮盘》。

但他并不是主义的不收钱。镇上别人家有丧事、喜事来叫他去帮忙时，做完了有赏封什么给他，他受。“我今天又‘摸了’钱了，”他一回家就欣欣的报告他的伙伴。他另有一种能耐，几乎是专门的，那叫做“赞神歌”。谁家许了愿请神，就非得他去使开了他那不是不圆润的粗嗓子唱一种有节奏有顿挫的诗句赞美各种神道。奎星、纯阳祖师、关帝、梨山老母，都得他来赞美。小孩儿时候我们最爱看请神：一来热闹，厅上摆得花绿绿点得亮亮的；二来可以藉口到深夜不回房去睡；三来可以听家德的神歌。乐器停了他唱，唱完乐又作。他唱什么听不清，分得清的只“浪溜圆”三个字，因为他几乎每开口必有浪溜圆，他那唱的音调就像是在厅的顶梁上绕着，又像是暖天细雨似的在你身上匀匀的洒，反正听着心里就觉得舒服，心一舒服小眼就闭上，这样极容易在妈或是阿妈的身上靠着甜甜的睡了。到明天在床里醒过来时，耳边还绕着家德那圆圆的甜甜的浪溜圆。家德唱了神歌想来一定到手钱，这他也不辞，但他更看重的是他应分到手的一块祭肉。肉太肥或太瘦都不能使他满意：“肉总得像一块肉，”他说。

“家德，唱一点神歌听听”我们在家时常常央着他唱，但他总是板着脸回说：“神歌是唱给神听的，”虽则他有时心里一高兴或是低着头做什么手工他口里往往低声在那里浪溜他的圆。听说他近几年来不唱了。他推说忘了，但他实在以为自己嗓子干了，唱起来不能原先那样圆转如意，所以决意不再去神前献丑了。

他在我家实在也做不少的事。每天天一亮他就从他的破烂被窝里爬起身。一重重的门是归他开的，晚上也是他关的时候多。有时老妈子不凑手他就帮着煮粥烧饭。挑行李是他的事，送礼是他的事，劈柴是他的事。最近因为父亲常自己烧檀香，他就少劈柴，多劈檀香。我时常见跨坐在一条长凳上戴着一副白铜边老花眼镜伛着背细细的劈。“你的镜子多少钱买的，家德？”“两只角子，”他头也不抬的说。

我们家后面那个“花园”也是他管的。蔬菜，各样的，是他种的。每天浇，摘去焦枯叶子，厨房要用时采，都是他的事。花也他种的，有月季，有山茶，有玫瑰，有红梅与蜡梅，有美人蕉，有桃，有李，有不开花的兰，有葵花，有蟹爪菊，有可以染指甲的凤仙，有比鸡冠大到好几倍的鸡冠。关于每一种花他都有不少话讲：花的脾，花的胃，花的颜色，花的这样那样。梅花有单瓣、双瓣，兰有荤心、素心，山茶有家有野，这些简单，但在小孩儿时听来有趣的知识，都是他教给我们的。他是博学得可佩服，他不仅能看书能写，还能讲书，讲得比学堂里先生上课时讲的有趣味得多。我们最喜欢他讲岳传里

的岳老爷。岳老爷出世，岳老爷归天，东窗事发，莫须有三字构成冤狱，岳雷上坟，诸〈朱〉仙镇八大鎚〈锤〉——唷，那热闹就不用提了。他讲得我们笑，他讲得我们哭，他讲得我们着急，但他再不能讲得使我们瞌睡，那是学堂里所有的先生们比他强的地方。

也不知是谁给他传的，我们都相信家德曾经在乡村里教过书。也许是实有的事，像他那样的学问在乡里还不是数一数二的。可是他自己不认。我新近又问他，他还是不认。我问他当初念些什么书。他回一句话使我吃惊。他说我念的书是你们念不到的。那更得请教，长长见识也好。他不说念书，他说读书。他当初读的是百家姓、千字文、神童诗，——还有呢？还有酒书。什么？“酒书”，他说，什么叫酒书？酒书你不知道，他仰头笑着说，酒书是教人吃酒的书。真的有这样一部书吗？他不骗人。但教师他可从不曾做过。他现在口授人念经。他会念不少的经，从心经到金刚经全部，背得溜熟的。

他学念佛念经是新近的事。早三年他病了，发寒热。他一天对人说怕好不了，身子像是在大海里浮着，脑袋也发散得没有个边，他说。他死一点也不愁，不说怕。家里就有一个老娘，他不放心，此外妻子他都不在意。一个人总要死的，他说。他果然昏晕了一阵子，他床前站着三四个他的伙伴。他苏醒时自己说，“就可惜这一生一世没有念过佛，吃过斋，想来只可等待来世的了，”说完这话他又闭上了眼仿佛是隐隐念着佛。事后他自以为这一句话救了他的命，因为他竟然又好起来了。从此起他就吃上了净素。开始念经，现在他早晚都得做他的功课。

我不说他到我们家有十几年了吗？原先他在一个小学校里做当差。我做学生的时候他已经在。他的一个同事我也记得，叫矮子小二，矮得出奇，而且天生是一个小二的嘴脸。家德是校长先生用他进去的。他初起工钱每月八百文，后来每年按加二百文，一直加到二千文的正薪，那不算小。矮子小二想来没有读过什么酒书，但他可爱喝一杯两杯的，不比家德读了酒书倒反而不喝。小二喝醉了回校不发脾气就倒上床，他的一份事就得家德兼做。后来矮子小二因为偷了学校的用品到外边去换钱被发觉了被斥退。家德不久也离开学校，但他是为另一种理由。他的是自动辞职，因为用他进去的校长不做校长了，所以他也不愿再做下去。有一天他托一个乡绅到我们家来说要到我们家住，也不说别的话。从那时起家德就长住我们家了。

他自己乡里有家。有一个娘，有一个妻，有三个儿子，好的两个死了，剩下一个是不好的。他对妻的感情，按我妈对我说，是极坏。但早先他过一时还得回家去，不是为妻，是为娘。也为娘他不能不对他妻多少耐着性子。但是谢谢天，现在他不用再耐，因为他娘已经死了。他再也不回家去，积了一些钱也不再往家寄。妻不成材，儿子也没有淘成，他养家已有三十多年，儿子也近三十，该得担当家，他现在不管也没有什么亏心的了。他恨他妻多半是为她不孝顺他的娘，这最使他痛心。他妻有时到镇上来看他，问他要钱，他一见她的影子都觉得头痛，她一到他就跑，她说话他做哑巴，她闹，他到庭心里去伏在地上劈柴。有一回他接他娘出来看迎灯，让她睡他自己的床，盖他自己的棉被。他自己在灶边铺些稻柴不脱衣服睡。下一天他妻也赶来了，从厨房的门缝里张见，他开着笑口用筷捡一块肥肉给他脱尽了牙翘着个下巴的老娘吃，她就在门外大声哭闹。他过去拿门给堵上了，捡更肥的肉给娘，更高声的说他的笑话，逗他娘和厨下别人的乐。晚上他妻上楼见她姑睡家德自己的床，盖他自己的被，回下来又和他哭闹——他从后门往外跑了。

他一见他娘就开口笑，说话没有一句不逗人乐。他娘见他乐也乐，翘着一个干瘪下巴，眯着一双皱皮眼不住的笑，厨房里顿时添了无穷的生趣。晚上在门口看灯，家德忙着招呼他娘，端着一条长凳或是一只方板凳，半抱着她站上去，连声的问看得见了不，自己躲在后背，双手扶着她防她闪，看完了灯，他拿一只碗到巷口去买一碗大肉面，烫一两烧酒给他娘吃，吃完了送她上楼睡去。"又要你用钱，家德，"他娘说。"喔，这算什么，我有的是钱！"家德就对他妈背他最近的进益，黄家的丧事到手三百六，李家的喜事到手五角小洋，还有这样那样的，尽他娘用都用不完，这一点点算什么的！

家德的娘来了，是一件大新闻。家德自己起劲不必说，我们上下一家子都觉得高兴。谁都爱看家德跟他娘在一起的神情，谁都爱听他母子俩甜甜的谈话。又有趣，又使人感动。那位乡下老太太，穿紫棉绸衫梳元宝髻的，看着他那头发已经斑白的儿子心里不知有多么得意。就算家德做了皇帝，她也不能更开心。“家德！”她时常尖声的叫，但等得家德赶忙回过头问“娘，要啥，”她又就只眯着一双皱皮的眼甜甜的笑，再没有话说。她也许是忘了她想着要说的话，也许她就爱那么叫她儿子一声。这来屋子里人就笑，家德也笑，她也笑。家德在他娘的跟前拖着早过半百的年岁，身体活灵得像一只小松鼠，忙着为她张罗这样那样的，口齿伶俐得像一只小八哥，娘长娘短的叫个不住。如果家德是个皇帝，世界上绝没有第二个皇太后有他娘那样的好福气。这是家德的伙伴们的思想。看看家德跟他娘，我妈比方一句有诗意的话，就比是到山楼上去看太阳——满眼都是亮。看看家德跟他娘，一个老妈子说，我总是出眼泪，我从来不知道做人会得这样的有意思。家德的娘一定是几世前修得来的。有一回家德脚上发流火，走路一颠一颠的不方便，但一走到他娘的跟前，他立即忍了痛强直了身子放着腿走路，就像没有病一样。“家德你今年胡须也白了，”他娘说。“人老的好，须白的好：娘你是越老越清，我是胡须越白越健。”他这一插科，他娘忘了年岁忘了愁。

他娘已在两年前死了。寿衣，有绸有缎的，都是家德早在镇上替她预备好了的。老太太进棺材还带了一支重足八钱的金押发去，这当然也是家德孝敬的。他自从娘死过，再也不回家，他妻出来，他也永不理睬她。他现在吃素，念经，每天每晚都念——也是念给他娘的。他一辈子难得花一个闲钱，就有一次因为妻儿的不贤良叫他太伤心了，他一气就“看开”了。他竟然连着有三五天上茶店，另买烧饼当点心吃，一共花了足足有五百钱光景，此外再没有荒唐过。前几天他上楼去见我妈，手筒着手，兴冲冲地说，“太太，我要到乡下去一趟。”“好的，”我妈说，“你有两年多不回去了。”“我积下了一百多块钱，我要去看一块地葬我娘去，”他说。

徐志摩年谱

1897 年（1 岁）

1 月 15 日出生于浙江海宁县硖石镇。

1900 年（4 岁）

入家塾读书，师从孙荫轩。

1907 年（11 岁）

入硖石开智学堂读书。

1909 年（13 岁）

冬开智学堂毕业。

1910 年（14 岁）

春入杭州府中学读书。

1913 年（17 岁）

春“杭州府中学”改名为“杭州第一中学”

7 月在校刊《友声》第一期发表他的第一篇论文《论小说与社会之关系》。

1914 年（18 岁）

5 月在《友声》第二期发表诗《挽李干人（超）联》。

1915 年（19 岁）

夏杭州第一中学毕业，考入北京大学预科。

12月5日中断在北大的学业，在硖石与张幼仪结婚。婚后改入上海沪江大学。

1916年（20岁）

秋入天津北洋大学法科预科读书。

1917年（21岁）

北洋大学法科并入北京大学，志摩完成预科学业后，转入北京大学法科政治学。

1918年（22岁）

4月22日长子在硖石出世，取名积锴，字如孙，小名阿欢。

6月由张君劢介绍，拜梁启超为师。

8月14日从上海乘轮船“南京号”赴美留学。

9月入克拉克大学历史系求学。

1919年（23岁）

6月克拉克大学毕业，获一等荣誉奖。

9月入哥伦比亚大学经济系攻读硕士学位。

1920年（24岁）

9月以毕业论文《论中国妇女地位》获哥伦比亚大学硕士位。

9月20日离美赴英。

10月入伦敦大学政治经济学院攻读博士学位。

不久，即与刚到伦敦的林长民、林徽因父女相识。

1921年（25岁）

3月张幼仪抵达英国，与志摩相聚。

不久，经狄更生介绍，志摩以特别生资格转入剑桥大学王家学院，并在此时开始写新诗。

8月幼仪怀孕，志摩要求堕胎，幼仪不从。志摩向幼仪提出离婚。

10月徽音父离开伦敦回国，与志摩不辞而别。

10月末见到了心仪已久的罗素。

秋幼仪离开志摩，去巴黎投靠二哥张君劢。

1922年（26岁）

1月幼仪离开巴黎，投靠在柏林的七弟。

2月24日次子在柏林出世，取名德生，小名彼德。

3月末志摩到达柏林，由吴经熊、金岳霖作证，与幼仪离婚。

7月在狄更生的介绍下，拜访了仰慕已久的哈代。

经麦雷安排，拜访了曼殊斐儿。

8月从英国启程回国。

10月15日乘坐的“三岛丸号”船抵达上海。

11月8日在《新浙江·新朋友》刊登《徐志摩、张幼仪离婚通告》及新诗《笑解烦恼结》。

1923年（27岁）

春到北京松坡图书馆任英文秘书。

8月27日祖母去世，回到硖石奔丧。

1924年（28岁）

1月接受北京大学聘请，担任英文系教授。

4月12日泰戈尔应北京讲学社之邀请访华，抵达上海，志摩代表北方学界前往迎接，并担任泰氏的翻译。

4月23日志摩陪同泰戈尔一行从上海到达北京。

5月8日为庆祝泰戈尔六十四岁的生日，新月社演出泰氏剧作《齐德拉》，志摩饰演爱神。

5月20日志摩陪同泰戈尔、恩厚之西行太原等地。

7月在香港送别泰戈尔，与张歆海一起到庐山住了近一个半月。

11月与陈源共同翻译的《曼殊斐儿》由上海商务印书馆出版。

冬与陆小曼相识。

1925年（29岁）

3月10日应恩厚之邀请到欧洲会见泰戈尔，从北京启程，途经苏联，赴欧洲旅行。

3月19日德生因病去世。一周后，志摩赶到柏林看望幼仪。

7月因小曼病情加重，匆忙回国。

8月第一本诗集《志摩的诗》自费，由中华书局出版。

9月初小曼被迫跟随父母，南下上海与王赓相聚。志摩随后亦抵达，与父母住在蒋百里家。

9月末对与小曼的事感到无望，怅然回京。

10月1日接手主编《晨报副刊》。

10月5日离婚后立即赶到北京的小曼看到《晨报副刊》上志摩的诗、文后，才找到志摩。

1926年（30岁）

6月散文集《落叶》由北新书局出版。

在《晨报副刊》创办《剧刊》。

8月14日与小曼在北海举行订婚仪式。

10月3日由梁启超证婚，与小曼在北海举行结婚礼。

10月15日南下上海，准备遵父命搬到硖石刚落成的新宅住。

12月因避战乱，与小曼从硖石搬到上海居住。

12月28日送《曼殊斐儿的日记》一书给小曼作为新年礼物，题："一本纯粹性灵所产生，亦是为纯粹性灵产生的书。"

1927年（31岁）

4月译作《英国曼殊斐儿小说集》由北新书局出版。

7月1日与胡适、余上沅等创办新月书店。

8月接任上海光华大学教授，兼任东吴大学法学院教授。

散文集《巴黎的鳞爪》由新月书店出版。

9月诗集《翡冷翠的一夜》由新月书店出版。

1928年（32岁）

1月散文集《自剖》由新月书店出版。

3月10日《新月》杂志创刊，志摩任主编。

6月15日因婚后生活不如意，亦受恩厚之邀请出国旅行，先后去了日本、美国、加拿大、法国、英国、印度。

11月回国。

1929年（33岁）

1月在上海光华大学及南京中央大学同时任英文系教授，同时担任中华书局编辑。

1930年（34岁）

4月小说集《轮盘》由中华书局出版。

8月辞去中央大学教授职务。

12月因光华大学闹学潮，辞教离去。

担任中英文化基金委员会委员。

1931年（35岁）

2月应胡适之聘请，只身离沪，到北京大学英文系任教，兼任北京女子大学教授。

4月23日母亲去世。回到硖石奔丧。

8月诗集《猛虎集》由新月书店出版。

11月19日乘坐飞机从南京到北京，因飞机失事坠毁身亡。

徐志摩轶闻趣事

·打麻将十战九胜·

徐志摩麻将打得最漂亮，他善于临机应变，牌去如飞，不假思索，有如谈笑用兵，十战九胜。徐对鸦片与麻将还有一番妙论："男女之间的情和爱是有区别的，丈夫绝对不能干涉妻子交朋友，何况鸦片烟榻，看似接近，只能谈情，不能爱，所以男女之间最规矩最清白的是烟榻，最暧昧最嘈杂的是打牌。"

·徐志摩吻火·

徐志摩好像时时刻刻都在惊奇着，人世的悲欢，自然的美景，以及日常的琐事，他都觉得是很古怪的，从来没有看见过的，完全出乎意料之外的。所以他天天都那么有兴致，就是说出悲哀的话的时候，也不是垂头丧气，厌倦于一切了，却是发现了一朵"恶之花"，在那儿惊奇着。在上海，有一次徐志摩拿着一根纸烟向朋友借火，他说道：Kissing the fire。这句话真可以代表他对于的人生态度。人世的经验好比是一团火，许多人都是敬鬼神而远之，隔江观火，拿出冷酷的心境去估量一切，不敢投身到轰轰烈烈的火焰里去，因此过个暗淡的生活，

简直没有一点光辉，数十年的光阴就在计算怎么样总会不上当里面消逝去了，结果上了个大当。徐志摩却肯亲自吻着这团生龙活虎般的烈火，火光一照，化腐臭而神奇，遍地开满春花。难怪他天天惊异着，难怪他的眼睛跟希腊雕像的眼睛相似，希腊人的生活就是像他这样吻着火的人，歌唱出人生的神奇。

徐志摩主要作品

小说集

1923 年　《轮盘》

戏剧

1923 年　《卞昆冈》

诗歌集

1924 年　《志摩的诗》　收录的是 1922 年 –1924 年作品

1927 年　《翡冷翠的一夜》 收录的是 1925 年 –1927 年作品

1931 年　《猛虎集》

1932 年　《云游》

散文集

1925 年　《落叶》

1927 年　《巴黎的鳞爪》

1928 年　《自剖》

1929 年　《秋》

日记

1936 年　　《爱眉小札》由其妻子陆小曼出版

翻译

1927 年　　《曼殊斐儿小说集》　　原著：曼殊斐儿

1927 年　　《赣第德》　　原著：伏尔泰

1927 年　　《玛丽·玛丽》　　原著：詹姆士·司芬士

名人对徐志摩及其作品的评价

志摩是蝴蝶，而不是蜜蜂，女人好处就得不着，女人的坏处就使他牺牲了。

——冰心

诗人徐志摩的心情是洁净的，头老抬得那么高，胸中老是那么完整的诚挚，臂上老有那么许多不折不挠的勇气。徐志摩一生为着一个愚诚的倾向，把所感受到的复杂的情绪尝味到的生活，放到自己的理想和信仰的锅炉里烧炼成几句悠扬铿锵的语言，来满足他自己本能的艺术的冲动，为着这情感而发生的冲动更是非实际的——或不全是实际的——追求。

——林徽因

志摩，情才，亦一奇才也，以诗著，更以散文著，吾于白话诗念不下去，独于志摩诗。

——林语堂在《新丰折臂翁·跋》

徐志摩，这位才气横溢，有如天马行空的诗人；这位活动文坛，不过十年，竟留下许多永难磨灭的瑰丽果实的诗人；这位性情特

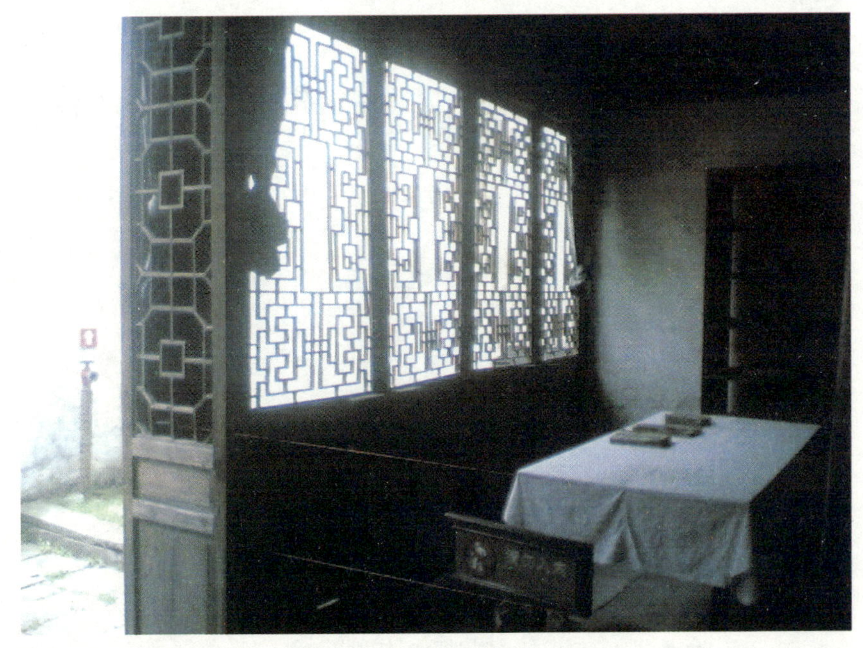

别温厚，所到处，人们便被他吸引、胶固、凝结在一起，像一块大引铁磁石的诗人，竟于民国二十年年 11 月间，以所乘飞机失事，横死于泰山南面开山的高峰下，享年不过 36 岁。

——苏雪林